D1663516

Carl Hiaasen Unter die Haut

Carl Hiaasen

Unter die Haut

Aus dem Amerikanischen
von Michael Kubiak

Elster Verlag
Baden-Baden und Zürich

Die Originalausgabe erschien 1989 in den USA bei Alfred A. Knopf unter dem Titel
Skin tight. Die deutsche Erstveröffentlichung erschien
1990 bei Bastei-Lübbe.

Elster Verlag und Rio Verlag
Verwaltung: 8032 Zürich, Hofackerstrasse 13, Telefon 01 385 55 10

Umschlagabbildung: Jeanne Peter, Zürich
Satz: Minion 10/12.5, Rio Verlag, Zürich
Belichtung, Druck und Bindung: Freiburger Graphische Betriebe, Freiburg i. Br.
ISBN 3-89151-248-1

Danksagung

Für seinen Rat, seine Erfahrung und seinen Humor danke ich Dr. Gerard Grau und auch seiner ehemaligen Operationsschwester Connie, die jetzt meine Frau ist.

1

Am dritten Januar, einem mit bleierner Schwüle erfüllten Tag, zogen zwei Touristen aus Covington, Tennessee, ihre Sportschuhe aus, um in Key Biscayne einen Spaziergang über den Strand zu machen.

Als sie den alten Cape Florida-Leuchtturm erreichten, ließen sich der junge Mann und seine Verlobte im feuchten Sand nieder, um dem Ozean dabei zuzusehen, wie er seine Brecher gegen die braunen Steinklötze der Inselspitze wuchtete. Ein salziger Dunst hing in der Luft, und er brannte in den Augen des jungen Mannes, so daß er einige Zeit brauchte, um das im Wasser treibende Ding genauer zu erkennen.

«Es ist ein großer toter Fisch», meinte seine Verlobte. «Vielleicht ein Delphin.»

«Das glaube ich nicht», sagte der junge Mann. Er stand auf, klopfte sich die Sitzfläche seiner Hose ab und ging zum Rand der Brandung. Während der Gegenstand nähertrieb, begann der junge Mann über seine gesetzlichen Rechte und Pflichten nachzudenken, falls der Fund sich als das entpuppen sollte, was er vermutete. O ja, er hatte einiges von Miami gehört; solche Dinge passierten dort praktisch täglich.

«Laß uns zurückgehen», meinte er ziemlich brüsk zu seiner Verlobten.

«Nein, ich will wissen, was es ist. Es sieht gar nicht mehr aus wie ein Fisch.»

Der junge Mann ließ seine Blicke über den Strand schweifen und sah, daß sie dank des miesen Wetters alleine waren. Er wußte außerdem aus dem Prospekt im Hotel, daß der Leuchtturm schon lange aufgegeben und verlassen war, daher würde von dort oben auch niemand zuschauen.

«Es ist eine Leiche», sagte er zu seiner Verlobten.

«Nun hör aber auf.»

In diesem Augenblick nahm ein großer heranrollender Brecher den Gegenstand auf seinem Wellenkamm mit und trug ihn ganz den

Strand hinauf, wo er liegenblieb – die Nase des toten Mannes hatte sich wie ein Bootskiel in den Sand gegraben.

Die Verlobte des jungen Mannes blickte auf die Leiche hinunter und sagte: «Himmel noch mal, du hast recht!»

Der junge Mann atmete scharf ein und machte einen Schritt rückwärts.

«Sollen wir ihn umdrehen?» fragte seine Verlobte. «Vielleicht lebt er ja noch.»

«Faß ihn nicht an. Er ist tot.»

«Woher weißt du das?»

Der junge Mann deutete mit einem nackten Zeh. «Siehst du das Loch?»

«Das ist ein Loch?»

Sie bückte sich und studierte den Fleck auf dem Oberhemd. Er hatte die Farbe von Rost und den Durchmesser eines Sanddollars.

«Nun, er ist nicht einfach ertrunken», stellte der junge Mann fest.

Seine Verlobte fröstelte ein wenig und knöpfte ihren Woll-Sweater zu: «Also, was tun wir jetzt?»

«Jetzt sehen wir zu, daß wir von hier verschwinden.»

«Sollten wir nicht die Polizei rufen?»

«Das ist unser Urlaub, Cheryl. Außerdem ist es bis zum nächsten Telefon ein Fußmarsch von einer halben Stunde.»

Der junge Mann wurde nervös; er glaubte, irgendwo an der Landspitze der Insel, zur Seite der Bucht hin, einen Bootsmotor gehört zu haben.

Die Touristin meinte: «Nur eine Sekunde.» Sie öffnete die Ledertasche, in der sie ihre zuverlässige Canon Automatik bei sich trug.

«Was tust du?»

«Ich möchte ein Bild davon haben, Thomas.» Sie hielt die Kamera bereits ans Auge.

«Bist du verrückt?»

«Das glaubt uns doch sonst zu Hause keiner. Sieh mal, da fahren wir den weiten Weg bis nach Miami, und was passiert? Weißt du noch, wie dein Bruder seine Witze über Mord und Totschlag machte, bevor wir gefahren sind? Das ist richtig unwirklich. Stell dich mal rechts daneben, Thomas, und tu so, als schaust du auf die Leiche 'runter.»

«Was soll ich? Nein, verflucht noch mal!»

«Komm schon, nur eine Aufnahme.»

«Nein», sagte der junge Mann und betrachtete voller Abscheu die Leiche.

«Bitte! Du hast immerhin im Delphinarium einen ganzen Film mit Flipper verknipst.»

Die Frau schoß ihr Photo und sagte: «Sehr gut. Und jetzt knipst du eins von mir.»

«Von mir aus, aber beeil dich», knurrte der junge Mann. Der Wind blies jetzt etwas heftiger aus Nordwesten und fegte seufzend durch die australischen Kiefern hinter ihnen. Das Geräusch des Bootsmotors, wo immer es einmal erklungen sein mochte, war verstummt.

Die Verlobte des jungen Mannes nahm eine Pose neben der Leiche ein: Sie zeigte mit ausgestrecktem Finger drauf, verzog säuerlich das Gesicht und rümpfte die mit einer Zinkcreme eingeschmierte Nase.

«Ich glaub's ja nicht», sagte der junge Mann und schoß das Photo.

«Ich auch nicht, Thomas. Eine richtige lebendige Leiche wie in einer Fernsehserie. Igitt!»

«Ja, igitt», sagte der junge Mann. «Igitt ist verdammt noch mal genau richtig.»

Der Tag hatte mit einer leichten, kühlen Brise und einer zerfaserten Front von himbeerfarbenen Wolken draußen über den Bahamas begonnen. Stranahan war schon früh aufgestanden, briet Eier und verscheuchte die Möwen vom Dach. Er wohnte in einem alten Haus, das auf Stelzen in den seichten Gezeitentümpeln der Biscayne Bay stand, eine Meile von der Spitze von Cape Florida entfernt. Das Haus verfügte über einen kleinen Generator, der von einem vierblättrigen Windrad angetrieben wurde, jedoch über keine Klimaanlage. Bis auf ein paar Tage im August und September ging stets ein deutlich spürbarer Wind. Das war einer der Vorteile, die das Leben am Wasser bot.

Es gab noch etwa ein Dutzend weiterer Häuser in dieser Gegend der Biscayne Bay, allgemein unter dem Namen Stiltsville, Stelzendorf, bekannt, aber keins davon war bewohnt; die reichen Eigentümer benutzten sie nur für ihre Wochenendparties, und ihre Kinder ließen sich während des Sommers dort mit Alkohol vollaufen.

Die restliche Zeit dienten die Häuser als besonders elegante, mehrstöckige Toiletten für Seemöwen und Kormorane.

Stranahan hatte das Haus zu einem Spottpreis bei einer Regierungsauktion ersteigert. Der frühere Eigentümer war ein venezolanischer Kokainkurier gewesen, der während einer geschäftlichen Auseinandersetzung von dreizehn Kugeln getroffen und dann posthum verurteilt worden war. Kaum war die Leiche per Luftfracht zurück nach Caracas geschafft worden, da stürzten sich die Zollagenten auf das Stelzenhaus und beschlagnahmten es zusammen mit drei Eigentumsapartments, zwei Porsche, einem einäugigen scharlachroten Ara und einer Yacht mit japanischem Badezuber. Im Badezuber hatte der Venezolaner auch seinen spektakulären Tod gefunden, daher verlief das Bieten ziemlich hitzig. Genauso erbrachte der Ara – ein Augenzeuge der Ermordung seines Eigentümers – einen stolzen Betrag; vor der Auktion hatten besonders humorvolle Agenten der Zollfahndung dem Vogel den Satz: «Verdufte, du Scheißkerl!» beigebracht.

Als schließlich das Haus auf den Pfählen zur Versteigerung anstand, war niemand mehr daran interessiert. Stranahan bekam für vierzigtausend und etwas den Zuschlag.

Er suchte die Einsamkeit des Watts und war selig, daß er die einzig lebendige menschliche Seele in Stiltsville war. Sein Haus, scheunenrot mit braunen Fensterläden, stand etwa dreihundert Meter vom Hauptkanal entfernt, daher kam ihm der größte Teil des wochenendlichen Bootsverkehrs nicht allzu nahe. Gelegentlich versuchte ein Betrunkener oder ein Vollidiot, die Ufer mit einem Kabinenkreuzer einzuebnen, aber weit kamen sie nie, und von dem großen Mann in dem roten Haus konnten sie kein Mitgefühl oder Hilfe erwarten.

Der dritte Januar war ein normaler Wochentag, und angesichts des Unwetters, das sich als schwarze Wand im Osten zusammenbraute, würden nicht allzu viele Bootskapitäne draußen sein. Stranahan nahm diese Tatsache mit Wohlbehagen zur Kenntnis, während er auf der Sonnenterrasse saß und die Eier und den kanadischen Speck direkt aus der Bratpfanne aß. Als ein Paar fetter, schmutziger Möwen von oben auf ihn herabstieß, um ihn wegen der Reste anzubetteln, schnappte er sich eine Luftpistole und eröffnete das Feuer. Die Vögel entfernten sich kreischend in Richtung der Skyline von Miami, und Stranahan hoffte, daß sie nicht haltmachen würden, bevor sie dort eintrafen.

Nach dem Frühstück zog er ein Paar ausgewaschene, abgeschnittene Denim-Jeans an und begann, Liegestütze zu machen. Er hörte bei hundertfünf auf und ging ins Haus, um sich ein Glas Orangensaft zu holen. Von der Küche aus konnte er hören, wie sich ein Boot näherte, und sah aus dem Fenster. Es war ein gelbes Angelboot, das unbeirrt durch die Tümpel jagte. Stranahan lächelte; er kannte alle Angelführer der Umgebung. Manchmal gestattete er ihnen, sein Haus als Toilettenstopp zu benutzen, wenn sie eine besonders schüchterne Kundin hatten, die sich nicht über den Bootsrand hängen wollte.

Stranahan schenkte zwei Tassen mit heißem Kaffee voll und kehrte auf seine Sonnenterrasse zurück. Das gelbe Boot schob sich langsam an die Anlegestelle heran, eine Art Dock, das sich unter dem Haus selbst befand und als Bootsschuppen diente. Der Bootsführer winkte Stranahan zu und band das Boot am Bug fest. Der Klient des Mannes, ein ungewöhnlich blasser Bursche, war vollkommen damit beschäftigt, sich darüber klarzuwerden, welche von vier unterschiedlich starken Sonnenschutzcremes er auf seinen milchigen Armen verteilen sollte. Der Führer sprang aus dem Boot und stieg zur Sonnenterrasse hinauf.

«Morgen, Käpt'n.» Stranahan reichte dem Bootsführer eine Tasse Kaffee, die dieser mit einem freundlichen Brummen annahm. Die beiden Männer kannten sich schon seit einigen Jahren, aber dies war erst das zweite oder dritte Mal, daß der Kapitän sich aus seinem Boot herausbequemte und das Stelzenhaus betrat.

Stranahan wartete ab, ob er den Grund dafür zu hören bekäme.

Während er die leere Tasse abstellte, sagte der Führer: «Mick, erwartest du Besuch?»

«Nein.»

«Da war heute morgen ein Mann.»

«Im Bootshafen?»

«Nein, hier draußen. Er fragte, welches Haus dir gehört.» Der Führer schaute über das Geländer nach seinem Klienten, der nun mit einer Fliegenrute übte und die Schnur wie eine Pferdepeitsche knallen ließ.

Stranahan lachte. «Der sieht ja aus wie der geborene Sieger.»

«Das Gefühl habe ich schon den ganzen verdammten Tag», murmelte der Käpt'n.

«Erzähl mir von dem Kerl.»

«Er hielt mich drüben bei den Sendemasten an. Er war mit einem weißen Seacraft-Kahn unterwegs, einem 20-Fuß-Boot. Ich dachte, er hätte Schwierigkeiten mit seiner Maschine, aber er wollte bloß in Erfahrung bringen, welches Haus dir gehört. Ich hab' ihn runtergeschickt nach Elliot Key, deshalb hoffe ich, daß es kein Freund war. Er behauptete jedoch, er sei einer.»

«Hat er dir seinen Namen genannt?»

«Er stellte sich mit Tim vor.»

Stranahan sagte, der einzige Tim, den er kenne, sei ein ehemaliger Detective der Mordkommission namens Gavigan.

«Das war es», sagte der Angelführer. «Tim Gavigan hat er gesagt, genau.»

«Ein hagerer Rotschopf?»

«Nee.»

«Mist», sagte Stranahan. Natürlich war es nicht Timmy Gavigan. Gavigan lag im Hospital und war damit beschäftigt, an Lungenkrebs zu sterben.

Der Kapitän fragte: «Soll ich in der Gegend bleiben?»

«Zum Teufel, nein, du hast da unten deinen Klienten, der ist schon ganz heiß darauf, daß es endlich weitergeht.»

«Scheiß was drauf, Mick, der kann doch eine Meeräsche nicht von einem Pottwal unterscheiden. Außerdem kenne ich hier unten ein paar wunderschöne Stellen – vielleicht haben wir heute mal Glück.»

«Nein, nicht bei diesem Wind, Buddy; das Watt ist schon jetzt die reinste Erbsensuppe. Sieh du mal zu, daß du nach Süden kommst, ich komme schon klar. Wahrscheinlich ist es nur irgendein Prozeßdiener.»

«Irgendjemand wird ihm irgendwann ganz sicher sagen, welches Haus das richtige ist.»

«Ja, das denke ich auch», sagte Stranahan. «Ein weißes Seacraft, sagst du?»

«Ein 20-Fuß-Kahn», wiederholte der Führer. Bevor er wieder die Treppe hinunterstieg, sagte er noch: «Der Kerl ist ziemlich groß und kräftig.»

«Danke für den Tip.»

Stranahan verfolgte, wie das kleine gelbe Boot nach Süden schoß, über das Watt hinweg, bis er nur noch einen langen Reißverschluß aus Schaum als Kiellinie sehen konnte. Der Führer würde Sand Key ansteuern, dachte Stranahan, vielleicht machte er auch die lange Fahrt bis nach Caesar Creek – außerhalb der Reichweite des Funkgeräts. Als ob das verdammte Gerät noch funktionierte.

Gegen drei Uhr nachmittags hatte der Wind aufgefrischt, und der Himmel und das Wasser hatten den gleichen rötlichen Grauton angenommen. Stranahan zog seine Turnschuhe an; dabei dachte er nicht darüber nach, warum er das tat, aber viel später fiel es ihm ein: Splitter. Vom Herumlaufen auf den Holzbohlen der Sonnenterrasse. Die rohen Balken waren die reine Hölle für nackte Füße, daher mußte Stranahan seine Turnschuhe anziehen. Für den Fall, daß er würde rennen müssen.

Das Seacraft war sehr laut. Stranahan hörte es schon aus zwei Meilen Entfernung. Er fand den weißen Fleck mit Hilfe seines Feldstechers und verfolgte, wie es durch den harten Seegang pflügte. Das Boot hielt genau auf Stranahans Stelzenhaus zu und blieb dabei in den Kanälen.

Das paßt, dachte Stranahan säuerlich. Wahrscheinlich hatte irgendeiner der Jagdaufseher unten in Elliott Key dem Burschen beschrieben, welches Haus es war; er hatte wohl nur hilfsbereit sein wollen.

Er stand auf und schloß die braunen Fensterläden von außen. Durch den Feldstecher sah er sich den Mann in dem Seacraft, das immer noch eine halbe Meile entfernt war, noch einmal eingehend an. Stranahan erkannte den Mann nicht, aber er konnte wohl sehen, daß er aus dem Norden kam. Der Bursche legte Wert auf lange Ärmel, und das an einem solchen Tag, und er trug die dämlichste Sonnenbrille, die jemals hergestellt wurde.

Stranahan schlüpfte ins Haus und schloß die Tür hinter sich. Es war nicht möglich, sie von innen zu verriegeln; es gab gewöhnlich auch keinen Grund dafür. Da die Fensterläden geschlossen waren, war es im Innern des Hauses stockfinster, aber Stranahan kannte jede Ecke in jedem Zimmer. In diesem Haus hatte er zwei Hurrikans ausgesessen – kleine nur, aber trotzdem ziemlich häßlich. Er hatte beide Stürme in totaler Dunkelheit überstanden, denn der Wind fuhr messerscharf durch die Wände und trieb sein Spiel mit den Laternen, und das letzte, was man sich in einer solchen Situation wünschte, war ein Feuer im Haus.

Daher kannte Stranahan das Haus bei Dunkelheit.

Er suchte sich einen Platz und wartete.

Nach ein paar Minuten sank das Dröhnen der Maschine des Seacraft um eine Oktave, und Stranahan dachte bei sich, daß das Schiff jetzt seine Fahrt verlangsamte. Der Typ würde das Anwesen eingehend beobachten und sich den günstigsten Weg durch das Watt suchen. Es gab einen schmalen Einschnitt im Untergrund, bei Flut etwa anderthalb Meter tief und breit genug für ein Boot. Wenn der Typ diesen Einschnitt entdeckte und ihn benutzte, um sich dem Haus noch weiter zu nähern, dann würde er gewiß Stranahans Aluminiumboot entdecken, das festgemacht unter den Wassertanks schaukelte. Und dann würde er Bescheid wissen.

Stranahan hörte, wie die Schrauben des Seacraft den Schlick umgruben. Der Bursche hatte den Einschnitt verfehlt.

Stranahan hörte das Boot mit einem dumpfen Laut gegen die Pfeiler am westlichen Ende des Hauses stoßen. Er konnte den Typen am Bug herumtrampeln hören, wobei er Grunzlaute von sich gab, als er versuchte, den Motor gegen die Ebbe ankämpfen zu lassen, die abrupt eingesetzt hatte und die Wassermassen mitnahm.

Stranahan hörte – und spürte –, wie der Mann sich aus dem Boot schwang und zur Hauptterrasse des Hauses hinaufstieg. Er hörte den Mann rufen: «Ist jemand zu Hause?»

Der Mann hatte keinen leichten Schritt; der Kapitän hatte recht gehabt – er war ein massiger Bursche. Anhand der Schwingungen der Bodenbretter konnte Stranahan die Bewegungen des Eindringlings nachvollziehen.

Schließlich klopfte der Kerl an die Tür und sagte: «He! Hallo! Ist da jemand?»

Als niemand antwortete, öffnete der Mann die Tür.

Er stand als Silhouette vor dem Licht des Nachmittags in der Türöffnung, und Stranahan hatte einen ungehinderten Blick. Der Mann hatte seine Sonnenbrille abgenommen. Während er in das dunkle Haus sah, tastete sich seine rechte Hand zu seinem Hosenbund.

«Sagen Sie erst mal, was Sie wollen», sagte Stranahan aus der Dunkelheit.

«Oh, he ...» Der Mann trat zurück auf die Terrasse und ließ von seiner Silhouette mehr Details erkennen. Stranahan war das Gesicht völlig fremd – schief, knotig, mit Haut, die straff über kantige Wangenknochen gespannt war. Außerdem paßte die Nase nicht zu den Augen und dem Kinn. Stranahan fragte sich, ob der Typ wohl mal in einen schweren Autounfall verwickelt worden war.

Der Mann sagte: «Mir ist der Sprit ausgegangen, und ich dachte, Sie hätten vielleicht zwei Gallonen übrig, damit ich zum Yachthafen zurückkomme. Ich bezahl's Ihnen auch.»

«Tut mir leid», sagte Stranahan.

Der Bursche hielt Ausschau nach dem Ursprung der Stimme, doch er konnte in dem total abgedunkelten Haus nicht das geringste erkennen.»

«He, Kumpel, sind Sie okay?»

«Ganz prima», sagte Stranahan.

«Nun, dann – was dagegen, wenn Sie mal ein Stück vorkommen, damit ich Sie sehen kann?»

Mit der linken Hand packte Stranahan das Bein eines Barhockers und schleuderte diesen über den Fußboden wahllos in irgendeine Richtung. Er wollte nur sehen, was das Arschloch machen würde, und er wurde nicht enttäuscht. Der Typ riß eine kurzläufige Pistole aus der Hose und hielt sie hinter seinem Rücken verborgen. Dann machte er zwei Schritte, bis er im Innern des Hauses stand. Er machte einen weiteren langsamen Schritt auf die Stelle zu, wo der zerbrochene Barhocker lag, nur hielt er die Pistole jetzt vor sich.

Stranahan, der sich in die Lücke zwischen Kühlschrank und Herd gezwängt hatte, fand, er hätte genug von der verdammten Pistole gesehen.

«Hier drüben», sagte er zu dem Fremden.

Und als der Bursche herumwirbelte, um herauszufinden, woher genau die Stimme gekommen war, sprang Mick Stranahan aus der Dunkelheit auf ihn zu und durchbohrte ihn glatt mit dem ausgestopften Schwertfischkopf, den er leise von der Wand genommen hatte.

Es war ein schöner blauer Schwertfisch, etwa vierhundert Pfund schwer, und wer immer ihn gefangen haben mochte, hatte entschieden, nur den Kopf bis hinter die Kiemen präparieren zu lassen. Diese Trophäe hatte zu dem venezolanischen Haus gehört und hing im Wohnzimmer, wo Stranahan sich an seine indigoblauen Streifen, sein wütendes Glasauge und sein furchtbares schwarzes Schwert gewöhnt hatte. In gewisser Weise war es eigentlich eine Schande, die Trophäe zu ruinieren, aber Stranahan wußte, daß die Luftpistole gegen einen echten Revolver ziemlich nutzlos war.

Der präparierte Fisch war nicht so schwer, wie Stranahan erwartet hatte, aber er war sperrig; Stranahan konzentrierte sich auf sein Ziel, als er den Eindringling attackierte. Das zahlte sich aus.

Die Waffe des Fisches spaltete dem Mann das Brustbein, zerriß seine Aorta und durchtrennte die Wirbelsäule. Er starb, ehe Stranahan die Gelegenheit bekam, ihm irgendwelche Fragen zu stellen. Ein letzter verwirrter Ausdruck im Gesicht des Mannes ließ darauf schließen, daß er nicht erwartet hatte, vom Schädel eines ausgestopften Fisches aufgespießt zu werden.

Der Eindringling trug nichts bei sich, womit man ihn hätte identifizieren können: keine Brieftasche, keinen Trauring; nur die Schlüssel von einem gemieteten Thunderbird. An Bord des Seacraft, das ebenfalls nur gemietet war, fand Stranahan eine Kühlbox mit zwei Sechserpacks Corona-Bier und ein paar billige Angelruten, die der Killer offensichtlich als Tarnung mitgenommen hatte.

Stranahan hievte den Körper in das Seacraft und lenkte das Schiff hinaus in den Biscayne Channel. Dort warf er den Toten über Bord, schleuderte die Pistole in tiefes Wasser, schrubbte das Deck, machte einen Kopfsprung vom Heck und schwamm zurück zu seinem Stelzenhaus. Nach fünfzehn Minuten stießen seine Knie gegen eine Schlammbank, und er watete die letzten fünfundsiebzig Meter bis zum Dock.

An diesem Abend gab es wegen des bewölkten Himmels keinen erwähnenswerten Sonnenuntergang, aber Stranahan saß trotzdem auf der Sonnenterrasse. Während er nach Westen blickte, versuchte er sich darüber klarzuwerden, wer ihn töten wollte, und warum. Er betrachtete das als sein derzeit dringlichstes Problem.

2

Am vierten Januartag kam die Sonne heraus, und Dr. Rudy Graveline lächelte. Sonne war sehr gut für sein Geschäft. Sie buk und briet und zerfraß Haut und Fleisch im Gesicht und säte in den Poren bösartige, mikroskopisch kleine Krebsgeschwülste, die irgendwann zu wuchern beginnen würden und dann entfernt werden müßten. Dr. Rudy Graveline war plastischer Chirurg, und er freute sich aufrichtig, die Sonne zu sehen.

Er war sowieso in prächtiger Stimmung, eben weil es Januar war. In Florida ist der Januar die beste Zeit der touristischen Wintersaison und die reinste Goldgräberzeit für Schönheitschirurgen. Tausende von älteren Männern und Frauen, die hier wegen des warmen Wetters zusammenströmen, nutzen dabei gleich die Gelegenheit, ihr Äußeres aufmöbeln zu lassen. Bauchstraffungen, Nasenbegradigungen, Busenlifting, Gesäßformung, Fettabsaugen, Gesichter liften, was immer einem in den Sinn kam. Und immer wollen sie einen Termin im Januar, so daß die Narben verheilt sind, wenn sie in den Norden und in den Frühling zurückkehren.

Dr. Rudy Graveline konnte nicht alle diese Zugvögel unterbringen, aber er tat sein Bestes. Alle vier Operationssäle im Whispering-Palms-Sanatorium waren den ganzen Januar und Februar und den halben März hindurch vom Morgengrauen bis zum späten Abend ausgebucht. Die meisten Patienten verlangten ausdrücklich nach Dr. Graveline, dessen Ruf sein Talent weit überstieg. Während Rudy die Fälle gewöhnlich auf die acht bei ihm angestellten plastischen Chirurgen verteilte, hatten viele Patienten den Eindruck, daß Dr. Graveline selbst die Operationen durchgeführt hatte. Das lag daran, daß Rudy häufig hereinkam und ihnen die welken Hände tätschelte, bis sie friedlich unter dem Einfluß des Betäubungsmittels eingeschlafen waren. Zu diesem Zeitpunkt übergab Rudy sie dann einem seiner jüngeren und fähigeren Untergebenen.

Dr. Graveline schonte sich für die reichsten Patienten. Die Stammkunden wurden jeden Winter geschnitten, und Rudy rechnete mit diesem Geschäft. Er versicherte seinen chirurgischen Hypochondern, daß es absolut nicht unnormal sei, eine fünfte, sechste oder siebte Blepharoplastie in ebenso vielen Jahren vornehmen zu lassen. «Fühlen Sie sich danach besser?» fragte Rudy sie. «Dann ist es doch wohl den Aufwand wert, oder etwa nicht? Sehen Sie ...»

Ein solche Patientin war Madeleine Margaret Wilhoit, neunundsechzig Jahre alt, aus North Palm Beach. Im Verlauf ihrer Bekanntschaft gab es kaum eine Fläche an Madeleines physischer Erscheinung, die Dr. Rudy Graveline nicht verändert hätte. Was immer er unternahm und was immer er berechnete, immer erfüllte es Madeleine mit großer Freude. Und sie kehrte gleich im nächsten Jahr zurück, um mehr zu bekommen. Obgleich Madeleines Gesicht Dr. Graveline in vieler Hinsicht an ein Kamel erinnerte, mochte er sie gern. Sie war jener Typ von Patient, auf die man bauen konnte: Aktienpakete und Beteiligungen in Steueroasen.

Am vierten Januar nahm Rudy Graveline beschwingt von der warmen sonnigen Fahrt zum Whispering-Palms-Sanatorium die Aufgabe in Angriff, zum fünften, sechsten oder siebten Mal (genau konnte er sich nicht mehr erinnern) die Augenlider von Madeleine Margaret Wilhoit zu reparieren. Angesichts der eher für ein Dromedar typischen Beschaffenheit ihrer Haut war die Mission zum Scheitern verurteilt, und Rudy wußte das. Jede kosmetische Verbesserung würde ausschließlich in Madeleines Einbildung stattfinden, aber Rudy (der ebenso genau wußte, wie begeistert sie reagieren würde) machte weiter.

Etwa zur Halbzeit der Operation piepte das Wandtelefon. Mit dem von einem Kittel umhüllten Ellbogen drückte die OP-Schwester geschickt auf den Knopf der Sprechanlage und erklärte dem Anrufer, daß Dr. Graveline sich mitten in einem chirurgischen Eingriff befinde und nicht zu sprechen sei.

«Es ist aber verdammt wichtig, bestellen Sie ihm das!» sagte eine mürrische männliche Stimme, die Rudy sofort erkannte.

Er bat die Schwester und den Anästhesisten, den Operationssaal für ein paar Minuten zu verlassen. Als sie gegangen waren, sagte er in Richtung des Telefonlautsprechers: «Reden Sie. Ich bin's selbst.»

Der Anruf kam aus einer Telefonzelle in Atlantic City, New Jersey; nicht, daß es für Rudy eine besondere Bedeutung gehabt hätte. Er wußte nur von Jersey, und das war alles, was er wissen mußte.

«Wollen Sie einen Bericht?» fragte der Mann.

«Natürlich.»

«Es ist lausig gelaufen.»

Rudy seufzte und blickte auf die violetten Pfeile, die er rund um Madeleines Augen aufgezeichnet hatte.

«Wie lausig?» fragte der Chirurg den Telefonlautsprecher.

«Absolut beschissen lausig.»

Rudy versuchte, sich das Gesicht am anderen Ende der Leitung, oben in New Jersey, vorzustellen. Früher konnte er ein Gesicht anhand der Stimme am Telefon ziemlich genau erraten. Diese Stimme hier klang fett und schmierig, als gehörten zu ihr schwarze, gekräuselte Augenbrauen und gemein blickende dunkle Augen.

«Und was nun?» fragte der Arzt.

«Behalten Sie die andere Hälfte des Geldes.»

Wie gnädig, dachte Rudy.

«Und wenn Sie es noch mal versuchen sollen?»

«Gut für mich.»

«Und was wird das kosten?»

«Dasselbe», antwortete die Augenbraue. «Geschäft ist Geschäft.»

«Kann ich es mir noch mal überlegen?»

«Klar. Ich rufe morgen wieder an.»

Rudy meinte: «Es ist nur so, daß ich nicht mit Schwierigkeiten gerechnet habe.»

«Das ist jedenfalls nicht Ihr Problem. So eine Scheiße passiert schon mal.»

«Verstehe», sagte Dr. Graveline.

Der Mann in New Jersey legte auf, und Madeleine Margaret Wilhoit regte sich auf dem Operationstisch. Rudy kam der Gedanke, daß die alte Schachtel am Ende doch nicht richtig eingeschlafen war und vielleicht das ganze Gespräch mitgehört hatte.

«Madeleine», flüsterte er ihr ins Ohr.

«Unnnggh?»

«Geht es dir gut?»

«Prima, Papi», säuselte Madeleine. «Wann darf ich mit ins Segelboot?»

Rudy Graveline lächelte, dann rief er mit dem Summer die Schwester und den Anästhesisten zurück, damit sie ihm halfen, die Operation zu beenden.

Während seiner Zeit im Büro des Staatsanwalts hatte Mick Stranahan mitgeholfen, viele Leute ins Gefängnis zu bringen. Die meisten waren wieder draußen, sogar Mörder, auf Grund eines amtlichen Erlasses, der den Staat Florida aufforderte, gelegentlich seine überfüllten Gefängnisse wenigstens teilweise zu leeren. Stranahan akzeptierte die Tatsache, daß einige dieser Ex-Sträflinge bittere Gefühle gegen ihn hegten und daß mehr als nur ein paar sicherlich froh wären, ihn tot zu sehen. Aus diesem Grund war Stranahan ungemein vorsichtig bei Besuchern. Er war niemand, der zur Paranoia neigte, aber er betrachtete sein Risiko unter praktischen Gesichtspunkten: Wenn jemand vor deiner Tür steht und eine Pistole in der Hand hält, dann ist es eigentlich sinnlos, ihn nach seinen Wünschen zu fragen. Die Antwort ergäbe sich von selbst, und mit der Lösung des Problems verhält es sich genauso.

Der Killer, der zu dem Stelzenhaus gekommen war, war der fünfte Mensch, den Mick Stranahan in seinem Leben getötet hatte.

Die ersten beiden waren nordvietnamesische Berufssoldaten gewesen, die in der Nähe von Dak Mat Lop im Zentralen Hochland Stolperdrähte für Landminen verlegten. Stranahan überraschte die jungen Soldaten, indem er anstelle seiner M-16 seine Handfeuerwaffe benutzte, und indem er nicht danebenschoß. Es passierte in der zweiten Maiwoche 1969, als Stranahan kaum zwanzig Jahre alt war.

Die dritte Person, die er tötete, war ein bewaffneter Räuber in Miami namens Thomas Henry Thomas, der den Fehler beging, einen Hähnchengrill zu überfallen, während Stranahan gerade in der Schlange wartete, um einen Karton mit neun Stück Extra Double Crispy zu bestellen. Um die mageren achtundsiebzig Dollar aufzubessern, die er aus der Registrierkasse geholt hatte, beschloß Thomas Henry Thomas, die Brieftaschen und Portemonnaies aller Kunden zu konfiszieren. Es ging auch alles glatt, bis er in der Schlange zu Mick Stranahan kam, der Thomas seelenruhig den .38er-Charter-Arms-Revolver aus der Hand nahm und ihm damit zwei Kugeln verpaßte. Als Dank bescherte die Zentrale der Restaurantkette Stranahan für drei Monate Einkaufsgutscheine und bot ihm an, sein Konterfei auf jeden Karton von Chicken Chunkettes zu drucken, der im Dezember 1977 verkauft würde.

Da er völlig pleite war und gerade eine ziemlich wüste Scheidung überstanden hatte, nahm Stranahan die Gutscheine an, verwarf jedoch die Idee mit dem Werbefoto.

Die Erschießung von Thomas Henry Thomas (seine offensichtlichen Charaktermängel einmal beiseite gelassen) wurde als schwerwiegend genug betrachtet, um sowohl die Polizei in Miami als auch die von Dade County davon abzuhalten, Mike Stranahan einzustellen. Seine heftige Weigerung, sich irgendwelchen psychologischen Routinetests zu unterziehen, war ein weiteres Argument gegen ihn. Das Büro des Staatsanwaltes jedoch brauchte dringend einen straßenkundigen Ermittler und war hocherfreut, einen hochdekorierten Kriegsveteranen anheuern zu können, auch wenn er sich erst im relativ zarten Alter von neunundzwanzig Jahren befand.

Die vierte und bedeutendste Person, die Mick Stranahan tötete, war ein im Dade County tätiger korrupter Richter namens Raleigh Goomer. Goomers Spezialität war die Annahme von Bestechungsgeldern von Strafverteidigern als Gegenleistung für lächerliche Kautionen, die gefährlichen Straftätern die Möglichkeit eröffneten, das Gefängnis zu verlassen und sich aus dem Staub zu machen. Es war Stranahan, der den Richter bei diesem Spiel erwischte und verhaftete, als jener gerade im Begriff war, eine Schmiergeldzahlung in einem Stripteaseschuppen unweit des Flughafens von Miami entgegenzunehmen. Während der Fahrt ins Gefängnis geriet Goomer offenbar in Panik, zog aus einer seiner schwarzen Nylonsocken eine .22er hervor und feuerte fünf Schüsse auf Mick Stranahan ab. Zweimal in den rechten Oberschenkel getroffen, schaffte Stranahan es, die Pistole zu packen, den Lauf auf das rechte Nasenloch des Richters zu richten und abzudrücken.

Ein Sonderstaatsanwalt, der von Tampa geschickt worden war, ging mit dem Fall vor eine Grand Jury, und diese Grand Jury kam überein, daß der Tod von Richter Goomer die Folge einer eindeutigen Notwehrhandlung gewesen war, obgleich ein haargenau durchschossenes rechtes Nasenloch doch ziemlich extrem erschien. Auch wenn Stranahan in allen Punkten für unschuldig erklärt wurde, konnte er ganz offensichtlich nicht mehr vom Büro des Staatsanwaltes weiterbeschäftigt werden. Die Forderung nach seiner Entlassung wurde besonders dringlich von anderen korrupten Richtern erhoben, von denen mehrere erklärten, sie hätten Angst, einem Prozeß vorzusitzen, in dem Mick Stranahan zur Sache aussagte.

Am siebten Juni 1988 zog sich Mick Stranahan aus dem Stab des Staatsanwaltes zurück. Eine Pressemitteilung sprach von einer vorzeitigen Pensionierung und berichtete weiter, daß Stranahan die Zahlung einer Arbeitsunfähigkeitsrente zustand, als Folge der Verletzungen, die er bei der Schießerei mit Goomer davongetragen hatte. Stranahan war überhaupt nicht arbeitsunfähig, aber seine familiäre Verbindung mit einem berüchtigten Anwalt für Schmerzensgeld-Forderungen reichte aus, um das County derart zu erschrekken, daß es ihm Geld bot. Als Stranahan meinte, er wollte das Geld nicht, verdoppelte die Bezirksregierung des County prompt ihr Angebot und schob sogar noch einen elektrischen Rollstuhl nach. Stranahan gab sich geschlagen.

Wenig später zog er hinaus nach Stiltsville und schloß mit den Fischen Freundschaft.

Ein Schiff der Küstenwache näherte sich eine halbe Stunde nach Mittag Mick Stranahans Haus. Stranahan befand sich auf der obersten Terrasse, wo er eine Angel ausgeworfen hatte, um Mangrovenschnapper zu fangen.

«Haben Sie eine Sekunde Zeit?» fragte der Beamte der Küstenwache, ein hellwacher junger Kubaner namens Luis Córdova. Stranahan konnte ihn ganz gut leiden.

«Kommen Sie rauf», sagte er.

Stranahan zog den Köder ein und legte die Angelrute beiseite. Er holte vier tote Barsche aus dem Eimer, nahm sie nacheinander aus und warf die glitschigen Überreste ins Wasser.

Córdova sprach unterdessen von der Leiche, die bei Cape Florida angeschwemmt worden war.

«Die Jagdaufseher haben ihn gestern abend gefunden», sagte er. «Ein Zitronenhai hat seinen linken Fuß erwischt.»

«So etwas kommt vor», sagte Stranahan und häutete die Fischfilets.

«Der Gerichtsarzt meint, es sei eine furchtbare Stichwunde.»

«Ich brat' mir die für ein paar Sandwiches», sagte Stranahan. «Wollen Sie auch eins?»

Córdova schüttelte den Kopf. «Nein, Mick, unten bei Boca Chita machen ein paar Verrückte Jagd auf Hummer, deshalb muß ich gleich weiter. Die Metropolitan Police von Dade County bat mich, hier draußen mal herumzuwühlen, ob ich irgendwas finde. Und da Sie hier der einzige sind ...»

Stranahan schaute von seinen Fischen auf, die er dabei weiter säuberte. «Ich glaube, gestern war nicht viel los hier», sagte er. «Das Wetter war ganz mies, das weiß ich noch.»

Er warf die Fischskelette mitsamt den Köpfen über das Geländer.

«Nun, die Jungs von der Metropolitan Police sind nicht gerade begeistert», meinte Córdova.

«Wie kommt's? Wer war denn der Tote?»

«Er hieß Tony Traviola, dieser Typ. Die Staatspolizei in Jersey hat eine dicke Akte über ihn. Tony der Aal, ein Geldeintreiber. Soweit ich es verstanden habe, kein besonders netter Bursche.»

Stranahan meinte: «Vermutet man, daß die Mafia ihn liquidiert hat?»

«Ich weiß nicht, was man vermutet.»

Stranahan trug die Filets ins Haus und spülte sie unter fließendem Wasser ab. Er ging dabei sehr sparsam mit dem Wasser um, da die Tanks fast leer waren. Córdova nahm sich ein Glas Eistee, stellte sich neben Stranahan und schaute ihm dabei zu, wie der die Filets in Eigelb und Paniermehl wendete. Normalerweise wollte Stranahan lieber in Ruhe gelassen werden, wenn er kochte, aber diesmal war es ihm nicht recht, daß Luis Córdova gleich wieder abzog.

«Sie haben auch das Boot von dem Typen gefunden», fuhr der Mann vom Küstenschutz fort. «Es war ein Mietboot aus Haulover. Ein weißes Seacraft.»

Stranahan meinte, dieses Modell habe er lange nicht mehr gesehen.

«Ein paar Blutflecken waren alles, was sie fanden», sagte Córdova. «Jemand hat da gründlich saubergemacht.»

Stranahan tat die Schnapperfilets mit einem Eßlöffel Öl in eine Bratpfanne. Der Herd schien nicht zu funktionieren. Daher kniete er sich hin und überprüfte die Zündflamme – erloschen, wie üblich. Er hielt ein Zündholz daran, und es dauerte nicht lange, bis der Fisch zu brutzeln begann.

Córdova ließ sich auf einem der Barhocker aus Korbgeflecht nieder.

«Und warum glaubt die Polizei nicht, daß es die Mafia war?» erkundigte sich Stranahan.

«Ich habe nicht gesagt, daß sie das nicht glaubt, Mick.»

Stranahan lächelte und öffnete eine Flasche Bier.

Córdova zuckte mit den Schultern. «Man erzählt mir da auch nicht alles.»

«Zuerst einmal würden sie ihn doch niemals den weiten Weg nach Florida runterbringen, um ihn hier umzubringen, nicht wahr, Luis? Sie haben genau den selben Ozean auch oben in Jersey. Also war Tony der Aal schon länger hier und hatte wohl einiges zu erledigen.»

«Das leuchtet ein.» Córdova nickte.

«Zweitens, warum haben sie ihn nicht einfach erschossen? Messer sind etwas für Anfänger, aber nicht für Profis.»

Córdova schnappte nach dem Köder. «Es war kein Messer», sagte er. «Es war viel größer, meinte der Leichenbeschauer. Eher schon ein Speer.»

«Das klingt aber nicht nach den Jungs.»

«Nein», stimmte Córdova ihm zu.

Stranahan bereitete drei Fischsandwiches und reichte eines dem Mann von der Küstenwache, der offenbar vergessen hatte, die Hummerdiebe zu verfolgen, falls es überhaupt welche gab.

«Die andere seltsame Sache», sagte er mit einem Mund voll Brot, «ist das Gesicht des Typen.»

«Was ist damit?»

«Es paßte nicht zu den Karteifotos, nicht einmal entfernt. Sie identifizierten ihn mittels der Fingerabdrücke und des Zahnmusters, aber als sie die Fotos vom FBI zugeschickt bekamen, sahen sie einen völlig anderen Typen darauf. Die Metro ruft also den FBI an und teilt ihnen mit, sie hätten wohl einen Fehler gemacht, und die wehren sich, einen Teufel haben wir, das ist wirklich und wahrhaftig Tony Traviola. Sie diskutierten die Sache zwei Stunden lang von allen Seiten durch, bis jemand die zündende Idee hat, den Leichenbeschauer anzurufen.»

Córdova setzte sein Glas mit dem Eistee ab. Er trank vorerst nichts mehr; der Fisch hatte seine Wangen zum Glühen gebracht.

Stranahan fragte: «Und?»

«Plastische Chirurgie.»

«Ehrlich?»

«Mindestens fünf Operationen, von seinen Augen bis zum Kinn.

Tony der Aal, er war der reinste Michael Jackson. Seine eigene Mutter hätte ihn nicht erkannt.»

Stranahan öffnete eine zweite Bierflasche und setzte sich.

«Warum läßt sich ein Penner wie Traviola das Gesicht verändern?»

Córdova meinte: «Traviola mußte wegen Erpressung in den Bau und wurde vor zwei Jahren aus Rahway entlassen. Nicht lange danach wird ein Purolator-Truck überfallen, aber die Räuber werden drei Tage später tot aufgefunden – ohne die Beute. Eine typische Mafia-Nummer. Die FBI-Leute geben einen Steckbrief und eine Fahndung nach Traviola heraus und hängen sein Foto in jedes Postamt an der Ostküste.»

«Das ist natürlich ein guter Grund, sich den Rüssel richten zu lassen», sagte Stranahan.

«Das denken die sich auch.» Córdova stand auf und wusch seinen Teller in der Spüle ab.

Stranahan war beeindruckt. «Das haben Sie doch nicht alles von der Metro gehört, oder?»

Córdova lachte. «He, sogar wir Schlickrutscher haben jetzt Computer.»

Er war ein guter Kerl, dachte Stranahan, ein guter Cop. Vielleicht gab es am Ende für die Welt doch noch Hoffnung.

«Ich sehe, Sie waren draußen und haben sich die Zeitung geholt», stellte der Mann vom Küstenschutz fest. «Warum das denn, haben Sie etwa ein Pferd im Gulfstream-Rennen?»

Teufel, dachte Stranahan, das war ein dummer Fehler. Auf der Anrichte lag der Herald, aufgeschlagen auf der Seite, wo die Meldung von der angeschwemmten Leiche abgedruckt war. Da man ja in Miami war, war die Geschichte nur zwei Absätze lang, eingezwängt unter einer kleinen Überschrift zwischen dem Fund von einer Tonne Kokain und einem Doppelmord auf dem Fluß. Vielleicht bemerkte Luis Córdova es gar nicht.

«Sie müssen schon ziemlich früh aufgestanden sein, um zum Yachthafen zu fahren und wieder zurückzukehren», sagte er.

«Ich mußte Vorräte kaufen», log Stranahan. «Außerdem war es ein idealer Morgen für eine Bootsfahrt. Wie war der Fisch?»

«Köstlich, Mick.» Córdova schlug ihm auf die Schulter und verabschiedete sich.

Stranahan trat hinaus auf die Sonnenterrasse und verfolgte, wie Córdova sein Patrouillenboot losmachte, ein grauer Mako mit Außenbordmotor und einem Blaulicht auf der Mittelkonsole.

«Wenn irgend etwas Verdächtiges passiert, oder wenn ich irgend etwas hören sollte, dann melde ich mich bei Ihnen, Luis.»

«Machen Sie sich keine Mühe, das ist ein Fall der Metropolitan Police», sagte der Küstenwächter. «So wie es aussieht, war der Typ ein ziemlicher Dreckskerl.»

«He», sagte Stranahan, «mir tut der Hai leid, der seinen Fuß aufgefressen hat.»

Córdova lachte. «Ja, der wird sicher 'ne Woche lang kotzen.»

Stranahan winkte, während das Polizeiboot sich entfernte. Zufrieden sah er, daß Luis Córdova einen südlichen Kurs Richtung Boca Chita einschlug, wie er es ursprünglich angekündigt hatte. Er war auch dankbar, daß der junge Beamte sich nicht nach dem Kopf des blauen Schwertfisches an der Wohnzimmerwand erkundigt hatte, und danach, warum das Schwert mit frischem Klebeband repariert worden war.

Timmy Gavigan hatte sein ganzes Leben lang immer wie der leibhaftige Tod ausgesehen. Doch jetzt hatte er dafür eine Entschuldigung.

Sein kupferrotes Haar war in dicken Büscheln ausgefallen und gab große Flecken von mit Sommersprossen übersäter Kopfhaut preis. Sein Gesicht, das einmal rund und blühend gewesen war, wirkte nun so, als ob jemand die Luft herausgelassen hätte.

Von seinem Krankenhausbett aus meinte Timmy Gavigan: «Mick, kannst du fassen, daß wir dieses Zeug essen müssen?» Er spießte ein Stück graues Fleisch von seinem Teller auf und hielt es mit zwei Fingern hoch, wie ein soeben vorgelegtes Beweisstück in einer Gerichtsverhandlung. «Hier siehst du die Regierung in Reinkultur, Mick. Die gleichen Wichser, die Laserkanonen in den Weltraum schießen wollen, können noch nicht einmal ein Salisburysteak braten.»

Stranahan sagte: «Ich hole uns was aus dem nächsten Restaurant.»

«Vergiß es.»

«Hast du keinen Hunger?»

«Ich habe etwa fünf Gallonen Gift in meinem Kreislauf, Mick. Irgendein neuer, experimenteller Supersaft. Ich hab' ihnen gesagt, sie sollen es ausprobieren, und warum, zum Teufel, auch nicht? Wenn das Zeug all diese gottverdammten Zellen killt, dann bin ich gerne dabei.»

Stranahan lächelte und setzte sich. «Ein Mann kam raus zu meiner Behausung. Er benutzte deinen Namen, Tim.»

Gavigans Lachen war ein Rasseln. «Nicht gerade schlau. Wußte er denn nicht, daß wir befreundet sind?»

«Ja, das meine ich ja. Er erzählte den Leuten, er hieße wie du, und versuchte herauszubekommen, wo mein Haus steht.»

«Aber dir hat er nicht gesagt, er sei ich?»

«Nein», sagte Stranahan.

Gavigans blaue Augen schienen aufzuleuchten. «Hat er dein Haus gefunden?»

«Unglücklicherweise.»

«Und?»

Stranahan überlegte, wie er jetzt weitermachen sollte.

«He, Mick, ich habe nicht mehr allzuviel Zeit, klar? Ich meine, ich könnte jeden Augenblick abkratzen, daher laß mich dir diese Geschichte nicht so mühsam aus der Nase ziehen.»

Stranahan meinte: «Es kam heraus, daß er einer von der ganz schlimmen Sorte aus dem Osten war, ein Mafia-Killer.»

«Wie bitte?» Gavigan grinste. «Das ist es also. Und ich dachte schon, du seist nur hergekommen, um zu sehen, wie es deinem alten Kumpel geht.»

«Das auch», meinte Stranahan.

«Aber zuerst muß ich dir helfen, die ganze Sache zu rekonstruieren und herauszufinden, wie dieser Pizzabäcker uns miteinander in Verbindung gebracht hat.»

«Mir gefällt überhaupt nicht, daß er deinen Namen benutzt hat.»

«Was meinst du, wie ich das finde?» Gavigan reichte Stranahan das Eßtablett und bat ihn, es auf dem Fußboden abzustellen. Dann faltete er seine papierdünnen Hände auf der dünnen Wolldecke in seinem Schoß. «Wie konnte er wissen, daß wir befreundet sind, Mick? Du rufst nie an, du schickst mir keine Postkarten oder Geschenke. Hast meinen Geburtstag drei Jahre hintereinander vergessen.»

«Das stimmt nicht, Timmy. Vor zwei Jahren habe ich dir ein Strip-o-gramm geschickt.»

«Diese Braut kam von dir? Ich dachte, sie sei nur aus Einsamkeit aufs Revier gekommen und hätte sich den attraktivsten Cop herausgepickt. Zum Teufel, Mick, ich war mit ihr eine Woche auf den Bahamas, hätte sie sogar beinahe geheiratet.»

Stranahan fühlte sich jetzt besser; Timmy wußte etwas. Stranahan konnte es in seinen Augen erkennen. Es war ihm wieder eingefallen.

Gavigan sagte: «Mick, dieses Girl hatte die schönsten Brustwarzen, die ich je gesehen habe. Ich möchte dir dafür aufrichtig danken.»

«Ist schon gut.»

«Wie bei Susan B. Wie Vierteldollars, so groß waren die. Und dazu achteckig.» Gavigan zwinkerte. «Erinnerst du dich noch an die Barletta-Sache?»

«Sicher.» Der Fall hatte mit einer Vermißtenanzeige begonnen und sich dann als mögliches Kidnapping herausgestellt. Das Opfer war eine zweiundzwanzigjährige Studentin der Universität von Miami, Victoria Barletta: braune Augen, schwarzes Haar, eins siebzig groß, hundertzwanzig Pfund. Sie verschwand an einem regnerischen Märznachmittag.

Immer noch ungelöst.

«Unsere Namen standen in der Zeitung», sagte Gavigan. «Ich hab' immer noch den Ausschnitt.»

Stranahan erinnerte sich. Es hatte eine Pressekonferenz stattgefunden. Victorias Eltern boten zehntausend Dollar Belohnung. Timmy war dort von der Mordkommission, Stranahan vom Büro des Staatsanwalts. Beide wurden in der Story zitiert, die auf den Titelseiten des Herald und der Miami News erschien.

Gavigan hustete in einer Weise, die Mick Stranahan zutiefst erschreckte. Es klang, als hätten Timmys Lungen sich in Vanillepudding verwandelt.

«Reich mir mal die Tasse», sagte Gavigan. «Weißt du was? Das war das einzige Mal, daß wir zusammen in der Zeitung standen.»

«Timmy, wir waren ständig in den Zeitungen.»

«Ja, aber nicht zusammen.»

Er schlürfte etwas Ginger Ale und richtete einen knochigen, blassen Finger auf Stranahan. «Nicht zusammen, Freundchen, glaub mir. Ich sammle sämtliche Ausschnitte für mein Andenkenbuch. Du etwa nicht?»

Stranahan verneinte.

«Du ganz bestimmt nicht.» Gavigan stieß ein abgehacktes Lachen aus.

«Du meinst also, der Mafiatyp hatte es aus der Zeitung?»

«Nicht der Mafiatyp», sagte Gavigan, «sondern der Typ, der ihn engagiert hat. Das ist sehr gut möglich.»

«Der Barletta-Fall liegt vier Jahre zurück, Timmy.»

«He, ich bin wohl doch nicht der einzige, der ein Andenkenbuch führt.» Er gähnte. «Laß dir das alles mal durch den Kopf gehen, Mick, wahrscheinlich ist es wichtig.»

Stranahan erhob sich und sagte: «Ruh du dich aus Buddy.»

«Ich bin froh, daß du dich um den Typen gekümmert hast, der meinen Namen benutzte.»

«He, ich weiß gar nicht, wovon du redest.»

«Doch, das tust du.» Gavigan lächelte. «Wie dem auch sei, ich freue mich, daß du's getan hast. Er durfte nicht so lügen und meinen Namen mißbrauchen.»

Stranahan zog seinem Freund die Decke bis zum Hals hoch.

«Gute Nacht, Timmy.»

«Sei vorsichtig, Mick», riet ihm der alte Cop. «He, und wenn ich abtrete, dann bewahrst du den Zeitungsausschnitt mit der Meldung auf, okay? Kleb ihn auf die letzte Seite meines Andenkenbuchs.»

«Versprochen.»

«Es sei denn, es kommt gar nicht in die Zeitung.»

«Es wird in die verdammte Zeitung kommen», sagte Stranahan. «Ganz hinten, in den Annonceteil für Vermischtes, wo du hingehörst.»

Timmy Gavigan lachte so heftig, daß er nach der Schwester klingeln mußte, damit sie ihm die Sauerstoffmaske aufsetzte.

3

Vier Tage, nachdem der Mafiamann erschienen war, um ihn zu ermorden, stand Mick Stranahan schon früh auf und fuhr mit seinem Boot zum Yachthafen. Dort startete er mit Hilfe einer zweiten Batterie seinen alten Chrysler Imperial und fuhr runter nach Gables-by-the-Sea – eine stinkvornehme, aber völlig falsch benannte Gegend –, wo seine Schwester Kate mit ihrem degenerierten Rechtsanwalts-Ehemann und drei halbwüchsigen Töchtern (seinen, nicht ihren) wohnte. Die Siedlung lag keineswegs direkt am Meer, sondern hatte nur Verbindung zu einem von Menschenhand geschaffenen Kanalnetz, das in die Biscayne Bay mündete. Niemand beklagte sich über diesen Marketingschwindel, da man sich unter Käufern und Verkäufern einig geworden war, daß Gables-by-the-Sea viel gediegener klang als Gables-on-the-Canal. Die Grundstückspreise spiegelten diesen subtilen Unterschied deutlich wider.

Stranahans Schwester wohnte in einem geräumigen Haus mit einem Zwischengeschoß, fünf Zimmern, einem Swimmingpool, einer Sauna und einem Golfgrün im Garten. Ihr Rechtsanwalts-Ehemann hatte sich sogar ein Dreißig-Fuß-Segelboot gekauft, passend zum Dock hinterm Haus, obgleich er den Bug nicht vom Heck unterscheiden konnte. Der Anblick des glänzenden weißen Mastes, der noch über das Dach des großen Hauses hinausragte, brachte Stranahan dazu, unwillkürlich den Kopf zu schütteln, während er in die Einfahrt einbog. Kates Ehemann war ganz eindeutig für Süd-Florida geboren.

Als Stranahans Schwester an die Tür kam, sagte sie: «Sieh mal an, wer da gekommen ist.»

Stranahan gab ihr einen Kuß und fragte: «Ist Jocko zu Hause?»

«Er heißt nicht Jocko.»

«Er ist ein Zirkusaffe, Kate, und daran ist nichts zu rütteln.»

«Sein Name lautet nicht Jocko, also hör endlich auf.»

«Wo ist denn der blaue Beemer?»

«Den haben wir eingetauscht.»

Stranahan folgte seiner Schwester ins Wohnzimmer, wo sich eines der Mädchen eine MTV-Show ansah und sich nicht rührte.

«Gegen was eingetauscht?»

«Einen Maserati», sagte Kate und fügte hinzu: «Die Limousine, nicht das Sportmodell.»

«Prima», sagte Stranahan.

Kate machte ein trauriges Gesicht, und Stranahan umarmte sie und drückte sie an sich; es brachte ihn fast um, sich vorzustellen, daß seine Schwester solch einen schmierigen Krankenwagenpiraten geheiratet hatte. Kipper Garths Gesicht war auf Highway-Reklametafeln überall an der Gold Coast zu sehen. «Wenn Sie einen Unfall hatten, dann schuldet Ihnen irgendwer irgendwo eine Menge Geld!!! Rufen Sie an: 555-Tort.» Kipper Garths Firma hieß «Die freundlichen Anwälte», und es erwies sich als ein ganz schön lukratives Erpressungsgeschäft. Kipper Garth arbeitete Tausende geldgieriger Kläger durch, schickte die Verlierer nach Hause und die guten Fälle zu angesehenen Schadensersatzanwälten, mit denen er sich die Gebühren halbe-halbe teilte. Auf diese Art und Weise verdiente Kipper Garth sechsstellige Dollarbeträge, ohne jemals mit seinen Ballyschuhen den Fußboden eines Gerichtssaals zu betreten, was (angesichts seiner allgemeinen Unkenntnis der Gesetze) für seine Klienten ein Segen war.

«Er spielt Tennis», sagte Kate.

«Tut mir leid, was ich gesagt hab'», erklärte ihr Stranahan. «Du weißt, was ich empfinde.»

«Ich wünschte, du würdest ihm eine Chance geben, Mick. Er hat wirklich einige positive Charakterzüge.»

Wenn man Bandwürmer mag, dachte Stranahan. Er konnte Kate bei dem Heavy-Metal-Video im Fernsehen kaum verstehen, daher dirigierte er sie in die Küche. «Ich bin nur hergekommen, um meine Schrotflinte zu holen», sagte er.

Die Augen seiner Schwester verfärbten sich von grün zu grau wie damals, als sie noch Kinder waren, wenn sie es auf ihn abgesehen hatte.

«Ich kann mich zu Hause vor Möwen kaum retten», erklärte Stranahan.

Kate schaute ihn fragend an. «Ach? Was ist denn mit diesen Plastikeulen passiert?»

«Die haben überhaupt keine Wirkung gehabt», antwortete Stranahan. «Die Möwen haben sie nur vollgeschissen.»

Sie gingen hinüber in Kipper Garths Arbeitszimmer, dessen Grundfläche die von Stranahans gesamtem Haus weit übertraf. Seine Schrotflinte, eine Remington mit Pumpmechanismus, war zusammen mit einigen eleganten, reich verzierten Flinten in einem Regal aus Ahorn eingeschlossen. Kate nahm den Schlüssel dazu aus einer Schublade des Schreibtisches ihres Mannes. Stranahan holte die Remington herunter und untersuchte sie.

Kate bemerkte seinen Gesichtsausdruck und meinte: «Kip hat sie oben im Norden ein- oder zweimal gebraucht. Um Fasane zu schießen.»

«Den Dreck hätte er wenigstens entfernen können.»

«Tut mir leid, Mick.»

«Dieser Mann ist ein hoffnungsloser Fall.»

Kate berührte seinen Arm und meinte: «In einer Stunde kommt er nach Hause. Möchtest du bleiben?»

«Ich kann nicht.»

«Tu mir bitte den Gefallen. Ich möchte, daß du diesen Prozeßquatsch ein für allemal in Ordnung bringst.»

«Es gibt nichts in Ordnung zu bringen, Kate. Dieser kleine Affe möchte mich fertigmachen, schön. Das verstehe ich.»

Der Streit rührte von einem noch hängigen Anschlußverfahren gegen Kipper Garth her, der beschuldigt wurde, eine Versicherungsgesellschaft betrogen zu haben. Einer von Kipper Garth' Klienten klagte auf Anerkennung von achtzig Prozent Körperbehinderung, nachdem er auf einem Golfkurs beim siebzehnten Loch über einen Rechen gestolpert war. Drei Tage, nachdem die Klage eingereicht worden war, war der Mann dumm genug, um am sechsundzwanzig Kilometer langen Orange-Bowl-Marathon teilzunehmen, dumm genug, als Dritter ins Ziel zu kommen, und endgültig dumm genug, mehreren TV-Sportreportern Interviews zu geben.

Es war ein derart ungeheuerlicher Schwindel, daß noch nicht einmal die Anwaltskammer von Florida ihn ignorieren konnte, und ohne von außen dazu gedrängt zu werden, hatte Mick Stranahan sich gemeldet, um gegen seinen Schwager auszusagen. Einiges von dem, was Stranahan sagte, beruhte auf Tatsachen, und alles andere waren reine Vermutungen, Kipper Garth konnte nichts davon gefallen und hatte ihm eine Anzeige wegen übler Nachrede und Verleumdung angedroht.

«Das Ganze wird allmählich lächerlich», sagte Kate. «Wirklich. Das ist es jetzt schon.»

«Mach dir keine Sorge», sagte Stranahan, «er wird nicht klagen. Er könnte den Weg zum Gerichtsgebäude ja noch nicht einmal mit einem Stadtplan finden.»

«Hör endlich auf! Es ist immerhin mein Ehemann, über den du redest.»

Stranahan zuckte die Achseln. «Behandelt er dich anständig?»

«Wie eine Prinzessin. Läßt du es jetzt endlich gut sein?»

«Klar doch, Kate.»

An der Tür sah sie ihn voller Sorge an. «Und sei vorsichtig mit dem Gewehr, Mick.»

«Kein Problem», sagte er. «Bestell doch Jocko, daß ich hier war.»

«Keinen Gruß? Oder vielleicht ein Frohes Neues Jahr?»

«Nein, sag ihm nur, daß ich hier war. Mehr nicht.»

Stranahan kehrte in den Yachthafen zurück, wickelte die Schrotflinte in ein Öltuch und schob sie unter die Sitzbank des Bootes. Bei steifer Brise machte er sich auf den Heimweg, wurde von der Gischt völlig durchnäßt und bekam vom heftigen Seegang einige harte Schläge verpaßt. Er brauchte fünfundzwanzig Minuten, um bis zum Stelzenhaus zu gelangen. Stranahan ließ sich mit der langsam steigenden Flut gemächlich bis zum Haus tragen. Als er das Boot festgemacht hatte, hörte er oben Stimmen und das Geräusch von nackten Füßen auf den Planken.

Er wickelte die Schrotflinte aus und schlich die Treppe hinauf.

Drei nackte Frauen streckten sich auf der Sonnenterrasse aus. Eine von ihnen, eine schlanke Brünette, sah auf und stieß einen Schrei aus. Die anderen griffen reflexartig nach ihren Handtüchern.

Stranahan fragte: «Was treiben Sie auf meiner Terrasse?»

«Werden Sie uns jetzt erschießen?» fragte die Brünette.

«Das bezweifle ich.»

«Wir wußten nicht, daß dieses Haus Ihnen gehört», sagte eine andere Frau, eine gebleichte Blondine mit beachtlichen Brüsten.

Stranahan murmelte etwas und öffnete die Tür, die von außen mit einem Vorhängeschloß versehen war. Dies hier kam ab und zu vor – Sonnenanbeter oder betrunkene Jugendliche betraten seine Behausung, wenn er nicht zu Hause war. Er legte das Gewehr beiseite und kam wieder nach draußen. Die Frauen hatten sich in ihre Badetücher gewickelt und sammelten ihre Sonnencremes und ihre Walkmen ein.

«Wo ist Ihr Boot?» erkundigte sich Stranahan.

«Weit draußen», sagte die Brünette und wies hinaus aufs Meer.

Stranahan blickte blinzelnd ins grelle Leuchten. Es sah aus wie ein großer roter Formel-Eins-Rennwagen, der zwei Skiläufer zog.

«Freunde?» fragte er.

Die gebleichte Blondine nickte. «Sie sagten, dieses Haus sei verlassen. Ganz ehrlich, wir wußten es wirklich nicht. Sie kommen um vier zurück.»

«Na schön, Sie können bleiben», sagte er. «Es ist ein schöner Tag für das Meer.» Dann ging er wieder ins Haus, um die Schrotflinte zu reinigen. Kurz darauf kam die dritte Frau, eine echte Blondine, herein und bat um ein Glas Wasser.

«Nehmen Sie ein Bier», meinte Stranahan. «Ich spare im Augenblick Wasser.» Sie befand sich wieder in völlig nacktem Zustand. Stranahan versuchte, sich auf das Remington-Gewehr zu konzentrieren.

«Ich arbeite als Model», erklärte sie und begann zu erzählen. Ihr Name war Tina, sie war neunzehn Jahre alt, in Detroit geboren, aber hierher gezogen, als sie noch ein Baby war; sie arbeitete gerne als Model, haßte aber einige der Schmierlappen, die die Fotos machten.

«Meine Karriere ist wirklich voll im Werden», verkündete sie. Sie setzte sich auf einen Barhocker, schlug die Beine übereinander und verschränkte die Arme unter ihren Brüsten.

«Und was tun Sie?» fragte sie.

«Ich bin pensioniert.»

«Sie sehen aber furchtbar jung aus für einen Pensionär. Dann müssen Sie ja reich sein.»

«Milliardär», sagte Stranahan und lugte durch den schimmernden blauen Lauf der Schrotflinte. «Vielleicht sogar Billionär. Ich weiß es nicht genau.»

Tina lächelte. «Richtig», sagte sie. «Haben Sie jemals *Miami Vice* gesehen? Ich war zweimal dabei. Beide Male habe ich eine Prostituierte gespielt, aber ich hatte wenigstens einige gute Textzeilen.»

«Ich habe keinen Fernseher», sagte Stranahan. «Tut mir leid, daß ich es versäumt habe.»

«Wissen Sie noch was? Ich hatte mal was mit Don Johnson.»

«Ich wette, das macht sich gut in einem Lebenslauf.»

«Er ist wirklich ein netter Kerl», bemerkte Tina, «ganz anders, als man von ihm spricht.»

Stranahan blickte auf und sagte: «Ich glaube, Ihre Bräune läßt nach.»

Tina, das Model, schaute an sich herab und schien sich plötzlich in einem Gedankengewirr zu verlieren. «Darf ich Sie um einen Gefallen bitten?»

Ein Kopfschmerz begann sich in Mick Stranahans Gehirn einzunisten. Er spürte, wie er zu wuchern begann wie Seetang, seinen Ursprung schien er in der Basis seines Schädels zu haben.

Tina stand auf und sagte: «Ich möchte, daß Sie sich mal meine Möpse ansehen.»

«Das habe ich. Sie sind wunderschön.»

«Bitte, schauen Sie genauer hin. Gehen Sie näher heran.»

Stranahan schraubte die Remington zusammen und legte sie sich quer über den Schoß. Er richtete sich auf und schaute direkt auf Tinas Brüste. Sie schienen in jeder Hinsicht großartig.

Sie fragte: «Sind sie genau gleichmäßig?»

«Es scheint so.»

«Der Grund, warum ich frage, ist der, daß ich eine dieser Operationen habe machen lassen. Sie wissen schon, ein Busenlifting. Für die Art von Fotos, für die ich posiere, brauchte ich das. Ich meine, ich war ziemlich klein oben herum, wenn Sie wissen, was ich meine.»

Stranahan schüttelte den Kopf. Zu diesem Gesprächsthema konnte er nichts beisteuern.

«Wie dem auch sei, ich hab' drei Riesen für die Operation bezahlt, und es hat mir arbeitsmäßig enorm geholfen. Bis zu diesem Tag, als ich Probeaufnahmen für Penthouse machen sollte, und der Fotograf ein paar Bemerkungen über meine Brüste machte. Er meinte, ich hätte wohl auf der linken Seite leichte Schwerkraftprobleme.»

Stranahan studierte ihre beiden Brüste und fragte: «Die linke von mir aus oder von Ihnen aus?»

«Von mir aus.»

«Na ja, ich glaube, er spinnt», meinte Stranahan. «Sie sind beide makellos.»

«Und Sie sagen das nicht nur so?»

«Ich beweise es Ihnen», erwiderte er und dachte dabei: Ich kann nicht glauben, daß ich das wirklich tue. Er ging in die Küche und wühlte dort lärmend herum, bis er fand, was er suchte: eine Wasserwaage für Zimmerleute.

Tina betrachtete sie und sagte: «So ein Ding habe ich schon mal gesehen.»

«Stillhalten», befahl Stranahan.

«Was haben Sie vor?»

«Achten Sie auf die Luftblase.»

Die Wasserwaage bestand aus einem galvanisierten Stahllineal und einem durchsichtigen Röhrchen mit einer bernsteinfarbenen Flüssigkeit in der Mitte. In dem Röhrchen befand sich außerdem eine Luftblase, die sich in der Flüssigkeit bewegte, je nachdem, in welchem Winkel die Waage gekippt wurde. Wenn die Fläche, auf die das Meßgerät aufgelegt wurde, genau waagerecht war, befand die Luftblase sich genau im Mittelpunkt des Röhrchens.

Stranahan hielt die Wasserwaage quer über Tinas Brüste, so daß jedes Ende eine Brustwarze leicht berührte. «Und jetzt schauen Sie langsam nach unten, Tina.»

«Okay.»

«Wo ist die Luftblase?» fragte er.

«Haargenau in der Mitte.»

«Richtig», sagte Stranahan. «Sie sehen – sie stimmen ganz genau.»

Er legte die Wasserwaage auf die Bar. Tina strahlte ihn an und kniff sich leicht, was ihre Brüste auf geradezu wundersame Weise zum Schwingen brachte. Stranahan beschloß, seine Remington ein zweites Mal zu reinigen.

«Na schön, dann nichts wie zurück in die Sonne», erklärte Tina lachend und hüpfte nackt wie ein Baby durch die Tür nach draußen.

«Zurück in die Sonne», sagte auch Mick Stranahan und dachte bei sich, daß es keinen schöneren Anblick auf Erden gab, als eine junge Frau, die mit sich total zufrieden und ungehemmt war, selbst wenn es drei Riesen gekostet hatte, so zu werden.

Um halb fünf kam das Schnellboot mit den kräftigen Freunden herangeröhrt. Stranahan saß auf der Sonnenterrasse und las und achtete nicht auf die nackten Frauen. Das Wasser war für das Boot zu flach, daher warteten die Jungen rund fünfzig Meter vom Haus entfernt. Nach einer kurzen Beratung kletterte einer der jungen Männer auf den Bug und rief Mick Stranahan etwas zu.

«He, was, zum Teufel, haben Sie denn da zu suchen?»

Stranahan blickte von seiner Zeitung hoch und sagte nichts. Tina rief zum Boot hinüber: «Es ist alles in Ordnung. Er wohnt hier.»

«Dann zieh deine Klamotten an!» brüllte einer der Jungen im Boot, wahrscheinlich Tinas Freund.

Tina schlängelte sich in ein T-Shirt. Sämtliche Freunde schienen einigermaßen beunruhigt zu sein über Stranahans Anwesenheit zwischen den nackten Frauen. Stranahan erhob sich und erklärte den Girls, daß das Wasser für das Skiboot zu seicht sei.

«Ich bringe euch in meinem Kahn 'rüber», meinte er.

«Lieber nicht, Richie ist richtig böse», warnte Tina.

«Richie sollte seinen Mitmenschen mehr vertrauen.»

Die drei jungen Frauen suchten ihre Badetücher und Sonnencremes zusammen und kletterten unbeholfen in Stranahans flaches Boot hinunter. Er zog den Außenbordmotor ein kleines Stück höher, damit die Schraube nicht den Grund berührte, und lenkte das Boot hinüber zu dem Renner im Kanal. Nachdem er bei dem Rennboot längsseits gegangen war, half er nacheinander den Mädchen beim Umsteigen. Tina gab ihm einen harmlosen Abschiedskuß auf die Wange, ehe sie sich über die Bordwand schwang.

Die Jungen waren genauso dumm und eingebildet, wie Stranahan vermutet hatte. Jeder trug eine dicke Goldkette um den Hals, was schon alles verriet.

«Was sollte das gerade?» schnaubte der Junge namens Richie, nachdem er Tinas Abschiedsgeste beobachtet hatte.

«Nichts», erwiderte Tina. «Der Typ ist in Ordnung.»

Stranahan hatte sich bereits von dem Renner gelöst, und sein Kahn entfernte sich schon treibend von dem Wasserskiboot, als Richie Tina zur Strafe dafür, daß sie eine solche Schlampe war, eine Ohrfeige gab. Dann wies er mit dem Finger auf Stranahan und machte eine obszöne Bemerkung.

Die Jungen waren sehr überrascht, als sie das Aluminiumboot

zurückkommen sahen, und zwar schnell. Sie staunten weiterhin über die Geschmeidigkeit, mit der der große Fremde sich in ihr Boot schwang.

Richie holte zu einem eindrucksvollen Schwinger gegen diesen Kerl aus, doch als nächstes sahen die Jungen Richie flach auf dem Rücken liegen, mit dem Skiseil um die Beine. Plötzlich flog er ins Wasser, das Boot setzte sich in Bewegung, und Richie hüpfte durch die Salzgischt und heulte, was seine Lungen hergaben. Die anderen Jungen versuchten, an den Gashebel heranzukommen, aber der Fremde wischte sie lässig beiseite, ohne sich über Gebühr anzustrengen.

Nach einer Dreiviertelmeile baten Tina und die anderen jungen Frauen Stranahan, das Schnellboot zu stoppen, und er tat ihnen den Gefallen. Er packte das Skiseil und hievte Richie wieder ins Boot, und sie schauten zu, wie er zehn Minuten lang Seewasser herauswürgte.

«Sie sind ein sehr dummer junger Mann», meinte Stranahan tadelnd zu ihm. «Kommen Sie nie wieder hierher.»

Dann stieg Stranahan in sein kleines Boot um und kehrte zum Stelzenhaus zurück, und das Schnellboot röhrte davon. Stranahan mixte sich einen Drink und legte sich wieder auf die Sonnenterrasse. Er machte sich Sorgen über das, was sich in der Bucht abspielte, wenn Bootsladungen von Idioten einem den ganzen Nachmittag verderben konnten. Das wurde langsam zur Gewohnheit, und Stranahan konnte sich bereits den Zeitpunkt ausrechnen, wann er wohl von dort würde wegziehen müssen.

Am späten Nachmittag waren die meisten anderen Boote aus der Umgebung von Stiltsville verschwunden, bis auf einen Kabinenkreuzer, der an der Südseite der Sendemasten in etwa zwei Meter tiefem Wasser ankerte. Ein sehr seltsamer Liegeplatz, dachte Stranahan.

Auf diesem Schiff zählte er drei Leute; einer schien mit irgend etwas Großem, Schwarzem in die Richtung von Stranahans Haus zu zielen.

Stranahan ging ins Haus und kam mit der Schrotflinte zurück, die auf fünfhundert Meter absolut nutzlos war, und einem Fernglas, das sich hingegen als praktisch erwies. Schnell bekam er den Kabinenkreuzer ins Gesichtsfeld und entschied, daß das, was auf ihn gerichtet war, kein schweres Gewehr war, sondern eine tragbare Fernsehkamera.

Die Leute in dem Kabinenkreuzer machten Aufnahmen von ihm.

Das war der Gipfel. Erst der Mafiakiller, dann die nackten Sonnenanbeterinnen und ihre Neandertaler, und nun eine verdammte Fernsehcrew. Stranahan wandte dem Kabinenkreuzer den Rücken zu und zog seine Hose aus. Das würde ihnen etwas zu denken geben: der Mond von Miami. Er war derart mieser Stimmung, daß er noch einmal über die Schulter blickte, um ihre Reaktion zu beobachten, während er sich bückte.

Während er der untergehenden Sonne zusah, betrachtete Mick Stranahan die Folge dieser Ereignisse als schicksalhaft vorausdeutend: Die Dinge am Wasser hatten sich verändert, die frühere Ruhe war dahin. Die Empfindung, die diese Erkenntnis begleitete, war nicht Angst, nicht einmal Verärgerung, sondern Enttäuschung. Die ganze Zeit des Friedens dieser Bucht, ihre strahlende und absolute Schönheit, hatte ihn zu der Überzeugung verführt, daß die Welt am Ende doch nicht so schlecht und verdorben war.

Die Minikamera auf dem Kabinenkreuzer belehrte ihn eines Besseren. Mick Stranahan hatte keinen Schimmer, was die Bastarde von ihm wollten, aber er verspürte den starken Drang, in sein Boot zu springen und hinüberzurauschen, um es in Erfahrung zu bringen. Am Ende trank er lediglich seinen Gin Tonic und begab sich in seinen Pfahlbau. Bei Einbruch der Dämmerung, als das Licht zu schlecht wurde, zog das Boot den Anker ein und entfernte sich brummend.

4

Nachdem er seinen Dienst im Büro des Staatsanwaltes quittiert hatte, behielt er seine goldene Ermittler-Marke, um die Leute daran zu erinnern, daß er früher einmal dort gearbeitet hatte, für den Fall, daß er wieder einmal hinein mußte. Wie jetzt.

Ein junger Hilfsstaatsanwalt, sein Name lautete Dreeson, brachte Stranahan zu einem freien Verhörzimmer und händigte ihm die Barletta-Akte aus, die sicher vier Pfund wog. Mit offiziöser Stimme erklärte der junge Ankläger: «Sie dürfen sich hinsetzen und Notizen machen, Mr. Stranahan. Es ist jedoch noch immer ein nicht abgeschlossener Fall; daher dürfen Sie nichts mitnehmen.»

«Soll das heißen, ich darf mir nicht mal die Nase mit den eidesstattlichen Erklärungen abputzen?»

Dreeson zog eine Grimasse und schloß die Tür heftig.

Stranahan öffnete den Umschlag, und das erste, was herausfiel, war ein Foto von Victoria Barletta. Ein Klassenbild, aus dem Studentenjahrbuch von 1985 der Universität von Miami ausgeschnitten. Lange dunkle Haare, die vom häufigen Bürsten seidig glänzten; große dunkle Augen; eine lange, ausgeprägte Nase, wahrscheinlich ein Erbstück ihres Vaters; ein offenes, herzliches italienisches Lachen, voller Wärme und Aufrichtigkeit.

Stranahan legte das Bild beiseite. Er hatte das Mädchen nie persönlich kennengelernt.

Er blätterte die Aussagen durch, die er und Timmy Gavigan vor so langer Zeit aufgenommen hatten: die Eltern, der Freund, die Mitstudentinnen. Die Einzelheiten des Falles kehrten schnell wieder in sein Bewußtsein zurück, wie eine eisige Flut.

Am zwölften März 1986 war Victoria Barletta früh aufgestanden, hatte über drei Meilen auf dem Campus gejoggt, hatte geduscht, hatte danach um neun Uhr vormittags einen Kursus in Public Relations für Fortgeschrittene besucht, hatte sich mit ihrem Freund in einem Frühstückscafé in der Nähe des Mark Light Field getroffen und war anschließend mit dem Fahrrad zu einem gegen elf Uhr stattfindenden Seminar über die historische Entwicklung von Fernsehnachrichtensendungen gefahren. Danach war Vicky in ihr Studentenheim, das Alpha-Chi-Omega-Haus, zurückgekehrt. Sie hatte Jeans, Turnschuhe und ein Sweatshirt angezogen und eine Kommilitonin gebeten, sie mit dem Wagen zu einem Arzttermin in South Miami mitzunehmen, nur drei Meilen von der Universität entfernt.

Der Termin war für 13 Uhr 30 Uhr in einem Ärztehaus mit dem Namen Durkos Medical Center angesetzt. Während Vicky aus dem Wagen stieg, bat sie ihre Freundin, gegen 17 Uhr wieder da zu sein und sie abzuholen. Dann ging sie hinein, ließ ihre Nase richten und ward nie mehr gesehen.

Laut Aussagen eines Arztes und einer Krankenschwester verließ Victoria Barletta die Praxis gegen 16 Uhr 50, um auf der Bank der Bushaltestelle auf ihre Freundin zu warten, die sie zur Universität zurückbringen wollte. Ihr Gesicht war voller Flecken, die Augen waren bis auf schmale Schlitze zugeschwollen, und die Nase zierte ein dicker Verband – nicht gerade ein verführerischer Anblick für den durchschnittlichen Gelegenheitsvergewaltiger, hatte Timmy Gavigan erklärt.

Dennoch wußten sie beide es besser, als daß sie diese Möglichkeit völlig ausgeschlossen hätten. In der einen Minute saß das Mädchen noch auf der Bank, in der nächsten war es schon verschwunden.

Drei zu verschiedenen Zielen im County fahrende Busse hatten zwischen 16 Uhr 50 und 17 Uhr 14 an der Haltestelle gehalten, bis Vickys Freundin endlich vor der Klinik erschien. Keiner der Busfahrer erinnerte sich, eine Frau mit verbundenem Gesicht in seinen Bus einsteigen gesehen zu haben. So blieb den Cops nichts anderes übrig, als zu der Schlußfolgerung zu gelangen, daß irgendwer Victoria Barletta wenige Augenblicke nach dem Verlassen des Durkos Centers von der Bank weg entführt hatte.

Der Fall wurde wie ein Kidnapping behandelt, obgleich Gavigan und Stranahan einen ganz anderen Verdacht hegten. Die Barlettas hatten kein Geld und keine Möglichkeit, welches zu beschaffen; Vickys Vater war Teilhaber einer Autowaschanlage in Evanston, Illinois. Abgesehen von zwei Versuchen von Verrückten wurde weder die Familie noch die Polizei wegen irgendwelcher Lösegeldforderungen angerufen. Das Mädchen war ganz einfach spurlos verschwunden und wahrscheinlich tot.

Als er nun die Akte vier Jahre später noch einmal durchlas, überfiel Mick Stranahan erneut die tiefe Frustration. Es war eine verdammte Sache. Vicky hatte niemanden von der kosmetischen Operation informiert – ihre Eltern nicht, ihren Freund nicht und auch sonst niemanden; offenbar hatte es eine Überraschung sein sollen.

Stranahan und Timmy Gavigan hatten insgesamt fünfzehn Stunden mit Vickys Freund gesprochen, ihm immer wieder die gleichen Fragen gestellt und ihm am Ende geglaubt. Der Junge hatte haltlos geweint; er hatte Vicky wegen ihrer Nase häufig verspottet. «Mein kleiner Ameisenbär», hatte er sie dann genannt. Sein Geburtstag war der zwanzigste März. Offenbar, so erklärte er schluchzend, sollte die neue Nase Vickys Geschenk für ihn sein.

Für einen Ermittler der Mordkommission bedeutete die Heimlichkeit, mit der Victoria Barletta ihren Arztbesuch geplant hatte, etwas ganz anderes: Die Umstände grenzten den Kreis der Verdächtigen erheblich ein, so daß eigentlich nur jemand in Frage kommen konnte, der zufällig vorbeikam, ein wahllos vorgehender Psychopath zum Beispiel. Ein Mörder wurde nie gefaßt.

Ein Opfer wurde nie gefunden.

Das war der Stand der Dinge, soweit Mick Stranahan sich erinnerte. Er schrieb sich ein paar Namen und Zahlen auf einen Notizblock, steckte alles wieder in den Umschlag zurück, dann trug er die Akte zu einem Angestellten mit pockennarbigem Gesicht zurück.

«Verraten Sie mir mal eins», sagte Stranahan. «Wie kommt es eigentlich, daß diese Akte sich hier oben befindet?»

Der Angestellte sah ihn fragend an. «Was meinen Sie?»

«Ich meine, hier ist es nicht immer so schnell und glatt gegangen. Meistens dauerte es bis zu zwei Wochen, ehe man einen alten Fall ausgrub.»

«Sie haben Glück gehabt», sagte der Angestellte. «Wir haben die Akte vor einer Woche aus dem Archiv heraussuchen lassen.»

«Diese Akte?» Stranahan klopfte auf den grünen Ordner. «Die hier liegt?»

«Mr. Eckert wollte sie einsehen.»

Gerry Eckert war der Staatsanwalt. Er war mindestens während der vergangenen sechzehn Jahre nicht mehr persönlich in einem Prozeß vor Gericht aufgetreten, daher hatte Stranahan gelinde Zweifel, ob er überhaupt noch wußte, wie man eine Akte las.

«Wie geht's denn dem alten Gerry?»

«Ganz prima», sagte der Angestellte, als sei Eckert sein bester und vertrautester Freund der Welt. «Es geht ihm wirklich gut.»

«Jetzt machen Sie mir ja nicht weis, daß er am Ende in diesem Fall jemanden gefunden hat, den er festnageln will?»

«Ich glaube nicht, Mr. Stranahan. Er wollte nur seine Erinnerung auffrischen, bevor er im Fernsehen auftrat. In der Reynaldo Flemm Show.»

Stranahan stieß einen Pfiff aus. Reynaldo Flemm war ein Fernsehjournalist, der sich auf aufsehenerregende Kriminalfälle spezialisiert hatte. Er war dadurch eine nationale Berühmtheit geworden, daß er gelegentlich vor der Kamera verprügelt wurde, gewöhnlich von den Ganoven, die er interviewen sollte. Ganz gleich, wie sorgfältig die Verkleidung war, die Flemm sich ausdachte, er war stets zu eitel, um sein Gesicht zu verbergen. Natürlich erkannten die Gauner ihn sofort und prügelten ihm die Seele aus dem Leib. Wenn es um Actionszenen ging, war ein solcher Vorfall nur schwer zu schlagen; Reynaldo Flemms Specials gehörten zu den Fernsehprogrammen mit den höchsten Einschaltquoten.

«Dann hat Gerry es also geschafft», sagte Stranahan.

«Tja», sagte der Angestellte.

«Was hat er denn über den Fall gesagt?»

«Meinen Sie Mr. Eckert?»

«Ja, was hat er diesem Fernsehheini erzählt?»

Der Angestellte meinte: «Nun, ich war bei den Aufnahmen nicht dabei. Aber soweit ich gehört habe, muß Mr. Eckert gemeint haben, die ganze Sache sei noch immer ein großes Rätsel.»

«Nun, das ist wohl wahr.»

«Und Mr. Eckert meinte zu Mr. Flemm, daß es ihn überhaupt nicht überraschen würde, wenn sich eines Tages herausstellen sollte, daß Victoria Barletta einfach von zu Hause weggelaufen sei. Sie brauchte sich nur einmal ins Gesicht zu sehen, und schon geriet sie in Panik und rannte davon. Warum sonst haben sie bisher keine Leiche gefunden?»

Stranahan dachte: Eckert hat sich kein bißchen verändert, er ist immer noch so dumm wie ein Alligatorbulle.

«Ich kann es kaum erwarten, mir die Show anzusehen», bemerkte Stranahan.

«Sie soll am zwölften März um neun Uhr abends gesendet werden.» Der Angestellte hielt ein Stück Papier hoch. «Wir haben heute von Mr. Eckert ein Memo bekommen.»

Der Mann aus New Jersey meldete sich vier weitere Tage lang nicht mehr bei Dr. Rudy Graveline. Dann, am Nachmittag des achten Januar, erhielt Rudy ein Signal über seinen Piepser. Der Piepser ging genau im falschen Moment los, als Rudy nämlich gerade die junge Ehefrau eines Spielers der Miami Dolphins verführte. Die Frau war wegen einer simplen Frage zum Whispering-Palms-Sanatorium gekommen – sie hatte eine winzige rosa Narbe an ihrem Kinn, ob man da etwas machen könnte –, und als nächstes merkte sie eigentlich nur, daß der Arzt in seiner schwarzen Jaguar-Limousine mit der überwältigenden Stereoanlage mit ihr zum Essen fuhr, und die Frau des Footballspielers dachte auf einmal daran, daß der satte Geruch der Lederpolster sie heiß machte, richtig heiß, und dann – als könne er ihre Gedanken lesen – verließ der Arzt plötzlich den Julia Tuttle Causeway, parkte den Jaguar unter einigen Pfefferbäumen und fing an, ihr mit den Zähnen das Unterhöschen auszuziehen. Er gab sogar reizende Eichhörnchenlaute von sich, als er zwischen ihren Beinen herumknabberte.

Es dauerte nicht lange, und der Doktor ackerte fröhlich vor sich hin, während die Footballspielergattin unter ihm durch die Speichen des Lenkrades aus Walnußholz nach oben blickte, unter dem ihr Kopf unglücklicherweise eingeklemmt war.

Als der Piepser sich an Dr. Gravelines Gürtel meldete, kam er keineswegs aus dem Takt. Er blickte nach unten auf die Telefonnummer (sie leuchtete in hellgrünen Ziffern auf) und schnappte sich den Hörer des Autotelefons aus seiner Halterung im Handschuhfach. Mit einer Hand schaffte er es, die Nummer des Fernanschlusses zu wählen, während er mit der Footballspielerfrau zum Ende kam, die mittlerweile mit einem stillen Countdown begonnen hatte und hoffte, er würde sich gefälligst etwas beeilen. Sie hatte nämlich allmählich genug vom Geruch neuen Leders.

Dr. Graveline trennte sich von ihr, während irgendwo in New Jersey ein Telefon zu klingeln begann.

Der Mann nahm beim vierten Klingeln ab. «Ja, was?»

«Ich bin's. Rudy.»

«Waren Sie joggen?»

«So ähnlich.»

«Das klingt ja, als hätten Sie gleich einen Herzinfarkt.»

Dr. Graveline sagte: «Warten Sie mal eine Sekunde, damit ich Luft holen kann.»

Die Frau des Footballspielers schlängelte sich wieder in ihre Hose. Der Ausdruck ihres Gesichts verriet Enttäuschung über die Leistung ihres Partners, doch Rudy Graveline bemerkte es nicht.

«Was die Abmachung angeht», sagte er, «ich glaube, nein.»

Krause Augenbraue in New Jersey sagte: «Ihr Problem muß verschwinden.»

«Eigentlich nicht.»

«Was dann?»

«Ich werde jemanden von hier nehmen.»

Der Mann in New Jersey begann zu lachen. Er lachte und lachte, bis nur noch ein Pfeifen aus seinem Mund drang.

«Doc, das wäre ein großer Fehler. Einer aus Ihrer Gegend ist nicht gut.»

«Ich habe aber einen ganz bestimmten Typen im Sinn», sagte Dr. Graveline.

«Einen Kubaner, stimmt's? Einen beschissenen Kubaner, ich wußte es.»

«Nein, er ist kein Kubaner.»

«Einer von meinen Leuten?»

«Nein», sagte Rudy, «er ist ganz alleine.»

Erneut lachte die Augenbraue. «Niemand ist alleine, Doc. Niemand in diesem Gewerbe.»

«Dieser ist anders», widersprach Rudy. Anders war nicht das richtige Wort dafür. «Wie dem auch sei, ich wollte Ihnen nur Bescheid sagen, damit Sie nicht jemand anderen schicken.»

«Wie Sie wollen.»

«Und das mit dem anderen Typen tut mir leid.»

«Jetzt fangen Sie nicht wieder mit diesem Scheiß an, klar? Ich denke, Sie sprechen über eins dieser Funktelefone. Ich hasse diese Dinger, Doc. Sie sind nicht sicher. Sie erzeugen alle möglichen Mikrowellen, und jeder kann mithören.»

Dr. Graveline sagte: «Ich glaube nicht.»

«Na ja, ich hab' jedenfalls schon gelesen, daß die Leute sogar mit ihren Küchenmaschinen und Haartrocknern und allem möglichen anderen Scheiß mithören können. Die kriegen alles mit, was man sagt.»

Die Frau des Footballspielers legte frisches Make-up auf und benutzte dazu den Schminkspiegel auf der Rückseite der Sonnenblende.

Der Mann in Jersey sagte: «Wenn wir Glück haben, dann hört uns irgendeine Alte mit ihrem Vibrator. Jedes Wort.»

«Ich ruf' Sie später an», sagte Rudy.

«Einen Rat noch», meinte Häuptling Krause Augenbraue. «Dieser Bursche, den Sie für den Job anheuern, erzählen Sie ihm nicht gleich Ihre ganze Lebensgeschichte. Ich meine es ernst, Doc. Nennen Sie ihm Namen und Adresse und die Summe, und dann Schluß.»

«Oh, ich kann ihm vertrauen», sagte Dr. Graveline.

«Einen Scheiß können Sie», sagte der Mann aus New Jersey lachend und legte auf.

Die Footballspielerfrau klappte die Sonnenblende hoch, schloß ihre Handtasche und fragte: «Geschäfte?»

«Ja, ich befasse mich nebenbei auch mit Immobilien.» Rudy zog den Reißverschluß seiner Hose hoch. «Ich habe beschlossen, mich mit einem Broker in Miami zusammenzutun.»

Die Frau zuckte die Achseln. Sie entdeckte ihr rosafarbenes Bikiniunterteil auf der Bodenmatte und stopfte es schnell in ihre Handtasche. Es war ruiniert; der Doktor hatte ein Loch hineingeknabbert.

«Darf ich den Wagen zur Praxis zurückfahren?» fragte sie.

«Nein», sagte Rudy Graveline. Er stieg aus und ging um den Wagen herum zur Fahrerseite. Die Footballspielerfrau rutschte auf den Nebensitz, und Rudy stieg ein.

«Fast hätte ich es vergessen», sagte die Frau und betastete die Stelle an ihrem Kinn. «Meine Narbe.»

«Kein Problem», sagte der Doktor. «Wir können es bei örtlicher Betäubung erledigen, und nachher ist alles makellos glatt.»

Die Frau des Footballspielers lächelte. «Wirklich?»

«Ja, sicher, es ist ganz einfach», meinte Rudy und lenkte den Jaguar zurück auf den Highway. «Aber ich hatte gerade etwas anderes überlegt ...»

«Ja?»

«Du hast doch nichts gegen den freundschaftlichen Rat von einem Fachmann, oder?»

«Natürlich nicht.» In der Stimme der Frau klang leichte Besorgtheit durch.

«Nun, ich konnte nicht umhin, es zu bemerken», sagte Dr. Graveline, «als wir uns liebten ...»

«Ja?»

Ohne seinen Blick von der Straße zu lösen, griff er mit einer Hand nach unten und tätschelte ihre Hüfte. «Es würde dir guttun, dir wenigstens zum Teil diese Reithosen wegsaugen zu lassen.»

Die Footballspielerfrau wandte den Kopf ab und blinzelte angestrengt.

«Bitte, du brauchst dich nicht zu schämen», sagte der Doktor. «Ich habe ein Auge für Vollkommenheit, und du bist nur noch wenige Zentimeter davon entfernt.»

Sie holte zaghaft Luft und fragte: «An den Oberschenkeln?»

«Mehr nicht.»

«Wieviel würde das kosten?» fragte sie und unterdrückte ein Schniefen.

Rudy Graveline lächelte warmherzig und reichte ihr ein Taschentuch mit Monogramm. «Viel weniger als du denkst», sagte er.

Der Kabinenkreuzer mit der Aufnahmecrew kam zurück und ankerte am selben Platz. Stranahan seufzte und spuckte ins Meer. Er war nicht in der Stimmung für so etwas.

Er stand an der Anlegestelle, hatte die Spinnrute in der Hand, und angelte Sardinen, die sich zwischen den Pfählen seines Hauses versammelt hatten. Reglos im ginklaren Wasser treibend, war ein dunkelblauer Balken zu sehen, zumindest wäre es dem Allerweltstouristen so vorgekommen. Der Balken war etwa ein Meter fünfzig lang und konnte, wenn er entsprechend motiviert war, mit einer Geschwindigkeit von etwa sechzig Knoten durchs Wasser schießen, um zu töten. Zähne waren das Markenzeichen des Großen Barrakuda, und das Monsterexemplar, das Mick Stranahan Liza nannte, hatte dreizehn nadelscharfe Beißerchen in einem großen Plastikfisch hinterlassen, den irgendein Verrückter durch den Biscayne Channel geschleppt hatte. Seit dieser Episode hauste der Barrakuda mehr oder weniger ausschließlich unter Stranahans Behausung. Jeden Nachmittag ging er hinaus und fing ihm als Abendessen ein paar dollargroße Sardinen, die er vom Dock ins Wasser warf und die der Barrakuda blitzartig schnappte, wobei er das Wasser regelrecht zum Kochen brachte und die Mangrovenschnapper schnellstens in Dekkung gingen. Seitdem waren Lizas Zähne nämlich wieder vollständig nachgewachsen.

Wegen seines Interesses für das Kameraboot ließ Mick Stranahan die letzte Sardine länger an der Schnur hängen, als er hätte sollen. Sie zerrte hin und her und erzeugte mit ihrem Körper dicht unter der Wasseroberfläche blitzende Reflexe, bis die Geduld des Barrakudas zu Ende war. Ehe Stranahan reagieren konnte, raste der große Fisch wie eine Rakete unter dem Stelzenhaus hervor und trennte den größten Teil der Sardine wie mit einem Skalpell sauber vom restlichen Körper ab; ein zitterndes Paar Fischlippen war das einzige, was an Stranahans Haken hängenblieb.

«Nicht schlecht», murmelte er und legte die Angel beiseite.

Er stieg ins Boot und ließ sich vom Motor aus den flachen Gewässern hinausschieben, auf den Kabinenkreuzer zu. Der Kameramann setzte sofort die Videokamera ab; Stranahan konnte beobachten, wie er sich mit der restlichen Besatzung unterhielt. Es gab einen kurzen und unbeholfenen Versuch, den Anker zu lichten, gefolgt von dem Geräusch eines Bootsmotors, der hilflos aufheulte, wie es schon mal bei kalten Außenbordmotoren geschieht. Schließlich gab die Mannschaft ihre Versuche auf und wartete auf den großgewachsenen Mann in dem Flachboot, der sich nun bis auf Rufweite genähert hatte.

Ein stämmiger Mann mit einem wie lackiert wirkenden Helm aus schwarzem Haar und einem steifen Flaschenbürstenschnurrbart stand am Heck des Schiffs und rief: «Ahoi da draußen!»

Stranahan schaltete den Motor ab und ließ sein Boot bis zum Kabinenkreuzer treiben. Er band seinen Kahn an einem Decksporn fest, stand auf und sagte: «Habe ich richtig gehört? Haben Sie tatsächlich ‹ahoi› gesagt?»

Der Mann mit dem Schnurrbart nickte unbehaglich.

«Wo haben Sie das denn her? Aus Piratenfilmen? Mein Gott, ich glaub's ja nicht. ‹Ahoi da draußen!› Na hören Sie mal!» Stranahan war tatsächlich aufgebracht. Er sprang in das größere Boot und fragte: «Wer von euch Arschlöchern ist Reynaldo Flemm? Laßt mich mal raten; ist das unser *Captain Blood* hier?»

Der stämmige Mann mit dem Schnurrbart pumpte seine Brust auf und sagte: «Vorsicht, Kumpel!» – was ihn einiges an Mut gekostet hatte, da Mick Stranahan ein stählernes Gaff in der rechten Hand hielt. Flemms Truppe, ein übergewichtiger Kameramann und eine sportlich aussehende junge Frau in Bluejeans, hielt ein Auge auf ihre wertvolle Ausrüstung und das andere auf den Fremden mit dem Stahlhaken gerichtet.

Stranahan sagte: «Warum machen Sie Aufnahmen von mir?»

«Für eine Sendung», antwortete Flemm. «Fürs Fernsehen.»

«Und was für ein Film ist das?»

«Das darf ich Ihnen nicht sagen.»

Stranahan runzelte die Stirn. «Was hat das mit Vicky Barletta zu tun?»

Reynaldo Flemm schüttelte den Kopf. «Sie werden es noch beizeiten erfahren, Mr. Stranahan. Wenn wir bereit sind, das Interview zu machen.»

Stranahan sagte: «Ich bin jetzt für das Interview bereit.»

Flemm lächelte überlegen. «Tut mir leid.»

Stranahan schob den Haken zwischen Reynaldo Flemms Beine und zog ruckartig an der Stange. Die Spitze der Klinge stach nicht nur durch Reynaldo Flemms Designerhosen, sondern auch durch seine dreißig Dollar teure Tangahose (flamingorosa), die er in einer Boutique in Coconut Grove erstanden hatte. Die kalte Spitze des Hakens kam auf Reynaldo Flemms Hodensack zur Ruhe, und in diesem angsterfüllten Moment fuhr die Luft mit einem scharfen Geräusch aus seinem Darmtrakt, was Mick Stranahans Forderung Nachdruck zu verleihen schien.

«Das Interview», sagte er wieder zu Flemm, der heftig nickte.

Aber dem Fernsehstar waren die Worte ausgegangen. So sehr er sich auch anstrengte, Flemm konnte doch nur ein Gestotter aus bruchstückhaften Phrasen hervorbringen. Angst und das Fehlen von Stichwortkarten hatten ihn der Fähigkeit zu einem zusammenhängenden Gespräch beraubt.

Die junge Frau in Bluejeans trat aus der Kabine des Schiffs und sagte: «Bitte, Mr. Stranahan, wir wollten Sie nicht behelligen.»

«Natürlich wollten Sie das.»

«Ich bin Christina Marks. Ich produziere diesen Teil.»

«Teil von was?» fragte Stranahan.

«Der Reynaldo Flemm Show. *Auge in Auge.* Sie haben sie sicher schon mal gesehen.»

«Nein. Noch nie.» Für Reynaldo, so wußte Stranahan genau, war das schlimmer als ein Gaff in den Eiern.

«Ich bitte Sie», sagte Christina Marks.

«Ehrlich», sagte Stranahan. «Oder sehen Sie eine Fernsehschüssel auf meinem Haus?»

«Nun ja, nein.»

«Sehen Sie. Also, was soll das alles? Und beeilen Sie sich. Ihr Mann hier sieht so aus, als bekäme er gleich einen Krampf im Bein.»

Tatsächlich begann Reynaldo Flemm in seiner unbequemen Position auf Zehenspitzen zu zittern. Stranahan nahm das Gaff um ein bis zwei Zentimeter tiefer.

Christina Marks sagte: «Kennen Sie eine Krankenschwester namens Maggie Gonzalez?»

«Nee», meinte Stranahan.

«Sind Sie sicher?»

«Geben Sie mir mal einen Hinweis.»

«Sie arbeitete im Durkos Medical Center.»

«Okay, jetzt erinnere ich mich.» Er hatte ihre Aussage am Tag nach Victoria Barlettas Verschwinden aufgenommen. Timmy Gavigan hatte sich mit dem Doktor unterhalten, während Stranahan die Krankenschwester befragte. Er hatte die Aussagenprotokolle noch am Morgen im Archiv der Staatsanwaltschaft überflogen.

«Sind Sie sicher, daß der Nachname stimmt?» fragte Stranahan.

«Entschuldigen Sie – Gonzalez war ihr Ehemann. Damals hieß sie Orestes.»

«Dann erzählen Sie mal den Rest.»

«Vor etwa einem Monat, in New York, kam sie zu uns.»

«Zu mir», krächzte Reynaldo Flemm.

«Klappe», sagte Stranahan.

Christina Marks fuhrt fort: «Sie sagte, sie habe wichtige Informationen zum Barletta-Fall. Sie deutete an, daß sie bereit sei, vor der Kamera zu sprechen.»

«Mit mir», warf Flemm ein, ehe Stranahan ihn noch einmal mit dem Gaff kitzelte.

«Aber zuerst», meinte Christina Marks, «sagte sie, müsse sie mit Ihnen reden, Mr. Stranahan.»

«Worüber?»

«Sie sagte nur, sie müsse zuerst mit Ihnen sprechen, weil Sie etwas in der Angelegenheit unternehmen könnten. Und fragen Sie mich nicht, was, weil ich es nämlich nicht weiß. Wir gaben ihr sechshundert Dollar, setzten sie in ein Flugzeug nach Florida und sahen sie nie wieder. Sie sollte letzten Montag vor zwei Wochen zurückkommen.» Christina Marks schob die Hände in die Taschen. «Das ist alles. Wir kamen her, um nach Maggie Gonzalez zu suchen, und Sie waren die beste Spur, die wir hatten.»

Stranahan zog das Gaff aus Reynaldo Flemms Schritt zurück und warf es in den Bug seines Bootes. Fast im gleichen Augenblick sprang Flemm vom Heckaufbau herunter und rannte zur Kabine. «Nimm den Scheißer auf», brüllte er seinen Kameramann an, «damit wir diesen Wichser anzeigen können.»

«Ray, vergiß es», sagte Christina Marks.

Stranahan gefiel die Art, wie sie den großen Star herunterputzte.

«Sagen Sie ihm», meinte er, «wenn er noch einmal diese verdammte Kamera auf mich richtet, kann er sich als Elefantenmensch am Broadway bewerben. So sehr werde ich ihm dann nämlich das Gesicht aufmischen.»

«Ray», sagte sie, «hast du das gehört?»

«Kamera an! Kamera an!» Flemm sprang um den Kameramann herum.

Angeödet stieg Stranahan wieder in sein Boot und meinte: «Miss Marks, das Interview ist beendet.»

Nun war sie an der Reihe, wütend zu werden. Sie sprang auf den Heckaufbau, wobei ihre Tennisschuhe auf dem Teakholz quietschten. «Warten Sie mal einen Moment, okay?»

Stranahan blickte aus seinem kleinen Boot hoch. «Ich habe Maggie Gonzalez seit dem Tag, als das Barletta-Girl verschwand, nicht mehr gesehen. Das ist die Wahrheit. Ich habe keine Ahnung, weshalb sie Ihr Geld annahm und dann nach Süden ging und sonstwas tat, aber ich habe nichts von ihr gehört.»

«Er lügt», schnaubte Reynaldo Flemm und stürmte in die Kabine, um zu schmollen. Ein Windstoß hatte sein Haar zu einem spaßig aussehenden Nest zerzaust.

Stranahan warf mit der Hand seinen Außenbordmotor an und legte den Fahrthebel um.

«Ich bin im Sonesta», rief Christina Marks ihm zu. «Für den Fall, daß Maggie Gonzalez sich meldet.»

Das ist nicht wahrscheinlich, dachte Stranahan. Überhaupt nicht wahrscheinlich.

«Wie, zum Teufel, haben Sie mich überhaupt gefunden?» rief er der jungen Fernsehproduzentin zu.

«Durch Ihre Ex-Frau», rief Christina Marks vom Kabinenkreuzer zurück.

«Welche?»

«Nummer vier.»

Das war Chloe, dachte Stranahan. Natürlich.

«Wieviel hat es Sie gekostet?» rief er.

Schüchtern reckte Christina Marks fünf Finger hoch.

«Da sind Sie ja billig davongekommen», sagte Mick Stranahan und wendete das Boot in Richtung Heimat.

5

Christina Marks lag im Bett und las in einer alten Ausgabe des *New Yorker*, als jemand an der Tür ihres Hotelzimmers klopfte. Sie hoffte, daß es vielleicht Mick Stranahan war, doch er war es nicht.

«Hallo, Ray.»

Während Reynaldo Flemm hereingerauscht kam, tätschelte er ihren Po.

«Wie hübsch», sagte Christina und schloß die Tür. «Ich war gerade im Begriff, mich aufs Ohr zu hauen.»

«Ich habe eine Flasche Wein mitgebracht.»

«Nein, danke.»

Reynaldo Flemm schaltete den Fernsehapparat ein und machte es sich gemütlich. Er trug eine neue Designerhose aus Khakistoff und ein ausgebeultes Jeanshemd. Er roch wie ein ganzer Eimer *Brut*. In einer einzigen fließenden Bewegung schlug er die Beine übereinander und legte seine hohen weißen Luxus-Basketballstiefel auf den Rauchtisch.

Christina Marks zog den Gürtel ihres Bademantels fest und setzte sich ans andere Ende des Sofas.

«Ich bin müde, Ray», sagte sie.

Er tat so, als hätte er es gar nicht gehört. «Dieser Stranahan, er ist der Schlüssel zu allem», sagte Flemm. «Ich glaube, wir sollten ihm morgen hinterherfahren.»

«Oh bitte.»

«Miete einen Lieferwagen. Einen Kombiwagen mit dunkel getönten Fenstern. Wir stellen die Kamera auf der Ladefläche auf ein Stativ. Ich werde fahren, so daß Willie über meine Schulter schießen kann … mal sehen, welche ist es denn? Ach ja, über die rechte. Ein Superwinkel, durch die Windschutzscheibe, während wir diesem blöden Sack folgen …»

«Willie wird beim Autofahren immer schlecht», sagte Christina Marks.

Reynaldo Flemm kicherte boshaft.

«Es ist eine dämliche Idee», entschied Christina. Sie wollte, daß er verschwand, und zwar schnell.

«Was, du traust diesem Stranahan?»

«Nein», sagte sie, aber in gewisser Weise traute sie ihm schon. Jedenfalls mehr, als sie Maggie Gonzalez traute, irgend etwas Unstetes steckte in dem plötzlichen Wunsch der Frau, nach Miami zu fliegen. Warum hatte sie gesagt, sie wolle Stranahan sprechen? Wohin war sie wirklich gereist?

Reynaldo Flemm interessierte sich nicht einmal ansatzweise für Maggies Motive – gute Videoaction war gute Videoaction –, aber Christina Marks wollte mehr über die Frau erfahren. Sie hatte Besseres zu tun, als in einem kochendheißen Lieferwagen zu sitzen und einen Typen zu verfolgen, der, wenn er sie dabei erwischte, wahrscheinlich die gesamte Elektronik in ihrem Besitz zerstören würde.

«Na, welche anderen Spuren haben wir denn sonst noch?» wollte Reynaldo Flemm wissen. «Verrat mir das mal.»

«Maggie hat hier unten wahrscheinlich ihre Familie», sagte Christina, «und Freunde.»

«Langweilig, langweilig, langweilig.»

«Harte Arbeit ist manchmal langweilig», sagte Christina mit scharfer Stimme, «aber woher solltest du das wissen?»

Flemm richtete sich auf und schürzte seine Oberlippe wie ein Chihuahua. «Du darfst so nicht mit mir reden! Vergiß nicht, wer der Star der Sendung ist.»

«Und du solltest stets daran denken, wer deine ganzen Texte schreibt. Und wer die furchtbar langweiligen Recherchen erledigt. Denk daran, wer dir sagt, welche Fragen du stellen sollst. Und wer diese Passagen schneidet, damit du am Ende nicht aussiehst wie ein aufgeblasenes Arschloch.»

Nur war das genau der Typ, den Reynaldo immer darstellte, oder jedenfalls meistens. Es führte kein Weg daran vorbei, es gab keine technische Zauberei, die dafür sorgen konnte, daß die wahre Persönlichkeit dieses Mannes nicht immer wieder durchschien.

Reynaldo Flemm zuckte die Achseln. Seine Aufmerksamkeit wurde von etwas gefesselt, das gerade über den Bildschirm flimmerte: Mike Wallace von CBS war einer der Gäste in der David-Letterman-Show. Flemm stellte den Ton etwas lauter und rutschte zur Sofakante vor.

«Weißt du, wie alt dieser Kerl ist?» fragte er und wies auf Wallace. «Ich bin halb so alt wie er.»

Christina Marks enthielt sich eines Kommentars.

Reynaldo fuhr fort: «Ich wette, dessen Produzentin schläft jederzeit mit ihm, wenn er es will.» Er streifte Christina mit einem Seitenblick.

Sie stand auf, ging zur Tür und hielt sie auf. «Geh zurück in dein Zimmer, Ray.»

«Ach, nun komm schon, ich hab' nur einen Scherz gemacht.»

«Nein, das hast du nicht.»

«Na schön, dann habe ich es nicht. Komm schon, Chris, mach die Tür wieder zu. Machen wir lieber die Weinflasche auf.»

«Gute Nacht, Ray.»

Er stand auf und schaltete den Fernsehapparat aus. Er schmollte.

«Es tut mir leid», sagte er.

«Ganz bestimmt.»

Christina Marks hatte alle Trümpfe in der Hand. Reynaldo Flemm brauchte sie weitaus nötiger als sie ihn. Sie war nicht nur sehr talentiert, sondern sie wußte Dinge von Reynaldo Flemm, von denen er nicht wollte, daß die gesamte Fernsehbranche sie jemals erführe. Zum Beispiel hatte sie ihn einmal dabei erwischt, wie er sich selbst schlug und sich entsprechende Blessuren zufügte. Es war im Hyatt House in Atlanta passiert. Flemm sollte eigentlich unterwegs sein und die Mitglieder verschiedener Straßenbanden interviewen, statt dessen fand Christina ihn im Bad seines Hotelzimmers, wo er sich mit einer Socke voller Parkmünzen ins Gesicht schlug. Reynaldo hatte die Absicht, sich selbst ein schlimmes blaues Auge zu verpassen, und dann vor die Kamera zu treten und atemlos zu berichten, daß ein berüchtigter Bandenführer namens Rapper Otis ihn attackiert habe.

Reynaldo Flemm hatte Christina Marks angefleht, den leitenden Produzenten nichts von diesem Socken-Intermezzo zu verraten, und sie hatte es nicht getan: es waren die Tränen, die sie überredeten. Sie konnte sie nicht ertragen.

Da sie diese und andere schlimme Geschichten bewahrte, fühlte Christina sich auf ihrem Posten sicher, ganz gewiß sicher genug, um Reynaldo Flemm zu raten, er solle es sich selbst besorgen, wenn er mal wieder versuchen sollte, sich an sie ranzumachen.

Auf dem Weg zur Tür sagte er: «Ich meine immer noch, wir sollten morgen schon ganz früh aufstehen und diesem Stranahan auf den Fersen bleiben.»

«Und ich sage noch immer nein.»

«Aber Chris, er weiß etwas!»

«Ja, Ray, er weiß, wie man Leuten weh tut.»

Christina konnte sich nicht sicher sein, aber sie glaubte, in den Augen Reynaldo Flemms ein hungriges Glitzern zu sehen.

Am nächsten Morgen ließ Stranahan das Boot im Yachthafen zurück, holte den Chrysler und fuhr auf dem Rickenbacker Causeway zurück zum Festland. Neben ihm auf dem Beifahrersitz lag sein gelber Notizblock, den er dort aufgeschlagen hatte, wo er die Telefonnummern, Adressen und Namen aus der Barletta-Akte aufgeschrieben hatte. Die erste Adresse, die er aufsuchte, war das Durkos Medical Center, nur war es nicht mehr dort. Das Gebäude war nun ausschließlich von Zahnärzten besetzt; insgesamt neun, wie Stranahan dem hauseigenen Telefonverzeichnis entnehmen konnte. Er machte sich auf die Suche nach dem Hausverwalter.

Hinter jeder Tür war das nervenzerfetzende Heulen von Hochgeschwindigkeitsbohrern zu hören; schon bald begannen Stranahans Backenzähne zu schmerzen, und er entwickelte klaustrophobische Gefühle. Er bat einen freundlichen Hausmeister, ihn zur Verwalterin zu führen, einer riesigen Frau mit olivfarbener Haut, die sich ihm als Marlee Jones vorstellte.

Stranahan reichte Marlee Jones eine Karte und erklärte ihr, was er wünschte. Sie warf einen Blick auf die Karte und zuckte die Achseln.

«Ich brauche Ihnen nichts zu erzählen», sagte sie und demonstrierte jene Art der von Mitverantwortung geprägten Hilfe bei seiner Arbeit, die Stranahan unter den Bürgern von Miami so zu schätzen gelernt hatte.

«Nein, Sie brauchen mir wirklich nichts zu erzählen», sagte er zu Marlee, «aber ich kann dafür sorgen, daß ein Inspektor des County herkommt und Ihnen die Arbeit versüßt, indem er täglich die Einhaltung der Countyvorschriften überprüft, und das morgen und übermorgen und überübermorgen und überhaupt an jedem Tag, bis Sie an Altersschwäche sterben.» Stranahan griff nach einem

Schrubber und stieß mit dem Holzstiel heftig gegen die Decke aus Schaumstoffplatten. «Für mich sieht das aus wie reines Asbest», sagte er. «Das wäre schon schlimm, wenn die Behörden das herausbekämen.»

Marlee Jones machte ein finsteres Gesicht und enthüllte dabei eine eindrucksvolle Reihe goldener Zähne, zweifellos die Früchte reichhaltiger Bestechungen von seiten ihrer Hausbewohner. Sie schlurfte zum Stahlschreibtisch, öffnete die unterste Schublade und holte ein schwarzes Hauptbuch heraus. «Na schön, Mr. Klugscheißer, wie lautet der Name?»

«Durkos.» Stranahan buchstabierte es. «Eine Ärztegruppe. Sie war am zwölften März vor vier Jahren noch hier.»

«Nun, und am ersten April, ebenfalls vor vier Jahren, waren sie weg.» Marlee schickte sich an, das Buch zuzuklappen, aber Stranahan legte eine Hand auf die Seite.

«Darf ich mal sehen?»

«Es sind nur Zahlen, Mister.»

«Ach, lassen Sie mich mal einen Blick drauf werfen.» Stranahan nahm Marlee Jones das Buch aus der Hand und fuhr mit dem Finger an den Tabellen entlang. Der Durkos Medical Trust, Inc., war zwei Jahre lang der einzige Mieter in dem Gebäude gewesen und hatte das Feld innerhalb weniger Wochen nach Victoria Barlettas Verschwinden geräumt. Die Aufzeichnungen im Ordner ergaben, daß die Firma ihre Miete und ihre Kautionszahlungen bis zum Mai geleistet hatte. Stranahan hielt es für seltsam, daß die Ärztegruppe, nachdem sie ausgezogen war, keine Rückerstattung bekam.

«Vielleicht haben sie nicht danach gefragt», sagte Marlee Jones.

«Ärzte sind die geizigsten lebenden menschlichen Wesen», sagte Stranahan. «Bei fünfzehn Riesen fragen sie nicht nach, sondern sie heuern Anwälte an.»

Wieder zuckte Marlee Jones die Achseln. «Einige Leute haben es eben verdammt eilig.»

«An was können Sie sich erinnern?»

«Wer behauptet denn, daß ich hier war?»

«Die Handschrift in dem Hauptbuch – sie ist die gleiche wie auf diesen Quittungen.» Stranahan tippte mit dem Finger auf einen Stapel Mietzahlungsabschnitte. Marlee Jones schien plötzlich unter zu hohem Blutdruck zu leiden.

Stranahan wiederholte seine Frage: «Also, woran können Sie sich erinnern?»

Mit einem Stöhnen hievte Marlee Jones ihr Gesäß in den Sessel hinter dem Schreibtisch. Sie erzählte: «Eines Abends zogen sie aus. Sie müssen einen Sattelschlepper gehabt haben, wer weiß das schon. Ich kam rein, und hier war alles ausgeräumt bis auf einen Stapel billiger Bilder an der Wand. Katzen mit großen Augen und so weiter.»

«Waren es ausschließlich Chirurgen?»

«Es sah so aus. Aber sie waren keine Partner.»

«War Durkos der Chef vom Ganzen?»

«Von einem Durkos habe ich nie etwas gehört. Der wichtigste war ein Doktor Graveyard oder so ähnlich. Die anderen vier arbeiteten für ihn. Ich erfuhr davon am Tag, als alle Sachen abtransportiert waren, als nämlich zwei Ärzte zum Dienst erschienen. Sie konnten nicht glauben, daß ihre Büros leerstanden.»

Graveline war der Name des Chirurgen gewesen, der Vicky Barletta operiert hatte. Es brachte nichts, wenn er Marlee Jones den richtigen Namen nannte. Stranahan sagte: «Dieser Dr. Graveyard, er hat den anderen Ärzten nichts von seinem Umzug erzählt?»

«Wir sind hier in Miami, wo es eine Menge Leute immer sehr eilig haben.»

«Ja, sicher, aber nicht viele zahlen im voraus.»

Schließlich lachte Marlee Jones. «Da haben Sie natürlich recht.»

«Hat jemand seine Adresse hinterlassen?»

«Nee.»

Stranahan gab Marlee Jones das Hauptbuch zurück.

«Sind Sie jetzt mit mir fertig?» wollte sie wissen.

«Ja, Ma'am.»

«Endgültig?»

«Das ist durchaus möglich.»

«Darf ich dann wissen, für wen Sie arbeiten?»

«Für mich selbst», sagte Mick Stranahan.

Seit dem Tag, an dem das Durkos Medical Center zu existieren aufgehört hatte, war das Leben der Krankenschwester Maggie Orestes etwas komplizierter geworden. Sie hatte danach in der Notaufnahme im Jackson Hospital gearbeitet, wo sie eines Abends einen Mann namens Ricky Gonzalez kennengelernt hatte. Der Grund für Ricky

Gonzalez' Besuch in der Notaufnahme war der, daß er während des alljährlich stattfindenden Grand-Prix-Rennens von Miami von einem mit Turbolader hochgetunten Ferrari überfahren worden war. Ricky war ein Rennwagenpromoter, und er hatte sich für Fotos mit Lorenzo Lamas aufgebaut und posiert und einfach nicht aufgepaßt, als der Ferrari hereingeröhrt kam und ihm über beide Füße fuhr. Ricky brach sich dabei insgesamt vierzehn Knochen, während Lorenzo Lamas ohne einen Kratzer davonkam.

Schwester Maggie Orestes betreute Ricky Gonzalez in der Notaufnahme, bis sie ihn für die Operation unter Narkose setzte. Er war jung, schneidig, vielversprechend – und so fröhlich, wenn man bedachte, was passiert war.

Einen Monat später wurden sie in einer katholischen Kirche in Hialeah getraut. Ricky überredete Maggie, den Krankenschwesternjob an den Nagel zu hängen und als Hosteß bei den vielen wichtigen gesellschaftlichen Ereignissen zu fungieren, an denen Rennwagenpromoter gewöhnlich teilnehmen müssen. Maggie hatte gehofft, sie würde allmählich Freude finden an Autorennen und an den Leuten, die damit zu tun hatten, aber das tat sie nicht. Es war laut und stumpfsinnig und langweilig, und die Menschen im Rennbetrieb waren noch schlimmer. Maggie und Ricky hatten einige heftige Streits, und sie stand dicht davor, aus ihrer Ehe auszubrechen und ihren Mann zu verlassen, als der zweite Unfall in den Boxen geschah.

Diesmal war es ein Porsche, und Ricky hatte nicht soviel Glück. Nach der Totenmesse verbrannten sie ihn in seiner silbernen Purolator-Ehrenrennjacke, die sich als feuerfest herausstellte, so daß sie diesen Körperabschnitt ein zweites Mal verbrennen mußten. Lorenzo Lamas schickte einen Kranz aus Malibu, Kalifornien. Während der Leichenfeier kam Rickys Anwalt zu Maggie Gonzalez und eröffnete ihr die schlechte Neuigkeit: Erstens, ihr Mann hatte keine Lebensversicherung abgeschlossen; zweitens, er hatte ihr gemeinsames Konto leergeräumt, um seiner Kokainsucht frönen zu können. Maggie hatte von dem Drogenproblem keine Ahnung gehabt, aber rückblickend erklärte das seine euphorische Stimmungslage sowie seinen Mangel an Vorsicht auf der Rennbahn.

Eine Witwenschaft in Armut bot für Maggie Gonzalez wenig Anreiz. Sie begann wieder ihre Tätigkeit als Krankenschwester mit dem Plan, sich einen reichen Arzt an Land zu ziehen oder wenigstens sein Geld. Innerhalb von achtzehn Monaten hatte sie drei von ihnen durch, allesamt ein Desaster – einen verheirateten Kinderarzt, einen geschiedenen Radiologen und einen Urologen, der Frauenunterwäsche trug und Maggie am Ende eine ziemlich hartnäckige Geschlechtskrankheit verpaßte. Als sie den Urologen ablegte, ließ er sie aus dem Krankenhaus hinauswerfen und brachte gegen sie eine an den Haaren herbeigezogene Klage vor der Staatlichen Krankenpflegekommission vor.

All das erfüllte Maggie Gonzalez mit einem glühenden Haß auf alle Männer und mit heftigsten Rachegefühlen.

Es war am Ende das Geld, das sie zum äußersten trieb. Angesichts der Hypothekenzahlung für ihr Apartment, die wieder mal fällig wurde, und nur achtundachtzig Dollars auf ihrem Konto, beschloß Maggie, den Schritt zu wagen, und zu tun, woran sie schon lange dachte. Ein Teil ihrer Motivation war eine gewisse finanzielle Ausweglosigkeit, sicher, aber da war auch die vage Ahnung aufgeregter Gespanntheit – es dem Burschen heimzuzahlen, mit dem das alles angefangen hatte.

Zuerst benutzte Maggie ihre Visa-Karte, um sich ein Flugticket nach New York zu kaufen, wo sie mit einem Taxi zu den Stadtbüros von Reynaldo Flemm, dem berühmten Fernsehjournalisten, fuhr. Dort erzählte sie der Produzentin Christina Marks die Geschichte von Victoria Barletta und handelte ein Geschäft aus.

Fünftausend Dollar, um alles vor der Kamera noch einmal zu wiederholen – das war das äußerste, was die Leute hinter Reynaldo zu zahlen bereit waren. Maggie Gonzalez war enttäuscht; es war schließlich trotz allem eine sensationelle Geschichte.

An diesem Abend besorgte Christina Marks für Maggie im Goreham Hotel ein Zimmer, und sie lag dort im Bett und sah sich Robin Leach im Fernsehen an und dachte über das Risiko nach, das sie einging. Sie erinnerte sich an den Ermittler des Staatsanwaltes, der sie vor fast vier Jahren verhört hatte, und wie sie ihn angelogen hatte. Mein Gott, was dachte sie sich eigentlich jetzt? Flemms Leute würden direkt nach Miami Beach fliegen und den Ermittler interviewen – Stranahan lautete sein Name –, und er würde ihnen erklären, sie habe niemals etwas darüber verlauten lassen, als es gerade passiert war. Ihre Glaubwürdigkeit wäre wie weggeworfen, und desgleichen die fünf Riesen. Aus dem Fenster.

Maggie begriff, daß sie wegen Stranahan etwas unternehmen mußte.

Und auch wegen Dr. Rudy Graveline.

Graveline war ein gefährlicher Schleimer. Rudy zu verpfeifen – nun, er hatte sie gewarnt. Und sie in gewissem Sinne belohnt. Eine anständige Entschädigung, begeisterte Referenzen für einen neuen Job. Das war, nachdem er das Durkos Center geschlossen hatte.

Während sie dalag, hatte Maggie eine andere Idee. Sie war verrückt, aber sie könnte funktionieren. Am nächsten Vormittag traf sie sich wieder mit Christina Marks und erfand eine vage Geschichte, sie müsse sofort mit diesem Ermittler Mick Stranahan Kontakt aufnehmen, sonst würde nichts aus ihrem Auftritt in der Fernsehshow. Widerstrebend händigte die Produzentin ihr ein Flugzeugticket und sechshundert Dollar für Spesen aus.

Natürlich hatte Maggie nicht die Absicht, Mick Stranahan aufzusuchen. Als sie nach Florida zurückkam, fuhr sie direkt zum Whispering-Palms-Sanatorium im schönen Bal Harbour. Dr. Rudy Graveline war sehr überrascht, sie zu sehen. Er geleitete sie in sein Privatbüro und schloß die Tür.

«Sie sehen ängstlich aus», stellte der Chirurg fest.

«Das bin ich auch.»

«Und hinten herum etwas schwammig.»

«Wenn ich Angst habe, dann fange ich immer an zu essen», sagte Maggie und gab sich gelassen.

«Also was ist los?» fragte Rudy.

«Vicky Barletta», antwortete sie. «Jemand macht deswegen Wirbel.»

«Oh.» Rudy Graveline erschien völlig ruhig. «Wer?»

«Einer von den Ermittlern. Ein Mann namens Stranahan.»

«Ich erinnere mich nicht an ihn», sagte Rudy.

«Ich schon. Er jagt einem Angst ein.»

«Hat er mit Ihnen gesprochen.»

Maggie schüttelte den Kopf. «Es ist noch schlimmer als das», sagte sie. «Ein paar Fernsehleute sind zu mir gekommen. Sie drehen einen Special über vermißte Personen.»

«Himmel, was Sie nicht sagen.»

«Stranahan wird reden.»

Rudy nickte. «Aber was weiß er denn?»

Maggie blinzelte. «Ich mache mir Sorgen, Dr. Graveline. Die ganze Sache wird wieder aufgewärmt.»

«Bestimmt nicht.»

Maggies Überlegungen gingen dahin, Stranahan aus dem Weg zu schaffen. Ob Dr. Graveline ihn bestach, ihn bedrohte oder noch Schlimmeres mit ihm anstellte, war unwesentlich; Rudy konnte jeden fertigmachen. Wer ihm im Weg stand, spielte entweder nach seinen Anweisungen mit, oder er wurde niedergewalzt. Einmal hatte ein anderer Chirurg eine korrigierende Rhinoplastik an einer von Rudys ruinierten Patientinnen vorgenommen und sich dann während einer Cocktailparty der Ärztevereinigung abfällig über ihn geäußert. Rudy geriet darüber derart in Wut, daß er zwei Ganoven dafür bezahlte, die Praxis des anderen Arztes zu verwüsten, aber erst, nachdem sie seine Patientenkartei gestohlen hatten. Schon bald erhielten die Patienten des anderen Arztes persönlich gehaltene Briefe, in denen ihnen für ihr Verständnis gedankt wurde, während er seinen verzweifelten Kampf gegen die furchtbare Heroinsucht ausfocht, die er nun jedoch unter Kontrolle zu haben glaubte. Nun, jedenfalls fast … Bis zum Ende des Monats hatte der Doktor das, was von seiner Praxis noch übrig blieb, geschlossen und war nach British Columbia umgezogen.

Maggie Gonzalez verließ sich darauf, daß Rudy Graveline auch diesmal übertrieben reagierte; sie wollte, daß er sich ausschließlich auf Stranahan konzentrierte und alle anderen zeitweise vergaß. Wenn der Arzt dann den Fernsehapparat einschaltete und entdeckte, wer die wahre Bedrohung darstellte, wäre Maggie längst über alle Berge und außer Reichweite.

Sie fuhr fort: «Sie lassen mich nicht in Ruhe, diese Fernsehleute. Sie erzählten, der Fall käme vor eine Grand Jury. Sie meinten auch, daß Stranahan aussagen müsse.» Sie suchte in ihrer Handtasche nach einem Papiertaschentuch. «Ich dachte, Sie sollten das wissen.»

Rudy Graveline bedankte sich für ihr Kommen. Er meinte, sie solle sich keine Sorgen machen, alles liefe bestens. Er schlug ihr vor, die Stadt für ein paar Wochen zu verlassen, und sie sagte, daß sei sicherlich eine gute Idee. Er fragte, ob es einen bestimmten Ort gebe, den sie besuchen wollte, und sie nannte New York. Der Doktor sagte, New York sei sicherlich um die Weihnachtszeit sehr schön, und er stellte ihr einen Barscheck über zweitausendfünfhundert Dollar aus.

Er empfahl Maggie, mindestens für einen Monat zu verschwinden, und meinte, sie sollte anrufen, falls sie noch mehr Geld brauche. Wenn, sagte Maggie. Nicht falls sie welches brauche, sondern wenn.

Später am gleichen Nachmittag verriegelte Dr. Rudy Graveline seine Bürotür und telefonierte mit einem Fischrestaurant in New Jersey. Er sprach mit einem Mann, der wahrscheinlich gekräuselte Augenbrauen hatte, einem Mann, der versprach, um den Ersten des neuen Jahres herum jemanden hinunterzuschicken.

An dem Tag, an dem Tony Traviola, der erste Mietkiller, eintraf, um Mick Stranahan zu töten, hielt Maggie Gonzalez sich in einem Zimmer im zehnten Stock des Essex House Hotels auf. Von dem Zimmer hatte man einen ungehinderten Blick auf den Central Park, wo Maggie im Donald-Trump-Eisstadion Schlittschuhstunden nahm. Sie hatte die Absicht, für ein paar Wochen in der Versenkung zu bleiben, vielleicht irgendwann mal bei bei der Fernsehshow *20/20* vorbeizuschauen. Ein bißchen Konkurrenz hatte noch nie geschadet. Vielleicht wurde Reynaldo Flemm ausreichend nervös, um sein Angebot zu erhöhen. Fünf Riesen waren wirklich mickrig.

Dr. Rudy Graveline traf mit dem zweiten Killer eine Verabredung für den zehnten Januar um drei Uhr nachmittags. Der Mann erschien im Whispering-Palms-Sanatorium eine halbe Stunde zu früh und saß still im Wartezimmer, wo er den anderen Patienten einen heillosen Schrecken einjagte. Rudy kannte ihn nur als Chemo, ein grausamer, aber zutreffender Spitzname, denn er schien sich tatsächlich in den letzten Stadien einer Chemotherapie zu befinden. Schwarzes Haar wucherte in wahllos verteilten Büscheln aus einer von blauen Adern durchzogenen Kopfhaut. Seine Lippen waren dünn und erinnerten an zerknittertes Papier und hatten die Farbe von nassem Zement. Rotgeränderte Augen blickten neugierige Gaffer mit einer stumpfen und eisigen Gleichgültigkeit an; die faltigen Lider zwinkerten langsam, träge wie die eines Salamanders. Und die Haut – es war die Haut, welche die Leute die Luft anhalten ließ und das Wartezimmer im Whispering Palms regelrecht leerfegte. Chemos Haut sah aus wie eine Portion Frühstücksflocken, so als hätte jemand jeden Quadratzentimeter seines Gesichts mit Rice Krispies beklebt.

Dies und die Tatsache, daß er fast zwei Meter groß war, machte Chemo zu einem denkwürdigen Anblick.

Dr. Graveline bekam keinen Schreck, denn er wußte, wie Chemo zu diesem Aussehen gelangt war: Es war kein Melanom, sondern ein bizarrer elektrochirurgischer Unfall in Scranton, der schon einige Jahre zurücklag. Während er zwei eingewachsene Haarfollikel mit dem Elektromesser von Chemos Nasenspitze entfernte, hatte ein älterer Dermatologe einen Schlaganfall erlitten und teilweise die Koordinationsfähigkeit von Hand und Auge verloren. Tapfer hatte der alte Doktor versucht, die Prozedur zu Ende zu führen, doch dabei hatte er es geschafft, jede normale Pore in Reichweite der elektrischen Nadel zu verbrennen. Da Chemo zum Frühstück fünf Valiumtabletten geschluckt hatte, lag er im Tiefschlaf auf dem Operationstisch, während die Tragödie ihren Lauf nahm. Als er erwachte und sein Gesicht aufgedunsen und rotleuchtend wie einen frisch gekochten Hummer vorfand, erwürgte er auf der Stelle den Hautarzt und verließ den Staat Pennsylvania für immer.

Chemo verbrachte den größten Teil der nächsten fünf Jahre auf der Flucht, indem er medizinische Hilfe suchte; Cremes erwiesen sich als wirkungslos, und tatsächlich hatte eine falsche Rezeptur diesen auffälligen Rice-Krispies-Effekt hervorgerufen. Am Ende gelangte Chemo zu der Überzeugung, daß seine einzige Hoffnung die plastische Chirurgie war, und seine Suche nach einem Wunder führte ihn natürlich nach Florida und dort natürlich unter die Obhut von Dr. Rudy Graveline.

Um Punkt drei rief Rudy seinen Besucher ins Behandlungszimmer und schloß die Tür hinter ihm. Er nahm in einem Polstersessel Platz und blickte Dr. Graveline mit tränenden Augen an.

Rudy fragte: «Und wie geht es uns heute?»

Chemo knurrte: «Was glauben Sie denn?»

«Als Sie vor ein paar Wochen hier waren, unterhielten wir uns über einen Behandlungsplan. Sie erinnern sich?»

«Ja», sagte Chemo.

«Und auch über einen Zahlungsplan.»

«Wie könnte ich das vergessen?» meinte Chemo.

Dr. Graveline ignorierte den Sarkasmus; der Mann hatte jedes Recht, verbittert zu sein.

«Das Hautabschleifen ist teuer», sagte Rudy.

«Ich weiß aber nicht warum», sagte Chemo. «Ich lege mein Gesicht doch nur auf eine Bandschleifmaschine, oder?»

Der Doktor lächelte geduldig: «Es ist schon etwas komplizierter als das ...»

«Aber im Prinzip ist es das gleiche.»

Rudy nickte. «Ganz grob gesprochen, ja.»

«Wie kann es dann zweihundert Bucks pro Bläschen kosten?»

«Zweihundertzehn», korrigierte Rudy. «Weil dazu ganz besonders ruhige Hände nötig sind. Ich bin sicher, daß Sie das zu würdigen wissen.»

Chemo lächelte bei dieser Bemerkung. Rudy wünschte, er hätte es nicht getan; das Lächeln war absolut beängstigend, ganz alleine schon eine tödliche Waffe. Chemo sah aus, als hätte er auf frischer Hochofenschlacke herumgekaut.

«Ich habe jetzt einen Job», sagte er.

Dr. Graveline gab zu, daß es ein Anfang war.

«Im Gay Bidet», sagte Chemo. «Das ist ein Punkclub unten auf der South Beach. Ich bin der Türsteher.» Auch das mit einem Lächeln.

«Türsteher also», sagte Rudy. «Gut, gut.»

«Ich halte den Abschaum fern», erklärte Chemo.

Rudy erkundigte sich nach der Bezahlung. Chemo erklärte, er bekomme sechs Dollar pro Stunde, Trinkgelder nicht eingerechnet.

«Nicht schlecht», sagte Rudy, «aber trotzdem ...» Er schrieb ein paar Zahlen auf einen Notizblock, dann holte er einen Taschenrechner aus der Schreibtischschublade und drückte einige Zeit darauf herum. Alles sehr dramatisch.

Chemo verrenkte sich fast den Hals, als er versuchte, etwas zu erkennen. «Und was macht es insgesamt?»

«Ich rechne mit vierundzwanzig Terminen, das ist das Minimum», sagte Rudy. «Sagen wir, wir schaffen bei jeder Sitzung rund zehn Quadratzentimeter.»

«Quatsch, machen Sie alles auf einmal.»

«Geht nicht», log Rudy, «nicht beim Hautabschleifen. Also, vierundzwanzig Termine bei zweihundertzehn pro Besuch, das sind ...»

«Fünftausendundvierzig Dollar», murmelte Chemo. «Herrgott im Himmel.»

Dr. Graveline sagte: «Ich brauche nicht den ganzen Betrag auf einmal. Geben Sie mir die Hälfte als Anzahlung.»

«Herrgott im Himmel.»

Rudy legte den Taschenrechner beiseite.

«Ich habe gerade erst in dem Club angefangen», sagte Chemo. «Ich muß mir Lebensmittel kaufen.»

Rudy umrundete den Schreibtisch und setzte sich auf die Kante. Mit väterlicher Stimme erkundigte er sich: «Können Sie nicht einen Antrag auf staatliche Unterstützung stellen?»

«Einen Scheiß kann ich, ich bin auf der Flucht, oder haben Sie das vergessen?»

«Natürlich nicht.»

Rudy schüttelte den Kopf und dachte nach. Es war alles zu trostlos – daß eine große Nation wie die Vereinigten Staaten nicht einmal all ihren Bürgern minimale medizinische Hilfe zuteil werden lassen konnte.

«Demnach ist die Sache für mich wohl gelaufen», stellte Chemo fest.

«Nicht unbedingt.» Dr. Graveline massierte sich das Kinn. «Ich habe da eine Idee.»

«Ja?»

«Ich muß etwas erledigt haben.»

Wenn Chemo Augenbrauen gehabt hätte, hätte er sie wohl gehoben.

«Wenn Sie das für mich erledigen würden», fuhr Rudy fort, «dann könnten wir, glaube ich, zu einer Abmachung kommen.»

«Ein Preisnachlaß?»

«Ich wüßte nicht, was dagegen spricht.»

Nachdenklich strich Chemo über die Schuppen auf seiner Wange. «Und was muß erledigt werden?»

«Sie müssen für mich jemanden umlegen.»

«Wen?»

«Einen Mann, der mir große Schwierigkeiten machen könnte.»

«Welche Art von Schwierigkeiten?»

«Ich müßte dann vielleicht sogar die Whispering Palms schließen. Mir würde die Lizenz entzogen, als Arzt tätig zu sein. Und das wäre sicher nur der Anfang.»

Chemo ließ eine blutlose Zunge über seine Lippen wandern. «Wer ist dieser Mann?»

«Sein Name lautet Mick Stranahan.»

«Wo finde ich ihn?»

«Ich weiß es nicht genau», sagte Rudy. «Irgendwo hier in Miami.»

Chemo meinte, daß sei aber keine besonders genaue Angabe. «Ich schätze daß ein Mord mindestens fünf Riesen wert ist», sagte er.

«Ich bitte Sie, er ist kein Cop oder sonst etwas Besonderes. Er ist ein ganz normaler Durchschnittskerl. Dreitausend, höchstens.» Rudy wurde zur lebendigen Rechenmaschine, wenn es um Geld ging.

Chemo faltete seine mächtigen, knochigen Hände. «Zwanzig Behandlungen, das ist mein letztes Angebot.»

Rudy rechnete es im Kopf aus. «Das wären ja viertausendzweihundert Dollar.»

«Richtig.»

«Sie sind aber ein harter Geschäftsmann», sagte Rudy.

Chemo grinste triumphierend. «Wann können wir mit meinem Gesicht anfangen?»

«Sobald die Sache erledigt ist.»

Chemo stand auf. «Ich nehme an, Sie wollen einen Beweis.»

Daran hatte Rudy Graveline noch gar nicht gedacht. Er sagte: «Eine Zeitungsmeldung würde reichen.»

«Sie sind sicher, daß ich Ihnen nichts bringen soll?»

«Zum Beispiel was?»

«Einen Finger», antwortete Chemo, «vielleicht eins seiner Eier.»

«Das wird nicht nötig sein», sagte Dr. Graveline, «ganz gewiß nicht.»

6

Stranahan erhielt Maggie Orestes Gonzalez' Adresse von einem Freund, der für die staatliche Krankenpflege-Behörde in Jacksonville arbeitete. Obgleich Maggies Lizenzgebühren pünktlich gezahlt waren, enthielt die Akte keine aktuelle Arbeitsstelle.

Die Adresse war ein Doppelapartment in einer stillen, alten Gegend unweit des Coral Way im Little-Havanna-Viertel von Miami. Eine Gliederkette grenzte einen kahlen, braunen Hof ab, eine Porzellanstatue der heiligen Barbara stand in einem Blumenbeet, hinzu kamen die üblichen Schutzgitter gegen Einbrecher vor jedem Fenster. Stranahan drückte die Verandatür auf und klopfte dreimal an die schwere Holztür. Es überraschte ihn nicht, daß niemand zu Hause war.

Um in Maggie Gonzalez' Apartment einzudringen, benutzte Stranahan einen etwa zehn Zentimeter langen stählernen Schloßdorn, den er aus dem Mund eines berüchtigten Einstiegsdiebs namens Wet Willie Jeeter geholt hatte. Wet Willie hatte seinen Spitznamen bekommen, weil er nur an Regentagen arbeitete; wenn die Sonne schien, war er Golfcaddy im Doral Country Club. Als sie nach seiner Verhaftung seine Bleibe durchsuchten, fanden die Cops siebzehn von Jack Nicklaus persönlich mit einem Autogramm versehene Fotos, die zurückreichten bis zum Masters im Jahr 1967. Was die Cops nicht fanden, war irgendein Teil von Wet Williees Einbruchswerkzeugen, weil Willie sie sehr gut versteckt unter seiner Zunge bei sich trug.

Stranahan fand sie, als er Wet Willie zwei Wochen vor der Verhandlung im Gefängnis von Dade County besuchte. Der Besuch hatte den Zweck, Wet Willie klarzumachen, daß es weise wäre, sich schuldig zu bekennen, um dem Steuerzahler die Kosten eines langwierigen Verfahrens zu ersparen. Nicht erwähnt wurde die Tatsache, daß das Büro des Staatsanwalts einen furchtbar schwachbrüstigen Fall hatte und sehnsüchtig auf einen Handel hoffte. Wet Willie meinte zu Stranahan, vielen Dank, aber er würde lieber sein Glück bei einer Jury versuchen. Stranahan zuckte die Achseln, in Ordnung, und bot Wet Willie einen Streifen Dentyne-Kaugummi an, den der Dieb sich ohne nachzudenken in den Mund schob. Durch das Kauen lösten sich die stählernen Dietriche und bohrten sich sofort in den Kaugummi: die ganze Chose blieb schließlich in Wet Willies Kehle hängen. Ein paar hektische Minuten lang glaubte Stranahan, er müsse einen amateurhaften Luftröhrenschnitt vornehmen, doch wie durch ein Wunder hustete der Einbrecher die winzigen Werkzeuge hoch, sie kamen heraus und ein komplettes Geständnis gleich dazu. Stranahan behielt einen von Wet Willies Dietrichen als Souvenir.

Das Schloß von Maggies Tür war kinderleicht zu knacken.

Stranahan schlüpfte hinein, und ihm fiel auf, wie ordentlich es in der Wohnung aussah. Irgend jemand, wahrscheinlich ein Nachbar oder ein Verwandter, hatte sorgfältig die ungeöffnete Post auf einem kleinen Tischchen neben der Wohnungstür aufgestapelt. Auf der Küchenanrichte stand ein Telefon im verspielten Prinzessinnendesign neben einem Anrufbeantworter. Stranahan drückte auf den Rückspulknopf, dann drückte er auf «Play» und hörte Maggies Stimme sagen: «Hallo, ich bin im Augenblick nicht zu Hause, deshalb hören Sie hier einen dieser dämlichen Anrufbeantworter. Bitte hinterlassen Sie eine kurze Nachricht, und ich werde mich bei Ihnen so bald wie möglich melden. Bis dann.»

Stranahan ließ auch noch den Rest des Bandes abspielen, der aber leer war.

Entweder bekam Maggie Gonzalez keine Anrufe, oder jemand anderer nahm sie für sie entgegen, oder sie rief die für sie eingegangenen Gespräche mit einem von diesen als Fernsteuerung funktionierenden Taschenpiepsern ab. Ganz gleich, was am Ende zutraf, es war auf jeden Fall ein Zeichen, daß sie wahrscheinlich gar nicht so endgültig tot war.

Andere Spuren in dem Apartment wiesen auf eine Reise hin. Es gab keine Gepäckstücke in den Schränken, keine Büstenhalter oder sonstige Unterwäsche in den Schubladen im Schlafzimmer, kein Make-up auf der Waschbeckenablage im Badezimmer. Das interessanteste Ding fand Stranahan zerknüllt in einem Papierkorb in einer Ecke des Wohnzimmers: eine Auszahlungsquittung einer Bank für zweitausendfünfhundert Dollar mit dem Datum vom siebenundzwanzigsten Dezember.

Dann gute Reise, dachte Stranahan.

Er verließ die Wohnung und verschloß die Tür hinter sich. Dann fuhr er drei Blocks weiter bis zu einem Münzfernsprecher vor einem 7-Eleven-Schnellrestaurant, wo er Maggies Nummer wählte und eine sehr wichtige Nachricht auf ihren Anrufbeantworter sprach.

Am Ende des Tages überließ Christina Marks ihren gemieteten Ford Escort dem Hoteldiener, kaufte eine Ausgabe der *New York Times* am Kiosk im Foyer und fuhr mit dem Fahrstuhl hinauf zu ihrem Zimmer. Ehe sie den Schlüssel aus der Tür ziehen konnte, öffnete Mick Stranahan bereits von der anderen Seite.

«Kommen Sie herein», sagte er.

«Wie nett von Ihnen», meinte Christina, «wenn man bedenkt, daß es ja mein Zimmer ist.»

Stranahan nahm bewußt wahr, daß sie eine dieser modernen Ledertaschen bei sich hatte, die man sich lässig über die Schulter hängte. Zwei Schreibblöcke schauten oben heraus.

«Sie waren fleißig.»

«Möchten Sie etwas zu trinken?»

«Gin und Tonic, danke», sagte Stranahan. Und nach einer Pause: «Ich hatte Angst, der große Reynaldo sieht mich, wenn ich in der Lobby warte.»

«Demnach haben Sie einen Schlüssel zu meinem Zimmer.»

«Eigentlich nicht.»

Christina Marks reichte ihm sein Glas. Dann schenkte sie sich ein Bier ein und ließ sich in einem Rattansessel mit grellbunten Blumenkissen nieder, die tropisch aussehen sollten.

«Ich war heute bei Maggies Familie», sagte sie.

«Glück gehabt?»

«Nein. Unglücklicherweise sprechen sie kein Englisch.»

Stranahan lächelte und schüttelte den Kopf.

«Was ist daran so lustig?» fragte Christina. «Daß ich kein Spanisch spreche?»

Stranahan sagte: «Bis auf ihre Großmutter spricht Maggies gesamte Familie Englisch. Und zwar perfekt.»

«Wie bitte?»

«Ihr Vater lehrt Physik an der Palmetto High School. Ihre Mutter arbeitet in der Telefonvermittlung der Southern Bell. Ihre Schwester

Consuela ist Anwaltssekretärin, und ihr Bruder, wie heißt er noch gerade …?»

«Tomás.»

«Tommy, ja», sagte Stranahan, «er ist Oberbuchhalter bei Merryll Lynch.»

Christina Marks stellte ihr Bierglas so heftig hin, daß es beinahe die Glasplatte des Rauchtischchens zerbrach.

«Ich habe bei ihnen im Wohnzimmer gesessen, habe mit diesen Leuten geredet, und sie haben mich nur angestarrt und gesagt …»

«*No habla* Englisch, *señora.*»

«Genau.»

«Der älteste Trick in Miami», erklärte Stranahan. «Sie wollten einfach nicht reden. Fühlen Sie sich nicht zu mies, das gleiche haben sie bei mir auch versucht.»

«Und ich nehme an, Sie können Spanisch.»

«Jedenfalls genug, daß sie glauben, ich könnte noch mehr. Sie machen sich tatsächlich wegen Maggie Sorgen. Und das schon seit einiger Zeit. Maggie hatte wohl einige persönliche Probleme. Auch Geldsorgen – soviel konnte ich jedenfalls herausfinden, ehe die alte Lady plötzlich Schmerzen im Brustkorb bekam.»

«Sie machen Witze.»

«Der zweitälteste Trick», sagte Stranahan lächelnd, «aber ich war sowieso fertig. Ich bin ganz sicher, daß sie keine Ahnung haben, wo sie ist.»

Christina Marks leerte ihr Bier und holte sich ein frisches aus dem kleinen Hotelkühlschrank. Als sie sich wieder setzte, streifte sie die Schuhe von den Füßen.

«Also», sagte sie, «Sie sind uns voraus.»

«Ihnen und Reynaldo?»

«Der Crew», sagte Christina und sah aufrichtig verletzt aus.

«Nein, ich habe keinen Vorsprung vor Ihnen», sagte Stranahan. «Erzählen Sie mir, was Maggie Gonzalez über Vicky Barletta wußte.»

Christina meinte: «Das kann ich nicht.»

«Wieviel haben Sie zu bezahlen versprochen?»

Erneut schüttelte Christina den Kopf.

«Wissen Sie, was ich denke?» sagte Stranahan. «Ich denke, daß Sie und Ray dem größten Schwindel Ihres Lebens aufgesessen sind.»

«Wie bitte?»

«Ich glaube, daß Maggie Sie in großem Stil ganz schön ausnimmt.»

Christina hörte sich selbst sagen: «Da könnten Sie recht haben.»

Stranahan verlieh seiner Stimme einen sanfteren Klang. «Ich will Ihnen mal erzählen, was ich mir so denke», sagte er. «Diese Maggie Gonzalez, die Sie noch nie gesehen haben, taucht eines Tages bei Ihnen in New York auf und bietet an, Ihnen eine sensationelle Geschichte von einer vermißten Collegestudentin zu erzählen. Nach dem, was sie erzählt, fand dieses Mädchen ein furchtbares und gespenstisches Ende. Und bequemerweise kann die Geschichte, so wie sie sie erzählt, weder bewiesen noch als falsch verworfen werden. Und warum? Weil das alles vor langer Zeit passiert ist. Und die Wahrscheinlichkeit besteht, Christina, daß Victoria Barletta tot ist. Und es ist auch wahrscheinlich, daß wer immer es getan hat, sicher nicht vortreten und verkünden wird, daß Reynaldo Flemm eine völlig falsche Geschichte im Fernsehen erzählen läßt.»

Christina Marks beugte sich vor. «Prima. Alles prima, bis auf einen Punkt. Sie nennt Namen.»

«Maggie?»

«Ja. Sie schildert genau, wie es passiert ist und wer es tat.»

«Und diese Leute ...»

«Nur eine Person, alleine.»

«Er? Sie?»

«Ein Er», sagte Christina.

«Er lebt noch?»

«Sicher doch.»

«Hier in der Stadt?»

«Das ist richtig.»

«Mein Gott», sagte Stranahan. Er stand auf und mixte sich noch einen Drink. Er ließ zwei Eiswürfel fallen, so sehr zitterten seine Hände. Das war nicht gut, sagte er sich, sich derart aufzuregen, war ganz gewiß nicht gut.

Er trug seinen Drink ins Zimmer zurück und sagte: «Ist es der Arzt?»

«Das kann ich Ihnen nicht sagen.» Es würde die Zusicherung von Vertraulichkeit erschüttern, erklärte Christina Marks. Journalisten müßten ihre Quellen schützen und geheimhalten. Stranahan leerte sein Glas halb, ehe er fortfuhr: «Sind Sie halbwegs gut?»

Christina sah ihn seltsam an.

«Bei dem, was Sie tun», sagte er ungehalten, «sind Sie darin halbwegs gut?»

«Ja, ich glaube schon.»

«Können Sie mir Reynaldo irgendwie vom Leibe halten?»

«Ich werd's versuchen. Warum?»

«Weil», sagte Stranahan, «es von beiderseitigem Nutzen wäre, wenn wir uns gelegentlich träfen, nur wir beide, Sie und ich.»

«Notizen vergleichen?»

«Etwas in dieser Richtung. Ich weiß nicht warum, aber ich glaube, ich kann Ihnen trauen.»

«Danke.»

«Ich sagte nicht, daß ich es tue, sondern nur, daß es möglich wäre.»

Er stellte das Glas ab und erhob sich.

«Was suchen Sie denn in dieser Sache?» fragte Christina Marks.

«Wahrheit, Gerechtigkeit, was immer.»

«Nein, da steckt mehr dahinter.»

Sie war ganz schön auf Draht, das mußte er zugeben. Aber er war nicht bereit, ihr von Tony dem Aal und dem Schwertfisch zu erzählen.

Während sie Stranahan zur Tür begleitete, sagte Christina: «Ich war heute im Zeitungsarchiv.»

«Ich nehme an, um sich auf den neusten Stand zu bringen.»

«Sie haben da eine ganz schöne Akte mit Ausschnitten», sagte sie. «Ich glaube, ich sollte eigentlich vor Ihnen Angst haben.»

«Sie glauben doch nicht alles, was Sie lesen, oder?»

«Natürlich nicht.» Christina Marks öffnete die Tür. «Aber eines müssen Sie mir verraten. Wieviel von dem entspricht denn der Wahrheit?»

«Alles», sagte Mick Stranahan, «leider.»

Von den fünf Ex-Frauen Mick Stranahans hatte nur eine sich entschieden, seinen Namen auch weiterhin zu tragen: Ex-Frau Nummer vier, Chloe Simpkins Stranahan. Selbst als sie erneut heiratete, hielt Chloe in einem Akt unstillbaren Hasses an diesem Namen fest. Natürlich wurde sie auch im Telefonbuch von Miami aufgeführt: Stranahan hatte sie gebeten, doch bitte eine Geheimnummer zu beantragen, aber Chloe meinte, daß dies der ganzen Aktion ihren Sinn nehmen würde. «So kann ich jeder Frau, die mich anruft und sich nach dir erkundigt, die Wahrheit erzählen. Nämlich, daß du ein gefährlicher Irrer bist. Genau das ist es nämlich, was ich ihnen erzähle, wenn sie hier anrufen, Mick – ‹Na, Schätzchen, er war total durchgeknallt.›»

Christina Marks hatte sich alle Stranahan-Nummern von der Auskunft geben lassen. Als sie Chloe aus New York anrief, hatte diese angenommen, sie sei eine von Micks Freundinnen und hatte ihr eine ätzende und wütende Zusammenfassung ihrer achtmonatigen Ehe und ihrer neunmonatigen Scheidung geliefert. Schließlich hatte Christina Marks sie unterbrochen und erklärt, wer sie sei und was sie wolle, und Chloe Simpkins Stranahan hatte erwidert: «Das kostet Sie einen Riesen.»

«Fünfhundert», hatte Christina geantwortet.

«Scheiße», hatte Chloe gezischt. Aber als der Barscheck am nächsten Nachmittag per Express bei ihr eintraf, hatte Chloe vereinbarungsgemäß zum Hörer gegriffen und Christina Marks in New York angerufen (natürlich als R-Gespräch) und ihr erklärt, wo sie ihren Ex-Mann, diesen gemeingefährlichen Verrückten, finden könne.

«Bestellen Sie ihm alles Schlechte, ja?» hatte Chloe gesagt und dann aufgelegt.

Der Mietkiller namens Chemo war nicht annähernd so üppig mit Barmitteln gesegnet wie Christina Marks, doch auch er war intelligent genug, sich aus dem Telefonverzeichnis alle Stranahans herauszusuchen. Es waren insgesamt fünf, und Chemo schrieb sich ihre Adressen auf.

Am Tag nach dem Gespräch mit Dr. Rudy Graveline unternahm Chemo eine Autofahrt. Sein Wagen war ein königsblauer 1980er Bonneville mit getönten Scheiben. Die getönten Scheiben hatten die wichtige Aufgabe, Chemos Gesicht zu verbergen, denn ein einziger kurzer Blick darauf konnte an jeder Kreuzung zu einer Massenkarambolage führen.

Louis K. Stranahan war der erste auf Chemos Liste. Ein Einwohner Miamis hätte sofort erkannt, daß die Adresse mitten in Liberty City lag, aber Chemo hatte davon keine Ahnung. Ihm kam der Gedanke, als er sich der Gegend näherte, daß er Dr. Graveline hätte fragen sollen, ob der Mann, den er töten sollte, schwarz oder weiß sei, denn damit hätte er sich Zeit und Mühe sparen können.

Die Adresse bezeichnete die James-Scott-Übergangshäuser, eine triste und öde Kaserne, die nur wenige Mutige, gleich welcher Hautfarbe, zu betreten wagten. Selbst an einem hellen Wintertag strömte der Bau eine düstere und unheimliche Hitze aus. Chemo spürte davon nichts: er sah nirgendwo eine Gefahr, sondern nur Arbeit. Er parkte den Bonneville neben einem eingezäunten Basketballfeld und stieg aus. Fast im gleichen Augenblick unterbrachen die Kinder auf dem Platz ihr Spiel. Der Basketball traf den Korbring und rollte träge davon, aber niemand rannte hinterher, um ihn zurückzuholen. Sie alle starrten Chemo an. Das einzige Geräusch war der zahnbohrerschrille Rap von Run-DMC aus einem quadrophonischen portablen Radio in der Ferne.

«Hallo, Kinder», sagte Chemo.

Die Kids aus der Kaserne sahen sich gegenseitig an und versuchten, sich darüber klarzuwerden, wie sie sich verhalten sollten; das war einer der verrücktesten Kerle, die sie jemals diesseits des Interstate Highway gesehen hatten. Und einer der häßlichsten.

«Unsere Mannschaften sind komplett», erklärte der größte Junge mit angestrengter Forschheit.

«Oh, ich will nicht mitspielen», sagte Chemo.

Ein Ausdruck der Erleichterung breitete sich auf den Gesichtern der Basketballspieler aus, und einer rannte hinter dem Ball her.

«Ich suche einen Mann namens Louis Stranahan.»

«Der ist nicht da.»

«Und wo ist er?»

«Weg.»

Chemo fragte: «Hat er einen Bruder namens Mick?»

«Er hat sechs Brüder», äußerte sich einer der Basketballspieler. «Aber keinen Mick.»

«Einer heißt Dick», sagte ein anderer Teenager.

«Und einer Lawrence.»

Chemo holte die Liste aus seiner Hosentasche und betrachtete sie stirnrunzelnd. Tatsächlich, Lawrence Stranahan war der zweite Name aus dem Telefonbuch. Die Adresse befand sich ebenfalls in der Nähe.

Während Chemo dastand, einem Baukran nicht unähnlich, und

auf den Notizzettel starrte, wurden die schwarzen Kinder etwas lockerer. Sie warfen sich gegenseitig den Ball zu und alberten herum. Der weiße Typ war doch nicht so schlimm; außerdem, was sollte der Scheiß, sie waren schließlich zu acht, und er war alleine.

«Wo kann ich diesen Louis finden?» versuchte Chemo erneut sein Glück.

«In Raiford», sagten zwei der Kinder gleichzeitig.

«Raiford», wiederholte Chemo. «Dort ist doch ein Gefängnis, nicht wahr?»

Nach dieser Frage platzten die Teenager laut heraus, schlugen sich gegenseitig auf die Schultern und kreischten in hysterischem Vergnügen über diesen seltsamen Irren mit den Staubflusen auf dem Schädel.

«Scheiße, klar, das ist ein Gefängnis», sagte ein anderer schließlich.

Chemo strich die beiden obersten Stranahans von seiner Liste. Während er die Tür des Bonneville öffnete, rief der schwarze Junge, der mit dem Basketball über das Feld dribbelte: «He, Langer, sind Sie ein Filmstar?»

«Nein», antwortete Chemo.

«Und ich kann beschwören, daß Sie einer sind.»

«Ich schwöre, ich bin keiner.»

«Wie kommt es dann, daß ich Sie in Halloween III gesehen habe?»

Der Junge krümmte sich vor Lachen; er hielt das für den größten Witz aller Zeiten. Chemo griff unter den Fahrersitz und holte eine .22er Pistole hervor, die mit einem billigen, per Postversand erhältlichen Schalldämpfer versehen war. Ohne ein Wort zu sagen, legte er über das Dach des Bonneville hinweg an und schoß den Basketball dem Jungen sauber aus den Händen. Der Knall erinnerte in seinem Klang an den lautesten Furz der Welt, aber die Kids aus der Kaserne fanden das gar nicht mehr lustig. Sie rannten, als sei der Teufel hinter ihnen her.

Während Chemo losfuhr und die Gegend hinter sich ließ, dachte er bei sich, daß er die Kinder eine wichtige Lektion gelehrt hatte: Mach dich nie über den Teint eines Mannes lustig.

Es war eine halbe Stunde nach Mittag, als Chemo die dritte Adresse fand, ein zweistöckiges, im Mittelmeerstil erbautes Haus in Coral Gables. Ein mißgelaunter Rottweiler war im Vorgarten an den Stamm eines Olivenbaums gekettet, doch Chemo spazierte ohne Zwischenfall an dem großen Hund vorbei; das Tier legte nur den Kopf schief und betrachtete den Fremden, wahrscheinlich nicht ganz sicher, ob diese seltsame aufrechtgehende Kreatur wirklich zu der Rasse gehörte, die anzugreifen man ihm beigebracht hatte.

Chloe Simpkins Stranahan telefonierte gerade mit der Sekretärin ihres Mannes, als die Türklingel ertönte.

«Bestellen Sie ihm, wenn er bis acht Uhr nicht da ist, verkaufe ich den Dalí. Bestellen Sie ihm das jetzt gleich.» Chloe knallte den Hörer auf die Gabel und stolzierte zur Haustür. Sie betrachtete Chemo von oben bis unten und erkundigte sich: «Wie sind Sie denn an dem Köter vorbeigekommen?»

Chemo zuckte die Achseln. Er trug eine dunkle Ray-Ban-Sonnenbrille, von der er hoffte, daß sie den Zustand seines Gesichts etwas kaschierte. Falls nötig, war er durchaus darauf vorbereitet, zu erklären, was passiert war; es wäre nicht das erste Mal.

Aber Chloe Simpkins erwähnte es gar nicht. Sie sagte: «Haben Sie etwas zu verkaufen?»

«Ich suche einen Mann namens Mick Stranahan.»

«Das ist ein gefährlicher Irrer», sagte Chloe. «Kommen Sie nur herein.»

Chemo nahm die Sonnenbrille ab und schob sie zusammengeklappt in die Brusttasche seines Hemdes. Er nahm im Wohnraum Platz und legte seine Hände auf seine knochigen Knie. An der Bar holte Chloe ihm ein kaltes Ginger Ale. Sie verhielt sich so, als bemerkte sie noch nicht einmal, was an seiner Erscheinung auffällig war.

«Wer sind Sie?» fragte sie.

«Inkassoagent», sagte Chemo. «Während er Chloe zusah, wie sie umherging, stellte er fest, daß sie eine sehr schöne Frau war: kastanienbraunes Haar, lange Beine und eine gute Figur. Indem er ihr zuhörte, konnte er auch feststellen, daß sie knallhart war.

«Mick ist mein Ex», sagte Chloe. «Ich kann über ihn nichts Gutes sagen. Gar nichts.»

«Schuldet er Ihnen auch Geld?»

Sie lachte rauh.

«Nein. ich hab' ihm jeden gottverdammten Cent abgeknöpft. Hab' ihn völlig ausgenommen.»

Sie trommelte mit ihren rubinroten Fingernägeln an ihr Ginger-Ale-Glas. «Ich bin jetzt mit einem Wirtschaftsprüfer verheiratet», sagte sie. «Er hat eine eigene Firma.»

«Freut mich für Sie», sagte Chemo.

«So langweilig wie Hundescheiße, aber er ist wenigstens kein Irrer.»

Chemo verlagerte sein Gewicht im Sessel. «Ein Irrer, Sie benutzen das Wort immer wieder. Was meinen Sie damit? Ist Mr. Stranahan gewalttätig? Hat er Sie geschlagen?»

«Mick? Niemals. Mich nicht», antwortete Chloe. «Aber er hatte sich einen Freund von mir vorgenommen. Einen Freund, wie man ihn schon mal hat.»

Chemo dachte bei sich, es wäre sicherlich gut, so viel wie möglich über den Mann zu erfahren, den er töten sollte. Er sagte daher zu Chloe: «Was genau hat Mick denn mit diesem Freund ... gemacht?»

«Es fällt mir schwer, darüber zu reden.» Chloe stand auf und kippte ein Schnapsglas voll Wodka in ihr Ginger Ale. «Mick war ständig unterwegs. Er war nie zu Hause. Ganz bestimmt hat er sich durch die Gegend geschlafen.»

«Wissen Sie das genau?»

«Ich bin mir dessen sicher.»

«Daher hatten Sie einen ... Freund.»

«Sie sind ein ganz Schlauer», meinte Chloe sarkastisch. «Sie sind ja ein richtiger Gelehrter. Ja, ich hatte einen Freund. Und der liebte mich, dieser Typ. Er behandelte mich wie eine Prinzessin.»

Chemo sagte: «Also, eines Abends kommt Mr. Stranahan plötzlich etwas früher als sonst von einer Dienstreise zurück und erwischt Sie beide ...»

«In Aktion», beendete Chloe den Satz und meinte weiter. «Verstehen Sie mich nicht falsch. Ich hatte es so gewiß nicht geplant, Gott weiß, daß ich nicht wollte, daß er uns in dieser Situation vorfand – Sie müßten Mick kennen, dann wüßten Sie, daß das eine ganz schön gefährliche Situation ist.»

«Seine Sicherungen brennen sicher schnell durch.»

«Er hat überhaupt keine Sicherungen.»

«Was dann?»

Chloe seufzte. «Ich kann kaum glauben, daß ich diese Geschichte einem Fremden erzähle, einem Inkassoheini, einem Geldeintreiber! Unglaublich.» Sie kippte ihren Drink und holte sich einen zweiten. Diesmal, als sie von der Bar zurückkam setzte sie sich auf das Sofa neben Chemo; dicht genug, daß er ihr Parfüm riechen konnte.

«Ich rede gern», sagte sie mit einem sanften Lächeln. Das Lächeln paßte aber irgendwie nicht zu der Stimme.

«Und ich höre am liebsten zu», sagte Chemo.

«Und ich mag Sie.»

«Tatsächlich?» Diese Braut war unheimlich, dachte er. Die hatte doch einen echten Kopfschuß.

«Ich mag Sie», fuhr Chloe fort, «und ich möchte Ihnen gern bei der Lösung Ihres Problems helfen.»

«Dann verraten Sie mir nur», meinte Chemo, «wo ich Ihren Ex-Mann finden kann.»

«Wieviel zahlen Sie mir?»

«Aha, so ist das also.»

«Alles hat seinen Preis», sagte Chloe, «vor allem gute Informationen.»

«Unglücklicherweise, Mrs. Stranahan, habe ich kein Geld. Geld ist der Grund, weshalb ich nach Mick suche.»

Chloe schlug die Beine übereinander, und Chemo bemerkte eine ganz dünne Laufmasche in einem ihrer Nylonstrümpfe; sie schien endlos lang zu sein, verlief an ihrem ganzen Bein entlang bis zum Oberschenkel und weiter. Wer wußte, wo sie aufhören mochte? Innerlich wappnete er sich gegen solche Ablenkungen. Jeden Moment würde sie jetzt irgendeine Bemerkung über sein Puffreisgesicht machen – Chemo wußte es genau.

«Sie sind kein Geldeintreiber», stellte Chloe mit scharfer Stimme fest, «also hören Sie mit dem Blödsinn auf.»

«Na schön», sagte Chemo. Fieberhaft setzte er seine begrenzte Phantasie in Gang, um sich schnellstens eine andere Geschichte auszudenken.

«Es ist mir egal, was Sie sind.»

«Wirklich?»

«Klar. Solange Sie kein Freund von Mick sind.»

Chemo schüttelte den Kopf. «Sein Freund bin ich bestimmt nicht.»

«Dann helfe ich Ihnen», sagte Chloe, «vielleicht.»

«Was ist denn mit dem Geld?» fragte Chemo. «Das äußerste, was ich anbieten kann, sind hundert, vielleicht sogar hundertfünfzig.»

«Prima.»

«Prima?» Herrgott, diese Frau war unglaublich. Hundert Bucks.

Sie sagte: «Aber ehe ich bereit bin, Ihnen zu helfen, sollten Sie alles wissen. Es wäre unverantwortlich von mir, Sie nicht vor dem zu warnen, was Sie erwartet.»

«Ich kann schon auf mich selbst ganz gut aufpassen», erklärte Chemo mit einem kalten Lächeln. Selbst das – sein zerklüftetes, leichenhaftes Grinsen – schien Chloe Simpkins Stranahan nicht zu stören.

Sie fragte: «Sie wollen es wirklich nicht erfahren?»

«Reden Sie schon, los. Was hat Stranahan mit Ihrem allerliebsten Freund angestellt?»

«Er hat ihm Krazy-Glue-Expreßkleber auf die Eier geschmiert.»

«Wie bitte?»

«Eine ganze Tube», sagte Chloe. «Er hat den Mann auf die Motorhaube seines Wagens geklebt. Splitternackt an sein Eldorado Kabriolet gepappt.»

«Ich glaub's ja nicht», staunte Chemo.

«Kennen Sie die Verzierung auf der Motorhaube eines Cadillac?»

Chemo nickte.

«Dann wissen Sie ja Bescheid», sagte Chloe grimmig.

«Und dieser Klebstoff brennt doch wie die Hölle», fiel es Chemo ein.

«Und wie.»

«Also Mick kam nach Hause, erwischte Sie beide in der Falle ...»

«Genau hier auf dem Sofa.»

«Ist ja auch egal wo», sagte Chemo. «Jedenfalls schleppt er unseren wilden Hengst nach draußen und klebt ihn splitternackt auf die Motorhaube seines Caddy.»

«Mit den Hoden.»

«Und was dann?»

«Das war's», sagte Chloe. «Mick packte seinen Koffer und verschwand. Der Krankenwagen kam. Was soll sonst sein?»

«Ihr Freund – ist es der, mit dem Sie verheiratet sind?»

«Nein, das ist er nicht», sagte Chloe. «Mein Freund hat sich von seiner Begegnung mit Mick Stranahan nicht erholt. Ich meine, niemals erholt. Sie verstehen, was ich damit sagen will?»

«Ich denke schon.»

«Die Ärzte beteuerten, daß alles in Ordnung war, medizinisch betrachtet. Das heißt, der Klebstoff ließ sich mit Azeton entfernen, und nach ein paar Tagen war auch die Haut verheilt, und alles war wie neu. Aber dennoch war der Mann nicht mehr so wie vorher.»

Chemo meinte: «Es war schließlich eine schlimme Sache, ein Trauma, Mrs. Stranahan. Und so etwas dauert seine Zeit ...»

Er duckte sich, als Chloe ihr Cocktailglas gegen die Wand schleuderte. «Zeit?» wiederholte sie. «Ich habe ihm jede Menge Zeit gelassen, Mister. Und ich hab' es mit jedem Trick versucht, den ich kannte, aber nach dem Abend mit Mick war er praktisch ein toter Mann. Es war genauso, als versuchte man mit einer weichgekochten Makkaroni zu bumsen.»

Chemo konnte sich die schreckliche Schlafzimmerszene lebhaft vorstellen. Er schien ja selbst zusammenzuschrumpfen, wenn er nur daran dachte.

«Ich habe diesen Mann geliebt», erzählte Chloe weiter. «Zumindest war ich auf dem Weg dahin. Und Mick hat alles verdorben. Er konnte ihn nicht einfach nur verprügeln, wie andere eifersüchtige Ehemänner das tun. Nein, er mußte diesen armen Teufel auch noch quälen.»

In gewisser Weise bewunderte Chemo Stranahans Stil. Mord war eine Methode, wie Chemo selbst diese Situation bereinigt hätte: eine Kugel in den Nacken. Für beide.

Chloe Simpkins Stranahan war jetzt aufgestanden und ging auf und ab. Sie hatte die Arme vor der Brust verschränkt, und ihre Pfennigabsätze klickten auf den Fliesen. «Sie sehen», sagte sie, «wie sehr ich meinen Ex-Mann hasse, und warum.»

Es mußte auch noch mehr geben, aber was interessierte es ihn. Chemo sagte: «Sie wollen sich revanchieren?»

«Junge, sind Sie schlau. Ja, ich will es ihm heimzahlen.»

«Warum sollte ich Ihnen dann Geld geben? Eigentlich wären Sie mir etwas schuldig.»

Chloe mußte lachen. «Ein gutes Argument.» Sie bückte sich und pflückte eine Glasscherbe aus dem dicken Teppich. Sie schaute zu Chemo hoch und fragte: «Wer sind Sie eigentlich?»

«Das tut nichts zur Sache, Mrs. Stranahan. Die Frage ist, wie groß ist Ihr Wunsch, sich an Ihrem Ex-Mann zu rächen?»

«Ich glaube, das ist die Frage», meinte Chloe nachdenklich. «Wie wäre es mit noch einem Ginger Ale?»

7

Von den vier plastischen Chirurgen, die mit Dr. Rudy Graveline im Durkos Center praktiziert hatten, war nur einer in Miami geblieben, nachdem die Klinik die Tore geschlossen hatte. Seine Name war George Ginger, und Stranahan fand ihn auf einem Tennisplatz in Turnberry Isle an einem Nachmittag, mitten in der Woche. Gemischtes Doppel, natürlich.

Stranahan beobachtete, wie der kleine rundliche Mann hinter der Grundlinie hin und her rannte, und wunderte sich über die Häßlichkeit seines Haarteils. Es war eins dieser synthetischen Dinger, die man auch unter der Dusche tragen konnte. In Dr. George Gingers Fall sah es auf seinem Kopf eher aus wie ein auf der Straße plattgefahrenes Kaninchen.

Jeder Punkt in diesem Tennismatch kam unter ziemlich witzigen Umständen zustande, und Stranahan fragte sich, ob dieser Abstecher nicht doch reine Zeitverschwendung war, sozusagen eine unbewußte Pause seinerseits. Mittlerweile wußte er nämlich, wo er Rudy Graveline finden konnte; das Problem war, daß er nicht wußte, welche Frage er ihm stellen sollte, die die Wahrheit ans Licht bringen würde. Es war ein ziemlich weiter und verschlungener Weg von Vicky Barletta zu Tony dem Aal, und Stranahan hatte noch immer nicht den Faden gefunden, falls es überhaupt einen gab. So oder so war Dr. Graveline der Mittelpunkt des Geheimnisses, und Stranahan wollte ihn nicht erschrecken. Einstweilen wollte er, daß er unbehelligt und ruhig im Whispering-Palms-Sanatorium seinen Geschäften nachging.

Stranahan schlenderte über den Seitenweg neben dem Tennisplatz und fragte: «Dr. Ginger?»

«Jau», stieß der Doktor keuchend hervor.

Stranahan kannte sich mit Typen aus, die gerne mit Jau antworteten.

«Wir müssen uns unterhalten.»

«Muß das jetzt sein?» fragte Dr. Ginger und verfehlte eine einfache Rückhand. Seine Doppelpartnerin, eine hagere, unnatürlich braungebrannte Frau, schickte Stranahan einen häßlichen Blick.

Dr. Ginger hob zwei Tennisbälle auf. «Tut mir leid, aber ich habe Aufschlag.»

«Nein, haben Sie nicht», widersprach Stranahan. «Und außerdem ist der Satz zu Ende.» Er hatte das Match von einer Aussichtsterrasse zwei Tennisplätze weiter verfolgt.

Während Dr. Ginger konzentriert einen der Bälle zwischen seinen Füßen auftippen ließ, holten seine Mitspieler ihre mit Monogrammen versehenen Handtücher und kalbsledernen Schlägerhüllen und verließen den Platz. Ruhig sagte George Ginger: «Der große Mann da war mein Rechtsanwalt.»

«Jeder Arzt sollte einen Anwalt haben», sagte Mick Stranahan. «Vor allem Chirurgen.»

Ginger rammte die Tennisbälle in die Taschen seiner feuchten weißen Shorts. «Was soll das heißen?»

«Rudy Graveline.»

«Ich hab' schon mal von ihm gehört.»

Das würde noch lustig werden, dachte Stranahan. Er liebte es geradezu, wenn sie den ganz coolen Typen herauskehrten.

«Sie haben für ihn im Durkos Center gearbeitet», sagte Stranahan zu George Ginger. «Also, warum sind Sie nicht ein netter Mensch und erzählen mir alles darüber?»

George Ginger bedeutete Stranahan, ihm zu folgen. Er entschied sich für einen abgelegenen Tisch mit Sonnenschirm auf dem Patio, nicht weit vom Pro-Shop entfernt.

«Von wem kommen Sie?» erkundigte der Doktor sich mit gedämpfter Stimme.

«Von der Kommission», erwiderte Stranahan. Jede Kommission wäre jetzt die richtige; Dr. Ginger würde gewiß nicht nachhaken.

Nachdem er sich die Stirn zum x-ten Mal abgewischt hatte, sagte der Arzt: «Wir waren zu viert – Kelly, Greer, Shulman und ich. Graveline war der geschäftsführende Partner.»

«Gingen die Geschäfte gut?»

«Wir konnten nicht klagen.»

«Warum hat er den Betrieb geschlossen?»

«Das weiß ich immer noch nicht richtig», meinte George Ginger.

«Aber Sie haben gewisse Gerüchte gehört?»

«Ja, wir hörten, es hätte Probleme mit einer Patientin gegeben. Jene Art von Problemen, die die Behörden auf den Plan rufen könnte.»

«Eine von Rudys Patientinnen?»

George Ginger nickte. «Nach allem, was wir hörten, eine junge Frau.»

«Ihr Name?»

«Das weiß ich nicht.» Der Doktor war ein schlechter Lügner.

«Wie schlimm war das Problem?»

«Das weiß ich auch nicht. Wir nahmen an, es müßte etwas ganz Schlimmes gewesen sein, denn warum sonst hätte Graveline sich so schnell aus dem Staub gemacht?»

«Hat denn nicht einer von Ihnen mal eingehender nachgefragt?»

«Meine Güte, nein. Ich hatte vorher schon mal vor Gericht gestanden, und das macht verdammt noch mal keinen Spaß. Jedenfalls, wir kamen eines Tages wie immer zur Arbeit, und der Laden war leer. Später bekamen wir einen Scheck von Rudy mit einem Begleitschreiben, indem er sich für die Unannehmlichkeiten entschuldigte und uns ansonsten viel Glück auf unserem weiteren Weg wünschte. Und ehe man sich versieht, ist er in Bal Harbour – ausgerechnet dort – wieder dick im Geschäft, und zwar mit einem verdammten Fließband-Operationsdienst. Ein Dutzend Buseneingriffe pro Tag.»

Stranahan fragte: «Warum haben Sie ihn nie angerufen?»

«Weshalb? Um über die alten Zeiten zu reden?»

«Dieser Scheck – er muß sehr großzügig gewesen sein.»

«Das war er», gestand Dr. Ginger. «Sehr großzügig.»

Stranahan nahm den teuren Graphittennisschläger des Arztes in die Hand und zupfte spielerisch an den Saiten. George Ginger beobachtete ihn besorgt.

«Erinnern Sie sich noch an den Tag, als die Polizei zu Ihnen kam?» fragte Stranahan. «An dem Tag, als die junge Patientin von der Bank an der Bushaltestelle vor der Klinik verschwand?»

«Ich hatte an dem Tag dienstfrei.»

«Das habe ich nicht gefragt.» Stranahan studierte ihn durch das Gitter der Tennisschlägersaiten.

«Ich entsinne mich, davon gehört zu haben», sagte George Ginger lahm.

«Das geschah doch, kurz bevor Dr. Graveline sich absetzte, oder etwa nicht?»

«Ich glaube schon. Ja.»

Stranahan fuhr fort: «Sie betrachten sich selbst doch als einen intelligenten Menschen, Dr. Ginger, nicht wahr? Jetzt schauen Sie nicht so beleidigt, es war eine ernsthafte Frage.» Er legte das Tennisracket auf den Patiotisch.

«Ich halte mich für intelligent, jawohl.»

«Schön, warum haben Sie sich dann nicht über dieses seltsame Timing gewundert? Ein Mädchen wird genau vor Ihren Büros entführt, und wenige Wochen später schließt der Boß den Laden. Könnte das nicht der Zwischenfall gewesen sein, von dem Sie gehört haben? Was meinen Sie?»

Säuerlich meinte George Ginger: «Ich kann mir keinen Zusammenhang vorstellen.» Er griff nach seinem Tennisschläger und packte ihn mit einer gereizten Geste in sein Futteral.

Stranahan stand auf: «Nun, das Wesentliche ist, daß Sie immer noch Ihre Lizenz zur Ausübung Ihres Berufes haben. Wo kann ich denn die anderen Mitarbeiter finden?»

Dr. Ginger schlang sich das Handtuch um den Hals, eine echte Athletengeste. «Kelly ist nach Michigan gegangen. Shulman ist oben in Atlanta und arbeitet dort für irgendeine HMO-Gemeinschaftspraxis. Greer ist verstorben, durch einen Unglücksfall.»

«Erzählen Sie.»

«Habt ihr das denn nicht in euren Akten? Ich meine, wenn ein Arzt stirbt?»

«Nicht in jedem Fall», bluffte Stranahan.

George Ginger berichtete: «Es geschah etwa sechs Monate, nachdem Durkos geschlossen worden war. Ein Jagdunfall in der Umgebung von Ocala.»

«Wer war sonst noch da?»

«Das weiß ich wirklich nicht», sagte der Arzt mit einem gleichgültigen Achselzucken. «Ich fürchte, ich bin über die Einzelheiten nicht genau informiert.»

«Warum», sagte Mick Stranahan, «überrascht mich das nicht?»

Das Rudy-Graveline-System war in seiner Einfachheit geradezu brillant: den Stachel setzen, überzeugen, operieren, dann schmeicheln.

An der Wand jedes Wartezimmers im Whispering Palms hing ein Glaubensspruch: EITELKEIT IST SCHÖN. Ähnliche Feststellungen schmückten die Korridore und Untersuchungszimmer. WAS IST SCHLECHT AN VOLLKOMMENHEIT? war einer von Rudys liebsten Sprüchen. Ein anderer lautete: UM SEIN SELBST AUFZUWERTEN, SOLLTE MAN SEIN GESICHT VERBESSERN. Dieser hing in dem Ruhezentrum, wo die soeben operierten Patienten sich in den entscheidenden Tagen nach den Operationen aufhielten und entspannten, wenn sie sich noch nicht in die Öffentlichkeit hinauswagten. Rudy hatte weitsichtig erkannt, daß ein post-operatives Sanatorium nicht nur eine Menge Geld machen würde, es lieferte außerdem das unendlich wichtige positive Feedback während der Genesung. Jeder in dieser Abteilung hatte frische Narben und Wunden, daher befand sich kein Patient in der Situation, die Ergebnisse eines anderen zu kritisieren.

So gut es ging, machte Reynaldo Flemm sich in Gedanken Notizen von Whispering Palms, während er herumgeführt wurde. Er spielte die Rolle eines männlichen Schönheitstänzers, der sich ein Muttermal von der rechten Gesäßhälfte entfernen lassen wollte. Um sich überzeugend zu verkleiden, hatte Flemm sich die Haare braun gefärbt und sie mit Hilfe von Pomade straff nach hinten gekämmt; das war alles, was er als Veränderung seines Äußeren ertragen konnte. Insgeheim liebte er es, wenn die Leute ihn anstarrten, weil sie ihn vom Fernsehen wiedererkannten.

Zufälligerweise hatte die Krankenschwester, die ihn bei Whispering Palms begrüßte, niemals die Show *Auge in Auge* gesehen. Sie behandelte Flemm wie jeden anderen zukünftigen Patienten. Nach einem kurzen Rundgang durch die Anlage geleitete sie ihn zu einem Behandlungszimmer, knipste das Licht aus und zeigte ihm einen Videofilm über die Wunder der plastischen Chirurgie. Danach schaltete sie das Licht wieder an und erkundigte sich, ob er irgendwelche Fragen habe.

«Wieviel wird es kosten?» wollte Reynaldo Flemm wissen.

«Das hängt von der Größe des Leberflecks ab.»

«Oh, es ist ein großer Leberfleck», meinte Reynaldo. «Etwa wie eine Olive.» Er hielt Daumen und Zeigefinger hoch, um die Größe seines angeblichen Makels anzudeuten.

Die Krankenschwester sagte: «Darf ich es mir mal ansehen?»

«Nein!»

«Sie werden doch wohl nicht schüchtern sein», sagte sie. «Doch nicht in Ihrem Gewerbe.»

«Ich werde es dem Doktor zeigen», entschied Flemm. «Niemandem sonst.»

«Na schön, ich werde einen Termin vereinbaren.»

«Mit Dr. Graveline, bitte.»

Die Krankenschwester lächelte kühl. «Also wirklich, Mr. LeTigre.»

Flemm war ganz allein auf den Namen Johnny LeTigre gekommen. Er erschien ihm geradezu perfekt für einen Schönheitstänzer.

«Dr. Graveline operiert keine Leberflecken», sagte die Krankenschwester mit eisiger Stimme. «Einer unserer anderen hervorragenden Chirurgen kann das sehr leicht erledigen.»

«Dr. Graveline oder keiner», sagte Flemm mit Nachdruck. «Es geht um meine Karriere als Tänzer. Schließlich ist das praktisch mein Leben.»

«Es tut mir leid, aber Dr. Graveline ist nicht abkömmlich.»

«Ich wette, für zehn Riesen ist er es.»

Die Schwester gab sich Mühe, nicht überrascht zu reagieren. «Ich komme gleich zurück», sagte sie betont beiläufig.

Als er alleine war, betrachtete sich Reynaldo Flemm im Spiegel, um sich zu vergewissern, wie seine Verkleidung wirkte. Alles, was er brauchte, waren eine Verabredung und ein Termin, um den Doktor zu sprechen, dann würde er mit Willie und der Kamera zum großen Finale erscheinen – nicht draußen auf der Straße, sondern innerhalb der Mauern der Klinik. Und wenn Graveline von ihnen verlangte, sie sollten die Klinik verlassen, dann würden Reynaldo und Willie es schon so anstellen, daß sie mit laufender Kamera durch den offiziellen Sanatoriumsausgang verschwanden. Das wäre eine sensationelle Sequenz; sogar Christina müßte das zugeben.

Die Krankenschwester kehrte zurück und sagte: «Folgen Sie mir bitte, Mr. LeTigre.»

«Wohin?»

«Dr. Graveline konnte sich etwas freimachen, um sich mit Ihnen zu unterhalten.»

«Jetzt?» krächzte Flemm.

«Er kann nur ein paar Minuten erübrigen.»

Ein eisiges Prickeln nackter Panik begleitete Reynaldo Flemm, während er der Krankenschwester durch einen langen, in blaßblauen Farbtönen gehaltenen Korridor folgte. Er war im Begriff, dem Zielobjekt seiner Nachforschungen persönlich gegenüberzutreten, und da stand er nun, wehrlos – keine Kamera, kein Videoband, keine Notizbücher diverser Presseleute. Er konnte die ganze Story auffliegen lassen, wenn er jetzt nicht vorsichtig war. Das einzige, was Flemm einen gewissen Vorteil verschaffte, war die Tatsache, daß er kein Skript besaß. Er würde gar nicht wissen, was er fragen sollte, selbst wenn sich die Gelegenheit dazu ergeben sollte.

Die Krankenschwester ließ ihn in einem geräumigen Büro zurück, mit einem grandiosen Blick auf die nördliche Biscayne Bay, die mit weißen schaumigen Gischtkämmen übersät war. Reynaldo Flemm hatte kaum Zeit, sich einmal gründlich in dem Büro umzusehen, als Dr. Rudy Graveline hereinkam und sich vorstellte. Reynaldo betrachtete sein Gegenüber eingehend, für den Fall, daß er ihn Willie später vom Fernsehwagen aus würde zeigen müssen: schlank, mittelgroß, hellbraunes Haar. Er hatte den braunen Teint eines regelmäßigen Golfspielers, jedoch nicht die entsprechenden Muskeln. Alles in allem sah er nicht schlecht aus.

Rudy Graveline vergeudete keine Zeit. «Dann wollen wir uns Ihr kleines Problem einmal anschauen, Mr. LeTigre.»

«Einen Moment mal.»

«Es ist doch nur ein Leberfleck.»

«Für Sie vielleicht», sagte Reynaldo Flemm. «Ehe wir weitermachen, möchte ich Ihnen zuerst ein paar Fragen stellen.» Er hielt inne. Dann fügte er hinzu: «Fragen über Ihre Herkunft und Ihren Werdegang.»

Dr. Graveline machte es sich hinter seinem glänzenden Onyxtisch bequem und faltete die Hände im Schoß. «Dann schießen Sie mal los», sagte er freundlich.

«Welche Universität haben Sie besucht?»

«Die Harvard Medical School», erwiderte Rudy. Reynaldo nickte zufrieden.

Er fragte: «Wie lange praktizieren Sie schon?»

«Sechzehn Jahre», antwortete Dr. Graveline.

«Aha», sagte Reynaldo Flemm. Ihm fiel nichts mehr ein, was er noch fragen könnte, was Rudy nur recht war. Manchmal wollten Patienten wissen, welchen Rang der Arzt leistungsmäßig in seinem

Examensjahrgang eingenommen hatte (den vorletzten), oder ob er vor der nationalen Kommission für plastische und Wiederherstellungschirurgie eine Prüfung abgelegt hatte (was nicht geschehen war). Tatsächlich hatte Rudy sein Assistenzjahr in Radiologie kaum geschafft und war niemals in plastischer Chirurgie ausgebildet worden. Trotzdem verbot ihm kein Gesetz zu behaupten, daß dies sein Spezialgebiet sei – sobald man seinen Doktorgrad erworben hatte, konnte man tun, was immer einem beliebte, von der Hirnchirurgie bis hin zur Gynäkologie. Krankenhäuser zogen schon mal Erkundigungen ein, Patienten taten das niemals. Und wenn man auf dem einen oder anderen Spezialgebiet Schiffbruch erlitten hatte (wie es Rudy passiert war), dann konnte man immer noch die Stadt verlassen und etwas anderes versuchen.

Immer noch darauf bedacht, Zeit zu schinden, fragte Reynaldo: «Was wird denn nun genau bei einer solchen Operation getan?»

«Zuerst machen wir das Operationsgebiet mit einem leichten Betäubungsmittel schmerzunempfindlich, dann entfernen wir mit einem kleinen Schnitt den Leberfleck. Sollten nachher noch zwei Nadelstiche nötig sein, dann machen wir auch das noch.»

«Und wie sieht es mit der Narbe aus?»

«Es gibt keine Narbe, dafür kann ich garantieren», sagte Dr. Graveline.

«Für zehn Riesen tun Sie gut daran.»

Der Doktor sagte: «Ich wußte gar nicht, daß männliche Stripteasemodelle soviel Geld haben.»

«Haben sie auch nicht. Es ist eine Erbschaft.»

Wenn Flemm etwas besser aufgepaßt hätte, dann wäre ihm das Zucken in Dr. Gravelines hungrigem Gesichtsausdruck nicht entgangen.

«Mr. LeTigre, hätten Sie etwas gegen den Rat eines Fachmannes?»

«Natürlich nicht.»

«Ihre Nase», sagte Rudy. «Ich meine, wenn Sie sich schon der Prozedur einer Operation unterziehen.»

«Was, zum Teufel, ist mit meiner Nase nicht in Ordnung?»

«Sie ist um zwei Nummern zu groß für Ihr Gesicht. Und um ganz ehrlich zu sein, Ihr Bauch könnte auch fünf bis zehn Zentimeter weniger Umfang gut vertragen. Ich könnte nach dem Entfernen des Leberflecks gleich noch das Fett absaugen.»

Reynaldo Flemm sagte: «Machen Sie Witze? Mit mir ist alles in Ordnung.»

«Bitte, Sie brauchen sich wirklich nicht zu schämen», versuchte Rudy ihn zu beruhigen. «Das ist schließlich mein Spezialgebiet. Ich dachte nur, daß jemand mit einem Job wie dem Ihren sicherlich so gut wie irgend möglich aussehen möchte.»

Flemm geriet in Rage. «Ich sehe optimal aus.»

Dr. Graveline stützte die Ellbogen auf den Tisch und beugte sich vor. Sanft sagte er: «Mit allem Respekt, Mr. LeTigre, aber wir sehen uns selbst nur sehr selten so, wie andere es tun. Das liegt in der menschlichen Natur.»

«Ich glaube, ich habe genug gehört», schnappte Reynaldo Flemm.

«Wenn es eine Frage des Geldes ist, sehen Sie, ich entferne das Muttermal und mache die Fettabsaugung als Paket. Und nehme auch noch eine Rhinoplastik kostenlos vor, okay?»

Flemm sagte: «Ich brauche keine gottverdammte Rhinoplastik!»

«Bitte», sagte Dr. Graveline, «gehen Sie nach Hause und denken Sie darüber nach. Betrachten Sie sich doch einmal kritisch im Spiegel.»

«Sie können mich mal!» schimpfte Reynaldo Flemm und stürzte aus dem Büro hinaus.

«Es ist doch keine Sünde, einen dicken Riechkolben zu haben!» rief Dr. Graveline ihm nach. «Niemand kommt perfekt zur Welt!»

Eine Stunde später, als Rudy gerade eine mit Gel gefüllte Mentor-Brustprothese Modell 7000 in die linke Brust der zukünftigen Miss Ecuador einpaßte, wurde er aus dem Operationssaal herausgerufen, um einen dringenden Telefonanruf aus New York anzunehmen.

Die an der Grenze zu einem hysterischen Anfall zitternde Stimme gehörte Maggie Gonzalez.

«Holen Sie ein paarmal tief Luft», riet Rudy ihr.

«Nein, Sie hören mir jetzt zu. Ich habe eine Nachricht auf meinem Anrufbeantworter», sagte Maggie. «Auf meinem Anrufbeantworter zu Hause.»

«Von wem?»

«Stranahan. Dem Ermittler.»

«Tatsächlich.» Dr. Graveline hatte lange und hart trainiert, immer ruhig zu bleiben; er war stolz auf seine gelassene Haltung. Er fragte: «Wie lautet die Nachricht, Maggie?»

«Vier Worte nur – Es wird nicht klappen.»

Dr. Graveline wiederholte die Nachricht laut. Maggie klang, als wäre sie völlig aus dem Häuschen.

«Kommen Sie in der nächsten Zeit nicht hierher», sagte Rudy. Ich schicke Ihnen telegrafisch noch etwas Geld.» Er konnte gar nicht klar denken, wenn Maggie ihm so aufgeregt ins Ohr hechelte, und nachdenken mußte er. Es wird nicht klappen. Verdammt, das gefiel ihm gar nicht. Wieviel wußte Stranahan? War es ein Bluff? Rudy fragte sich, ob er Chemo anrufen und bitten sollte, sich etwas zu beeilen.

«Was werden wir jetzt tun?» wollte Maggie wissen.

«Es wird schon erledigt», sagte der Doktor.

«Gut.» Maggie fragte gar nicht danach, was getan würde. Eigentlich wollte sie das auch gar nicht so genau wissen.

Nach dem Mittagessen fuhr Mick Stranahan am VA-Krankenhaus vorbei, doch wie am Tag zuvor erklärten ihm die Krankenschwestern, daß Timmy Gavigan schlief. Sie meinten, daß es wieder eine schlimme Nacht gewesen sei und er von dem neuen Medikament immer noch Fieber bekäme.

Stranahan hätte gern erfahren, was sein Freund noch über Dr. Rudy Graveline wußte. Wie die meisten guten Cops vergaß Timmy niemals ein Verhör, und wie die meisten Cops war Timmy der einzige, der seine eigene Handschrift lesen konnte. Die Barletta-Akte war voll von Notizen in Gavigans Handschrift.

Nachdem er das VA verlassen hatte, fuhr Stranahan zurück zum Yachthafen in Key Biscayne. Während er mit seinem Boot nach Stiltsville zurückfuhr, ordnete er in Gedanken alles, was er bisher in Erfahrung gebracht hatte.

Vicky Barletta war verschwunden und wahrscheinlich tot.

Der Arzt hatte wenige Wochen danach die Praxis geschlossen und seine vier Partner mit je fünfzigtausend Dollar abgefunden.

Einer dieser Partner, Dr. Kenneth Greer, hatte seinen Scheck nicht eingelöst – das hatte Stranahan im Mikrofilmarchiv der Bank erfahren.

Etwa sieben Monate, nachdem Rudy Graveline das Durkos Center geschlossen hatte, wurde Dr. Kenneth Greer bei der Rotwildjagd im Ocala National Forest erschossen. Das dortige Sheriffsbüro entschied, daß es sich um einen Unfall gehandelt hatte.

Der Jäger, der Kenneth Greer irrtümlich für einen Elch gehalten hatte, gab seinen Namen als T. B. Luckner und seine Adresse mit 1333 Carter Boulevard in Decatur, Georgia, an. Wenn der Sheriff sich die Mühe gemacht hätte, diese Angaben zu überprüfen, hätte er herausgefunden, daß es weder eine Person dieses Namens noch diese Adresse gab.

Die Krankenschwester, die an der Operation Victoria Barlettas beteiligt gewesen war, war vor kurzem nach New York geflogen, um ihre Story einem Fernsehproduzenten zu verkaufen.

Kurz danach tauchte ein Berufskiller namens Tony der Aal auf, um Mick Stranahan zu töten. Tony hatte ein brandneues Gesicht.

Dann erschienen die Fernsehleute in Miami, um Stranahan für ein Special zur besten Sendezeit zu filmen.

All das führte zu einem vor vier Jahren stattgefundenen Kidnapping, das Mick Stranahan bisher nicht gelöst hatte.

Während er das Boot in den Biscayne Channel lenkte und dem unruhigen Wellengang auswich, gab er Gas und hielt geradewegs auf sein Pfahlhaus zu. Es herrschte Flut, und er konnte gefahrlos über die Untiefen hinwegrauschen.

Auf diesem Weg dachte er an Rudy Graveline.

Angenommen, der Doktor hatte Vicky getötet. Stranahan korrigierte sich – lieber Victoria, nicht Vicky. Noch besser wäre einfach Barletta. Es hatte keinen Sinn, allzu persönlich zu werden.

Aber angenommen, der Doktor hatte sie getötet, und angenommen, Greer wußte es, oder er fand es heraus. Greer war der einzige, der seinen Scheck nicht eingelöst hatte – vielleicht hatte er noch mehr Geld haben wollen, vielleicht war er aber auch im Begriff gewesen, die Behörden zu informieren.

So oder so hätte Dr. Graveline ein ausreichendes Motiv gehabt, um ihn zum Schweigen zu bringen.

Und falls aus irgendeinem Grund Dr. Graveline zu der Überzeugung gelangt war, daß Mick Stranahan eine ähnliche Gefahr darstellte, was könnte ihn davon abhalten, einen weiteren Mord zu begehen?

Stranahan konnte nicht umhin, über die Möglichkeit zu staunen. Wenn er an all die Sträflinge und Ex-Sträflinge dachte, die ihn am liebsten tot sehen würden – Räuber, Drogendealer, Schwindler, Hells Angels und Überfall-Spezialisten –, war es eine Ironie des Schicksals, daß der Verdächtigste von allen irgendein reicher Quacksalber war, den er noch nie im Leben kennengelernt hatte.

Je mehr Stranahan über den Fall erfuhr und je länger er über das nachdachte, was er erfahren hatte, desto mieser fühlte er sich.

Seine Lebensgeister wurden ein wenig aufgemuntert, als er seine Fotomodellfreundin Tina ausgestreckt auf der Sonnenterrasse des Stelzenhauses liegen sah. Es gefiel ihm ganz besonders, feststellen zu können, daß sie völlig alleine war.

8

Stranahan fing vier kleine Schnappbarsche und briet sie zum Abendessen.

«Richie hat mich verlassen», erklärte Tina gerade. «Das heißt, er hat mich bei Ihrem Haus rausgesetzt und ist abgehauen. Ist das zu fassen?»

Stranahan tat so, als hörte er ihr zu, während er den Kühlschrank durchsuchte. «Wollen Sie Zitronen- oder Knoblauchsalz?»

«Beides», sagte Tina. «Wir hatten einen Streit, und er forderte mich auf, das Boot zu verlassen. Dann fuhr er auf und davon.»

Sie trug ein weites T-Shirt über einem roten Bikinihöschen. Ihr weizenblondes Haar war zu einem Pferdeschwanz gerafft, und ein Talisman glänzte an ihrem Hals; er sah aus wie ein winziger goldener Delphin.

«Richie dealt ein bißchen Koks», fuhr Tina fort. «Das war auch der Grund unseres Streits. Nun, jedenfalls zum Teil.»

Stranahan sagte: «Achten Sie auf die Brötchen, daß sie nicht verbrennen.»

«Klar doch. Wissen Sie, worüber wir uns noch gestritten haben? Das ist so dämlich, daß Sie's kaum glauben werden.»

Stranahan zerhackte eine Pfefferschote auf der Anrichte. Er war barfuß, trug abgeschnittene Jeans und ein kurzärmeliges Khakihemd, das bis zur Brust offenstand. Sein Haar war noch feucht vom Duschen. Insgesamt gefiel ihm seine Situation schon viel besser.

Tina sagte: «Ich habe einen Job als Model bekommen, und Richie spielte deshalb verrückt. Alles nur, weil ich ein paar – nun ja, Nacktaufnahmen machen mußte. Ein paar Sachen am Strand, niemand dabei als nur der Fotograf und ich. Richie sagt, ist nicht, das tust du nie. Und ich meinte, du kannst mir nicht vorschreiben, was ich zu tun habe. Dann – dann! – nennt er mich eine Schlampe, und ich erwiderte, das sei schon ziemlich stark aus dem Mund eines kleinen Drogendealers. Daraufhin verpaßt er mir eine in den Magen und befiehlt mir, den Hintern aus seinem Boot zu bewegen.»

Tina hielt inne und seufzte. «Ihr Haus war am nächsten.»

«Sie können über Nacht hierbleiben», sagte Stranahan und klang überzeugend väterlich.

«Und wenn Richie zurückkommt?»

«Dann werden wir ihm mal ein paar Manieren beibringen.»

Tina meinte: «Er ist noch immer sauer wegen dem letzten Mal, als Sie ihn durch das Wasser geschleppt haben.»

«Die Brötchen», erinnerte Stranahan sie.

«Ach ja, Entschuldigung.» Tina zog das heiße Blech aus dem Backofen.

Dann sagte sie für mindestens dreizehn Minuten gar nichts, weil die Schnapper einfach köstlich waren und sie großen Hunger hatte. Stranahan fand noch eine Flasche Weißwein und füllte zwei Gläser. In diesem Moment lächelte Tina ihn an und fragte: «Haben Sie auch Kerzen?»

Stranahan spielte mit, obgleich es bis zum Einbruch der Dunkelheit noch mindestens eine Stunde dauerte. Er zündete zwei dicke Sturmkerzen an und stellte sie auf die Plastiktischdecke.

«Das ist richtig schön», stellte Tina fest.

«Ja, das ist es.»

«Ich habe keine einzige Gräte gefunden», sagte sie und kaute ausgiebig.

«Schön.»

«Sind Sie verheiratet, Mick?»

«Geschieden», erwiderte er. «Fünfmal.»

«Wau!»

«Meine Schuld, jedesmal», fügte er hinzu. Bis zu einem gewissen Grad glaubte er das auch.

Jedesmal geschah das gleiche: Er erwachte eines morgens und empfand nichts; keine Schuld oder Eifersucht oder Wut, sondern nur eine unstillbare innere Taubheit, was noch schlimmer war. Als hätte sein Blut sich über Nacht in Novocain verwandelt. Er betrachtete die Frau in seinem Bett und konnte es plötzlich überhaupt nicht glauben, daß sie seine Partnerin war, daß er diese Person geheiratet hatte. Er hatte sich eingesperrt gefühlt und hatte sich kaum Mühe gegeben, dieses Gefühl zu verbergen. Als sich dieses Spiel zum fünften Mal wiederholte, war die Scheidung zu einem Vorgang geworden, der außerhalb seines Selbst stattzufinden schien, als wäre er an all dem gar nicht beteiligt, außer bei den Terminen mit den Anwälten.

«Haben Sie viel nebenbei herumgemacht, oder was?» fragte Tina.

«Das war es gar nicht», sagte Stranahan.

«Was dann? Sie sind ein gutaussehender Kerl, ich wüßte nicht, warum eine Frau Schluß machen und verschwinden sollte.»

Stranahan schenkte ihnen beiden Wein nach.

«Ich war nun mal keine besonders angenehme Gesellschaft.»

«Oh, da bin ich anderer Meinung», sagte Tina mit einer Heftigkeit, die ihn fast erschreckte.

Ihre Blicke wanderten zu der riesigen Jagdtrophäe an der Wohnraumwand. «Was ist denn mit Mr. Schwertfisch passiert?»

«Er fiel von der Wand und brach sich das Maul.»

«Das Klebeband sieht aber ziemlich behelfsmäßig aus, Mick.»

«Ja, ich weiß.»

Nach dem Essen gingen sie hinaus auf die Terrasse, um zuzusehen, wie die Sonne hinter Coconut Grove unterging. Stranahan band einen Haken Nummer 12 an seine Angelschnur und befestigte als Köder daran tiefgefrorene Shrimps. Nach fünfzehn Minuten hatte er fünf lebhafte Sardinen gefangen, die er in einen Ködereimer aus Plastik warf. Reglos saß Tina im Lotussitz auf den Planken und beobachtete fasziniert, wie die kleinen Fische in wilden Kreisen durch den Behälter schossen.

Stranahan brachte die Angelrute ins Haus zurück, kam heraus und griff nach dem Eimer. «Ich bin gleich wieder da.»

«Wohin wollen Sie?»

«Nach unten, zum Boot.»

«Darf ich mitkommen?»

Er zuckte die Achseln. «Wahrscheinlich wird es Ihnen nicht sonderlich gefallen.»

«Was soll mir nicht gefallen?» fragte Tina und folgte ihm zögernd die Holztreppe zum Wasser hinunter.

Liza lag schreckenerregend an ihrem üblichen Platz. Stranahan wies auf den riesigen Barrakuda und sagte: «Sehen Sie dort?»

«Himmel, ist das ein Hai?»

«Nein.»

Er griff in den Eimer, fing eine der Sardinen ein und legte die Rückenflosse zurück, um sich nicht die Finger zu verletzen.

Tina sagte: «Jetzt verstehe ich.»

«Sie ist wie ein Haustier», sagte Stranahan. Er schleuderte die Sardine ins Wasser, und der Barrakuda verschlang sie in einem einzigen quecksilberhellen Blitz. Als das Wasser sich beruhigte, sahen sie, daß der große Fisch wieder auf seine Lauerposition zurückgekehrt war; er stand dort, als hätte er sich nie von da weggerührt.

Gleichgültig warf Stranahan einen zweiten Fisch ins Wasser, und der Barrakuda wiederholte seinen Beutezug.

Tina stand so nahe bei ihm, daß Stranahan ihren warmen Atem auf seinem nackten Arm spüren konnte. «Fallen die auch Menschen an?» wollte sie wissen.

Er hätte sie bereits in diesem Augenblick in den Arm nehmen können.

«Nein», erwiderte er, «sie fressen keine Menschen.»

«Gut!»

«Sie stoßen auf blinkende Gegenstände zu», sagte er, «daher tragen Sie lieber kein Armband, falls Sie mal tauchen sollten.»

«Im Ernst?»

«Es ist schon beobachtet worden.»

Diesmal schnappte er sich gleich zwei Sardinen und warf sie gleichzeitig ins Wasser; der Barrakuda schnappte sie beide während eines blitzartigen Wendemanövers.

«Ich nenne sie Liza», sagte Stranahan. «Liza mit Z.»

Tina nickte, als hielte sie das für einen perfekten Namen. Sie fragte, ob sie auch einen Fisch werfen dürfe.

«Natürlich.» Stranahan holte die letzte Sardine aus dem Eimer und legte sie ihr auf die Hand. «Werfen Sie den Fisch nur irgendwo hin!» sagte er.

Tina beugte sich vor und rief: «Da, Liza! Hol ihn dir!»

Der Fisch landete mit einem leisen Platschen und drehte eine aufgeregte Acht unter der Anlegestelle. Der Barrakuda regte sich nicht.

Stranahan lächelte. Wie in Zeitlupe schraubte der kleine Fisch sich nach unten bis auf den Grund und suchte Zuflucht in einer alten Pferdemuschel.

«Was habe ich falsch gemacht?» fragte Tina.

«Überhaupt nichts», sagte Stranahan. «Sie hatte nur keinen Hunger mehr, das ist alles.»

«Vielleicht liegt es an mir.»

«Vielleicht», sagte Stranahan.

Er ergriff ihre Hand und ging mit ihr wieder nach oben. Er knipste die Lampen im Haus an und öffnete die Fensterläden auf beiden Seiten, um die kühle Nachtbrise einzufangen. Auf dem Dach knarrte das Windrad, als es begann, sich immer schneller zu drehen.

Tina schuf sich einen gemütlichen Sitzplatz auf einem verblichenen, durchgesessenen Sofa. Sie sagte: «Ich habe mich immer gefragt, wie es hier draußen wohl bei Dunkelheit ist.»

«Ich fürchte, da gibt es nicht viel zu tun.»

«Kein Fernsehen?»

«Kein Fernsehen», bestätigte Stranahan.

«Wollen Sie mit mir schlafen?»

«Das wäre eine Idee.»

«Sie haben mich ja schon nackt gesehen.»

«Das habe ich nicht vergessen», sagte Stranahan. «Die Sache ist nur ...»

«Wegen Richie brauchen Sie sich keine Sorgen zu machen. Außerdem wäre es ja nur zum Spaß. Einfach so.»

«Ich tue nichts einfach so», sagte Stranahan. «Das ist mein Problem.» Er verliebte sich ständig; wie sonst wollte man seine fünf Ehen erklären, immer mit Cocktailkellnerinnen?

Tina streifte das T-Shirt ab und drapierte es über einen Barhocker. Wie eine Rakete schien sie aus ihrem Bikinihöschen herauszuschießen, das zerknautscht auf dem Fußboden liegenblieb.

«Was halten Sie von diesen Sonnenrändern, Mick?»

«Welche Ränder?» fragte er.

«Genau.» Tina zog an dem Gummiband, das ihren Pferdeschwanz zusammenhielt, und schüttelte die Haare auf. Sie kehrte auf das Sofa zurück und sagte: «Schauen Sie mal.» Sie streckte sich aus und nahm eine verruchte Position ein – halb umgedreht und auf einen Ellbogen gestützt, die Beine übereinandergeschlagen, ein Arm quer über ihren Brustwarzen.

«Das sieht toll aus», sagte Stranahan amüsiert, aber zugleich mit Unbehagen.

«Es ist hart, am Strand zu arbeiten», erzählte Tina. «Der Sand klebt einem schließlich an Stellen, wo man es nicht für möglich hält. Trotzdem habe ich mich benommen wie ein Profi.»

«Das glaube ich.»

«Dank Ihnen habe ich mein Selbstbewußtsein wiedergefunden. Bei meinen Möpsen, meine ich.» Sie schaute zufrieden an sich herunter.

«Selbstvertrauen ist alles im Fotomodellbusineß», sagte sie. «Wenn jemand dir sagt, daß dein Hintern durchhängt oder daß die Titten nicht übereinstimmen, dann ist das eine emotionale Katastrophe. Ich war völlig fertig, bis Sie sie mit diesem Zimmermannsding gemessen haben.»

«Es freut mich, wenn ich Ihnen eine Hilfe sein konnte», sagte Stranahan und suchte verzweifelt nach etwas anderem, das er ihr sagen könnte, nach etwas Romantischem.

Sie sagte: «Hat Ihnen schon mal jemand klargemacht, daß Sie die Nase von Nick Nolte haben?»

«Ist das alles?» fragte Stranahan. Nick Nolte war etwas ganz Neues.

«Und jetzt die Augen», sagte Tina. «Ihre Augen sind mehr wie die von Sting. Ich hab' ihn mal im *Strand* getroffen.»

«Vielen Dank.» Stranahan hatte keine Ahnung, von wem sie überhaupt redete. Vielleicht meinte sie einen dieser Profiringer aus dem Kabelfernsehen.

Während sie ihre Pose beibehielt, bedeutete Tina ihm, sich zu ihr aufs Sofa zu setzen. Als er es tat, ergriff sie seine Hände und legte sie sich auf ihre straffen neuen Brüste und hielt sie dort fest. Stranahan nahm an, daß in diesem Augenblick ein Kompliment ganz angebracht wäre.

«Sie sind einfach makellos», sagte er und drückte sie sanft.

Aufreizend spannte Tina den Rücken und rollte sich herum, während Stranahan wie ein Bergsteiger an ihr hing und sich mitziehen ließ.

«Weil wir gerade beim Thema sind», sagte er, «wer war denn dein Chirurg?»

Vor dem Unfall mit der elektrischen Nadel hatte Chemo bereits ein ziemlich schwieriges Leben geführt. Seine Eltern hatten zu einer religiösen Sekte gehört, die Bigamie, Vegetariertum, UFOs und die Verweigerung der Einkommenssteuer befürwortete; seine Mutter, sein Vater und drei ihrer Ehepartner wurden vom FBI während einer zehn Tage andauernden Belagerung in einem Postamt vor den Toren von Grand Forks, North Dakota, getötet. Chemo, der damals erst sechs war, lebte danach bei einer Tante und einem Onkel im Gebiet der Amischen Mennoniten, einer Wiedertäuferbewegung im westlichen Pennsylvania. Es war eine anstrengende und entbehrungsreiche Zeit, vor allem, weil Chemos Tante und Onkel selbst auch keine Amischen waren, sondern Gelegenheitspresbyterianer, die vor einer Verurteilung wegen Postbetrugs aus Bergen County, New Jersey, geflohen waren.

Mit den schwerverdienten Unterschlagungssummen hatte sich das Paar eine bescheidene Farm gekauft und es irgendwie geschafft, sich in die hermetisch abgeschlossene soziale Struktur einer Amischen-Gemeinde hineinzuschmuggeln. Zuerst war es nur ein simpler Schwindel, eine vorübergehende Tarnung, bis die Verfolger sie aus den Augen verloren. Im Laufe der Jahre jedoch wurden Chemos Onkel und Tante richtiggehend bekehrt. Sie begannen das einfache ländliche Leben und die warme herzliche Gemeinschaft der Landleute zu schätzen; Chemo war durch ihre Transformation wie am Boden zerstört. Während seines Heranwachsens hatte er einen Haß auf die List der Familie entwickelt und in der Folge auch auf die Amischen insgesamt.

Die schlichte weite Kleidung und die strengen Tischsitten waren schon schlimm genug, doch es war die Gesichtsbehaarung, die ihn erst recht in Raserei versetzte. Die Männer der Amischen rasierten sich nicht, und Chemos Onkel bestand darauf, daß er, sobald er die Pubertät erreichte, sich ebenfalls dieser Sitte beugte. Da religiöse Argumente für Chemo kein Gewicht hatten, war es eine eher praktische Begründung, die sein Onkel ins Feld führte: Alle Flüchtlinge brauchten eine Verkleidung, und ein anständiger Bart war nur schwer zu übertreffen.

Chemo fügte sich widerstrebend in sein Schicksal bis zum Tag seines einundzwanzigsten Geburtstags, an dem er sich in den Einspänner seines Onkels setzte, bei der örtlichen Filiale der Chemical Bank vorfuhr, den Kassierer mit einer Mistgabel bedrohte (die Amischen besitzen keine Handfeuerwaffen) und sich mit siebentausend Dollar und allem Kleingeld aus dem Staub machte. Das erste, was er sich kaufte, war ein Bic-Wegwerfrasierapparat.

Der *Philadelphia Inquirer* berichtete, daß dies der einzige Bankraub durch einen Amischen in der gesamten Geschichte des Commonwealth gewesen sei.

Chemo selbst wurde wegen dieses Verbrechens nie verhaftet, doch seine Tante und sein Onkel wurden enttarnt, an New Jersey ausgeliefert, vor Gericht gestellt und wegen Postbetrugs verurteilt und dann in eine Gefängnisfarm in Nord-Florida gesteckt. Ihre Weizenfarm wurde von der Regierung beschlagnahmt und versteigert.

Sobald Chemo sich von den Amischen befreit hatte, bestand die dringlichste Aufgabe seines Erwachsenendaseins darin, jegliche handwerkliche Arbeit zu vermeiden, gegen die er eine chronische Aversion hegte. Das Verbrechen schien die effizienteste Methode zu sein, Geld zu verdienen, ohne ins Schwitzen zu geraten, daher machte Chemo damit einen Versuch. Unglücklicherweise hatte die Natur ihn mit einem grausamen Handikap ausgestattet: Während zwei Meter die perfekte Körpergröße für einen Stürmer der National Basketball League waren, sind sie bei einem Einbrecher geradezu eine Katastrophe. Bereits in seinem ersten Fenster, das er einschlug, blieb Chemo stecken; er konnte es zwar zerbrechen, aber eindringen konnte er nicht.

Die vier Monate in einem Gefängnis des Landkreises verstrichen ihm viel zu langsam. Er dachte oft an seinen Onkel und seine Tante und machte sich Vorwürfe, sich nicht ihre enormen Erfahrungen zunutze gemacht zu haben. Sie hätten ihm viele Tricks über das Weiße-Kragen-Verbrechen beibringen können, doch in seiner rebellischen Überheblichkeit hatte er sich nie die Mühe gemacht, sie danach zu fragen. Nun war es zu spät – ihre jüngste Postkarte aus dem Sträflingslager Eglin hatte mit einem religiösen Limerick und Zeichnungen von einem glücklichen Gesicht geendet. Chemo wußte, daß sie für immer verloren waren.

Nachdem er seine Strafe wegen versuchten Einbruchs abgesessen hatte, ließ er sich in einer kleinen Stadt unweit von Scranton nieder und arbeitete dort für das städtische Sport- und Grünflächenamt. Nach einiger Zeit benutzte er einen gefälschten, aber eindrucksvollen Lebenslauf, um sich den Posten eines Stellvertretenden Stadtdirektors zu ergattern, ein Job, der ihm eine Sekretärin und einen städtischen Dienstwagen bescherte. Während das Gehalt nur zwanzigtausend im Jahr betrug, war das zweite Einkommen, das sich aus Bestechungs- und Schmiergeldern zusammensetzte, beträchtlich.

Chemo entwickelte sich zum Erpressungs- und Ausplünderungskünstler, und die Stadt blühte ebenfalls auf. Er stellte erfreut fest, wie oft es doch geschah, daß die Interessen des privaten Unternehmertums und der Verwaltung sich zu überschneiden schienen.

Der Höhepunkt von Chemos städtischer Karriere war sein bewußtes Außerkraftsetzen der städtischen Bauvorschriften, um die Errichtung einer von der Mafia kontrollierten Hundefutterfabrik in den Vororten zu gestatten. Dreihundert neue Arbeitsplätze wurden geschaffen, und es wurde sogar davon gesprochen, Chemo zur Bürgermeisterwahl aufzustellen.

Diese Idee gefiel ihm sehr gut, und er fing augenblicklich an, illegale Spenden von städtischen Unternehmern einzutreiben. Schnell wurde ein Werbeplakat für die Wahl produziert, doch Chemo schüttelte sich, als er das fertige Produkt sah: die etwa einen Quadratmeter ausmachende Vergrößerung seines Gesichts ließ zugleich die beiden eingewachsenen Haarfollikel an der Spitze seiner ansonsten völlig normal aussehenden Nase deutlich hervortreten; die beiden Schönheitsfehler sahen, in Chemos ureigener abartiger Diktion, aus wie «zwei Zecken bei einer Nummer». Er veranlaßte, daß die Wahlplakate vernichtet wurden, setzte einen neuen Fototermin an und fuhr sofort nach Scranton zu seiner schicksalhaften Elektronadelbehandlung.

Der furchtbare Unglücksfall und die darauffolgende Ermordung des dafür verantwortlichen Arztes setzten Chemos politischer Karriere ein abruptes Ende. Er nahm für immer Abschied vom öffentlichen Dienst.

Sie mieteten ein Aquasport-Boot und legten in Sunday's-on-the-Bay an. Sie entschieden sich für einen Tisch unter dem Baldachin dicht am Wasser. Chemo bestellte für sich ein Ginger Ale und Chloe Simpkins Stranahan bekam einen doppelten Wodka Tonic.

«Wir warten bis zum Einbruch der Dämmerung», sagte Chemo.

«Soll mir recht sein.» Chloe schlürfte ihren Drink wie ein verdurstender Kojote. Sie trug einen lächerlichen Matrosenanzug von Lord and Taylor's; sie hatte sogar die dazu passende Mütze; es war nicht gerade die ideale Bootskleidung.

«Ich habe in diesem Laden mal gearbeitet», sagte Chloe, als wollte sie damit deutlich machen, wie weit sie es gebracht hatte.

Chemo fragte: «Haben Sie hier Mick kennengelernt?»
«Leider.»
Die Bar war wegen des Damenabends umdrängt. Außer der üblichen Ansammlung von aalglatten Latinohengsten in Eidechsenlederschuhen gab es noch ein Dutzend blonder, athletischer Typen von den Charterbooten. Im Gegensatz zu den Disco-Dandies trugen die Seebären T-Shirts und Sandalen und eine satte Golfstrombräune, und sie tranken vorwiegend Bier.
Der Kampf um die weibliche Aufmerksamkeit war bereits voll im Gange, aber Chemo beabsichtigte, längst abgedampft zu sein, ehe irgendwelche Schlägereien ausbrachen. Außerdem saß er nicht gerne in der Öffentlichkeit wie auf dem Präsentierteller herum, wo die Leute ihn anstarren konnten.
«Haben Sie denn schon einen Plan?» fragte Chloe.
«Je weniger Sie wissen, desto besser ist es für uns beide.»
«Oh, entschuldigen Sie», sagte sie bissig. «Ich bitte vielmals um Verzeihung, Mister James ‹Geheimniskrämer› Bond.»
Er blinzelte gleichgültig. Ein junger Pelikan putzte sich auf einem Dockpoller in der Nähe das Gefieder, und Chemo fand das weitaus interessanter als den Anblick von Chloe Simpkins Stranahan in einer Shirley-Temple-Matrosenmütze, während sie sich einen Wodka nach dem anderen 'reinzog. Es erfüllte ihn mit verhaltener Wut, daß jemand, der so schön war, gleichzeitig so abstoßend und lästig sein konnte; es erschien ihm so verdammt unfair.
Andererseits hatte sie noch immer keine abfällige Bemerkung über sein Gesicht gemacht, daher hatte sie vielleicht doch noch einen letzten positiven Zug an sich.
«Was Sie vorhaben, wird doch nicht allzu schlimm?» meinte sie.
«Was verstehen Sie unter schlimm?»
Chloe rührte nachdenklich mit dem Strohhalm in ihrem Drink herum. «Vielleicht reicht es, wenn Sie ihm nur einen ordentlichen Schrecken einjagen.»
«Darauf können Sie sich verlassen», versprach Chemo.
«Aber Sie werden dabei doch nicht zu brutal vorgehen, oder?»
«Was soll das denn, plötzlich machen Sie sich Sorgen um ihn?»
«Man kann jemanden bis aufs Blut hassen und sich dennoch Sorgen um ihn machen.»
«Herrgott im Himmel.»

Chloe sagte: «Machen Sie nur weiter, okay? Ich kneife bestimmt nicht.»

Chemo spielte mit einem seiner vereinzelten schwarzen Haarbüschel auf seinem Kopf. Er fragte: «Was meint Ihr Mann, was Sie gerade tun?»

«Einkaufen», sagte Chloe.

«Alleine?»

«Sicher.»

Chemo befeuchtete seine Lippen und ließ seine Blicke durch den Raum wandern. «Sehen Sie hier jemanden, den Sie kennen?»

Chloe schaute sich um und sagte: «Nein. Warum fragen Sie?»

«Ich will nur auf Nummer Sicher gehen. Ich mag keine Überraschungen – Sie bestimmt auch nicht.»

Chemo bezahlte die Rechnung, half Chloe dabei, in den Bug des Aquasports zu klettern, und löste die Leinen. Er sah auf die Uhr: Viertel nach fünf. Vielleicht noch eine Stunde bis zum Einbruch der Dämmerung. Er reichte Chloe eine Plastikkarte von der Biscayne Bay, auf der die ständigen Kanalmarkierungen mit roten Umrissen versehen waren. «Halten Sie die bereit», rief er ihr über den Motorenlärm zu, «falls ich mich verfranze.»

Sie klopfte mit einem ihrer langen Fingernägel auf die Karte. «Diese Dinger können Sie gar nicht verfehlen, die ragen nämlich drei Stockwerke hoch aus dem Wasser.»

Fünfzehn Minuten später trieben sie mit abgestelltem Motor durch einen Stiltsville-Kanal. Chloe Simpkins Stranahan beklagte sich, daß ihr Haar vom Salzwasser völlig naß würde, während Chemo die Ankerseile entwirrte. Der Anker war ein großer verrosteter Brocken mit einem verbogenen Schenkel. Er hievte ihn aus dem vorderen Luk des Aquasport und legte ihn auf Deck bereit.

Dann holte er ein Fernglas aus einem Leinensack und begann, die Stelzenhäuser zu betrachten. «Welches ist es?» fragte er.

«Ich hab's Ihnen doch schon gesagt, es hat ein Windrad.»

«Ich sehe gerade drei Häuser mit Windrädern, also welches ist es? Ich möchte nämlich den Scheiß-Anker werfen, ehe wir bis nach Nassau treiben.»

Chloe pustete ungehalten und nahm ihm das Fernglas aus der Hand. Nach ein paar Sekunden sagte sie: «Nun, sie sehen alle gleich aus.»

«Tatsächlich?»

Sie gab zu, daß sie noch nie im Haus ihres Ex-Mannes gewesen war. «Aber ich war mit einem Boot mal da.»

Chemo meinte: «Woher wußten Sie denn, daß es sein Haus war?»

«Weil ich ihn sah. Er war draußen und hat geangelt.»

«Wie lange ist das her?»

«Drei, vielleicht vier Monate. Was macht es schon aus?»

Chemo fragte: «Wußte Mick, daß Sie in dem Boot waren?»

«Natürlich wußte er es, er zog ja seine verdammte Hose runter.» Chloe gab Chemo das Fernglas zurück und streckte einen Arm aus. «Das dort ist es, da drüben.»

«Sind Sie sicher?»

«Jawohl, Käpt'n Ahab, das bin ich.»

Chemo studierte das Pfahlhaus durch den Feldstecher. Das Windrad drehte sich, und ein Skiff war unter den Wassertanks angebunden, aber niemand war draußen zu sehen.

«Und was nun?» fragte Chloe.

«Ich denke nach.»

«Wissen Sie, was ich am besten fände? Wenn Sie das mit ihm machten, was er mit meinem Freund damals gemacht hat. Schmieren Sie dem Kerl die Eier mit Klebstoff ein.»

«Das würde die Sache für Sie in Ordnung bringen, was?»

Chloes Stimme klang düster. «Mick Stranahan hat einen Menschen vernichtet, ohne ihn zu töten. Können Sie sich etwas Schlimmeres vorstellen?»

«Nun», meinte Chemo und griff in den Leinensack. «Ich habe keinen Klebstoff mitgebracht. Sondern nur das hier.» Er holte die .22er heraus und schraubte den Schalldämpfer auf.

Chloe schluckte heftig und griff nach der Reling, um sich abzustützen. Soviel zum Thema Kaltschnäuzigkeit, dachte Chemo.

«Keine Angst, Mrs. Stranahan, das ist nur meine Rückversicherung.» Er legte die Pistole auf die Bedienungskonsole des Bootes. «Alles, was ich brauche, ist nur ein bißchen Reibung.» Grinsend hielt er ein Streichholzbriefchen aus dem Sunday's-on-the-Bay hoch.

«Sie wollen sein Haus anzünden? Das ist ja prima!» Chloes Augen leuchteten erleichtert auf. «Sein Haus abbrennen, das gibt ihm den Rest.»

«Endgültig», meinte Chemo.

«Das ist genau das, was dieser gefährliche Irre verdient hat.»
«Richtig!»
Chloe sah ihn spitzbübisch an. «Sie haben mir versprochen, zu verraten, was Sie wirklich sind.»
«Nein, das habe ich nicht.»
«Dann erzählen Sie mir wenigstens, warum Sie das tun.»
«Ich werde dafür bezahlt», antwortete Chemo.
«Von wem?»
«Sie kennen ihn nicht.»
«Von einer anderen Ex-Frau, möchte ich wetten.»
«Was habe ich gesagt?»
«Ach ja, ist schon gut.» Chloe stand auf und blickte über den Bootsrand auf die glatten grünen Fluten. Chemo vermutete, daß sie nur ihr Spiegelbild betrachtete.
«Haben Sie etwas zu trinken hier?»
«Nein», erwiderte Chemo. «Es gibt nichts zu trinken.»
Sie verschränkte die Arme vor der Brust, um ihm zu zeigen, daß sie eingeschnappt war. «Sie meinen, ich muß jetzt hier draußen, ohne etwas zu trinken, herumsitzen, bis es dunkel wird?»
«Noch etwas länger», sagte Chemo. «Bis Mitternacht.»
«Aber dann wird Mick schlafen.»
«Das ist es ja gerade, Mrs. Stranahan.»
«Aber wie soll er dann aus dem Haus rauskommen?»
Chemo lachte knurrend. «Na, wer ist hier so schlau?»
Chloes Miene verdüsterte sich. Sie schürzte die Lippen und sagte: «Moment mal. Ich will nicht, daß Sie ihn töten.»
«Wer hat Sie nach Ihrer Meinung gefragt?»
Eine Veränderung fand in Chloes Haltung statt, als sie Chemo musterte. Es war so, als sähe sie den Mann zum erstenmal, und sie starrte, was Chemo überhaupt nicht gefiel. Sie und ihre zusammengezogenen Augenbrauen.
«Sie sind ein Killer», stellte sie voller Abscheu fest.
Chemo blinzelte eidechsenhaft und zupfte an einer Hautschuppe. Seine Augen waren groß, feucht und blickten in die Ferne.
«Sie sind ein Killer», wiederholte Chloe, «und Sie haben mich ausgetrickst.»
Chemo meinte: «Wenn Sie ihn so sehr hassen, was macht es Ihnen dann schon aus, ob er stirbt oder nicht?»

Ihre Augen blinzelten. «Sehr viel macht es mir aus, denn ich bekomme von ihm jeden Monat einen Scheck, so lange er lebt. Wenn er tot ist, kriege ich nichts!»

Chemo war wie vom Donner gerührt. «Sie bekommen Unterhalt? Aber Sie sind doch wieder verheiratet! Mit einem stinkreichen Wirtschaftsprüfer!»

«Sagen wir einfach, daß Mick Stranahan nicht gerade den intelligentesten Anwalt der Welt hatte.»

«Sie sind nur eine geldgierige Schlampe», sagte Chemo ätzend.

«He, es sind nur hundertfünfzig im Monat», sagte Chloe. «Damit bezahle ich kaum den Typen, der mir den Rasen mäht.»

Sie bemerkte nicht den feindseligen Ausdruck, der sich allmählich in Chemos Augen schlich. «Mick Stranahan umzubringen kommt gar nicht in Frage», verkündete sie. «Brennen Sie sein Haus ab, in Ordnung, aber ich will nicht, daß er stirbt.»

«Bißchen spät, was?» meinte Chemo.

«Sehen Sie, ich weiß nicht, wer Sie sind ...»

«Setz dich», befahl Chemo. «Und quatsch leise!»

Der Wind frischte auf, und er hatte Angst, daß die Diskussion über das Wasser hallte und vom Haus aus zu hören war.

Chloe setzte sich, schwieg aber nicht. «Also, jetzt hören Sie mir mal zu ...»

«Ich sagte doch, halt die dämliche Klappe!»

«Fick dich doch selbst, Pizza-Fresse!»

Chemos Stirn legte sich in Falten, seine Wangen bliesen sich auf. Er errötete vielleicht sogar, obgleich man das unmöglich feststellen konnte.

Pizza-Fresse – da war sie, endlich. Die Beleidigung. Das Luder hatte der Versuchung doch nicht widerstehen können.

«Was ist jetzt los?» fragte Chloe Simpkins Stranahan. «Wird Ihnen schlecht?»

«Mir geht's gut», sagte Chemo. «Aber Sie sollten fremde Leute nicht beschimpfen.»

Dann wuchtete er ihr den dreißig Pfund schweren Anker in den Schoß und sah zu, wie sie in ihrem seidenen Matrosenanzug nach hinten ins Wasser kippte. Die stetig aufsteigenden Luftblasen ließen vermuten, daß sie ihn den ganzen Weg bis hinunter auf den Grund der Bucht verfluchte.

9

Tina wachte alleine im Bett auf. Sie wickelte sich in ein Laken und tappte verschlafen durch das dunkle Haus auf der Suche nach Mick Stranahan. Sie fand ihn draußen, wo er auf dem Geländer balancierte, die Hände auf die Hüften gestützt. Er beobachtete, wie das Stelzenhaus des alten Chitworth den Himmel erhellte; eine orangefarbene Fackel, die meilenweit zu sehen war. Das Haus schien auf seinen hölzernen Beinen zu schwanken, eine Illusion, die von den Hitzewogen, die über dem Wasser flimmerten, erzeugt wurde.

Tina dachte, es sei der atemberaubendste Anblick, den sie je gesehen hatte. Im Lichtschein der Feuersbrunst schaute sie zu Stranahans Gesicht hoch und sah dort einen sorgenvollen Ausdruck.

«Wohnt jemand da drin?» fragte sie.

«Nein.» Stranahan verfolgte, wie das Windrad des alten Chitworth abstürzte, wobei die brennenden Flügel sich schneller drehten. Es traf mit einem lauten Knistern und Zischen auf die Wasseroberfläche.

«Wie konnte das Feuer ausbrechen?» fragte Tina.

«Brandstiftung», sagte Stranahan ruhig und sachlich. «Ich habe ein Boot gehört.»

«Vielleicht war es ein Unfall», äußerte sie eine Vermutung. «Vielleicht hat jemand eine brennende Zigarette weggeworfen.»

«Benzin», sagte Stranahan, «ich hab's gerochen.»

«Wau! Der, dem dieses Haus gehört hat, hat aber ganz schön schlimme Feinde, vermute ich.»

«Der Mann, dem dieses Anwesen gehört, ist gerade dreiundachtzig geworden», erklärte Stranahan. «Er ist in einem Pflegeheim an alle möglichen Röhren und Leitungen angeschlossen und nicht mehr ganz da. Er hält sich für den Präsidenten persönlich.»

Ein Windstoß brachte Tina dazu, ihr Laken fester um sich zu wickeln. Sie erschauerte in der Kälte und drängte sich näher an Mick. Sie sagte: «Also ein harmloser alter Knacker. Dann verstehe ich das Ganze nicht.»

Stranahan zuckte die Achseln. «Das falsche Haus, mehr nicht.» Er sprang von dem Geländer. «Jemand hat Mist gebaut.» Das wäre also das Ende seines Paradieses, dachte er und Frieden und Ruhe gingen ebenfalls den Bach runter.

Von der anderen Seite der Bucht, von Dinner Key, drang ein Heulen wie von Spielzeugsirenen herüber. Stranahan brauchte kein Fernglas, um die blitzenden blauen Lichtpunkte der heranrauschenden Polizeiboote zu erkennen. Tina ergriff seine Hand. Sie konnte ihre Blicke nicht von dem Feuer lösen. «Mick, hast du solche Feinde?»

«Zum Teufel, ich habe solche *Freunde!*»

Am späten Vormittag war das Chitworth-Haus bis zur Wasserlinie heruntergebrannt, und die Flammen erloschen allmählich. Was übrigblieb, waren die verkohlten Spitzen von ein paar Holzpfählen, von denen einige noch qualmten.

Tina hatte es sich in einem Liegestuhl bequem gemacht und las, und Stranahan machte gerade Liegestütze, als das Patrouillenboot der Wasserpolizei herankam und stoppte. Es war besetzt mit Luis Córdova und einem anderen Mann, den Stranahan nicht erwartet hatte.

«Also das ist ein Anblick, den man nicht alle Tage hat», erklärte Stranahan lautstark. «Zwei Kubaner in einem Schiff und kein Bier.»

Luis Córdova grinste. Der andere Mann kletterte keuchend auf den Landungssteg und sagte: «Und ich sehe noch etwas anderes, was man nicht jeden Tag zu Gesicht bekommt: ein Ire, der schon vor Mittag auf den Beinen und immer noch nüchtern ist.»

Der Name des Mannes lautete Al García, und er war Detective der Mordkommission der Metropolitan Police von Dade County. Seine Jacke hatte er sich auf eine Schulter drapiert, seine glänzende Krawatte war gelöst, und der Knoten hing fast in Höhe der Brustwarzen. García war nicht gerade scharf auf ausgedehnte Bootsfahrten, daher war er in einer knurrigen und ungemütlichen Stimmung. Außerdem war da noch die Angelegenheit mit der Leiche.

«Welche Leiche?» fragte Mick Stranahan.

Wie ein Dachs huschte García die Treppe zum Haus hinauf, mit Stranahan und Luis Córdova im Schlepptau. García schaute sich einmal gründlich um und winkte Tina in ihrem Liegestuhl höflich zu. Der Detective wandte sich halb zu Stranahan um und meinte halblaut: «Was, Sie haben ein Erholungsheim für Nutten aufgemacht, Mick, Sie sind ein verrückter Heiliger, ehrlich.»

Sie gingen ins Innere des Hauses und schlossen die Tür. «Erzählen Sie mal von der Leiche», bat Stranahan.

«Setzen Sie sich. He, Luis, ein Kaffee wäre jetzt das Richtige.»

«Vor einer Minute warst du noch seekrank», bemerkte Luis Córdova.

«Ich fühle mich schon viel besser, okay?» schimpfte García mit theatralischen Gesten, während der junge Offizier der Wasserpolizei in Richtung Küche verschwand. «Kooperation zwischen den Departments. Das ist heutzutage das große Schlagwort. Und Kaffee ist eine verdammt gute Sache, um damit anzufangen.»

«Immer mit der Ruhe, Mann, Luis ist ein ziemlich heller Kopf.»

«Das ist er bestimmt. Ich wünschte, er gehörte zu uns.»

Stranahan sagte: «Was ist denn mit der Leiche ...»

García wedelte mit einer massigen braunen Hand in der Luft herum, als verscheuchte er eine unsichtbare Pferdebremse. «Mick, was tun Sie verdammt noch mal hier draußen? Irgendwie kann ich Sie nicht in der Rolle eines Robinson Crusoe sehen, der die Milch aus rohen Kokosnüssen schlürft.»

«Hier draußen ist es ausgesprochen ruhig.»

Luis Córdova brachte drei Tassen heißen Kaffee.

Al García schmatzte, während er trank. «Ruhig – ist das Ihr Ernst? Lieber Himmel, hier schwimmen tote Gangster herum, von brennenden Häusern ganz zu schweigen ...»

«Geht es um Tony den Aal?»

«Nein», sagte Luis ernst.

García stellte seine Kaffeetasse ab und schaute Stranahan prüfend an. «Wann haben Sie Chloe zum letztenmal gesehen?»

Plötzlich fühlte Mick Stranahan sich nicht mehr ganz wohl.

«Vor zwei Monaten», erzählte er. «Sie war auf einem Boot mit irgendeinem Typen. Ich nehme an, es war ihr neuer Ehemann. Warum?»

«Sie haben für sie den Mond aufgehen lassen?»

«Können Sie mir das übelnehmen?»

«Wir haben es heute morgen von ihrem Ehemann gehört.»

Stranahan wappnete sich, gleich die ganze Geschichte zu erfahren. Luis Córdova klappte ein Notizbuch mit Spiralheftung auf, aber er schrieb nicht viel mit. Stranahan hörte ruhig zu und blickte ab und zu aus dem Fenster zu dem Kanal hinüber, wo es laut Al García geschehen sein mußte.

«Ein verrosteter Anker?» fragte Stranahan ungläubig nach.

«Er verfing sich in diesem seidenen Ding, das sie trug», führte der Detective aus. «Sie ging unter wie ein Sack Zement.» Behutsamkeit war nicht unbedingt Garcías starke Seite.

«Es war das Seil, das auffiel», fügte Luis Córdova hinzu. «Einer der Jungs, die wegen des Feuers rausgefahren waren, sahen das Seil in der Strömung treiben.»

«Sie haben sie rausgeholt», sagte García, «wie einen Hummerkorb.»

«Mein Gott.»

García meinte: «Eigentlich dürften wir Ihnen all das überhaupt nicht erzählen.»

«Warum nicht?»

«Weil Sie der Hauptverdächtige sind.»

«Das ist sehr lustig.» Stranahan sah zu Luis Córdova. «Macht er Witze?»

Der junge Beamte der Marinepatrouille schüttelte den Kopf.

García sagte: «Mick, Ihre Akte ist nicht so wild. Ich meine, Sie haben bereits einiges auf der Latte.»

«Keinen Mord.»

«Chloe haßte Sie bis aufs Blut», sagte Al García sozusagen als Erinnerung.

«Das soll mein Motiv sein? Daß sie mich haßte?»

«Dann ist da noch das Geld.»

«Sie meinen also, ich würde sie wegen armseliger hundertfünfzig Dollar im Monat abservieren?»

«Es geht ums Prinzip», meinte Al García und wickelte eine Zigarre aus. «Ich glaube, Sie könnten so etwas rein aus Prinzip tun.»

Stranahan lehnte sich mit einem müden Seufzer zurück. Er war irgendwie betroffen von Chloes Tod, doch noch stärker war bei ihm das Gefühl der Neugier. Was, zum Teufel, hatte sie die Nacht über da draußen getrieben?

«Ich habe immer nur Gutes über Sie gehört», sagte Al García, «vorwiegend von Timmy Gavigan.»

«Ja, das gleiche sagte er von Ihnen.»

«Und wie Eckert Sie aus dem Büro des Staatsanwalts verdrängt hat, das war ziemlich mies.»

Stranahan zuckte die Achseln. «Sie vergessen es einem nicht, wenn man einen Richter erschießt. Das macht allgemein die Leute nervös.»

García machte aus dem Anzünden seiner Zigarre eine große Zeremonie. Nachher blies er zwei Rauchkringel in die Luft und sagte: «Grundsätzlich glaubt Luis nicht, daß Sie es getan haben.»

«Es ist die Sache mit dem Anker», erklärte Luis Córdova. «Sehr seltsam.» Er versuchte, seiner Stimme einen neutralen, geschäftsmäßigen Klang zu geben, als bedeutete ihre Freundschaft überhaupt nichts.

«Das Feuer war Brandstiftung», sagte Luis. «Bootsbenzin und ein Zündholz. Diese Häuser brennen wie Zunder.» Um seine Aussage zu bekräftigen, trat er mit dem Gummiabsatz seines Schuhs auf die Bodenbretter aus Tannenholz.

Stranahan sagte: «Ich denke, Sie beide sollten Bescheid wissen: Jemand will mich umbringen.»

Garcías Augenbrauen zuckten hoch, und er ließ seine Zigarre von einem Mundwinkel zum anderen wandern. «Wer ist es, *chico?* Bitte, helfen Sie mir bei meinem Job.»

«Ich glaube, es ist ein Arzt. Er heißt Rudy Graveline. Schreiben Sie das auf, Luis. Ich bitte Sie.»

«Und warum will dieser Arzt Sie töten?»

«Das weiß ich nicht genau, Al.»

«Aber Sie wollen, daß ich ihm auf diesen Hinweis hin auf die Pelle rücke?»

«Nein, ich möchte nur, daß sein Name in irgendeiner Akte steht. Ich möchte, daß Sie über ihn Bescheid wissen, nur für den Fall des Falles.»

García wandte sich an Luis Córdova. «Wie gefällt dir dieser Satz, für den Fall des Falles? Luis, ich glaube, dies ist der Punkt, wo wir Mr. Stranahan einmal darüber belehren müssen, welche Folgen es haben kann, wenn jemand das Gesetz in die eigenen Hände nimmt.»

Luis sagte: «Handeln Sie auf keine Fall auf eigene Faust, Mick.»

«Vielen Dank, Luis.»

Al García strich sich mit einem kurzen, dicken Daumen durch

seinen schwarzen Schnurrbart. «Nur für die Akten, Sie haben die hübsche Chloe Simpkins Stranahan nicht zu einem netten Versöhnungsfest bei Fisch und Wein hierher eingeladen?»

«Nein», erwiderte Stranahan. Fisch und Wein – dieser verdammte García mußte sogar das schmutzige Geschirr untersucht haben.

«Und Sie beide haben keine gemeinsame Bootsfahrt unternommen?»

«Nein, Al.»

«Und Sie haben sich nicht betrunken und anschließend Streit bekommen?»

«Nein.»

«Und Sie haben sie nicht am Anker befestigt und sie dann über Bord geworfen?»

«Nein.»

«Luis, hast du das?»

Luis Córdova nickte, während er in seinem Notizbuch schrieb. Er stenografierte sogar; Stranahan war beeindruckt.

García erhob sich und wanderte im Haus umher, womit er Stranahan nervös machte. Als der Detective seine Schnüffelei endlich einstellte, blieb er genau unter dem ausgestopften blauen Schwertfisch stehen. «Mick, ich brauche Ihnen nicht eigens zu erzählen, daß es in der Mordabteilung einige Leute gibt, die meinen, daß Sie Richter Goomer ohne irgendeinen Anlaß getötet haben.»

«Das weiß ich, Al. Es gibt in der Mordabteilung auch einige Typen, die mit Richter Goomer Geschäfte gemacht haben.»

«Und das weiß ich auch: Der Punkt ist der, daß sie sich diese Chloe-Geschichte sehr genau ansehen werden. Genauer als üblich.»

Stranahan fragte: «Es besteht nicht die Möglichkeit, daß es ein Unfall war?»

«Nein», warf Luis Córdova ein. «Nicht die geringste Chance.»

«Also», sagte Al García, «Sie sehen die Position, in der ich mich befinde. Bis wir einen anderen Verdächtigen haben, sind Sie es. Die gute Nachricht ist, wir haben keinen greifbaren Beweis, der Sie mit der Sache in Verbindung bringt. Unangenehm ist, daß wir Chloes Maniküre ausfindig gemacht haben.»

Stranahan stöhnte: «Mein Gott, lassen Sie mich hören.»

García spazierte zum Fenster, streckte den Arm hinaus und streifte die Asche der Zigarre ab, die ins Wasser fiel.

«Chloe hat sich gestern morgen die Zehennägel schneiden und pflegen lassen», erzählte der Detective. «Sie erzählte dem Mädchen, daß sie herkommen wolle, um Sie völlig fertigzumachen.»

«Wie nett», sagte Mick Stranahan.

Es klopfte leise an der Tür, und Tina kam herein, während sie an dem Träger ihres Bikinioberteils herumzupfte. Al García strahlte, als hätte er soeben in der Lotterie gewonnen; ein trüber Tag war plötzlich aufgehellt worden.

Stranahan stand auf. «Tina, ich möchte dich mit Sergeant García und Officer Córdova bekannt machen. Sie führen hier im Augenblick polizeiliche Ermittlungen durch. Al, Luis, ich möchte Ihnen mein Alibi vorstellen.»

«Sehr erfreut», sagte Luis Córdova und schüttelte ihre Hand in einer betont offiziellen Haltung.

García streifte Stranahan mit einem Seitenblick. «Ich liebe ihn», sagte der Detective. «Ich liebe diesen Job über alles.»

Christina Marks erfuhr vom Tod von Chloe Simpkins Stranahan in den Sechs-Uhr-Nachrichten. Das einzige, was ihr dazu einfiel, war, daß Mick es getan hatte, um sich bei Chloe dafür zu revanchieren, daß sie ihm die lästige Fernsehcrew auf den Hals geschickt hatte. Es fiel schwer, das zu glauben, doch die andere Möglichkeit war zu weit hergeholt – daß Chloes Ermordung reiner Zufall war und weder mit Mick noch mit Victoria Barletta zu tun hatte; das konnte Christina Marks einfach nicht glauben; sie mußte sich auf das Schlimmste vorbereiten.

Wenn Mick der Mörder war, dann ergab sich ein Problem.

Falls Chloe ausgeplaudert hatte, daß sie fünfhundert Dollar Informantenhonorar von der Reynaldo Flemm Show erhalten hatte, dann wäre auch das ein Problem. Die Polizei würde alles wissen wollen, dann würden die Zeitungen davon Wind bekommen, und die Barletta-Story würde vorzeitig an die Öffentlichkeit dringen.

Dann gab es noch als wesentliches Problem Reynaldo selbst. Christina glaubte ihn schon hören zu können, wie er bei seiner Einleitung den Mord an Chloe für seine Zwecke ausschlachtete: «Die Geschichte, die Sie im folgenden sehen werden, ist derart explosiv, daß eine Informantin, die uns wesentliche Details geliefert hatte, nur wenige Tage später brutal ermordet wurde …» *Brutal ermordet* war eine von Reynaldos liebsten Phrasen vor der laufenden Kamera. Einmal hatte Christina ihren Partner spaßeshalber gefragt, ob er schon jemals davon gehört habe, daß jemand *sanft* ermordet worden sei, aber er hatte den Hintersinn der Frage überhaupt nicht begriffen.

Manchmal, wenn eine Story ihn ganz besonders interessierte, dann versuchte Reynaldo Flemm tatsächlich, das Skript selbst zu schreiben, mit recht spaßigen Ergebnissen. Der Mord an Stranahans Ex-Frau war genau die Art von Bombe, die Reynaldos Muse normalerweise beflügelte, daher entschloß Christina sich zu einer vorbeugenden Attacke. Sie langte quer über das Bett nach dem Telefon, als es klingelte.

Es war Maggie Gonzalez, die sich per R-Gespräch aus Manhattan meldete.

«Miss Marks, ich habe ein kleines Problem.»

Christina erwiderte: «Wir haben überall nach Ihnen gesucht. Was ist denn nun mit Ihrem Trip nach Miami?»

«Ich war dort und bin wieder zurück», sagte Maggie. «Ich hatte Ihnen doch erklärt, daß es dort unten Probleme gibt.»

«Also, was haben Sie denn nun in den vergangenen Wochen getrieben», fragte Christina, «abgesehen vom Ausgeben unseres Geldes?» Christina reichte es mittlerweile mit dieser Tussi; allmählich gelangte sie zu der Überzeugung, daß Mick wohl recht hatte und dieses Girl sie an der Nase herumführte und ausnahm.

Maggie sagte: «He, es tut mir leid, daß ich nicht eher angerufen habe. Ich hatte Angst. Ich war fast außer mir.»

«Wir dachten schon, daß Sie längst tot sind.»

«Nein», sagte Maggie und war kaum zu verstehen. Eine längere Pause legte die Vermutung nahe, daß sie sich diese furchtbare Möglichkeit durch den Kopf gehen ließ.

«Wollen Sie denn nicht wissen, wie es mit Ihrer Geschichte weitergeht?» fragte Christina wachsam.

«Das ist ja das Problem», erwiderte Maggie, «darüber wollte ich mit Ihnen reden.»

«Ach?»

Dann, als wäre es ihr nachträglich erst eingefallen, fragte Maggie: «Wen haben Sie denn bisher schon interviewt?»

«Niemanden», antwortete Christina. «Wir hatten vorher noch eine Menge Kleinarbeit zu erledigen.»

«Ich kann nicht glauben, daß Sie noch mit niemandem gesprochen haben!»

Maggie angelte nach etwas Bestimmtem, soviel konnte Christina feststellen. «Wir lassen uns Zeit und gehen langsam vor», erklärte sie. «Es ist schließlich eine heikle Angelegenheit.»

«Das kann man wohl sagen», meinte Maggie. «Ausgesprochen heikel.»

Christina klemmte sich den Hörer zwischen Ohr und Schulter und holte einen Notizblock und einen Filzschreiber aus ihrer Schultertasche auf dem Nachttisch.

Maggie fuhr fort: «Bei dieser Sache setze ich doch mein Leben aufs Spiel, und ich glaube, das ist mehr wert als fünftausend Dollar.»

«So lautete aber unsere Vereinbarung», sagte Christina und schrieb den Wortlaut der Unterhaltung mit.

«Das war, bevor jemand Drohungen gegen mich auf meinem Anrufbeantworter hinterließ», sagte Maggie Gonzalez.

«Von wem?»

«Ich weiß nicht, von wem», log Maggie. «Es klang wie Dr. Graveline.»

«Welche Art von Drohungen? Wie lauteten sie?»

«Na ja, Drohungen eben», sagte Maggie ungeduldig. «Genug, um mir heillose Angst einzujagen, klar? Sie haben es geschafft, mir einzureden, ich sei in Sicherheit.»

«So etwas haben wir nie getan.»

«Nun ja, egal, jedenfalls reichen fünftausend Dollar nicht mehr aus. Wenn diese Sache gelaufen ist, dann werde ich wohl meine Sachen packen und Miami den Rücken kehren müssen. Haben Sie eine Ahnung, was das kostet?»

Christina Marks sagte: «Worauf läuft das Ganze denn hinaus, Maggie?»

«Es läuft darauf hinaus, daß ich mit *20/20* gesprochen habe.»

Perfekt, dachte Christina. Das perfekte Ende eines perfekten Tages.

«Ich habe einen ihrer Produzenten getroffen», fuhr Maggie fort.

«Sie Glückliche», sagte Christina. «Wieviel haben sie Ihnen angeboten?»

«Zehn.»

«Zehntausend?»

«Genau», sagte Maggie. «Plus einen Monat in Mexiko nach Ausstrahlung der Sendung ... Sie wissen schon, damit die Aufregung sich legt.»

«Haben Sie sich das alles allein ausgedacht, oder haben Sie einen Agenten genommen?»

«Einen was?»

«Einen Agenten. Augenzeugen von Morden sollten ihre eigenen Agenten haben, meinen Sie nicht?»

Maggie klang verwirrt. «Zehn erschien mir ganz anständig», sagte sie. «Es könnte natürlich immer noch besser sein.»

Christina Marks hätte wer weiß was darum gegeben, zu erfahren, wieviel Maggie Gonzalez dem Produzenten von *20/20* erzählt hatte, aber anstatt zu fragen, meinte sie: «Zehn klingt super, Maggie. Außerdem glaube ich, daß wir an der Geschichte nicht mehr interessiert sind.»

Während der längeren Pause, die darauf folgte, versuchte Christina, sich den Ausdruck in Maggies Gesicht vorzustellen.

Schließlich: «Was meinen Sie damit, ‹nicht interessiert›?»

«Die ganze Sache ist einfach zu alt, zu unklar, zu schwierig zu beweisen», sagte Christina. «Die Tatsache, daß Sie vier Jahre gewartet haben, ehe Sie den Mund aufmachten, läßt uns nicht gerade glaubwürdig erscheinen ...»

«Moment mal ...»

«Übrigens, machen die bei *20/20* immer noch den Lügendetektortest mit ihren Quellen?»

Aber Maggie war auf Draht. «Um auf das Geld zurückzukommen», sagte sie, «wollen Sie damit andeuten, daß Sie kein Gegenangebot machen wollen?»

«Genau das.»

«Haben Sie darüber schon mit Mr. Flemm gesprochen?»

«Natürlich», bluffte Christina Marks und blieb stur bei ihrer Taktik.

«Das ist aber komisch», bemerkte Maggie Gonzalez, «denn ich habe gerade vor zehn Minuten selbst mit Mr. Flemm gesprochen.»

Christina sank nach hinten aufs Bett und schloß die Augen.

«Und?»

«Er hat mir fünfzehn Riesen plus sechs Wochen auf Hawaii angeboten.»

«Ich verstehe», sagte Christina leise.

«Wie dem auch sei, er meinte, ich solle Sie sofort anrufen und mit Ihnen die Einzelheiten besprechen.»

«Als da wären?»

«Die Buchungen», sagte Maggie Gonzalez. «Am liebsten würde ich nach Maui fliegen.»

10

Eine der erstaunlichsten Erscheinungen an Florida, dachte Rudy Graveline, während er einen Riesenshrimp vertilgte, war das Klima schamloser Korruption: Es gab absolut kein Problem, das sich nicht mit Geld lösen ließ.

Rudy hatte diese Lektion schon vor Jahren gelernt, als die Staatliche Ärzteaufsicht zum erstenmal versucht hatte, ihm die Approbation zu entziehen. Für das Komitee war es ein langer zäher Kampf gewesen, die Klagen entstellter Patienten zu untersuchen, Fotografien des «Vorher» und «Nachher» miteinander zu vergleichen und die Einzelheiten von dreizehn separaten Kunstfehlerklagen durchzukauen. Da das Komitee vorwiegend aus Ärzten bestand, hatte Rudy Graveline einen vollständigen Freispruch erwartet – schließlich halten Ärzte zusammen wie Pech und Schwefel.

Aber der Umfang und die Kraßheit von Rudys chirurgischen Mißgriffen und Ausrutschern war derart überwältigend, daß nicht einmal seine Fachkollegen einfach darüber hinweggehen konnten; sie empfahlen, daß ihm für alle Zeiten verboten werden sollte, den Beruf des Arztes auszuüben. Rudy engagierte einen Anwalt aus Tallahassee und erwirkte für seinen Fall eine Anhörung vor einer staatlichen Komission. Der vorsitzende Beamte, der als Richter fungierte, war selbst kein Arzt, sondern irgendein kleiner öffentlicher Bediensteter, der vielleicht achtundzwanzigtausend Dollar pro Jahr nach Hause brachte, wenn es hoch kam. Am Ende des dritten Tages der Aussagen – von denen einige so furchtbar waren, daß sogar Rudys eigenem Anwalt stellenweise übel wurde – beobachtete Rudy, wie der den Vorsitz führende Beamte in einen alten, ramponierten Ford Fairmont stieg, um nach Hause zu seiner Frau und seinen vier Kindern zu fahren. Das brachte Rudy auf eine Idee. Am vierten Tag tätigte er ein Telefongespräch. Am fünften Tag wurde ein funkelnagelneuer Volvo-Kombi mit Verkehrsfunkdecoder und Leitsystemkontrolle an die Adresse des Anhörungsbeamten geliefert. Am sechsten Tag wurde Rudy in allen Punkten der Anklage freigesprochen.

Das Komitee bestätigte sofort die Gültigkeit von Rudys Lizenz, verfügte, daß sämtliche Akten des Verfahrens vor Öffentlichkeit und Presse unter Verschluß zu halten seien – und trug so der altbewährten Philosophie des medizinischen Establishments Rechnung, daß die Letzten, die von der Unfähigkeit eines Arztes informiert sein mußten, die Patienten wären.

In völliger Sicherheit vor den Sanktionen und der kritischen Neugier seines eigenen Berufsstandes betrachtete Dr. Rudy Graveline sämtliche Drohungen von außen als Probleme, die politisch behandelt werden konnten; das heißt mit Schmiergeldern. Das war auch der Grund, warum er den Dade County Commissioner Roberto Pepsical zu einem ausgedehnten Mittagessen eingeladen hatte und sich anhörte, wie der sich Gedanken über die nächste Wahl machte.

«Sind die Shrimps gut?» fragte Roberto, der sich in jede Backe eines der Tiere gestopft hatte.

«Hervorragend», sagte Rudy. Er schob den Teller von sich und tupfte sich die Mundwinkel mit einer Serviette ab. «Bobby, ich würde gerne jedem von euch fünfundzwanzig geben.»

«Riesen?» Roberto ließ einen Mundvoll Zähne mit rosigen Flekken vom Shrimpsfleisch aufblitzen. «Fünfundzwanzig Riesen, ist das Ihr Ernst?»

Der Mann war ein richtiger Vielfraß: ein rot angelaufener, stumpfnasiger, rotäugiger Vielfraß. Der Alptraum eines jeden plastischen Chirurgen. Rudy Graveline konnte es einfach nicht ertragen, ihm beim Essen zuzusehen. «Nicht so laut», sagte er zu dem Commissioner. «Ich weiß, was die Wahlgesetze erlauben und was nicht, aber es gibt immer Wege und Möglichkeiten, das zu umgehen.»

«Prima!» sagte Roberto. Er hatte ein Konto bei einer Bank auf den Kaiman-Inseln; das hatten alle Commissioner, bis auf Lillian Atwater; die versuchte es mit einer Schwindelstiftung in der Dominikanischen Republik.

Rudy sagte: «Aber vorher muß ich Sie um einen Gefallen bitten.»

«Schießen Sie los.»

Der Doktor beugte sich vor und versuchte Robertos heißen, fauligen Atem zu ignorieren. «Es geht um die Abstimmung zu den Old Cypress Towers», sagte Rudy. «Die Neuverteilung der Baugenehmigungen.»

Roberto Pepsical schnappte sich noch ein Krabbenbein und knackte es mit seinen Schneidezähnen. «Kein Problem», meinte er.

Old Cypress Towers war eines der vielen Immobilienprojekte und Steuerabschreibmodelle von Dr. Rudy Graveline: ein dreißig Stockwerke hohes Gebäude mit Luxusapartments sowie einem Nachtclub und einem geplanten Fitneßclub für das oberste Stockwerk. Das einzige Problem war, daß der potentielle Baugrund bereits für eine Verwendung als öffentliches Nutzungsgebiet in Form von Parks, Schulen, Sportplätzen und ähnlichem Blödsinn ausgewiesen war. Rudy brauchte fünf Stimmen im Bauausschuß des County, um eine Änderung zu erreichen.

«Keine Schwierigkeit», wiederholte Roberto. «Ich rede mit Den Anderen.»

«Die Anderen» waren die vier Ausschußmitglieder, die stets an Roberto Pepsicals krummen Geschäften mitwirkten. Das System sah so aus, daß jeder der neun Commissioner seine eigenen krummen Geschäfte betrieb und seine eigene Gruppierung von Stimmen hatte. Auf diese Weise endete jede Abstimmung mit einem Verhältnis von fünf zu vier Stimmen, doch mit immer wechselnden Personen im jeweiligen Lager. Der Sinn dieses Arrangements bestand darin, daß auf diese Art und Weise die Zeitungsreporter völlig verwirrt wurden bei ihren Bemühungen, herauszufinden, wer von den Ausschußmitgliedern ehrlich war und wer nicht.

«Eine Sache noch», sagte Dr. Rudy Graveline.

«Wie steht's denn mit einem frischen Bier?» fragte Roberto Pepsical und betrachtete vielsagend sein leeres Glas. «Ich hätte nichts dagegen, noch eins zu bekommen.»

«Bestellen Sie ruhig», sagte Rudy und unterdrückte seinen Ekel.

«Eine Krabbe?» Der Commissioner vertilgte ein weiteres fettiges Bein.

«Nein, danke.» Rudy wartete, bis er das Fleisch in den Mund gestopft hatte, dann sagte er: «Bobby, Sie müssen für mich auch mal die Ohren aufsperren.»

«Weshalb?»

«Jemand, der mal für mich gearbeitet hat, droht mir, zur Polizei zu gehen, um mich fertigzumachen. Sie konstruieren da irgendwas wegen eines alten Falles, den ich mal operiert habe.»

Roberto nickte und kaute gleichzeitig, wie ein Zierhund im

Heckfenster eines Autos. Rudy fand den Anblick ziemlich verwirrend.

Er sagte: «Das Ganze ist natürlich ein Riesenquatsch. Eine ehemalige Angestellte will sich rächen.»

Roberto meinte: «Junge, ich weiß, wie das ist.»

«Aber für einen Arzt, Bobby, kann so etwas das Ende sein. Mein Ruf, mein Lebensunterhalt, alles steht auf dem Spiel, das können Sie sicher verstehen. Deshalb muß ich rechtzeitig Bescheid wissen, falls die Cops sich dieser Sache jemals ernsthaft annehmen.»

Pepsical versprach: «Ich rede mit dem Chef persönlich.»

«Aber nur, wenn Sie etwas über die Sache hören.»

Roberto zwinkerte wissend. «Ich strecke mal meine Fühler aus.»

«Das fände ich wirklich sehr nett», sagte Dr. Graveline. «Einen Skandal kann ich mir nicht leisten, Bobby. Wenn so etwas passiert, dann werde ich wohl die Stadt verlassen müssen.»

Die Stirn des Commissioners legte sich in Falten, während er an fünfundzwanzig Riesen dachte. «Keine Sorge», beruhigte er den Arzt. «Da, nehmen Sie sich lieber noch ein Stück Fleisch.»

Chemo saß im Wartezimmer, als Rudy Graveline ins Whispering Palms zurückkam.

«Ich hab's erledigt», verkündete er.

Rudy führte ihn schnell in sein Büro.

«Sie haben Stranahan erwischt?»

«Gestern abend», sagte Chemo sachlich. «Wann können wir jetzt mit meinem Gesicht anfangen?»

Unglaublich, dachte Rudy. Richtig unheimlich, dieser Bursche.

«Sie meinen die Schleifbehandlung.»

«Aber genau die», sagte Chemo. «Wir haben schließlich ein Geschäft vereinbart.»

Rudy betätigte den Summer, der seine Sekretärin hereinrief und bat sie, ihm den *Miami Herald* vom Morgen zu bringen. Nachdem sie wieder hinausgegangen war, sagte Chemo: «Es ist zu spät passiert, wahrscheinlich steht es noch gar nicht in der Zeitung.»

«Hmmm», machte Rudy Graveline und überflog die Seite mit den Lokalnachrichten. «Vielleicht liegt es daran – es muß zu spät passiert sein. Dann erzählen Sie doch mal, bitte.»

Chemo befeuchtete seine wie tot aussehenden Lippen. «Ich habe sein Haus angezündet.» Sein Ausdruck veränderte sich nicht im mindesten. «Er hat geschlafen.»

«Wissen Sie das ganz sicher?»

«Ich habe beobachtet, wie es in Flammen stand», erzählte Chemo. «Niemand ist herausgekommen.» Er schlug seine langen Beine übereinander und blickte den Arzt düster an. Die tief herabhängenden Augenlider ließen ihn aussehen, als wolle er jeden Moment einschlafen.

Rudy faltete die Zeitung zusammen. «Ich glaube Ihnen», sagte er zu Chemo, «aber ich möchte ganz sicher gehen. Bis morgen mittag muß es in der Zeitung stehen.»

Chemo rieb mit einer Handfläche über seine Wangen und erzeugte ein Geräusch wie von Sandpapier. Rudy Graveline wünschte sich im stillen, er möge damit aufhören.

«Was ist denn mit dem Fernsehen?» fragte Chemo. «Zählt es, wenn es in den Fernsehnachrichten gemeldet wird?»

«Natürlich.»

«Auch im Radio?»

«Gewiß», sagte Rudy. «Ich erklärte es Ihnen doch schon, eine Meldung reicht. Ich brauche nicht die Leiche zu sehen, okay, aber ich muß schon irgendwie sicher sein können. Es ist sehr wichtig, denn er ist ein gefährlicher Mann.»

«*War*», sagte Chemo betont.

«Richtig. Er war ein gefährlicher Mann.» Rudy erwähnte nichts von Stranahans seltsamer Nachricht auf Maggie Gonzalez' Anrufbeantworter. Es war besser, den Kreis der Beteiligten so klein wie möglich zu halten, schon um Chemos willen, damit er nicht abgelenkt wurde.

«Vielleicht ist es sogar schon im Radio zu hören», sagte Chemo hoffnungsvoll.

Rudy hatte wenig Lust, den Burschen zu verärgern. «Passen Sie mal auf», sagte er in großzügigem Ton. «Wir fangen einfach an und machen die erste Behandlung heute nachmittag.»

Chemo straffte sich. «Wirklich?»

«Warum nicht?» meinte der Arzt und erhob sich. «Wir fangen an einer kleinen Fläche an Ihrem Kinn an.»

«Wie wäre es denn mit der Nase?» schlug Chemo vor und tastete das Organ ab.

Rudy setzte seine Brille auf und kam um den Schreibtisch herum zu Chemo. Aufgrund von Chemos Körpergröße, selbst im Sessel, brauchte der Chirurg sich nicht zu bücken oder sich weiter vorzubeugen, um die zerklüftete, käseartige Masse zu untersuchen, die man als Chemos Nase betrachten mußte.

«Ein ziemlich rauhes Gelände», meinte Rudy Graveline und betrachtete die Haut eingehend. «Wir sollten lieber ganz langsam und behutsam anfangen.»

«Schnell und radikal ist mir fast lieber.»

Rudy setzte die Brille ab und nahm eine nachdenkliche Pose ein, ein typischer Marcus Welby, wie man ihn aus dem Fernsehen kannte. «Ich möchte aber ganz besonders vorsichtig sein», erklärte er Chemo. «Ihr Fall ist trotz allem ziemlich schwierig.»

«Sie haben es also auch erkannt.»

«Die Maschine, die wir zum Hautabschleifen benutzen, ist eine Stryker-Konstruktion ...»

«Mir ist es gleich, von mir aus kann es auch eine Black und Decker sein, nur fangen Sie endlich an!»

«Narbengewebe ist eine heikle Sache», beharrte Rudy. «Die Hauttypen reagieren unterschiedlich auf den Vorgang des Abschleifens.» Er konnte sich nicht helfen, er mußte plötzlich daran denken, was mit dem letzten Arzt passiert war, der Chemos Gesicht ruiniert hatte. Ermordet zu werden war sogar noch schlimmer, als wegen eines Kunstfehlers belangt zu werden.

«Immer schön langsam», meinte Rudy vorsichtig. «Haben Sie Vertrauen zu mir.»

«Na schön, dann fangen Sie mit dem Kinn an, wenn Sie wollen», sagte Chemo und zuckte die Achseln. «Sie sind der Arzt.»

Magische Worte. Rudy Graveline war geradezu in sie verliebt.

Verglichen mit anderen Anwaltsfirmen, hatte Kipper Garths Betrieb das Unkostenproblem raffiniert gelöst. Er hatte ein zentrales Büro, keine Partner, keine Helfer, keine direkte Klientel. Seine Hauptausgaben setzten sich zusammen aus Plakatwerbung, Kabelgebühren, Telefongebühren (er hatte zwanzig Leitungen) und, natürlich, Sekretärinnen (er nannte sie Anwaltsgehilfinnen und beschäftigte insgesamt fünfzehn). Kipper Garths Anwaltspraxis war im Grunde eine überaus leistungsfähige Geldmaschine.

Seine Telefone standen niemals still. Das kam daher, weil Kipper Garth raffinierterweise seine Reklametafeln an den gefährlichsten Kreuzungen in Süd-Florida aufgestellt hatte, so daß praktisch jedes nicht im Koma liegende Unfallopfer Kipper Garths Telefonnummer in drei Meter hohen Lettern las: 555-TORT.

Die neuen Fälle zu sortieren und einzuteilen nahm die meiste Zeit in Anspruch, daher hatte Kipper Garth diese Aufgabe seinen Sekretärinnen übertragen, die zweifellos sowieso in jeder Hinsicht qualifizierter waren. Kipper Garth sparte sich seine eigene Energie für die Auswahl der einzuschaltenden Prozeßbevollmächtigten: einige Schadensersatzanwälte waren auf Rückenmarksverletzungen spezialisiert, andere beschäftigten sich mit orthopädischen Schädigungen, wieder andere kannten sich am besten mit Todesfolge und Verstümmelungen aus. Auch wenn Kipper Garth die Fähigkeiten eines Kollegen im Gerichtsaal nicht beurteilen konnte (da er selbst seit mindestens einem Jahrzehnt einen solchen nicht mehr betreten hatte), erkannte er einen lohnenden Fall mit Fifty-fifty-Aufteilung des Honorars auf Anhieb und verwies die Fälle entsprechend an den jeweiligen Spezialisten.

Die Telefonzentrale bei Kipper Garths Unternehmen sah aus und klang wie die Katalogbestellabteilung bei Montgomery Ward. Im Gegensatz dazu war das Innere von Kipper Garths Privatbüro teuer und gediegen, illuminiert wie eine alte Bibliothek und mindestens genauso still. Dort war es, wo Mick Stranahan seinen Schwager dabei antraf, wie er das Putten übte.

«Klopfst du nicht mehr», fragte Kipper Garth und traf mit einem Drei-Meter-Put einen auf dem Boden liegenden Bierkrug.

«Ich bin hergekommen, um dir ein Geschäft vorzuschlagen», sagte Stranahan.

«Das höre ich gerne.» Kipper Garth trug eine europäisch geschnittene Hose, eine Seidenkrawatte und ein elfenbeinfarbenes Hemd, dessen französische Manschetten er bis zu den Ellbogen hochgekrempelt hatte. Sein eigentlich scheckiges Haar war silbergrau gefärbt, damit er auf den Reklametafeln vertrauenerweckender aussah.

«Vergessen wir die Affäre mit dem Ausschluß aus der Anwaltskammer», sagte Stranahan.

Kipper Garth kicherte. «Dazu ist es etwas spät, Mick. Du hast bereits dazu ausgesagt, erinnerst du dich?»

«Wie wäre es denn, wenn ich mich bereit erklärte, beim nächsten Mal nicht mehr auszusagen?»

Kipper Garth, der soeben mit dem Putter zu seinem nächsten Versuch ausholen wollte, richtete sich ruckartig auf. «Nächstes Mal?»

«Es liegen doch noch mehrere Fälle beim Schlichtungsausschuß, nicht wahr?»

«Aber woher weißt du ...?»

«Anwälte reden nun mal viel, Jocko.» Stranahan kippte die Golfbälle aus dem Bierkrug und rollte sie über den Teppich zu seinem Schwager zurück. «Ich habe noch einige Freunde in der Stadt», erklärte er. «Ich bin immer noch auf dem laufenden.»

Kipper Garth lehnte seinen Putter in die Ecke hinter dem Schreibtisch. «Ich habe dich verklagt, hast du das vergessen? Wegen übler Nachrede, so nennt man das.»

«Ich fang' gleich an zu lachen.»

Die Augen des Anwalts verengten sich. «Mick, ich weiß, warum du hier bist. Chloe wurde getötet, und du hast Angst, daß du darüber stolperst. Du brauchst einen Anwalt, deshalb bist du hier, um es umsonst zu bekommen.»

«Ich lach' gleich noch mehr.»

«Worum geht es dann?»

«Wer erledigt zur Zeit deine Kunstfehlerverfahren?»

Kipper Garth blätterte in seiner Rolodex-Kartei herum; es war die größte Rolodex, die Stranahan je gesehen hatte, so groß wie ein Hotelkochtopf. Kipper Garth sagte: «In der Hauptsache beschäftige ich zwei Leute, warum?»

«Diese Burschen, können die auch an staatliche Protokolle herankommen?»

«Welche Protokolle?»

Himmel, war der Kerl lahm! «Protokolle und Aufzeichnungen der ärztlichen Aufsichtsorgane, Personalunterlagen», erklärte Stranahan.

«Mein Gott, das weiß ich doch nicht.»

«Es geht um eine große Sache.»

«Was liegt denn an, Mick?»

«Dies: Wenn du mir hilfst, dann lasse ich dich in Ruhe. Für immer.»

Kipper Garth schnaubte. «Soll ich jetzt dankbar sein? Entschuldige, aber das ist mit scheißegal.»

Natürlich, dachte Stranahan, mußte es soweit kommen. Die entsprechenden Papiere steckten in seiner Gesäßtasche. Er holte sie hervor, strich sie mit der Handkante glatt und breitete sie langsam, wie die Karten einer Patience, auf Kipper Garths Schreibtisch aus.

Der Anwalt murmelte: «Was soll das?»

«Paß gut auf», sagte Stranahan. «Dies hier ist die Kaufquittung für deinen brandneuen Maserati. Da ist die Fotokopie des Schecks – fünfundsiebzigtausendachthundert und ein paar kleine, ein Witz. Das Konto, auf das dieser Scheck ausgeschrieben wurde, ist das eines Klienten, dessen Gelder du verwaltest, Jocko. Es geht hier um eine ganz dicke Scheiße. Den Ausschluß aus der Anwaltskammer kannst du vergessen, denn jetzt geht's um echten Betrug.»

Kipper Garths Oberlippe reagierte plötzlich mit einem seltsamen Zucken.

«Ich zahle es zurück», sagte er heiser.

«Ist egal», sagte Mick Stranahan. «Und jetzt die andere Sache – ich habe da eine Hotelrechnung des Grand Bay in Coconut Grove. Vom gleichen Wochenende, an dem du Katie erzählt hast, du seist in Boston bei der ABA. Wie dem auch sei, es geht mich eigentlich gar nichts an, aber du scheinst mir nicht gerade der Typ zu sein, der ganz alleine drei Flaschen Dom Pérignon leermachen kann. Sieh doch, es steht auf der Rechnung.» Stranahan zeigte auf den Posten, aber Kipper Garths Augen schauten in eine ganz andere Richtung, schienen sich in unendlicher Ferne zu verlieren. Mittlerweile zuckte seine Oberlippe wie ein Eidechsenschwanz.

«Du», sagte er zu Stranahan, «du mieses Schwein.»

«Und was hat es mit diesem Abendessen für zwei Personen auf sich, Jocko? Wenn meine Erinnerung mich nicht täuscht, dann war meine Schwester mit den Kindern an diesem Abend bei der Großmutter. Ein Dinner für zwei bei Max's Place, was ist da gewesen? Wahrscheinlich mit einem Klienten, oder?»

Kipper Garth schickte sich an, die Papiere zusammenzufalten, wobei er die Falten mit dem Daumennagel glattstrich.

Stranahan sagte: «Wovor hast du mehr Angst, Jocko, vor der Anwaltskammer von Florida, vor dem Countygefängnis oder einer teuren Scheidung?»

Mürrisch fragte Kipper Garth: «War es dir ernst mit dem, was du gerade gesagt hast wegen des Ausschlußverfahrens?»

«Du fragst mich, weil du weißt, daß ich mich eigentlich auf keinen Handel einlassen muß, nicht wahr? Vielleicht stimmt das – vielleicht tust du mir diesen Gefallen sozusagen umsonst. Aber wir wollen fair sein, und du solltest etwas als Gegenleistung erhalten. Daher ja, ich lasse dich in Ruhe. Wie ich es versprochen habe.»

Kipper Garth sagte: «Dann rede ich mit meinen Freunden, um an die verdammten staatlichen Unterlagen heranzukommen. Ich brauche nur noch den Namen.»

«Graveline», sagte Stranahan. «Dr. Rudy Graveline.»

Kipper Garth krümmte sich. «Mein Gott, den Namen habe ich schon mal gehört. Ich glaube, er ist Mitglied in meinem Segelclub.»

Mick Stranahan klatschte in die Hände. «Ho ho ho», sagte er.

Später, als sie zu ihrem Schönheitschirurgen unterwegs waren, fragte Tina Mick: «Warum hast du gestern abend nicht mit mir geschlafen?»

«Ich dachte, daß es dir auch so gefallen hat.»

«Es war sehr schön, aber warum hast du aufgehört?»

Stranahan meinte: «Weil ich diese schreckliche Gewohnheit habe, mich immer zu verlieben.»

Tina verdrehte die Augen. «Nach einer Nacht?»

«Es stimmt», beteuerte Stranahan. «Allen fünf Frauen, mit denen ich verheiratet war, habe ich am ersten Abend, als ich mit ihnen ins Bett ging, einen Antrag gemacht.»

«Vorher oder nachher?» wollte Tina wissen.

«Nachher», antwortete er. «Es ist wie eine Krankheit. Das Unheimliche an der Sache ist, daß sie normalerweise ja sagen.»

«Ich nicht.»

«Dieses Risiko konnte ich nicht eingehen.»

«Du bist verrückt», sagte Tina. «Heißt das, daß wir es niemals tun werden?»

Stranahan seufzte und fühlte sich alt und völlig fehl am Platze. Seine Ex-Frau war soeben ermordet worden, irgendein Arschloch von einem Arzt versuchte, ihn umzubringen, eine Fernsehcrew strich um sein Haus herum – all das, und Tina dachte nur daran, mit ihm zu schlafen, und wollte ein genaues Datum, wann es passieren sollte. Warum glaubte sie ihm nicht, was er von den anderen erzählt hatte?

Er machte an einer Shell-Tankstelle halt und füllte drei Reservekanister mit Super bleifrei. Als er bezahlte, sagte niemand ein Wort. Er stellte die Kanister in den Kofferraum des Imperial und bedeckte sie mit einer Bootsplane.

Als er wieder im Wagen saß, schaute Tina ihn auffordernd an. «Du hast meine Frage nicht beantwortet.»

«Du hast einen Freund», stellte Stranahan fest und wünschte sich, ihm wäre etwas Besseres, etwas Originelleres eingegefallen.

«Richie? Richie ist Vergangenheit», meinte Tina. «*No problema!*»

Es erstaunte Stranahan immer wieder, wie schnell sie einen Freund verschwinden lassen konnten, mit einem Fingerschnippen, einfach so.

«Also», sagte Tina. «Wie wäre es mit heute abend?»

«Was hältst du davon, wenn ich dich anrufe?» fragte er. «Wenn sich alles ein wenig beruhigt hat?»

«Ja», murmelte Tina. «Sicher.»

Stranahan war froh, als sie endlich die Praxis des Arztes erreichten. Es war ein zweistöckiges, weißes Gebäude in Coral Stables, ein renoviertes altes Haus. Der Name des plastischen Chirurgen lautete Dicer, Craig E. Dicer; ein netter junger Bursche, zu nett, um gleich etwas Abfälliges über Rudy Graveline sagen. Stranahan zeigte ihm seine Marke und versuchte es noch einmal. Dr. Dicer betrachtete eingehend das goldene Abzeichen des offiziellen Ermittlers des Staatsanwaltes, ehe er sagte: «Kommt das auch nicht in die Unterlagen?»

«Nein», beruhigte Stranahan ihn und fragte sich, woher diese Typen diese Fragetechnik hatten.

«Graveline ist ein Metzger», sagte Dr. Dicer. «Ein lebender Fleischwolf. Jeder in der Stadt hat nach ihm irgendwann schon mal Trümmer zusammengeflickt, aufgeräumt. Glücklicherweise greift er nicht mehr so oft selbst zum Messer. Er ist schlau geworden und hat einen Trupp junger Spezialisten angeheuert, allesamt von der Ärztekammer zugelassen. Sein Laden ist die reinste Fabrik.»

«Whispering Palms?»

«Sie haben die Klinik gesehen?» fragte Dr. Dicer.

Stranahan verneinte, aber sie war sein nächstes Ziel. «Wenn doch jeder in Miami weiß, daß Graveline ein Metzger ist, wie kommt es dann, daß er noch Patienten hat?»

Dr. Dicer lachte ätzend. «Zum Teufel, Mann, die Patienten wissen es doch nicht. Meinen Sie denn, daß irgendeine Hausfrau, die sich die Möpse richten lassen will, zum Gericht fährt und sich durch die Akten wühlt? Niemals. Rudy Graveline hat einen hervorragenden Ruf, weil er entsprechende gesellschaftliche Beziehungen hat. Er hat das Kinn der Nichte des Bürgermeisters gerichtet, das weiß ich genau. Und der alte Kongreßmann Carberry? Graveline hat die Augenlider seiner Freundin gestrafft. Oder irgend jemand anderer in Whispering Palms hat es getan; auf jeden Fall ist Rudy derjenige, der mit dem Erfolg in Verbindung gebracht wird.»

Tina, die nichts gesagt hatte, seit sie aus dem Wagen gestiegen waren, schaltete sich ein: «Frag nur mal die Models und die Schauspielerinnen», sagte sie. «Whispering Palms ist der letzte Schrei, genauso wie Tofu oder Hüttenkäse.»

«Mein Gott», sagte Stranahan.

Dr. Dicer fragte: «Darf ich mal erfahren, warum Sie das so sehr interessiert?»

«Es wäre besser, Sie wüßten es nicht», sagte Stranahan.

«Das glaube ich dann allerdings auch.»

«Ich will es wissen», sagte Tina.

Stranahan tat so, als hätte er sie nicht gehört. Er sagte zu Dr. Dicer: «Eine Frage noch, dann können Sie wieder an Ihre Arbeit zurückkehren. Es handelt sich um eine rein hypothetische Sache.»

Dr. Dicer nickte, faltete die Hände und sah plötzlich sehr gelehrt aus.

Stranahan sagte: «Ist es möglich, jemanden bei einer Nasenkorrektur umzubringen?»

Anstelle einer Antwort holte Dr. Dicer eine rosafarbene Schaumstoffnachbildung einer in zwei Teile geschnittenen Nase hervor, dazu einen bronzefarbenen Crane-Spreizer und einen kleinen Cottle-Meißel. Dann führte er genau vor, wie man jemanden bei einer Nasenkorrektur umbringen könnte.

Als Chemo ins Gay Bidet kam, hatte soeben eine Punk-Band namens Chicken Chokers ihren Auftritt beendet, indem sie ihre verschwitzten T-Shirts in ein Cocktailglas ausgewrungen und dieses auf der Bühne leergetrunken hatten.

«Du bist spät dran», stellte Chemos Chef fest, ein Mann namens Freddie. «Wir hatten schon drei Schlägereien.»

«Ich hatte Probleme mit dem Wagen», sagte Chemo. «Der Kühlerschlauch.» Keine Entschuldigung, eine Erklärung.

Freddie deutete auf den kleinen Verband und fragte: «Was ist mit deinem Kinn passiert?»

«Ein Pickel», sagte Chemo.

«Ein Pickel, das finde ich gut.»

«Was soll das heißen?»

«Nichts», sagte Freddie. «Überhaupt nichts.» Er mußte mit flappsigen Bemerkungen in Chemos Umgebung vorsichtig sein. Dieser Mann machte ihn nervös wie eine Klapperschlange. Ein unheimliches Zweimeterungeheuer, andere Clubs würden wer weiß was für so einen Türsteher geben.

Freddie sagte: «Da, jemand hat dich am Telefon verlangt.»

Chemo bedankte sich und ging aus dem Club zu einem Münzfernsprecher und rief Dr. Rudy Gravelines Piepser an. Als er den Rufton hörte, tippte er die Nummer des Münzfernsprechers ein, legte auf und wartete. Bis nach draußen konnte er hören, wie die nächste Band sich auf ihren Auftritt vorbereitete. Die Crotch Rockets hießen sie. Ihr großer Hit war *Lube-Job Lover.* Chemo fand das ziemlich aufschlußreich.

Das Telefon klingelte. Chemo wartete bis zum dritten Ton, ehe er den Hörer abnahm.

«Wir haben ein Problem», sagte Rudy Graveline, heiser, dicht vor einem hysterischen Anfall.

Chemo sagte: «Wollen Sie nicht fragen, wie es meinem Kinn geht?»

«Nein!»

«Nun, es brennt wie die Hölle.»

Dr. Graveline sagte: «Ich habe Ihnen ja gesagt, daß es weh tun wird.»

Chemo fragte: «Wie lange muß ich denn das Pflaster tragen?»

«Bis der Heilungsprozeß einsetzt. Hören Sie, ich habe hier erhebliche Schwierigkeiten, und wenn Sie die nicht in Ordnung bringen, dann wird der einzige, der sich noch für Ihren Teint interessiert, der Totengräber sein. Sie glauben wohl, daß Sie mit Ihrem winzigen Flecken sauberer Haut überwältigend aussehen. Stellen Sie sich mal vor, wie es aussieht, wenn Sie in einem Sarg liegen? Wie gefällt Ihnen das?»

Chemo betastete geistesabwesend seinen Verband. «Warum regen Sie sich so auf?»

«Mick Stranahan lebt.»

Chemo dachte: Diese Schlampe im Matrosenanzug, sie hat mir das falsche Haus gezeigt.

«Übrigens», sagte Rudy Graveline wütend, «ich wollte mich noch dafür bedanken, daß Sie mir nicht erzählt haben, wie Sie die Frau des Mannes mitten in der Biscayne Bay ertränkt haben. Nach dem, was ich im Fernsehen mitbekommen habe, nehme ich an, daß Sie es waren. Es trug Ihre geschmackvolle Handschrift.» Als Chemo nicht reagierte, fragte der Doktor: «Und nun?»

Chemo fragte: «Heult da bei Ihnen eine Sirene?»

«Ja», sagte Rudy betont ruhig, «ja, das dürfte eine Sirene sein. Wollen Sie eigentlich nicht fragen, woher ich weiß, daß Stranahan noch am Leben ist?»

«Na schön», sagte Chemo, «woher wissen Sie es?»

«Weil», antwortete der Arzt, «der Bastard soeben meinen Jaguar in Brand gesteckt hat!»

11

Christina Marks klopfte zweimal, und als niemand antwortete, trat sie ein. Der Mann in dem Krankenhausbett hatte eine Sauerstoffmaske vor dem Mund. Wie er so dalag, wirkte er klein wie ein Kind. Die Bettdecke war bis zu seinen Halsfalten hochgezogen. Sein Gesicht war fleckig und eingefallen. Als Christina sich dem Bett näherte, gingen die blauen Augen des Mannes langsam auf, und er winkte. Als er die Sauerstoffmaske von seinem Mund herunternahm, sah sie, daß er lächelte.

«Detective Gavigan?»

«Der größte und schönste von allen.»

«Ich bin Christina Marks.» Sie erklärte ihm, warum sie gekommen war und was sie wollte. Als sie Vicky Barletta erwähnte, fuhr Timmy Gavigan sich mit der Hand über die Lippen, als zöge er einen Reißverschluß zu.

«Was ist los?» fragte Christina.

«Das ist ein noch offener Fall, Lady. Ich darf nicht darüber reden.» Timmy Gavigans Stimme klang so hohl, als drängte sie durch ein Rohr direkt aus seinen kranken Lungen. «Wir haben bestimmte Vorschriften im Umgang mit den Medien», sagte er.

«Kennen Sie Mick Stranahan?» fragte Christina.

«Sicher kenne ich Mick», erwiderte Timmy Gavigan. «Mick hat mich vor einer Weile besucht.»

«War er wegen dieses Falles bei Ihnen?»

«Mick steht in meinem Andenkenbuch», meinte Timmy Gavigan und wandte den Kopf ab.

Christina sagte: «Mick ist in Schwierigkeiten.»

«Er hat doch nicht etwa wieder geheiratet, dieser dämliche Bastard?»

Nicht diese Art von Schwierigkeiten, sagte Christina. Diesmal sei es der Barletta-Fall.

«Mick ist ein großer Junge», sagte Timmy Gavigan. «Ich nehme an, daß er auch damit fertig wird.» Er lächelte wieder.

«Honey, Sie sind wirklich schön.»

«Vielen Dank», sagte Christina.

«Können Sie das glauben, vor sechs Monaten hätte ich auf Anhieb versucht, Sie auf mein Lager zu locken. Und nun kann ich noch nicht mal aufstehen, um auf die Toilette zu gehen. Da kommt eine prachtvolle Frau in mein Zimmer, und ich bekomme nicht mal den Kopf hoch, von etwas anderem ganz zu schweigen.»

Sie sagte: «Das tut mir leid.»

«Ich weiß, was Sie denken – ein Sterbender, und solche Leute reden alles mögliche. Aber ich meine es ernst. Sie sind etwas ganz Besonderes. Ich habe ziemlich hohe Maßstäbe, die hatte ich immer. Ich meine, zum Teufel, ich bin vielleicht schon so gut wie tot, aber ich bin nicht blind.» Christina lachte leise. Timmy Gavigan griff nach der Sauerstoffmaske, nahm einige tiefe Atemzüge und legte sie wieder beiseite. «Geben Sie mir Ihre Hand», sagte er zu Christina Marks. «Bitte, es ist schon in Ordnung. Mit dem, was ich habe, können Sie sich nicht anstecken.»

Timmy Gavigans Haut war kalt und wie Papier. Christina drückte sanft und versuchte, ihre Hand wegzuziehen, aber er hielt sie fest. Sie bemerkte, daß seine Augen funkelten.

«Sie waren im Archiv, haben die Akten eingesehen?»

Sie nickte.

«Ich habe eine Aussage von dem Arzt aufgenommen, Rudy Undsoweiter.»

Christina sagte: «Ja, ich hab' sie gelesen.»

«Helfen Sie mir mal», sagte Timmy Gavigan und versuchte sich zu konzentrieren. «Was, zum Teufel, hat er gesagt?»

«Er sagte aus, es sei eine Routineoperation gewesen, nichts, was aus dem gewohnten Rahmen fiel.»

«Ja, ich erinnere mich jetzt», meinte Timmy Gavigan. «Er war ganz sachlich, ein erfahrener Arzt. Er sagte, er habe schon über fünftausend Nasenkorrekturen durchgeführt, und diese habe sich von den anderen nicht im geringsten unterschieden. Und ich meinte, schön, vielleicht nicht, aber diesmal ist Ihre Patientin wie vom Erdboden verschwunden. Und er sagte, sie sei beim letzten Mal, als er sie sah, wohlauf gewesen. Sie sei aus eigener Kraft aus dem Behandlungszimmer hinausgegangen. Und ich sagte, ja, genau, und ist dann geradewegs ins Nirwana entschwunden.»

Christina Marks sagte: «Sie haben aber ein gutes Gedächtnis.»

«Zu schade, daß ich damit nicht atmen kann.» Timmy Gavigan nahm noch einmal Sauerstoff. «Tatsache ist, wir hatten keinen Grund, anzunehmen, daß der Doktor in die Sache verwickelt war. Außerdem hat die Krankenschwester alle seine Aussagen bestätigt. Wie, zum Teufel, lautete sein Name noch mal?»

«Graveline.»

Timmy Gavigan nickte. «Er kam mir ein bißchen hochnäsig vor. Wenn man Leute nur deshalb verhaften könnte.» Er hustete, vielleicht war es aber auch nur ein Lachen. «Habe ich schon erwähnt, daß ich im Sterben liege?»

Christina meinte, ja, das wisse sie.

«Sie sagten, Sie sind beim Fernsehen?»

«Nein, ich bin nur Produzentin.»

«Na, Sie sind aber hübsch genug für den Bildschirm.»

«Vielen Dank.»

«Ich bin Ihnen keine große Hilfe, ich weiß», sagte Timmy Gavigan. «Sie haben mich mit Morphium vollgepumpt. Aber ich versuche nachzudenken, ob ich irgend etwas ausgelassen habe.»

«Es ist schon gut, Sie haben mir sehr geholfen.»

Sie konnte hören, daß jeder Atemzug für ihn eine Qual war.

Er sagte: «Sie denken, daß der Arzt es getan hat, nicht wahr? Sehen Sie, das ist ein ganz neuer Aspekt – lassen Sie mich mal überlegen.»

Christina sagte: «Es ist nur eine Theorie.»

Timmy Gavigan veränderte unter der Decke seine Lage und drehte sich halb auf die Seite, um sie anzusehen. «Er hatte einen Bruder, stand das in der Akte?»

«Nein», sagte Christina. «Von einem Bruder war keine Rede.»

«Wahrscheinlich nicht», sagte Timmy Gavigan. «Es erschien zum damaligen Zeitpunkt nicht gerade wichtig. Schließlich gehörte der Arzt ja noch nicht einmal zu einem Kreis möglicher Verdächtiger.»

«Ich verstehe.»

«Aber er hatte einen Bruder. Ich unterhielt mich mit ihm vielleicht zehn Minuten lang. Das Ergebnis lohnte sich nicht, mitgeschrieben zu werden.» Timmy Gavigan streckte seine Hand nach der Tasse Wasser aus, und Christina hielt sie an seine Lippen.

«Mein Gott, muß das ein Anblick sein», sagte er. «Wie dem auch sei, der Grund, warum ich es erwähnt habe – sagen wir einfach, der Arzt hat Vicky auf dem Gewissen. Warum weiß ich nicht, aber nehmen wir nur mal an, daß es so ist. Was ist mit der Leiche? Das ist das große Problem. Es ist verdammt schwierig, eine Leiche loszuwerden. Jimmy Hoffa bildet da sicher eine Ausnahme.»

«Was arbeitet denn der Bruder des Arztes?»

Timmy Gavigan grinste, und Farbe trat in seine Wangen. «Das ist genau mein Punkt, Süße. Der Bruder war Baumgärtner.»

Christina bemühte sich um ein erfreutes Gesicht auf diese Information hin, doch sie blickte eigentlich nur verwirrt drein. «Sie haben nicht viel Ahnung von Baumpflege, nicht wahr?» sagte Timmy Gavigan in leicht neckendem Ton. Dann inhalierte er wieder Sauerstoff.

Sie sagte: «Warum haben Sie den Bruder des Arztes aufgesucht?»

«Habe ich gar nicht. Es war nicht nötig. Ich traf ihn direkt vor der Klinik – ich vergesse den verdammten Namen immer.»

«Das Durkos Medical Center.»

«Das scheint der richtige Name zu sein.» Timmy Gavigan hielt inne, und seine freie Hand tastete nach seinem Hals. Als die Schmerzwoge abgeebbt war, fuhr er fort: «Vor der Klinik sah ich diesen Typen an den schwarzen Olivenbäumen arbeiten. Ich fragte ihn, ob er auch an dem Tag dort gearbeitet habe, als Vicky verschwand, und ob er irgend etwas Ungewöhnliches beobachtet habe. Natürlich sagte er nein. Anschließend fragte ich ihn nach seinem Namen, und er antwortete: George Graveline. Genie, das ich bin, fragte ich: Sind Sie mit dem Doktor verwandt? Er sagte ja, und das war es dann.»

«George Graveline.» Christina Marks schrieb den Namen auf.

Timmy Gavigan hob den Kopf und schaute auf das Notizbuch. «Baumgärtner», sagte er. «Schreiben Sie das ebenfalls auf.»

«Dann verraten Sie mir doch, was das bedeutet, bitte.»

«Nein, fragen Sie Mick.»

Sie fragte: «Was macht Sie so sicher, daß ich ihn sehen werde?»

«Eine Ahnung.»

Dann sagte Timmy Gavigan etwas, das Christina Marks nicht richtig hören konnte. Sie beugte sich herab und bat ihn flüsternd, es noch einmal zu wiederholen.

«Ich sagte, Sie sind wirklich sehr schön.» Er zwinkerte einmal, dann schloß er langsam die Augen.

«Danke, daß Sie meine Hand gehalten haben», sagte er.
Und dann ließ er sie los.

Immer wenn im Dade County eine Bombe hochging, rief jemand aus dem Central Office Al García zu Hilfe, vorwiegend deshalb, weil García Kubaner war und weil automatisch angenommen wurde, daß das Bombenattentat in irgendeiner Weise mit Auswanderern und Politik zu tun haben mußte. García hatte angeordnet, daß man ihn wegen Bombenexplosionen nicht mehr belästigen solle, es sei denn, es sei wirklich jemand ums Leben gekommen, da eine Leiche normalerweise das Hauptrequisit einer Mordermittlung war. Er verschickte außerdem ausführliche Erklärungen, daß Kubaner nicht die einzigen in Süd-Florida seien, die sich gegenseitig mit Bomben umzubringen versuchten, und er listete sämtliche Mafia- und Gewerkschafts- und sonstige nichtkubanische Bombenattentate während der vergangenen zehn Jahre auf. Niemand im Central Office schenkte Garcías Bitten sonderliche Beachtung, und sie riefen ihn weiterhin auch zu den lächerlichsten Explosionen.

Dies geschah auch, als Dr. Rudy Gravelines schwarze Jaguar-Limousine in die Luft flog. García war schon im Begriff, dem Mann in der Telefonzentrale zu sagen, er könne ihn mal, als er den Namen des Betroffenen hörte. Dann, fünfzehn Minuten später als die Feuerwehr, fuhr er direkt zum Whispering-Palms-Sanatorium.

Geschehen war folgendes: Rudy war zum Flughafen gefahren, um eine möglicherweise wichtige Patientin abzuholen, eine weltberühmte Schauspielerin, die eines Morgens in ihrem Haus in Bel Air aufgewacht war, sich selbst im Spiegel nackt gesehen hatte und in Tränen ausgebrochen war. Dr. Gravelines Namen erfuhr sie von einer Freundin, die eine Freundin des Schwimmeisters von Pernell Roberts war, und telefonierte mit dem Chirurgen und teilte ihm mit, sie käme zu einer eiligen und dringenden Untersuchung mit der nächsten Maschine nach Miami. Wegen des Weltruhms der Schauspielerin und ihres Reichtums (an den sie während einer ziemlich häßlichen Scheidung von einem Spieler der Los Angeles Dodgers gelangt war) war Rudy sofort bereit, die Frau am Flughafen abzuholen und sie im Whispering-Palms-Sanatorium herumzuführen. Er stand vor dem Pan-Am-Terminal in der zweiten Reihe, als er zum erstenmal den ramponierten Chrysler bemerkte, der hinter ihm hielt, so daß sein Heck in den Verkehrsstrom hineinragte. Rudy bemerkte den Wagen erneut auf dem Weg zurück zum Strand – während die Schauspielerin von einem Schabernack erzählte, den sie Richard Chamberlain einmal gespielt hatte, während sie in irgendeiner Miniserie auftraten. Rudy behielt dabei den Rückspiegel stets sorgenvoll im Auge, denn der Imperial war direkt hinter ihm, klebte sozusagen an seiner Stoßstange.

Der andere Wagen verschwand irgendwo auf der Alton Road, und Rudy dachte nicht mehr an ihn, bis er und die Schauspielerin Whispering Palms verließen; Rudy mit einer fürsorglich stützenden Hand an ihrem Ellbogen, sie mit einer Handvoll Prospekte über Unterbringung und Operationserfolge des Sanatoriums. Der Imperial stand genau gegenüber des für Rudy reservierten Parkplatzes. Der gleiche athletische Mann saß hinter dem Lenkrad. Die Schauspielerin hatte keine Ahnung, daß irgend etwas nicht stimmte, bis der Mann aus dem Chrysler ausstieg und ein Yellow Cab herbeipfiff, das einsatzbereit unter einem ausladenden Feigenbaum am nördlichen Ende des Parkplatzes wartete. Als das Taxi herankam, öffnete der Mann aus dem Imperial die hintere Tür und ließ die Schauspielerin einsteigen. Er sagte, das Taxi würde sie direkt in ihr Hotel bringen. Sie sagte, sie wohne gar nicht in einem Hotel, sondern sie habe eine Villa in Golden Beach gemietet, wo Eric Clapton einmal gewohnt habe; der große Mann meinte, prima, der Taxifahrer kenne den Weg.

Schließlich stieg die Schauspielerin ein, dann fuhr das Taxi davon, und zurück blieben auf dem Parkplatz nur noch der Fremde und Rudy Graveline. Als der Mann sich vorstellte, gab Rudy sich alle Mühe, nicht mit Entsetzen zu reagieren. Mick Stranahan sagte, daß er sich noch nicht ganz darüber im klaren sei, warum Dr. Graveline ihn töten lassen wollte, aber daß es letztendlich eine ziemlich schlechte Idee sei. Dann ging Mick Stranahan über den Parkplatz, stieg in seinen Chrysler, schaltete die Zündung ein, klemmte das Gaspedal mit einer Kokosnuß fest, stieg aus dem Wagen, griff durch das Fahrerfenster und legte den Automatikhebel in Fahrtposition um. Dann brachte er sich durch einen Sprung in Sicherheit und sah zu, wie der Imperial auf das Heck von Dr. Rudy Gravelines schwarzer Jaguar-Limousine prallte. Der Aufprall sowie die drei Kanister Benzin, die Mick Stranahan raffinierterweise im Kofferraum des

Jaguars untergebracht hatte, ließen das Automobil auf spektakulärste Weise explodieren.

Als Rudy Graveline diese Geschichte Detective Sergeant Al García erzählte, ließ er zwei wichtige Punkte aus – den Namen des Mannes, der es getan hatte, und den Grund.

«Er hat nicht gesagt, warum?» fragte Al García, und sein Gesicht schien nur aus hochgezogenen Augenbrauen zu bestehen.

«Kein Wort», log Dr. Graveline. «Er zerstörte meinen Wagen und machte sich aus dem Staub. Der Mann war offensichtlich nicht ganz bei Verstand.»

García knurrte etwas und verschränkte die Arme. Es stiegen immer noch Rauchschwaden von dem Jaguar hoch, der mit dem Schaum aus den Feuerwehrfahrzeugen bedeckt war. Rudy tat so, als sei er wegen des Verlustes seines Wagens völlig geknickt, doch García kannte die Wahrheit. Der einzige Grund, warum dieses Arschloch überhaupt die Polizei eingeschaltet hatte, war, daß seine Versicherung derartige Bemühungen verlangte.

Der Detective fragte: «Und Sie kennen den Typen nicht, der das getan hat?»

«Ich habe ihn noch nie zuvor gesehen.»

«Das habe ich nicht gefragt.»

Rudy schüttelte den Kopf. «Ich weiß nicht, was Sie meinen.»

García fühlte sich versucht, vorzupreschen und den Chirurgen zu fragen, ob es stimme, daß er versuchte, Mick Stranahan aus dem Weg zu räumen, wie Stranahan es geschildert hatte. Das war eine Scherzfrage von der Art, wie García sie mit besonderer Vorliebe stellte, aber der Zeitpunkt war nicht der richtige. Einstweilen wollte er, daß Rudy Graveline ihn für einen großen, dämlichen Cop hielt und nicht für eine mögliche Bedrohung.

«Also ein rein zufälliger Angriff», überlegte García laut.

«So kommt es einem vor», sagte Rudy.

«Und Sie sagten, der Mann war ziemlich klein und drahtig?»

«Ja», sagte Rudy.

«Wie klein?»

«Vielleicht eins sechzig», sagte Rudy. «Und er war schwarz.»

«Wie schwarz?»

«Sehr schwarz», sagte der Doktor. «So schwarz wie die Reifen an meinem Wagen.»

Al García ging in die Hocke und richtete den Lichtstrahl seiner Taschenlampe auf eines der Vorderräder des geschmolzenen Jaguar. «Michelinreifen», stellte er fest. «Der Mann war also so schwarz wie ein Michelinreifen.»

«Ja, und er sprach kein Englisch.»

«Tatsächlich. Und welche Sprache benutzte er?»

«Kreolisch», sagte Rudy Graveline. «Dessen bin ich mir ziemlich sicher.»

García rieb sich das Kinn. «Demnach haben wir als Brandstifter», sagte er, «einen unterernährten, haitianischen Zwerg.»

Rudy runzelte die Stirn. «Nein», sagte er ernsthaft, «er war doch etwas größer.»

García erklärte, der Mann habe offensichtlich das Kofferraumschloß gesprengt, um die Benzinkanister in den Wagen des Arztes zu stellen. «Das beweist Denkvermögen», sagte der Detective.

«Es könnte trotzdem immer noch die Tat eines Verrückten sein», sagte Rudy. «Verrückte können manchmal ziemlich überraschen.»

Ein Abschleppfahrer befestigte den Haken an dem, was von Rudys schwarzem Jaguar noch übrig war. Ein anderer betrachtete die Überreste des Chrysler Imperial, die García ständig als «das häßlichste Stück Elefantenscheiße» bezeichnete. Sein Haß auf Chrysler-Autos ging zurück bis in seine Zeit als Streifenpolizist.

Lennie Goldberg, ein Detective von der Politischen Abteilung kam heran und meinte: «Also, was denken Sie, Al? Meinen Sie, es hätten die Kubaner sein können?»

«Nein, Lennie, ich glaube eher, es war der Leuchtende Pfad. Oder vielleicht die irren Roten Brigaden.» Lennie Goldberg brauchte einige Sekunden, um die Ironie zu verstehen. Ungehalten meinte García: «Würden Sie diesen Quatsch über die Kubaner für sich behalten? Dies war eine alltägliche kleine Autobombe, klar? Keine Politik, kein Castro, keine CIA. Keine beschissenen Kubaner, verstanden?»

«Mein Gott, Al, ich habe doch nur gefragt.» Lennie fand, daß García ziemlich empfindlich in dieser Angelegenheit reagierte.

«Benutzen Sie doch mal Ihren Kopf, Lennie.» García wies auf das Autowrack. «Sieht das da etwa aus wie ein Akt des internationalen Terrorismus? Oder sieht es so aus, als sei irgendein Irrer in seiner Zwangsjacke verrückt geworden?»

Lennie meinte: «Es könnte beides sein, Al. Gerade bei Bombenattentaten muß man manchmal sehr aufmerksam nach einem gewissen Symbolismus Ausschau halten. Vielleicht ist in diesem Akt irgendeine Nachricht verborgen. Werden die Jaguars nicht in England hergestellt? Vielleicht war das hier die IRA.»

García stöhnte. Eine Botschaft, um Gottes willen. Und dann auch noch Symbolismus! Das passiert, wenn man einen Idioten in die Politische Abteilung steckt: Er wird noch bescheuerter.

Ein Cop in Uniform reichte Rudy Graveline eine Kopie des Polizeiberichtes. Der Arzt faltete ihn dreimal wie einen Brief und verstaute ihn in der Innentasche seiner Jacke.

Al García wandte Lennie Goldberg den Rücken zu und sagte zu Rudy: «Keine Sorge, wir finden den Burschen schon.»

«Tatsächlich?»

«Kein Problem», sagte García und beobachtete, wie unwohl Rudy sich zu fühlen schien. «Wir schicken eine Anfrage mit der Nummer von dem Chrysler heraus und haben am Ende Ihren haitianischen Zwerg oder wer immer es war.»

«Wahrscheinlich war das ein gestohlenes Fahrzeug», bemerkte Rudy.

«Wahrscheinlich nicht», sagte Al García. *Fahrzeug?* Jetzt spielte der Typ Jack Webb. García sagte: «Nein, Sir, dies war ganz eindeutig ein gezielter, geplanter Akt, die Tat eines gewalttätigen und entschlossenen Täters. Wir werden uns Mühe geben, die Angelegenheit so schnell wie möglich aufzuklären, Doktor, darauf haben Sie mein Wort.»

«Also wirklich, so schlimm war es doch auch wieder nicht.»

«Oh, für uns ist es das schon», sagte García. «Für uns ist es eine ganz große Sache.»

«Nun, ich weiß ja, daß Sie sehr viel zu tun haben.»

«Oh, aber nicht zuviel, um einer solchen Sache nicht auf den Grund zu gehen», sagte García mit selten gezeigter Herzlichkeit. «Ein Bombenattentat auf einen prominenten Arzt – machen Sie Scherze? Ab jetzt, Dr. Graveline, hat Ihr Fall höchste Priorität.»

García hatte seinen Spaß, indem er den pflichtbewußten Polizisten mimte; der Doktor gab dabei ein reichlich blasses und von Unbehagen geschütteltes Bild ab.

Der Detective sagte: «Sie werden schon bald von mir hören.»

«Wirklich?» fragte Rudy Graveline.

Seit seinem getarnten Besuch im Whispering Palms war Reynaldo Flemm in düsterer Stimmung. Dr. Graveline hatte sein Ego durchlöchert; und das, ohne Reynaldos wahre Identität oder den Umfang seines Ruhms zu kennen. Drei Tage waren verstrichen, und Reynaldo hatte es kaum geschafft, durch die Tür seines Hotelzimmers in Key Biscayne nach draußen zu schauen. Er hatte praktisch aufgehört, irgendwelche feste Nahrung zu sich zu nehmen und war auf eine Diät aus Frühstücksflocken und Zitronengatorade gekommen. Jedesmal, wenn Christina Marks anklopfte, rief Reynaldo, daß er auf der Toilette sitze und ihm schlecht sei, was beinahe stimmte. Er konnte sich nicht vom Spiegel losreißen. Die ziemlich harte Bemerkung über Reynaldos Nase («Zwei Nummern zu groß für Ihr Gesicht») war an sich schon brutal, aber die beiläufige Kritik an seinem Körpergewicht hatte eine geradezu lähmende Wirkung.

Flemm betrachtete sich nackt im Spiegel, als Christina wieder vor der Tür stand. «Mir ist schlecht», rief er.

«Ray, das ist doch albern», schimpfte Christina auf dem Korridor. Sie hatte keine Ahnung von seinem Besuch in der Klinik.

«Wir müssen uns über Maggie unterhalten», sagte sie.

Das Geräusch von Schubladen erklang, die geöffnet und geschlossen wurden, vielleicht auch von einer Schranktür. Für einen Moment glaubte Christina, er machte Anstalten, herauszukommen.

«Ray?»

«Was ist denn mit Maggie?» fragte er. Nun klang es, als sei er nur wenige Zentimeter von der Tür entfernt. «Hast du diesen Unsinn mit *20/20* aus der Welt geschafft?»

Christina sagte: «Darüber müssen wir reden. Fünfzehntausend sind absurd. Laß mich rein, Ray.»

«Mir geht es nicht so gut.»

«Mach die verdammte Tür auf, oder ich rufe New York an!»

«Nein. Chris, ich bin wirklich nicht in Form.»

«Ray, ich habe dich schon in Bestform erlebt und so doll war das auch nicht. Laß mich rein, oder ich fange an, die Tür einzutreten.» Und das tat sie auch. Reynaldo Flemm konnte es nicht fassen, die verdammte Tür schien jeden Moment aus den Scharnieren herauszuspringen.

«He, aufhören!» brüllte er und öffnete sie nur einen Spalt. Christina sah, daß er sich ein Handtuch um die Hüften geschlungen hatte und sonst nichts am Leibe trug. Eine hellgrüne Radfahrhose lag auf dem Fußboden.

«Hawaii?» fragte Christina. «Hast du dieser dämlichen Schnalle etwa weisgemacht, wir schicken sie nach Hawaii?»

Reynaldo sagte: «Welche Wahl hatte ich denn? Willst du diese Geschichte verlieren?»

«Ja», sagte Christina. «Diese Story ist eine ganz gefährliche Sache, Ray. Ich möchte packen und nach Hause zurückkehren.»

«Und alles ABC überlassen? Bist du verrückt?» Er öffnete die Tür noch ein Stück weiter. «Wir sind so dicht davor.»

Christina versuchte, ihn zu locken. «Was hältst du davon, wenn wir morgen nach Spartanburg raufﬂiegen? Und den Rockerstreifen drehen, wie wir es ursprünglich vorhatten?»

Reynaldo hatte eine besondere Vorliebe für Motorradbanden, seit dem sie ihn einmal beinahe tätlich angegriffen hatten, während die Kamera lief. Die Spartanburg-Story hatte auch etwas mit Sexsklaven zu tun, aber Flemm biß noch immer nicht an.

«Das kann warten», sagte er.

Christina sah sich vorsichtig nach beiden Seiten um; sie wollte sichergehen, daß sich niemand näherte. «Du hast von Chloe Simpkins gehört?»

Reynaldo Flemm schüttelte den Kopf. «Ich habe keine Nachrichten mehr gesehen», gab er zu, «seit zwei Tagen nicht mehr.»

«Nun, sie ist tot», sagte Christina. «Ermordet.»

«Oh mein Gott!»

«Draußen bei den Stelzenhäusern.»

«Ehrlich? Was für eine Einleitung für den Film!»

«Vergiß es, Ray, es ist alles ein großes Durcheinander.» Sie drängte sich ins Zimmer. Er ließ sich auf das Bett fallen und preßte unter dem Handtuch die Knie zusammen. Ein Maßband ringelte sich in seiner linken Hand. «Wofür ist das denn?» fragte Christina und zeigte darauf.

«Nichts», sagte Flemm. Er hatte nicht vor, ihr zu verraten, daß er damit vor dem Spiegel gestanden und seine Nase ausgemessen hatte. Tatsächlich hatte er sogar sämtliche Maße seiner Gesichtspartien festgestellt, um die Proportionen zu vergleichen.

Er sagte: «Wann findet denn Chloes Beerdigung statt? Laß uns Willie herholen, damit er alles aufnimmt.»

«Vergiß es.» Sie erklärte, daß die Cops wahrscheinlich sowieso schon einige Leute auf sie angesetzt hatten, um sich nach den fünfhundert Dollar zu erkundigen. Wenn man es ganz schlimm betrachtete, könnte man sagen, daß sie Chloes Tod ausgelöst hätten, indem sie sie in Gefahr brachten.

«Aber das haben wir doch gar nicht getan», jammerte Reynaldo Flemm. «Alles, was wir von ihr erfuhren, war Stranahans Wohnort, und auch das nur unter Mühen. Ein Haus an der Bucht, sagte sie. Ein Haus mit einer Windmühle. Das waren die leichtesten fünf Scheine, die die Frau je verdient hatte.»

Christina sagte: «Wie ich schon bemerkte, es ist eine große Schweinerei. Es ist jetzt an der Zeit, einen Rückzieher zu machen und Maggie zu sagen, sie kann tun und lassen, was sie will.»

«Laß uns doch noch zwei Tage warten.» Er konnte den Gedanken einfach nicht ertragen, alles aufzugeben; er war während dieser Recherche noch kein einziges Mal verprügelt worden.

«Worauf sollen wir warten?» fragte Christina bissig.

«Daß ich wieder denken kann. Wenn mir schlecht ist, kann ich nicht denken.»

Sie widerstand der Versuchung, das Offensichtliche festzustellen. «Was ist denn nun wirklich los?» fragte sie.

«Nichts, worüber ich reden möchte», sagte Flemm.

«Aha, eins dieser typischen Männerprobleme also.»

«Leck mich.»

Während sie hinausging, fragte Christina, wann er denn aus seinem Hotelzimmer herauskommen würde, um sich der realen Welt draußen zu stellen. «Wenn es mir gut geht und ich dazu bereit bin», erwiderte Flemm abwehrend.

«Laß dir ruhig Zeit, Ray. Das für morgen angesetzte Interview fällt aus.»

«Du hast es abgesetzt – warum?»

«Es hat sich selbst abgesetzt. Der Mann ist gestorben.» Flemm keuchte erstickt. «Wieder ein Mord!»

«Nein, Ray, es war kein Mord.» Christina winkte ihm zum Abschied zu. «Tut mir leid, dich enttäuschen zu müssen.»

«Das ist schon okay», sagte er und klang wie ein Mann, der ziemlich angeschlagen ist, «wir können es ja irgendwie zurechtbiegen.»

12

Nach Timmy Gavigans Beerdigung bot García Mick Stranahan an, ihn in seinem Wagen zum Yachthafen mitzunehmen.

«Mir ist aufgefallen, daß Sie mit dem Taxi gekommen sind», sagte der Detective.

«Al, Sie haben wirklich Augen wie ein Luchs.»

«Wo ist Ihr Wagen?»

Stranahan zuckte die Achseln. «Ich glaube, er wurde gestohlen.»

Es war eine schöne Beerdigung, obgleich Timmy Gavigan sich bestimmt darüber lustig gemacht hätte. Der Chief trat vor und sagte einige schöne Dinge, und anschließend schossen einige Cops, die jung genug waren, um Gavigans Enkel zu sein, einen Gewehrsalut von einundzwanzig Schüssen in die Luft und trafen dabei unglücklicherweise eine Transformatorenstation, woraufhin halb Coconut Grove ohne elektrischen Strom war. Stranahan hatte eine gebügelte Jeans, ein anthrazitfarbenes Jackett, braune Wildlederschuhe und keine Socken getragen. Es war die beste Kombination, die er besaß; seine Krawatten hatte er weggeworfen, als er in sein Pfahlhaus umgezogen war. Stranahan erwischte sich dabei, wie er gegen Ende der Feier ein paar Tränen zerdrückte. Er nahm sich vor, den Nachruf aus der Zeitung auszuschneiden und wie versprochen in Timmy Gavigans Andenkenbuch einzukleben. Dann wollte er das Buch per Post nach Boston schicken, wo Timmys Töchter wohnten.

Auf der Rückfahrt über den Rickenbacker Causeway meinte García: «Hatten Sie nicht einen alten Chrysler? Seltsam, so einer ist gerade gestern verbrannt. Jemand hat die Lizenznummer herausgefeilt, so daß wir den Besitzer nicht mehr ermitteln können – vielleicht ist es sogar Ihre Mühle, was?»

«Kann schon sein», sagte Mick Stranahan. «Aber Sie können ihn behalten. Der Motorblock hatte einen Riß. Ich wollte ihn sowieso verschrotten.»

García trommelte mit den Fingern auf dem Lenkrad, was ein Anzeichen dafür war, daß seine Geduld allmählich zur Neige ging.

«He, Mick?»

«Was ist?»

«Haben Sie den Jaguar dieses Arschlochs in die Luft gejagt?»

Stranahan blickte hinaus auf die Bucht und fragte: «Wessen Jaguar?»

«Den des Doktors. Der Sie umbringen will.»

«Oh.»

Irgend etwas stimmte nicht mit diesem Burschen, dachte García. Vielleicht hatte die Beerdigung ihn in diese seltsame Stimmung versetzt, vielleicht war es auch etwas anderes.

«Wir stoßen jetzt in Bereiche vor», sagte der Detective, «die überaus nervös machen. Sie hören mir gut zu, *chico?*»

Stranahan tat so, als schaute er einem halbnackten Mädchen nach, das auf einem Surfbrett vorbeiglitt.

García sagte: «Wenn Sie unbedingt Charles Bronson spielen wollen. Okay, aber lassen Sie mich Ihnen kurz erklären, wie das für Sie werden kann. Vergessen Sie mal für eine Sekunde den Doktor.»

«Ja, wie denn? Er versucht, mich umzubringen.»

«Schön, legen Sie das mal kurzfristig auf Eis und lassen Sie sich folgendes durch den Kopf gehen: Murdock und Salazar wurden mit den Ermittlungen in dem Mord an Chloe beauftragt. Soll ich es Ihnen noch einmal langsam vorbuchstabieren, oder soll ich lieber anhalten, damit Sie aussteigen und kotzen können?»

«Mein Gott», stieß Mick Stranahan hervor.

Die Detectives John Murdock und Joe Salazar waren mit dem verstorbenen Richter Raleigh Goomer eng befreundet gewesen, der, den Stranahan erschossen hatte. Murdock und Salazar waren als Teil des ersten Teams an der Aufklärung beteiligt gewesen. Sie waren nicht gerade die besten Freunde Mick Stranahans.

«Wie, zum Teufel, sind sie an diesen Fall herangekommen?»

«Reiner Zufall», sagte García. «Ich konnte nichts tun, wenn ich die ganze Lage nicht noch verschlimmern wollte.»

Stranahan hieb mit der Faust auf das Armaturenbrett. Allmählich hatte er genug schlechte Neuigkeiten gehört.

García sagte: «Die beiden kommen also her, um sich umzuhören, richtig? Sie reden mit den Leuten am Bootssteg, im Restaurant, mit jedem, der Sie zusammen mit Ihrer Ex gesehen haben könnte, bevor sie umgebracht wurde. Und sie kommen mit Aussagen zurück von zwei Kellnerinnen und einem Tankstellenhelfer. Und was meinen Sie, wen die zusammen mit Ihrer Chloe gesehen haben wollen? Sie, mein Junge!»

«Das ist eine gottverdammte Lüge, Al.»

«Natürlich. Ich weiß, daß es eine Lüge ist, denn ich bin am nächsten Tag während der Mittagspause rausgefahren und habe mit denselben Leuten geredet. In meiner Mittagspause! Ich habe ihnen Bilder gezeigt, Ihres auch, und nachgehakt. Treffer. Frick und Frack haben gelogen. Ich weiß nicht, was ich jetzt tun soll und kann – es ist eine heikle Situation, denn sie bleiben bei ihrer Darstellung.» García holte eine Zigarre aus seiner Brusttasche. Mit Zellophanhülle und kalt rammte er sie sich zwischen die Zähne. «Ich erzähle Ihnen das, damit Sie erkennen, wie verdammt ernst die Sache wird, und vielleicht hören Sie auf mit Ihrer verrückten Angewohnheit, mit Bomben um sich zu werfen, und geben mir eine Chance, endlich in Ruhe meine Arbeit zu tun. Was halten Sie davon?»

Geistesabwesend meinte Stranahan: «Das ist das schlimmste Jahr meines Lebens, und dabei ist erst der siebzehnte Januar.»

García riß mit den Zähnen das Zellophanpapier von seiner Zigarre.

«Ich weiß auch nicht, warum ich mir überhaupt die Mühe mache, Ihnen etwas zu erzählen», knurrte er. «Sie benehmen sich wie ein verdammter Zombie.»

Der Detective bog mit quietschenden Reifen in die Zufahrt zum Yachthafen ein. Stranahan zeigte voraus auf den Slip, wo sein Aluminiumboot festgebunden war, und García parkte direkt gegenüber. Er ließ den Motor laufen. Stranahan versuchte, die Beifahrertür zu öffnen, doch García hatte sie mit dem Verriegelungsknopf auf seiner Seite versperrt.

Der Detective drückte den Zigarettenanzünder im Armaturenbrett und erkundigte sich: «Gibt es nichts, was Sie sonst noch fragen wollen? Denken Sie mal genau nach, Mick.»

Stranahan streckte seinen Arm aus, ergriff die Hand Garcías und schüttelte sie kräftig. «Vielen Dank für alles, Al. Ich meine das ernst.»

«He, reden wir von der gleichen Sache? Was, zum Teufel, ist mit Ihnen los?»

Stranahan meinte: «Es war eine deprimierende Woche.»

«Wollen Sie denn gar nicht wissen, was die Kellnerinnen und der

Zapfsäulenzorro wirklich ausgesagt haben? Über den Typen in Chloes Begleitung?»

«Welchen Typen?»

García klatschte in die Hände. «Gut, endlich hören Sie mir mal zu. Hervorragend!» Er zog den Zigarettenanzünder aus der Fassung und setzte seine Zigarre in Brand.

«Welchen Typen?» wiederholte Stranahan seine Frage.

Indem er den Augenblick auskostete, zog García sein Notizbuch aus der Tasche und las laut vor: «Männlich, weiß, Anfang dreißig, etwa zwei Meter zehn groß, zweihundertfünfzig Pfund schwer, Sommersprossen, beginnende Glatze ...»

«Heilige Scheiße!»

«... schien ein Horror-Make-up zu tragen oder eine Art Halloweenmaske. Die Kellnerinnen waren sich darin nicht einig, aber sie sagten im Grunde das gleiche über das Gesicht aus. Sie sagten, es habe den Eindruck gemacht, als hätte jemand es über eine Käsereibe gezogen.»

Mick Stranahan konnte sich nicht erinnern, jemals jemanden ins Gefängnis gebracht zu haben, der dieser Beschreibung auch nur entfernt ähnelte. Er fragte, ob García irgendwelche Spuren habe.

«Wir erkundigen uns gerade bei den Zirkussen, um in Erfahrung zu bringen, ob in letzter Zeit dort jemand ausgebrochen ist», berichtete der Detective sarkastisch. «Wirklich, ich weiß auch nicht, warum ich Ihnen überhaupt irgendwas erzähle.»

Er drückte auf einen Knopf, um die Türen zu entriegeln. «Wir bleiben in Verbindung», sagte er zu Stranahan und bedeutete ihm mit einer Geste auszusteigen. «Und halten Sie sich von dem verdammten Doktor fern, okay?»

«Darauf können Sie sich verlassen», sagte Mick Stranahan.

Alles, was er denken konnte, war: Zwei Meter zehn groß. Arme Chloe.

Rudy Graveline faßte jetzt die Möglichkeit ins Auge, daß die Welt implodierte und daß er auf das Schlimmste gefaßt sein mußte. Mit Bitterkeit dachte er an all die Krisen, die er überlebt hatte, all die Rückschläge in seinem Gewerbe, die Klagen, die Anhörungen vor der Ärztekammer, die Verweise der Krankenhäuser, die überstürzten Umzüge von einer Gerichtsbarkeit in eine andere. Da war der Fall, wo er die Brüste einer zweihundert Pfund schweren Frau vergrößert hatte, die eigentlich eine Verkleinerung wollte; der Fall, wo er bei einer Fettabsaugung dem männlichen Patienten beinahe die ganze Gallenblase aus der Bauchhöhle gerissen hätte; der Fall, wo er aus Versehen einem Bauarbeiter das rechte Ohr abgetrennt hatte, während er ihm eine fingernagelgroße Zyste entfernte. Rudy Graveline hatte all das überstanden. Er glaubte, er habe nun in Süd-Florida eine sichere Zuflucht gefunden; da er das System durchschaut hatte und wußte, wie er es überlisten konnte, war er sicher, es endlich geschafft zu haben. Und plötzlich tauchte eine ruinierte Nasenbegradigung aus der Versenkung auf und drohte, alles zu verderben. Es war einfach nicht fair.

Rudy saß hinter seinem Schreibtisch und blätterte lustlos die jüngsten Kontoauszüge durch. Die chirurgische Abteilung von Whispering Palms scheffelte massenweise Geld, doch die Allgemeinkosten waren enorm, und die Hypothekenzahlungen brachten ihn fast um. Rudy hatte bei weitem nicht soviel auf die Seite bringen können, wie er sich erhofft hatte. Früher hatte sein geheimer Plan einmal vorgesehen, daß er sich nach vier Jahren mit sechs Millionen zur Ruhe setzte; nun sah es jedoch ganz danach aus, als müßte er weitaus früher Schluß machen, und das mit entscheidend weniger. Nachdem ihm die Ausübung des Arztberufs in Kalifornien und New York – den bei weitem lukrativsten Märkten für einen Schönheitschirurgen – verboten worden war, richteten Rudy Gravelines Überlegungen sich nunmehr auf die Hauptstädte Südamerikas, ein neues Eldorado der Eitelkeit, sonnendurchglüht und mit einem Überfluß an Hautfalten; ein Ort, wo ein medizinisches Diplom von Harvard noch etwas zählte. Während er seine Bankunterlagen durchblätterte, fragte er sich, ob es nicht schon zu spät war, sich aus dem Old-Cypress-Towers-Projekt zurückzuziehen: alles zu Geld zu machen und zu verschwinden.

Er studierte gerade eine Landkarte von Brasilien, als Heather Chappell, die berühmte Schauspielerin, in sein Büro trat. Sie trug einen rosafarbenen Frotteemantel und die Badepantoffeln, die Whispering Palms all seinen VIP-Patienten zum Geschenk machte. Heathers Lippenstift hatte die Farbe kandierter Äpfel. Ihre Haut war karamelbraun, und ihr gesträhntes blondes Haar war kräftig und frisch gebürstet. Sie war eine dreißigjährige Frau von makelloser

Schönheit, die aus unerfindlichen Gründen ihren Körper verabscheute. Eine Traum-Patientin, wenn man Rudy Graveline fragte.

Sie ließ sich in einen Ledersessel mit niedriger Rückenlehne nieder und sagte: «Das mit der Kur reicht mir jetzt. Reden wir über meine Operation.»

Rudy meinte: «Ich wollte nur, daß Sie sich zwei Tage lang entspannen.»

«Die zwei Tage sind jetzt vorbei.»

«Aber sind Sie denn nicht schon ruhiger geworden?»

«Eigentlich nicht», sagte Heather. «Ihr Masseur, wie heißt er denn noch ...»

«Niles?»

«Ja, Niles. Er versuchte gestern, mich flachzulegen. Abgesehen davon langweile ich mich zu Tode.»

Rudy lächelte mit einstudierter Höflichkeit. «Aber Sie hatten doch Gelegenheit, sich über die verschiedenen Prozeduren klarzuwerden.»

«Ich brauch' über gar nichts nachzudenken, Dr. Graveline. Ich war schon am ersten Abend, als ich aus dem Flugzeug stieg, zu allem bereit. Haben Sie mich hingehalten?»

«Natürlich nicht.»

«Wie ich hörte, wurde Ihr Wagen in die Luft gesprengt.» Sie sagte das mit einer Schulmädchenstimme, als wäre es irgendein Klatsch, den sie in der Bücherei aufgeschnappt hatte.

Rudy versuchte, seine Betroffenheit zu überspielen. «Es gab einen Zwischenfall», sagte er. «Aber es war nichts Wesentliches.»

«Das passierte doch an dem Tag, an dem ich hier ankam, nicht wahr? Dieser Bursche auf dem Parkplatz, der Typ, der mich ins Taxi gesetzt hat. Was hat es mit ihm auf sich?»

Rudy ignorierte die Frage. «Ich kann den Operationstermin auf morgen legen», sagte er.

«Schön, aber ich will, daß Sie es tun», verlangte Heather. «Sie persönlich.»

«Natürlich», sagte Rudy. Er würde im Operationssaal bleiben, bis die Betäubung bei ihr wirkte, dann würde er zum neunten Loch auf dem Doral Golfkurs zurückkehren. Sollte einer der jungen Kerle die Arbeit mit dem Skalpell erledigen.

«Wofür haben Sie sich entschieden?» fragte er sie.

Heather stand auf und schlüpfte aus ihren Pantoffeln. Dann ließ sie den Bademantel auf den Teppich gleiten. «Sagen Sie es mir», forderte sie ihn auf.

Rudys Mund wurde bei ihrem Anblick pulvertrocken.

«Nun», meinte er. «Mal sehen.» Das Problem war, sie brauchte überhaupt keine Operation. Ihr Gesicht, ihre Figur, alles war sensationell. Ihre von der Sonne gebräunten Brüste waren fest und groß und hingen kein bißchen herab. Ihr Bauch war straff und flach wie ein Bügeleisen. Nicht eine Unze Fett war zu sehen, nicht der Hauch eines Geweberisses, nicht der Schatten einer zu dicht unter der Haut liegenden Ader – nicht an ihren Oberschenkeln, ihren Beinen, nirgendwo. Nichts wies gestörte Proportionen auf. Nackt sah Heather aus wie ein «Nachher»-Objekt, nicht wie ein «Vorher»-Bild.

Rudy mußte in diesem Fall fast etwas Unmögliches versuchen. Er setzte seine Brille auf und sagte: «Kommen Sie bitte hierher, Miss Chappell, damit ich mir alles eingehend ansehen kann.»

Sie folgte der Aufforderung und stieg zu seiner Verblüffung auf den Onyxschreibtisch, wobei ihre nackten Füße auf der blanken Oberfläche quietschten. Dort baute sie sich auf, nahm eine Filmstarpose ein – eine Hand auf der Hüfte, die andere in ihrem Haar. Als Rudys Blicke an ihren langen Beinen emporwanderten, kippte er mitsamt seinem Sessel beinahe nach hinten über.

«Ganz offensichtlich die Nase», sagte Heather.

«Ja», sagte Rudy und dachte: Sie hat eine herrliche gerade Nase. Was, zum Teufel, soll ich tun?

«Und die Brüste», fuhr Heather fort, nahm je eine in die Hand und untersuchte sie. Als gehörte sie zur Endkontrolle einer Obstplantage, wo sie die Qualität der Pampelmusen testen mußte.

Tapfer fragte Rudy: «Sollen sie kleiner oder größer sein?»

Heather starrte ihn mit funkelnden Augen an. «Größer, natürlich! Und ganz neue Brustwarzen!»

Mein Gott, murmelte Rudy lautlos. «Miss Chappell», sagte er. «Zu neuen Brustwarzen würde ich nicht raten. Es könnte zu ernsten Komplikationen kommen, und wirklich, sie sind bestimmt nicht nötig.» Wie kleine rosige Rosenknospen, so sahen ihre Brustwarzen aus. Warum, fragte Rudy sich, will sie überhaupt neue haben?

Mit schmollender Kinderstimme sagte Heather, okay, dann sollten die alten Warzen eben bleiben. Danach drehte sie sich auf dem

Tisch einmal um sich selbst und tätschelte ihren rechten Oberschenkel. «Dort möchte ich fünf Zentimeter weniger haben.»

«So viel?» Rudy geriet ins Schwitzen. Er sah es nicht, schlicht und einfach. Fünf Zentimeter wovon?

«Stehen Sie auf», befahl Heather. «Sehen Sie dort.»

Er sah hin, angestrengt und eingehend. Sein Kinn war etwa zehn Zentimeter von ihrem Schambein entfernt. «Fünf Zentimeter», wiederholte Heather und drehte sich, um ihm den anderen Oberschenkel zu zeigen, «von beiden Seiten.»

«Wie Sie wünschen», sagte der Doktor. Zum Teufel noch mal, er wäre sowieso zum Golfspielen. Sollten seine Jungs sich etwas einfallen lassen.

Heather sank auf dem Schreibtisch auf die Knie, so daß die beiden sich Auge in Auge einander gegenüber befanden. «Und dann will ich meine Augenlider aufmöbeln», sagte sie und wies mit einem dunkelroten Fingernagel auf die entsprechende Stelle, «und meinen Hals ebenfalls. Sie sagten doch, es gebe keine Narben, nicht wahr?»

«Sie brauchen sich deshalb keine Sorgen zu machen», versicherte Rudy ihr.

«Gut», sagte Heather. «Sonst noch etwas?»

«Ich sehe nichts mehr.»

«Was ist denn mit meinem Po?» Sie drehte sich wieder auf dem Schreibtisch und zeigte Rudy, was sie meinte; während sie über die Schulter blickte, wartete sie auf sein fachmännisches Urteil.

«Nun», sagte Rudy und strich mit den Fingern über die weichen Kurven.

«He», sagte Heather, «Vorsicht!» Sie verrenkte sich, um ihn richtig ansehen zu können. «Regt das Ganze Sie zu sehr auf?»

Rudy Graveline erwiderte: «Natürlich nicht.» Aber das Gegenteil war der Fall. Er konnte es auch nicht begreifen; Tausende von weiblichen Körpern hatte er gesehen und betastet. Dies war keine gewöhnliche Lust, keine normale Begierde; dies war etwas ganz Neues und Wunderbares. Vielleicht war es ihre Art, ihn herumzukommandieren.

«Ich habe Sie in ‹Raserei des Herzens› gesehen», sagte Rudy völlig zusammenhangslos. Er hatte die Kassette für eine Swimmingpoolparty geliehen. «Sie waren sehr gut, vor allem in der Szene auf dem Pferd.»

«Setzen Sie sich», befahl Heather ihm, und er gehorchte. Sie saß mit dem nackten Po auf dem Schreibtisch, und ihre Beine baumelten aufreizend rechts und links neben ihm herunter. Er legte je eine feuchte Hand auf jedes Knie. «Vielleicht ist dies genau der richtige Augenblick, um über Geld zu reden», sagte sie. Für Rudy Graveline war dies der absolute Test für seine Unbestechlichkeit. In seiner ganzen Karriere hatte er niemals Sex als Bezahlung für seine chirurgischen Dienste akzeptiert, noch nicht einmal, um einen Preisnachlaß zu erwirken. Geld war Geld, und Muschi war Muschi – ein Prinzip, das er seinen jungen, fähigen Assistenten eingebleut hatte. Es gibt Dinge im Leben, die schenkt man nicht so einfach weg.

Zu Heather Chappell sagte er: «Ich fürchte, das Ganze wird sehr teuer.»

«Tatsächlich?» Sie hob ein Bein hoch und stellte den Fuß auf seine rechte Schulter.

«Wenn alles gleichzeitig gemacht werden soll, ja. Ich fürchte.»

«Wieviel, Dr. Graveline?»

Das andere Bein kam hoch, und Rudy befand sich in einer Beinschere.

«Kommen Sie mal eine Sekunde her», sagte Heather.

Rudy Graveline war hin- und hergerissen zwischen dem, was er am innigsten liebte, und dem, was er am dringendsten brauchte: Sex und Geld. Der warme Druck von Heathers nackten Fersen auf seinen Schultern war wie das Gewicht der ganzen Welt. Und des Himmels dazu.

Ihre Zehen spielten mit seinen Ohren. «Ich sagte, komm her.»

«Wohin?» Rudy versuchte hochzublicken, und streckte die Arme aus.

«Mein Gott, bist du blind?»

Chemo bekam zu seiner .22er Pistole eine Ingram Maschinenpistole. Er erhielt sie von einem Mann, der eines Abends mit einer Gruppe Jamaikaner in den Club gekommen war. Der Mann selbst stammte nicht aus Jamaika; er war Kolumbianer. Chemo stellte das fest, als er ihn an der Tür aufhielt und ihm erklärte, er dürfe mit der Maschinenpistole nicht ins Gay Bidet hinein.

«Aber wir sind doch hier in Miami», hatte der Mann mit spanischem Akzent erwidert.

«Ich habe meine Anweisungen», sagte Chemo.

Der Mann war damit einverstanden, daß Chemo die Waffe an sich nahm, während er und seine Begleiter in den Club gingen, was sich als sehr klug herausstellte. Als die Band einen Song mit dem Titel *Suck Till You're Sore* spielte, drehte eine Gruppe örtlicher Skinheads auf der Tanzfläche durch, und überall in dem Laden brachen Schlägereien aus. Die Jamaikaner machten sich aus dem Staub, doch der Kolumbianer blieb da, um mitzuprügeln. Irgendwann holte er ein Klappmesser hervor und versuchte, die Hakenkreuztätowierung von der stolzen haarlosen Brust eines halbwüchsigen Skinheads zu entfernen. Die Band machte eine wohlverdiente und notwendige Pause, während die Strandpolizei in den Laden strömte, um diverse Verhaftungen vorzunehmen. Später, als Chemo den Kolumbianer in einem Mannschaftswagen entdeckte, klopfte er an das Fenster und fragte, was mit der Ingram geschehen solle.

Der Kolumbianer meinte, er solle das Ding behalten, und Chemo bedankte sich und schob einen Zwanzig-Dollar-Schein durch den Fensterspalt.

Was Chemo an der Ingram am besten gefiel, war der Schultergurt. Er legte sie an und zeigte sie seinem Boß, Freddie, der losbrüllte: «Verdammt noch mal, verschwinde hier mit dem Ding!»

Am nächsten Tag, es war der achtzehnte Januar, stand Chemo schon früh aus dem Bett auf und fuhr hinaus nach Key Biscayne. Er wußte, es wäre unklug, in den gleichen Yachthafen zu gehen, wo er mit Chloe gesehen worden war, daher suchte er sich eine andere Adresse, um sich ein Boot zu mieten. Er fand sie in der Nähe des Marine Stadion, wo sie mit den großen Powerbooten ihre Rennen abhielten. Zuerst versuchte ein Junge mit unzureichend gebleichtem Haar, ihm einen Zwanzig-Fuß-Dusky für hundertzehn Dollar pro Tag zu vermieten, plus hundertfünfzig Kaution. Soviel hatte Chemo nicht.

«Haben Sie eine Kreditkarte?» fragte der Junge.

«Nein», sagte Chemo. «Was ist denn mit dem Ding da drüben?»

«Das ist ein Jetski», sagte der Junge.

Es sah aus wie eine Wasserwanze mit Handgriffen. Man fuhr das Ding wie ein Motorrad, jedoch im Stehen. Dieses Modell war gelb und trug vorn die Aufschrift Kawasaki.

«Damit sollten Sie es gar nicht erst versuchen», meinte der Junge mit den gelben Haaren.

«Warum nicht?»

«Weil», sagte der Junge lachend, «Sie viel zu groß sind, Mann. Wenn Sie damit auf eine Welle krachen, dann brechen Sie sich das Rückgrat.»

Chemo dachte, daß der Bursche nur versuchte, ihn dazu zu überreden, etwas Größeres zu mieten, etwas, das er gar nicht brauchte.

«Wieviel kostet der Jetski?» fragte er.

«Zwanzig die Stunde, aber Sie müssen eine Erklärung unterschreiben.» Der Junge dachte bei sich, daß dieser Typ, so groß er auch war, nicht unbedingt kräftig und gesund genug aussah, um einen Jetski zu fahren; er sah irgendwie ausgelaugt und krank aus, so als hätte er zwei Monate lang in irgendeinem dunklen Verlies an der Wand gehangen. Der Junge überlegte, ob er den Typen nicht auch noch fragen sollte, ob er überhaupt schwimmen könne, nur um ganz sicher zu gehen.

Chemo reichte ihm zwei Zwanziger.

Der Junge sagte: «Ich brauche noch immer eine Kaution.»

Chemo sagte, er habe kein Geld mehr. Der Junge sagte, er würde auch Chemos Armbanduhr nehmen, aber Chemo lehnte ab, nein, die wolle er nicht hergeben. Es war eine Heuer-Tauchuhr mit einem Bicolor-Stahlarmband, made in Switzerland. Chemo hatte sie einem jungen Architekten abgenommen, der sich in der Toilette des Clubs eine Überdosis eingepfiffen hatte. Während der Heini dort in einer Kabine lag und versuchte, seine Zunge zu verschlucken, hatte Chemo seine Hand gepackt und die Heuer gegen seine eigene Dreißig-Dollar-Seiko mit nachgemachtem Schlangenlederarmband ausgetauscht.

«Kein Jetski ohne Kaution», erklärte der Junge mit dem gelben Haar.

«Wie wäre es denn mit einer Pistole?» fragte Chemo.

«Was für eine?»

Chemo zeigte ihm die .22er, und der Junge sagte okay, da es eine Beretta sei, wolle er sich damit zufrieden geben. Er steckte sie in den Bund seiner Leinenhose und ging mit Chemo zu dem Jetski. Er zeigte Chemo, wie der Choke und der Gashebel zu bedienen waren, und drückte ihm auch noch eine hellrote Schwimmweste in die Hand.

«Umziehen können Sie sich in dem Schuppen», meinte der Junge.

«Umziehen?»

«Sie haben doch eine Badehose, oder?» Der Junge sprang wieder zurück auf den Steg und gab Chemo die Schlüssel. «Mann, Sie wollen doch dieses Ding nicht in langer Hose fahren.»

«Ich glaube nicht», sagte Chemo und öffnete den Gürtel seiner Hose.

Ein Garnelenfänger namens Joey erklärte sich einverstanden, Christina Marks überall hinzubringen, wohin sie wollte. Als sie ihm einen Hundert-Dollar-Schein gab, starrte Joey ihn an und fragte: «Wo wollen Sie hin? Nach Havanna?»

«Stiltsville», sagte Christina und kletterte in das stinkende Garnelenboot. «Und Sie müssen mir noch einen Gefallen tun.»

«Was denn?» fragte Joey und löste die Leinen.

«Nachdem Sie mich abgesetzt haben, sollen Sie in der Nähe bleiben. Für alle Fälle.»

Joey richtete den Bug in Richtung Kanal und Mündung des Norris Cut. «Für welchen Fall?» erkundigte er sich.

«Für den Fall, daß der Mann, den ich besuche, nicht will, daß ich bleibe.»

Joey grinste und sagte: «Das kann ich mir nicht vorstellen. Da, wollen Sie auch ein Bier?»

Er lenkte das Boot schweigend auf der zum Meer hin gelegenen Seite der Biscayne Bay entlang. Christina stand neben ihm beim Ruder und beobachtete den Schwarm hungriger Möwen, die hinter dem Heck schreiend durch die Luft segelten. Als das Garnelenboot den Leuchtturm auf Cape Florida an der Spitze der Insel passiert hatte, sah Christina im Süden die Pfahlhäuser.

«Welches ist es?» rief Joey ihr über den Motorenlärm zu. Als Christina mit dem Finger zeigte, lächelte Joey und zwinkerte ihr vielsagend zu.

«Was soll das heißen?»

«Zu ihm wollen Sie also», meinte Joey. «Warum haben Sie das nicht gleich gesagt.»

Sie waren etwa zweihundert Meter von den Funktürmen entfernt und beschrieben einen weiten Bogen in den Kanal, als Joey Christina Marks anstieß und mit dem Kinn voraus wies. Vor ihnen kreuzte etwas sehr Schnelles über die Untiefen und tanzte wild auf den kabbeligen Wellen. Es war ein seltsames bizarr geformtes Fahrzeug, und eine große, blasse Gestalt schien mitten darauf zu stehen und es mit beiden Händen aufrecht zu halten.

Joey nahm etwas Fahrt zurück, um dem anderen Platz zu machen.

«Ich hasse diese lächerlichen Dinger», sagte er. «Diese verdammten Touristen wissen nie, was sie damit anfangen sollen und achten nicht darauf, wohin sie gerade fahren.»

Sie beobachteten das Gefährt, wie es Steuerbord an ihnen vorbeizog, keine dreißig Meter entfernt, und sie hinter sich ließ. Joey runzelte die Stirn und sagte: «Ich glaube, ich spinne.» Er holte einen Lappen aus seinem Werkzeugkasten und wischte den salzigen Wasserfilm von der Windschutzscheibe seines Garnelenbootes.

«Sehen Sie», sagte er zu Christina. «Jetzt können Sie alles erkennen.»

Der große, blasse Mann, der den Jetski lenkte, war nackt bis auf seine triefnasse Jockeyunterhose.

Und eine schwarze Sonnenbrille.

Und eine funkelnde Armbanduhr.

Und eine Ingram .45er Maschinenpistole, die er sich über die Schulter gehängt hatte.

Christina Marks wunderte sich. «Was meinen Sie denn, was er mit dem Ding ausgerechnet hier vorhat?»

«Wer weiß das schon», sagte Joey der Garnelenfänger.

13

Früher am selben Tag waren Tina und zwei ihrer Freundinnen in einem geliehenen Bayliner Capri zu dem Pfahlhaus gekommen. Sie sahen Mick Stranahan schlafend auf dem Dach unter dem Windrad liegen, die Remington Schrotflinte neben sich.

Tinas Freundinnen bekamen einen Schreck. Sie entschieden sich dafür, im Boot zu bleiben, während Tina auf den Steg kletterte und zum Haus ging.

«Richie will, daß ich zurückkomme», rief sie Stranahan zu.

Er setzte sich auf und rieb sich die Augen. «Was?»

«Ich sagte, Richie will, daß ich zurückkomme. Ich wollte, daß du der erste bist, der es erfährt.»

«Warum?» fragte Stranahan mit belegter Stimme.

«Damit du mich überreden kannst.»

Stranahan sah, daß eine Möwe sich auf seiner Schrotflinte entleert hatte, während er schlief. «Verdammt», fluchte er halblaut. Er zog ein schwarzes Halstuch aus seiner Jeanstasche und wischte den Gewehrkolben ab.

«Und?» erklang Tinas Stimme von unten. «Willst du mich nun zum Bleiben überreden oder nicht?»

«Wie?»

«Nimm mich mit ins Bett.»

«Das habe ich doch schon getan», sagte Stranahan.

«Du weißt genau, was ich meine.»

«Geh zu Richie zurück», riet Stranahan ihr. «Wenn er dich wieder schlägt, dann zeig ihn an.»

«Warum hast du solche Angst?»

Stranahan rutschte auf dem Hintern die rauhe Dachschräge hinunter bis zu einem Punkt, von wo aus Tina in ihrem winzigen mandaringelben Bikini zu sehen war.

«Darüber haben wir doch schon ausführlich gesprochen», sagte Stranahan zu ihr.

«Aber ich will dich nicht heiraten», sagte sie. «Ich versprech's.

Selbst wenn du mich nachher fragst, werde ich nein sagen – ganz gleich, wie toll es mit dir war. Außerdem bin ich keine Kellnerin. Du hast gesagt, die anderen seien alle Kellnerinnen gewesen.»

Er stöhnte und meinte: «Tina, es tut mir leid. Es würde einfach nicht funktionieren.»

Nun sah sie ernstlich böse aus. Eines der anderen Mädchen auf dem Bayliner schaltete das Radio an, und Tina fauchte sie an, sie solle die Musik ausmachen.

«Wie kannst du wissen, daß es nicht funktionieren wird?» fragte sie Stranahan.

«Ich bin zu alt.»

«Quatsch.»

«Und du bist zu jung.»

«Noch mehr Quatsch.»

«Okay», sagte er. «Dann nenn mir die Namen der Beatles.»

«Wie bitte?» Tina lachte krampfhaft auf. «Ist das dein Ernst?»

«Aber mein absoluter Ernst», sagte Stranahan und schaute von der Dachkante auf sie hinunter. «Wenn du mir die Namen der Beatles nennen kannst, dann schlafe ich auf der Stelle mit dir.»

«Das glaub' ich ja nicht», sagte Tina. «Die Scheiß-Beatles.»

Stranahan hatte es sich genau ausgerechnet: Sie war neunzehn, was bedeutete, daß sie im gleichen Jahr geboren worden war, in dem die Band sich aufgelöst hatte.

«Nun, da ist erst mal Paul», begann Tina.

«Nachname?»

«Nun komm schon!»

«Laß hören!»

«McCartney, okay? Ich glaub's ja nicht.»

Stranahan sagte: «Mach weiter, du bist wirklich gut.»

«Ringo», sagte Tina. «Ringo Starr, der Schlagzeuger mit der dikken Nase.»

«Gut.»

«Und dann ist da noch der Typ, der gestorben ist. Lennon.»

«Vorname?»

«Ich weiß, daß sein Sohn Julian heißt.»

«Sein Sohn zählt nicht.»

Tina sagte: «Ja, also, du bist ein Arschloch. Es ist *John.* John Lennon.

Stranahan nickte zustimmend. «Das waren drei, bleibt noch einer. Du machst deine Sache prima.»

Tina verschränkte die Arme und versuchte sich den letzten Beatle ins Gedächtnis zu rufen. Ihre Lippen waren auf reizvolle Art geschürzt, aber Stranahan blieb auf dem Dach. «Ich gebe dir einen Tip», sagte er zu Tina. «Er spielte die Leadgitarre.»

Sie blickte zu ihm hoch, und in ihren grauen Augen funkelte der Triumph. «Harrison», verkündete sie. «Keith Harrison.»

Murmelnd kletterte Stranahan zu seinem Aussichtspunkt unter den Flügeln des Windrades hinauf. Tina rief einige scharfe Bemerkungen, die er alle verdient hatte, und stieg dann zu ihren Freundinnen in das Boot und kehrte nach Dinner Key und, vermutlich, zu Richie zurück.

Joey der Garnelenfänger spuckte über die Heckreling und sagte: «Also, da ist Ihr Freund.»

Christina Marks runzelte die Stirn. Mick Stranahan lag nackt in Form eines Ts auf dem Dach des Hauses. Seine braungebrannten Beine waren ausgestreckt, und die Arme ragten seitlich weg. Er hatte sich ein Halstuch über die Augen gelegt, um sie vor den grellen Strahlen der Sonne zu schützen. Christina Marks dachte, daß er aussah wie das Opfer eines türkischen Erschießungskommandos.

«Er sieht aus wie Christus persönlich», meinte Joey. «Finden Sie nicht, daß er aussieht wie Christus? Christus ohne Bart, meine ich.»

«Bringen Sie mich zum Haus», sagte Christina. «Haben Sie eine Hupe auf diesem Kahn?»

«Zum Teufel, er weiß, daß wir da sind.»

«Er schläft.»

«Nein, Ma'am», sagte Joey. «Sie irren sich.» Aber er betätigte die Hupe trotzdem. Mick Stranahan rührte sich nicht.

Joey lenkte das Garnelenboot näher heran. Die Flut hatte fast ihren höchsten Stand erreicht und lief schäumend unter dem Haus durch. Während sie eine braune Einkaufstüte an sich preßte, kletterte Christina auf den Steg und bedeutete dem Garnelenfänger, sich zu entfernen.

«Vielen Dank.»

Joey sagte: «Vergessen Sie nicht, ihm zu erzählen, was wir gesehen haben. Diesen riesigen Irren auf seinem Wassermoped.»

Sie nickte.

«Sagen Sie ihm das als erstes», riet Joey. Er legte den Gashebel um, und der alte Dieselmotor schaltete auf Rückwärtsfahrt. Die Maschine hustete eine dicke Wolke blauen Rauchs aus, die Christina Marks einhüllte. Sie hustete noch, als sie schon die Stufen zum Haus emporstieg.

Als sie das Hauptdeck erreichte, saß Stranahan auf der Dachkante und ließ die Beine herunterhängen.

«Was ist in der Tüte?»

«Aufschnitt, Wein, Käse. Ich dachte mir, Sie haben vielleicht Hunger.»

«Wird das in New York so gemacht?»

Die Tüte war schwer, aber Christina stellte sie nicht ab. Sie hielt sie wie ein Baby, mit beiden Armen, drückte sie aber nicht zu fest an sich. Sie wollte nicht, daß er glaubte, es mache ihr Mühe. «Wovon reden Sie?» erkundigte sie sich.

«Vom Wein und vom Käse», sagte Stranahan. «Das Ganze macht den Eindruck einer Zeremonie. Vielleicht ist es dort nötig, wo Sie herkommen, aber hier nicht.»

«Arschloch», sagte Christina Marks. «Ich habe ein Spesenkonto, Sie Schlaumeier.»

Stranahan lächelte. «Das habe ich ganz vergessen.» Er sprang vom Dach herunter und landete wie eine Katze. Sie folgte ihm ins Haus und sah zu, wie er ohne Unterhose in eine Bluejeans schlüpfte, deren Beine abgeschnitten waren. Sie stellte die Tüte auf die Küchenanrichte, und er ging an die Arbeit und bereitete das Abendessen zu. Aus dem Kühlschrank holte er ein Glas mit Mixed Pickles und ein halbes Pfund Wintergarnelen, noch in der Schale.

Während er die Weinflasche öffnete, sagte er: «Kommen wir gleich zur Sache: Sie haben etwas gehört?»

«Ja», sagte Christina. «Aber zuerst etwas anderes: Sie werden nicht glauben, was wir gerade gesehen haben. Einen Mann mit einer Maschinenpistole auf einem dieser Wasserjetdinger.»

«Wo?»

Sie schob ihr Kinn vor. «Keine Meile von hier.»

«Wie sah er aus?»

Christina beschrieb ihn. Stranahan ließ den Korken mit einem leisen Knall aus der Flasche rutschen.

«Ich denke, wir sollten lieber schnell essen», sagte er. Er war froh, daß er die Schrotflinte vom Dach nach unten gebracht hatte, nachdem Tina und ihre Freundinnen wieder verschwunden waren und er sich ein frisches Halstuch gesucht hatte. Verstohlen schaute er zu der Remington, die mit dem Lauf nach oben in der Ecke an der Wand lehnte, an der auch der Schwertfischkopf hing.

Christina schälte eine Garnele, tunkte sie mit dem Schwanz zuerst in ein Plastikschüsselchen mit Cocktailsauce. «Werden Sie mir verraten, wer er ist, dieser Mann in der Unterhose?»

«Ich weiß es nicht», sagte Stranahan. «Ich weiß es ehrlich nicht. Und jetzt erzählen Sie mir, was sonst noch anliegt.»

Das würde wohl der schwierigste Teil ihres Besuchs werden. Sie begann: «Ich habe Ihren Freund Timmy Gavigan im Krankenhaus besucht.»

«Oh.»

«Ich war dabei, als er starb.»

Stranahan schnitt sich drei dicke Scheiben Cheddarkäse ab. «Die Letzte Ölung», sagte er. «Zu schade, daß Sie keine Priesterin sind.»

«Er wollte, daß ich Ihnen etwas erzähle. Etwas über den Barletta-Fall, woran er sich erst jetzt erinnert hatte.»

Mit dem Mund voller Käse sagte Stranahan: «Jetzt erzählen Sie mir ja nicht, daß Sie dieses Arschloch ins Krankenhaus mitgenommen haben. Diesen Flemm – Sie haben doch nicht zugelassen, daß er Timmy in diesem Zustand filmte, oder?»

«Natürlich nicht», erwiderte sie scharf. «Und jetzt hören Sie zu: Timmy Gavigan erinnerte sich daran, daß der Schönheitschirurg einen Bruder hat. George Graveline. Er sah ihn vor der Klinik arbeiten.»

«Und was hat er dort getan?» fragte Stranahan.

«Das ist es, was ich Ihnen erzählen soll: Dieser Bursche ist ein Baumgärtner. Er sagte, Sie wüßten, was das heißt. Er redete von Hoffa und Leichen.»

Stranahan lachte. «Ja, er hat recht. Das ist geradezu perfekt.»

Ungeduldig meinte Christina: «Wollen Sie mich nicht ins Bild setzen?»

Stranahan kaute auf einem sauren Gürkchen. «Sie wissen, was ein Holzschredder ist? Er sieht aus wie ein riesiger Fleischwolf, nur daß damit Holz zerkleinert wird. Die Baumpflegefirmen fahren damit durch die Gegend. Sie stopfen die dicksten Äste hinein, und am Ende kommen Sägemehl und Grillspäne heraus.»

«Jetzt verstehe ich», sagte Christina.

«Wenn so etwas einen Mahagonibaum pulverisieren kann, dann überlegen Sie mal, was diese Maschine mit einem menschlichen Körper anrichtet.»

«Lieber nicht.»

«Es gab oben in New Jersey mal einen ganz berühmten Mordfall, wo sie alles hatten außer der Leiche. Die Leiche war in einem Holzschredder derart gründlich zerkleinert worden, daß sie nur noch einige wenige Knochensplitter fanden – nicht genug für eine eindeutige gerichtsmedizinische Identitätsbestimmung. Schließlich fand jemand einen Backenzahn, und dieser Zahn hatte eine Goldfüllung. Und so konnten sie den Schuldigen festnageln.»

Christina dachte über die Knochensplitter nach.

«Auf jeden Fall», sagte Stranahan, «ist es ein guter Anhaltspunkt. Und jetzt schnell, sehen Sie zu, daß Sie fertig werden.» Er drückte den Korken in die halbleere Weinflasche und wickelte den übriggebliebenen Aufschnitt und den Käse in Wachspapier ein. Christina griff nach einer letzten Garnele, als er ihr die Schüssel wegzog und sie in den Kühlschrank stellte.

«He!»

«Ich sagte, beeilen Sie sich.»

Sie bemerkte, wie zielsicher und sparsam er sich bewegte, und es wurde ihr bewußt, daß irgend etwas im Gange war.

«Was ist los, Mick?»

«Heißt das, Sie hören es nicht?»

Christina verneinte.

«Dann lauschen Sie mal», sagte er, und ehe sie überhaupt wußte, was los war, war das Pfahlhaus verrammelt und die Tür geschlossen, und sie beide saßen alleine in der Ecke des Schlafzimmers auf dem Holzfußboden. Zuerst war das einzige, was Christina Marks hören konnte, das Atmen von ihnen beiden, und dann erklangen einige Kratzgeräusche, die laut Stranahan von den Möwen auf dem Dach verursacht wurden. Schließlich, als sie den Kopf an die Holzwand lehnte, machte sie ein weit entferntes Summen aus. Je länger sie lauschte, desto deutlicher wurde es. Der Lärm des Motors war zu leise, als daß es ein Flugzeug sein konnte, und zu hoch, um von einem Boot verursacht zu werden. «Mein Gott, das ist er», sagte sie zitternd. Stranahan nahm die Tatsache mit einem Stirnrunzeln zur Kenntnis. «Wissen Sie», sagte er, «das hier war früher mal eine richtig schöne ruhige Gegend.

Chemo machte sich seine Gedanken über die Ingram und über die Auswirkungen von Salzwasserspritzern auf den Schießmechanismus. Er hatte wenig Ahnung von Maschinenpistolen, aber er meinte, am besten sei es wohl, wenn sie nicht naß würden. Die Fahrt hinaus nach Stiltsville war nasser gewesen, als er geplant hatte.

Er parkte den Jetski unter einem der anderen Stelzenhäuser, um abzuwarten, bis das Garnelenboot von Mick Stranahans Haus ablegte. Er sah, wie eine gutaussehende Frau in einem weißen Baumwolltop und braunen Safarishorts von dem Garnelenboot heruntersprang und nach oben stieg, daher fügte Chemo sie in sein Szenario ein. Er wußte nicht, ob es eine Ehefrau oder eine Freundin oder was auch immer war, aber das machte weiter nichts aus. Sie war dort, und sie mußte sterben. Ende der Durchsage.

Chemo brach einen Werkzeugschuppen auf und fand einen Lappen für die Ingram. Sorgfältig wischte er die Wasserspritzer und das Salz von der Waffe ab. Die Maschinenpistole sah intakt aus, aber es gab nur eine Möglichkeit, sich davon zu überzeugen. Er holte sich einen Besenstiel aus Aluminium aus dem Schuppen und brach das Vorhängeschloß an der Haustür auf. Im Haus fand er schnell ein Ziel: ein altes Schlafsofa, dessen geblümter Bezug erste Spuren von Schimmel und Mehltau aufwies. Chemo schloß die Tür, um den Lärm nicht nach draußen dringen zu lassen. Dann kniete er sich vor das Sofa, legte die Ingram an die Schulter und feuerte drei Salven ab. Kleine weiße Wölkchen aus Stoffetzen und Staub stiegen bei jedem Einschlag einer Kugel auf. Chemo setzte die Waffe ab und untersuchte jedes der .45er Löcher in den Polstern.

Nun war er bereit. Er schlang sich den Waffengurt über die Schulter und zog die feuchte Jockeyunterhose bis zur Taille hoch. Er wollte gerade aufbrechen, als ihm noch etwas einfiel. Schnell schlich er durch das Haus und öffnete Türen, bis er ein Badezimmer fand.

Am Waschbecken nahm Chemo seine Sonnenbrille ab und hielt sein Gesicht in den Spiegel. Mit einem Zeigefinger betastete er den winzigen Flecken rosigen Fleisches, den Dr. Rudy Graveline abgeschliffen hatte. Der Fleck schmerzte nicht mehr; tatsächlich schien er einwandfrei zu verheilen. Chemo war außerordentlich zufrieden und widmete sich wieder gutgelaunt seinem Plan.

Irgendwo, wahrscheinlich im *Reader's Digest*, hatte er gelesen, daß Salzwasser tatsächlich den Heilungsprozeß begünstigte.

«Nicht bewegen», flüsterte Mick Stranahan.

«Das hatte ich auch nicht vor.»

«Ehe ich es Ihnen sage.»

Dem Summen des Motors nach zu urteilen, vermutete Christina Marks, daß der Jetski schon sehr nahe war: nicht weiter weg als dreißig Meter vielleicht.

Stranahan hatte sich die Schrotflinte quer über die Knie gelegt. Christina schaute auf seine Hände und sah, daß sie völlig ruhig waren. Ihre zitterten dagegen wie die eines alten Säufers.

«Haben Sie einen Plan?» fragte sie.

«Grundsätzlich besteht mein Plan darin, am Leben zu bleiben.»

«Werden Sie ihn erschießen?»

Stranahan sah sie an, als sei sie fünf Jahre alt. «Was denken Sie denn? Natürlich werde ich auf ihn schießen. Ich habe die Absicht, diesem Mistkerl den Schädel wegzublasen, es sei denn, Sie haben dagegen Einwände.»

«Ich hab' ja nur mal nachgefragt», sagte Christina kleinlaut.

Chemo dachte: Verdammte Japaner.

Wer diese Jetskis konstruiert hatte, mußte ein verdammter Zwerg gewesen sein.

Sein Rücken brachte ihn fast um: er mußte sich nach vorne beugen wie eine Waschfrau, um an die Lenkergriffe heranzukommen. Jedesmal, wenn er auf eine Welle knallte, rutschte der Maschinenpistolengurt von seiner knochigen Schulter. Zweimal glaubte er, die Ingram endgültig verloren oder zumindest beschädigt zu haben. Verdammte Japaner.

Während er sich Stranahans Stelzenhaus näherte, dachte Chemo an etwas anderes. Er hatte das Girl bereits in sein Szenario eingebaut, dachte, daß er sie zuerst erschießen würde und damit freie Bahn hätte. Aber dann wurde ihm klar, daß er noch ein anderes Problem hatte: Sicherlich hatte sie ihn an dem Garnelenboot vorbeijagen gesehen, wahrscheinlich hatte sie die Maschinenpistole bemerkt. Und gewiß hatte sie Stranahan davon erzählt.

Der sicherlich eins und eins zusammengezählt hatte.

Daher rechnete Chemo mit einem Kampf. Das Überraschungsmoment konnte er vergessen; der verdammte Jetscooter war so laut wie eine Harley. Stranahan konnte ihn schon auf zwei Meilen Entfernung kommen hören.

Aber wo war er?

Chemo umkreiste langsam das Pfahlhaus und überquerte dabei am Ende seine eigene Kiellinie. Die Fenster waren verrammelt, die Tür verschlossen. Kein Lebenszeichen außer einem Paar zerzauster Möwen auf dem Dach.

Ein schmales Lächeln des Verstehens spielte um seine Lippen. Natürlich – der Mann wartete im Haus. Ein kleiner Hinterhalt.

Chemo lenkte den Jetski an den Steg heran und stieg leise ab. Er nahm die Ingram von der Schulter und hielt sie vor sich, während er die Stufen hinaufstieg und dabei überlegte: Wo ist der wahrscheinlichste Ort, an dem Stranahan ihn erwartete? In einer Ecke natürlich.

Erfreut stellte er fest, daß das Holzdeck um Stranahans ganzes Haus herumführte. Indem er sich behutsam storchenartig vorwärtsbewegte, näherte Chemo sich der nordwestlichen Ecke zuerst. Ruhig feuerte er einen Schuß ab, in Hüfthöhe, und zielte durch die Wand. Die gleiche Prozedur wiederholte er bei jeder der anderen Ecken, dann setzte er sich auf das Geländer des Decks und wartete. Als nach drei Minuten nichts passierte, ging er zur vorderen Tür, feuerte zwei weitere Male.

Dann ging er hinein.

Christina Marks hatte keine Ahnung, daß Stranahan getroffen worden war, bis sie etwas Warmes auf ihrem nackten Arm spürte. Sie öffnete den Mund, um zu schreien, aber Stranahan hielt ihn ihr mit einer Hand zu und bedeutete ihr, sie solle still sein. Sie sah, daß in seinen Augen die Tränen des Schmerzes von dem Einschuß glänzten. Er nahm die Hand von ihrem Mund und wies auf seine linke Schulter. Christina nickte, schaute aber nicht hin.

Sie hörte drei weitere Schüsse, jeden in einem anderen Teil des Hauses. Dann trat Stille ein, die ein paar qualvolle Minuten andauerte. Schließlich erhob Stranahan sich und hielt die Schrotflinte im rechten Arm. Die linke Seite seines Körpers war völlig taub und naß von Blut; im ungewissen Licht des verrammelten Hauses sah er aus wie ein Clown in einem zweifarbigen Kostüm.

Aus ihrer Position auf dem Fußboden beobachtete Christina, wie er umherging. Er preßte seinen Rücken gegen die Wand und schob sich langsam daran entlang in Richtung Hausfront. Die nächsten Schüsse ließen Christina die Augen krampfhaft schließen. Als sie sie wieder aufschlug, sah sie zwei saubere Löcher in der Haustür; zwei Sonnenstrahlen, so scharf wie Laser, perforierten die Schatten. Unter den Lichtpfeilen lag Mick Stranahan ausgestreckt auf dem Bauch, die Ellbogen auf den Holzfußboden gestützt. Er zielte auf die Haustür, als Chemo sie öffnete.

Stranahans Schrotflinte war eine Remington 1100, eine halbautomatische Waffe, deren Magazin bis zu fünf Geschosse fassen konnte. Später, als Stranahan den Abstand von der Tür bis zu der Stelle maß, an der er gelegen hatte, würde er darüber staunen, wie es kommen konnte, daß ein Mensch mit zwei gesunden Augen ein Ziel von über zwei Metern Höhe auf eine Entfernung von nur knapp sechs Metern verfehlen konnte. Die Tatsache, daß Stranahan zu diesem Zeitpunkt im Begriff war, zu verbluten, war in seinen Augen keine Entschuldigung.

Tatsächlich war es der Schock über die Erscheinung des Eindringlings, der Stranahan hatte zögern lassen – der Anblick dieses hageren, fast durchsichtigen, schütter behaarten Ungeheuers mit seinem Mondlandschaftsgesicht, mit dem er einen Güterzug hätte anhalten können.

So kam es, daß Stranahan für eine Nanosekunde nur gestarrt hatte, als er eigentlich den Abzug hätte betätigen sollen. Für einen, der so krank aussah, bewegte Chemo sich außerordentlich schnell. Während er aus der Türöffnung verschwand, schickte der erste Schuß aus der Remington einen Schauer Bleischrot in die Bucht.

«Scheiße», sagte Stranahan und kämpfte sich auf die Füße. Auf dem Weg zur Tür rutschte er auf seinem eigenen Blut aus und stürzte zu Boden, wobei seine rechte Wange hart auf die Bretter knallte, dies in genau dem Augenblick, als Chemo um die Ecke schaute und einen Feuerstoß aus seiner Ingram ins Haus jagte. Durch eine klebrige Pfütze rollend, schoß Stranahan zurück.

Chemo schlug die Tür von außen zu und ließ es in dem Haus erneut stockfinster werden. Stranahan hörte den Mann draußen über das Deck rennen und dabei das Haus umrunden. Stranahan zielte durch die Wände. Er stellte sich vor, daß der Mann eine startende Wachtel wäre, und er visierte entsprechend. Der erste Schuß riß ein baseballgroßes Loch in die Wand des Wohnzimmers. Der zweite hämmerte durch die Fensterläden der Küche nach draußen. Dem dritten und letzten Schuß folgten ein Knurren und ein klatschender Aufprall auf Wasser.

«Christina!» rief Stranahan. «Schnell, helfen Sie mir hoch!»

Doch als sie zu ihm kam, die Tränen zurückdrängend und auf den nackten Knien kriechend, war er ohnmächtig geworden.

Chemo landete mit dem Rücken zuerst im Wasser. Er trat mit den Beinen aus, nur um sicherzugehen, daß er nicht gelähmt war; bis auf ein paar Holzsplitter, die in seiner Kopfhaut steckten, schien er soweit in Ordnung zu sein. Er dachte sich, daß die Schrotkugeln ihn verfehlt hatten, und daß die Explosion dicht neben seinem Kopf dafür verantwortlich gewesen war, daß er das Gleichgewicht verloren hatte.

Instinktiv hielt er die Ingram mit der rechten Hand hoch aus dem Wasser und paddelte wild mit seiner linken. Er wußte, daß er es bis in die Deckung des anderen Hauses schaffen mußte, bevor Stranahan herauskam; ansonsten wäre er nicht mehr als eine hockende Ente. Chemo sah, daß die Maschinenpistole tropfte, daher schloß er, daß sie während des Absturzes unter Wasser geraten sein mußte. Würde sie noch feuern? Und wieviel Schuß waren noch übrig? Er hatte vergessen, zu zählen.

Das waren seine Sorgen, während er den Pfählen unter dem Stelzenhaus zustrebte. Er kam dabei wahnsinnig langsam vorwärts; da er nur mit einer Hand paddelte, neigte Chemo dazu, sich in einem weiten Kreis zu bewegen. Verzweifelt paddelte er noch wilder, doch das war eine Taktik, die nur die Krümmung seiner Route verstärkte, ihn aber der Sicherheit nicht näherbrachte. Jede Sekunde rechnete er damit, Stranahan mit der Schrotflinte auf dem Deck auftauchen zu sehen.

Unter Chemo erschien im Wasser ein langer, graublauer Schatten, der dort verharrte, als wäre er in Glas eingegossen. Es war

Stranahans stumme Gefährtin, Liza, die von der wilden Hektik aus ihrem Nachmittagsschlaf geweckt worden war.

Eine Barrakuda in diesem Alter ist ein Wesen mit einem einzigartigen Instinkt und makelloser Präzision, eine Freßmaschine, die berechnender und effizienter ist als jeder Hai im großen, weiten Ozean. Im Laufe der Zeit hatte der Barrakuda gelernt, menschliche Aktivität im Wasser mit Fütterung zu verbinden; seine Nervenimpulse waren während Stranahans abendlichen Sardinenritualen trainiert worden. Während Chemo dem seichten Gelände zustrebte, war der Barrakuda hellwach und wachsam, und seine kalten Augen waren erwartungsvoll nach oben gerichtet. Die blau geäderten Beine, die machtlos nach seinem Kopf traten, das krampfhafte Paddeln – all das stellte keine Bedrohung dar. Etwas anderes hatte seine Aufmerksamkeit gefesselt: das vertraute rhythmische Aufblitzen einer betäubten Beute auf der Wasseroberfläche. Der Barrakuda stieß mit primitiver Hemmungslosigkeit zu, schoß aus der Tiefe empor, schnappte zu und raste dann zurück zwischen die Pfähle.

Dort, unter dem Haus, spreizte der Fisch seine roten Kiemen in finsterer Unzufriedenheit. Was er für eine leicht zu erbeutende Mahlzeit aus silbernen Sardinen gehalten hatte, erwies sich als nichts dergleichen, und der Barrakuda spuckte angewidert durch seine Zähne aus.

Es war ein Beweis für robustes Schweizer Handwerk, daß die Heuer-Taucheruhr immer noch tickte, als sie auf dem Boden zur Ruhe kam. Ihre versilberten und vergoldeten Stahlbandglieder glänzten an Chemos blasser, abgetrennter Hand, die aus dem Schildkrötengras nach oben ragte wie das verlorengegangene Stück einer Schaufensterpuppe.

14

Auf der Washington Avenue gab es einen kleinen Laden, in dem künstliche Gliedmaßen verkauft wurden. Dr. Rudy Graveline suchte diesen Laden während seiner Mittagspause auf und erwarb vier verschiedene Handprothesen. Er zahlte bar und bat um eine Quittung.

Später, wieder zurück im Whispering-Palms-Sanatorium arrangierte er die Hände in einer einladenden Reihe auf seinem Onyxschreibtisch.

«Wie steht es denn mit der?» fragte er Chemo.

«Ein Prachtstück», sagte Chemo bissig, «nur habe ich an dem Arm schon eine.»

«Verzeihung.» Rudy Graveline griff nach einer anderen. «Dann sehen Sie sich doch mal die an – allermodernste Technologie. Vier Wochen Therapie, und Sie können mit diesem Schätzchen beim Black Jack mithalten.»

«Falsche Farbe», bemerkte Chemo knapp.

Rudy betrachtete die künstlichen Hände und dachte: Natürlich ist es die falsche Farbe, sie haben *alle* die verdammte falsche Farbe. «Es ist schon unerhört schwierig», sagte der Doktor. «Ich habe nach den blassesten gefragt, die sie an Lager haben.»

«Ich hasse sie alle», meinte Chemo. «Aber überhaupt, warum muß es denn eine Hand sein?»

«Die mechanischen Hakenprothesen haben Ihnen nicht gefallen», erinnerte Rudy Graveline ihn. «Und was den technischen Stand betrifft, man kann mit diesen Dingern Pistolen laden und sogar Schreibmaschine schreiben. Aber Sie wollten sie ja nicht.»

«Verdammt richtig, daß ich sie nicht wollte.»

Rudy legte die Prothese hin und sagte: «Mir wäre es lieber, Sie würden mir gegenüber einen anderen Ton anschlagen. Ich gebe mir schließlich die größte Mühe.»

«Ach ja.»

«Sehen Sie, habe ich Ihnen nicht geraten, einen Spezialisten aufzusuchen?»

«Und habe ich Ihnen nicht zu bedenken gegeben, daß Sie völlig verrückt sind? Die Cops schnüffeln doch zur Zeit überall herum.»

«Na schön», sagte Rudy mit besänftigender Stimme. «Streiten wir uns nicht.»

Drei Wochen war es jetzt her, als Chemo hinter Whispering Palms auf einem blutbesudelten Wasserjet aufgetaucht war – ein Anblick, den Dr. Rudy Graveline für den Rest seines Lebens in seinem Gedächtnis mit sich herumtragen würde. Es war während einer nachmittäglichen Besprechung mit Mrs. Carla Crumworthy passiert, der Erbin des Crumworthy-Slipeinlagenvermögens. Sie war gekommen, um sich wegen der Collageninjektionen zu beschweren, die Rudy Graveline ihr verabreicht hatte, um ihr zu vollen sinnlichen Lippen zu verhelfen, wie sie jede rheumatische einundsiebzig Jahre alte Frau braucht. Mrs. Crumworthy lamentierte, daß das Ergebnis in keiner Weise dem entsprach, was sie sich erhofft hatte, und daß sie nun einer jener Ubangi-Stammesfrauen aus dem *National-Geographic*-Magazin ähnelte, jenen Frauen mit Tontellern im Mund. Und in der Tat machte sich Rudy Graveline Sorgen darüber, was passiert war, denn Mrs. Crumworthys Lippen waren tatsächlich aufgebläht und unnachgiebig und so hart wie Pflastersteine. Während er sie untersuchte (und seine Überlegungen bei sich behielt), fragte Rudy sich, ob er ihr zu viel oder nicht genug Collagen injiziert hatte, oder ob er für seine Injektionen die falschen Punkte ausgewählt hatte. Wie immer die Ursache aussehen mochte, das Resultat war nicht zu leugnen: Mrs. Carla Crumworthy sah aus wie eine Ente, die malvenfarbenen Lippenstift benutzt hatte. Eine Kunstfehler-Jury würde aus diesem Fall eine abendfüllende Show machen.

Dr. Graveline blätterte gerade seine zuverlässige Rolodex-Kartei auf der Suche nach einem ihm wohlgesonnenen Kollegen durch, als Mrs. Crumworthy plötzlich aufsprang und schrie. Während sie auf das Panoramafenster zeigte, das zur Biscayne Bay hinausging, hatte sie entsetzt irgendwelche Wortfetzen vor sich hin gestammelt, wobei ihre riesigen, deformierten Lippen wie schlappe, nasse Kastagnetten aufeinanderschlugen. Rudy hatte keine Ahnung, was sie auszusprechen versuchte.

Er wirbelte herum und sah aus dem Fenster.

Der gelbe Jetski lag auf der Seite und trieb in der Bucht. Irgendwie hatte Chemo sich, triefnaß und splitterfasernackt, über die

Kante der Flutmauer hinter der Klinik gezogen. Er sah nicht gut genug aus, um richtig tot zu sein. Seine grauen Schultern zitterten heftig im Sonnenschein, und seine Augen blickten mit einem irren Glitzern durch aufgequollene violette Schlitze. Chemo schwenkte seinen blutigen Armstumpf, um Dr. Graveline zu zeigen, was mit seiner linken Hand geschehen war. Dabei wies er fast stolz auf den elastischen Druckverband, den er sich aus seiner Jockeyunterhose gebastelt hatte, und Rudy mußte später eingestehen, daß der ihm wahrscheinlich das Leben gerettet hatte.

Mrs. Carla Crumworthy wurde schnellstens in eine private Erholungssuite verlegt und mit Beruhigungsmitteln vollgepumpt, während Rudy und zwei junge Hilfschirurgen Chemo in einen Operationssaal führten. Die Assistenten beharrten darauf, daß er in ein richtiges Traumazentrum in einem richtigen Krankenhaus gehörte, doch Chemo weigerte sich stur. Dies ließ den Ärzten keine andere Wahl, als zu operieren oder ihn verbluten zu lassen.

Sanft davon abgehalten, an dieser Operation teilzunehmen, hatte Rudy sich damit zufriedengegeben, die beiden jungen Burschen ungestört arbeiten zu lassen. Er verbrachte die Zeit damit, sich mit dem benommenen Chemo zu unterhalten, der eine Vollnarkose zugunsten eines intravenösen Demerol-Schusses abgelehnt hatte.

Seit diesem Abend hatte Chemos postoperative Erholung schnelle Fortschritte gemacht und in relativem Luxus stattgefunden, nachdem das gesamte Personal von Whispering Palms instruiert worden war, seine sämtlichen Wünsche zufriedenstellend zu erfüllen. Dr. Rudy Graveline war außerordentlich fürsorglich, da er Chemos Treue und Gefolgschaft nun noch mehr brauchte als je zuvor. Er hatte gehofft, daß die Laune des Killers und sein Kampfgeist bei der Aussicht auf eine völlige Wiederherstellung seines verkürzten Arms wieder aufflackern würden.

«Eine neue Hand», sagte Rudy, «wäre ein wesentlicher Schritt zu einem normalen Leben.»

«Ich hatte niemals ein normales Leben», erklärte Chemo. Sicher, er würde die Hand vermissen, aber noch mehr ärgerte er sich über den Verlust der teuren Armbanduhr.

«Welche anderen Möglichkeiten habe ich noch?» fragte Chemo.

«Was meinen Sie?»

«Ich meine, außer diesen Dingern.»

Er wies mit dem Armstumpf verächtlich auf die künstlichen Hände.

«Nun», sagte Rudy, «ganz ehrlich, ich habe keine Ahnung.» Er nahm die Prothesen von seinem Schreibtisch und packte sie zurück in den Karton. «Ich sagte Ihnen doch schon, daß dies nicht mein Gebiet ist», rechtfertigte er sich vor Chemo.

«Sie versuchen, mich bei irgendeinem anderen Arzt abzuladen, aber das funktioniert nicht. Die Behandlung machen entweder Sie oder niemand.»

«Ich danke für Ihr Vertrauen», sagte Rudy. Er lehnte sich in seinem Sessel vor und setzte eine Brille auf. «Darf ich fragen, was Sie da in Ihrem Gesicht haben?»

Chemo sagte: «Das ist Tipp-Ex.»

Nach einer ausgiebigen Pause fuhr Dr. Graveline fort: «Darf ich fragen ...»

«Vielleicht gehe ich später in den Club. Ich wollte nur diese verdammten Flecken zudecken.»

«Sie haben sie mit Tipp-Ex abgedeckt?»

Chemo nickte. «Ihre Sekretärin hat mir eine Flasche geborgt. Die Farbe ist genau richtig.»

Rudy räusperte sich. «Für Ihre Haut ist das aber nicht so gut. Bitte, lassen Sie mich Ihnen doch lieber eine milde kosmetische Creme verschreiben.»

«Vergessen Sie's», sagte Chemo. «Das Zeug ist ganz gut. Und was machen wir jetzt mit meinem Arm?» Mit der rechten Hand, wies er auf den bandagierten Armstumpf.

Rudy faltete die Hände in seinem Schoß, eine vollkommen entspannte Geste, die verdammt viel professionelles Selbstvertrauen verströmte.

«Wie ich eben schon sagte, wir sind die meisten konventionellen Möglichkeiten durchgegangen.»

Chemo sagte: «Ich hab' was gegen eine Therapie. Ich will etwas, das sich einfach benutzen läßt, das praktisch ist.»

«Ich verstehe», sagte Rudy Graveline.

«Und dauerhaft dazu.»

«Natürlich.»

«Und dann will ich nicht, daß die Leute mich deswegen anstarren.»

Rudy dachte: entzückend. Ein zwei Meter großer, einhändiger Koloß mit Tipp-Ex-Bemalung im Gesicht, und er kann nicht ertragen, daß die Leute ihn angaffen.

«Also was meinen Sie?» drängte Chemo.

«Ich meine», sagte Dr. Rudy Graveline, «daß wir unsere Phantasie spielen lassen sollten.»

Detective John Murdock beugte seine untersetzte, schweinchenhafte Gestalt über das Geländer des Krankenhausbettes und sagte: «Wach schon auf, Wichsgesicht.»

Was eigentlich seine Standardbegrüßung war.

Mick Stranahan schlug die Augen nicht auf.

«Verschwinden Sie», forderte Christina Marks.

Detective Joe Salazar zündete sich eine Camel an und meinte: «Sie sehen aber nicht aus wie eine Krankenschwester. Seit wann tragen Schwestern denn Bluejeans?»

«Das ist wahr», sagte John Murdock. «Ich glaube, Sie sind diejenige, die von hier verschwinden sollte.»

«Ja», pflichtete Joe Salazar ihm bei. «Wir haben mit diesem Mann beruflich zu tun.» Salazar war so klein wie sein Partner, nur war er gebaut wie ein Stoppschild. Ein fettes, leuchtendes Gesicht auf einem stangendürren Körper.

«Jetzt weiß ich, wer Sie sind», sagte Christina. «Sie müssen Murdock und Salazar sein, die krummen Cops.»

Stranahan wäre beinahe laut herausgeplatzt, aber er hielt krampfhaft seine Augen geschlossen und gab sich alle Mühe, den Schlafenden zu mimen.

«Ich sehe schon, was wir da vor uns haben», sagte Murdock. «So eine Art Lily Tomlin, denke ich.»

«Klar», sagte Joe Salazar, obwohl er keine Ahnung hatte, wovon sein Partner redete. Er nahm an, es war jemand, den sie mal gemeinsam festgenommen hatten. «Klar», schickte er hinterher, «eine echte Lily Thomas.»

Christina erklärte: «Der Mann schläft, also warum kommen Sie nicht etwas später wieder?»

«Und warum gehen Sie jetzt nicht raus und wechseln den Tampon oder tun sonst was?» schnappte John Murdock. «Wir haben hier zu tun.»

«Wir haben eine Menge Fragen», fügte Joe Salazar hinzu. Als er die Zigarette aus dem Mund nahm, bemerkte Christina, daß ihr Ende feucht und zermanscht war.

Sie sagte: «Ich war dabei, als es passierte, falls Sie mich danach fragen wollen.»

Salazar hatte eine Fotokopie des Einsatzberichtes der Küstenpatrouille mitgebracht. Er zog das Schriftstück aus der Innentasche seiner Jacke, faltete es auseinander und fuhr mit einem klebrigen braunen Finger über die Seite, bis er zum Kasten mit der Überschrift «Zeugen» gelangte. «Sie sind also C Punkt Marks?»

«Ja», sagte Christina.

«Wir haben im ganzen Dade County nach Ihnen gesucht. Zwei oder drei Wochen haben wir Ausschau gehalten.»

«Ich habe das Hotel gewechselt», sagte sie. Sie war vom Key Biscayne hinüber zum Grove umgezogen, um dem Mercy Hospital näher zu sein.

John Murdock, der ältere der beiden, zog einen Stuhl aus der Ecke an sich heran, drehte ihn um und setzte sich rittlings darauf.

«Genau wie im Kino», sagte Christina. «Denkt man eigentlich besser, wenn man beim Sitzen die Beine so hinstellt?»

Murdock blickte sie finster an. «Angenommen, wir stecken Sie und Ihren knackigen kleinen Arsch mal für ein oder zwei Nächte in den Weiberknast. Würde Ihnen das Spaß machen? Sie sind dann richtig unter sich, nur Sie und die Nutten, und vielleicht noch ein oder zwei Lesben.»

«Die würden Ihnen Manieren beibringen», sagte Joe Salazar, «und nicht nur das.»

Christina lächelte kühl. «Und da dachte ich doch glatt, Sie wollten nur ein freundliches Schwätzchen halten. Vielleicht sollte ich doch mal den Sicherheitsdienst des Krankenhauses alarmieren, damit die mal nachsehen, was hier läuft. Anschließend hole ich als Krönung die Presse her.»

Mick Stranahan dachte: Sie sollte lieber vorsichtig sein. Diese Burschen sind nicht halb so dämlich, wie sie aussehen.

Murdock erzählte: «Einmal haben wir eine große Lesbe hochgenommen, die sah aus wie Kris Kristofferson. Ich mach' keine Witze, die hatte einen richtigen Bart. Und die war so gefährlich wie 'ne Wildkatze.»

«Wegen Widerstandes gegen die Polizei in zwei Fällen», erinnerte Salazar sich. «Das kam noch zu dem Mord hinzu.»

«Die hat eine andere Frau alle gemacht», schaltete Murdock sich wieder ein. «Mein Gott, was für eine Schweinerei. Ich darf gar nicht dran denken, so kurz vor dem Essen.»

«Irgendwas war doch da mit einem Wasserschlauch», sagte Salazar.

«Es reicht jetzt», protestierte Murdock. «Wie dem auch sei, ich glaube, sie ist immer noch im Untersuchungsbau. Die, die aussieht wie Kris Kristofferson. Ich glaube, sie leitet die Theatergruppe.»

Salazar sagte: «Mögen Sie Theater, Miss Marks?»

«Sicher», sagte Christina. «Aber am liebsten ist mir das Fernsehen. Wart ihr Kerle schon mal im Fernsehen? Vielleicht habt ihr schon von der Reynaldo Flemm Show gehört.»

«Ja», sagte Joe Salazar ganz aufgeregt. «Einmal hab' ich mitbekommen, wie er von ein paar Gewerkschaftsleuten den Arsch versohlt bekam. Alles in Zeitlupe.»

«Ach *das* Arschloch», murmelte Murdock.

«Dann sind wir uns ja endlich mal einig», sagte Christina. «Unglücklicherweise ist er mein Boß. Wir sind hier in der Stadt gerade einer ganz großen Story auf der Spur.»

Die beiden Detectives sahen sich an und versuchten, sich auf einen Plan zu einigen.

Salazar versuchte Zeit zu gewinnen, indem er sich eine frische Camel anzündete.

Von seinem Bett aus genau zuhörend, dachte Mick Stranahan, daß sie jetzt endlich einen Rückzieher machen würden, nur um nicht anzuecken. Keiner dieser beiden Heinis hatte Lust, sein Gesicht zur besten Sendezeit auf dem Bildschirm zu sehen.

Murdock sagte: «Dann erzählen Sie uns mal, was passiert ist.» Salazar stand in der leeren Ecke und lehnte seinen fetten Kopf an die Wand.

Christina sagte: «Haben Sie ein fotografisches Gedächtnis, oder wollen Sie sich nicht lieber ein paar Notizen machen?» Murdock wies auf seinen Partner, der ärgerlich seine Zigarette ausdrückte und ein spiralgeheftetes Notizbuch aus der Jackentasche holte.

Sie begann mit dem, was sie aus dem Ruderhaus von Joeys Garnelenbot gesehen hatte – nämlich den hochgewachsenen Mann mit der Maschinenpistole auf einem Wasserjet. Sie schilderte den beiden Detectives, wie Stranahan das Haus verriegelt und verrammelt hatte und wie der Mann angefangen hatte, in die Ecken zu schießen. Sie erzählte, wie Stranahan an der Schulter verletzt worden war und wie er mit seiner Schrotflinte das Feuer erwidert hatte, bis er das Bewußtsein verlor. Sie berichtete, daß sie draußen ein lautes Klatschen gehört habe, dann einen furchtbaren Schrei; zehn oder fünfzehn Minuten später hörte sie, wie jemand den Wasserjet anließ, aber sie hatte zuviel Angst, um aus dem Fenster zu sehen. Erst als das Motorengeräusch zu einem schwachen Summen in der Ferne herabgesunken war, lugte sie durch die Kugellöcher in der Vordertür, um sich zu vergewissern, daß der Schütze sich verzogen hatte. Sie schilderte den Detectives, wie sie Stranahan halb die Treppe hinuntergeschleppt hatte, zu seinem Boot, und wie sie versucht hatte, ganz alleine den Außenbordmotor in Gang zu setzen. Sie erzählte, wie er benommen über die Bucht gezeigt hatte und meinte, dort gäbe es ein großes Krankenhaus auf dem Festland, und als sie dort ankamen, stand im Boot das Blut schon so hoch, daß sie angefangen hatte, es mit einer Kaffeetasse hinauszuschöpfen.

Nachdem Christina geendet hatte, meinte Detective John Murdock: «Das ist vielleicht eine wilde Geschichte. Ich wette, das *Argosy*-Magazin wäre ganz wild darauf.»

Joe Salazar blätterte in seinem Notizbuch und meinte: «Ich glaube, mir ist da etwas entgangen, Lady. Ich glaube, ich habe an der Stelle nicht aufgepaßt, wo Sie erklärt haben, warum Sie sich überhaupt in Stranahans Haus aufgehalten haben. Vielleicht könnten Sie das noch einmal wiederholen.»

Murdock nickte. «Ja, das würde mich auch interessieren.»

«Ich erzähle Ihnen gerne, warum ich dort war», sagte Christina. «Mr. Flemm wollte Mr. Stranahan im Zusammenhang mit einer bevorstehenden Sendung interviewen, aber Mr. Stranahan weigerte sich. Ich kam dann zu seinem Haus in der Hoffnung, ihn umstimmen zu können.»

«Ich kann mir schon denken, wie», sagte Salazar.

«Joe, jetzt sei nett», warnte sein Partner. «Verraten Sie mir mal eins, Miss Marks, warum wollen Sie einen Ex-Cop interviewen? Er ist doch überhaupt nichts. Seit Jahren nicht mehr beim Staatsanwalt beschäftigt.»

In seinem gespielten Koma fragte Stranahan sich, wie weit Christina Marks wohl gehen würde. Nicht zu weit, hoffte er. «Das Interview drehte sich um eine Affäre, die wir ausgegraben hatten, und das ist alles, was ich Ihnen dazu mitteilen kann.»

Murdock meinte: «Donnerwetter, ich hoffe nur, daß das Ganze nicht mit Mord in Zusammenhang steht.»

«Ich kann wirklich nicht ...»

«Denn Mord ist unser Hauptanliegen. Meins und Joes.»

Christina Marks erklärte: «Ich bin Ihnen so weit entgegengekommen, wie es mir möglich war.»

«Und Sie waren einfach riesig», sagte Murdock. «Tatsache ist, daß ich fast vergessen habe, warum wir überhaupt hergekommen sind.»

«Ja», sagte Detective Joe Salazar, «die Fragen, die wir stellen müssen, können Sie wirklich nicht beantworten. Trotzdem vielen Dank.»

Murdock schob den Stuhl zurück in die Ecke. «Sehen Sie, wir müssen uns mit unserem Rip Van Rambo unterhalten. Deshalb finde ich, daß Sie lieber gehen sollten.» Er lächelte zum ersten Mal. «Und wegen der Bemerkung über Ihre Binde möchte ich mich entschuldigen. Das war nicht sehr professionell, wie ich zugeben muß.»

«Da war doch was mit Tampons», sagte Joe Salazar.

«Vergiß es.»

Christina Marks erklärte mit Nachdruck: «Ich werde dieses Zimmer nicht verlassen. Dieser Mann erholt sich gerade von einer ernsten Schußwunde, und Sie sollten ihn jetzt nicht stören.»

«Wir haben mit seinem Arzt gesprochen ...»

«Sie lügen.»

«Okay, wir haben den Typen angerufen. Aber er hat sich nicht gemeldet.»

Salazar trat an das Krankenbett und meinte: «Er sieht gar nicht so schlecht aus. So oder so, drei Wochen sind eine lange Zeit. Weck ihn auf, Johnny.»

«Dann tun Sie, was Sie nicht lassen können», sagte Christina. Sie holte einen Schreibblock aus ihrer Schultertasche, schraubte die Kappe von einem Filzschreiber ab und setzte sich in Positur, um alles mitzuschreiben.

«Was, zum Teufel, tun Sie da?» fragte Salazar.

«Vergiß sie», sagte Murdock. Er beugte sich dicht über Stranahans Gesicht und säuselte: «Miihick, Buddy? Aufwachen!»

Stranahan grunzte schläfrig und blies eine Mundvoll schaler, heißer Luft mitten in Murdocks Gesicht.

«Heiliger Himmel», stieß der Detective hervor und wandte den Kopf ab.

Salazar sagte: «Johnny, ich möchte schwören, er ist längst wach.» Er legte eine Hand hinter Stranahans Ohr und rief: «He, Wichsgesicht, bist du wach?»

«Hören Sie auf», meinte Christina.

«Ich weiß, wie man das feststellen kann», fuhr Salazar fort. «Pack ihm am Schwanz. Wenn er schläft, dann tut er nichts. Wenn er jedoch wach ist, dann fegt er wie eine Rakete aus dem verdammten Bett raus.»

Murdock sagte: «Ach, du bist doch verrückt.»

«Meinst du denn, er ließe einen von uns an seinen Riemen, wenn er hellwach wäre? Ich sage dir, Johnny, das ist eine todsichere Methode, es herauszufinden.»

«Okay, dann mach du's.»

«Nee-nee. Wir werfen eine Münze.»

«Du kannst mich mal, Joe. Ich faß keinem Mann an die Eier. Dafür zahlt das County mir nicht genug.»

Stranahan lag da und dachte: Bist ein braver Junge, Johnny, halte dich nur schön an die Vorschriften.

Aus der Ecke erklang Christinas Stimme: «Wenn Sie ihn auch nur mit dem kleinen Finger anrühren, dann werde ich dafür sorgen, daß Mr. Stranahan Sie beide bis in alle Ewigkeit verklagt. Sobald er aufwacht.»

«Nicht wieder diese alte Leier», meinte Salazar mit einem freudlosen Lachen.

Sie sagte: «Irgendeinen armen Teufel auf der Straße zusammenschlagen ist eine Sache. Aber einen Mann unsittlich berühren, der bewußtlos in einem Krankenhausbett liegt – was meinen Sie, was die Polizeigewerkschaft dazu sagt? Sie sind gerade dabei, Ihre Pensionen aufs Spiel zu setzen.»

Murdock bedachte Christina Marks mit einem bitteren Blick. «Wenn er aufwacht, dann sagen Sie ihm folgendes. Bestellen Sie ihm, wir wüßten, daß er seine Ex-Frau ertränkt hat, deshalb sollte er nicht allzu überrascht sein, wenn wir in Stiltsville mit einem wasserdichten Haftbefehl auftauchen. Bestellen Sie ihm auch, es sei sicherlich besser, wenn er diesen alten Kasten verkauft, für den Fall daß hier ein Sturm durchmarschiert, während er in Raiford sitzt.»

Mit sekretärinnenhaftem Gleichmut schrieb Christina jedes Wort auf den Schreibblock. Murdock schnaubte und marschierte durch die Tür hinaus. Joe Salazar folgte ihm mit zwei Schritten Abstand, während er sein eigenes Notizbuch wegsteckte und sich eine neue Camel aus der Packung fischte.

«Lady», quetschte er dabei aus einem Mundwinkel heraus, «Sie sollten sich etwas mehr Respekt vor amtlichen Organen angewöhnen.»

An diesem Wochenende trat eine berüchtigte Punkband namens Fudge Packers im Gay Bidet auf. Freddie mochte sie überhaupt nicht. Jeden Abend gab es Schlägereien; mit den Skinheads, den Latin Kings, den 34th Street Players. Das war etwas, das Freddie überhaupt nicht verstand: Warum dieses Volk überhaupt erschien, um sich eine solche Band anzuhören. Gewöhnlich hatten sie einen besseren Geschmack. Die Fudge Packers waren ganz einfach furchtbar – vier verdammte Baßgitarren, also was für eine Musik sollte das sein? Kein Wunder, daß jedermann zu Prügeln aufgelegt war: das lenkte sie wenigstens von dem Lärm ab.

Seit Chemo verschwunden war, hatte Freddie einen neuen Chefrausschmeißer namens Eugene angeheuert, einen Kerl, der früher mal in der World Footballeague gespielt hatte. Eugene war schon in Ordnung, groß wie ein Müllwagen, aber er schien die Leute nicht in der gleichen Weise beeindrucken zu können wie Chemo. Außerdem war er langsam. Manchmal brauchte er fünf Minuten, um von der Bühne herunterzuspringen und in der Menge einige Schädel einzuschlagen. Im Vergleich mit ihm hatte Chemo sich bewegt wie eine Katze.

Freddie machte sich auch Sorgen wegen Eugenes Vorbehalten hinsichtlich seiner Arbeit. Er war gerade eine Woche im Gay Bidet und beklagte sich bereits darüber, wie laut die Musik war, und ob man nicht etwas leiser spielen könne? Du machst wohl Witze, hatte Freddie gesagt, leiser spielen? Aber Eugene meinte, jawohl, er habe verdammt noch mal richtig gehört, seine Trommelfelle brächten ihn noch um. Er sagte, wenn seine Ohren derart schmerzten, dann könnte er am Ende noch taub werden und würde wegen einer Unfallentschädigung klagen müssen, und Freddie fragte, was ist das denn? Dann fing Eugene an, von seinen Footballverletzungen zu erzählen, und danach von irgendeinem Unfall, den er als Arbeiter auf irgendeiner Baustelle in Homestead gehabt habe. Er erzählte Freddie, daß die Gewerkschaft sich stets um ihn gekümmert hätte, und wie er einmal sechs Wochen wegen einer schweren Leistenzerrung auf dem Bauch lag und ihm trotzdem kein Lohnscheck entgangen sei. Nicht ein einziger.

Freddie konnte so eine Geschichte kaum glauben. Für ihn klang das wie aus dem tiefsten kommunistischen Rußland. Er freute sich daher, als Chemo wieder an seinen Arbeitsplatz zurückkehrte.

«Eugene, du bist gefeuert», sagte Freddie. «Hol dir deine Leistenzerrung woanders.»

«Wie bitte?» sagte Eugene, legte den Kopf schräg und beugte sich vor.

«Jetzt zieh bei mir ja nicht deine Taubennummer ab», warnte Freddie. «Sieh zu, daß du verschwindest.»

Als er Freddies Büro verließ, betrachtete Eugene seinen riesigen Nachfolger. «Mann, was ist dir denn passiert?»

«Ein Gartenunfall», erwiderte Chemo. Eugene verzog mitfühlend das Gesicht und verabschiedete sich.

Freddie sah Chemo an. «Gott sei Dank bist du wieder da. Ich will gar nicht fragen, was los war.»

«Na los. Frag doch.»

«Ich glaube, lieber nicht», sagte Freddie. «Sag mir nur eins, bist du okay?»

Chemo nickte. «Bestens. Übrigens, die neue Band klingt wie gekotzt.»

«Ja, ich weiß», sagte Freddie. «Himmel, du solltest mal das Volk erleben. Sei ja vorsichtig da draußen.»

«Ich bin bereit», sagte Chemo und hob seinen linken Arm, um Freddie sein neues Werkzeug zu zeigen. Er und Rudy Graveline hatten es in einem Werkzeugladen gefunden.

«Donnerwetter», sagte Freddie mit großen Augen.

«Ich habe es extra für eine Sechs-Volt-Batterie umbauen lassen», erklärte Chemo. Er tätschelte die Ausbuchtung unter seiner Achselhöhle. «Ich habe das Ding mit Klebeband befestigt. Es wiegt nur neun Pfund.»

«Hübsch», sagte Freddie und dachte gleichzeitig: Heiliger Himmel, das kann doch nicht wahr sein.

Ein kurzes Stück eloxiertes Aluminiumrohr ragte aus der Polsterung um Chemos Armstumpf. Am Ende des Rohrs war eine rote, untertassengroße Scheibe aus Hartplastik befestigt. Unterhalb der Scheibe und auf ein Stück Rohr aufgewickelt befand sich ein kurzes Stück einer einfädigen Achtzig-Pfund-Angelschnur.

Freddie sagte: «Okay, jetzt frage ich.»

«Das ist eine Motorsense», sagte Chemo. «Siehst du?»

15

George Graveline war sonnengebräunt und knorrig und sehnig, mit brotlaibdicken Armen und breiten Elvis-Koteletten. Der perfekte Baumtrimmer.

George war überhaupt nicht neidisch auf seinen jüngeren Bruder, den plastischen Chirurgen. Rudy verdiente all die schönen Dinge im Leben, dachte George, denn Rudy war scheinbar eine ganze Ewigkeit lang aufs College gegangen. Nach Georges Auffassung war all der Reichtum der Welt es nicht wert, daß man jahrelang in stickigen Vorlesungssälen herumsaß. Außerdem liebte er seinen Job als Baumtrimmer. Er liebte den Geruch von Sägemehl und frischen Schößlingen, und er liebte es, Wespennester zu vergasen; er liebte eben die ganze verdammte Natur. Selbst die Winter konnten in Florida furchtbar heiß sein, aber man konnte sich darauf einstellen. George Graveline hatte ein Motto, nach dem er getreulich lebte: Parke stets im Schatten.

Er sah seinen reichen Bruder nicht oft, aber das war ganz in Ordnung. Dr. Rudy war ein vielbeschäftigter Mann, und das war George auch. In Miami hatte ein guter Baumtrimmer alle Hände voll zu tun: Das ganze Jahr über wuchsen die Pflanzen, es gab keine richtigen Jahreszeiten, keine Zeit, sich auszuruhen. Im wesentlichen hatte man seine schwarzen Oliven und die gemeinen Feigenbäume, aber bei denen war das große Problem nicht die Äste, sondern die Wurzeln. Ein zwanzig Jahre alter Feigenbaum hatte ein Wurzelsystem, das die gesamte New Yorker U-Bahn verschlingen konnte. Dann waren da noch die Exoten: die australische Kiefer, die Melaleukas und diese gottverdammten brasilianischen Pfefferbäume, die von den meisten fälschlicherweise als Holunder bezeichnet wurden. Die Dinger wucherten wie Unkraut, aber George mochte sie, weil die Wurzeln nicht so schlimm waren und weil zwei kräftige Männer einen ohne Schwierigkeiten aus dem Erdboden reißen konnten. Am liebsten hatte er es jedoch, wenn die Leute ihre brasilianischen Pfefferbäume getrimmt haben wollten. Durchweg waren diese Kunden noch nicht lange in Florida ansässig, Neu-Vorstädter, die es noch nicht übers Herz brachten, einen lebendigen Baum tatsächlich zu *töten.* Daher baten sie George Graveline, ihn nur ein wenig zu beschneiden, und George erwiderte dann, sicher doch, kein Problem, während er wußte, daß er in drei Monaten noch dichter und buschiger sein und ihre wertvollen Hibiskushecken ersticken würde. Es ließ sich nicht leugnen, daß im Pfefferbaumgeschäft gutes Geld zu verdienen war.

Am Morgen des zehnten Februar fällten George Graveline und seine Mannschaft eine Reihe australischer Kiefern an der Krome Avenue, um Platz zu schaffen für den Bau eines neuen Staatsgefängnisses. George und seine Männer brachen sich nicht gerade einen ab, da es sich um einen Regierungsauftrag handelte und so gut wie nie jemand vorbeikam, um sich vom Stand der Arbeiten zu überzeugen. George parkte im Schatten, wie üblich, verzehrte ein Roastbeefsandwich und trank dazu eine Flasche Budweiser. Die Fahrertür stand offen, und das Radio war auf eine Station mit Countrymusik eingestellt, obgleich von der Musik nur Fetzen zu hören waren neben dem durchdringenden Rattern und Röhren des Holzschredders, der an Georges Truck angehängt war. Das ständige Kreischen der Maschine störte George nicht; er hatte sich daran gewöhnt, Merle Haggard nur noch taktweise aus dem Radio zu hören und es seiner Phantasie zu überlassen, die Melodielücken aufzufüllen.

Als er gerade den letzten Bissen seines Sandwiches verspeiste, sah George in den Rückspiegel und bemerkte einen blonden Mann, der einen Arm in einer Schlinge trug. Bekleidet war der Mann mit Bluejeans, Stiefeln und einem Flanellhemd, dessen linker Ärmel abgeschnitten war. Er stand direkt neben dem Holzschredder und verfolgte, wie Georges Männer Kiefernstumpen in den stählernen Rachen stopften.

George sprang aus dem Truck. «He, nicht zu nah ran!»

Der Mann machte gehorsam einen Schritt rückwärts. «Das ist eine tolle Maschine.» Er wies auf den Holzschredder. «Sieht noch völlig neu aus.»

«Ich hab' sie schon einige Jahre», sagte George Graveline. «Suchen Sie Arbeit?»

«Nee», erwiderte der Mann, «nicht mit diesem gebrochenen Flügel. Eigentlich wollte ich den Boß sprechen. George Graveline.»

George wischte sich den Bratensaft von den Fingern. «Das bin ich», sagte er.

Der Vorarbeiter wuchtete einen weiteren Kiefernstamm in den Schredder. Der Besucher wartete, bis das Knirschen aufhörte, dann sagte er: «George, mein Name ist Mick Stranahan.»

«Howdy, Mick.» George streckte ihm seine rechte Hand entgegen. Stranahan schüttelte sie.

«George, wir kennen uns nicht, aber ich glaube, ich kann mit Ihnen offen reden.»

«Klar doch.»

«Es geht um Ihren kleinen Bruder.»

«Rudolph?» Wachsam verschränkte George die kräftigen Arme.

«Ja, George», sagte Stranahan. «Sehen Sie, Rudy versucht seit kurzem, mich umzubringen.»

«Häh?»

«Begreifen Sie das? Zuerst engagiert er irgendeinen Killer von der Mafia, damit er das erledigt, und jetzt schickt er den größten Burschen der Welt los, der die schlimmste Akne der Welt im Gesicht hat. Ich weiß nicht, was ich dazu sagen soll, aber wenn ich ganz ehrlich bin, dann bin ich ganz schön sauer.» Stranahan blickte auf seine Armschlinge. «Das habe ich von einer .45er Maschinenpistole. Geben Sie zu, George, Sie würden sich auch ärgern.»

George Graveline ließ seine Zungenspitze durch seinen Mund wandern, als suchte er nach einer verlorengegangenen Portion Kautabak. Der Vorarbeiter steckte weiterhin Stücke von Kieferstämmen in den Holzschredder, der sie als Sägemehl und Splitter wieder ausspuckte. Stranahan bedeutete George mit einer Geste, sie sollten sich lieber ins Führerhaus des Trucks setzen und sich dort in Ruhe unterhalten, wo es um einiges leiser wäre.

Stranahan ließ sich auf den Beifahrersitz sinken und drehte die Countrymusik leise. George meinte: «Hören Sie, Mister, ich weiß nicht, wer Sie sind, aber …»

«Ich habe Ihnen gesagt, wer ich bin.»

«Sie haben mir nur Ihren Namen genannt.»

«Ich bin eine Art Privatdetektiv, George, wenn Ihnen das weiterhilft. Vor ein paar Jahren habe ich für den Staatsanwalt gearbeitet. Vorwiegend war ich mit Mordfällen beschäftigt.»

George blinzelte nicht einmal, sondern starrte ihn an wie eine

Kröte. Stranahan gewann den Eindruck, daß der Mann ihn jeden Augenblick schlagen würde.

«Ehe Sie etwas unglaublich Dummes tun, George, sollten Sie mir kurz zuhören.»

George lehnte sich aus dem Fenster des Trucks und rief seinem Vorarbeiter zu, er solle Mittagspause machen. Das Jaulen des Schredders erstarb, und plötzlich saßen die beiden Männer in totaler Stille da. «Danke sehr», sagte Stranahan.

«Reden Sie.»

«Am zwölften März 1986 führte Ihr Bruder an einer jungen Frau namens Victoria Barletta eine Operation durch. Etwas Furchtbares geschah, George, und sie starb auf dem Operationstisch.»

«Ist nicht wahr!»

«Ihr Bruder Rudy geriet in Panik. Er hatte bereits endlose Schwierigkeiten wegen seiner Lizenz als Arzt – nun, und einen Patienten zu töten, das wäre niemals toleriert worden. Noch nicht einmal in Florida. Ich glaube, Rudy hatte ganz einfach nur Angst.»

George Graveline meinte: «Sie reden nur Scheiße.»

«Der Fall gelangte zu mir, und zwar als Entführung und möglicherweise auch Mord. Jedermann ging davon aus, daß das Mädchen von einer Bank an der Bushaltestelle vor der Klinik Ihres Bruders entführt worden war, weil seine Aussage diese Vermutung geradezu zwingend nahelegte. Aber nun, George, sind neue Informationen aufgetaucht.»

«Was für Informationen?»

«Informationen der schlimmsten Art», fuhr Mick Stranahan fort. «Und aus irgendeinem Grund glaubt Ihr Bruder, daß ich in ihrem Besitz bin. Aber das bin ich nicht, George.»

«Dann werde ich ihm raten, er soll Sie in Ruhe lassen.»

«Das ist sehr vernünftig, George, aber ich fürchte, so einfach ist es nun doch nicht. Die Dinge sind etwas außer Kontrolle geraten. Ich meine, sehen Sie sich nur meine verdammte Schulter an.»

«Mmmm», machte George Graveline.

Stranahan sagte: «Kommen wir auf die junge Frau zurück. Ihre Leiche wurde nie gefunden, nicht eine Spur. Das ist überaus ungewöhnlich.»

«Ist es das?»

«Ja, das ist es.»

«Also?»

«Nun, Sie wissen nicht zufälligerweise, was geschehen ist, oder?»

George schüttelte den Kopf. «Mann, Sie haben Nerven.»

«Ja, ich glaube, die habe ich. Aber was ist mit der Antwort auf die Frage?»

«Wie wäre es denn damit?» fragte George Graveline und streckte die Hände nach Mick Stranahans Kehle aus.

Mit seinem gesunden Arm fing Stranahan Georges krötenäugigen Angriff ab. Er packte einen der beiden dicken kurzen Daumen des Baumtrimmers und drehte ihn sauber aus dem Gelenk heraus. Es gab einen nur schwach hörbaren Knall wie bei einer Flasche schon schal werdenden Champagners. George quiekte nur, während die Farbe aus seinem Gesicht wich. Stranahan ließ den nun schlaffen Daumen los, und George klemmte ihn zwischen seine Knie und versuchte, den Schmerz wegzudrücken.

«Also wirklich, das tut mir aufrichtig leid», sagte Stranahan.

George umklammerte seine Hand und keuchte: «Raus hier!»

«Wollen Sie sich denn nicht den Rest meiner Theorie anhören, die ich auch den Cops erzählen werde? Darüber, wie Sie die Leiche des armen Girls in den Holzschredder gestopft haben, um den Arsch Ihres Bruders zu retten?»

«Machen Sie nur weiter», brüllte George Graveline, «ehe ich Sie eigenhändig erschieße!»

Mick Stranahan stieg aus Georges Truck, schloß die Tür und beugte sich durch das offene Seitenfenster herein. «Ich denke, Sie übertreiben in Ihrer Reaktion maßlos», sagte er zu dem Baumtrimmer. «Wirklich, Sie überziehen!»

«Leck mich!» erwiderte George keuchend.

«Prima», sagte Stranahan. «Ich hoffe nur, daß Sie zur Polizei nicht so unfreundlich sind.»

Christina Marks blickte ihrer Wiedervereinigung mit Reynaldo Flemm mit gemischten Gefühlen entgegen. Sie trafen sich um halb eins im Foyer des Sonesta.

Sie sagte: «Du hast irgendwas mit deinem Haar gemacht.»

«Ich habe es wachsen lassen», meinte Flemm verlegen. «Wo warst du überhaupt? Oder ist das ein solches Geheimnis?»

Christina konnte sich wegen seines Aussehens nicht beruhigen.

Sie umkreiste ihn zweimal und starrte ihn an. «Ray, es gibt keinen, dessen Haare so schnell wachsen.»

«Es war schließlich zwei Wochen lang Ruhepause.»

«Aber es fällt dir ja bis auf die Schultern.»

«Na und?»

«Und es ist so gelb.»

«Blond, verdammt noch mal.»

«Und so ... seltsam.»

Steif entgegnete Reynaldo Flemm: «Es wurde Zeit für eine neue Fassade.»

Christina Marks fuhr mit den Fingern durch die Locken und meinte: «Das ist ja eine Perücke!»

«Vielen Dank, Miss Agatha Christie.»

«Jetzt sei nicht gleich sauer», sagte sie. «Mir gefällt sie.»

«Tatsächlich?»

Mehr und mehr über seine äußere Erscheinung verzweifelnd, seit seinem Besuch im Whispering-Palms-Sanatorium, war Reynaldo Flemm nach New York zurückgeflogen und hatte dort einen berühmten Farbenspezialisten aufgesucht, der ihm geraten hatte, daß blondes Haar ihn mindestens zehn Jahre jünger aussehen ließe. Dann hatte ein Maskenbildner bei ABC Reynaldo verraten, daß lange Haare seine Nase schlanker erscheinen ließen, während gelockte lange Haare außerdem vor der Kamera mindestens zwanzig Pfund von seinen Hüften wegnehmen würden.

Ausgestattet mit diesem fachmännischen Rat, hatte Reynaldo sich an Tina Turners Perückenstylisten gewandt, der vollkommen ausgebucht war, ihm jedoch einen vielversprechenden jungen Protegé in SoHo empfehlen konnte. Der Name dieses jungen Stylisten war Leo, und er tat so, als erkenne er Reynaldo Flemm aus dem Fernsehen, was alles an Verkaufstaktik war, was er brauchte. Reynaldo erklärte Leo in Grundzügen, was er wollte, und Leo zeigte ihm eine Siebenhundert-Dollar-Perücke, die aussah, als stammte sie gerade vom Kopfe Robert Plants, des Rocksängers. Oder auch von Dyan Cannon.

Reynaldo war es gleichgültig. Das war genau der Stil, den er suchte.

«Mir gefällt sie wirklich», sagte Christina Marks, «nur sollten wir uns wegen des puertorikanischen Schnurrbarts etwas einfallen lassen.»

Flemm blieb stur. «Der Schnurrbart bleibt. Ich trage ihn seit meinem ersten Emmy.» Er legte ihr die Hände auf die Schultern. «Und nun erzähl mir doch mal, was zum Teufel eigentlich los ist.»

Christina hatte mit Reynaldo seit dem Tag, an dem Mick Stranahan angeschossen worden war, nicht mehr gesprochen, und auch bei dieser Gelegenheit hatte sie ihm so gut wie nichts erzählt. Sie hatte ihn aus der Notaufnahme des Mercy Hospitals angerufen und ihm mitgeteilt, etwas Ernstes sei geschehen. Reynaldo hatte gefragt, ob sie verletzt war, und Christina hatte das verneint. Dann hatte Reynaldo gefragt, was denn so verdammt ernst sei, und sie hatte erwidert, er würde ein paar Wochen warten müssen, da die Polizei in die Angelegenheit verwickelt sei und daß die ganze Barletta-Story platzen würde, wenn sie sich jetzt nicht zurückhielten. Sie hatte ihm versprochen, sich nach einigen Tagen wieder bei ihm zu melden, aber alles, was sie tat, war, eine Nachricht in Reynaldos Fach im Hotel zu hinterlassen. Die Nachricht bestand aus der Bitte an ihn, noch Geduld zu haben, und Reynaldo hatte gedacht, dann eben nicht, und war nach Manhattan zurückgekehrt, um sich neue Haare zu suchen.

«Also», sagte er nun zu Christina, «dann laß mal hören.»

«Gehen wir dort hinüber», sagte sie und führte ihn zu einer Nische im Hotelcafé. Sie wartete, bis er in ein Biskuit gebissen und den Mund voll hatte, ehe sie ihm von der Schießerei erzählte.

«Herrgott!» rief Flemm aus und spuckte Biskuitkrümel. Es sah fast so aus, als finge er gleich an zu weinen, was er auch wirklich tat.

«Auf dich wurde geschossen? Wirklich?»

Christina nickte beklommen.

«Mit einer Maschinenpistole? Wirklich und wahrhaftig?» Traurig fügte er hinzu: «War es eine Uzi?»

«Das weiß ich nicht, Ray.»

Christina wußte, daß ihm fast das Herz brach; während seiner gesamten Fernsehkarriere wartete Reynaldo auf eine solche Gelegenheit. Einmal hatte er, ziemlich betrunken, Christina verraten, daß sein heimlicher Wunsch darin bestand, in den Oberschenkel geschossen zu werden – live im nationalen Fernsehen. Kein lebensbedrohender Treffer, sondern gerade ernst genug, um ihn zu Boden zu schicken. «Ich bin es leid, verprügelt zu werden», hatte er Christina an jenem Abend erklärt. «Ich möchte in neue Bereiche vorstoßen, etwas Neues anfangen.» In Reynaldos heimlichem Traum wackelte die Fernsehkamera beim Lärm von Gewehrschüssen, dann folgte ein Schwenk auf seine ausgestreckte, blutbefleckte Gestalt auf dem Straßenpflaster. In seinem Traum umklammerte Reynaldo sein Mikrofon und setzte tapfer seine Reportage fort, während Sanitäter fieberhaft tätig waren, um sein Leben zu retten. Die letzte Aufnahme, so wie Reynaldo es träumte, war eine Nahaufnahme von seinem berühmten Gesicht: das ausgeprägte Kinn, die Zähne vor Schmerz krampfhaft zusammengebissen, ein verzerrtes Grinsen, mit dem er seine gediegenen Jacketkronen blitzen ließ. Dann die typische Absage: «Sie sahen Reynaldo Flemm in seiner Sendung *Auge in Auge*!» – während die Türen des Krankenwagens zuschlugen.

«Das kann ich nicht glauben», stöhnte Reynaldo bei seinem Frühstück. «Nicht auf die Produzenten sollte geschossen werden, sondern auf den Star!»

Christina Marks trank einen Drei-Dollar-Orangensaft. «Erstens Ray, war nicht ich es, die einen Treffer abbekam …»

«Ja, aber …»

«Zweitens hättest du dir in die Hose gemacht, wenn du dort gewesen wärst. Das ist kein Spiel mehr, Ray. Jemand versucht, Stranahan zu ermorden. Wahrscheinlich derselbe Kerl, der seine Ex-Frau umgebracht hat.»

Flemm schmollte noch immer. «Warum hast du mich nicht informiert, daß du nach Stiltsville wolltest?»

«Du hast dich in deinem Zimmer eingeschlossen, weißt du noch? Wo du deinen Körper ausgemessen hast.» Christina tätschelte seinen Arm. «Nimm noch etwas Marmelade.»

Besorgt fragte Reynaldo: «Heißt das, daß du das Interview machst? Ich meine, schließlich warst du Augenzeugin der Schießerei und nicht ich.»

«Ray, ich habe absolut kein Interesse, ein Interview zu geben und Fragen zu beantworten. Ich möchte nicht vor der Kamera stehen.»

«Ist das dein Ernst?» Seine Stimme troff vor Erleichterung. Bemitleidenswert, dachte sie; der Mann ist bemitleidenswert.

Reynaldo Flemm räusperte sich und meinte: «Ich selbst habe auch einige schlechte Nachrichten, Chris.»

Christina tupfte sich die Mundwinkel mit einem Serviettenzipfel ab. «Hängt es mit deinem Trip nach New York zusammen?»

Flemm bejahte mit einem Nicken.

«Und, vielleicht, Maggie Gonzalez?»

«Ich fürchte, ja.» sagte er.

«Sie ist schon wieder verschwunden, nicht wahr, Ray?»

Flemm sagte: «Wir hatten uns zum Abendessen im Palm verabredet.»

«Und sie ist nicht gekommen.»

«Stimmt», sagte er.

«War das bevor oder nachdem du ihr die fünfzehntausend geschickt hast?» erkundigte Christina sich.

«He, ich bin doch nicht blöd. Ich hab' ihr nur die Hälfte geschickt.»

«Scheiße.» Christina trommelte mit den Fingernägeln auf dem Tisch.

Reynaldo Flemm seufzte und wandte sich ab. Geistesabwesend fuhr er sich mit der Hand durch die neuen goldenen Locken. «Es tut mir leid», sagte er schließlich. «Möchtest du die Story immer noch fallenlassen?»

«Nein», sagte Christina, «das möchte ich nicht.»

Mick Stranahan ging den ganzen Vormittag Verbrecherfotos durch und wußte, daß er das Gesicht des Killers nicht finden würde.

«Sehen Sie trotzdem nach», sagte Al García.

Stranahan blätterte die nächste Seite um. «Bilde ich mir das nur ein», sagte er, «oder werden diese Arschlöcher von Jahr zu Jahr häßlicher?»

«Das ist mir auch schon aufgefallen», sagte García.

«Wo wir gerade davon reden, ich hatte einen freundschaftlichen Besuch von Murdock und Salazar im Krankenhaus.» Stranahan erzählte García, was geschehen war.

«Ich melde das den I. A., wenn Sie wollen», sagte García.

I. A. war die Abteilung Innere Angelegenheiten, wo die Detectives Murdock und Salazar wahrscheinlich beide eine Akte hatten, die so dick war wie das Branchenverzeichnis von Dade County.

«Fahren Sie keine schweren Geschütze auf», wehrte Stranahan ab. «Ich wollte nur, daß Sie wissen, was die Typen vorhaben.»

«Wichser», knurrte García. «Ich überleg' mir was.»

«Ich dachte, Sie hätten Einfluß.»

«Einfluß? Alles, was ich habe, ist eine Zehn-Cent-Empfehlung und einen angeschlagenen Arm genau wie Sie. Nur stammt meiner von einer abgesägten Schrotflinte.»

«Ich bin beeindruckt», sagte Mick Stranahan. Er schloß das Verbrecheralbum und schob es über den Tisch. «Dort ist er nicht drin, Al. Haben Sie auch einen Band mit Zirkusfreaks?»

«So schlimm, häh?»

Stranahan sagte: «Schlimm ist nicht das richtige Wort.» Das war es nicht.

«Wollen Sie es mal mit einer Zeichnung versuchen? Ich rufe eben einen der Künstler.»

«Nein, ist schon gut», sagte Stranahan. «Ich wüßte gar nicht, wo ich anfangen sollte. Al, so einen Typen würden Sie nicht für möglich halten.»

Der Detective biß die Spitze einer Zigarre ab. «Er muß derselbe Bursche sein, der Chloe auf dem Gewissen hat. Tatsache ist, daß ich Zeugen habe, die ihn draußen am Bootshafen sahen, wo sie einen Drink nahmen und sich unterhielten wie die dicksten Freunde.»

«Sie hatte bei Männern immer einen guten Geschmack.» Stranahan stand auf und tastete vorsichtig seine Armschlinge ab.

«Wo wollen Sie hin?»

«Ich mache mal einen Einbruch.»

«Jetzt reden Sie nicht solchen Unsinn.»

«Es stimmt aber, Al.»

«Das glaube ich nicht. Sagen Sie, daß Sie mich verscheißern, Mick.»

«Wenn Sie sich dann besser fühlen.»

«Und rufen Sie mich an», sagte García mit leiser Stimme, «wenn Sie irgend etwas Interessantes finden.»

Um halb vier verschaffte Stranahan sich zum zweitenmal Zutritt zu Maggie Gonzalez Wohnung. Als erstes spielte er das Band auf ihrem Anrufbeantworter ab. Es gab Nachrichten von mehreren Verwandten, die alle wissen wollten, warum Maggie nicht zur Taufe des Babys ihrer Cousine Gloria gekommen war. Die einzige Nachricht, die Mick Stranahan interessierte, kam vom Essex Hotel in New York. Eine näselnde weibliche Angestellte bat darum, daß Miss Gonzales sich umgehend im Hotel wegen einer Reinigungsrechnung von dreiundvierzig Dollar melden möge, die Maggie vor ihrem Auszug zu bezahlen vergessen hatte. Die Angestellte des Essex House hatte klugerweise Zeit und Datum des Anrufs hinterlassen: achtundzwanzigster Januar um zehn Uhr vormittags.

Als nächstes blätterte Mick Stranahan einen dicken Stapel Post von Maggie Gonzalez durch, bis er die jüngste Visa Card-Abrechnung fand, die er sich am Küchentisch genau ansah. Daß Maggie das Geld von jemand anderem in Manhattan verbrauchte, war klar: Sie hatte ihre eigene Kreditkarte nur zweimal benutzt. Ein Eintrag belief sich über $ 35,50 bei einem Ticket-Service, vermutlich die Eintrittskarte für eine Broadway-Show; die andere Belastung kam von einem Bekleidungsladen und belief sich auf $ 179,40, mehr als Maggie damals an Bargeld bei sich hatte. Der Bekleidungsladen befand sich im Plaza Hotel; der Kauf war am ersten Februar getätigt worden.

Mick Stranahan traf gerade Anstalten, die Wohnung zu verlassen, als Maggies Telefon zweimal klingelte und dann auf den Beantworter umschaltete. Er lauschte, als sich ein Mann meldete. Stranahan glaubte die Stimme des Mannes zu erkennen. Er hatte nur einmal mit ihm gesprochen.

Die Stimme sprach aufs Band: «Maggie, ich bin's. Ich habe es im Essex versucht, aber man sagte mir, Sie seien ausgezogen ... Hören Sie mal, wir müssen uns wirklich unterhalten. Unter vier Augen. Rufen Sie mich im Büro an. Per R-Gespräch. Wo immer Sie sind, okay? Danke.»

Während der Mann seine Nummer nannte, schrieb Stranahan sie mit einem Bleistift auf der Tischplatte mit. Nachdem der Anrufer aufgelegt hatte, wählte Stranahan 411 und fragte nach der Nummer des Whispering-Palms-Sanatoriums und Operationszentrums in Bal Harbour. Eine Aufnahme gab die Sammelnummer mit 555-7600 an. Die Nummer, die von Maggies Anrufer hinterlassen worden war, lautete 555-7602.

Rudy Graveline, dachte Stranahan, der über seine Büroleitung telefoniert hatte.

Die nächste Nummer, die Stranahan anrief, war die Auskunft von Manhattan. Er ließ sich die Nummer des Plaza geben, rief in der Zentrale an und fragte nach Miss Gonzalez' Zimmer. Eine Frau nahm nach dem vierten Klingeln ab.

«Ist dort Miss Gonzalez?» fragte Stranahan und versuchte, der Stimme einen Brooklyner Akzent zu verleihen.

«Ja, warum?»

«Hier ist der Parterreservice.» Als gebe es auch einen Service oben. «Wir wollen nur wissen, ob Sie heute abend noch irgend etwas für die Reinigung haben.»

«Was reden Sie da? Ich warte immer noch auf die drei Kleider, die ich Ihnen am Sonntag gegeben habe», sagte Maggie ungehalten.

«Oh, das tut mir leid», sagte Mick Stranahan. «Ich kümmere mich sofort darum.»

Dann legte er auf, holte sich das örtliche Telefonbuch von der Küchenanrichte und suchte die Nummer der Delta Airlines heraus.

16

Auf seinem Weg zum Miami International Airport machte Mick Stranahan im Büro seines Schwagers halt. Kipper Garth hatte gerade den Telefonverstärker eingeschaltet und führte ein Gespräch mit einem der Geier von der Brickell Avenue wegen einer Schadenersatzklage im Falle eines schweren Sturzes.

Mick Stranahan trat ein und sagte: «Die Akten?»

Kipper Garth wies auf einen weinroten Sessel und legte einen Finger auf seine wächsernen Lippen.

«Also, Chuckie», sagte er ins Mikrofon des Verstärkers, «was hältst du davon?»

«Ich glaube, wir schaffen zweihundert, wenn wir uns vergleichen», sagte die Stimme am anderen Ende.

«Zweihundert!» rief Kipper Garth aus. «Chuckie, du spinnst. Die Frau ist über ihren eigenen verdammten Dackel gestolpert!»

«Kip, sie werden einverstanden sein», meinte der andere Anwalt. «Es ist die größte Supermarktkette in Florida, und die einigt sich immer per Vergleich. Außerdem ist der Hund abgekratzt – und das sind alleine schon fünfzigtausend für seelischen Schmerz.»

«Aber in dem Laden dürfen Hunde überhaupt nicht herumlaufen, Chuckie. Wenn es der Dackel eines anderen gewesen wäre, über den sie stolperte, dann hätten wir etwas in der Hand. Aber das war doch ihre eigene Schuld.»

Spöttisches Gelächter aus dem Lautsprecher. «Kip, Buddy, du denkst nicht wie eine richtige Prozeßpartei», sagte die Stimme. «Ich hab' mich in dem Supermarkt umgesehen, und jetzt rate mal: Nirgendwo ein Schild!»

«Was meinst du?»

«Ich meine, ich habe kein Schild mit einem Hundeverbot gesehen. Es gibt keins in Spanisch. Wie sollte also unsere arme Consuela Bescheid wissen?»

«Chuckie, du bist wunderbar», sagte Kipper Garth. «Wenn das nicht fahrlässiges ...»

«Zweihunderttausend», sagte Chuckie, «soviel schätze ich mal. Wir teilen sechzig–vierzig.»

«Nichts da», sagte Kipper Garth und starrte kalt den Lautsprecher an. «Halbe–halbe. So wie immer.»

«Entschuldige.» Das war Mick Stranahan. Kipper Garth runzelte die Stirn und schüttelte den Kopf; nicht jetzt, wenn er gerade einen Handel abschloß.

Die Stimme am Telefon sagte: «Kip, wer ist da? Ist jemand bei dir?»

«Ganz ruhig, Chuckie, ich bin's nur», sagte Stranahan in Richtung des Kastens. «Sie wissen doch – Kippers Heroindealer. Ich bin gerade vorbeigekommen mit einem Koffer mexikanischem Braunem. Soll ich Ihnen auch gleich ein Kilo reservieren?»

Hektisch drückte Kipper Garth mit zwei Fingern auf die Telefonknöpfe. Die Leitung wurde unterbrochen, und aus dem Lautsprecher erklang das Freizeichen. «Du bist total verrückt», sagte Kipper Garth zu Stranahan.

«Ich muß ein Flugzeug kriegen, Jocko. Wo sind die Graveline-Akten?»

«Du bist völlig von Sinnen», sagte Kipper Garth wieder und versuchte, ruhig zu bleiben. Er summte nach seiner Sekretärin, die drei dicke Büroordner hineinschleppte.

«Wir haben hier einen Konferenzraum, in dem du diesen Mist ungestört lesen kannst.»

Mick Stranahan meinte: «Nein, das ist schon gut so.» Während Kipper Garth mit verhaltener Wut zusah, blätterte Stranahan eilig die Akten über Rudy Graveline durch. Es war noch schlimmer, als er angenommen hatte – oder besser, je nachdem, welchen Standpunkt man einnahm.

«Siebzehn Beschwerden an die staatliche Kommission», freute sich Stranahan.

«Ja, aber kein Verfahren», meinte Kipper Garth. «Noch nicht einmal eine Rüge.»

Stranahan blickte auf und hob einen der Aktenordner hoch. «Jocko, das ist eine Goldgrube.»

«Schön, Mick, es freut mich, wenn ich dir behilflich sein konnte. Wenn du mich jetzt entschuldigen würdest, es ist schon spät, und ich muß noch einige Telefongespräche führen.»

Stranahan sagte: «Du verstehst mich nicht, ich wollte dieses Zeug für dich, nicht für mich.»

Kipper Garth schaute mürrisch auf seine Armbanduhr. «Du hast recht, Mick, ich verstehe wirklich nicht. Was, zum Teufel, soll ich mit den Graveline-Akten?»

«Namen, Jocko.» Stranahan schlug den obersten Ordner auf und blätterte mit dramatischer Geste die Schriftstücke durch. «Du hast siebzehn Namen, siebzehn Fälle auf einem Silbertablett. Du hast Mrs. Susan Jacoby und ihre Brüste, die nicht mehr gleich sind. Du hast Mr. Robert Mears mit einem linken Auge, das er nicht mehr zumachen kann, und einem rechten, das nicht mehr aufgeht. Du hast, mal sehen, Julia Kelly mit einer Nase, die aussieht wie ein übergroßer Schraubenzieher – mein Gott, hast du das Foto davon gesehen? Was noch? Da ist dann noch Ken Martinez mit seinem schiefen Hodensack ...»

Kipper Garth ruderte mit den Armen. «Mick, das reicht! Was soll ich denn mit all diesem Kram?»

«Ich dachte mir, daß du die Akten brauchen würdest, Jocko.»

«Für was?»

«Um Doktor Rudy Graveline zu verklagen.»

«Sehr lustig», sagte Kipper Garth. «Ich hab' dir doch schon verraten, daß der Mann Mitglied in meinem Segelclub ist. Außerdem ist er doch schon früher verklagt worden.»

«Dann verklage ihn nochmal», blieb Mick Stranahan stur. «Verklage diesen Kerl, wie er noch nie verklagt worden ist.»

«Er wird sich vergleichen. Ärzte suchen immer den Vergleich.»

«Laß dich nicht darauf ein. Laß dich auf überhaupt nichts ein. Auch nicht für zehn Millionen Dollar. Such dir einen dieser armen Teufel und zieh mit ihm die Sache bis zum bitteren Ende durch.»

Kipper Garth stand auf und zupfte seine Krawatte gerade, als hätte er es plötzlich eilig, zu einer wichtigen Konferenz zu kommen. «Ich kann dir nicht helfen, Mick. Such dir einen anderen Anwalt.»

«Wenn du mir diesen Gefallen nicht tust», sagte Stranahan, «dann werde ich Katie von deinem Trip nach Steamboat im nächsten Monat erzählen, zusammen mit Inga oder Olga oder wie immer sie gerade heißt, ich hab's mir irgendwo aufgeschrieben. Und für die Zukunft, Jocko, laß die Flugtickets für deine Skimäuschen nicht mehr über American Express laufen. Ich weiß, es ist sehr bequem, aber es ist auch sehr, sehr gefährlich. Ich meine, bei den Computern, mit denen sie heutzutage arbeiten, bekomme ich sogar eure Plätze raus – 5A und 5B ist es diesmal, glaube ich.»

Alles, was Kipper Garth herausbrachte, war: «Wie machst du das?»

«Ich hab's dir doch schon angedeutet, ich bin immer noch auf Draht.» Ein Reisebüromanager in Coral Gables war ihm noch etwas schuldig gewesen. Es war so verdammt einfach, daß Stranahan es einfach nicht übers Herz brachte, es seinem Schwager zu erklären.

«Was ist denn der Sinn der ganzen Aktion?» fragte Kipper Garth.

«Zerbrich dir nicht den Kopf, sondern tu es. Verklage das Arschloch.»

Der Anwalt nahm sein Nadelstreifenjackett von der Sessellehne und untersuchte es auf Knitterfalten. «Mick, laß mich die Sache meinen Leuten vorlegen, dann können wir uns unterhalten.»

«Nein, Jocko. Keine Vermittlungen. Diese Sache ziehst du selbst durch.»

Der Anwalt sackte in sich zusammen, als sei er von einem Ziegelstein getroffen worden.

«Du hast richtig verstanden», fügte Stranahan hinzu.

«Mick bitte!» Es war ein bemitleidenswertes Piepsen. «Mick, solche Dinge tue ich normalerweise nicht.»

«Natürlich tust du sie. Ich sehe doch überall in der Stadt deine Reklametafeln.»

Kipper Garth knabberte an einem Daumennagel, um das spastische Zucken seiner Unterlippe zu kaschieren. Der Gedanke, tatsächlich vor Gericht zu ziehen ließ bei ihm den kalten Schweiß ausbrechen. Ein Tropfen zog eine glänzende Spur von seinem Haaransatz bis hinunter zur Spitze seiner sonnengebräunten Nase.

«Ich weiß nicht», sagte er, «es ist so lange her.»

«Ach, das ist doch einfach», wiegelte Stranahan ab. «Eine deiner Anwaltsgehilfinnen kann die Klage formulieren und einreichen. Damit kommt die Sache ins Rollen.» Mit einem dumpfen Laut ließ er den Ordnerstapel der Graveline-Akten auf Kipper Garths Schreibtisch fallen; der Anwalt betrachtete den Papierberg, als wäre er reinstes Nitroglycerin.

«Eine Goldgrube», sagte Stranahan aufmunternd. «Ich melde mich in ein paar Tagen.»

«Mick?»

«Beruhige dich. Du brauchst nur zum Gerichtsgebäude zu fahren und zu klagen.»

Verzweifelt fragte Kipper Garth: «Ich brauche doch nicht zu gewinnen, oder?»

«Natürlich nicht», sagte Stranahan und tätschelte seinen Arm. «Soweit wird es gar nicht erst kommen.»

Dr. Rudy Graveline wohnte in einem palastartigen, dreistöckigen Haus an der nördlichen Biscayne Bay. Das Haus besaß zwei dorische Säulen, zwei breite geschwungene Treppen und mehr importierten Marmor als das gesamte Kunstmuseum der Stadt. Das Haus hatte am Strand von Miami absolut nichts zu suchen, aber um fair zu sein, es sah nicht lächerlicher dort aus als jede andere der furchtbaren Villen. Es stand auf derselben von Palmen gesäumten Avenue, an der zwei der Bee Gees wohnten, was wiederum bedeutete, daß Rudy ungefähr hunderttausend Dollar mehr hatte bezahlen müssen, als das ganze Anwesen wert war. Während der ersten Jahre waren die Frauen, mit denen Rudy liiert war, davon beeindruckt, sich in nächster Nachbarschaft der Bee Gees aufhalten zu dürfen, doch in letzter Zeit verfehlte der Hinweis auf die Stars nebenan weitgehend seine Wirkung, daher hatte Rudy aufgehört, es zu erwähnen.

Es war Heather Chappell, die Schauspielerin, die es als erste zur Sprache brachte.

«Ich glaube, Barry wohnt ganz in der Nähe», sagte sie, während sie nach dem Abendessen bei Forge zu Rudys Haus zurückfuhren.

«Welcher Barry?» fragte Rudy, der mit den Gedanken ganz woanders gewesen war.

«Barry Gibb. Der Sänger. *Staying alive, staying alive, ooh, ooh, ooh.*»

So sehr er Heather liebte, so sehr wünschte Rudy sich aber auch, daß sie nicht sang. «Kennst du Barry persönlich?» fragte er.

«Na klar. Ich kenne sie alle.»

«Das dort ist Barrys Haus», sagte Rudy Graveline und zeigte es ihr. «Und Robin wohnt gleich da drüben.»

«Laß uns doch mal hingehen», sagte Heather und legte eine Hand auf sein Knie. «Das wird bestimmt lustig.»

Rudy lehnte ab, er kannte die Typen so gut nun auch wieder

nicht. Außerdem hatte er für ihre Musik nie allzuviel übrig gehabt, vor allem nicht für diesen Discomist. Sofort fing Heather an zu schmollen, ein Zustand, den sie heldenhaft den ganzen Weg über bis zu seinem Haus, die Treppe hinauf und bis in sein Schlafzimmer beibehielt. Dort schlüpfte sie aus ihrem Kleid, streifte ihre Unterwäsche ab und ließ sich bäuchlings auf sein King-Size-Bett fallen. Alle paar Minuten hob sie den Kopf von dem Seidenkissen hoch und seufzte unglücklich, bis Rudy es nicht mehr ertragen konnte.

«Bist du mir jetzt böse?» fragte er. Er trug nur noch seine Boxershorts und stand vor dem Schrank, in den er seinen Anzug gehängt hatte. «Heather, bist du wütend?»

«Nein.»

«Doch, du bist es. Habe ich etwas Falsches gesagt? Wenn ja, dann tut es mir leid.» Er plapperte wie ein Idiot, nur weil er furchtbar gerne mit ihr schlafen wollte. Der Anblick von Heathers makellosem nacktem Hintern – dem, den sie gerne umgeformt haben wollte – brachte ihn fast um den Verstand.

Mit zaghafter Stimme sagte sie: «Ich liebe die Bee Gees.»

«Es tut mir leid», sagte Rudy. Er saß auf der Bettkante und streichelte den pfirsichweichen Po. «Ihre frühen Sachen haben mir auch gefallen, wirklich.»

Heather sagte: «Ich mochte die Discosachen, Rudy. Ich war völlig fertig, als die Discozeit zu Ende ging.»

«Es tut mir leid, daß ich etwas gesagt habe.»

«Hast du jemals Discomusik geliebt?»

Rudy dachte: Was geschieht hier mit meinem Leben?

«Hast du irgendwelche Kassetten von den Village People?» erkundigte Heather sich und schenkte ihm einen verführerischen Blick über die Schulter. «Es gibt da auf ihrem ersten Album einen Titel, ich schwöre, zu dem könnte ich die ganze Nacht hindurch bumsen.»

Man konnte Rudy Graveline nicht nachsagen, daß er nicht experimentierfreudig war. Er fand die Village-People-Kassette in der Wühlkiste eines rund um die Uhr geöffneten Schallplattenladens gegenüber dem Campus der Universität von Miami in Coral Gables. Er jagte nach Hause, legte die Kassette in seine Stereoanlage ein, drehte die Bässe auf und sprintete die geschwungene Treppe hoch ins Schlafzimmer.

Heather sagte: «Nicht hier.» Sie ergriff seine Hand und ging mit ihm nach unten. «Zum Kamin», flüsterte sie.

«Wir haben fast fünfundzwanzig Grad», bemerkte Rudy und streifte seine Unterhose ab.

«Es ist nicht das Feuer», sagte Heather. «Es ist der Marmor.»

Einer der verkaufsfördernden Aspekte des Hauses war ein übergroßer Kamin aus poliertem italienischem Marmor. Offene Kamine waren in Süd-Florida eine heimelige Neuheit, doch Rudy hatte seinen noch nie benutzt, da er befürchtete, daß der teure schwarze Marmor in der Hitze Sprünge bekam.

Heather kroch hinein und legte sich auf den Rücken. Sie hatte das verwunderlichste Lächeln im Gesicht. «O Rudy, es ist so kalt.» Sie hob ihr Gesäß vom Marmor hoch und ließ sich mit einem Klatschen wieder nach unten sinken; das Geräusch brachte sie zum Kichern.

Rudy stand da, nackt und schlaff, betrachtete sie wie ein Idiot. «Wir könnten uns verletzen», sagte er. Er dachte daran, was der Marmor seinen Ellbogen und seinen Knien antun würde.

«Jetzt stell dich nicht so komisch an», sagte Heather, hob ihre Hüften an und schwenkte sie vor seinen Augen hin und her. Sie rollte sich auf die Seite und wies auf die beiden feuchten Flecken auf dem kalten Stein. «Sieh doch», sagte sie. «Genauso wie Fingerabdrücke.»

«So ähnlich», murmelte Rudy Graveline.

Sie sagte: «Ich muß ziemlich heiß sein, nicht wahr?»

«Ich denke schon», sagte Rudy. Sein Schädel stand dicht vor dem Platzen; die Stimmen der Village People hallten in dem Steinkamin wie Mörsersalven.

«O Gott», stöhnte Heather.

«Was ist los?» wollte Rudy wissen.

«Der Song. Das ist mein Song.» Sie kniete sich hin und umschlang abrupt seine Hüften. «Komm schon runter», sagte sie. «Laß uns tanzen.»

Um seine Erektion länger zu erhalten, hatte Dr. Rudy Graveline trainiert, an etwas anderes als an Sex zu denken, während er mit jemandem Sex praktizierte. Meistens konzentrierte er sich auf seine Treuhandeinlagen und Steuerverstecke, die insgesamt kompliziert genug waren, um einen Orgasmus um zehn bis fünfzehn Minuten zu verzögern. Heute abend jedoch konzentrierte er sich auf etwas völlig anderes. Rudy Graveline dachte an seine bedrohliche Lage – an Victoria Barletta und die bevorstehende Fernsehdokumentation über ihren Tod; an Mick Stranahan, der immer noch lebte und eine Bedrohung darstellte; an Maggie Gonzalez, die irgendwo in New York sein Geld verjubelte.

Sehr oft konnte Rudy, wie er feststellte, die berauschenden Wogen des Geschlechtsverkehrs durchdringen und alles mit erschrekkender Klarheit sehen. Er hatte in solchen Augenblicken schon oft wichtige Lebensentscheidungen treffen müssen – die Banalitäten des Alltags und die Forderungen seiner Patienten schienen in einem kristallenen Vakuum zu verschwinden, in einer mystischen physischen Schlucht, die Rudy die Möglichkeit schuf, sich auf seine Probleme zu konzentrieren und sie in einem völlig neuen Licht und unter einem völlig neuen Blickwinkel zu sehen.

Und so kam es, daß Rudy – sogar während Heather Chapell ihre Fingernägel in seine Schulter krallte und Discoblödsinn in seine Ohren hechelte, sogar während der Windschutz des Kamins über seinem Kopf klapperte, und sogar während seine Knie unbarmherzig auf den kalten italienischen Marmor hämmerten – fähig war, sich der wesentlichsten Krise seines Lebens zu stellen. Schmerz und Lust verflüchtigten sich; es war genauso, als wäre er alleine, wach und mit besonderer Sensibilität ausgestattet in einer dunklen Kammer. Rudy überdachte alles, was bisher geschehen war, und dann daran, was er nun tun mußte. Es war kein schlechter Plan. Es gab jedoch einen Unsicherheitsfaktor.

Rudy erwachte aus seiner erkenntnisreichen Trance, als Heather schrie: «Es reicht schon!»

«Wie bitte?»

«Ich sagte, du kannst jetzt aufhören, ja? Das ist schließlich kein Rodeo.» Sie war völlig außer Atem. Ihre Brust war glitschig von Schweiß.

Rudy hörte auf, sich zu bewegen.

«An was hast du gedacht?» fragte Heather.

«An nichts.»

«Bist du gekommen?»

«Klar», log Rudy.

«Du hast an eine andere Frau gedacht, nicht wahr?»

«Nein, habe ich nicht.» Eine weitere Lüge.

Er hatte an Maggie Gonzalez gedacht und daran, daß er sie eigentlich schon vor zwei Monaten hätte umbringen lassen sollen.

Am nächsten Tag gegen Mittag erschien George Graveline im Whispering-Palms-Sanatorium und verlangte seinen Bruder zu sprechen, es sei ein Notfall. Als Rudy die Geschichte hörte, stimmte er ihm zu.

Die beiden Männer unterhielten sich in gedämpftem, besorgtem Ton, als Chemo eine Stunde später auftauchte.

«Nun, warum diese Eile?» erkundigte er sich.

«Setzen Sie sich», befahl ihm Rudy Graveline.

Chemo war mit einem braunen Safarianzug bekleidet, so wie Jim Fowler ihn immer in seiner Fernsehshow *Reich der Wildnis* trug.

Rudy sagte: «George, das ist ein Freund von mir. Er ist für mich in dieser Angelegenheit tätig.»

Chemo hob die Augenbrauen. «Was ist denn mit Ihrem Daumen passiert?» fragte er George.

«Autotür.» Rudys Bruder hatte keine Lust, die schmerzhaften Details seiner Begegnung mit Mick Stranahan breitzutreten.

George Graveline hatte selbst einige Fragen an diesen hochgewachsenen Fremden, aber er behielt sie für sich. Dabei gab er sich alle Mühe, Chemos Teint nicht zu offen anzustarren, den George für irgendeine besonders schlimme allergische Reaktion auf irgendeinen Umweltreiz hielt. Was die Aufmerksamkeit des Baumtrimmers schließlich von Chemos Gesicht ablenkte, war die bunte Einkaufstüte von Macy's, in der Chemo seinen neuen verlängerten linken Arm verbarg.

«Ich hatte einen Unfall», erklärte Chemo. «Ich trage das Ding nur, bis ich eine richtige, eigens dafür angefertigte Hülle bekomme.» Er zog die Einkaufstüte von der Motorsense ab. George Graveline erkannte das Gerät auf Anhieb – das leichte Haushaltsmodell.

«He, funktioniert das Ding?»

«Aber wie», sagte Chemo. Er tastete unter seinem Arm herum, bis er den Schalter fand, der den Unkrautvernichter in Gang setzte. Es klang wie ein Küchenmixer ohne Deckel.

George grinste und klatschte in die Hände.

«Das reicht», sagte Rudy scharf.

«Nein, sehen Sie mal», meinte Chemo. Er ging in die Ecke des Büros, wo Rudy einen wunderschön gewachsenen Gummibaum hingestellt hatte. «O nein!» stieß der Doktor hervor, aber es war schon zu spät. Strahlend zerkleinerte Chemo den Gummibaum zu Krautsalat.

«Klasse!» George Graveline applaudierte.

Rudy beugte sich vor und flüsterte: «Ermutige ihn nicht auch noch. Der Bursche ist ziemlich gefährlich.»

Sich an der Aufmerksamkeit labend, die ihm zuteil wurde, ließ Chemo die Motorsense unbedeckt. Er nahm neben den beiden anderen Männern Platz und meinte: «Dann lassen Sie mal die großen Neuigkeiten hören.»

«Mick Stranahan hat George gestern einen Besuch abgestattet», erzählte Rudy. «Offensichtlich will der Bastard nicht aufgeben.»

«Was hat er denn gesagt?»

«Jede Menge verrückten Scheiß», sagte George.

Rudy hatte seinen Bruder gewarnt, Chemo auf keinen Fall von Victoria Barletta oder von dem Holzschredder oder von Stranahans eindeutiger Beschuldigung hinsichtlich dessen, was mit der Leiche geschehen war, zu erzählen. Rudy spielte mit seiner Brille und sagte: «Ich verstehe einfach nicht, warum es so schwierig ist, Stranahan zu töten.»

«Wenigstens wissen wir, daß er aus dem Krankenhaus wieder draußen ist», sagte Chemo sorglos. «Ich werde mich gleich darum kümmern.»

«Noch nicht», sagte Rudy. Er wandte sich an seinen Bruder. «George, könnte ich bitte mal mit ihm alleine reden?»

George Graveline nickte Chemo auf dem Weg zur Tür freundlich zu. «Hören Sie, wenn Sie jemals Arbeit suchen sollten», sagte er. «Ich könnte Sie und Ihr, äh ...»

«Prothese», sagte Chemo. «Danke, aber ich glaube, das wäre nichts für mich.»

Als sie alleine waren, öffnete Rudy die oberste Schublade seines Schreibtisches und reichte Chemo einen großformatigen braunen Umschlag. In dem Umschlag befanden sich ein großes Foto, zweitausend Dollar in Travellerschecks und ein Flugticket. Die Person auf dem Foto war eine hübsche Frau mit scharfgeschnittenen Zügen, braunen Augen und braunem Haar; ihr Name stand in Blockbuchstaben auf der Rückseite des Fotos.

Es war ein Rückflugticket von Miami nach La Guardia

Chemo sagte: «Ist es das, was ich vermute?»

«Ein neuer Job», sagte Dr. Rudy Graveline.

«Das wird Sie einiges kosten.»

«Damit rechne ich.»

«Soviel wie die Stranahan-Nummer», sagte Chemo.

«Zwanzig Behandlungen? Sie brauchen keine zwanzig Behandlungen mehr. Ihr Gesicht ist in zwei Monaten fertig.»

«Ich rede nicht von dem Hautabschleifen», sagte Chemo. «Ich spreche von meinen Ohren.»

Rudy dachte: Lieber Herrgott im Himmel, hört es denn niemals auf? «Ihre Ohren», sagte er zu Chemo, «sind das Allerletzte an Ihnen, was einer chirurgischen Behandlung bedarf.»

«Was zur Hölle soll das heißen?»

«Nichts, nichts. Ich sage nur, daß Sie, sobald die Schleifarbeiten abgeschlossen sind, so gut wie neu aussehen. Ich glaube ganz ehrlich und offen, daß Sie nichts weiter versuchen sollten, so gut wird nämlich Ihr Gesicht aussehen.»

Chemo sagte: «Meine Ohren stehen viel zu weit ab, und das wissen Sie. Wenn Sie wollen, daß ich diesen Auftrag ausführe und die gewünschte Person unschädlich mache, dann werden Sie diese verdammten Dinger richten.»

«Na schön», seufzte Rudy Graveline. «Okay.» Mit den Ohren des Mannes war alles in Ordnung, nur offensichtlich nicht mit dem, was sich dazwischen befand.

Chemo schob den Umschlag unter seine Achselhöhle und zog die Einkaufstüte wieder über die Motorsense. «Ach ja, eine Sache noch. Ich habe dieses Zeug für mein Gesicht nicht mehr.»

«Welches Zeug?»

«Sie wissen schon», sagte Chemo, «das Tipp-Ex.»

Rudy Graveline fand eine kleine Flasche in seinem Schreibtisch und warf sie Chemo zu, der sie in der Brusttasche von Jim Fowlers Safarijacke versteckte. «Ich rufe Sie aus New York an», versprach er.

«Ja», sagte Rudy mürrisch. «Aber auf jeden Fall.»

17

Christina Marks verließ die Erste-Klasse-Kabine, während Reynaldo Flemm für eine Stewardess sein Autogramm auf eine Cocktailserviette schrieb. Die Stewardess hatte fälschlicherweise den mit seiner neuen Perücke versehenen Reynaldo für den Heavy-Rock-Sänger David Lee Roth gehalten. Der martialisch aussehende dunkle Schnurrbart sah zu dem Wust blonden Haars etwas seltsam aus, aber die Stewardess meinte, es sei als etwas spaßige Verkleidung gedacht.

Mick Stranahan saß in der Touristenklasse, einen Stapel Naturmagazine auf dem Sitz neben sich. Er sah Christina durch den Mittelgang kommen und lächelte. «Mein Schatten.»

«Ich verfolge Sie nicht», sagte sie.

«Doch, das tun Sie. Aber das ist ganz in Ordnung.» Er schob die Magazine beiseite und lud sie zum Sitzen ein.

«Sie sehen sehr hübsch aus.» Es war das erste Mal, daß er sie in einem Kleid sah. «Es ist schon ein Zufall, daß Sie und Ihr Nachrichtensprecher denselben Flug gewählt haben wie ich.»

Chistina sagte: «Er ist kein Nachrichtensprecher. Und nein, es ist kein Zufall, daß wir im selben Flugzeug sitzen. Ray meinte, es wäre ein Zufall, aber das ist es nicht.»

«Ray glaubt es also, nicht wahr? Demnach war es Ihre Idee, mir zu folgen.»

«Beruhigen Sie sich», sagte Christina. Seit der Schießerei hatte sie sich in seiner Nähe aufgehalten; zuerst rationalisierte sie es vor sich selbst als journalistischen Instinkt – die Barletta-Story schien ständig zu Stranahan zurückzukommen, oder etwa nicht? Aber dann hatte sie einige Nächte im Krankenhaus geschlafen, wo eigentlich nichts Meldenswertes geschehen konnte; sie hatte in einer Ecke gesessen und ihn in seinem Krankenhausbett beobachtet, lange nachdem klar war, daß er sich wieder vollständig erholen würde. Christina konnte nicht leugnen, daß sie sich zu ihm hingezogen fühlte und sich um ihn Sorgen machte. Sie hatte außerdem den Eindruck, daß er mittelprächtig von Sinnen war.

Stranahan sagte: «Demnach werdet ihr mich also quer durch New York verfolgen. Ein richtiges Leibwächterteam, Sie und Ray.»

«Ray wird zu tun haben», sagte Christina, «an anderen Projekten.»

Der Düsenjet sackte leicht ab, und ein Sonnenstrahl streifte die Seite ihres Gesichtes und zwang sie, den Blick abzuwenden. Zum erstenmal bemerkte Stranahan eine Ansammlung heller Sommersprossen auf ihrer Nase und den Wangen: zimtfarbene Sommersprossen, so wie man sie meistens bei Kindern sehen kann.

«Habe ich mich eigentlich bei Ihnen dafür bedankt, daß Sie mir das Leben gerettet haben?» fragte er.

«Ja, das haben Sie.»

«Nun, dann noch einmal vielen Dank.» Er schüttelte ihr einige in Honig geröstete Erdnüsse in die Hand. «Warum folgen Sie mir?»

«Das tue ich nicht», wehrte sie sich.

«Wenn es nur geschieht, um Ihre dämliche Fernsehshow aufzumotzen, dann werde ich böse.»

Christina schüttelte den Kopf. «Das ist nicht der Grund.»

«Sie wollen ein Auge auf mich haben.»

«Sie sind ein sehr interessanter Mann. Sie setzen Dinge in Bewegung.»

Stranahan schnippte sich eine Erdnuß in den Mund und sagte: «Das war ein Treffer.»

Christina Marks ließ ihre Stimme weicher klingen: «Ich werde Ihnen helfen, sie zu suchen.»

«Wen zu suchen?»

«Maggie Gonzalez.»

«Wer sagt denn, daß sie vermißt wird? Außerdem haben Sie doch ihr Band, stimmt's? Die ganze häßliche Geschichte.»

«Noch nicht», gab Christina zu.

Stranahan lachte bissig. «Oh, Mann», sagte er.

«Hören Sie, ich habe eine Spur aus Rechnungen, die sie ans Büro geschickt hat. Ganz unter uns, in einem Tag hätten wir sie. Außerdem denke ich, daß sie mit mir reden wird. Über die ganze häßliche Geschichte, die auf dem Band – wie Sie sagten.»

Stranahan erwähnte nicht, daß er bereits wußte, wo Maggie Gonzalez sich aufhielt, und daß er überzeugt war, daß er sie überreden könnte, zu reden.

«Sie sind die hilfsbereiteste Frau, die ich je kennengelernt habe», sagte er zu Christina Marks. «So selbstlos. Wenn ich es nicht besser wüßte, dann würde ich annehmen, Sie machen Jagd auf Maggie, weil sie Sie und Ihren Obermacker um einige Dollars gebracht hat.»

Christina meinte: «Bewußtlos waren Sie mir lieber.»

Stranahan kicherte verhalten und ergriff ihre Hand. Er ließ sie nicht mehr los, wie sie es erwartet hatte, sondern er hielt sie fest. Einmal, als das Flugzeug in eine Turbulenz geriet und leicht hüpfte, zuckte Christina nervös zusammen. Ohne aus *Field & Stream* aufzuschauen, drückte Stranahan ihre Hand. Es war eher beruhigend als zweideutig fordernd, aber Christina errötete trotzdem.

Sie zog sich auf ihre Position als professionelle Interviewerin zurück. «Also», sagte sie, «erzählen Sie etwas von sich.»

«Sie zuerst», entgegnete Stranahan; ein knappes Lächeln, dann sah er wieder in sein Magazin.

Seltsamerweise begann sie zu reden – und zwar so offen, daß es ihr vorkam, als befände sie sich im Aufnahmestudio einer Video-Partnervermittlung: «Mal sehen, ich bin fünfundreißig Jahre alt, geschieden, wurde in Richmond geboren, studierte Journalismus an der Universität von Missouri, war Mitglied der Schwimmannschaft, machte meinen Abschluß mit magna cum laude, trat meinen ersten Job bei einem ABC-Ableger in St. Louis an, war dann drei Jahre bei WBBM in Chicago, bis ich Ray während des Gacy-Prozesses kennenlernte und er mir die Stelle einer zweiten Produzentin anbot, und jetzt bin ich hier. Aber nun sind Sie dran, Mick.»

«Wie bitte?»

«Sie sind an der Reihe», sagte Christina Marks. «Das war meine Lebensgeschichte, ich möchte nun die Ihre hören.»

Stranahan klappte die Illustrierte zu und ließ sie auf seinem Schoß liegen. Er sagte: «Meine Lebensgeschichte ist folgende: Ich habe fünf Männer getötet und war fünfmal verheiratet.»

Christina zog langsam ihre Hand weg.

«Was macht Ihnen mehr angst?» fragte Mick Stranahan.

Als der Commissioner von Dade County, Roberto Pepsical, Den Anderen (das heißt, den anderen korrupten Ausschußmitgliedern) die Neuigkeit überbrachte, zeigten sie alle die gleiche Reaktion: Nichts zu machen, tut mir leid, zu spät.

Dr. Rudy Graveline hatte eine Menge Geld angeboten, um ausgewiesenen Grünflächengrund für sein Old-Cypress-Towers-Projekt in Bauland umzuwandeln, und der Stadtrat hatte mitgespielt und die Entscheidung gefällt. Sie konnten diesen Punkt schlecht wieder auf die Tagesordnung setzen und die Entscheidung umstoßen und ins Gegenteil verkehren – jedenfalls nicht ohne das Interesse dieser gottverdammten Zeitungsreporter zu wecken. Außerdem, Abmachung blieb Abmachung. Überdies wollten Die Anderen Auskunft über die Fünfundzwanzigtausenddollarspritze: vor allem, wo sie denn bliebe? Weigerte Rudy sich etwa zu zahlen? Ein Commissioner deutete sogar an, daß eine neue Abstimmung zum Widerruf der Bewertung des Landes und zum Abbruch des Projektes nur vorbereitet werden könne, wenn die ursprünglich vereinbarte Zahlung verdoppelt würde.

Roberto Pepsical war sich jedoch ziemlich sicher, daß Dr. Rudy Graveline nicht zweimal für den im Grunde gleichen korrupten Vorgang zahlen würde. Außerdem hatte Roberto wenig Lust, dem Doktor zu erklären, daß, wenn Old Cypress Towers bereits in der Planungsphase einginge, das gleiche auch mit einer Vielzahl anderer versteckter Zuwendungen passieren würde, die durch Banken der Innenstadt, Rechtsanwälte oder andere Inspektoren auf die eine oder andere Art auf den Konten der Commissioner gelandet waren. Die Wellenwirkung, die der Abbruch eines solchen Projektes wie das von Rudy auslösen würde, war rein schmiergeldmäßig katastrophal.

Roberto haßte es, den Mittelsmann zu spielen, wenn die Einsätze so hoch wurden. Von Natur aus war er ziemlich langsam, unkonzentriert und ließ sich sehr leicht verwirren. Er hatte während Rudys letztem Telefonanruf zu nächtlicher Stunde keinerlei schriftliche Aufzeichnungen angefertigt, und vielleicht hätte er das tun sollen. An soviel konnte er sich jedenfalls deutlich erinnern: Der Doktor hatte gesagt, daß er seine Absichten mit Old Cypress Towers geändert habe, daß er sich statt dessen entschlossen habe, sein Geld außer Landes zu bringen. Als Roberto protestierte, hatte der Doktor ihm offenbart, daß es jede Menge Ärger gebe, großen Ärger – vor allem im Zusammenhang mit jenem alten Unglücksfall während einer Operation, den er seinerzeit beim Lunch einmal erwähnt hatte. Die sprichwörtliche Kacke war im Begriff, voll an das sprichwörtliche Dampfen zu kommen. Rudy hatte gesagt, irgendjemand habe es darauf abgesehen, ihn zu ruinieren. Er bat Roberto Pepsical, Den Anderen sein aufrichtiges Bedauern auszurichten, aber es gebe wirklich keinen anderen Weg, der sich für den Doktor als gangbar erweise. Da sein Problem sich nicht verflüchtigte, müsse eben Old Cypress Towers verschwinden.

Die Lösung war so offensichtlich, daß sogar Roberto sie augenblicklich erkannte. Das Apartmenthaus-Projekt konnte gerettet werden, desgleichen die Schmiergelder der Commissioner. Sobald Roberto erfahren hatte, daß Dr. Rudy Gravelines Problem einen Namen hatte, begann er seine Beziehungen zur Metropolitan Police von Dade County spielen zu lassen.

Was ihn auf direktem Weg zu den Detectives John Murdock und Joe Salazar führte.

Roberto betrachtete die Mission als so wichtig daß er den radikalen Schritt wagte und seine übliche zweistündige Mittagspause dazu benutzte, die Polizeistation mit einem persönlichen Besuch zu beehren. Er traf die beiden Detectives an ihren Schreibtischen an. Sie verzehrten heiße, kubanische Sandwiches und säuberten ihre Revolver. Es war das erste Mal, daß Roberto an einem .357er Spuren von Guldens Delikatess-Senf, mittelscharf, sah.

«Sind Sie sicher», sagte der Commissioner, «daß dieser Mann tatsächlich des Mordes verdächtigt ist?»

«Jawohl», antwortete John Murdock.

«Der Hauptverdächtige», fügte Joe Salazar hinzu.

Roberto meinte: «Dann werden Sie ihn also verhaften?»

«Natürlich», sagte Salazar.

«Irgendwann», sagte Murdock.

«Je eher, desto besser», sagte Roberto.

John Murdock sah zu Joe Salazar. Dann blickte er zu Roberto und sagte: «Commissioner, wenn Sie irgendwelche Informationen über diesen Mann haben ...»

«Er hat einem Freund von mir ziemlich viele Schwierigkeiten bereitet, mehr nicht. Einem sehr guten Freund.» Roberto hütete sich, Rudy Gravelines Namen zu nennen, und John Murdock hütete sich, ihn danach zu fragen.

Joe Salazar sagte: «Es ist ein Verbrechen, einen Menschen zu bedrohen. Hat Stranahan denn eine solche Drohung ausgesprochen?»

«Nichts, was sich beweisen ließe», sagte Roberto. «Sehen Sie, ich würde es begrüßen, wenn Sie mich auf dem laufenden halten würden.»

«Aber klar doch», versprach John Murdock. Er wischte die Essensreste von seinem Revolver und schob ihn zurück ins Schulterhalfter.

«Das ist sehr wichtig», sagte Roberto Pepsical. «Außerordentlich wichtig.»

Murdock winkte beruhigend ab. «Machen Sie sich mal keine Sorgen, wir nageln das Wichsgesicht schon fest.»

«Ja», pflichtete Joe Salazar ihm bei. «Es ist nur eine Frage der Zeit.»

«Hoffentlich dauert es nicht mehr zu lange.»

«Wir tun, was wir können, Commissioner.»

«Möglicherweise ist sogar eine Beförderung drin.»

«Donnerwetter, eine Beförderung», sagte John Murdock. «Joe, hast du das gehört? Eine Beförderung!» Der Detective rülpste und sah den Commissioner an. «Wie wäre es denn statt dessen mit ein paar grünen Scheinen?»

Roberto Pepsical zuckte zusammen, als wäre ihm eine Hornisse ins Ohr geflogen. «Mein Gott, meinen Sie ...»

«Geld», sagte Joe Salazar und kaute dabei auf einer sauren Gurke. «Er meint Geld.»

«Damit ich es richtig verstehe. Sie wollen Geld dafür, daß Sie einen Mord aufklären?»

«Nein», widersprach Murdock. «Nur dafür, daß wir eine Verhaftung vornehmen.»

«Das kann ich nicht glauben.»

«Natürlich können Sie», sagte Joe Salazar. «Ihr Freund möchte, daß Stranahan aus dem Verkehr gezogen wird, richtig? Und wenn er im Countygefängnis sitzt, dann ist er doch aus dem Verkehr.»

Roberto stützte sein schlaffes Kinn in die Hände. «Geld», murmelte er.

«Ich weiß ja nicht, wie Sie es drüben in der Countyverwaltung nennen, aber bei uns heißt so etwas Bonus.» John Murdock grinste den Stadtrat an. «Wie nennen Sie es denn?»

Roberto erschien es geradezu tollkühn, mitten im Einsatzzimmer einer Polizeistation über die Höhe einer Schmiergeldzahlung zu diskutieren. Er hatte das Gefühl, als müßte er sich jeden Moment in die Hose machen.

Mit leiser Stimme sagte er zu John Murdock: «Na schön, wir werden uns in irgendeiner Form einigen.»

«Gut.»

Der Commissioner stand auf. Er war schon im Begriff, den beiden die Hand zu schütteln, überlegte es sich aber anders. «Hören Sie, dieses Treffen hat nie stattgefunden», sagte er zu den beiden Detectives.

«Natürlich nicht», bestätigte John Murdock.

Und Joe Salazar meinte: «Sie können uns vertrauen.»

Aber höchstens so weit, wie ich spucken kann, dachte Roberto Pepsical.

Drei Tage bevor Mick Stranahan, Christina Marks und Reynaldo Flemm in Manhattan eintrafen, und vier Tage ehe der Mann namens Chemo auftauchte, betrat Maggie Gonzalez einen Video-Mietladen in der 52nd Street West und äußerte den Wunsch, eine Aufnahme zu machen. Sie gab dem Angestellten fünfundsiebzig Dollar in bar, und er führte sie ins «Studio», ein enges Hinterzimmer, das mit einer billigen braunen Korktapete dekoriert war. Im «Studio» stank es nach Lysol. Auf dem Fußboden lag eine fleckige graue Matratze und ein Klumpen gebrauchter Kleenextücher, die der Angestellte auf Maggies Wunsch entfernte. Eine Sony-Videokamera stand auf einem Aluminiumstativ am einen Ende des Raums; dahinter, auf einem weiteren Stativ, befand sich eine Reihe Lampen. Der Angestellte klappte einen Campingsessel auf und postierte ihn ungefähr drei Meter vor dem Kameraobjektiv.

Maggie setzte sich, öffnete ihre Handtasche und entfaltete einige Notizen, die sie sich auf dem Briefpapier des Plaza aufgeschrieben hatte. Während sie sie stumm durchlas, erzeugte der Angestellte mit seinem Kaugummi ungeduldige Schmatzgeräusche, als hätte er wichtigere Dinge zu erledigen. Schließlich wies Maggie ihn an, die Kamera einzuschalten, und ein kleines rotes Lämpchen blinkte über dem kalten schwarzen Auge der Kamera.

Maggie war bereit anzufangen, als sie den Angestellten bemerkte, der reglos in einer dunklen Ecke stand, einer Kakerlake ähnlich, die versuchte, mit dem Korkhintergrund zu verschmelzen. Sie sagte dem Burschen, er solle verschwinden, wartete, bis die Tür hinter ihm zufiel, dann holte sie tief Luft und sprach in die Kamera.

«Mein Name ist Maggie Orestes Gonzalez», sagte sie. «Am zwölften März 1986 war ich Zeuge des Todes einer jungen Frau namens Victoria Barletta ...»

Die Aufnahme dauerte vierzehn Minuten. Anschließend ließ Maggie für je zwanzig Dollar von der Aufnahme zwei Kopien herstellen. Auf dem Rückweg zum Hotel suchte sie eine Filiale der Merchant Bank auf und mietete ein Stahlfach, wo sie die beiden zusätzlichen Videobänder hinterlegte. Das Original nahm sie mit auf ihr Zimmer im Plaza und legte es auf den Nachttisch unter die Speisekarte des Zimmerservice.

Am nächsten Tag fuhr Maggie Gonzalez mit einem Taxi zur Praxis von Dr. Leonard Leaper an der Ecke 80th Street und Lexington Avenue. Dr. Leaper war ein im ganzen Land berühmter und international angesehener plastischer Chirurg; Maggie hatte seinen Namen aus den Fachzeitschriften. «Sie haben einen sehr guten Ruf», erklärte sie Dr. Leaper. «Ich hoffe, daß es nicht nur Werberummel ist.» Ihre Erfahrungen in Dr. Rudy Gravelines Operationssälen hatte sie gelehrt, außerordentlich vorsichtig zu sein bei der Auswahl eines Arztes.

Zurückhaltend fragte der Arzt: «Was kann ich für Sie tun, junge Frau?»

«Die Standardprozedur», erwiderte Maggie.

«Die Standardprozedur?»

«Ich möchte eine Blepharoplastik, eine Liftung, und der Höcker soll aus der Nase entfernt werden. Außerdem möchte ich, daß Sie die Nasenscheidewand entsprechend korrigieren, daß am Ende dieses Aussehen herauskommt.» Mit einem Finger drückte sie ihre Nasenspitze in einen kecken Sandy-Duncan-Winkel. «Sehen Sie?»

Dr. Leaper nickte.

«Ich bin Krankenschwester», sagte Maggie. «Ich habe mal bei einem plastischen Chirurgen gearbeitet.»

«So etwas hatte ich mir schon gedacht», meinte Dr. Leaper. «Warum wollen Sie diese Operation durchführen lassen?»

«Das geht Sie nichts an.»

Dr. Leaper sagte: «Miss Gonzalez, wenn Sie tatsächlich für einen plastischen Chirurgen gearbeitet haben, dann werden Sie verstehen, daß ich einige persönliche Fragen stellen muß. Es gibt gute Gründe für eine umfangreiche, spezifische kosmetische Operation und natürlich auch schlechte, es gibt geeignete Kandidaten und ungeeignete. Einige Patienten glauben, daß ein solcher Eingriff all ihre Probleme löst, und das ist natürlich nicht der Fall …»

«Vergessen Sie den Sermon», sagte Maggie, «und glauben Sie mir: Diese Operation wird mein Problem ganz gewiß und endgültig lösen.»

«Und welches wäre das?»

«Das geht Sie nichts an.»

Dr. Leaper stand auf. «Dann fürchte ich, daß ich Ihnen nicht helfen kann.»

«Ihr Kerle seid alle gleich», schimpfte Maggie.

«Nein, das sind wir nicht», widersprach Dr. Leaper, «deshalb sind Sie ja hier. Sie wollten zu einem guten Arzt.»

Seine Selbstsicherheit war aufreizend. Maggie lenkte ein. «Na schön – werden Sie die Operation durchführen, wenn ich Ihnen den Grund nenne?»

«Wenn es ein einleuchtender ist», erwiderte der Arzt.

Sie sagte: «Ich brauche ein neues Gesicht.»

«Warum?»

«Weil ich im Begriff bin … gegen jemanden auszusagen.»

Dr. Leaper sagte: «Können Sie mir mehr erzählen?»

«Es ist eine ernste Angelegenheit, und ich rechne damit, daß der Betreffende mir jemanden auf den Hals schickt, ehe die Sache abgeschlossen ist. Ich möchte nicht sofort gefunden werden.»

Dr. Leaper sagte: «Aber mit Hilfe einer Operation kann man doch nur …»

«Sehen Sie, ich habe Tausende von Fällen mit eigenen Augen gesehen, und ich kann gute von schlechten Ergebnissen unterscheiden. Ich kenne auch die Grenzen solcher Eingriffe. Bearbeiten Sie nur meine Nase, den Hals, die Augen, vielleicht auch noch ein plastisches Implantat im Kinnbereich … und überlassen Sie mir und Lady Clairol den Rest. Wenn meine Haare gefärbt sind, dann bin ich sicher, daß dieser Bastard mich nicht mehr wiedererkennt.»

Dr. Leaper verschränkte die Hände. Mit ernster Stimme sagte er: «Ich möchte nur wissen, ob ich Sie richtig verstanden habe: Sie sind also Zeugin in einem Strafverfahren.»

«Das kann man so sagen», erwiderte Maggie. «Um genau zu sein, in einer Mordsache.»

«Mein Gott.»

«Und ich muß aussagen, Doktor.» Das Wort aussagen traf zwar den Sachverhalt nicht ganz genau, aber es war nicht weit von der Wahrheit entfernt. «Es ist das einzige, was ich in dieser Situation tun kann, und es ist okay, wenn es schnell gemacht wird», versicherte Maggie dem Arzt.

«Nun ja», sagte Dr. Leaper, der noch nicht ganz überzeugt schien.

«Sie sehen also, weshalb ich Ihre Hilfe brauche.»

Der Chirurg seufzte. «Warum sollte ich Ihnen glauben?»

Maggie hielt ihm entgegen: «Warum sollte ich lügen? Wenn es nicht eine besonders dringende Angelegenheit wäre, meinen Sie nicht, ich hätte das alles schon vor längerer Zeit erledigen können, wenn ich auch noch um das Honorar hätte handeln können?»

«Ich denke schon.»

«Bitte, Doktor. Es ist keine Frage von Eitelkeit, sondern es geht ums nackte Überleben. Wenn Sie mein Gesicht operieren, retten Sie ein Leben.»

Dr. Leaper schlug seinen Terminkalender auf. «Morgen um zwei habe ich eine Lipidabsaugung, aber den Patienten kann ich wegen Ihnen auf einen anderen Termin legen. Essen und trinken Sie nach Mitternacht nichts mehr ...»

«Ich kenne das», sagte Maggie Gonzalez überschwenglich. «Haben Sie vielen Dank!»

«Ist schon gut.»

«Eine Frage noch.»

«Ja?» sagte Dr. Leaper und hob eine ergraute Augenbraue.

«Ich dachte, vielleicht gibt es bei Ihnen so etwas wie einen Kollegenrabatt. Sie wissen doch, ich bin Krankenschwester.»

Mick Stranahan stand vor dem La Guardia Airport am Bordstein und verfolgte, wie Reynaldo Flemm in eine lange, schwarze Limousine stieg. Der Chauffeur, der die Tür aufhielt, betrachtete Reynaldos neue Haarpracht und sah Christina Marks fragend an. Sie sagte leise etwas zu dem Fahrer, dann winkte sie Reynaldo, der im Fond Platz genommen hatte, zum Abschied zu. Stranahan glaubte erkennen zu können, daß Flemm ihn durch das grau getönte Fenster mit einem bitteren Blick bedachte, während die Limousine sich in den Verkehr einfädelte.

«Mir gefällt es hier nicht», murmelte Stranahan, und sein Atem stand als Dampfwolke vor seinem Gesicht.

«Welche Orte mögen *Sie* denn?» wollte Christina wissen.

«Old Rhodes Key. Das ist ein Ort, wo man keine gefrorenen Spuckflecken auf dem Gehsteig sieht. Genau genommen sieht man dort nicht mal einen Gehsteig.»

«Sie alter Brummbär», sagte Christina für Stranahans Geschmack viel zu spöttisch. «Kommen Sie, besorgen wir uns ein Taxi.»

Ihr Apartment befand sich in der 72. Straße in der Upper East Side. Dritter Stock, ein Zimmer mit kleiner Küche und einem Gartenpatio, der kaum groß genug war für eine Norwegerratte. Die Möbel waren niedrig und modern: Glas, Chrom und rechte Winkel. Dazu eines dieser Sofas, die man zusammensetzen muß wie ein Puzzle. Topfpflanzen besetzten drei der vier Ecken des Wohnraums. An der größten Wand hing ein riesiges und lebhaftes abstraktes Gemälde.

Stranahan machte einen Schritt zurück und betrachtete es. «Junge, na ich weiß nicht», sagte er.

Aus dem Schlafzimmer drang Christinas Stimme zu ihm. «Gefällt es Ihnen?»

«Eigentlich nicht», antwortete Stranahan.

Als Christina wieder zu ihm herauskam, sah er, daß sie sich umgezogen hatte und nun Bluejeans und einen marineblauen Pullover trug. Sie stand neben ihm vor dem Gemälde und sagte: «Das soll der Frühling sein. Der Frühling in der Stadt.»

«Für mich sieht es aus wie eine brennende Amoco-Station.»

«Vielen Dank», sagte Christina. «Ein wahrlich einfühlsamer Mann.»

Stranahan zuckte die Achseln. «Gehen wir. Ich muß mir ein Zimmer suchen.»

«Warum bleiben Sie nicht hier?» Sie legte eine kurze Pause ein. «Auf der Schlafcouch.»

«Die Schlafcouch? Ich glaube nicht.»

«Es ist sicherer als ein Hotel, Mick.»

«Ich weiß nicht recht.»

Christina sagte: «Bilden Sie sich nicht soviel ein.»

«Ich habe nicht an mich gedacht. Ob Sie es mir nun glauben oder nicht.»

«Entschuldigen Sie. Bitte bleiben Sie.»

«Dem Großen Reynaldo wird das nicht gefallen.»

«Ein Grund mehr», meinte Christina.

Sie nahmen ein spätes Abendessen in einem kleinen italienischen Restaurant drei Blocks von Christinas Wohnung entfernt ein. Sie bestellte einen Nudelsalat und Perrier, während Stranahan sich für Spaghetti mit Fleischklößchen und zwei Glas Bier entschied. Dann fuhren sie mit dem Taxi zum Plaza Hotel.

«Ist sie hier?» fragte Christina einmal im Foyer und ein zweites Mal im Fahrstuhl.

Stranahan klopfte mehrmals an die Tür von Maggie Gonzalez' Zimmer, aber niemand öffnete. Maggie lag im Bett und wanderte mit einem neuen Gesicht, das sie noch gar nicht gesehen hatte, durch ein kodeingesegnetes Traumland. Das Geräusch von Mick Stranahans Klopfen war nicht mehr als ein gedämpftes Trommeln in ihrem medikamentösen Nebel, und Maggie achtete nicht darauf. Es würde noch Stunden dauern, bis das Trommeln wieder erklang und dann wäre sie wach genug, um zur Tür zu stolpern.

Ihr großer Fehler war es gewesen, daß sie vor vier Tagen, als sie die Nachricht auf ihrem Anrufbeantworter in Miami hörte, Dr. Rudy Graveline angerufen hatte. Die Neugier hatte über den gesunden Menschenverstand triumphiert. Sie mußte sich in Rudys Nähe halten, aber nicht zu nahe. Es war eine zweischneidige Sache. Sie wollte einerseits den Doktor glauben machen, daß sie beide auf der gleichen Seite standen, nämlich auf seiner. Andererseits wollte sie aber auch, daß das Geld weiter in ihre Taschen floß.

Der Anruf war trotzdem ziemlich seltsam gewesen. Zuerst schien Dr. Graveline erleichtert zu sein, daß er ihre Stimme hörte. Aber je mehr Fragen Maggie gestellt hatte – über Stranahan, die Fernsehleute, das Geld – desto ausweichender hatte der Arzt reagiert, wobei seine Stimme am anderen Ende ständig knapper und kälter wurde. Schließlich sagte Rudy, er müsse kurz etwas erledigen, was gerade in seinem Büro aufgetaucht sei, ob er sie denn gleich zurückrufen könne? Gewiß, hatte Maggie gesagt und – dummerweise, wie sich jetzt herausstellte, Rudy die Nummer im Hotel genannt. Tage später hatte der Arzt noch immer nicht angerufen, und Maggie fragte sich, warum er sich überhaupt mit ihr hatte in Verbindung setzen wollen.

Die Antwort war einfach.

Am dreizehnten Februar stieg der Mann, der als Chemo bekannt war, aus der Pan-Am-Maschine von Miami nach New York. Er trug einen staubigen, breitkrempigen Hut, der tief herabgezogen war, um sein feuerrotes Gesicht zu überschatten, einen Golfsack aus Kalbsleder über seinem linken Arm, um die Prothese zu verbergen, einen erbsengrünen Wollmantel als Schutz gegen den Wintersturm und schwere Schuhe mit Kreppsohlen als Waffe gegen den berüchtigten New Yorker Schneematsch. In seinem Besitz befanden sich außerdem ein Rapala-Fischmesser, die Telefonnummer eines Mannes in Queens, der ihm eine Pistole verkaufen würde, und ein Rezeptformular, auf dem Dr. Rudy Graveline in seiner spastisch krakeligen Handschrift notiert hatte: «Plaza Hotel, Zim. 966.»

18

Als sie vom Plaza in die Wohnung zurückkamen, fragte Mick Stranahan Christina Marks: «Sind Sie sicher, daß Sie einem Killer Ihre Schlafcouch überlassen wollen?»

«Schnarchen Sie denn?»

«Ich meine es ernst.»

«Ich auch.» Aus einem Schrank holte sie ein Biberlaken, eine Decke und zwei Kissen. «Ich habe einen Heizlüfter, der manchmal funktioniert», sagte sie.

«Nein, das reicht schon.» Stranahan streifte seine Schuhe ab, schaltete im Fernsehen die David Letterman Show ein und streckte sich auf dem Sofa aus, das er soweit ausgezogen hatte, daß er seine Beine darauf unterbringen konnte. Er hörte im Badezimmer die Dusche rauschen. Nach ein paar Minuten kam Christina in einer Dampfwolke heraus und setzte sich an den Küchentisch. Ihre Wangen waren von dem heißen Wasser gerötet. Sie trug einen kurzen blauen Bademantel, und ihr Haar war naß. Stranahan konnte erkennen, daß sie es durchgebürstet hatte.

«Wir versuchen es morgen früh wieder», sagte er.

«Was denn?»

«Bei Maggies Hotelzimmer.»

«Ach ja, richtig.»

Sie wirkte gedankenverloren.

Er richtete sich auf und sagte: «Kommen Sie her.»

«Lieber nicht», lehnte Christina ab.

Stranahan bemerkte außerdem, daß sie ihren Gefahrenradar eingeschaltet hatte. Er meinte: «Ich muß Ihnen im Flugzeug ja einen ziemlichen Schrecken eingejagt haben.»

«Nein, das haben Sie nicht.» Sie wollte nach allem möglichen fragen, nach seinem ganzen Leben; er versuchte es ihr leicht zu machen, schaffte es aber nicht so richtig.

«Sie haben mir keine Angst gemacht», wiederholte Christina. «Und wenn das der Fall gewesen wäre, dann würde ich Sie hier nicht übernachten lassen.» Aber er hatte ihr einen Schrecken eingejagt, und sie ließ ihn bei sich schlafen. Und das bereitete ihr noch mehr Kopfzerbrechen.

Stranahan griff nach der Fernbedienung und schaltete den Fernseher aus. Er hörte unten auf der Straße Polizeisirenen vorbeijagen und wünschte sich, er wäre zu Hause in seinem Bett in der Bucht.

Als Christina wieder das Wort ergriff, klang sie überhaupt nicht wie eine erfahrene, professionelle Interviewerin. Sie fragte: «Fünf Männer?»

Stranahan war froh, daß sie mit den Toten anfing. Die Ehen zu rechtfertigen, wäre ihm schwerer gefallen.

«Unterhalten wir uns jetzt ganz privat?»

Sie zögerte, dann nickte sie.

«Die Männer, die ich getötet habe», begann er, «hätten mich anderenfalls zuerst getötet.» Tief in seinem Innersten war er sich bei Thomas Henry Thomas, dem Brathähnchenräuber, nicht so sicher. Der fiel sicher aus dem Rahmen.

«Wie war es denn?» fragte Christina.

«Furchtbar.»

Sie wartete auf Einzelheiten, sehr oft wollten Männer wie Stranahan darüber reden oder mußten es einfach.

Aber alles, was er dazu sagte, war: «Es war wirklich furchtbar. Überhaupt nicht lustig.»

Sie fragte: «Bereuen Sie einen Schuß?»

«Nein.»

Sie stützte einen Ellenbogen auf die Tischplatte und legte die Fingerknöchel gegen die Wange. Das einzige Geräusch war das Zischen und Glucksen in den Heizkörpern, die allmählich warm wurden. Stranahan streifte sein T-Shirt ab und legte es zusammengefaltet zu seinen anderen Kleidern.

«Ich suche mir morgen ein Hotelzimmer.»

«Nein, das tun Sie nicht», entschied sie. «Ich habe keine Angst.»

«Sie haben noch nicht von meinen Ehefrauen gehört.»

Sie lachte leise. «Fünf bereits in Ihrem Alter. Sie wollen wohl den Rekord aufstellen.»

Stranahan lehnte sich zurück und verschränkte dabei die Hände hinter dem Kopf. «Ich verliebe mich in Kellnerinnen. Ich kann nichts dafür.»

«Sie machen Witze.»

«Seien Sie nicht so ein Snob. Sie waren alle klüger als ich. Sogar Chloe.»

Christina meinte: «Wenn Sie nichts dagegen haben, dann würde ich meinen, daß sie eine sehr kalte Frau war.»

Er stöhnte innerlich, als er sich an sie erinnerte.

«Was ist denn mit den anderen, wie waren sie?»

«Ich liebte sie alle, für einige Zeit jedenfalls. Dann, eines Tages, liebte ich sie nicht mehr.»

Christina schüttelte den Kopf. «Das klingt ja nicht gerade nach der wahren Liebe.»

«Mein Gott, sind Sie auf dem Holzweg.» Er lächelte vor sich hin.

«Mick, tut es Ihnen wegen einer von ihnen leid?»

«Nein.»

Der Heizkörper knackte. Seine Wärme ließ Stranahan schläfrig werden, und er gähnte.

«Und was ist mit Freundinnen?» fragte Christina – eine Frage, die ihn wieder hellwach werden ließ. «Ebenfalls Kellnerinnen? Keine Ausnahmen?»

«O doch, ich habe schon Ausnahmen gemacht.» Er kratzte sich am Kopf und tat so, als hätte es so viele gegeben, daß er Schwierigkeiten hatte, sie zusammenzubekommen. «Mal sehen, es gab eine Testamentsanwältin. Und eine Architektin … nein, es waren sogar zwei, nacheinander natürlich. Und eine Ingenieurin bei Pratt Whitney in West Palm. Eine echte Raketentechnikerin.»

«Tatsächlich?»

«Ja, wirklich. Und die waren alle dümmer als ich.» Stranahan zog sich die Decke bis zum Hals hoch und schloß die Augen. «Gute Nacht, Christina.»

«Gute Nacht, Mick.» Sie knipste das Licht aus, kehrte an den Küchentisch zurück und saß eine Stunde lang in der grauen Dunkelheit und betrachtete ihn, wie er schlief.

Als Maggie Gonzalez das Klopfen wieder hörte, rollte sie sich aus dem Bett und schwankte auf das Geräusch zu. Mit ausgestreckten Armen hielt sie sich bedrohliche Wände, Türknäufe und Lampenschirme vom Leib, wenn auch nur mühsam. Sie suchte sich ihren Weg durch einen klebrigen Dunst, und ihre Sehfähigkeit wurde von schmerzstillenden Mitteln beeinträchtigt. Als sie die Tür öffnete, starrte sie auf die Frontpartie eines erbsengrünen Wollmantels. Sie legte ihren dröhnenden Kopf in den Nacken, Stück für Stück, bis sie das Gesicht des Mannes entdeckte.

«Ungh», machte sie.

«Herrgott im Himmel», sagte Chemo und stieß sie ins Zimmer zurück, schloß die Tür mit einem Tritt hinter sich und verfluchte sein typisches Pech. Die Frau war vom Hals bis zum Haaransatz in einen weißen Verband gehüllt – eine verdammte Mumie! Er holte das Foto aus seiner Manteltasche und reichte es Maggie Gonzalez.

«Sind Sie das?» wollte er wissen.

«Nein.» Die Antwort kam von pergamenttrockenen Lippen und aus einem Schlitz in den Verbänden. «Nein, das bin ich nicht.»

Chemo konnte sehr wohl erkennen, daß die Frau benommen war. Er riet ihr, sich zu setzen, ehe sie stürzte.

«Das sind Sie doch, nicht wahr? Sie sind Maggie Gonzalez.»

Sie widersprach ihm. «Sie machen einen großen Fehler.»

«Maul halten.» Er nahm seinen breitkrempigen Hut ab und schleuderte ihn aufs Bett. Durch die Gucklöcher im Verband erhielt Maggie einen ausführlichen Blick auf das bemerkenswerte Gesicht des Mannes.

Sie sagte: «Mein Gott, was ist denn mit Ihnen passiert?»

«Halten Sie verdammt noch mal das Maul!»

Chemo knöpfte seinen Mantel auf, legte ihn auf die Sessellehne und fing an, auf und ab zu gehen. Die Reise entwickelte sich zu einem Debakel. Zuerst hatte der Mann in Queens ihm einen verrosteten .38er Colt mit nur zwei Patronen verkauft. Später, in der U-Bahn, war er gezwungen gewesen, einer Gruppe älterer Amischen aus dem Weg zu gehen, aus Angst, daß sie ihn von früher erkennen könnten. Und nun dies – totale Verwirrung. Auch wenn Chemo sich einigermaßen sicher war, daß die mit den Verbänden verhüllte Frau Maggie Gonzalez war, wollte er auf keinen Fall die falsche Person umbringen. Das würde Dr. Graveline niemals verstehen.

«Wer sind Sie?» fragte Maggie mit belegter Stimme. «Wer schickt Sie her?»

«Sie stellen zu viele Fragen.»

«Bitte, ich fühle mich nicht allzu wohl.»

Chemo zog den Colt aus seinem Hosenbund und richtete ihn auf die bandagierte Spitze ihrer neuen Nase. «Ihr Name ist Maggie Gonzalez, nicht wahr?»

Beim Anblick des Revolvers beugte sie sich vor und erbrach sich auf Chemos kreppbesohlte Winterschuhe.

«Herrgott im Himmel», stöhnte er und rannte ins Badezimmer.

«Es tut mir leid», rief Maggie ihm nach. «Sie haben mich erschreckt, mehr nicht.»

Als Chemo zurückkam, befanden seine Schuhe sich nicht mehr an seinen Füßen. Und der Revolver steckte wieder in seinem Hosenbund. Er wischte sich mit einem Handtuchzipfel die Mundwinkel ab.

«Es tut mir wirklich leid», sagte Maggie erneut.

Chemo schüttelte angewidert den Kopf. Er setzte sich auf die Bettkante. Maggie kamen seine Beine so lang vor wie die Masten eines Zirkuszeltes.

«Sollen Sie mich töten?»

«Jawohl», sagte Chemo. Mit dem Handtuch wischte er einen Rest Erbrochenes von ihrem Nachthemd.

Mit tränenden Augen studierte sie ihn und meinte: «Man hat Ihnen im Gesicht Haut abgeschliffen.»

«Tatsächlich?»

«Warum denn nur in solchen kleinen Flecken – warum nicht mehr?»

«Mein Arzt meinte, das wäre nicht ganz ungefährlich.»

«Ihr Arzt redet Scheiße», sagte Maggie.

«Und ich vermute, Sie sind in solchen Dingen Expertin, nicht wahr?»

«Ich bin Krankenschwester, aber das wissen Sie wahrscheinlich.»

Chemo schüttelte den Kopf. «Nein, das wußte ich nicht.»

Dr. Graveline hatte ihm nichts erzählt.

Maggie fuhr fort: «Ich habe mal bei einem Schönheitschirurgen unten in Miami gearbeitet. Der reinste Metzger, wie er im Buch steht.»

Unbewußt tasteten Chemos Finger nach den empfindlichen Stellen an seinem Kinn. Fast hatte er Angst, nachzufragen.

«Dieser Chirurg», sagte er zu Maggie, «wie lautete sein Name?»

«Graveline», sagte sie. «Rudy Graveline. Den würde ich noch nicht einmal an einen eingewachsenen Fingernagel heranlassen.»

Kummervoll schloß Chemo seine hervorquellenden roten Augen. In ihrer Kodeintrance glaubte Maggie, er ähnelte einem riesigen, von Atomstrahlung leuchtenden Salamander direkt aus einem Monsterfilm.

«Was halten Sie davon», sagte er, «ich erzähle Ihnen, was mit meinem Gesicht ist, wenn Sie mir verraten, was mit Ihrem passiert ist.»

Es war Chemos Idee, im Central Park zu frühstücken. Er dachte, daß sich dort so viele Freaks herumtrieben, daß niemand von ihnen Notiz nehmen würde. Wie sich herausstellte, zog Maggies mumienhaftes Gesicht mehr als nur ein paar neugierige Blicke auf sich. Chemo drückte sich seinen Hut noch tiefer ins Gesicht und meinte: «Sie hätten sich einen Schal darum wickeln sollen.»

Sie saßen in der Nähe des Columbus Circle auf einer Bank. Chemo hatte einen Karton Rosinenwecken mit Streichkäse gekauft. Maggie sagte, daß ihr Magen sich schon etwas beruhigt hatte, aber daß sie wegen des Verbandes nur kleine Stücke Rosinenweckchen in den Mund schieben konnte. Es war ein ziemlich mühsames Unterfangen, aber zwei dicke Eichhörnchen fanden sich ein und erhoben Anspruch auf die Krümel.

Chemo sagte: «Ihre Nase, Ihr Kinn, Ihre Augenlider – mein Gott, kein Wunder, daß Sie Schmerzen haben.» Er holte ihr Bild hervor und betrachtete es bewundernd. «Zu schade», sagte er.

«Was soll das heißen?»

«Ich meine damit, daß Sie eine schöne Lady waren.»

«Vielleicht bin ich das noch», sagte Maggie. «Vielleicht sogar noch schöner.»

Chemo verstaute das Foto wieder in seinem Mantel. «Vielleicht», sagte er.

«Ich fange gleich an zu weinen, und dann tut mir alles weh.»

Er sagte: «Hören Sie auf mit dem Quatsch.»

«Meinen Sie, ich fühlte mich so nicht schon mies genug?» fragte Maggie. «Ich bekomme ein völlig neues Gesicht – und für was? Einen Monat weiter, und Sie hätten mich nicht mehr erkannt. Ich hätte auf Ihrem Schoß sitzen können, und Sie hätten keine Ahnung gehabt, daß ich es bin.»

Chemo glaubte unter den Bandagen ein Schniefen zu hören.

«Jetzt weinen Sie nicht, verdammt noch mal», schimpfte er. «Seien Sie kein Baby.»

«Ich verstehe nicht, warum Rudy Sie hergeschickt hat», jammerte Maggie.

«Um Sie umzubringen, weswegen sonst.»

«Aber warum jetzt? Es ist doch noch nichts passiert.»

Chemo runzelte die Stirn und meinte: «Reden Sie leise.» Die rosigen Flecken an seinem Kinn brannten in der kalten Luft und ließen ihn an Rudy Graveline denken. Ein Metzger, hatte Maggie von ihm gesagt. Chemo wollte mehr wissen.

Ein magerer junger Moonie in abgetragenem Cordanzug näherte sich ihrer Parkbank und hielt ihnen einen Strauß roter und weißer Nelken hin. «Seid glücklich», sagte der Junge zu Maggie. «Fünf Dollar.»

«Verpiß dich», sagte Chemo.

«Vier Dollar», sagte der Moonie. «Seid glücklich.»

Chemo zog die Kalbslederhaube von seiner Motorsense und legte den Schalter an seinem Batteriepack unter dem Arm um. Der Moonie schaute mit offenem Mund zu, wie Chemo in aller Ruhe die Nelken zu Konfetti zerhackte.

«Hau ab, Hop-sing», sagte Chemo, und der Moonie rannte davon. Chemo verstaute die Motorsense unter seiner Hülle und wandte sich wieder zu Maggie um. «Dann erzählen Sie mir doch mal, warum der Doktor Sie töten lassen will.»

Es dauerte einige Sekunden, ehe sie sich von dem erholt hatte, was sie gesehen hatte. Schließlich antwortete sie: «Nun, das ist eine lange Geschichte.»

«Ich hab' den ganzen Tag Zeit», sagte Chemo. «Es sei denn, Sie haben Kinokarten für *Das Phantom der Oper* oder etwas in dieser Richtung.»

«Können wir nicht einen Spaziergang machen?»

«Nein», erwiderte Chemo knapp. «Haben Sie es schon vergessen?» Er hatte seine vollgebrochenen Schuhe und Socken aus dem Fenster von Maggies Hotelzimmer im neunten Stock des Plaza geworfen. Nun saß er mit nackten Füßen bei knapp unter Null Grad an einem Februarmorgen im Central Park. Er wackelte mit seinen langen, bläulich angelaufenen Zehen und sagte zu Maggie Gonzalez: «Erzählen Sie schon.»

Sie gehorchte. Sie erzählte Chemo alles über den Tod von Victoria Barletta. Es war eine etwas kürzere Darstellung als auf dem Videoband, jedoch war sie in keiner Weise weniger schockierend.

«Das haben Sie sich ausgedacht», sagte Chemo.

«Ganz bestimmt nicht.»

«Er hat das Mädchen bei einer Nasenkorrektur getötet?»

Maggie nickte. «Ich war dabei.»

«Herrgott im Himmel.»

«Es war ein Unfall.»

«Das ist ja noch schlimmer», sagte Chemo. Er riß sich den Hut vom Kopf, warf ihn auf den Gehweg und verscheuchte die Eichhörnchen. «Und das ist nun der Irre, den ich an mein Gesicht 'rangelassen habe. Ich werd' noch verrückt!»

Um ihn zu trösten, meinte Maggie: «Die Dermatoabrasion ist eine weitaus einfachere Prozedur.»

«Erzählen Sie mir ja nichts von einfachen Prozeduren.» Chemo konnte kaum fassen, was für ein Pech er stets mit der Auswahl von Ärzten hatte. Er sagte: «Was hat das denn damit zu tun, daß er Sie umbringen lassen will?»

Maggie erzählte Chemo von Reynaldo Flemms TV-Sendung (ohne zu erwähnen, daß sie den entscheidenden Tip gegeben hatte), berichtete, wie sie Rudy vor Mick Stranahan, dem Ermittler des Staatsanwaltes, gewarnt hatte. Sie schilderte die Vorgänge in einer Weise, daß der Eindruck entstand, als hätte Stranahan die ganze Sache ins Rollen gebracht.

«Jetzt bekommt das Ganze nach und nach einen Sinn», sagte Chemo. «Graveline will, daß ich auch ihn töte.» Er hielt den Arm mit der Motorsense hoch. «Er ist der Scheißkerl, der mich diese Hand gekostet hat.»

«Rudy kann sich keine Zeugen leisten», erklärte Maggie, «und keine Publicity. Sie würden ihm nicht nur seine Lizenz als Arzt wegnehmen, er müßte auch ins Gefängnis. Verstehen Sie jetzt?»

Und wie, dachte Chemo.

Die weiße Maske, die zur Zeit Maggies Gesicht war, fragte: «Wollen Sie mich noch immer umbringen?»

«Wir werden sehen», entgegnete Chemo. «Ich muß mir erst über einiges klarwerden.»

«Wieviel zahlt Ihnen dieser geizige Bastard überhaupt?»

Chemo hob seinen zerknautschten Hut vom Gehweg auf. «Das verrate ich lieber nicht», murmelte er und schien sich tatsächlich zu schämen. Auf keinen Fall würde er diesen Kerl an seinen Ohren herumschnippeln lassen. Jetzt nicht mehr.

Christina Marks und Mick Stranahan kamen kurz vor zehn zum Plaza Hotel. Vom Foyer aus rief Stranahan in Maggies Zimmer an, doch es nahm niemand ab.

Christina folgte ihm in den Fahrstuhl und beobachtete, während sie in den neunten Stock hochfuhren, wie er eine kleine gezackte Klinge aus seiner Brieftasche zog.

«Passepartout», erklärte er.

«Mick, nicht. Ich fliege raus.»

«Dann warten Sie unten.»

Aber sie wartete nicht. Sie sah zu, wie er das Schloß an Maggies Tür öffnete, dann schlüpfte sie hinter ihm ins Zimmer. Sie sagte nichts und bewegte sich kaum, während er im Bad und im Wandschrank nachschaute, ob sie auch wirklich alleine waren.

«Mick, kommen Sie mal her.»

Auf dem Nachttisch standen zwei Arzneiflaschen, eine Bettschale aus Plastik und eine von rötlichen Flecken übersäte Wundkompresse. Stranahan betrachtete die Pillen: Tylenol Nr. 3 und Darvocet. Die Flasche Darvocet war noch nicht geöffnet worden. Eine Visitenkarte lag neben dem Telefon auf Maggies Nachttisch. Stranahan lachte trocken, als er den Text auf der Karte las:

LEONARD R. LEAPER M. D.
Anerkannt vom amerikanischen Verband plastischer Chirurgen
Praxis: 555-6600 – nachts und in Notfällen: 555-6677

«Wie nett», bemerkte Christina. «Sie hat unser Geld genommen und sich das Gesicht liften lassen.»

Stranahan meinte: «Irgend etwas stimmt hier nicht. Sie müßte eigentlich im Bett liegen.»

«Vielleicht ist sie zum Essen ins Four Seasons gefahren.»

Er schüttelte den Kopf. «Diese Rezepte sind erst zwei Tage alt, demnach hatte sie zu diesem Zeitpunkt auch ihre Operation. Sie muß geschwollen sein wie eine Melone. Würden Sie sich in diesem Zustand in die Öffentlichkeit wagen?»

«Kommt ganz darauf an, wieviel Dope ich mir eingepfiffen hätte.»

«Nein», sagte Stranahan und sah sich in dem Zimmer um. «Irgend etwas ist hier nicht in Ordnung. Sie müßte hier sein.»

«Was wollen Sie jetzt tun?»

Stranahan meinte, sie könnte nach unten gehen und im Foyer warten; in ihrer Verfassung müßte Maggie eigentlich sehr leicht zu identifizieren sein. «Aber zuerst», meinte er, «sollten wir das Zimmer gründlich durchsuchen.»

Christina widmete sich der Kommode. Unter einem Stapel Büstenhalter und Schlüpfer fand sie drei neue geblümte Bikinis, an denen noch die Preisschilder des Plaza Shops hingen. Maggie bereitete sich tatsächlich auf ihre Reise nach Maui vor.

«Oh, Miss Marks», rief Stranahan. «Sehen Sie doch mal hier!»

Es war eine Videokassette in einem braunen Plastiketui. Auf dem Etui befand sich ein Aufkleber der Midtown Studio Productions.

Stranahan warf Christina das Band zu. Sie warf es zurück.

«Das dürfen wir nicht mitnehmen. Das ist Diebstahl.»

Er sagte: «Es ist kein Diebstahl, wenn man etwas an sich nimmt, das einem längst gehört.»

«Was meinen Sie?»

«Wenn es das ist, was ich annehme, dann haben Sie schon dafür bezahlt. Die Barletta-Sache, Sie erinnern sich?»

«Das wissen wir nicht. Es könnte doch alles mögliche sein, ein Familienfilm vielleicht.»

Stranahan lächelte und stopfte sich die Kassette in den Mantel. «Dann gibt es nur eine Möglichkeit, das herauszufinden.»

«Nein», sagte Christina.

«Sehen Sie, Sie haben in Ihrer Wohnung einen Videorecorder. Sehen wir uns das Band an. Wenn ich mich geirrt habe, dann bringe ich das Band persönlich zurück.»

«Ach, ich verstehe. Sie schleichen sich rein, legen das Band wieder an seinen Platz und verwischen die Spuren.»

«Ja, wenn ich nicht recht habe. Wenn auf dem Band Jane Fonda oder sonstwer ist. Aber das glaube ich nicht.»

Christina Marks gab sich geschlagen; es war Wahnsinn, natürlich. Sie konnte ihren Job verlieren, eine bisher makellos verlaufene Karriere vernichten, wenn sie erwischt würden. Aber andererseits hatte sich diese Sache nicht so entwickelt wie eine typische Reynaldo-Flemm-Idee. Bei dieser Sache wäre sie sogar beinahe mit einer Maschinenpistole erschossen worden, also warum jetzt diese falsche Scham?

Indem sie ihren Zorn hinunterschluckte, frage sie gepreßt: «Ist es Beta oder VHS?»

Stranahan drückte sie kurz an sich.

Dann hörten sie, wie ein Schlüssel ins Türschloß geschoben wurde.

Die beiden Paare sagten während der ersten Sekunden gar nichts, sondern starrten sich nur gegenseitig an. Mick Stranahan und Christina Marks hatten am meisten zu verarbeiten: eine Frau mit total verpflastertem und umwickeltem Kopf und einen bohnenstangengroßen Mörder mit einem Arm, der ihm bis zu den Knien herunterreichte.

Maggie Gonzalez war die erste, die etwas sagte: «Er ist es!»

«Wer?» fragte Chemo. Er hatte Stranahan niemals aus der Nähe gesehen, noch nicht einmal in dem Pfahlhaus.

«Er», wiederholte Maggie durch ihre Verbände. «Was suchen Sie in meinem Zimmer?»

«Hallo, Maggie», sagte Stranahan, «falls Sie es sind, die da drunter steckt, wie ich sicher glaube. Es ist wirklich lange her.»

«Und Sie!» keuchte Maggie und zeigte auf Christina Marks.

«Hallo, schon wieder», sagte Christina. «Ich dachte, Sie wären schon längst auf Hawaii.»

Chemo ergriff das Wort. «Ich glaube, hier sind alles alte Freunde, außer mir.» Er zog den .38er aus dem Mantel. «Keiner rührt sich.»

«Schon wieder einer, der zuviel ferngesehen hat», flüsterte Stranahan Christina zu.

Chemo blinzelte wütend. «Du gefällst mir überhaupt nicht.»

«Soviel habe ich mir schon gedacht, angesichts der Tatsache, daß Sie versuchen, mich umzubringen.» Stranahan hatte schon eine Menge bizarrer Typen gesehen, aber dieser schoß den Vogel ab. Er sah aus wie Fred Munster im letzten Stadium der Bulimie. Den Revolver ständig im Auge behaltend, fragte Stranahan: «Haben Sie auch einen Namen?»

«Nein», sagte Chemo.

«Um so besser. Dann wird der Grabstein billiger.»

Chemo befahl Maggie, die Tür zu schließen, aber Maggie rührte sich nicht. Der Anblick der Waffe verursachte ihr wieder heftige Übelkeit, und sie versuchte krampfhaft, ihre Frühstücksweckchen bei sich zu behalten.

«Was läuft jetzt?» fragte Chemo.

«Sie sieht nicht gerade aus wie das blühende Leben», stellte Christina fest.

«Und wer, zum Teufel, bist du, Florence Nightingale?»

«Was ist denn mit Ihrem Arm passiert?» fragte Christina ihn. Sie reagierte auf die veränderte Lage verdammt kühl, Stranahan bewunderte ihre gefaßte Haltung.

Chemo gewann den Eindruck, daß ihm die Kontrolle über die Situation allmählich entglitt, was für ihn irgendwie keinen Sinn ergab, da er schließlich derjenige war, der eine Pistole hatte. «Schnauze, ihr alle», sagte er. «Während ich Mr. Stranahan abserviere. Endgültig.»

Bei diesen Worten würgte Maggie Gonzalez dramatisch und entleerte sich auf Chemos Pistolenarm. Angesichts seiner allgemeinen ungesunden Gesichtsfarbe fiel es schwer zu entscheiden, ob Chemo daraufhin blaß wurde. Auf jeden Fall schwankte er deutlich sichtbar.

Mick Stranahan trat vor und schlug ihm wuchtig gegen den Adamsapfel. Der Mann ging zu Boden wie ein Riesenspielzeug, ließ dabei aber seinen Revolver nicht los. Maggie wich zurück und schrie, es war ein urwelthaftes Kreischen, das aus dem Loch in ihrem Verband drang und den ganzen Korridor ausfüllte. Stranahan entschied, daß jetzt keine Zeit mehr blieb, die Sache zu erledigen. Er stieß Christina Marks durch die Zimmertür nach draußen und befahl ihr, zum Fahrstuhl zu rennen. Würgend und Blut spuckend, streckte Chemo sich aus seiner gekrümmten Haltung und schoß wild hinter Christina her, die durch den Gang davonrannte. Die Kugel prallte wirkungslos an einem Feuerlöscher ab und blieb schließlich in der farbenprächtigen Plaza-Tapete stecken.

Ehe Chemo ein zweites Mal feuern konnte, stieg Stranahan auf sein Handgelenk, das immer noch schlüpfrig war von Maggies gebrauchten Frühstücksweckchen. Chemo wollte den Revolver nicht loslassen. Mit einem Grunzen holte er mit seinem neu ausgestatteten Arm aus und schlug zu wie mit einem Baseballschläger. Er erwischte Stranahan genau an der weichen Stelle in der Kniekehle und holte ihn von den Füßen. Die beiden Männer kämpften um den Revolver, während Maggie schrie und wie ein verrückt spielender Schimpanse an ihrem Kopf herumzerrte.

Es war ein unbeholfener Zweikampf. Behindert von den umherrudernden Gliedmaßen des Killers, konnte sich Stranahan nicht vor einem Treffer von Chemos übergroßem linkem Arm schützen. Was immer es war – und es war gewiß keine menschliche Faust –, schmerzte wie die Hölle. Mit klingendem Schädel versuchte Stranahan, sich loszureißen.

Plötzlich spürte er die stumpfe Mündung des .38ers an seinem Hals. Er erstarrte, als er das Klicken hörte, aber nichts weiter folgte. Kein Blitz, keine Explosion, kein Pulvergeruch. Die Kugel, Chemos zweite und einzige, war ein Blindgänger. Chemo konnte es nicht glauben – dieses Arschloch in Queens hatte ihn grandios aufs Kreuz gelegt.

Stranahan riß sich los, stand auf und sah, daß sie Neugierige angelockt hatten. Den ganzen Korridor entlang waren Türen aufgegangen, die einen weiter als die anderen. Über Maggies Kreischen konnte er aufgeregte Stimmen ausmachen. Jemand rief nach der Polizei.

Stranahan klopfte seinen Mantel ab, um sich zu vergewissern, daß sich das Videoband immer noch in seiner Tasche befand, trat Chemo einmal in den Schritt (oder dorthin, wo er den Schritt dieses riesenhaften Mannes vermutete), dann trabte er durch den Flur davon.

Christina Marks war vernünftig genug gewesen, den Fahrstuhl festzuhalten.

19

Dr. Rudy Graveline war ein Zeitgenosse, der dem Zufall mißtraute und stolz darauf war, auf alles vorbereitet zu sein, jedoch hatte er niemals die Absicht gehabt, mit einem Hollywoodstar eine Affäre zu haben. Heather Chappell war die Raserei – eine köstliche, prächtige, schwer faßbare, verdorbene, launische Art von Raserei. Er konnte von ihr nicht genug bekommen. Mittlerweile sehnte Rudy sich nach diesem Tunnel des klaren Denkens, der ihn umfing, während er Heather liebte; es war wie eine scharfe, kalte Droge. Sie saugte ihn aus, raubte ihm seine letzten Energien und ließ ihn leer und ausgepumpt und in vollem, klarem Bewußtsein des bevorstehenden Unheils fallen.

Für eine Weile erfand er lahme Ausreden für das ständige Hinausschieben von Heathers komplizierter Schönheitsoperation – wohl wissend, daß sie danach für mehrere Wochen lahmgelegt wäre. Sex mit Heather war in Rudy Gravelines Tagesablauf ein wesentliches Element geworden; wie ein Langstreckenläufer hatte er nun einen physischen Rhythmus gefunden, den zu unterbrechen er sich nicht erlauben durfte. Fernsehleute waren hinter ihm her, seine medizinische Karriere war in Gefahr, eine Mordanklage drohte am Horizont – und seine Rettung hing von einem korrupten, dummen Politiker und einem einarmigen, zwei Meter großen Mietkiller ab. Rudy mußte wach und aufmerksam bleiben, bis die Krise gemeistert war, und Heather war für seine Klarheit und Übersicht geradezu lebenswichtig geworden.

Er behandelte sie wie eine Königin, und es schien zu funktionieren. Heathers anfängliches Drängen auf einen Termin für die Operation hatte während der tagelangen Einkaufsbummel, der opulenten Mahlzeiten in Vier-Sterne-Restaurants, der mitternächtlichen Bootsfahrten auf der Intracoastal merklich nachgelassen. In den letzten Tagen jedoch hatte sie wieder angefangen, Rudy zu bedrängen, und zwar nicht nur wegen eines Operationsdatums, sondern auch wegen der Kosten. Sie ließ deutliche Anspielungen in ihre Gespräche einfließen, daß sie für ihre Schlafzimmerleistungen einen ganz besonderen Preisnachlaß verdient hätte, und Rudy ertappte sich dabei, wie er seine Meinung zu diesem Thema immer leichter zu ändern bereit war. Er wurde allmählich schwach. Schließlich, eines Abends, wartete sie, bis er in sie eingedrungen war, um die Rede wieder auf das Thema Geld zu bringen, und Rudy erklärte sich atemlos bereit, ihr einen Rabatt von vierzig Prozent auf den üblichen Preis zu gewähren. Anschließend war er wütend über sich selbst und machte für diesen Moment der Schwäche den Streß, dem er ausgesetzt war, und eine allgemeine geistige Erschöpfung verantwortlich.

Tief in seinem Innern wußte der Doktor längst die Wahrheit: Er saß in der Falle. Während er einerseits richtige Angst vor Heather Chappells Operation entwickelte, befürchtete er weiterhin, daß sie ihn verlassen würde, wenn er sich nicht dazu bereit erklären würde. Wahrscheinlich hätte er es sogar umsonst getan. Er war ihrem Körper verfallen – einem strahlend perfekten Körper, den zu *verbessern* sie von ihm verlangte. Diese Aufgabe wäre für die meisten erfahrenen und geschickten plastischen Chirurgen die größte Herausforderung der Laufbahn gewesen, der sie sich freudig gestellt hätten; für einen Metzger wie Rudy Graveline war ein derartiges Projekt völlig unmöglich durchzuführen. Natürlich plante er, die Ausführung seinen Assistenten zu überlassen.

Bis Heather mit einer weiteren Überraschung aufwartete.

«Meine Agentin sagt, ich solle die Operation aufnehmen, Liebling.»

Rudy schüttelte den Kopf. «Du machst einen Scherz.»

«Nur um auf Nummer Sicher zu gehen.»

«Wie bitte, du traust mir nicht?»

«Natürlich tue ich das», sagte Heather. «Der Vorschlag kommt von meiner Agentin, das ist es. Sie meint, da mein Aussehen sozusagen alles ist, meine ganze Karriere, sollte ich mich rein rechtlich absichern. Ich nehme an, sie will dadurch gewährleisten, daß nichts schiefgeht ...»

Rudy sprang aus dem Bett, stemmte die Hände in die Hüften. «Sieh mal, ich habe dir erklärt, daß diese Operationen überhaupt nicht notwendig sind.»

«Und ich habe dir erklärt, daß ich es leid bin, komische Serien und *Hollywood Squares* zu machen. Ich muß wieder zurück zum Film, Liebling, und das bedeutet, daß ich an meinem Aussehen etwas tun muß. Deshalb bin ich hergekommen.»

Rudy Graveline hatte noch nie jemandem eine Operation auszureden versucht, daher mußte er jetzt improvisieren. Im großen und ganzen war es keine so üble Rede. Er sagte: «Gott hat es mit dir sehr gut gemeint, Heather. Ich habe Patienten, die fünfzig Riesen dafür zahlen würden, auch nur halb so schön auszusehen wie du: Teenager, die für die Nase, die ich auf deinen Wunsch verändern soll, einen Mord begehen würden, Hausfrauen, die ihr Erstgeborenes für Brüste eintauschen würden, wie du sie schon jetzt hast ...»

«Rudolph», unterbrach Heather ihn, «vergiß es.»

Er versuchte seine Unterhose hochzuziehen, doch das Gummiband blieb an seinen dick bandagierten Knien hängen, eine Folge der Discoübung im Kamin.

«Ich bin entsetzt von der Vorstellung», klagte Rudy, «in meinem Operationssaal eine Videokamera laufen zu lassen.» Tatsächlich war er weniger entsetzt als vielmehr ängstlich. Eine Videokamera bedeutete, daß er das Skalpell nicht an einen anderen Chirurgen übergeben und zum Golfspielen verschwinden konnte. Er müßte jeden Schritt selbst ausführen, so wie Heather es verlangt hatte. Eine Kamera konnte man nicht betäuben; die würde sich keinen Schnitt und keine Naht entgehen lassen. «So etwas ist noch niemals gemacht worden», protestierte Rudy.

«Oh, das wird es doch», widersprach Heather. «Solche Sachen sehe ich ständig im öffentlichen Kanal. Einmal habe ich sogar verfolgen können, wie sie einem menschlichen Baby ein Pavianherz eingepflanzt haben. Sie haben die ganze Operation gefilmt.»

«Aber es wird nicht hier gemacht», beharrte Rudy.

Heather setzte sich auf und achtete darauf, daß das Laken über die Wölbung ihrer Brüste herabrutschte. «Schön, Rudolph», sagte sie. «Wenn du es unbedingt so willst, dann fliege ich noch heute abend zurück nach Kalifornien. Es gibt in Beverly Hills ungefähr ein Dutzend erstklassiger Chirurgen, die alles dafür hergeben würden, um mich unters Messer zu bekommen.»

Das klirrende Eis in ihrer Stimme überraschte ihn, obgleich es das eigentlich nicht hätte tun sollen. «Na schön», sagte er und zog sich seinen Hausmantel an, «wir zeichnen die Operation auf Video auf. Vielleicht kann Robin Leach ja noch einige Passagen in seine Show einbauen.»

Heather reagierte nicht auf diesen bissigen Seitenhieb; sie dachte nur ans Geschäft. Sie fragte Rudy Graveline nach dem Datum, an dem sie anfangen könnten.

«In einer Woche», versprach er. Er müßte seinen Geist noch einige Male reinigen. In einer Woche hätte er sicherlich etwas Endgültiges von Chemo gehört, vielleicht auch von Roberto Pepsical.

«Und dann machen wir nicht alles gleichzeitig», fügte er hinzu. «Es sind schließlich eine Fettabsaugung, eine Brustvergrößerung, die Rhinoplastik, die Augenlider und die Rhytidectomie – das sind eine ganze Menge chirurgischer Eingriffe, Heather.»

«Ja, Rudolph.» Sie hatte gewonnen, und sie wußte es.

«Ich denke, wir fangen mit der Nase an und sehen uns an, wie du damit zurechtkommst.»

«Oder wie *du* damit zurechtkommst», sagte Heather.

Rudy hatte das unangenehme Gefühl, daß sie keinen Scherz machte.

Der leitende Produzent von *Auge in Auge* war ein Mann, den Reynaldo nur als Mr. Dover kannte. Mr. Dover war für das Budget zuständig. Bei Reynaldos Rückkehr nach New York fand dieser eine Nachricht, die an seiner Bürotür klebte. Mr. Dover wünschte ihn umgehend zu sprechen.

Augenblicklich rief Reynaldo in der Wohnung von Christina Marks an, legte jedoch sofort auf, als Mick Stranahan den Hörer abnahm. Reynaldo war rasend eifersüchtig, darüber hinaus fand er, daß es nicht fair war, daß er sich Mr. Dover alleine stellen müßte. Christina war die Produzentin, sie wußte, wohin das ganze Geld wanderte. Reynaldo war der Künstler, und Künstler wußten niemals etwas.

Als er im Vorzimmer von Mr. Dovers Büro auftauchte, erkannte die Sekretärin ihn nicht. «Die Musikabteilung befindet sich im dritten Stock», sagte sie und sah ihrem Besucher nur flüchtig ins Gesicht.

Reynaldo fuhr sich mit den Fingern durch die neuen Haare und sagte: «Ich bin's.»

«Oh, hallo, Ray.»

«Was halten Sie davon?»

Die Sekretärin nickte. «Es ist eine tolle Tarnung.»
«Das ist keine Tarnung.»
«Oh.»
«Ich wollte mal etwas Neues an Aussehen», erklärte er.
«Warum?» fragte die Sekretärin.
Reynaldo konnte ihr nicht die Wahrheit sagen – daß der ungehobelte Schönheitschirurg ihm erklärt hatte, er habe fette Hüften und eine zu große Nase – daher meinte er: «Zuschauerstatistik.»
Die Sekretärin sah ihn verständnislos an.
«Marktanalysen», fuhr er fort. «Wir versuchen, auch jüngere Zuschauer zu erreichen.»
«Oh, ich verstehe», sagte die Sekretärin.
«Lange Haare kommen offensichtlich wieder.»
«Das wußte ich nicht», erwiderte sie und versuchte höflich zu sein. «Ist das echt, Ray?»
«Nun ja, nein. Noch nicht.»
«Ich sage Mr. Dover Bescheid, daß Sie da sind.»
Mr. Dover war ein kleiner Mann mit dem typischen Buchhalterauftreten, einem fischbauchweißen Teint, winzigen schwarzen Augen und der glatten, fliehenden Stirn eines Mörderwals. Mr. Dover trug teure dunkle Anzüge und Yuppiehosenträger, die, wie Reynaldo fand, mal richtig eingestellt werden mußten.
«Ray, was können Sie mir zu dem Florida-Projekt erzählen?» Mr. Dover vergeudete niemals Zeit mit langen Einführungen.
«Es ist in seiner kritischen Phase», erwiderte Reynaldo.
«In seiner kritischen Phase?»
«Und wie.» Reynaldo entdeckte seine Spesenrechnungen als säuberlichen Stapel auf der Ecke von Mr. Dovers Schreibtisch. Das beunruhigte ihn, daher fügte er hinzu: «Meine Produzentin wurde beinahe ermordet.»
«Ich verstehe.»
«Mit einer Maschinenpistole», schickte Reynaldo hinterher.
Mr. Dover schürzte die Lippen. «Warum?»
«Weil wir dicht vor dem entscheidenden Durchbruch der Story standen.»
«Sie stehen auch dicht vor dem entscheidenden Durchbruch meines Budgets, Ray.»
«Das hier ist eine wichtige Sache.»

Mr. Dover sagte: «Ein landesweiter Sender würde nicht mal mit der Wimper zucken, Ray, aber wir sind keiner der großen Sender. Mein Job ist es, die Endabrechnung zu überwachen.»

Indigniert dachte Reynaldo: Pfennigfuchser wie dich verspeise ich zum Frühstück. Im Denken besonders herausfordernder Gedanken war er ausgesprochen gut.

«Recherchen kosten nun mal Geld», sagte er knapp.

Mit glänzend polierten, rosigen Fingernägeln blätterte Mr. Dover die Rechnungen auf seinem Schreibtisch durch, bis er die fand, die er suchte. «Jambalas Haarboutique», las er vor. «Siebenhundertsiebzehn Dollar.»

Reynaldo errötete und biß die Jackettkronen zusammen. Jetzt müßte Christina hier sein; sie wüßte, wie sie mit diesem Wichser umspringen müßte.

Mr. Dover fuhr fort: «Ich habe weder Lust, mich einzumischen, noch bin ich gewillt, diese Extravaganzen unbegrenzt zu dulden. Soweit ich weiß, soll die Sendung im nächsten Monat ausgestrahlt werden.»

«Sämtliche Werbeplätze sind längst verkauft», sagte Reynaldo. «Und zwar schon seit sechs Monaten.» Er konnte der Verlockung nicht widerstehen.

«Ja, nun, aber ich schlage vor, daß Sie die ganzen Werbeeinnahmen nicht schon vor dem Sendetermin ausgeben – nur für den Fall, daß die ganze Sache am Ende doch ein Flop wird.»

«Und wann hat es jemals einen Flop gegeben?»

Reynaldo bedauerte die Worte fast im selben Augenblick, denn Mr. Dover war nur zu bereit, seine Erinnerung aufzufrischen. Da war der Fall, als Flemm behauptet hatte, das Wrack der Flugpionierin Amelia Earhart entdeckt zu haben (es entpuppte sich als landwirtschaftliche Schädlingsbekämpfungsmaschine in Neuseeland), der Fall, als er behauptete, ein exklusives Interview mit dem zweiten Schützen vom Dealey Plaza zu bekommen (der, wie sich herausstellte, am Tag des Kennedy-Mordes gerade sieben Jahre alt gewesen war). Der Fall, als er einen Callgirl-Ring in Kongreßkreisen entdeckt zu haben glaubte (um dabei erwischt zu werden, wie er es mit zwei der Damen in einem Besenschrank im Rayburn Building trieb). Jeder dieser Reinfälle hatte eine abgesetzte Sendung, spöttische Bemerkungen in der Presse und große Einnahmenverluste zur

Folge, die Mr. Dover noch jetzt bis auf den Penny auswendig nennen konnte.

«Das ist doch längst Geschichte», verteidigte Reynaldo Flemm sich.

Unausgesprochen blieb, daß solche Peinlichkeiten nicht mehr vorgekommen waren, seit Christina Marks eingestellt worden war. Jede Show war termingerecht abgeschlossen worden, und das im Rahmen der berechneten Kosten. Reynaldo gefiel dieser Zusammenhang gar nicht, Mr. Dover schon.

«Sie verstehen sicherlich meine Sorge», sagte er. «Wie lange wollen Sie noch unten in Miami bleiben?»

«Zwei Wochen. Dann schneiden wir.» Das klang doch schon ganz gut.

«Also, sagen wir noch einen Flug?»

«Das müßte reichen», erklärte Reynaldo sich einverstanden.

«Hervorragend.» Mr. Dover glättete den Stapel von Reynaldos Spesenrechnungen und richtete die Ecken nacheinander aus. «Übrigens, Miss Marks ist doch nichts passiert, oder?»

«Nein, sie hat nur einen heillosen Schrecken davongetragen. Sie ist es nicht gewöhnt, daß auf sie geschossen wird.» Als ob das für ihn alltäglich wäre.

«Haben sie den Schützen gefaßt?»

«Nein», sagte Reynaldo im Tonfall des Fachmannes für solche Vorfälle, als überraschte ihn das nicht sonderlich.

«Schlimm», sagte Mr. Dover. Er hoffte, daß Christina Marks' Lebens- und Krankenversicherung regelmäßig bezahlt worden war.

«Ich sagte Ihnen ja, es ist eine ziemlich wilde Geschichte», sagte Reynaldo, während er sich erhob. «Aber es lohnt sich, das verspreche ich Ihnen.»

«Gut», sagte Mr. Dover. «Ich kann es kaum erwarten.»

Reynaldo hatte drei Schritte in Richtung Tür gemacht, als Mr. Dover sagte: «Ray?»

«Ja?»

«Nehmen Sie es mir nicht übel, aber es ist mir gerade aufgefallen.»

«Schon in Ordnung.» Er hatte sich schon die ganze Zeit gefragt, wie lange es dauerte, bis dieser Heini etwas über seine Haare sagte.

Aber Mr. Dover saß hinter seinem Schreibtisch, grinste ihn verschlagen an und tätschelte seine Bauchpartie. «Sie haben ein paar Pfund zugelegt, nicht wahr, Ray?»

Im Fahrstuhl riß Reynaldo sich wütend seine Siebenhundert-Dollarperücke vom Kopf und schleuderte sie in eine Ecke, wo sie liegenblieb wie ein verendeter Pekinese. Er fuhr mit dem Firmenwagen zu seiner Wohnung, zog sich dort aus, stand lange vor dem Schlafzimmerspiegel und betrachtete sich.

Reynaldo entschied, daß Dr. Graveline recht hatte: Seine Nase war zu groß. Und sein Bauch war gewachsen.

Er drehte sich nach links, dann nach rechts, dann wieder nach links. Er zog den Bauch ein, hielt die Luft an. Er streckte und reckte sich. Er verschränkte die Hände hinter dem Kopf und spannte seine Bauchmuskeln an, aber sein Bauch verschwand nicht.

Im Spiegel sah Reynaldo einen Körper, der weder schwammig noch schlank war: Es war der mittelmäßige Körper eines mittelmäßigen Vierzigers. Er sah ein Gesicht, weder besonders straff noch schlaff: kleine lebhafte Augen über einem ausgeprägten Kinn und einer kräftigen Nase. Er entschied, daß sein Instinkt, der ihn bewogen hatte, den Schnurrbart beizubehalten, durchaus vernünftig reagiert hatte: Als Reynaldo seine haarige Oberlippe mit einem Finger abdeckte, schien seine Nase noch stärker hervorzuspringen.

Natürlich mußte etwas Grundlegendes unternommen werden. Selbstvertrauen war die Grundlage von Reynaldos Kamerapersönlichkeit, die Wurzel seiner Wirkung als Mann. Wenn er mit sich selbst unzufrieden war oder Hemmungen wegen seiner äußeren Erscheinung hatte, dann würde sich das wie ein Hautausschlag in seinem Gesicht zeigen. Die ganze Nation würde es sehen.

Während er vor dem Spiegel stand, entwickelte Reynaldo einen Plan, der sowohl sein persönliches Problem lösen als auch gleichzeitig die Barletta-Story abschließen würde. Es war ein tollkühner Plan, denn Christina Marks wäre an seiner Durchführung nicht beteiligt. Reynaldo Flemm wäre sein eigener Produzent und würde Christina nichts davon erzählen, so wie sie ihm fast zwei Wochen lang nach der Schießerei in Stiltsville auch nichts erzählt hatte.

Die Schießerei. Sie lag ihm noch immer im Magen, die bittere Ironie des Schicksals, die ihr allen Ruhm bescherte – nach den Jahren, die er sich draußen an der Front herumgeschlagen hatte. Daß seine Produzentin fast erschossen worden war, während er auf dem

Massagetisch im Sonesta vor sich hindöste, war der Tiefpunkt in Reynaldos professioneller Karriere. Er mußte dafür Ersatz leisten.

In der Vergangenheit hatte er sich immer darauf verlassen, daß Christina sich um die journalistischen Grundlagen des Programms kümmerte. Es war Christina gewesen, die den Berichtsteil zusammengestellt, die Interviews arrangiert und die entscheidenden Konfrontationen inszeniert hatte – sie schrieb sogar die Skripte. Reynaldo fand die Details wie Recherchen und das Überprüfen von Fakten tödlich langweilig. Er war ein reiner Actiontyp, und er sparte seine Energie für die Zeit auf, wenn die Videokamera lief. Wenn Christina drei Schnellhefter vollschrieb mit Notizen, Ideen und Fragen zu Victoria Barlettas Tod, kümmerte Reynaldo sich nur um einen Punkt: Wen könnten sie vor die Kamera bekommen? Rudy Graveline war sicherlich die große Attraktion, und Victorias immer noch trauernde Mutter wäre auch einen starken Auftritt wert. Mick Stranahan hätte sich ebenfalls angeboten – der verlegene Ermittler, der vier Jahre später zugeben mußte, daß er den Hauptverdächtigen, nämlich den Arzt selbst, ganz einfach übersehen hatte.

Doch die Entscheidung für Stranahan hatte sich ins Gegenteil verkehrt und aus Christina Marks beinahe eine Märtyrerin der Nachrichtenindustrie gemacht: Schön, dachte Reynaldo, dann mach ruhig weiter und zieh deine Nummer durch. Währenddessen werden Willie und ich einem Quacksalber ganz übel auf die Pelle rücken.

Jedesmal, wenn Dr. Rudy aus New York oder New Jersey angerufen wurde, nahm er an, daß einer von der Mafia am anderen Ende war. Sie hatte ihn großzügig durch die Harvard Medical School gebracht, und als Gegenleistung hatte Rudy seine fachlichen Fähigkeiten häufig Mafiaangehörigen, ihren Freunden oder Familien zur Verfügung gestellt. Es war Rudy selbst gewesen, der das Gesicht von Tony (der Aal) Traviola verändert hatte, des Berufskillers, der später am Strand von Cape Florida mit einem Loch von einer Schwertfischsäge im Brustbein angeschwemmt worden war. Zum Glück für Rudy hatten die meisten polizeilich gesuchten Mitglieder der Mafia Angst vor jeglicher Art von Operation, daher behandelte er vorwiegend ihre Ehefrauen und Töchter und Geliebten. Vorwiegend waren es Nasen sowie eine gelegentliche Gesichtsstraffung.

Einen solchen Anruf erwartete Rudy, als seine Sekretärin ihm mitteilte, daß er aus New York verlangt werde.

«Ja bitte?»

«Hallo, Doktor Rudy Graveline.»

Die Stimme gehörte weder Häuptling Krause Augenbraue noch einem seiner Cousins.

«Wer ist da?»

«Johnny LeTigre, erinnern Sie sich noch?»

«Natürlich.» Der lächerliche männliche Stripper. Rudy fragte: «Was treiben Sie denn in New York?»

«Ich hatte einen Auftritt im Village, aber ich bin praktisch schon wieder auf dem Rückweg nach Miami.» Das war Reynaldos Vorstellung von jemandem, der in der Weltgeschichte herumkam. Er sagte: «Hören Sie, ich habe über das nachgedacht, was Sie bei meinem Besuch in Ihrer Klinik gesagt haben.»

Rudy Graveline konnte sich nicht mehr daran erinnern, worüber sie im einzelnen gesprochen hatten.

«Ja?»

«Über meine Nase und meine Bauchpartie.»

Dann fiel es Rudy wieder ein. «Ihre Nase und Ihr Bauch, ja sicher, ich weiß Bescheid.»

«Sie hatten recht», fuhr Reynaldo fort. «Man sieht sich selbst nicht so, wie andere Menschen einen sehen.»

Rudy dachte: Komm endlich verdammt noch mal zur Sache.

«Ich möchte, daß Sie meine Nase operieren», erklärte Reynaldo.

«In Ordnung.»

«Und meinen Bauch – ich weiß nicht, wie die Operation heißt.»

«Eine durch Absaugen unterstützte Lipektomie», sagte Rudy.

«Ja, das ist es. Wieviel würde mich das alles zusammen kosten?»

Rudy erinnerte sich, daß dieser Mann zehn Riesen angeboten hatte, um sich einen Leberfleck vom Gesäß entfernen zu lassen.

«Fünfzehntausend», sagte Rudy.

«Donnerwetter!» rief die Stimme in New York.

«Das aber nur, wenn ich die Operation selbst vornehme», erklärte Rudy. «Vergessen Sie nicht, daß wir mehrere kompetente Spezialisten im Hause haben, die Sie für die Hälfte dieser Summe operieren können.»

Daß Rudy bei dem Wort «kompetent» leicht zögerte, war kein

Zufall, doch er brauchte Reynaldo nicht mit irgendwelchen Verkaufstricks zu kommen, denn er sagte schnell: «Nein, ich will Sie haben. Fünfzehn sind in Ordnung. Aber ich möchte noch diese Woche unters Messer.»

«Das ist völlig unmöglich.» Rudy hatte mit den Vorbereitungen für den Heather-Chappell-Marathon alle Hände voll zu tun.

«Aber spätestens nächste Woche», drängte Reynaldo.

«Ich will mal sehen, was ich tun kann. Übrigens, Mr. LeTigre, wie geht es Ihrem Leberfleck?»

Reynaldo hatte beinahe den Schwindel vergessen, der ihm ursprünglich Zugang zum Whispering-Palms-Sanatorium verschafft hatte. Er mußte wieder improvisieren. «Sie werden es nicht glauben», sagte er zu Dr. Rudy Graveline, «aber das verdammte Ding ist abgefallen.»

«Sind Sie sicher?»

«Ich schwöre es, eines Morgens stehe ich unter der Dusche, und ich drehe mich um, und es ist verschwunden. Weg! Ich fand das Ding dann im Bett. Das Muttermal ist einfach abgefallen, wie Schorf oder so etwas.»

«Hmmm», sagte Rudy. Der Typ war ein ziemliches Windei, aber wen störte das.

«Ich hab' es weggeworfen, war das okay?»

«Das Muttermal?»

«Ja, ich hatte überlegt, es im Kühlschrank aufzubewahren, es vielleicht untersuchen zu lassen. Aber dann habe ich es einfach in den Abfalleimer geworfen.»

«Wahrscheinlich war es völlig harmlos», sagte Rudy Graveline und wünschte sich nur noch, schnellstens auflegen zu können.

«Ich melde mich dann bei Ihnen, wenn ich wieder in Miami bin.»

«Schön», sagte der Arzt. «Ich wünsche Ihnen einen guten Flug, Mr. LeTigre.»

Reynaldo Flemm strahlte, als er den Hörer auflegte. Das wurde eine großartige Sache. Vielleicht sogar noch besser, als während einer Sendung angeschossen zu werden.

20

Maggie Gonzalez sagte: «Erzählen Sie mir von Ihrer Hand.»

«Klappe», murrte Chemo. Er fuhr kreuz und quer durch Queens und versuchte den Burschen zu finden, der ihm die schadhaften Patronen angedreht hatte.

«Bitte», sagte Maggie, «ich bin Krankenschwester.»

«Zu schade, daß Sie keine Zauberkünstlerin sind, denn das müßten Sie sein, um meine Hand wieder zurückzuholen. Ein Fisch hatte sie sich geschnappt.»

An einer auf Rot stehenden Ampel drehte er das Seitenfenster herunter und machte sich bei einer Gruppe farbiger Teenager bemerkbar. Er erkundigte sich, wo er einen Mann namens Donnie Blue finden könne, und die Teenager riefen Chemo zu, er solle sich doch selbst einen blasen. «Scheiße», stieß er hervor und rammte den Fuß aufs Gaspedal.

Maggie fragte: «War es ein Hai?»

«Bin ich Jacques Cousteau? Ich weiß nicht, was zur Hölle das war – irgendein großer Fisch. Das Thema ist abgeschlossen.»

Mittlerweile war Maggie hinreichend überzeugt, daß er sie nicht töten würde. Er hätte es längst tun können, am günstigsten während des Intermezzos im Plaza. Statt dessen hatte er sie um die Taille gepackt und sie die Feuertreppe hinunter mitgeschleppt, immer vier Stufen auf einmal nehmend. Bedachte man das Durcheinander im neunten Stock, so war es ein Wunder, daß sie aus dem Gebäude herauskamen, ohne angehalten zu werden. Das Foyer wimmelte von Uniformierten, die gespannt auf die Fahrstühle warteten, aber niemand achtete auf das bestangezogene Paar des Jahres.

Während Chemo fuhr, fragte Maggie: «Und was ist mit Ihrem Gesicht passiert?»

«Sie quatschen ja schon wieder.»

«Wirklich, was ist geschehen?»

Chemo sagte: «Sind Sie gegenüber Fremden immer so neugierig? Lieber Himmel.»

«Es tut mir leid», sagte sie. «Das ist wohl eher professionelles Interesse, nehme ich an. Außerdem haben Sie versprochen, es mir zu erzählen.»

«Haben die Worte ‹Das geht Sie einen Scheißdreck an› irgendeine Bedeutung für Sie?»

Aus den Bandagen heraus erwiderte eine eisig klingende Stimme: «Sie müssen nicht gleich ausfallend werden. Fluchen beeindruckt mich überhaupt nicht.»

Chemo fand die Straßenecke, wo er den verrosteten .38er Colt und die miesen Patronen erstanden hatte, aber von Donnie Blue war nichts zu sehen. Jede Nachfrage in dieser Richtung brachte ihm weitere obszöne Empfehlungen, und Chemos Hoffnungen auf eine Rückerstattung des Kaufpreises verflüchtigten sich zusehends.

Während sie durch die Straßen rollten, sagte Maggie: «Sie sind so still.»

«Ich denke nach.»

«Ich auch.»

«Ich denke, daß ich von Ihrem Doktorfreund ganz schön aufs Kreuz gelegt wurde.» Chemo wollte nicht zugeben, daß er sich dafür bereit erklärt hatte, als Gegenleistung für einen Preisnachlaß für diverse geringe schönheitschirurgische Eingriffe zwei Menschen zu ermorden.

«Wenn ich von diesem toten Mädchen gewußt hätte ...»

«Vicky Barletta?»

«Richtig», sagte Chemo. «Wenn ich das gewußt hätte, dann hätte ich meinen Preis wohl in die Höhe geschraubt. Und zwar unendlich hoch.»

«Es ist ja nicht Ihre Schuld», sagte Maggie.

«Er hat mir nie gesagt, daß er ein Mädchen umgebracht hat.»

Sie fuhren auf dem Highway nach La Guardia. Maggie nahm an, daß Chemo Reisepläne hatte.

Sie sagte: «Rudy ist ein sehr reicher Mann.»

«Klar doch, er ist ja Arzt.»

«Ich kann ihn ruinieren. Deshalb wollte er, daß ich sterbe.»

«Sicher, Sie sind ja eine Zeugin», sagte Chemo.

Ein seltsamer Unterton in seiner Stimme ließ sie sofort wachwerden. Sie meinte: «Mich jetzt noch umzubringen, wäre niemals eine Lösung.»

Chemos Stirn warf dort Falten, wo eigentlich Augenbrauen hätten sitzen müssen. «Nicht?»

Maggie schüttelte mit dramatischer Eindringlichkeit den Kopf. «Ich habe mein eigenes Videoband aufgenommen. In einem Laden in Manhattan. Alles ist drauf, alles, was ich an dem Tag sah.» Chemo war überhaupt nicht so erschüttert, wie sie vielleicht angenommen hatte; tatsächlich verzog sein Mund sich zu einem Lächeln. Seine Lippen sahen dabei aus wie zwei rosige Nacktschnecken, die nebeneinander über den Bürgersteig krochen.

«Ein Video», dachte er laut.

Maggie lockte ihn weiter. «Sie können sich gar nicht vorstellen, was dieser Bastard dafür zahlen würde.»

«Doch», meinte Chemo, «allmählich komme ich dahinter.»

Am Flughafen sagte Maggie, daß sie ein Telefongespräch führen müsse. Um mitzuhören, drängte er sich zu ihr in dieselbe Kabine, wobei sein Kinn auf ihrem Kopf lag. Sie wählte die Nummer von Dr. Leonard Leaper und informierte seinen Auftragsdienst, daß sie für einige Zeit die Stadt verlassen müsse, daß der Arzt sich jedoch keine Sorgen zu machen brauche.

«Ich habe ihm bereits verraten, daß ich Zeuge bei einem Mord war», erklärte Maggie ihrem Begleiter. «Wenn das, was im Hotel passiert ist, in der Zeitung stehen sollte, dann denkt er sich am Ende noch, ich sei gekidnappt worden.»

«Aber das wurden Sie doch», meinte Chemo.

«Oh, nicht so richtig.»

«Und ob, ganz richtig.» Chemo achtete gar nicht auf ihre lässige Art; wofür hielt sie ihn denn?

Maggie sagte: «Wissen Sie, was ich denke? Ich glaube, wir sollten Partner werden.»

Sie stellten sich in die Schlange am Pan-Am-Schalter, umgeben von dem typischen Miami-orientierten Publikum – alte Knaben mit pfeifenden Nebenhöhlen; herausgeputzte junge Windhunde, die mit dünnen Goldkettchen behängt waren, umfangreiche hohläugige Familien, die aussahen, als seien sie geradewegs aus den finstersten Löchern ans Tageslicht gekrochen. Chemo und Maggie paßten bestens dazu.

Er erklärte ihr: «Ich habe aber nur ein Flugticket.»

Sie lächelte und streichelte ihre Handtasche, die sie seit ihrem

Frühstück im Central Park nicht vom Arm genommen hatte. «Ich habe eine Visa-Kreditkarte», sagte sie fröhlich. «Wohin wollen wir?»

«Ich fliege zurück nach Florida.»

«Aber nicht so, Sie nicht. Ich bin sicher, daß es irgendwelche Vorschriften gegen nackte Füße gibt.»

«Zur Hölle», schimpfte Chemo und schlurfte los, um ein Paar billige Schuhe zu besorgen. Er kam zurück und trug pelzähnliche braune Badelatschen. Größe Vierzehn, die er in einem der Andenkenläden im Flughafen gefunden hatte. Maggie hielt ihm einen Platz in der Schlange am Ticketschalter frei. Sie hatte bereits dafür gesorgt, daß er einen Sitz am Mittelgang bekam (wegen seiner langen Beine), und sie würde neben ihm sitzen.

Später, als sie in der Abflughalle warteten, fragte Maggie Chemo, ob sein voller Name tatsächlich Rogelio Luz Sanchez lautete.

«Aber sicher.»

«So steht es jedenfalls auf Ihrem Ticket.»

«Da sehen Sie mal», sagte Chemo. Er konnte Rogelio Luz Sanchez noch nicht einmal richtig aussprechen – irgendein Alias, das von Rudy Graveline ausgedacht worden war, diesem Mistkerl. Chemo sah mindestens genauso spanisch aus wie Larry Bird.

Nachdem sie im Flugzeug ihre Plätze eingenommen hatten, beugte Maggie sich zu ihm und fragte: «Kann ich dann Rogelio zu Ihnen sagen? Ich meine, irgendwie muß ich Sie ja ansprechen können.»

Chemos verhangene Augen blinzelten zweimal sehr langsam.

«Je mehr Sie reden, desto größer wird mein Wunsch, die Löcher dieser verfluchten Maske zu verstopfen.»

Maggie stieß ein scharfes, einem Vogelzwitschern ähnliches Geräusch aus.

«Ich denke, wir können einiges gemeinsam durchziehen», sagte Chemo, «aber nur unter zwei Bedingungen. Erstens, Sie stellen mir keine persönlichen Fragen mehr, ist das klar? Und zweitens, kotzen Sie mich nie mehr an.»

«Ich habe doch gesagt, daß es mir leid tut.»

Das Flugzeug hatte sich in Bewegung gesetzt und rollte zum Start, und Chemo erhob die Stimme, um das Dröhnen der Turbinen zu übertönen. «Wenn ich erst mal anständige Munition besorgt habe, werde ich diesen Revolver auch benutzen, und gnade Ihnen

Gott, wenn Sie ausgerechnet dann Ihre diversen Mahlzeiten wiedersehen wollen.»

Maggie versprach: «Das nächste Mal werde ich besser aufpassen.»

Eine der Stewardessen kam zu ihnen und fragte Maggie, ob sie wegen ihres Zustandes etwas besonderes zu essen haben wolle, und Maggie ließ die Bemerkung fallen, daß sie sich nicht sonderlich wohl fühle. Sie sagte, die Touristenklasse sei so dicht besetzt, daß sie schon jetzt Probleme beim Atmen habe. Kaum daß Chemo sich versah, saßen sie vorne in der Ersten Klasse und tranken Rotwein. Als sie seine Behinderung bemerkte, hatte die Stewardeß Chemos Sandwiches sorgfältig in kleine appetitliche Stücke geschnitten. Chemo bedachte Maggie mit einem Seitenblick und schämte sich etwas dafür, daß er sie so häßlich behandelt hatte.

«Das war wirklich raffiniert», sagte er, und das war das äußerste an Kompliment, daß er zustandebrachte. «Hier vorne habe ich noch nie gesessen.» Maggie zeigte sich bei dieser Information kein bißchen überrascht. Ihre Augen hatten unter ihrer weißen Hülle einen traurigen und feuchten Ausdruck.

Chemo sagte: «Sollen wir noch immer Partner werden?»

Sie nickte. Vorsichtig zielte sie mit einer Gabel voll Hummerfleisch auf das feuchte Loch unterhalb ihrer Nase in dem Wundverband.

«Graveline wird einen Schreikrampf bekommen, wenn er von deinem Videoband erfährt», sagte Chemo kichernd in einem Tonfall neuer Vertrautheit. «Wo ist das Band überhaupt?»

Als Maggie zu Ende gekaut hatte, sagte sie: «Ich habe insgesamt drei Kopien.»

«Sehr umsichtig.»

«Zwei liegen in einem Schließfach auf der Bank. Das dritte, das Original, ist für Rudy bestimmt. Das wird uns für ihn so wertvoll machen.»

Chemo lächelte verschlagen. «Das gefällt mir.»

«Was jetzt kommt, wird dir nicht gefallen», sagte Maggie. «Stranahan hat das Band aus dem Hotelzimmer mitgehen lassen. Wir können es Rudy erst zeigen, wenn wir es uns wieder zurückgeholt haben.»

«Mist», schimpfte Chemo. Das war furchtbar – Mick Stranahan und diese Fernsehmieze unterwegs mit der Erpresserware. Schrecklich. Er sagte: «Ich muß an sie herankommen, ehe sie zu Graveline gehen, sonst sitzen wir auf dem Trockenen. Er wird im ersten Flugzeug nach Panama sitzen, und wir sind in die hohle Hand geschissen.»

Von Maggie kam ein gedämpfter, mißbilligender Laut.

«Das war doch nur so ein Ausdruck», sagte Chemo. «Jetzt hab' doch nicht so miese Laune, um Gottes willen.»

Nachdem die Flugbegleiterin die Essenstabletts weggeräumt hatte, legte Chemo seine Rückenlehne nach hinten und streckte seine endlos langen Beine aus. Mehr zu sich selbst sagte er: «Ich mag diesen Stranahan überhaupt nicht. Sobald wir in Miami sind, machen wir uns sofort auf die Socken.»

«Ja», pflichtete Maggie ihm bei, «wir müssen schnellstens das Band in die Finger bekommen.»

«Das auch», meinte Chemo und zog sich den Hut über die Augen.

Die Meldung von den Schüssen und einer versuchten Entführung im Plaza Hotel hatte in der *Daily News* fünf Spalten, eine ganze Seite Fotos in der *Post* und überhaupt nichts in der *Times* zur Folge. An diesem Vormittag schickten die New Yorker Detectives einen telegraphischen Hinweis an die Metropolitan Police von Dade County, daß das Opfer der Entführung vermutlich eine in Miami ansässige Frau namens Margaret Orestes Gonzalez, ein Gast des Hotels, sei. Der Polizeibericht beschrieb ihren Entführer als einen weißhäutigen Mann, Alter unbekannt, mit vermutlich von Verbrennungen herrührenden Narben im Gesicht und einer Körpergröße zwischen ein Meter neunzig und zwei Meter zwanzig, je nachdem, welchen Zeugen man Glauben schenkte. Der Bericht lieferte überdies die Information, daß ein Rapala-Fischmesser, das auf dem Teppich vor dem Zimmer des Opfers gefunden wurde, zu einer Lieferung zurückverfolgt werden konnte, die kürzlich an eine Großhandlung namens Bubba's Köder- und Bierpalast am Dixie Highway in Süd-Miami verkauft worden war. Als besonders aufschlußreich erwies sich ein Daumenabdruck, der von der Messerklinge genommen wurde und einem gewissen Blondell Wayne Tatum gehörte, Alter achtunddreißig, zwei Meter groß, hunderteinundachtzig Pfund schwer. Mr. Tatum wurde, wie es schien, in Pennsylvania wegen eines mit einer Mistgabel durchgeführten bewaffneten Raubüberfalls auf eine Filiale der Chemical Bank gesucht sowie wegen Mordes an Dr. Kyle Klopper, einem älteren Dermatologen. Tatum wurde weiterhin als bewaffnet und gefährlich beschrieben. Unter seinen Spitznamen führte die Polizei auch einen ganz speziellen auf: Chemo.

«Chemo?» Sergeant Al García las den Bericht ein zweites Mal, dann nahm er ihn vom Schwarzen Brett ab und ging damit zum Fotokopierer. Als er wieder zurückkam, hing ein neues Telex am Brett.

Dieses war noch interessanter, und Garcías Zigarre führte einen aufgeregten Tanz auf, als er es las.

Das neue Telex wies die Metropolitan Police von Dade County an, das angebliche Kidnapping nicht weiterzuverfolgen. Miss Margaret Gonzalez hatte sich telefonisch bei den Behörden von New York gemeldet und ihnen versichert, daß sie sich überhaupt nicht in Gefahr befände, und weiterhin erklärt, daß es sich bei dem Vorfall im Plaza Hotel lediglich um einen Streit zwischen ihr und einem männlichen Begleiter gehandelt habe, den sie in einer Bar kennengelernt hatte.

Maggie legte auf, ehe die Detectives fragen konnten, ob es sich bei dem männlichen Begleiter um einen Mr. Blondell Wayne Tatum handele.

Commissioner Roberto Pepsical verabredete sich mit den beiden korrupten Detectives in einem Stripteaseladen an der LeJeune Road, nicht weit vom Flughafen entfernt.

Roberto kam schon früh dorthin und trank drei Wodka Tonic, um den notwendigen Mut aufzubringen, das zu sagen, was zu sagen man ihm aufgetragen hatte. Er dachte sich, daß er schon so durcheinander war, daß es auch nicht schlimmer werden konnte, falls er leicht betrunken war.

Pflichtgemäß hatte der Commissioner den Vorschlag von Detective Murdock an Dr. Rudy Graveline weitergeleitet und kam nun mit der Antwort des Arztes zurück. Es wurde Roberto allmählich klar, während eine nackte Frau mit Goldzähnen einen vierten Wodka Tonic brachte, daß die Rolle eines gewählten öffentlichen Dieners nichts Hervorragendes mehr war. Er sah sich umgeben von rücksichtslosen und wenig vertrauenerweckenden Leuten – niemand spielte mehr ein ehrliches Spiel. In Miami war die Korruption zu einem Volkssport geworden. Roberto trieb es natürlich schon seit einigen Jahren so, aber Kerle wie Salazar und Murdock und Graveline – sie waren nichts weiter als Dilettanten. Bettler. Sie wußten nicht, wann es besser war, sich zurückzuhalten. Das Wort «genug» existierte nicht in ihrem Sprachschatz. Roberto haßte die Vorstellung, daß seine Zukunft von solchen Leuten abhing.

Die korrupten Cops tauchten in dem Augenblick auf, als der Damenschlammringkampf auf der Bühne begann. «Das ist aber ein hübscher Laden», meinte Detective John Murdock zu dem Commissioner. «Ist das vielleicht Ihre Tochter da oben?»

Joe Salazar meinte: «Die auf der rechten Seite, die sieht Ihnen sogar ähnlich. Außer daß Sie wohl doch etwas mehr unter der Bluse haben.»

Roberto Pepsical errötete. Wenn es um sein Gewicht ging, reagierte er empfindlich. «Sie sind wirklich sehr lustig», sagte er zu den Detectives. «Sie beide sollten lieber als Komiker auftreten statt als Cops. Sie wären das klassische Lawrence-und-Hardy-Gespann.»

Murdock verzog das Gesicht. «Lawrence und Hardy, häh? Ich glaube, unser Stadtrat hat getrunken.»

Salazar zuckte die Achseln. «Möglich, daß wir seine Gefühle verletzt haben.»

Der Wodka sollte Roberto Pepsical eigentlich zu einem kühlen Kopf und einem sicheren Auftreten verhelfen, statt dessen löste er bei ihm eine fliegende Hitze und erhebliche Benommenheit aus. Er teilte den Detectives mit, was Rudy Graveline ihm erzählt hatte, doch er konnte seine eigene Stimme bei dem begeisterten Gebrüll der Ringkampffans nicht hören. Schließlich ergriff Murdock seinen Arm und führte ihn auf die Herrentoilette. Joe Salazar folgte ihnen und verriegelte die Tür.

«Warum tun Sie das?» sagte Roberto und rülpste vor Angst. Er glaubte, die Detectives wollten ihm eine Tracht Prügel verpassen.

Murdock legte ihm die Hände auf die Schultern und drückte ihn gegen den Kondomautomaten. Er sagte: «Joe und ich mögen diesen Schuppen nicht. Er ist laut, er ist schmutzig, er ist die hinterletzte Kaschemme, um ernsthaft miteinander zu verhandeln. Wir sind beleidigt, Commissioner, durch das, was dort draußen auf der Bühne vor sich geht – nackte junge Frauen mit nassem Schlamm bis zwischen die Beine. Sie hätten uns nicht hierher bestellen sollen.»

Joe Salazar ergriff das Wort: «Genau. Nur damit Sie es wissen, ich bin überzeugter Katholik.»

«Es tut mir leid», entschuldigte Roberto Pepsical sich. «Es war der dunkelste Ort, der mir auf die Schnelle einfiel. Das nächste Mal treffen wir uns in der St. Mary's Church.»

Jemand hämmerte gegen die Toilettentür, und Murdock riet ihm, woanders hinzugehen, wenn ihm seine Eier noch etwas bedeuteten. Dann sagte er zu Roberto: «Was wollten Sie uns denn erzählen?»

«Es handelt sich um eine Nachricht von meinem Freund. Dem mit dem Problem, das ich Ihnen gegenüber erwähnt habe ...»

«Das Problem namens Stranahan?»

«Ja. Er sagte, fünftausend für jeden.»

«Schön», meinte Murdock.

«Wirklich?»

«Wenn es Bargeld ist.»

Salazar fügte hinzu: «Keine fortlaufenden Seriennummern und nicht von der Bank gebündelt.»

«Gewiß doch», sagte Roberto Pepsical. Nun kam der Teil, bei dem er einen trockenen Hals bekam.

«Es gibt da noch einen Punkt in dem Plan, den mein Freund geändert haben möchte», sagte er. «Er meint, daß es nicht ausreicht, diesen Mann zu verhaften und ins Gefängnis zu stecken. Er meint, daß dieser Bursche ein großes Mundwerk und eine lebhafte Phantasie hat.» Das waren genau Rudys Worte. Roberto war stolz darauf, sich daran erinnern zu können.

Joe Salazar probierte beiläufig die Spendergriffe des Kondomautomaten aus und sagte: «Demnach haben Sie eine bessere Idee, stimmt's?»

«Nun ja ...», sagte Roberto.

Murdock nahm die Hände von den Schultern des Commissioners und strich sein Jackett glatt. «Was Ideen angeht, sind Sie nicht gerade der Beste, nicht wahr? Immerhin war es ja Ihre Idee, uns in diesem Bumslokal zu treffen.» Er ging hinüber zum Pissoir und öffnete seine Hose. «Joe und ich werden uns etwas ausdenken. Wir sind richtige Ideenfabriken, wir beide.»

Salazar lieferte sofort den Beweis dafür. «Zum Beispiel, angenommen, wir bekommen einen Haftbefehl, um den des Mordes an seiner ehemaligen Ehefrau Verdächtigen festzunehmen. Angenommen, wir begeben uns zu seinem Haus und geben uns vorschriftsmäßig als Polizeibeamte zu erkennen. Und angenommen, der Verdächtige versucht zu fliehen.»

«Oder er widersetzt sich mit Gewalt», nannte Murdock eine andere Möglichkeit.

«Ja, daher ist das weitere Vorgehen völlig klar», sagte Salazar.

Murdock schüttelte sich ab und schloß den Reißverschluß seiner Hose. «In einem solchen Fall dürfen wir uns durchaus unserer Waffen bedienen.»

«Ich denke, das ist Ihr gutes Recht», sagte Roberto Pepsical so unschuldig und naiv wie ein Chorknabe.

Die drei standen da in der Herrentoilette und schwitzten unter der einzigen nackten Glühbirne. Salazar untersuchte ein Päckchen flamingofarbener Präservative, die er aus dem Automaten gerüttelt hatte.

Schließlich meinte Murdock: «Bestellen Sie Ihrem Freund, daß alles glatt gehen wird. Nur soll er lieber mit zehn pro Mann statt mit fünf rechnen.»

«Zehn», wiederholte Roberto, als wäre er überhaupt nicht überrascht. Um den Handel abzuschließen, seufzte er hörbar.

«Komm schon», sagte Joe Salazar und schloß die Tür auf, «sonst versäumen wir noch die Siegerehrung.»

Über das Dröhnen des Außenbordmotors hinweg rief Luis Córdova: «Es hat keinen Sinn, dort anzuhalten.»

Mick Stranahan nickte. Unter einem porzellanähnlichen Himmel breitete sich die Biscayne Bay mit ihrem Dutzend verschiedener Blauschattierungen aus. Es war ein herrlicher wolkenloser Morgen; zwanzig Grad und eine frische nördliche Brise im Rücken. Luis Córdova verlangsamte die Fahrt des Patrouillenbootes einige hundert Meter vom Stelzenhaus entfernt. Er beugte sich vor und sagte: «Sie haben dort ziemlich gewütet, Mick.»

«Und Sie sind sicher, daß es Cops waren?»

«Ja, zwei. Allerdings nicht in Uniform. Und sie kamen mit einem Boot des Sheriffs.»

Stranahan wußte, wer es war: Murdock und Salazar.

«Diese Gorillas aus dem Krankenhaus», sagte Christina Marks. Sie stand neben Luis Córdova an der Steuerkonsole hinter der Windschutzscheibe aus Plexiglas. Sie trug einen roten Anorak, eine ausgebeulte Strickhose und hohe Tennisschuhe.

Aus der Ferne konnte Stranahan erkennen, daß die Tür zu seinem Haus offengelassen worden war, was bedeutete, daß man es wahrscheinlich ausgeplündert und verwüstet hatte. Was die Kinder nicht beschädigt hatten, das würden die Seemöwen ruinieren. Stranahan starrte einige Sekunden lang hinüber, dann meinte er: «Fahren wir weiter, Luis.»

Der Trip nach Old Rhodes Key dauerte fünfunddreißig Minuten bei leichter, kabbeliger See. Christina reagierte aufgeregt, als sie vor Elliott Key eine Delphinschule passierten, aber Stranahan interessierte sich nicht dafür. Er dachte an das Videoband, das sie sich in Christinas Wohnung angesehen hatten – Maggie Gonzalez, die beschrieb, wie Vicky Barletta gestorben war. Zweimal hatten sie es angeschaut. Es machte ihn wütend, aber er wußte nicht warum. Er hatte schon schlimmere Dinge gehört und gesehen. Dennoch war es die Tatsache, daß ein Arzt es getan hatte und deswegen nicht zur Rechenschaft gezogen wurde, die Stranahan in Rage brachte.

Als sie die Insel erreichten, setzte Luis Córdova sie an einem windschiefen Landungssteg eines alten Fischers von den Bahamas ab. Sein Name lautete Cartwright. Er war informiert worden, daß sie zu ihm kamen.

«Ich habe alles vorbereitet», erklärte er Mick Stranahan. «Übrigens, es tut gut, dich mal wiederzusehen, mein Freund.»

Stranahan umarmte ihn herzlich. Cartwright war achtzig Jahre alt. Sein Haar erinnerte an Baumwollflocken, und die Haut hatte die Farbe von heißem Teer. Er saß praktisch alleine auf Old Rhodes Key und empfing nur selten Gäste, aber für einen alten Freund hatte er freudig eine Ausnahme gemacht. Vor Jahren hatte Stranahan dem alten Cartwright einen sehr großen Gefallen getan.

«Ein Weißer wollte mich von hier verjagen», erzählte er Christina Marks. «Mick hat die Sache geregelt.»

Stranahan lud sich die Reisetaschen auf und trottete zum Haus. Er erklärte: «Irgendein idiotischer Baulöwe wollte Cartwrights Land, aber Cartwright wollte nicht verkaufen. Danach wurde es etwas unangenehm.»

Der Fischer schaltete sich ein. «Ich erzähle die Geschichte viel besser. Der Mann bot mir hunderttausend Dollar an, wenn ich von der Insel 'runterging, und als ich sagte, nein, danke, Bruder, ließ er von ein paar Leuten Benzin über mein Haus kippen. Zum Glück hat es geregnet wie verrückt. Mick ließ den Mann verhaften, und sie haben ihn oben in Miami ins große Gefängnis gesteckt. Und das ist die reine Wahrheit.»

«Gut für Mick», sagte Christina. Sie hatte angenommen, daß Stranahan den Mann getötet hatte.

«Das Arschloch bekam sechs Jahre aufgebrummt und hat zehn Monate abgesessen. Er ist schon lange wieder draußen.» Stranahan lachte bissig.

«Das wußte ich nicht», meinte Cartwright nachdenklich.

«Mach dir keine Sorgen, der traut sich nicht einmal mehr in die Nähe dieser Gegend.»

«Bist du sicher?»

«Ja, bin ich, Cartwright, ich verspreche dir, er kommt nicht wieder. Ich hatte ein längeres Gespräch mit dem Mann. Ich glaube, danach ist er nach Kalifornien gezogen.»

«Sehr schön», meinte Cartwright und machte keinen Hehl aus seiner Erleichterung.

Haus war eine wohlwollende Beschreibung für den Bau, in dem der alte Fischer wohnte: nackte Ziegelwände auf einem Betonfundament; keine Türen in den Öffnungen, keine Scheibe in den Fenstern; ein Dach, das aus getrockneten Palmzweigen geflochten war.

«Knochentrocken», sagte Cartwright zu Christina. «Ich weiß, daß es nach nicht viel aussieht, aber drinnen ist es trocken.»

Mutig sagte sie: «Ich werde mich bestimmt wohl fühlen.»

Stranahan zwinkerte Cartwright zu. «Ein richtiges Stadtmädel», sagte er.

Christina boxte Stranahan in die Rippen. «Und Sie sind Daniel Boone, vermute ich. Nun, ihr könnt mich beide mal. Ich komme schon alleine zurecht.»

Cartwrights Augen weiteten sich.

«Tut mir leid», sagte Christina.

«Das muß es nicht», sagte Cartwright mit einem dröhnenden Lachen. «Ich liebe das. Ich liebe den Klang einer weiblichen Stimme so weit hier draußen.»

Zum Abendessen bekamen sie frischen Hummer und einen typischen Floridasalat. Nacher verstaute er einige Kleidungsstücke in einem Plastikabfallbeutel, wünschte Mick eine gute Nacht und stieg langsam zum Steg hinunter.

Christina fragte: «Wohin geht er?»

«Er will zum Festland», erwiderte Stranahan. «Er hat einen Enkel in Florida City, den er lange nicht gesehen hat.»

Von dort aus, wo sie saßen, konnten sie sehen, wie Cartwrights Holzboot in westlicher Richtung die Bucht überquerte; der alte Mann hatte eine Hand auf den Gasgriff gelegt und schirmte mit der anderen seine Augen gegen die tiefstehende Wintersonne ab.

Christina wandte sich zu Stranahan um. «Das haben Sie so arrangiert.»

«Er ist ein netter Kerl. Er verdient es nicht, in irgendwelche Schwierigkeiten hineingezogen zu werden.»

«Meinen Sie denn wirklich, daß sie uns hier draußen finden werden?»

«Aber sicher», sagte Stranahan. Er rechnete damit und hoffte es sogar.

21

Die Büromannschaft von Kipper Garths Anwaltskanzlei war völlig aus dem Häuschen: Klienten – echte lebendige Klienten – wurden in den Räumen der Kanzlei erwartet. Die meisten Sekretärinnen hatten niemals einen von Kipper Garths Klienten zu Gesicht bekommen, weil er ihnen im allgemeinen nicht gestattete, zu ihm zu kommen. Normalerweise fanden die Kontakte nur per Telefon statt, da Kipper Garths Praxis nahezu ausschließlich in der Überweisung an andere Anwälte bestand. Das Gerücht dieses Tages (und es war ein geradezu phantastisches!) besagte, daß Kipper Garth beabsichtigte, selbst in einem Kunstfehlerprozeß aufzutreten; eine der älteren Anwaltsgehilfinnen hatte so etwas wie den Auftrag erhalten, eine Klage für ein Zivilgericht zu formulieren. Die Frauen, die in Kipper Garths Telefonzentrale arbeiteten, gingen davon aus, daß es sich um einen besonders ungeheuerlichen Fall handeln mußte, wenn ihr Chef sich alleine damit befaßte, denn seine Angst, vor Gericht aufzutreten, war nur zu bekannt. Kipper Garths Personal konnte es kaum erwarten, einen Blick auf die neuen Klienten zu erhaschen.

Sie erschienen um Punkt elf, ein Mann und eine Frau. Die Buchhalter, Sekretärinnen und Anwaltsgehilfen und -gehilfinnen waren verblüfft: es war ein unauffälliges Paar Mitte dreißig. Der Mann war mittelgroß und sah völlig durchschnittlich aus, die Frau hatte langes aschblondes Haar und eine hübsche Figur. Keiner der beiden hatte irgendwelche deutlich sichtbaren Narben, Verstümmelungen oder sonstige beeinträchtigende Deformierungen. Kipper Garths Personal war verwirrt – die gedämpft geäußerten Vermutungen bewegten sich von psychiatrischer Aberration bis hin zu sexueller Dysfunktion.

Beide Vermutungen waren falsch. Das Problem von John und Marie Nordstrom war weitaus eigentümlicher.

Kipper Garth begrüßte sie aufgeräumt an der Tür zu seinem Büro und führte sie zu zwei hochlehnigen Sesseln, die er vor seinem Schreibtisch arrangiert hatte. Der Anwalt war überaus nervös und hoffte, daß ihm nichts anzumerken war. Er hoffte auch, daß er die richtigen Fragen stellen würde.

«Mr. Nordstrom», begann er, «ich möchte mit Ihnen einiges von dem Material aus den staatlichen Archiven durchgehen.»

Nordstrom sah sich suchend in dem eleganten Büro um. «Sind wir die einzigen?»

«Was meinen Sie?»

«Sind wir die einzigen, die klagen? Am Telefon meinten Sie, daß ein ganzer Haufen Patienten eine Klage anstrengen würde.»

Kipper Garth zupfte nervös am Ärmel seines Jacketts herum. «Nun, wir haben auch mit anderen geredet, die bei einem Prozeß in einer überlegenen Position wären. Ich bin sicher, auch sie entschließen sich zu Maßnahmen. Unterdessen haben Sie und Ihre Frau ein besonderes Interesse ...»

«Aber nicht alleine», schränkte John Nordstrom ein. «Wir wollen nicht die einzigen sein.» Seine Frau streckte eine Hand aus und griff nach seinem Arm. «Laß uns wenigstens anhören, was er vorschlägt, ja?» sagte sie. «Schaden kann es nicht.»

Kipper Garth wartete ab, daß dieser angespannte Moment verstrich. Er tat es nicht. Er wies auf den Kredenztisch aus Nußbaum hinter seinem Schreibtisch. «Sehen Sie alle diese Akten, Mr. Nordstrom? Patienten von Dr. Graveline. Die meisten haben mehr durchgemacht als Sie und Ihre Frau. Viel mehr.»

Nordstrom fragte: «Was wollen Sie damit andeuten?»

«Ich will damit andeuten, Mr. Nordstrom, daß ein Monster los ist. Graveline ist noch immer im Geschäft. An einem guten Tag nimmt seine Klinik hunderttausend Dollar an Operationshonoraren ein. Einhundert Riesen! Und jeder Patient, der dorthin geht, glaubt, daß Dr. Graveline ein hervorragender Chirurg ist, und einige von ihnen müssen auf sehr schmerzhafte Art und Weise erfahren, daß er das nicht ist. Er ist ein Stümper.»

Mrs. Nordstrom meinte: «Das brauchen Sie uns nicht zu erklären.»

Kipper Garth lehnte sich vor und faltete pastorenhaft die Hände. «Für mich geht es in diesem Fall überhaupt nicht um Geld.» Er klang so ernsthaft und aufrichtig, daß er seinen Worten beinahe selbst Glauben geschenkt hätte. «Es geht mir nicht um Geld, sondern einzig und allein um Moral. Und um Gewissen. Und um Sorge um meine Mitmenschen. Ich weiß nicht, wie es bei Ihnen ist, aber mir dreht sich der Magen um, wenn ich mir vorstelle, daß eine Bestie wie Rudolph Graveline weiterhin das Leben unschuldiger, vertrauensseliger Menschen vernichten darf.» Kipper Garth drehte sich langsam in seinem Sessel und wies erneut auf den Aktenstapel. «Sehen Sie sich all diese Opfer an – Männer und Frauen wie Sie. Und dann stellen Sie sich vor, daß der Staat Florida nichts unternommen hat, um diesem Metzger das Handwerk zu legen. Mir wird schlecht bei dem Gedanken.»

«Mir auch», sagte Mrs. Nordstrom.

«Meine Mission», sagte Kipper Garth, «besteht darin, jemanden zu finden, der den Mut hat, sich mit diesem Mann anzulegen. Ihn aufzuhalten. Auf seine Unfähigkeit aufmerksam zu machen, damit niemand mehr darunter leiden muß. Und der Ort, das zu tun, ist einzig und alleine der Gerichtssaal.»

John Nordstrom schniefte. «Jetzt erzählen Sie mir ja nicht, daß dieser Hurensohn noch nie verklagt wurde.»

Kipper Garth lächelte. «O ja. Ja, natürlich, Dr. Graveline wurde schon mal verklagt. Aber er hat immer das grelle Licht der Öffentlichkeit gescheut und sich der kritischen Überwachung seiner Berufskollegen entzogen. Wie? Indem er alle Fälle außergerichtlich geregelt hat. Er kauft sich sozusagen aus allen Prozessen aus und läßt es gar nicht erst zur Verhandlung kommen. Diesmal wird er jedoch nicht so billig davonkommen. Diesmal werde ich ihn, mit Ihrer Erlaubnis und Mithilfe an die Wand stellen. Ich möchte den Prozeß bis zum Ende führen. Ich will, daß er ein Urteil bekommt.»

Es war eine ziemlich flüssige Rede für jemanden, der daran gewöhnt war, nur in eine Sprechanlage hineinzubellen. Wenn auch nicht gerade zutiefst bewegt, so waren die Nordstroms doch zumindest beeindruckt. Ein selbstzufriedener Kipper Garth fragte sich, ob er jemals auch so gekonnt und selbstsicher vor einer Jury auftreten könnte.

Marie Nordstrom sagte: «In Fleisch und Blut sehen Sie viel jünger aus als auf Ihren Reklametafeln.»

Der Anwalt nahm diese Bemerkung mit einer leichten Verbeugung zur Kenntnis.

Mrs. Nordstrom stieß ihren Mann an. «Na los, erzähl ihm schon, was passiert ist.»

«Es steht doch alles in den Akten», sagte John Nordstrom.

«Ich würde es gerne noch einmal hören», sagte Kipper Garth, «mit Ihren eigenen Worten.» Er drückte auf einen Knopf an seiner Telefonkonsole, und eine Stenographin mit tragbarer Maschine betrat das Büro. Ihr folgte eine düster blickende Anwaltsgehilfin mit einem großformatigen gelben Notizblock. Sie nahmen stumm rechts und links von Kipper Garth Platz. Nordstrom betrachtete wachsam das Trio.

Seine Frau meinte: «Es ist nur so, daß das Ganze für uns ein wenig peinlich ist.»

«Ich verstehe», sagte Kipper Garth. «Wir wollen auch nichts überstürzen.»

Nordstrom sah seine Frau mit zusammengekniffenen Augen an. «Fang du an», forderte er sie auf.

Sie setzte sich in ihrem Sessel in Positur und räusperte sich. «Vor zwei Jahren suchte ich Dr. Graveline wegen einer routinemäßigen Brustvergrößerung auf. Er wurde mir damals aufs wärmste empfohlen.»

«Von deiner Maniküre», warf John Nordstrom ein, «einer echten Expertin.»

Kipper Garth hob abwehrend eine sonnengebräunte Hand. «Bitte.»

Marie Nordstrom fuhr fort: «Ich bestand darauf, daß Dr. Graveline selbst den Eingriff vornahm. Wenn ich jetzt alles überdenke, dann wäre ich wahrscheinlich mit jedem anderen Arzt seiner Klinik besser gefahren – wie dem auch sei, die Operation wurde an einem Donnerstag vorgenommen. Nach einer Woche war es offensichtlich, daß irgend etwas nicht stimmte.»

Kipper Garth fragte nach: «Woher wußten Sie das?»

«Nun, die neuen Brüste waren sehr … hart.»

«Eher schon wie Beton», meinte John Nordstrom.

Seine Frau erzählte weiter: «Sie waren ungewöhnlich rund und fest. Viel zu fest. Will sagen, sie federten nicht.»

Echter Profi, der er war, ließ Kipper Garth seinen Blick nie weiter nach unten rutschen als bis zu Mrs. Nordstroms Halsansatz.

Sie berichtete: «Als ich Dr. Graveline wieder aufsuchte, versicherte er mir, daß dies in einem Fall wie dem meinen völlig normal sei. Er hatte dafür sogar eine Bezeichnung und so weiter.»

«Kapselkontraktion», meldete sich die Anwaltsgehilfin, ohne von ihren Notizen aufzublicken.

«Das war es», sagte Mrs. Nordstrom. «Dr. Graveline erklärte mir, in ein oder zwei Monaten wäre alles in Ordnung. Er sagte, sie wären dann wieder weich wie früher.»

«Und?»

«Und wir warteten ab, wie er es uns geraten hatte. Unterdessen wollte John sie natürlich auch mal ausprobieren.»

«He», meldete Nordstrom sich erneut, «ich hatte schließlich die verdammten Dinger bezahlt.»

«Ich verstehe», sagte Kipper Garth. «Sie schliefen also mit ihrer Frau?»

Nordstroms Wangen röteten sich. «Den Rest wissen Sie.»

Mit seinem Kinn wies Kipper Garth auf die Stenographin und die Anwaltsgehilfin, die beide beschäftigt waren, den Vorfall schriftlich festzuhalten. Nordstrom seufzte und sagte: «Ja, ich schlief mit meiner Frau. Oder ich versuchte es.»

«Und dabei kam es zu diesem Zusammenstoß zwischen John und meinen Brüsten», ergriff wieder Mrs. Nordstrom das Wort. Ich weiß nicht mehr, ob es die rechte oder die linke war, die ihn erwischte.»

Nordstrom murmelte: «Ich weiß es auch nicht. Es war eine große harte Brust, das ist alles, woran ich mich erinnern kann.»

Kipper Garth sagte: «Und sie stieß Ihnen tatsächlich das Auge aus?»

John Nordstrom nickte düster.

Seine Frau sagte: «Sie bezeichneten es rein technisch als eine abgelöste Netzhaut. Wir wußten im ersten Augenblick nicht, wie ernst es wirklich war. Johns Auge schwoll an, und dann kam etwas Blut. Als seine Sehkraft nach einigen Tagen nicht wiederkam, gingen wir zu einem Spezialisten ... aber es war bereits zu spät.»

Sanft äußerte Kipper Garth: «Ich habe festgestellt, daß Sie dem Augenarzt eine etwas andere Darstellung des Vorfalls gaben. Ihm erklärten Sie, Sie hätten sich an einem Christbaumzweig verletzt.»

Nordstrom funkelte mit seinem gesunden Auge den Anwalt wütend an. «Was, zum Teufel, hätten Sie ihm denn erzählt, daß Sie von einer Titte geblendet wurden?»

«Es war sicherlich eine sehr schwierige Situation», sagte Kipper

Garth, und seine Stimme vibrierte vor Mitgefühl. «Laut der Akte handelte es sich um Ihr rechtes Auge.»

«Ja», sagte Nordstrom und zeigte darauf.

«Sie haben ihm dann eins aus Glas eingesetzt», fügte seine Frau hinzu. «Man merkt es kaum.»

«Ich merke es aber verdammt noch mal ganz genau», sagte Nordstrom.

Kipper Garth fragte: «Hat es Sie irgendwie in der Ausübung Ihres Berufs beeinträchtigt?»

«Soll das ein Witz sein? Ich habe meinen Job verloren!»

«Tatsächlich?» Der Anwalt unterdrückte ein erfreutes Grinsen, hängte jedoch in Gedanken noch einige Nullen an seine Schadenersatzforderung.

Mrs. Nordstrom erzählte: «John war Fluglotse. Die Probleme, die sich ergaben, können Sie sich bestimmt gut vorstellen.»

«Ja, und die Witze», sagte Nordstrom bitter.

Kipper Garth lehnte sich zurück und verschränkte die Hände vor seinem Bauch. «Leute, wie finden Sie denn zehn Millionen?»

Nordstrom schnaubte. «Jetzt hören Sie aber auf.»

«Wenn wir die richtige Jury bekommen, schaffen wir vielleicht zwölf.»

«Zwölf Millionen Dollar – ist das ein Witz?»

«Kein Witz», sagte Kipper Garth. «Mrs. Nordstrom, ich muß Sie etwas fragen. Hat sich dieser, äh, Zustand Ihrer Brüste jemals gebessert?»

Sie blickte nach unten. «Nicht viel.»

«Nicht viel trifft den Nagel auf den Kopf», sagte der Ehemann. «Glauben Sie mir, die sind so hart wie verdammte Bocciakugeln.»

Dieser Kerl wäre als Zeuge das reinste Gift, entschied Kipper Garth; die Jury würde ihn hassen. Kein Wunder, daß andere Anwälte sich geweigert hatten, die Klage zu führen. Kipper Garth bedankte sich bei den Nordstroms, daß sie ihre Zeit geopfert hatten, und geleitete sie zur Tür. Er versprach, sich in ein paar Tagen wieder mit ihnen in Verbindung zu setzten, um mit ihnen einige wichtige Papiere durchzugehen.

Nachdem das Ehepaar die Kanzlei verlassen hatte, wies Kipper Garth die Stenographin an, das Gespräch ins reine zu schreiben und ein halbes Dutzend Kopien davon anzufertigen. Dann bat er die

Anwaltsgehilfin, eine Kunstfehlerklage gegen Dr. Rudy Graveline und das Whispering-Palms-Kur- und Operationszentrum vorzubereiten.

«Kommen Sie damit zurecht?» fragte Kipper Garth.

«Ich denke schon», meinte die Gehilfin kühl.

«Und anschließend fahren Sie zum Gericht und tun … was in einem solchen Fall getan werden muß.»

«Wir sollten gemeinsam hinfahren», meinte die Anwaltsgehilfin. «Damit Sie sich bei Gericht schon mal umsehen können.»

Kipper Garth nickte sinnend. Wenn sein Skihäschen wüßte, was ihr kleiner Ausflug ihn kostete. Daß der Erpresser sein eigener verdammter Schwager war, macht die Erniedrigung nur um so schlimmer. «Eine Frage noch», sagte Kipper Garth zu seiner Gehilfin. «Nachdem wir die Klageschrift eingereicht haben, was geschieht dann?»

«Dann warten wir», erwiderte sie.

Der Anwalt kicherte erleichtert.

«Das ist alles?»

«Sicher, wir warten ab, was geschieht», sagte die Anwaltsgehilfin. «Es ist genauso, als ob man eine Bombe legt.»

«Ich verstehe», sagte Kipper Garth. Das war es, was er in seinem Leben brauchte. Eine Bombe.

Freddie hielt im Büro des Gay Bidet ein Schläfchen, als eines der Girls, das die Getränke servierte, den Kopf zur Tür hereinsteckte und ihm Bescheid sagte, daß ihn ein Mann zu sprechen wünsche. Schon auf den ersten Blick gefiel Freddie der Typ nicht, und er hätte ihn auf Anhieb für einen Cop gehalten, nur waren Cops niemals so gut gekleidet. Was Freddie außerdem an seinem Besucher nicht gefiel, war die Art und Weise, wie er sich in dem Laden umsah, die Nase erhoben und gerümpft wie eine Sumpfratte, als gäbe es in dem Etablissement etwas, das tatsächlich stank. Das machte Freddie wenig Freude.

«Das hier ist nicht gerade das, was ich erwartet habe», stellte der Mann fest.

«Was zum Teufel haben Sie erwartet? Einen feudalen Nachtclub?» Freddie ging sofort zum Angriff über.

«Ist das denn keine Schwulenbar?» fragte der Mann. «Bei dem Namen hatte ich angenommen …»

Freddie sagte: «Ich habe den Schuppen nicht getauft, Kumpel. Ich weiß nur, daß es sich reimt. Damit ist der Schuppen aber noch lange kein Tuntentreff. Und jetzt sagen Sie, was Sie wollen, oder verschwinden Sie.»

«Ich muß einen Ihrer Rausschmeißer sprechen.»

«Weshalb?»

Der Mann erwiderte: «Ich bin sein Arzt.»

«Ist er krank?»

«Das weiß ich nicht, bevor ich ihn nicht gesehen habe», sagte Rudy Graveline.

Freddie war skeptisch. Vielleicht war der Bursche ein Arzt, vielleicht auch nicht; heutzutage trug ja fast jeder einen weißen Seidenanzug.

«Wen von meinem Sicherheitspersonal wollen Sie denn sprechen?» fragte Freddie.

«Er ist ziemlich groß.»

«Groß sind sie alle, Mister. Ich beschäftige keine Zwerge.»

«Der, den ich meine, ist ungewöhnlich groß und mager. Sein Gesicht ist voller Narben, und ihm fehlt die linke Hand.»

«Den kenne ich nicht», sagte Freddie; er ging auf Nummer Sicher. Für den Fall, daß dieser Typ ein besonders cleverer Prozeßbote oder ein Geheimcop mit speziellem Bekleidungsbonus war.

Rudy sagte: «Aber er hat mir erzählt, daß er hier arbeitet.»

Freddie schüttelte den Kopf und erzeugte mit seinen Vorderzähnen saugende Geräusche. «Ich habe sehr viel Personal, Mister, und eine hohe Fluktuation. Nicht jeder kann diesen Lärm ertragen.» Er wies mit dem Daumen auf die Preßwand, die von dem Dröhnen der Musik auf der anderen Seite vibrierte.

«Das scheint ja eine hervorragende Band zu sein», meinte Rudy lahm.

«Cathy and the Catheters», sagte Freddie achselzuckend. «Die Königin des Schlampenrocks, direkt aus London.» Er hievte sich auf die Füße und streckte sich. «Tut mir leid, daß ich Ihnen nicht helfen kann, Mister ...»

In diesem Moment stieß die Serviererin die Tür auf und meldete Freddie, daß eine furchtbare Schlägerei ausgebrochen sei und daß er schnell kommen solle. Rudy Graveline heftete sich an Freddies Fersen, als sich eine Gasse bis zur Bühne gebildet hatte. Dort hatte sich eine Bande ausgezehrter Nazi-Skinheads mit einem Trupp schwammiger Redneck-Rocker auf eine Diskussion über bestimmte Tätowierungen eingelassen – es ging speziell um die Frage, wer die häßlichsten (also die besten) vorzuweisen hatte. In die Schlacht eingegriffen hatte ein Kader massiger Rausschmeißer, die jeder ein rosafarbenes Gay-Bidet-T-Shirt trugen mit der Aufschrift SECURITY auf dem Rücken. Die Prügelei schien lediglich die Band zu noch größerer Lautstärke und die anderen Punker zu noch entfesselterem Tanzen anzustacheln.

Aus dem Gewoge herausragend, war Chemo zu sehen, das T-Shirt zerfetzt und blutig und ein Ausdruck bösartiger Konzentration im Gesicht. Selbst beim blendenden Lichtschein der Stroboskopblitze konnte Rudy Graveline erkennen, daß die Motorsense an Chemos Armstumpf von seiner Hülle befreit und voll in Aktion war; die einfädige Schnur rotierte so schnell, daß sie wie ein durchsichtiges, harmloses Rad erschien, wie ein Hologramm. Entsetzt verfolgte Rudy, wie Chemo das summende Gerät in das Gewimmel von Menschen senkte – die ausgestoßenen Schreie erhoben sich klagend über den Musiklärm. Als hätten sie diese Taktik geprobt, wichen die anderen Rausschmeißer zurück und ließen Chemo ungehindert arbeiten, während Freddie das Geschehen von einem auf die Seite gekippten Lautsprecher aus verfolgte.

Das Kampfgewoge ebbte sehr schnell ab. Schienen und Bandagen wurden unter den gefallenen Rockern und Skinheads verteilt, während die Band eine Pause einlegte. Mit einem Ausdruck väterlichen Stolzes in seinen Knopfaugen klopfte Freddie Chemo bewundernd auf die Schulter, dann verschwand er hinter der Bühne. Rudy Graveline arbeitete sich durch die verschwitzte Menge, stieg über Verletzte und Halbbewußtlose hinweg, bis er Chemo erreichte.

«Also, das war einfach sensationell», sagte Rudy.

Chemo blickte auf ihn herab und verzog finster das Gesicht. «Die Scheißbatterie ist verreckt. Ich hoffe, daß das für heute abend alles ist.»

Der Arzt meinte: «Wir müssen dringend reden.»

«Ja», pflichtete Chemo ihm bei. «Das müssen wir ganz bestimmt.»

Sobald Chemo und Rudy hinter die Bühne gingen, stießen sie auf Freddie, Cathy und zwei ihrer Catheter, die sich eine Portion Hasch in einer Glaspfeife teilten. Durch die blauen Rauchwolken sagte Freddie zu Chemo: «Dieser Wichser behauptet, er sei dein Arzt.»

«Das war er», sagte Chemo. «Können wir die Garderobe benutzen?»

«Wie du willst», sagte Freddie.

«Aber paßt auf meine Python auf», rief Cathy ihnen zu.

Die Garderobe war nicht gerade das, was Rudy sich darunter vorgestellt hatte. Es gab einen Klapptisch, einen altertümlichen Kleiderständer, ein blaues Samtsofa, einen schartigen, dreieckigen Spiegel an der Wand und, in einer Ecke, einen Kühlschrank voller Heinekenflaschen. Auf dem nackten Fußboden stand ein flacher Käfig aus Sperrholz und Hühnerdraht, in dem eine drei Meter lange burmesische Pythonschlange hauste, der Star von Cathys großartiger Zugabennummer.

Rudy Graveline setzte sich auf einen Stuhl am Klapptisch, während Chemo sich auf dem Freudenhaussofa ausstreckte.

Rudy sagte: «Ich habe mir Sorgen gemacht, als Sie nicht aus New York angerufen haben. Was ist passiert?»

Chemo ließ seine weißliche Zungenspitze über seine Lippen wandern. «Wollen Sie sich denn nicht erkundigen, wie es meinem Gesicht geht? Ob alles gut verheilt?»

Der Arzt schien ungeduldig zu sein. «Von hier aus sieht es sehr gut aus. Das Hautabschleifen scheint ein voller Erfolg zu werden.»

«Als ob Sie das interessierte.»

Rudys Mund zuckte. «Was soll das denn heißen?»

«Es heißt, daß Sie eine verdammte Gefahr für die Menschheit sind. Ich suche mir einen anderen Arzt – Maggie hilft mir, den richtigen zu finden.»

Graveline spürte, wie sein Nacken plötzlich feucht wurde. Es war ja nicht so, daß er nicht damit gerechnet hatte, daß es mit Chemo irgendwann Probleme geben würde – das war auch der Grund, weshalb er sich wegen weiterer Schritte an Roberto Pepsical und seine korrupten Cops gewandt hatte.

«Maggie?» fragte der Doktor nach. «Maggie Gonzalez?»

«Ja, die meine ich. Wir hatten eine lange Unterhaltung, und sie hat mir einige Dinge erzählt.»

«Mit ihr zu reden, gehörte eigentlich nicht zum Plan», meinte Rudy.

«Nun ja, schön, der Plan wurde eben geändert.» Chemo griff in den Kühlschrank und nahm sich ein Bier heraus. Er drehte den Verschluß ab, setzte die Flasche an die Lippen und starrte den Doktor böse an, während er schluckte. Dann rülpste er einmal und sagte: «Sie haben versucht, mich zu bescheißen.»

Rudy sagte: «Das stimmt einfach nicht.»

«Sie haben mir nicht alles erzählt. Zum Beispiel wußte ich nichts von dem Barletta-Girl.»

Sämtliche Farbe wich aus Rudys Gesicht. Wie versteinert saß er da und starrte auf seinen Schoß. Plötzlich kam ihm sein leichter, seidener Armani-Anzug so heiß und schwer vor wie eine Armeewolldecke.

Chemo rollte die leere Heinekenflasche über den nackten Terrazzoboden, wo sie mit einem Klirren gegen den Schlangenkäfig prallte und liegenblieb. Die glatte, grüne Pythonschlange ließ einmal ihre Zunge hervorschnellen und schlief dann weiter.

Chemo sagte: «Und die ganze Zeit habe ich geglaubt, daß Sie genau wissen, was Sie tun. Ich habe Ihnen mein Gesicht anvertraut.» Er lachte rauh und rülpste erneut. «Herrgott im Himmel, ich wette, Ihre eigene Familie läßt Sie an Thanksgiving nicht mal den Truthahn zerlegen, stimmt's?»

Mit dünner, brüchiger Stimme sagte Rudy Graveline: «Demnach ist Maggie noch am Leben.»

«Ja, und das wird sie auch bleiben, solange ich das will.» Chemo schwang seine spinnendürren Beine vom Sofa herunter und richtete sich auf, kerzengerade wie ein Fahnenmast. «Denn falls ihr irgend etwas zustoßen sollte, dann werden Sie augenblicklich berühmt. Ich rede vom Fernsehen, Dr. Frankenstein.»

Mittlerweile hatte Rudy Schwierigkeiten beim Luftholen.

Chemo fuhr fort: «Ihre Krankenschwester ist ein schlaues Mädchen. Sie hat zu ihrer Versicherung drei Videobänder angefertigt. Zwei liegen sicher in einem Safe in New York. Das andere ... nun, Sie sollten beten, daß ich es finde, ehe es Sie findet.»

«Tun Sie etwas.» Rudys Stimme war tonlos und schwach.

«Natürlich wird das eine teure Angelegenheit.»

«Sie bekommen, was Sie brauchen», krächzte der Arzt. Dies war ein Szenario, das er niemals vorausgesehen hatte, etwas, das seine schlimmsten Alpträume überstieg.

«Ich hatte gar nicht gewußt, daß Schönheitschirurgen so viel Kies machen», bemerkte Chemo. «Maggie hat es mir erzählt.»

«Die Allgemeinkosten», sagte Rudy verzweifelt, «sind wahnsinnig hoch.»

«Nun, Ihre sind gerade um zwei Meter gewachsen.» Chemo holte eine kleine Sprühflasche WD-40-Öl hervor und begann den Rotormechanismus der Motorsense zu schmieren. Ohne von seiner Tätigkeit aufzublicken, sagte er: «Übrigens, Frankenstein, Sie kommen ja noch ganz gut weg. Der letzte Arzt, der mich beschissen hat, endete mit einem gebrochenen Genick.»

In den Katakomben seines Geistes hörte Rudy deutlich das Knakken der Wirbelsäule des alten Dermatologen, sah, wie die Elektronadel aus der leblosen Hand des Mannes glitt und klappernd auf dem Fußboden landete.

Sobald er sich wieder gefaßt hatte, fragte Rudy: «Wer hat denn das fehlende Band?»

«Ach, raten Sie doch mal.» Belustigung lag in Chemos Stimme.

«Scheiße», sagte Rudy Graveline.

«Genauso ist mir im Augenblick auch zumute.»

22

Reynaldo Flemm hatte seinen Plan noch gar nicht ganz erklärt, als Willie, der Kameramann, ihn schon unterbrach. «Was ist mit Christina?» fragte er. «Was hält sie davon?»

«Christina ist gerade mit einem anderen Projekt befaßt.»

Willie sah ihn skeptisch an. «Mit welchem Projekt?»

«Das tut jetzt nichts zur Sache.»

Willie gab sich nicht geschlagen; er war gewohnt, daß Reynaldo ihn behandelte wie einen Handlanger. «Ist sie in New York?»

Reynaldo erwiderte: «Von mir aus kann sie auch in New Delhi sein. Der Punkt ist, daß ich die Barletta-Folge produziere. Gewöhn dich dran, Buddy.»

Willie lehnte sich zurück, widmete sich seinem Planter's Punch und genoß die rosige tropische Dämmerung. Sie hatten in einer Freiluftbar, nicht weit vom Sonesta auf Key Biscayne, einen Tisch mit Blick aufs Meer gefunden. Reynaldo Flemm trank eine Flasche Perrier, daher konnte Willie sicher sein, auch am Ende das Heft in der Hand zu halten. Reynaldo war der einzige Mensch, den er kannte, der im nüchternen Zustand mehr Unsinn laberte, als wenn er betrunken war. Im Augenblick räsonierte Reynaldo über seinen heimlichen Plan, Dr. Rudy Graveline dazu zu zwingen, vor laufender Kamera ein Geständnis abzulegen. Es war der lächerlichste Plan, den Willie je gehört hatte, genau der Blödsinn, den er sich gerne anschaute, aber nicht filmte.

Nach einem angemessenen Zeitraum stellte Willie seinen Rumdrink auf den Tisch und fragte: «Wer bereitet die Interviews vor?»

«Ich.»

«Die Fragen auch?»

Reynaldo Flemm errötete.

Willie sagte: «Sollten wir dieses Schätzchen nicht lieber erst den Anwälten vorführen? Ich glaube, wir bekommen Probleme wegen unbefugten Betretens.»

«Ha», machte Reynaldo und winkte ab.

Sicher doch, dachte Willie säuerlich, mach nur so weiter und lach dir eins. Ich bin schließlich immer derjenige, der im Streifenwagen mitgenommen wird. Ich bin am Ende immer schuld, wenn die Cops die Kamera ruinieren.

Reynaldo Flemm sagte: «Überlaß die rechtlichen Fragen ruhig mir, Willie. Die Frage ist: Kannst du es so machen?»

«Sicher kann ich das.»

«Du brauchst kein zusätzliches Licht?»

Willie schüttelte den Kopf. «Licht ist genug da», sagte er. «Es ist eher der Ton, wo ich gewisse Probleme sehe.»

«Daran habe ich auch schon gedacht. Ich kann schließlich kaum ein drahtloses Mikro tragen.»

Willie kicherte zustimmend.

«Nee, das geht wirklich nicht.»

Reynaldo sagte: «Du wirst dir etwas einfallen lassen, das tust du ja immer. Eigentlich ziehe ich das herkömmliche Handmikrofon vor.»

«Ich weiß», sagte Willie. Reynaldo hatte etwas gegen die winzigen anklemmbaren Mikrofone; ihm waren die altmodischen Stabmikros lieber, die man in der Hand hielt – die Modelle, die man irgendeinem miesen Politiker vors Gesicht halten und dann verfolgen kann, wie er sich dabei in die Hose macht. Christina nannte es Reynaldos «phallisches Spielzeug». Sie behauptete, daß das Mikrofon in Reynaldos Bewußtsein zu einem Ersatz für seinen Penis geworden war. Soweit Willie sich erinnern konnte, hatte Reynaldo für Christinas Theorie nicht allzuviel übrig.

Reynaldo sagte zu Willie: «Das wird eine haarige Sache, aber so etwas haben wir früher schon gemacht. Wir sind schließlich ein gutes Team.»

«Ja», sagte Willie und leerte halbherzig sein Glas. Schönes Team. Der Grundplan änderte sich nie: Reynaldo zu einer Tracht Prügel verhelfen. Denk dran, sagte er immer zu Willie, wir müssen dem Titel der Show gerecht werden. Halt ihm die Kamera mitten ins Gesicht, rück ihm auf die Pelle. Willie hatte das mittlerweile zu einer Kunst entwickelt: Er hielt der Hauptperson das Objektiv genau vor die Nase, der Typ stieß dann die Kamera beiseite und raste wutschnaubend hinter Reynaldo Flemm her. Denk dran, sagte Reynaldo außerdem, wenn er dich schubst, dann wackel mit der Kamera, als hättest du einen richtigen Schwinger abbekommen. Das ganze Bild muß verschwimmen und schwanken, wie sie es immer bei *Sixty Minutes* machen. Falls der Interviewpartner zufälligerweise Willie zum Ziel auserkor anstatt Reynaldo, dann hatte Willie die Anweisung, die Aufnahme abzubrechen, die Kamera abzuschirmen und sich zu verteidigen – in dieser Reihenfolge. Meistens wurde die verfolgte Person es sehr schnell leid, sich die Fäuste an einer schweren, stählernen Sonykamera zu ruinieren, und richtete dann ihre Wut und Attacken gegen die arrogante Visage von Reynaldo Flemm. Ich bin es, den sie sehen wollen, wegen dem sie ihre Geräte einschalten, sagte Reynaldo, ich bin der Star. Aber wenn die Prügel zu heftig wurden oder wenn Reynaldo wirklich der Unterlegene war, sei es durch Überzahl beim Gegner oder dessen körperliche Überlegenheit, dann bestand Willies Aufgabe darin, die Kamera sorgsam in Sicherheit zu bringen, und dann mitzumischen. Sehr oft kam er sich wie ein Rodeoclown vor, der Reynaldos rasende Angreifer ablenkte, bis Reynaldo sich in Sicherheit bringen konnte, indem er sich gewöhnlich im Aufnahmewagen einschloß. Und dort im Kombiwagen war es, wo Christina Marks sich auf Anweisung Reynaldos während der überfallartigen Interviews aufhielt. Reynaldo erklärte, dies geschehe zu ihrer eigenen Sicherheit, doch in Wirklichkeit hatte er die Befürchtung, daß, wenn ihr irgend etwas zustoßen sollte, dies aufgenommen werden und ihm am Ende noch die Show stehlen könnte.

Während er sich all das durch den Kopf gehen ließ, bestellte Willie sich einen weiteren Planter's Punch. Diesmal bat er die Kellnerin um etwas mehr dunklen Rum. Er sagte zu Reynaldo: «Was bringt dich zu der Auffassung, daß dieser Arzt zusammenbrechen wird?»

«Ich habe ihn kennengelernt. Er ist ein Schwächling.»

«Das hast du auch über Larkey McBuffum gesagt.»

Larkey McBuffum war ein betrügerischer Apotheker, der Steroidpillen an junge Footballspieler der High-School-Liga verkauft hatte. Als Reynaldo und Willie in Larkeys Apotheke gerauscht kamen, um ihm ein paar unbequeme Fragen zu stellen, hatte der alte Mann Willie eine ganze Dose spermiziden Antibabyschaum in die Augen gesprüht.

«Ich versichere dir, dieser Chirurg ist eine Memme», sagte Reynaldo. «Halt ihm ein Mikrofon vor die Nase, und er zerbröselt wie mürber Zwieback.»

«Ich bleibe dicht bei ihm», sagte Willie.

«Aber nicht zu dicht», bremste Reynaldo Flemm ihn. «Du mußt dich bereithalten, um sofort zurückzugehen und uns beide ins Bild zu bekommen, kurz bevor es passiert.»

Willie rührte den dunklen Rum mit dem kleinen Finger um. «Du meinst, wenn er sich auf dich stürzt?»

«Natürlich», sagte Reynaldo knapp. «Mein Gott, mittlerweile müßtest du eigentlich wissen, wie es abläuft. Natürlich wenn er sich auf mich stürzt.»

«Wird das», fragte Willie neckend, «vor oder nach dem großen Geständnis passieren?»

Reynaldo dachte einige Sekunden lang darüber nach, dann gab er es auf.

«Sieh nur zu, daß du alles aufs Videoband bekommst», sagte er steif. «Wann immer es dazu kommt, sieh zu, daß du alles mitkriegst. Verstanden?»

Willie nickte. Manchmal wünschte er sich, er würde immer noch als freier Kameramann für die großen Networks arbeiten. Eine Reportage in Haiti war im Vergleich zu dem hier der reinste Spaziergang.

Es war der Pennsylvania State Police eine Freude, Sergeant Al García im Metro-Dade Police Department per Funk ein Foto von Blondell Wayne Tatum zu schicken. García war enttäuscht, denn das Foto war praktisch nutzlos. Es war vor mehr als zwanzig Jahren von einem Fotografen einer kleinen ländlichen Zeitung aufgenommen worden. Damals veröffentlichte das Blatt eine fünfteilige Serie darüber, wie die Amischen Mennoniten sich mit dem sozialen Druck des zwanzigsten Jahrhunderts auseinandersetzten. Blondell Wayne Tatum war eines von mehreren jungen Amischkindern im Teenageralter, die fotografiert worden waren, während sie mit einem kleinen Kürbis fangen spielten. Von der ganzen Gruppe war Blondell Wayne Tatum der einzige, der einen brandneuen Baseball-Outfielderhandschuh trug.

Für die Zwecke der kriminaltechnischen Identifizierung war die Kopie des Zeitungsfotos unzureichend. García wußte, daß der Mann namens Chemo keinen schütteren Halbwüchsigenbart mehr trug, daß er seitdem ein schlimmes Gesichtstrauma als Folge eines Unfalls während eines dermatologischen Eingriffs erlitten hatte. Versehen mit dem Wissen um diese Einschränkungen, bediente García sich der Hilfe einer Polizeizeichnerin namens Paula Downs. Er heftete das Zeitungsfoto an Paulas Stativ und sagte: «Es ist der dritte von links.»

Paula schob ihre Brille auf der Stirn nach unten auf die Nase, aber das reichte nicht. Sie holte eine Fotografenlupe und betrachtete eingehend das Bild. «Eine Bohnenstange», sagte sie. «Sechzehn, vielleicht auch schon siebzehn Jahre alt.»

García sagte: «Machen Sie ihn achtunddreißig Jahre alt, zwei Meter groß und hundertachtzig Pfund schwer.»

«Kein Problem», sagte Paula.

«Und verzichten Sie auf den Bart.»

«Danke. Gefällt mir sowieso nicht.»

Mit einer noch eingewickelten Zigarre klopfte García auf das Foto. «Und jetzt kommt der schwierige Teil, Baby. Vor ein paar Jahren hatte dieser Vogel einen schlimmen Unfall und verbrannte sich das ganze Gesicht.»

«Brandblasen?»

«Jawohl.»

«Welcher Art – Gas oder eine Chemikalie?»

«Nein, ein Elektromesser, genauer eine Nadel.»

Paula betrachtete den Detective über den Rand ihrer Brille weg und sagte: «Das ist sehr lustig, Al.»

«Ich schwöre es. Ich hab' diese Nachricht von den Cops in Pennsylvania.»

«Hmmm.» Paula kaute auf dem Radiergummi an ihrem Bleistift, während sie das Foto betrachtete.

Al García beschrieb Paula Chemos Gesicht genau so, wie Mick Stranahan es ihm geschildert hatte. Während García redete, begann die Künstlerin eine erste Skizze anzufertigen. Sie hielt den Bleistift leicht schräg und fuhr damit in leichten sauberen Ovalen über das Zeichenpapier. Zuerst kamen die hohe Stirn, das scharfkantige Kinn, dann die Jochbögen, die aufgequollenen Kugelfischaugen und die schmalen grausamen Lippen. Es dauerte nicht lange, und aus dem schlaksigen Amischjungen mit Baseballhandschuh wurde ein gefährlich aussehender Ganove.

Paula stand auf und sagte: «Ich bin gleich wieder da.» Wenige Sekunden später erschien sie mit einem Salzstreuer aus der Cafeteria. Sie hob das Blatt an und streute Salz auf das Zeichenbrett. Mit der Handkante verteilte sie die Salzkörnchen gleichmäßig. Nachdem sie das Papier mit Chemos Gesichtszügen wieder zurückgeklappt hatte, wählte Paula einen kurzen dicken Bleistift mit dunkelgrauer weicher Miene aus. Sie hielt ihn in einem sehr starken Winkel zur Oberfläche, als wäre es ein Stück Zeichenkohle, und fing an, ihn langsam über das Papier zu bewegen. Augenblicklich drückten sich die unter dem Papier liegenden Salzkörner durch. García lächelte: Der Effekt war einfach perfekt. Chemos Porträt bekam einen rauhen, körnigen Teint, genauso wie Mick Stranahan es beschrieben hatte.

«Sie sind ein Genie», erklärte García der Künstlerin Paula Downs.

Sie reichte ihm die Zeichnung. «Auf daß Sie gewinnen, Al.»

Er ging zum Fotokopierzimmer und fertigte ein halbes Dutzend Kopien von der Zeichnung an. Auf der Rückseite von Murdocks Kopie hatte García in Blockbuchstaben den Namen Blondell Wayne Tatum geschrieben, sowie seinen Spitznamen und das Geburtsdatum. Dann hatte García darunter geschrieben: «Das ist der Typ im Simpkins-Fall!!!»

Murdock, so wußte er, würde sich über die Hilfe nicht freuen.

García verbrachte den Rest des Nachmittags auf Key Biscayne und zeigte Chemos Zeichnung den Dockhelfern, Barkeepern und Cocktailkellnerinnen im Sunday's-on-the-Bay. Um vier Uhr hatte der Detective drei brauchbare Aussagen, daß der Mann auf dem Foto der gleiche war wie der, welcher mit Chloe Simpkins Stranahan an dem Abend, an dem sie gestorben war, zusammengewesen war und etwas getrunken hatte.

Nun war Al García glücklich. Als er ins Polizeipräsidium zurückkam, rief er in einem Blumenladen an und ließ Paula Downs ein Dutzend langstielige Rosen schicken. Während er telefonierte, bemerkte er ein kleines UPS-Paket auf seinem Schreibtisch. García riß es mit der freien Hand auf.

Darin befand sich ein Videoband in einem Plastiketui. Auf dem Etui war mit Klebeband ein Zettel befestigt. Eine Nachricht: «Ich hab's dir doch gesagt. Grüße, Mick.»

García ging mit dem Videoband in den Audioraum des Polizeipräsidiums, wo zwei Sittenpolizisten sich gerade die neuesten

Ergüsse aus der Welt der Widerwärtigkeiten ansahen. Er bat sie zu gehen und legte das Band in den VHS-Recorder. Er sah sich das Band zweimal an. Beim zweiten Mal drückte er seine Zigarre aus und machte sich Notizen.

Dann begab er sich auf die Suche nach Murdock und Salazar.

Im Bereitschaftsraum der Detectives schien niemand zu wissen, wo sie sich aufhielten. García gefiel überhaupt nicht, was er sah und vermutete.

Die Kopie von Paulas Zeichnung von Blondell Wayne Tatum lag zerknüllt neben der leeren Doritos-Tüte auf John Murdocks Schreibtisch. «Arschloch», stieß García zwischen den Zähnen hervor. Es war ihm egal, ob ihn jemand hörte. Er wühlte den restlichen Müll Murdocks durch, bis er einen rosafarbenen Benachrichtigungszettel fand. Er kam von der Sekretärin des Kreisrichters Cassie B. Ireland.

García stöhnte auf. Cassie Ireland war ein enger Golfpartner des verstorbenen und bis auf die Knochen korrupten Richters Raleigh Goomer gewesen. Cassie selbst hatte bekanntermaßen Probleme mit Alkohol und ausgedehnten Wochenenden in den Spielhallen von Las Vegas. Die Probleme sahen so aus, daß er sich eigentlich keines der beiden Laster finanziell leisten konnte.

Die Nachricht von Richter Cassie Irelands Sekretärin an Detective John Murdock lautete: «Haftbefehl liegt bereit.»

Al García benutzte Murdocks Schreibtischtelefon, um die Richter-Kammer anzuwählen. Er erklärte der Sekretärin, wer er war. Es überraschte ihn nicht, daß der Richter sich für den Rest des Tages freigenommen hatte. Wahrscheinlich war er direkt in die Bar des Airport Hilton gefahren, dachte García.

Zur Sekretärin des Richters sagte er: «Es hat hier bei uns eine kleine Verwechslung gegeben. Hat Detective Murdock Richter Ireland gebeten, einen Haftbefehl zu unterschreiben?»

«Hat er», zwitscherte die Sekretärin. «Ich hab die Begleitschreiben immer noch vorliegen. John und sein Partner waren gestern vormittag hier und haben das Dokument abgeholt.»

Al García dachte sich, daß er durchaus weiterfragen könnte, nur um ganz sicher zu gehen. «Können Sie mir den Namen auf dem Haftbefehl nennen?»

«Mick Stranahan», erwiderte die Sekretärin. «Wegen Mordes.»

Christina Marks fand die Dunkelheit aufregend. Während sie nackt auf dem Rücken dahintrieb, berührte das warme Wasser sie überall. Manchmal stellte sie sich hin und wühlte ihre Zehen in den kühlen rauhen Sand, um nachzusehen, wie tief es war. Ein paar Meter entfernt brach Mick Stranahan prustend durch die Wasseroberfläche und glich dabei einem glänzenden blonden Meerestier. Er klang wie ein Delphin, als er die Luft aus seinen Lungen herauspreßte.

«Das ist schön!» rief Christina ihm zu.

«Auf der Insel gibt es kein warmes Wasser», sagte er. «Keine Dusche, basta. Cartwright hat für solche Annehmlichkeiten nichts übrig.»

«Ich sagte, es ist schön, und ich meine es ernst.»

Stranahan kam herangeschwommen und stellte sich hin. Das Wasser reichte bis zu seinem Bauchnabel. Im Lichtschein des Viertelmondes konnte Christina die frische Einschußnarbe an seiner Schulter erkennen: sie sah aus wie ein Streifen rosafarbener Schmiere. Sie ertappte sich dabei, wie sie ihn anstarrte – hier draußen im Wasser war er ganz anders. Nicht der Mann, den sie im Krankenhaus oder in ihrem Apartment erlebt hatte. Auf der Insel erschien er ihr größer und raubtierhafter, aber auch sehr viel ruhiger und gelassener.

«Es ist so friedlich», sagte Christina. Sie schwammen über einer Sandbank, etwa vierzig Meter von Cartwrights Landungssteg entfernt.

«Es freut mich, daß Sie sich entspannen können», sagte Stranahan. «Die meisten Frauen wären ziemlich nervös, wenn sie zweimal von einem Fremden beschossen worden wären.»

Christina lachte unbeschwert, schloß die Augen und überließ sich den kleinen Wellen, die ihren Nacken kitzelten. Mick hatte recht; sie müßte eigentlich längst ein nervliches Wrack sein, aber sie war es nicht.

«Vielleicht verliere ich den Verstand», erzählte sie den Sternen. Sie hörte ein leises Plätschern, als er wieder untertauchte. Sekunden später strich etwas Kühles an ihrem Fuß entlang, und sie lächelte. «Na schön, Mister, bitte keine Albernheiten.»

Aus einer verblüffenden Entfernung drang seine Stimme zu ihr: «Ich muß Sie leider enttäuschen, aber das war ich nicht.»

«O nein!» Christina drehte sich auf den Bauch und begann, heftig in Richtung des tiefen Kanals zu schwimmen, aber sie kam nicht weit. Wie ein Torpedo kam er unter ihr hoch und legte einen Arm unter ihre Hüften und den anderen um ihre Brust. Als er sie in einer fließenden Bewegung aus dem Wasser hob, stieß sie einen verhaltenen Schrei aus.

«Ganz ruhig», sagte Stranahan lachend. «Das war nur ein kleiner Babyhai – ich hab' ihn gesehen.»

Er stand im hüfttiefen Wasser auf der Sandbank und hielt sie fest wie einen Arm voll Feuerholz. «Beruhigen Sie sich», sagte er. «Die fressen keine berühmten TV-Produzentinnen.»

Christina drehte sich in seinen Armen und hielt sich an seinem Hals fest. «Ist er weg?» erkundigte sie sich.

«Er ist weg. Soll ich Sie wieder loslassen?»

«Nein, eigentlich nicht.»

Im Mondlicht konnte er ihre Augen und den Ausdruck darin gut genug erkennen, um zu wissen, was sie dachte. Er küßte sie auf den Mund.

Sie dachte: Das ist verrückt. Es gefällt mir.

Stranahan küßte sie wieder, diesmal länger, inniger als beim ersten Mal.

«Ein bißchen salzig», stellte sie fest, «aber insgesamt ganz nett.»

Christina schickte unter Wasser ihre Hände auf die Reise. «Sagen Sie mal, was ist denn mit Ihrer Jeans passiert?»

«Ich glaube, sie ist mir von der Strömung ausgezogen worden.»

«Von welcher Strömung?» Sie fing an, seinen Hals zu küssen; kichernd, knabbernd, ihn mit der Zungenspitze kitzelnd. Sie spürte, wie sich auf seinen Schultern Gänsehaut bildete.

«Das war wirklich ein Hai», sagte er.

«Ich glaube Ihnen. Und jetzt bringen Sie mich zur Insel zurück. Sofort.»

Stranahan meinte: «Aber doch nicht auf der Stelle.»

«Heißt das, daß wir es gleich hier draußen tun?»

«Warum nicht?»

«Im Stehen?»

«Warum nicht?»

«Wegen der Haie. Sie haben es selbst gesagt.»

Stranahan meinte: «Ihnen kann nichts passieren, schlingen Sie nur Ihre Beine um mich.»

«Eine schöne Übung.»

Er küßte sie wieder. Diesmal voller Leidenschaft. Christina umklammerte ihn mit ihren Beinen.

Stranahan unterbrach seinen Kuß lange genug, um Luft zu holen und zu fragen: «Fast hätte ich es vergessen. Können Sie mir die Namen der Beatles nennen?»

«Doch nicht ausgerechnet jetzt, in diesem Moment.»

«Ja, jetzt. Bitte.»

«Sie sind ein verdammter Irrer.»

«Ich weiß», sagte er.

Christina preßte sich abrupt so heftig an ihn, daß Wasser zwischen ihren Brüsten hochgedrückt wurde und als kleine Fontäne gegen sein Kinn spritzte. «Das kommt davon», sagte sie. Und dann, Nase an Nase: «John, Paul, George und Ringo.»

«Sie sind toll.»

«Nicht zu vergessen – Pete Best.»

«Ich glaube, ich liebe dich», sagte Stranahan.

Später fing er vom Landungssteg aus einen kleinen Barsch und briet ihn zum Abendessen über einem offenen Feuer. Sie aßen auf der Ozeanseite der kleinen Insel unter einer Gruppe junger Palmen. Stranahan hatte zwei alte Hummerfallen zu Tischen umfunktioniert. Die Temperatur war unter zwanzig Grad gefallen, und eine steife Brise war aufgekommen. Christina trug ein kariertes Flanellhemd, ausgebeulte Trainingshosen und Turnschuhe. Stranahan hatte Jeans, ebenfalls Turnschuhe und ein Sweatshirt der Universität von Miami übergezogen. Im Bund seiner Jeans steckte ein .38er Smith and Wesson, den er sich von Luis Córdova ausgeliehen hatte. Stranahan war sich verhältnismäßig sicher, daß er ihn nicht würde benutzen müssen.

Christina trank ihre zweite Tasse Kaffee, als sie sagte: «Ich war doch eigentlich ein guter Kumpel, nicht wahr? Meinst du nicht auch?»

«Sicher.» Er beobachtete die fernen Lichter eines Trampdampfers, der im Golfstrom nach Süden stampfte.

Christina fuhr fort: «Ich weiß, ich hab' das schon mal gefragt, aber ich will es nochmal versuchen: Was zum Teufel treiben wir hier draußen?»

«Ich dachte, dir gefällt es hier.»

«Ich liebe es hier geradezu, Mick, aber ich begreife noch immer nicht.»

«Wir können nicht zurück ins Pfahlhaus. Noch nicht, jedenfalls.»

«Aber warum sind wir hergekommen? Hierher, meine ich?» Allmählich verlor sie die Geduld und verlangte nach einer Aufklärung des Rätsels.

«Weil ich einen Ort brauchte, wo etwas geschehen kann, ohne daß irgend jemand es sieht. Oder hört.»

«Mick ...»

«Es geht nicht anders.»

Er stand auf und schüttete den kalten Kaffeesatz aus, der auf die kahlen Korallen rieselte. Er bemerkte, daß die Ebbe eingesetzt hatte und das Wasser sich zurückzog. «Es gibt keinen anderen Weg, mit solchen Leuten umzugehen, als diesen», sagte er.

Christina sah ihn an. «Du begreifst nicht. Ich kann das nicht tun, ich kann mich an all dem nicht beteiligen.»

«Aber du wolltest doch mitkommen.»

«Um zu beobachten. Zu berichten. Die Story zu vervollständigen.»

Stranahans Gelächter hallte bis zum Hawk Channel. «Story?»

Sie wußte, wie lächerlich es klang – und war. Willie hatte die Fernsehkameras, und Reynaldo Flemm hatte Willie. Reynaldo ... auch so ein Macho-Fall. Er hatte so seltsam geklungen, als sie ihn vom Festland aus angerufen hatte; seine Stimme war kurzangebunden und eisig, sein Lachen brüchig und voller Spott. Er kochte irgend etwas aus, obgleich er es Christina gegenüber geleugnet hatte. Selbst als sie ihm von dem verrückten Zwischenfall im Plaza erzählt hatte, davon, daß sie beinahe schon wieder erschossen worden war, erschien Reynaldos Reaktion seltsam verhalten, lahm und undeutbar. Als sie zwei Stunden später noch einmal angerufen hatte, diesmal vom Yachthafen aus, aus einer Telefonzelle, hatte die Sekretärin in New York ihr mitgeteilt, daß Reynaldo bereits unterwegs zum Flughafen sei. Die Sekretärin hatte weiterhin in ziemlich schnippischem Ton erzählt, daß Reynaldo fünfzehntausend Dollar aus der für Notfälle vorgesehenen Wochenendreisekasse entnommen habe – der Kasse, die normalerweise reserviert war für Flugzeugabstürze, politische Attentate und andere sensationelle Ereignisse. Christina

Marks hatte keine Idee, was Reynaldo mit fünfzehntausend Dollar vorhaben konnte, aber sie ging davon aus, daß es etwas ganz Verrücktes sein müßte.

Und da saß sie nun, im tiefsten Florida, ohne Kamera, ohne Aufnahmecrew und ohne Star. Deshalb war sie zu Mick Stranahan und Luis Córdova ins Patrouillenboot der Küstenpolizei gestiegen.

Während sie im Mondschein stand und zusah, wie die Wellen über die Korallen unter ihren Füßen spülten, wiederholte Christina: «Ich kann mich an all dem nicht beteiligen.»

Stranahan legte ihr einen Arm um die Schultern. Diese Geste erinnerte Christina an die Umarmung ihres Vaters, die sie oft als Kind erlebt hatte, wenn irgend etwas passiert war, weswegen sie furchtbar hatte weinen müssen. Es war eine Geste, mit der er ihr mitgeteilt hatte, daß es ihm leid tat, daß aber nichts zu ändern sei; manchmal sei die Welt eben doch kein so schöner Ort.

«Mick, laß uns einfach zur Polizei gehen.»

«Diese Typen sind die Polizei. Hast du das vergessen?»

Sie schaute in sein Gesicht, versuchte, seinen Ausdruck zu erkennen. «Die sind es also, auf die du wartest.»

«Sicher. Was hast du denn geglaubt?»

Christina tat so, als würde sie sich vor die Stirn schlagen.

«Oh, wie dumm bin ich doch – ich dachte, es wäre der große hagere Irre, der dauernd versucht, uns zu erschießen.»

Stranahan schüttelte den Kopf. «Auf den warten wir nicht.»

«Mick, trotzdem ist das nicht recht.»

Aber er hatte seinen Arm schon wieder weggenommen, und die Diskussion war beendet. «Im Haus ist eine Laterne», erklärte er ihr. «Ich möchte, daß du einen Spaziergang um die Insel machst. Einen langen Spaziergang, okay?»

23

Joe Salazar sagte: «Du hast gestern gesteuert.»

«Mein Gott», murmelte Murdock.

«Nun komm schon, Johnny, ich bin an der Reihe.»

Sie tankten das Boot in Crandon Marina auf Key Biscayne auf. Es war das Boot des Sheriff's Department, ein neunzehn Fuß langes Aquasport mit einem tannengrünen Polizeistreifen am Bug. Es war dasselbe Boot, das sich die beiden Detectives am Tag vorher ausgeliehen hatten. Der Sergeant der Küstenpatrouille hatte Murdock oder Salazar das Boot nicht überlassen wollen, da es offensichtlich war, daß sie keine Ahnung vom Navigieren hatten. Der Sergeant fragte sich sogar, ob sie überhaupt schwimmen konnten. Beide Männer trugen Khakishorts, die blasse Beine enthüllten, schwammige Beine, die nur selten mit Salz oder Sonnenschein in Berührung gekommen waren: typische Landrattenbeine. Der Sergeant hatte das Aquasport herausgegeben, als John Murdock den Haftbefehl hervorholte und erzählte, daß der Verdächtige in einem Haus in Stiltsville gesehen worden wäre. Der Sergeant hatte gefragt, warum sie keine Verstärkung mitnähmen, da auf dem Boot Platz genug sei, doch Murdock schien die Frage gar nicht gehört zu haben.

Als die beiden Detectives einige Stunden später wieder am Landungssteg aufgetaucht waren, hatte der Sergeant zu seiner angenehmen Überraschung keine ernsthaften Schäden am Aquasport oder an der Schraubenwelle finden können. Doch als Murdock und Salazar in ihren lächerlichen Khakiklamotten am nächsten Tag wieder erschienen, fragte der Sergeant sich, wie lange ihr Glück zu Wasser noch anhalten mochte.

«Na los doch, fahr schon», knurrte Murdock an der Tanksäule. «Mir ist es egal.»

Joe Salazar nahm seine Position hinter der Steuerkonsole ein. Er gab sich Mühe, nicht zu offensichtlich zu strahlen. Dann fiel es ihm ein: «Wo sehen wir denn jetzt nach?»

Am Tag vorher war Stranahans Haus leer gewesen. Sie hatten die einzelnen Zimmer auf der Suche nach einem Hinweis auf seinen Aufenthaltsort auseinandergenommen, hatten nichts gefunden und waren frustriert abgezogen. Während der ganzen Rückfahrt hatte Murdock darüber geklagt, daß sein Schulterhalfter mit dem Gewebe seines Netzhemdes seine Schulter aufscheuerte. Zweimal hatten sie das Boot auf Sandbänke aufgesetzt, und beide Male hatte Murdock Salazar gezwungen, in den Schlamm hinauszuspringen und zu schieben. Alleine schon deshalb, wenn auch aus keinem anderen Grund, glaubte Salazar, es verdient zu haben, an diesem Tag Kapitän spielen zu dürfen.

Murdock sagte: «Ich werde dir verraten, wo wir nachsehen. Nämlich in jedem gottverdammten Pfahlhaus in der Bucht.»

«Yeah, wir kämmen alles durch.»

«Wir gehen von Tür zu Tür, nur daß wir mit einem Boot unterwegs sind. Schließlich wissen wir, daß das Wichsgesicht irgendwo dort draußen ist.»

Joe Salazar fühlte sich jetzt, wo sie einen Plan hatten, viel besser. Er bezahlte das Benzin, warf den großen Evinrude-Motor am Heck des Aquasport an und richtete den Bug auf Bear Cut aus. Oder er versuchte es zumindest. Das Boot rührte sich nicht.

Der Hafenwart kicherte. «Es nützt meist, wenn man das Boot vorher losbindet», sagte er und zeigte mit einem seiner weißen Turnschuhe auf die Leinen.

Mit einem einfältigen Grinsen löste Joe Salazar die Leinen am Bug und am Heck. John Murdock sagte: «Das war vielleicht ein Klugscheißer. Hat der denn nicht gesehen, daß wir Kanonen bei uns haben?»

«Natürlich hat er das», erwiderte Salazar, während er vorsichtig in Richtung Kanal lenkte.

«Diese Stadt geht wirklich allmählich den Bach runter», sagte Murdock und spuckte über den Bootsrand, «wenn man eine Waffe hat und sich trotzdem solchen Scheiß anhören muß.»

«Jedermann ist ein Besserwisser», gab Joe Salazar ihm recht. Nervös beobachtete er einen grauen Außenborder, der ihnen auf der anderen Seite des Kanals entgegenkam. Das Boot hatte in der Mitte ein Polizeiblaulicht. Ein junger Latino in Uniform stand hinter der Windschutzscheibe. Er winkte ihnen zu: das müde Winken von einem Cop zum anderen.

«Was soll ich tun?» fragte Salazar.

«Versuch es mit zurückwinken», sagte Murdock.

Salazar tat es. Der Mann in dem grauen Boot änderte seinen Kurs und kam auf sie zu.

«Einer von der Wassertruppe», flüsterte Murdock. Salazar nickte, als wüßte er, wovon sein Partner redete. Er wußte es nicht. Er wußte auch nicht, wie er das Aquasport anhalten sollte. Jedesmal, wenn er den Gashebel zurücknahm, schaltete der Motor in Gegenrichtung um. Wenn er den Hebel wieder in die andere Richtung drückte, dann zitterte das ganze Boot und schoß vorwärts. Rückwärts, vorwärts, rückwärts, vorwärts. Der große Evinrude-Motor klang, als würde er jeden Augenblick explodieren. Joe Salazar sah, daß Murdock innerlich vor Wut raste.

«Versuchen Sie es mal mit Leerlauf», rief ihnen der junge Küstenpolizist zu. «Schieben Sie den Gashebel zur Seite, bis er einrastet.»

Salazar befolgte den Rat, und es funktionierte.

«Danke!» rief er zurück.

Halblaut murmelte Murdock: «Ja, vielen Dank dafür, daß wir uns benommen haben wie die letzten Flaschen.»

Das Patrouillenboot legte sich längsseits neben das Aquasport. Der junge Beamte stellte sich als Luis Córdova vor. Er erkundigte sich, wohin die beiden Detectives unterwegs waren, und ob er ihnen irgendwie helfen könne. Joe Salazar erklärte ihm, daß sie nach Stiltsville wollten, weil sie einen Haftbefehl ausführen müßten.

«Da draußen wohnt nur ein Typ, soweit ich weiß», sagte Luis Córdova.

Murdock nickte. «Das ist der Bursche, den wir holen wollen.»

«Mick Stranahan?»

«Sie kennen ihn?»

«Ich weiß, wo er wohnt», sagte Luis Córdova, «aber er ist im Augenblick nicht da. Ich hab' ihn erst gestern noch gesehen.»

«Wo?» platzte Joe Salazar heraus. «War er alleine?»

«Ja, er war alleine. Er saß auf einem Landungssteg unten auf Old Rhodes Key.»

Murdock fragte: «Wo, zum Teufel, ist das denn?»

«Südlich von Elliott.»

«Wo, zur Hölle, ist Elliott?»

Der Mann von der Küstenpatrouille sagte: «Warum warten Sie

nicht ein paar Stunden und folgen mir dann? Die Flut kommt erst im Morgengrauen wieder. Außerdem werden Sie bei diesem Typen Verstärkung brauchen.»

«Nein. Vielen Dank.» John Murdocks Tonfall ließ keine Möglichkeit zur Diskussion offen. «Aber wir könnten eine Karte gut gebrauchen, wenn Sie so etwas bei sich haben.»

Luis Córdova verschwand kurz hinter seiner Steuerkonsole. Als er wieder auftauchte, lachte er. «Ich hatte zufälligerweise eine als Ersatz dabei», sagte er.

Eine halbe Stunde, nachdem sie den Yachthafen verlassen hatten, sagte Joe Salazar zu seinem Partner: «Vielleicht hätten wir fragen sollen, was er mit den Gezeiten gemeint hatte.»

Das Aquasport steckte in einer anderen Schlammbank, diesmal eine Meile südlich von Soldier Key. John Murdock öffnete eine dritte Dose Bier und sagte: «Du bist es schließlich, der unbedingt ans Steuer wollte.»

Salazar beugte sich über den Rand des Bootes und betrachtete die Situation. Er entschied, daß es keinen Sinn hätte, auszusteigen und zu schieben. «Es ist nur fünfzehn Zentimeter tief», sagte er mit einem Ausdruck kindlicher Bewunderung in der Stimme. «Auf der Karte sah es aus, als gäbe es hier Wasser im Überfluß, nicht wahr?»

Murdock sagte: «Wenn du ein Seestern bist, dann findest du hier genug Wasser. Bist du aber ein Boot, dann ist das hier ein verdammter Strand. Und noch was anderes: ich habe dir gesagt, du sollst drei Beutel Eis mitnehmen. Sieh dir nur an, wie schnell der Mist schmilzt.» Er trat wütend gegen die Kühlbox.

Joe Salazar starrte weiterhin auf das seichte, glasklare Wasser. «Ich glaube, die Flut setzt ein», stellte er hoffnungsvoll fest.

«Prima», sagte Murdock. «Und was heißt das? – Nur noch vier oder fünf Stunden im Schlamm. Phantastisch. Bis dahin ist es dann auch richtig dunkel.»

Salazar erinnerte daran, daß das Polizeiboot mit hervorragenden Scheinwerfern ausgerüstet war. «Sobald wir aus der Untiefe raus sind, geht es in direktem Kurs rüber zur Insel. Tiefes Wasser bis zum Ziel.»

Er hatte seinen Partner noch nie so nervös und gereizt erlebt. Normalerweise war John Murdock das Urbild eines kühlen, harten

Cops, doch Salazar hatte beobachtet, wie er sich verändert hatte, seit dem Abend, an dem sie die Anzahlung von Commissioner Roberto Pepsical entgegennahmen. Fünftausend in bar für jeden. Weitere fünftausend, wenn alles erledigt war. Um die Detectives davon zu überzeugen, daß er nicht der versoffene Weiberheld war, als der er in dem Stripschuppen erschienen war, hatte der Commissioner sich mit den Cops in einem Beichtstuhl der St. Mary's Catholic Church in Little Havanna verabredet. Der Beichtstuhl war nur unzureichend beleuchtet und so eng wie ein Besenschrank; die drei Verschwörer hatten sich seitwärts hineindrängen müssen, um nicht von draußen gesehen zu werden. Es lag schon ein Dutzend Jahre zurück, seit Joe Salazar das letzte Mal einen Beichtstuhl von innen gesehen hatte, und es hatte sich nicht viel verändert. Es roch nach klammem Tuch und schlechtem Gewissen, genauso wie er es in Erinnerung hatte. Er und Murdock stopften sich das Geld in die Taschen und stürmten gemeinsam durch die Tür nach draußen, wobei sie beinahe ein Quartett langsam dahinschlendernder Nonnen umrannten. Commissioner Roberto Pepsical blieb allein im Beichtstuhl zurück und betete drei Ave Maria. Er dachte sich, daß das wohl nicht schaden konnte.

Als sie wieder im Wagen saßen, hatte John Murdock nicht jenes dreiste und aufgekratzte Verhalten an den Tag gelegt, mit dem er sonst immer reagierte, wenn er eine erhebliche Schmiergeldzahlung in Empfang genommen hatte; diesmal war seine Stimmung eher düster und nachdenklich gewesen. Und so war sie nun schon seit zwei Tagen.

Jetzt, als das Boot in der Schlammbank festsaß, hockte Murdock am Heck und starrte mürrisch auf das nahezu unmerkliche Ansteigen der beginnenden Flut. Joe Salazar zündete sich eine Camel an und bereitete sich innerlich auf einen langen, angespannten Nachmittag vor. Er fühlte sich selbst nicht allzu wohl, aber er wußte wenigstens warum. Dies war der dickste Job, den sie jemals erledigt hatten, und der schmutzigste. Bei weitem.

Tatsächlich wäre der Verlauf der Gezeiten bedeutungslos gewesen, wenn einer der beiden Detectives eine Seekarte hätte lesen können. Selbst bei totaler Ebbe wären sie ohne Schwierigkeiten von Cape Florida bis nach Old Rhodes Key gelangt. Man brauchte nur den Kanälen zu folgen, die auf Luis Córdovas Karte deutlich eingezeichnet waren.

Mick Stranahan wußte, daß Murdock und Salazar das Boot auf Grund setzen würden. Er wußte auch, daß es bis zum späten Abend dauern würde, bis sie das Boot wieder flott bekämen, und daß sie dann den Rest ihres Trips im Schneckentempo zurücklegen würden, aus Angst vor einem neuerlichen Mißgeschick.

Er und Luis Córdova hatten sich eingehend darüber unterhalten. Zusammen hatten sie sich ausgerechnet, daß die beiden Detectives die Insel zwischen neun Uhr und Mitternacht erreichen würden, vorausgesetzt, sie prallten nicht auf das Riff vor Boca Chita und rissen sich den Evinrude von ihrem Boot ab. Luis hatte angeboten, das Aquasport in sicherer Entfernung zu verfolgen, doch Stranahan war dagegen. Er wollte nicht, daß der Mann von der Küstenpatrouille sich in der Nähe von Old Rhodes Key aufhielt, wenn es passierte. Wenn Luis dort wäre, dann würde er die Sache den Vorschriften gemäß durchziehen wollen. Er würde abwarten, bis die Arschlöcher aktiv wurden, dann würde er versuchen, sie zu verhaften. Stranahan wußte, daß es so niemals funktionieren würde – sie würden dann versuchen, auch Luis umzubringen. Und falls Luis so ausgefuchst und abgebrüht war, wie Stranahan annahm, dann würde es für ihn nachher eine ganze Menge Schwierigkeiten geben. Eine automatische Suspendierung vom Dienst, ein Auftritt vor einer Grand Jury, sein Name in allen Zeitungen.

Auf keinen Fall, riet Stranahan ihm, das war nichts, um den Helden zu spielen. Er sollte ihnen nur die Karte geben und dann verschwinden.

Außerdem hatte Stranahan bereits Christina Marks auf der Insel und am Hals.

«Ich habe aber keine Lust auf einen Spaziergang», sagte sie. «Großmütter und Witwen machen Spaziergänge. Ich bleibe bei dir.»

«Damit du dir Notizen machen kannst, nicht wahr?» Er reichte ihr eine Coleman-Laterne. Das flackernde weiße Licht zeichnete ihre Umrisse als scharfkantige Schatten auf die Ziegelwände. Stranahan sagte: «Du bist keine gottverdammte Reporterin mehr, du bist jetzt eine gottverdammte Zeugin.»

Sie sagte: «Ist das deine Vorstellung von Bettgeflüster? Vor einer halben Stunde haben wir uns noch geliebt, und nun bin ich eine ‹gottverdammte Zeugin›. Hast du schon mal daran gedacht, Liebesgedichte zu schreiben, Mick?»

Er hatte sich hingehockt, ein Knie auf der Erde, und holte einige Gegenstände aus den Reisetaschen. Ohne aufzublicken, sagte er: «Du hast gesagt, du könntest dich in all das nicht hineinziehen lassen. Ich versuche nun, dem Rechnung zu tragen. Was die Romantik angeht, wenn du gerne bei Mondlicht verliebt tanzen möchtest, nun, das können wir anschließend gerne tun. Im Augenblick sind irgendwo da draußen zwei sehr miese Cops unterwegs hierher, um mich zu erschießen.»

«Das weißt du nicht.»

«Klar, du hast recht», sagte Stranahan. «Wahrscheinlich wollen sie nur altes Spielzeug für den nächsten Wohltätigkeitsbasar sammeln. Jetzt geh endlich.»

Er stand auf. Im Laternenlicht sah Christina, daß seine Arme voll waren: Fernglas, ein Popelineanorak, eine Cordhose, eine Schirmmütze, ein Fischmesser und eine runde Spule mit irgendwas.

Sie sagte: «Ich bleibe nicht wegen diesem verdammten TV-Programm hier. Ich habe Angst um dich. Ich weiß nicht warum – du bist wirklich der letzte Widerling – aber ich mache mir Sorgen wegen dir, ich gebe es zu.»

Als Stranahan wieder sprach, war jede Schärfe aus seiner Stimme gewichen. «Sieh mal, wenn du hier bleibst ... wenn du irgend etwas siehst, dann wollen sie von dir dazu eine Aussage. Die Privilegien eines Reporters und das Erste Amendement der Verfassung kannst du dann vergessen – so etwas zählt nicht in einer Situation wie dieser. Wenn du Zeugin eines Verbrechens bist, Chris, dann wirst du vereidigt. Und das willst du bestimmt nicht.»

«Du aber auch nicht.»

Er lächelte freudlos. Sie hatte ihn damit an einer wunden Stelle gepackt. Es stimmte: Er wollte keine Zeugen. «Du hattest schon genug Aufregung», erklärte er ihr. «Zweimal wurdest du beinahe getötet. Wenn ich an deiner Stelle wäre, dann würde ich das als einen Wink des Schicksals ansehen.»

Christina schüttelte den Kopf. «Und wenn du dich jetzt in ihnen täuschst, Mick? Was ist denn, wenn sie wirklich nur herkommen, um dir einige Fragen zu stellen? Selbst wenn sie herkommen sollten, um dich zu verhaften, dann kannst du doch nicht so einfach ...»

«Geh», sagte er nur knapp. Später würde er ihr erklären, daß diese Cops Freunde und Komplizen des verblichenen Richters Raleigh Goomer waren, und daß das, was sie mit Mick vorhatten, eine Revanche, eine Rache war. Ihm Fragen zu stellen, war wirklich das letzte, was sie von ihm wollten. «Nimm den Pfad, den ich dir gezeigt habe. Folge der Küste etwa halb um die Insel, und du kommst zu einer Lichtung. Dort siehst du ein paar Milchkästen aus Plastik, ein leeres Ölfaß, einen alten Lagerfeuerplatz. Warte dort auf mich.»

Christina musterte ihn mit einem eisigen Blick, aber er spürte es nicht. Sein Geist war auf Hochtouren und längst ganz woanders.

«In den Plastikbehältern findest du Obst und Schokoladeriegel», sagte er. «Aber versuch nicht, die Waschbären zu füttern, denn die können ganz schön gemein zubeißen.» Sie hatte sich auf dem Pfad etwa zwanzig Meter weit entfernt, als sie ihn noch einmal rufen hörte. «He, Chris, du hast das Insektenspray vergessen.»

Sie schüttelte den Kopf und ging weiter.

Fünfzehn Minuten später, als Stranahan sicher sein konnte, daß sie wirklich weitergegangen und nicht mehr in Sichtweite war, trug er die Utensilien zu Cartwrights Steg hinunter. Dort zündete er eine weitere Laterne an und hängte sie an einen Nagel, der in einem der Stützpfähle steckte. Danach zog er die Turnschuhe aus, schlüpfte aus seinen Jeans und ließ sich nackt in die kühlen Wogen der ansteigenden Flut gleiten.

Für Joe Salazar war es ein Moment stillen Triumphs vorne am Bug. «Bei Gott, wir haben es geschafft!»

John Murdock stieß ein gemeines Kichern aus. «Ja, wir haben es gefunden», sagte er. «Auf diesem verdammten Atlantik. Die sprichwörtliche Nadel im Heuhaufen, Joe. Und dazu haben wir nur drei Stunden zwischen diesen Inseln auf dem Trockenen hocken müssen.»

Salazar ließ sich durch diesen Sarkasmus nicht seine neu gewonnene Zuversicht trüben. Die Fahrt durch Sand Cut war eine haarige Sache gewesen; selbst bei geringster Geschwindigkeit war eine Passage durch den vielfach gewundenen Kanal eine Leistung, auf die man stolz sein konnte. Murdock wußte das ebenfalls; kein einziges Mal hatte er den Wunsch geäußert, das Steuer zu übernehmen.

«Das ist also die berühmte Elliott Key.» Murdock kratzte seine sonnenverbrannten Wangen. Das Aquasport trieb etwa eine halbe Meile vom Ufer entfernt an der Insel entlang und tanzte in dem leicht bewegten Seegang. Das Bier war längst ausgegangen, das Eis geschmolzen. In der kühlen Brise war Murdock in eine braune Lederjacke geschlüpft. Es war die, die er stets im Dienst trug, und sie sah zusammen mit seinen Khakishorts ziemlich lächerlich aus. Mißgelaunt schlug er mit der flachen Hand auf eins seiner rosafarbenen Schienbeine, wo eine Mücke gerade ihre Abendmahlzeit einnahm.

Joe Salazar hatte die Karte auf seinem Schoß auseinandergefaltet und hielt mit der rechten Hand eine Taschenlampe hoch. Mit der anderen Hand wies er auf die Karte. «Wie ich sagte, Johnny, von hier sind es nur noch neun Meilen einfach geradeaus bis nach Rhodes. Und den ganzen Weg haben wir vier Meter Wasser unter dem Kiel.»

Murdock nickte ungeduldig. «Dann mal ran, Señor Columbus. Vielleicht schaffen wir es noch vor Weihnachten.» Er rückte zum x-ten Mal sein Schulterhalfter zurecht.

Salazar zögerte. «Wenn wir erst einmal dort sind, welchen Plan haben wir dann?»

«Nimm die verdammte Taschenlampe aus meinem Gesicht.» Murdocks Augenlider waren geschwollen und rot. Zuviel Sonne. Zuviel Bier. Das störte Salazar; er wollte, daß sein Partner wachsam war.

«Der Plan ist simpel», sagte Murdock. «Wir erscheinen mit großem Trara – Sirenen, Lampen, alles, was dazu gehört. Wir rufen Stranahan zu, er soll mit erhobenen Händen rauskommen. Tun alles, so wie es sich gehört – zeigen ihm den Haftbefehl, lesen ihm seine Rechte vor, den ganzen Quatsch. Dann erschießen wir ihn, als hätte er versucht, abzuhauen.»

«Legen wir ihm zuerst Handschellen an?»

«Also hör mal, wie soll das denn nachher aussehen? Nein, wir legen ihm keine Handschellen an. Mein Gott!» Murdock spuckte ins Wasser. Er spuckte schon den ganzen Nachmittag. Salazar hoffte, daß dies keine neue Marotte seines Partners war.

Murdock sagte: «Weißt du, Joe, wir schießen ihn in den Rücken. Auf diese Weise sieht es so aus, als wäre er weggelaufen. Dann hängen wir uns an das Funkgerät in diesem Boot, falls einer von uns herausbekommt, wie dieses verdammte Ding zu benutzen ist, und bitten um einen Hubschrauber.»

«Der eine halbe Ewigkeit brauchen wird, um herzukommen.»

«Genau. Aber dann sind wir abgesichert, was unseren Einsatz angeht.»

Es klang wie ein handfester Plan mit nur einer Variablen. Joe Salazar entschied, diese Variable aus seinem Geist zu verbannen. Er verstaute die Lampe, nahm wieder seine Position am Ruder des Polizeibootes ein und brachte es auf direkten Kurs nach Old Rhodes Key.

Es war eine gerade Linie durch freies Wasser. Überhaupt kein Problem.

Der Kanal, der vom Meer zu dem Einschnitt mit Old Rhodes führt, heißt Caesar Creek. Er ist tief und einigermaßen breit und reichlich mit Leuchtbojen versehen. Dafür war Joe Salazar überaus dankbar. Nachdem er nun mit dem ziemlich schwerfällig zu bedienenden Gashebel zurechtkam, lenkte er das Aquasport mit halber Kraft, während John Murdock am Bug stand (oder es zumindest versuchte). Murdock beschattete die Augen, um jedes von außen einfallende Licht abzuschirmen: er blickte zur Insel und suchte nach Anzeichen für die Anwesenheit Mick Stranahans. Zweihundert Meter von der Öffnung des Einschnitts entfernt schaltete Salazar den Motor aus und tastete sich zu seinem untersetzten Partner nach vorne.

«Dort ist er!» Murdocks Atem ging angestrengt und rasselnd.

Salazar blinzelte in die Nacht. «Ja, Johnny, er sitzt unter der Lampe auf dem Steg.»

Sie konnten die Laterne und ihren weißen Lichthof sehen, darunter die Gestalt eines Mannes, dessen Beine vom Steg herunterbaumelten. Die Gestalt trug eine Baseballmütze, der Kopf des Mannes war nach unten gesunken, und sein Kinn lag auf der Brust.

«Das dumme Wichsgesicht schläft.» Murdocks Lachen klang hoch und spröde. Er hatte seine Pistole bereits gezückt.

«Dann sollten wir es besser tun, denke ich», sagte Salazar.

«Auf jeden Fall.» Murdock ging in die Hocke.

Sie hatten das Blaulicht und die Sirene auf dem Weg ausprobiert, daher wußte Salazar, wo die Schalter sich befanden. Er legte sie gleichzeitig um, dann drehte er den Zündschlüssel. Während der Evinrude grollend zum Leben erwachte, stützte Salazar sich mit seinem ganzen Gewicht auf den Gashebel.

Mit der Waffe in der Hand klammerte John Murdock sich unbeholfen an die Bugreling, während das Aquasport hochstieg und auf den schmalen Wasserarm zujagte. Der Wind kämmte Murdocks Haar und drückte seine Wangen ein. Die Zähne hatte er in einem wölfischen Grinsen entblößt.

Während das Boot näherkam, erwartete Joe Salazar, daß Mick Stranahan jeden Moment erwachen und in ihre Richtung blicken würde – aber der Mann rührte sich nicht.

Eine halbe Meile entfernt, unter Bäumen auf einer Milchkiste sitzend, hörte Christina Marks die Polizeisirenen. Erschauernd schloß sie die Augen und erwartete den Lärm eines heftigen Schußwechsels.

Sie hätten auf verschiedenen Wegen kommen können. Der wahrscheinlichste war der vom Meer her, indem sie dem Caesar Creek in die kleine Gabelung zwischen der winzigen Hurricane Key und Old Rhodes folgten. Dies war der einfachste Weg zu Cartwrights Steg.

Doch die Annäherung von Westen, durch die Biscayne Bay, bot mehr Möglichkeiten und lieferte eine bessere Deckung. Sie konnten Adams Key umrunden oder die Rubicons umfahren und sich durch die mit Seegras bewachsenen Untiefen hinter Totten anschleichen. Aber das wäre eine haarige und gefährliche Passage geworden, nahezu unmöglich für jemanden, der diese Fahrt noch nie gemacht hatte.

Nicht bei Nacht, entschied Stranahan, und nicht diese Burschen. Er hatte sich darauf verlassen, daß sie vom Meer kommen würden.

Im Wasser hatte er nur das Messer und die Spule bei sich gehabt. Viermal überwand er schwimmend die Entfernung zwischen Old Rhodes und Hurricane Key; groß war die Entfernung nicht, aber anstrengend wegen der starken Unterströmung, die nach draußen zog. Nachdem er sich zum letzten Mal auf Cartwrights Steg hinaufgezogen hatte, massierte Stranahan den Kälteschmerz aus seinen Beinen und Armen. Es dauerte, bis sein Atem sich beruhigt hatte. Dann zog er sich trockene Sachen an, ergriff den .38er, den Luis Córdova ihm geliehen hatte, und setzte sich hin, um zu warten.

Die Spule in Stranahans Reisetasche hatte fünfhundert Meter einer dünnen Plastikschnur enthalten. Die Leine war stark genug, um neunhundertzwanzig Pfund zu halten, denn sie war hergestellt worden, um dem Überlebenskampf eines großen Schwertfisches oder eines Thunfisches zu trotzen. Es war die stärkste Angelschnur, die auf der ganzen Welt hergestellt wurde, und sie hatte Wettkampfqualität. Weiterhin war sie leicht dunkelgrau gefärbt, wodurch sie unter Wasser praktisch unsichtbar war.

Selbst außerhalb des Wassers war sie manchmal nicht zu erkennen. Bei Nacht zum Beispiel. Quer über einen von Mangroven gesäumten Wasserlauf gespannt.

Zweifellos hat John Murdock sie niemals gesehen.

Er hockte krötengleich auf dem Vorderschiff und richtete während ihrer Annäherung seinen .357er auf die Gestalt auf dem Steg. Von Joe Salazar gesteuert, war das Aquasport mit genau zweiundvierzig Meilen pro Stunde unterwegs.

Mick Stranahan hatte drei verschieden hohe Schranken zwischen den Inseln gespannt. Die Schnüre waren an Baumstämmen festgebunden und kreuzten das Wasser in unterschiedlichen Höhen. Die niedrigste Schnur wurde sofort vom Bug des heranjagenden Polizeiboots zerrissen. Die beiden anderen Schnüre schnitten John Murdock nacheinander in Bauch und Hals.

Joe Salazar beobachtete in der verwirrenden letzten Millisekunde seines Lebens, wie sein Partner nach hinten geworfen wurde, mit hervorquellenden Augen und würgend, um dann von unsichtbaren Händen auf das Deck geschleudert zu werden. Dann packte die gleiche gespenstische Klaue Salazar an der Gurgel, riß ihn von den Füßen, knallte seinen überreifen Schädel auf den röhrenden Evinrude und schnellte ihn direkt in den Wasserarm.

Der Laut, den die Angelschnur verursachte, als sie an Joe Salazars Hals riß, glich frappierend einem Pistolenschuß.

Christina rannte den ganzen Weg zurück zu Cartwrights Steg. Unterwegs ließ sie die Coleman-Laterne fallen, die zwischen einige Felsbrocken rollte. Aber Christina rannte weiter. Als sie am Ziel ankam, lag Caeser Creek schwarz und ruhig da. Sie sah kein Boot und auch sonst kein Zeichen von Eindringlingen.

Auf dem Steg lümmelte die vertraute Gestalt eines Mannes in einer Baseballmütze unter einer anderen Laterne, die hell leuchtete.

«Mick, was ist passiert?»

Dann erkannte Christina, daß es überhaupt kein Mann war, sondern eine Vogelscheuche, die Stranahans Popelineanorak und seine lange Kordhose trug. Der Körper der Vogelscheuche bestand aus Palmblättern und trockenem Seetang. Der Kopf war eine grüne Kokosnuß. Die Baseballmütze saß darauf wie ein Talisman.

24

Das Aquasport steckte tief zwischen den Mangroven auf Totten Key. Der Motor stand still, aber die Schraube drehte sich noch, als Mick Stranahan hinkam. Barfuß tastete er sich über die glitschigen, gummiartigen Äste, bis er über den Rand des gestrandeten Bootes blikken konnte. In der rechten Hand hielt er Luis Córdovas .38er.

Er brauchte ihn nicht. Detective John Murdock war nicht tot, aber er würde es bald sein. Er lag reglos auf dem Deck, die Knie vor Schmerzen bis an die Brust hochgezogen. Schwärzliches Blut sickerte aus seiner Nase. Nur ein Auge war geöffnet und wurde rhythmisch vom zuckenden Blaulicht erhellt. Abgebrochen, aber immer noch rotierend, hing die Lampe an einem Bündel loser Drähte aus der Konsole. Es sah aus wie ein besonders auffälliger Christbaumschmuck.

Stranahan spürte, wie sein Magen sich zu einem harten Knoten zusammenzog. Er schob die Pistole in seine Jeans und schwang die Beine über den Bootsrand. «John?»

Murdocks Auge blinzelte, und er brummte schwach.

Stranahan sagte: «Versuchen Sie, sich damit abzufinden.» Als ob der Bursche eine andere Wahl hatte. «Nur eine kurze Frage noch: Ihr hattet doch vor, mich zu töten, nicht wahr?»

«Verdammt richtig», rasselte der sterbende Detective.

«Ja, das habe ich mir gedacht. Ich kann einfach nicht glauben, daß Sie wegen Richter Goomer noch immer sauer sind.»

Murdock brachte ein blutiges Grinsen zustande und sagte: «Du dämlicher Wichser.»

Stranahan beugte sich vor und wischte eine Mücke von Murdocks Stirn. «Aber wenn es keine Rache für den Richter war, warum habt ihr dann so ein Ding abgezogen?» Die Stille lieferte ihm die Antwort. «Sagen Sie mir nicht, daß jemand sie dafür bezahlt hat.»

Murdock nickte, oder er versuchte es zumindest. Sein Hals funktionierte nicht mehr so gut; er sah etwa doppelt so lang aus, wie er eigentlich sein müßte.

Stranahan sagte: «Sie haben dafür Geld angenommen? Von wem?»

«Rat mal», erwiderte Murdock krächzend.

«Wahrscheinlich war es der Doktor», vermutete Stranahan. «Oder ein Zwischenträger. Das würde mehr Sinn ergeben.»

Murdocks Antwort kam als hohles Rasseln heraus. Mick Stranahan seufzte. Die Übelkeit vom Anblick Murdocks war einer totalen emotionalen Erschöpfung gewichen.

«John, das ist schon eine schlimme Stadt, nicht wahr? Ich habe hier draußen nur ein bißchen Frieden und Einsamkeit gesucht. Ich hatte diesen ganzen Mist längst begraben und vergessen.»

Murdock gab ein haßerfülltes Stöhnen von sich, doch Stranahan mußte reden. «Da bin ich nun, kümmere mich um meine eigenen Angelegenheiten, füttere die Fische, störe niemanden, als plötzlich ein Kerl erscheint, der mich umbringen will. In meinem eigenen Haus, John, mitten in der Bucht! Und alles nur, weil irgendein gottverdammter Doktor glaubt, daß ich einen Fall wieder aufrolle, der so alt ist, daß er schon Schimmel angesetzt hat.»

Der sterbende Murdock schien von dem zuckenden Blaulicht wie hypnotisiert zu sein. Es flackerte schneller als sein eigenes Herz. Eine der Hände des Detectives begann zu kriechen wie eine verwirrte blaue Krabbe und zog eine Spur über das vom Blut glänzende Deck.

Stranahan sagte: «Ich weiß, daß es weh tut, John, aber ich kann nichts tun.»

Mit brechender Stimme sagte Murdock: «Leck mich doch, Scheißkerl.» Dann schloß sein Auge sich zum letztenmal.

Mick Stranahan und Christina Marks warteten schon, als Luis Córdova um Punkt neun am nächsten Morgen am Steg anlegte.

«Wohin?» fragte er Stranahan.

«Ich würde gerne in mein Haus fahren.»

«Ich nicht», sagte Christina Marks. «Bringen Sie mich nach Key Biscayne. Der Yachthafen reicht mir.»

Stranahan sah sie fragend an. «Ich nehme an, daß heißt, daß du mich noch immer nicht heiraten willst.»

«Nicht in einer Million Jahre», erwiderte Christina. «Nicht in deinen wildesten Träumen.»

Stranahan wandte sich an Luis Córdova. «Sie hatte nicht besonders viel Schlaf. Die Unterbringungsmöglichkeiten waren ein bißchen zu … nun, primitiv.»

«Ich verstehe», sagte der Küstenpolizist. «Aber ansonsten, war die Nacht ruhig?»

«Einigermaßen», meinte Stranahan.

Der Morgen war sonnig und kühl. Kleine Wellen ließen die Oberfläche der Bucht aussehen wie ein Waschbrett, über das das Patrouillenboot hinwegzufliegen schien. Als sie Ragged Key passierten, stieß Stranahan Luis Córdova an und wies zum weißblauen Himmel. «Hubschrauber!» rief er über den Motorenlärm. Christina Marks sah sie ebenfalls: drei Helikopter der Küstenwache, die in tausend Fuß Höhe nach Süden ratterten.

Ohne vom Ruder hochzublicken, bemerkte Luis Córdova: «Ein Boot aus Crandon ist überfällig. Zwei Cops.»

«Machen Sie keinen Quatsch.»

«Heute Morgen haben sie eine Leiche im Wasser vor Broad Creek gefunden. Ein Angehöriger von der Mordabteilung namens Salazar.»

«Was ist passiert?»

«Ertrunken!» rief Luis Córdova. «Keiner weiß, wie.»

Christina Marks hörte den beiden Männern zu, wie sie über den Vorfall sprachen. Sie war sich nicht sicher, wieviel Luis Córdova wußte, aber es war mehr, als Stranahan ihr jemals erzählen würde. Sie ärgerte sich, fühlte sich gekränkt und links liegengelassen.

Als sie beim Pfahlhaus eintrafen, holte Stranahan die .38er Smith and Wesson und gab sie Luis zurück. Der Küstenpolizist war erleichtert, als er sah, daß sie nicht abgefeuert worden war.

Stranahan lud sich die beiden Reisetaschen auf und sprang von dem Polizeiboot herunter.

Auf dem Steg sagte er: «Paß auf dich auf, Chris.» Er wollte noch mehr sagen, aber es war wohl der falsche Zeitpunkt. Sie war ihm noch immer wegen der vergangenen Nacht böse, sie war wütend darüber, daß er ihr nicht erzählen wollte, was geschehen war. Sie hatte mit einem Tritt die Kokosnuß von den Schultern der Vogelscheuche gekickt, so erbost war sie gewesen. Und in genau diesem Moment hatte er sie gefragt, ob sie ihn heiraten wolle. Ihre Antwort war prägnant gewesen, um es gepflegt auszudrücken.

Nun wandte sie sich kalt ab und sagte zu Luis Córdova: «Können wir weiter?»

Stranahan winkte ihnen zum Abschied zu und trottete die Treppe hinauf, um das geplünderte Haus zu inspizieren. Das erste, was er sah, war der große Schwertfischkopf auf dem Fußboden; die gebrochene Säge war bei dem Fall von der Wand an der mit Klebeband geflickten Stelle wieder abgerissen. Stranahan stieg über den ausgestopften Fisch hinweg und ging ins Schlafzimmer, um nach seiner Schrotflinte zu sehen. Sie steckte noch immer in dem geheimen Kasten, in dem er sie versteckt hatte.

Die ganze Behausung befand sich wirklich in einem furchtbaren Durcheinander, deprimierend, aber nicht irreparabel. Stranahan war auf gewisse Weise froh, so viel Arbeit vor sich zu haben. Das lenkte seine Gedanken von Murdock und Salazar und Old Rhodes Key ab. Und auch von Christina Marks.

Sie war die erste Frau, die er liebte und die tatsächlich eine Ehe mit ihm abgelehnt hatte. Es war ein einmaliges Gefühl.

Luis Córdova kam zum Pfahlhaus zurück, während Mick Stranahan sein Mittagsmahl beendete. Mit ihm an Bord befand sich ein stämmiger neuer Passagier: Sergeant Al García.

Stranahan begrüßte sie an der Tür und meinte: «Zwei Kubaner mit Revolvern bedeuten niemals etwas Gutes.»

Luis Córdova sagte: «Al bearbeitet die Sache mit den toten Cops.»

«Sind es mehrere?» Stranahan hob die Augenbrauen.

García schob sich schwerfällig auf einen der Barhocker. «Ja, wir fanden Johnny Murdock im Boot. Das Boot selbst hing in einem Baum.»

«Wo?» fragte Stranahan gleichmütig.

«Nicht weit von der Stelle entfernt, wo Sie und Ihre Freundin gestern abend campiert haben.» García tastete seine Taschen ab und fluchte leise. Ihm waren die Zigarren ausgegangen. Er holte ein Päckchen Camel heraus und zündete sich lustlos eine Zigarette an. Dann schaute er hoch zu dem sägelosen Schwertfisch, der an einem frisch eingeschlagenen Nagel an der Wand hing.

Luis Córdova sagte: «Ich habe Al erzählt, daß ich Sie zur Insel brachte, nachdem Ihr Haus verwüstet worden ist.»

Stranahan reagierte nicht ungehalten. Wenn er gefragt wurde, dann müßte Luis ohnehin die Wahrheit darüber erzählen, was er gesehen hatte, was er wußte. Sehr wahrscheinlich hatte er García auch bereits mitgeteilt, daß er den beiden Detectives eine Karte von der Bucht geliehen hatte. Daran war nichts Seltsames.

«Haben Sie gestern abend irgend etwas Ungewöhnliches gehört?» fragte Al García. «Übrigens, wo ist die Frau eigentlich?»

«Ich weiß es nicht», antwortete Stranahan.

«Und was ist nun mit gestern abend?»

«Gegen elf ist ein Boot vorbeigefahren. Es kann auch etwas später gewesen sein. Es klang wie ein Außenborder. Was, zum Teufel, ist denn passiert, Al – hat jemand diese Typen umgebracht?»

García sog heftig an seiner Zigarette und blies Rauchkringel in die Luft, wie er es immer mit seinen Zigarren zu tun pflegte. «So wie es aussieht», erzählte er, «waren sie mit Volldampf und völlig offen unterwegs. Sie haben den Kanal total verfehlt.»

«Sie sagten, das Boot hing in einem Baum?»

«Ja, so schnell waren diese Heinis unterwegs. Es sieht so aus, als hätte Salazar etwas am Kopf abgekriegt und als wäre er sofort aus dem Boot gefallen. Er muß auf der Stelle ertrunken sein, aber die Strömung hat ihn dann nach Süden mitgenommen.»

«Bis nach Broad Creek», fügte Luis Córdova hinzu. «Ein Seesternsammler fand die Leiche.»

García fuhr fort: «Murdock blieb im Boot, aber das hat ihn auch nicht gerettet. Er erlitt ein schweres Kopftrauma. Der amtliche Leichenbeschauer meinte, daß ein Mangrovenast ihm das Genick gebrochen hat. Das gleiche gilt auch für Salazar. Es muß passiert sein, als sie zwischen die Bäume rasten.»

«Mit voller Kraft?»

Luis Córdova nickte. «Der Gashebel war ganz unten. Man muß total irre sein, um bei Nacht mit diesem Tempo durch die Kanäle zu rasen.»

«Oder unglaublich dumm», sagte Stranahan. «Laßt mich mal raten, zu wem sie wollten.»

Luis Córdova meinte: «Sie haben irgend etwas an sich, Mick. Sie sind der reinste Todesengel. Zuerst Ihre Ex, und nun Murdock und Salazar. Ich stelle fest, daß allen Leuten, die sich mit Ihnen einlassen, irgend etwas Schlimmes zustößt. Das scheint das reinste Muster zu sein, und zwar schon seit längerem.»

Stranahan hob die Schultern. «Ich kann doch nichts dafür, daß diese Flaschen keine Ahnung haben, wie sie ein Boot lenken müssen.»

Luis Córdova sagte: «Es war ein Unfall, mehr nicht.»

«Ich finde es nur interessant», sagte Al García. «Vielleicht ist seltsam doch das richtigere Wort, ich weiß es nicht. Wie dem auch sei, Sie haben recht, Mick. Die Jungs waren unterwegs, um Ihnen einen Besuch abzustatten. Sie haben es in der Zentrale ganz schön für sich behalten. Warum, kann ich nur vermuten.» Er griff in sein Jackett und holte ein feuchtes, zerknittertes Stück Papier hervor. Es war dreimal gefaltet und hatte DIN-A4-Format.

García zeigte es Stranahan. «Wir haben das in Salazars Gesäßtasche gefunden.»

Stranahan wußte, was es war. Er hatte schon Tausende solcher Schriftstücke gesehen. Das Wort Haftbefehl in der typischen, bei der Justiz üblichen Druckschrift, war noch einigermaßen deutlich zu lesen. Während er das Formular García zurückgab, fragte er sich, weshalb er hatte verhaftet werden sollen.

«Was ist das?» fragte er.

«Abfall», erwiderte García. Er zerknüllte das feuchte Dokument und schleuderte es durchs offene Fenster ins Wasser.

Stranahan lächelte. «Das Videoband hat Ihnen sicher gefallen.»

«Aber klar», sagte der Detective.

Im Holiday Inn, wo sie ein Zimmer gebucht hatten, ging Maggie Gonzalez das Branchentelefonbuch durch und nannte Chemo die plastischen Chirurgen, die gut genug waren, um die umfangreichen Dermatoabrasionen in seinem Gesicht abzuschließen, einige der Namen waren ihr fremd, aber an andere erinnerte sie sich aus ihrer Zeit als Krankenschwester. Chemo stand gebeugt vor dem Badezimmerspiegel und kratzte gleichmütig an den Flecken an seinem Kinn herum, die von Dr. Rudy Graveline hinterlassen worden waren.

Aus dem Mundwinkel meinte Chemo: «Dieser Arsch reagiert nicht auf meine Anrufe.»

«Es ist noch früh», sagte Maggie. «Rudy schläft an seinem freien Tag immer lange.»

«Ich will endlich Bargeld sehen. Und das heute noch.»

«Mach dir keine Sorgen.»

«Je eher ich Geld in die Finger bekomme, desto eher kann ich das hier endlich behandeln lassen.» Er wies auf seine Haut. Im Spiegel konnte er Maggies Gesichtsausdruck sehen, zumindest soviel davon, wie die Bandagen erkennen ließen – und so etwas wie aufrichtiges Mitgefühl in ihren Augen. Kein Mitleid, Mit*gefühl*.

Sie war die erste Frau, die ihn mit einem solchen Ausdruck angeschaut hatte. Ganz gewiß war es ihr wirklich ernst mit ihrer Hilfe bei der Suche nach einem geeigneten Schönheitschirurgen für ihn. Chemo dachte: Entweder ist sie eine wirklich in ihrem Beruf aufgehende Krankenschwester oder eine abgebrühte kleine Schauspielerin.

Maggie riß die Seiten mit den Ärzten aus dem Telefonbuch und fragte betont gleichgültig: «Wieviel wollen wir überhaupt haben?»

«Eine Million Dollar», sagte Chemo. Seine schwammigen Lippen verzogen sich zitternd zu einem Grinsen. «Du sagtest doch, er hat es überreichlich.»

«Ja, er ist außerdem geizig.»

«Vor einer Minute meintest du noch, ich solle mir keine Sorgen machen.»

«Ach, er wird zahlen. Rudy ist geizig, aber er ist auch ein Feigling. Ich sage nur, daß er zuerst den armen Teufel spielen wird. Das ist nun mal sein Stil.»

«Armer Teufel?» Chemo dachte: Von was, zur Hölle, redet sie da? «Ich weiß nicht, was du mit ‹armer Teufel› meinst», sagte er. «Ich habe eine Motorsense am Arm.»

Maggie sagte: «He, ich stehe ja auf deiner Seite. Ich wollte nur andeuten, daß er manchmal verdammt stur sein kann.»

«Weißt du, was ich denke? Ich denke, du bist hinter etwas ganz anderem her als nur hinter Geld. Ich glaube, du willst etwas erleben.»

Maggies braune Augen verengten sich über dem Verbandsmull. «Mach dich nicht lächerlich.»

«Ja», sagte Chemo. «Ich glaube, es macht dir besonderen Spaß, wenn die Jungs sich gegenseitig den Schädel einschlagen. Ich glaube, du willst Blut sehen.»

Er strahlte sie an, als hätte er soeben das Geheimnis des Universums aufgedeckt.

Dr. Rudy Graveline blickte zur gewölbten Decke empor und überdachte seine augenblickliche Situation. Chemo hatte sich zum Erpresser entwickelt. Maggie Gonzalez, dieses Luder, war noch am Leben. Desgleichen Mick Stranahan. Und irgendwo dort draußen lauerte eine Fernsehcrew und wartete darauf, ihn wegen Victoria Barletta in die Mangel zu nehmen.

Abgesehen davon war das Leben prima.

Als das Telefon klingelte, zog Rudy sich das Bettlaken bis zum Kinn hoch. Er hatte eine Ahnung, daß er weitere schlechte Nachrichten erhalten würde.

«Nun geh doch schon ran.» Heather Chappells Befehl wurde von einem Kissen gedämpft. «Damit das verdammte Ding endlich still ist!»

Rudy streckte die Hand unter der Bettdecke hervor und packte den Telefonhörer so heftig, als wäre es der Hals einer Kobra. Die wütend schwadronierende Stimme am anderen Ende der Leitung gehörte Commissioner Roberto Pepsical.

«Haben Sie die Nachrichten im Fernsehen verfolgt?»

«Nein», sagte Rudy. «Aber ich habe hier irgendwo eine Zeitung herumliegen.»

«Es gibt da eine Story über zwei tote Polizisten.»

«Ach ja, tatsächlich?»

«Sie hatten einen Bootsunfall», sagte Roberto.

«Kommen Sie endlich zum springenden Punkt, Bobby.»

«Das waren die Burschen.»

«Welche Burschen?» fragte Rudy. Neben ihm murmelte Heather eine wütende Bemerkung und drückte sich das Kissen auf die Ohren.

«Die Burschen, von denen ich Ihnen erzählte, das waren *meine* Burschen.»

«Scheiße», sagte Rudy.

Heather blickte ihn verschlafen an und sagte: «Hast du etwas dagegen? Aber ich möchte noch schlafen.»

Rudy teilte Roberto mit, er würde ihn gleich von einem anderen Apparat aus zurückrufen. Er zog sich einen Bademantel über und eilte durch den Flur in sein Zimmer, dessen Tür er hinter sich schloß. Wie benommen wählte er Robertos Privatnummer, die jener für Schmiergeldzahler und Lobbyisten reserviert hatte.

«Ich frage nur, um festzustellen, daß ich alles richtig verstanden habe», sagte Rudy. «Sie haben Polizisten als Mietkiller eingesetzt?»

«Sie haben mir erklärt, es sei ein Kinderspiel.»

«Und jetzt sind sie tot.» Rudy konnte zu diesem Zeitpunkt schon gar nichts mehr überraschen. Er war mittlerweile so eingestellt, daß er in jedem Fall erst mal mit dem Schlimmsten rechnete. Er sagte: «Und was ist mit dem Geld – bekomme ich es jetzt zurück?»

Roberto Pepsical konnte die Dreistigkeit dieses Pfennigfuchsers einfach nicht fassen. «Nein, Sie bekommen es nicht zurück. Ich habe sie bezahlt. Sie sind tot. Wenn Sie das Geld zurückhaben wollen, dann fragen Sie ihre Witwen.»

Der Tonfall des Commissioners war ungeduldig und hart geworden. Das machte Rudy nervös; das fette Schwein hätte eigentlich vor Schuldbewußtsein im Boden versinken müssen.

Rudy sagte: «Na schön, können Sie denn jemand anderen finden, der es erledigen könnte?»

«Was erledigen?»

«Stranahan. Das Angebot steht noch.»

Roberto lachte spöttisch am anderen Ende; Rudy war verblüfft über diese völlig veränderte Haltung.

«Hören Sie gut zu», sagte der Commissioner. «Der Handel ist hinfällig, für immer. Zwei tote Cops bedeuten großen Verdruß, Doktor, und Sie sollten lieber hoffen, daß niemand herausbekommt, was sie vorhatten.»

Rudy Graveline wollte das Thema fallenlassen und wieder ins Bett zurück. «Schön, Bobby», sagte er. «Dann haben wir uns also von jetzt an niemals persönlich gesehen. Good bye.»

«Nicht so schnell.»

O Himmel, dachte Rudy, jetzt kommt's.

Roberto sagte: «Ich habe mit Den Anderen gesprochen. Sie wollen noch immer die ursprünglich ausgemachten fünfundzwanzig.»

«Das ist doch absurd. Cypress Towers ist gestorben, Bobby. Ich hab's zu den Akten gelegt. Bestellen Sie Ihren Freunden, daß sie einen Haufen warme Luft bekommen.»

«Aber Sie haben Ihre Baugenehmigung bekommen.»

«Ich brauche keinen verdammten Baugrund mehr», wehrte Rudy sich. «Sie können Ihr Land wieder zurücknehmen, klar? Verschachern Sie es an einen anderen Idioten.»

In Robertos Stimme lag auch nicht der Hauch des Verstehens und genausowenig die Bereitschaft zu irgendeinem Kompromiß. «Fünfundzwanzig war der Preis für jede Stimme. Sie waren einverstanden. Und jetzt wollen Die Anderen ihr Geld.»

«Sagen Sie mal, werden Sie es denn nie leid, immer nur der Laufbursche zu sein?»

«Es geht auch um mein Geld», sagte Roberto nüchtern. «Aber ja, ich hab' es wirklich satt, der Laufbursche zu sein. Ich hab' es satt, mit billigen Windbeuteln wie Ihnen zu verhandeln. Wenn es darum geht, zu zahlen, dann sind die Ärzte die miesesten Kunden.»

«He», sagte Rudy, «der Kies wächst schließlich nicht auf den Bäumen.»

«Geschäft ist Geschäft.»

In gewisser Hinsicht war Roberto froh, daß Dr. Graveline ein so mieser Kunde war. Es war ein gutes Gefühl, einmal selbst derjenige sein zu können, der den Hammer schwang. Er sagte: «Sie haben zwei Arbeitstage Zeit, meine und die Forderungen Der Anderen zu begleichen.»

«Wie bitte?» blökte Rudy.

«Zwei Tage, ich rufe dann meinen Bankier auf den Kaiman-Inseln an und lasse mir meinen Kontostand vorlesen. Und wenn der nicht um fünfundzwanzigtausend gewachsen ist, dann sind Sie am Arsch.»

Rudy dachte: Das kann nicht der gleiche Mann sein, jedenfalls nicht nach der Art und Weise, wie er mit mir redet.

Roberto Pepsical fuhr fort, distanziert, geschäftsmäßig sachlich: «Ich und Die Anderen haben da so eine Idee, daß wir – das County. wohlgemerkt – einmal damit anfangen sollten, alle Privatkliniken zu überprüfen. Ich denke da an eigene Prüfverfahren, Hearings zur Lizenzverlängerung, zweimonatliche Inspektionen und so weiter. Wir haben den Eindruck, daß die allgemeine Öffentlichkeit geschützt werden muß.»

«Geschützt?» fragte Rudy schwach.

«Vor Quacksalbern und ähnlichen Zeitgenossen. Finden Sie das nicht auch?»

Rudy dachte: Die ganze Welt steht plötzlich auf dem Kopf.

«Die meisten Kliniken brauchen sich keine Sorgen zu machen», meinte Roberto fröhlich, «wenn sie erst einmal County-Standard erreicht und nachgewiesen haben.»

«Bobby, Sie sind ein Bastard.»

Nachdem Rudy Graveline den Hörer auf die Gabel geknallt hatte, zitterte seine Hand. Sie wollte sich nicht beruhigen.

Am Frühstückstisch starrte Heather auf Rudys zitternde Finger und stellte fest: «Was ich da sehe, gefällt mir überhaupt nicht.»

«Das sind nur harmlose Muskelzuckungen», wiegelte er ab. «Die gehen gleich vorbei.»

«Morgen ist aber meine Operation», sagte Heather.

«Dessen bin ich mir bewußt, mein Liebling.»

Sie hatten den größten Teil des Vormittags damit verbracht, sich über Brustimplantate zu unterhalten. Heather hatte Urteile von ihren Schauspielerfreundinnen aus Hollywood gesammelt, die Brustoperationen hatten vornehmen lassen. Einige bevorzugten die Porex-Modellreihe weicher Silikonimplantate, andere das McGhan Biocell 100, und wieder andere begeisterten sich für das Replicon-System. Heather selbst neigte zum Silastic II Teardrop-Modell, denn auf dieses gab es eine Garantie von fünf Jahren. «Vielleicht sollte ich mich lieber bei meiner Agentin erkundigen», sagte sie.

«Warum?» fragte Rudy dümmlich.

«Schließlich geht es ja um meinen Körper. Um meine Karriere.»

«Na schön», sagte Rudy. «Ruf deine Agentin an. Was geht mich das überhaupt an. Ich bin schließlich nur der Chirurg.» Er verzog sich mit der Zeitung auf die Toilette und hockte sich auf die Schüssel. Zehn Minuten später klopfte Heather leise an die Tür.

«Es ist an der Küste noch zu früh am Tag», sagte sie. «Melody ist noch nicht in ihrem Büro.»

«Danke für den Zwischenbericht.»

«Aber ein Mann hat nach dir gefragt.»

Rudy legte die Zeitung auf seinem Schoß zusammen und legte sein Kinn in seine Hände. «Wer war es, Heather?»

«Seinen Namen hat er nicht genannt. Er sagte nur, er sei ein Patient.»

«Damit kommen wir der Sache schon sehr viel näher.»

«Er sagte, er würde sich noch wegen einer Zahl melden. Ich denke, er sprach von Geld.»

Der verrückte Chemo. Er mußte es sein. «Was hast du ihm gesagt?» fragte Rudy durch die Tür.

«Ich sagte ihm, du seist im Augenblick nicht zu erreichen. Er klang nicht so, als glaubte er mir.»

«Himmel, das kann ich mir gar nicht vorstellen», spottete Rudy.

«Er meinte, er würde später in die Klinik kommen.»

«Hervorragend.» Er konnte sie vor der Tür atmen hören. «Heather, gibt es noch was?»

«Ja, draußen war ein Mann. Ein Prozeßbote vom Gericht.»

Rudy spürte, wie er scheinbar den Boden unter den Füßen verlor.

Heather fuhr fort: «Er hat ein Dutzendmal geklingelt, aber ich habe die Tür nicht geöffnet. Schließlich ist er gegangen.»

«Braves Mädchen», sagte Rudy. Er sprang von der Toilette hoch und war wie befreit. Er stieß die Badezimmertür auf, trug Heather in die Duschkabine und drehte das Wasser auf, das dampfend aus der Leitung rauschte. Dann kniete er sich hin und begann ihre seidigen, makellos geformten Oberschenkel zu küssen.

«Dies ist unser letzter Tag», sagte sie flüsternd, «vor der Operation.»

Rudy hörte auf, sie zu küssen, und blickte auf, wobei der Duschstrahl ihn mitten in die Nasenlöcher traf. Durch den Tropfenregen konnte er sehen, wie die Frau seiner Träume ihre perfekten Brüste mit ihren perfekten Händen umfaßte. Mit einem schalkhaften Lächeln sagte sie: «Verabschiede dich von meinen kleinen Freunden.»

Mein Gott, dachte Rudy, was tue ich da? Die Ironie des Augenblicks war schlimm. Wenn er an all die reichen Skelette und Fettklöße dachte, die er zu Schönheitsoperationen überredet hatte, Patienten ohne den Hauch einer Chance, ihr Aussehen oder ihr Leben in irgendeiner Weise aufzuwerten oder zu verbessern – nun findet er jemanden mit einem Körper und einem Gesicht, die beide absolut makellos, perfekt, klassisch waren, und sie bettelt um das Skalpell.

Ein Verbrechen gegen die Natur, dachte Rudy; und er war das ausführende Instrument dieses Verbrechens.

Er stand auf und liebte Heather mit aller Heftigkeit gleich in der Dusche. Sie stellte einen Fuß auf die Mischbatterie der Badewanne, den anderen in die Seifenschüssel, aber Rudy war viel zu sehr in seine eigenen Aktionen vertieft, um das Kunstvolle ihrer Haltung zu bewundern.

Je schneller er sich bewegte, desto leichter fiel es ihm, sich zu konzentrieren, sein Geist verdrängte Chemo und Roberto und Stranahan und Maggie. Es dauerte nicht lange, und Rudy konnte sich ohne Ablenkung auf sein unmittelbar bevorstehendes Problem konzentrieren: auf den blonden Engel unter der Dusche und was er mit ihm für den nächsten Tag geplant hatte.

Sehr bald kam Rudy auch eine Idee. Sie tauchte so blitzartig und alles überstrahlend in seinem Kopf auf, daß er sie fälschlicherweise für einen Orgasmus hielt.

Heather Chappell war es eigentlich grundsätzlich egal, was es war, wenn es nur schnell vorüberginge. Das heiße Wasser war abgelaufen, und sie spürte unter den Wölbungen ihres perfekten Hinterns nur noch die mittlerweile eisigen, nassen Badezimmerfliesen.

25

Mick Stranahan bat Al García, im Wagen zu warten, während er Kipper Garth aufsuchte. In der Kanzlei herrschte ein Durcheinander piepsender Telefone, als er sich seinen Weg zwischen den zahlreichen Systemschreibtischen suchte. Die Sekretärinnen versuchten gar nicht erst, ihn aufzuhalten. Sie erkannten, daß er kein Klient war.

In seinem persönlichen Heiligtum saß Kipper Garth in vertrauter Pose und wartete auf einen wichtigen Anruf. Er klopfte mit einem Bleistift der Härte Zwei auf den Tisch und starrte finster den Telefonlautsprecher an. «Ich habe genau das getan, was du wolltest», sagte er zu Stranahan. «Sieh selbst.»

Die Kunstfehlerklage der Nordstroms lag zusammengeheftet in einem dünnen braunen Ordner auf der Ecke von Kipper Garths Schreibtisch. Den ganzen Tag hatte er auf den Augenblick gewartet, seinem Schwager vorzuführen, wie gut er seine Sache gemacht hatte. Er reichte Stranahan den Ordner und sagte: «Sieh es dir nur an, es ist alles da.»

Stranahan blieb stehen, während er den Anklagetext überflog. «Das ist sehr beeindruckend», stellte er nach anderthalb Seiten fest. «Vielleicht hat Kathy doch recht, vielleicht hast du doch eine einzigartige Begabung.»

Kipper Garth schluckte das Kompliment mit einem gespielt überheblichen Nicht-der-Rede-wert-Achselzucken. Stranahan widerstand der Versuchung, ihn zu fragen, welche intelligente junge Anwaltsgehilfin das Dokument erstellt hatte, da der Autor unmöglich sein Schwager sein konnte.

«Das ist tatsächlich passiert?» fragte Stranahan. «Der Mann hat ein Auge verloren an der …»

«An der Titte», sagte Kipper Garth. «An einer Titte seiner Frau, glücklicherweise. Was bedeutet, daß wir die Schadenersatzsumme wegen körperlichen und seelischen Leids leicht verdoppeln können.»

Stranahan versuchte, sich die Reaktion der Jury auf die Schilderung eines solchen Mißgeschicks vorzustellen. Der Fall würde niemals soweit vorangetrieben werden, aber es machte trotzdem Spaß, ihn einmal in Gedanken durchzuspielen.

«Wurde die Klage Dr. Graveline bereits überreicht?»

«Noch nicht», berichtete Kipper Garth. «Vorerst ist er uns immer noch entwischt, aber das ist gut so. Wir haben jemanden, der vor seiner Klinik Wache schiebt und ihn zu fassen bekommt, wenn er sich hinein- oder herausschleichen will. Die Klage als solche ist schon schlimm genug, aber dein Mann wird völlig durchdrehen, wenn er feststellt, daß wir bereits einen Termin festgesetzt haben.»

«Hervorragend», sagte Stranahan.

«Er wird natürlich eine Verschiebung beantragen.»

«Das ist nicht so schlimm. Die Grundidee ist, ihm die Hölle heiß zu machen. Deshalb habe ich das hier mitgebracht.» Stranahan reichte Kipper Garth eine Liste mit neun sauber getippten Namen.

«Die Zeugenliste», erklärte Stranahan. «Ich möchte, daß du sie so bald wie möglich bei Gericht vorlegst.»

Während er sie überflog, meinte Kipper Garth: «Das ist aber äußerst ungewöhnlich.»

«Woher willst du das denn wissen?»

«Es ist ungewöhnlich, verdammt noch mal. Niemand verrät so früh bei einer Klage seine Zeugen.»

«Du aber doch», sagte Mick Stranahan. «Und zwar gleich heute.»

«Ich versteh' das nicht.»

«Hölle heiß machen, Jocko, erinnerst du dich? Schick einen deiner Leute zum Gericht und laß diese Liste in die Nordstrom-Akte aufnehmen. Vielleicht läßt du auch eine Kopie der Liste zu Graveline bringen, nur so zum Spaß.»

Kipper Garth stellte fest, daß alle Namen bis auf einen zu anderen Ärzten gehörten – speziell plastischen und wiederherstellenden Chirurgen: Experten, die wahrscheinlich Rudy Gravelines erschrekkende Unfähigkeit in der nachoperativen Behandlung von Mrs. Nordstroms eingekapselten Brustimplantaten bezeugen würden.

«Nicht schlecht», sagte Kipper Garth, «aber wer ist das?» Mit einem glänzenden Fingernagel wies er auf den letzten Namen auf der Liste.

«Das ist eine frühere Krankenschwester.»

«Zorn auf ihren früheren Arbeitgeber?»

«So könnte man es ausdrücken.»

«Und über was», fragte Kipper Garth, «soll sie aussagen?»

«Über die Fähigkeiten des Angeklagten», antwortete Stranahan, «oder genauer über deren totales Fehlen.»

Kipper Garth strich sich über eine silbergraue Kotelette. «Rein zeugenmäßig glaube ich, daß wir mit den Ärzten besser fahren werden.»

«Graveline kümmert sich einen Dreck um sie. Es ist der Name der Krankenschwester, der seine volle Aufmerksamkeit haben wird. Glaub mir.»

Mit vorgetäuschter Selbstsicherheit wies der Anwalt darauf hin, daß die Aussage einer verbitterten früheren Angestellten vor Gericht wenig Gewicht haben würde.

«Wir gehen ja gar nicht vor Gericht», gab Stranahan zu bedenken. «Jedenfalls nicht wegen eines Behandlungsfehlers. Vielleicht wegen eines Mordes.»

«Ich verstehe wieder mal überhaupt nichts», gestand Kipper Garth.

«Dann bleib auch lieber ahnungslos», riet Stranahan ihm.

George Gravelines Baumtrimmer-Truck parkte ein Stück vom Crandon Boulevard entfernt in einem üppig wuchernden tropischen Wäldchen. Kastanien, Gumbobüsche und Mahagonibäume – jede Menge Schatten für George Gravelines Lastwagen. Das County hatte ihn angeheuert, damit er die alten Bäume ausgrub, um für neue Tennisplätze Raum zu schaffen. Danach würde neben den Tennisplätzen ein Restaurant gebaut werden und wenig später ein großes Ferienhotel. Die Leute, die das Restaurant und das Hotel betrieben, würden für die Nutzung des öffentlichen Grundstücks so gut wie nichts bezahlen müssen, dank ihrer Verbündeten in der County-Kommission. Als Gegenleistung erhielten die Commissioner einen geheimgehaltenen prozentualen Anteil an den Getränkeumsätzen. Und die Wähler bekämen neue Tennisplätze, ob sie diese wollten oder nicht.

George Gravelines Rolle in diesem abgekarteten Spiel war nur gering, aber er spielte sie mit ungewöhnlicher Hingabe. In den ersten beiden Stunden räumten er und seine Männer gut drei Morgen Gelände von Bäumen und Büschen frei. Anschließend setzte George Graveline sich ins Führerhaus des Lastwagens, um sich auszuruhen, während seine Arbeiter die gefällten und ausgegrabenen Baumstämme einen nach dem anderen in den Holzschredder stopften.

Plötzlich brach der Lärm der Maschine ab. George Graveline schlug die Augen auf. Er konnte hören, wie sein Vorarbeiter sich hinter dem Lastwagen mit einer fremden Stimme unterhielt. George schob den Kopf aus dem Führerhaus und sah einen untersetzten Kubaner in einem braunen Anzug. Der kubanische Typ hatte einen kräftigen Schnurrbart und hielt eine dicke, kalte Zigarre in einem Mundwinkel.

«Was kann ich für Sie tun?» fragte George Graveline.

Der Kubaner griff in sein Jackett und zog ein goldenes Polizeiabzeichen heraus. Während er auf den Truck zuging, konnte er sehen, wie George Gravelines Adamsapfel auf und ab hüpfte.

Al García stellte sich vor und sagte, er würde ihm gern ein paar Fragen stellen.

George Graveline fragte: «Haben Sie einen Haftbefehl?»

Der Detective lächelte. «Ich brauche keinen Haftbefehl, *chico*.»

«Sie brauchen nicht?»

García schüttelte den Kopf. «Nee. Sehen Sie sich das mal an.» Er zeigte George Graveline die Polizeizeichnung von Blondell Wayne Tatum, dem Mann, der auch als Chemo bekannt war. «Haben Sie diesen Vogel schon mal gesehen?»

«Nein, Sir.» Aber sein Gesichtsausdruck verriet das Gegenteil. Er sah einfach zu schnell wieder weg; jeder andere hätte die Darstellung eingehend betrachtet.

García sagte: «Das ist ein Freund Ihres Bruders.»

«Ich glaube nicht.»

«Nein?» García ließ die Zigarre zur anderen Seite seines Mundes wandern. «Nun, es ist gut, das zu wissen. Denn dieser Mann ist ein Mörder, und ich kann mir wirklich keinen Grund denken, warum er sich mit einem berühmten Schönheitschirurgen zusammentun sollte.»

George Graveline sagte: «Ich auch nicht.» Er schaltete das Radio ein, drehte an dem Sendersuchknopf herum und tat so, als suchte er nach seiner Lieblingscountrystation. García spürte es geradezu körperlich, daß der Typ dicht davor stand, in die Hosen zu machen.

Der Detective sagte: «Ich bin nicht der erste Beamte der Mordabteilung, den Sie je kennengelernt haben, nicht wahr?»

«Sicher. Was meinen Sie denn?»

«Mein Gott, es ist schon vier Jahre her», sagte García. «Wahrscheinlich erinnern Sie sich nicht mehr daran. Es geschah vor dem Laden Ihres Bruders, ich meine den Betrieb, den er hatte, ehe er näher zum Strand zog.»

Mit einem dicken braunen Finger kratzte George Graveline sich im Nacken. Er zog die Augenbrauen zusammen, als versuchte er, sich zu erinnern.

García sagte: «Der Name des Detectives lautete Timmy Gavigan. Ein hagerer irischer Bursche, rotes Haar, etwa so groß. Er hat sich für ein paar Minuten mit Ihnen unterhalten.»

«Nein, ich erinnere mich ganz bestimmt nicht», sagte George wachsam.

«Ich kann Ihnen genau sagen, wann es war – direkt nachdem dieses Collegegirl verschwand», meinte García. «Victoria Barletta hieß sie. Jetzt erinnern Sie sich aber ganz bestimmt. Es muß damals doch von Cops nur so gewimmelt haben.»

«Ach ja.» Allmählich schien es George wieder einzufallen; zumindest wollte er, daß der Cop diesen Eindruck gewann.

«Sie war eine Patientin Ihres Bruders, diese Barletta.»

«Stimmt», meine George Graveline und nickte. «Ich kann mich entsinnen, wie sehr das Rudolph aufgeregt hat.»

«Aber Sie erinnern sich nicht, auch mit Detective Gavigan gesprochen zu haben?»

«Ich habe mit vielen Leuten geredet.»

García meinte: «Ich erwähne das nur, weil Timmy sich an Sie erinnert hat.»

«Tatsächlich?»

«Wissen Sie, er hat diesen verflixten Fall nie gelöst. Mit dem Barletta-Girl, nach all den Jahren. Und nun ist er tot, Timmy, meine ich.» García ging zum Heck des Lastwagens. Lässig stellte er einen Fuß auf die Stoßstange unweit der Kupplung des Holzschredders. George Graveline öffnete die Tür des LKW, um den kubanischen Detective im Auge zu behalten.

Die beiden Männer waren alleine. Georges Arbeiter hatten sich entfernt, um sich ein kühles Plätzchen für ihre Mittagspause zu suchen und um in Ruhe Haschisch zu rauchen; es war nicht leicht, sich richtig zu entspannen, wenn ein Cop in der Nähe herumlungerte.

Neugierig beugte Al García sich über den Holzschredder und betrachtete eine Plakette am Maschinenaufbau. Auf der Plakette war die Karikatur eines grinsenden Waschbären zu sehen. «Brush Bandit – heißt dieses Gerät so?»

«Stimmt», sagte George Graveline.

«Und wie arbeitet das Ding genau?»

George machte eine mürrische Geste. «Man wirft das Holz in diesen Trichter dort, und direkt hinter dem Lkw kommt es wieder raus. Völlig zerkleinert.»

García stieß einen anerkennenden Pfiff aus. «Das muß ja ein ganz schön starkes Messer sein.»

«Ja, ist ziemlich groß, das Ding, Sir.»

García nahm den Fuß wieder von der Stoßstange. Er hielt seine Zeichnung von Chemo ein zweites Mal hoch. «Wenn Sie diesen Burschen sehen sollten, dann rufen Sie uns gleich an.»

«Sicher doch», versprach George Graveline. Der Detective gab ihm seine Visitenkarte. Der Baumtrimmer warf einen Blick darauf, entschied, daß sie echt war, und verstaute sie in der Gesäßtasche seiner Jeans.

«Und warnen Sie Ihren Bruder», meinte García noch. «Für den Fall, daß dieser Bursche bei ihm auftaucht.»

«Darauf können Sie sich verlassen», sagte George Graveline.

Weiter hinten in dem unauffälligen Countywagen, der eine halbe Meile entfernt vor der Feuerwehr von Key Biscayne geparkt war, fragte Mick Stranahan: «Und wie ist es gelaufen?»

«Genauso wie wir angenommen hatten», erwiderte García. «*Nada.*»

«Und was halten Sie von Timmys Theorie? Von der Beseitigung der Leiche?»

«Wenn der Doktor sie wirklich getötet hat, dann ja, dann ist es möglich. Das ist eine ganz schön gefährliche Maschine, die George da spazierenfährt.»

Stranahan nickte. «Nur schade, daß Bruder George nicht einknickt.»

García drehte die Fenster hoch und schaltete die Klimaanlage ein. Er wußte, was Stranahan dachte, und er hatte recht: Bruder George könnte die ganze Sache auffliegen lassen. Wenn Maggie tot war oder verschwunden, dann würde das Videoband für eine Verurteilung nicht ausreichen. Sie müßten dringend George Graveline dazu bringen, über Vicky Barletta zu reden.

«Ich gehe mal frische Luft schnappen», meinte Stranahan. «Wir können uns ja in einer Stunde hier wieder treffen.»

García fragte: «Was zum Teufel haben Sie vor?»

Stranahan stieg aus dem Wagen. «Ich mache einen Spaziergang, was dagegen? Ich brauche einen Kaffee oder ein Eis oder sonst was.»

«Mick, machen Sie keine Dummheiten. Es ist ein zu schöner Tag für Dummheiten.»

«Ja, stimmt, der Tag ist wunderbar.» Stranahan schlug die Wagentür zu und schlenderte über den Boulevard.

«Scheiße!» murmelte García. «*Mierda!*»

Er fuhr runter zum Oasis und bestellte sich eine Tasse starken kubanischen Kaffee. Danach bestellte er sich eine zweite.

George Graveline war immer noch alleine, als Mick Stranahan sich näherte. Er lehnte gegen den Kotflügel des Lkw und starrte auf seine Arbeitsstiefel. Er blickte auf, sah Stranahan, straffte sich und sagte: «Sie haben mir diesen verdammten Cop auf den Hals geschickt.»

«Guten Morgen», sagte Stranahan. «Es ist mir wirklich ein Vergnügen, Sie wiederzusehen.»

«Sie können mich mal, verstanden?»

«Haben wir etwa schlechte Laune? Was ist es denn – Magenkrämpfe?»

George Graveline war einer von diesen massigen, langsamen Burschen, die erst mal die Augen zusammenkneifen, wenn sie in Wut geraten. Er kniff sie im Augenblick. Rhythmisch ballte er die Fäuste und entspannte sie wieder, als machte er isometrische Übungen.

Stranahan sagte: «George, ich schlage mich noch immer mit diesem Problem herum, von dem ich Ihnen das letzte Mal erzählte. Ihr Bruder versuchte schon wieder, mich zu ermorden. Jetzt ist aber wirklich Ende der Fahnenstange.»

«Da haben Sie recht.»

«Ich vermute», fuhr Stranahan fort, «daß Sie und Rudy nach meinem letzten Besuch ein brüderliches Gespräch hatten. Und ich vermute weiterhin, daß Sie ganz genau wissen, wo ich diesen affenmäßigen Killer finden kann.»

«Verpissen Sie sich», sagte George Graveline. Er legte den Schalter des Holzschredders um, und die Maschine lief dröhnend an.

Stranahan schüttelte den Kopf. «Warum tun Sie das denn? Wie soll ich Sie denn bei diesem Lärm verstehen?»

George Graveline stürmte mit hocherhobenen Armen los, ein Frankensteinmonster mit Elvislocken. Er wollte Stranahan an den Hals. Stranahan duckte sich unter den Händen weg und landete einen harten Treffer direkt in George Gravelines Herzgrube. Als der Baumtrimmer nicht zu Boden ging, hämmerte Stranahan ihm zweimal in die Hoden. Diesmal sackte George zusammen.

Stranahan setzte dem athletischen Mann einen Fuß in den Nacken und erhöhte allmählich den Druck, wobei er das Gewicht nach und nach von der Ferse auf die Zehen verlagerte.

George hatte seine Hände reflexartig zwischen die Beine geklemmt. Er dachte nicht an Gegenwehr. Dabei gab er Geräusche von sich wie ein Traktorreifen, dem die Luft ausgeht.

«Ich kann nicht glauben, daß Sie das getan haben», murmelte Stranahan. «Ist es denn in dieser Stadt nicht möglich, sich zivilisiert mit jemandem zu unterhalten, ohne daß der Betreffende versucht, einen umzubringen?»

Es war eine rhetorische Frage, aber George Graveline konnte sie bei dem Lärm des Holzschredders sowieso nicht verstehen. Stranahan bückte sich und brüllte: «Wo ist der Gorilla?»

George antwortete nicht sofort, daher verlagerte Stranahan noch mehr Gewicht auf seinen Adamsapfel. George kniff nun nicht mehr die Augen zusammen; beide Augen waren jetzt ausgesprochen groß.

«Wo ist er?» wiederholte Stranahan seine Frage.

Als Georges Lippen sich zu bewegen begannen, ließ Stranahan den Druck etwas nach. Die Stimme, die aus dem Mund des Baumtrimmers drang, klang irgendwie dünn und elektrisch. Stranahan mußte sich hinknien, um sie richtig verstehen zu können.

«Er arbeitet am Strand», sagte George Graveline.

«Geht es nicht etwas genauer?»

«In einem Club.»

«In was für einem Club, George? Es gibt am Miami Beach jede Menge Nachtclubs.»

George blinzelte und sagte: «Im Gay Bidet.» Nun war es passiert, dachte er. Sein Bruder Rudy war geliefert.

«Vielen Dank, George», sagte Stranahan. Er nahm seinen Fuß vom Hals des Baumtrimmers weg. «Das ist doch schon ein guter Anfang. Ich bin sehr zuversichtlich. Nun unterhalten wir uns über Vicky Barletta.»

George Graveline lag da im weichen Erdreich, sein Unterleib ein einziger pulsierender Schmerz. Er lag da und dachte besorgt an seinen Bruder, den Arzt, daran, welche schlimmen Dinge ihm widerfahren würden, nur wegen Georges losem Mundwerk. Rudy hatte ihm vertraut, sich auf ihn verlassen, und nun hatte George seinen Bruder im Stich gelassen. Während er dort besiegt lag, beschloß er, daß ganz gleich, wieviel Schmerz ihm zugefügt wurde, er auf keinen Fall Mick Stranahan verraten würde, was mit diesem Collegegirl passiert war. Rudy hatte einen Fehler gemacht, jeder machte mal einen Fehler. Sogar er selbst, George, war einmal in seiner Arbeit derart durcheinander geraten, daß er eine ganze Reihe fast zwanzig Meter hoher Königspalmen gefällt hatte, als er eigentlich alte brasilianische Bäume hätte fällen sollen. Trotzdem hatten sie ihn nicht ins Gefängnis gesteckt, sondern er mußte nur eine Strafe zahlen. Hundert Bucks pro Baum, so um den Dreh. Warum sollte ein Arzt anders behandelt werden? Während er über Rudys turbulente ärztliche Karriere nachdachte, zog George eine Hand zwischen seinen Beinen heraus. Diese freie Hand blieb zufälligerweise auf einem Stück eines frisch geschnittenen Mahagoniastes liegen, der von seinem linken Bein verdeckt wurde. Das Holz war schwer, die Rinde rauh und trokken. George legte seine Finger darum. Es war ein gutes Gefühl.

Immer noch kniend, stieß Mick Stranahan Georges Schulter an und sagte: «Einen Penny für Ihre Gedanken.»

Und George schlug ihm das Stück Holz auf den Hinterkopf. Stranahan sah den Schlag nicht kommen, und zuerst dachte er, ein Schuß hätte ihn erwischt. Er hörte einen Mann rufen und ein Heulen wie von einem Krankenwagen. Die Rettungsszene lief überaus lebendig in seiner Einbildung ab. Er wartete darauf, daß die Sanitäter ihm das Hemd aufrissen. Er wartete auf die kindhafte Empfindung, auf eine Trage gehoben zu werden.

Nichts davon erfolgte, dennoch wollte der Klang der Krankenwagensirene nicht verstummen. In seinem bewußtseinsgetrübten Halbschlaf wurde Stranahan wütend. Wo waren die gottverdammten Sanitäter? Schließlich war hier ein Mann angeschossen worden.

Dann, es war wie eine Erlösung, spürte er, wie jemand ihn anhob. Er hatte ihn unter den Armen gepackt, jemand, der stark war. Es tat weh, mein Gott, es schmerzte, aber es war gut so – wenigstens waren sie doch noch gekommen. Aber dann stürzte er wieder, er stürzte oder starb, er konnte es nicht entscheiden. Und in seinem halb bewußtlosen Schlaf hörte er wie das Jaulen der Sirene eine Lautstärke erreichte, daß er den dringenden Wunsch hatte, sich die Ohren zuzuhalten, und zu schreien, sie möge endlich, allmächtiger Gott, aufhören!

Und sie verstummte.

Jemand schaltete den Holzschredder ab.

Stranahan erwachte von der seltsam hohlen Stille, die immer auf ein lautes Geräusch folgte. Seine Trommelfelle flatterten. Die Luft roch beißend nach Kordit. Er fand sich selbst kniend wieder, schwankend, ein Betrunkener, der auf die Kommunion wartet. Sein Hemd war feucht, sein Puls raste. Er überprüfte sich selbst und stellte fest, daß er sich geirrt hatte, er war nicht abgeschossen worden. Es gab auch keinen Krankenwagen, sondern nur den Baumtrimmerlastwagen.

Al García saß auf der Stoßstange. Seine Pistole lag in seiner rechten Hand, die schwer an seiner Seite herabhing. Er war so blaß wie eine Flunder.

Von George Graveline war nirgendwo etwas zu sehen.

«Sind Sie in Ordnung?» erkundigte Stranahan sich.

«Nein», antwortete der Detective.

«Wo ist denn der Baumschnitzer?»

Mit der Pistole wies García auf die Ladefläche des Lasters, wohin der Schredder die Knochen- und Fleischreste ausgespuckt hatte, die von George Graveline noch übriggeblieben waren.

Nachdem er versucht hatte, Mick Stranahan in den Trichter zu werfen.

Und Al García hatte ihm zweimal in den Rücken geschossen.

Und der Aufprall der Kugeln hatte ihn mit dem Gesicht voran in den Rachen der baumfressenden Maschine stürzen lassen.

26

Chemo holte den Bonneville aus der Garage und fuhr hinaus zum Whispering-Palms-Sanatorium, doch am Empfang teilte man ihm mit, daß Dr. Graveline nicht anwesend sei. Da sie die dramatische Topographie von Chemos Gesicht sah, schlug die Empfangsdame ihm vor, den Arzt wegen dieses Notfalls zu Hause anzurufen. Chemo meinte, das sei nicht nötig, und bedankte sich trotzdem.

Nachdem er das Gebäude verlassen hatte, umrundete er es und ging zu dem Platz neben dem Bau, auf dem die Angestellten der Klinik ihre Fahrzeuge parkten. Dr. Gravelines nagelneuer Jaguar XJ-6 stand ebenfalls auf seinem reservierten Platz. Dies war der Jaguar, den der Arzt gekauft hatte, kurz nachdem Mick Stranahan seinen anderen Wagen hatte in Flammen aufgehen lassen. Die Limousine war leuchtend rot; kandierter Apfel, vermutete Chemo, wenngleich die Leute von Jaguar sicherlich einen raffinierteren Namen dafür hatten. Die Fenster des Wagens waren grau getönt, so daß man nicht hineinschauen konnte. Chemo vermutete, daß Dr. Graveline das Ding mit einer Alarmanlage ausgerüstet hatte. Daher achtete er darauf, daß er weder Türen noch Kofferraumklappe berührte.

Er spazierte zur Rückfront der Klinik, am Wasser, und lugte durch das Erkerfenster in Rudys Privatbüro. Dort war der Arzt und redete hektisch ins Telefon. Chemo ärgerte sich; es war einfach gemein und ungehobelt von Graveline, ihm auf diese Weise entwischen zu wollen. Gemein, zum Teufel. Es war ganz einfach dumm.

Als Chemo um die Ecke des Gebäudes bog, sah er einen kleinen Mann mit einem schlechtsitzenden grauen Anzug neben Rudys Wagen stehen. Der Mann trug mattglänzende braune Schuhe und eine schwarz gerahmte Brille. Er schien Mitte Fünfzig zu sein. Chemo näherte sich ihm und erkundigte sich: «Suchen Sie nach Graveline?»

Der Mann mit der schwarzgeränderten Brille betrachtete Chemo mißtrauisch und fragte: «Sind Sie das etwa?»

«Verdammt, nein.»

«Man sagte mir, er sei nicht da.»

«Man hat gelogen», sagte Chemo. «Kaum zu glauben, was?»

Der Mann klappte eine braune Hülle auf und entblößte eine billig aussehende Marke. «Ich arbeite für das County», sagte er. «Ich versuche, dem Arzt einige Papiere zu übergeben. Ich komme bereits seit zwei oder drei Tagen regelmäßig her.»

Chemo sagte: «Sehen Sie dort diese Seitentür? Warten Sie da, er wird bald rauskommen. Es ist fast fünf Uhr.»

«Danke», sagte der Prozeßbote. Er ging hinüber und baute sich ziemlich dämlich neben dem Seiteneingang zur Klinik auf. Er umklammerte die Gerichtsformulare, die er zusammengerollt in einer Hand hielt, als wolle er den Doktor damit niederschlagen, wenn er herauskam.

Chemo zog die Kalbslederhülle von seiner Motorsense herunter und wandte seine Aufmerksamkeit Rudys neuem Jaguar zu. Er wählte sich als Ausgangspunkt seiner Aktion den linken vorderen Kotflügel.

Anfangs kam er nur langsam voran – diese Briten wußten verdammt noch mal genau, wie man einen Wagen richtig lackierte. Zuerst erzeugte die Motorsense nur blasse Streifen auf dem tiefroten Lack. Chemo versuchte, die Maschine etwas tiefer nach unten zu führen, näher an den Kotflügel zu drücken und sie mit seinem gesunden Arm in Position zu halten. Es dauerte fünfzehn Minuten, bis der starke Rasenmäher sich bis auf die Stahlbasis der Limousine hinuntergearbeitet hatte. Chemo bewegte den summenden Kopf in einer schwingenden Bewegung hin und her, um den Kratzer im Lack zu verbreitern.

Von seinem Posten neben der Kliniktür beobachtete der Prozeßbote die seltsame Zeremonie mit gespannter Faszination. Schließlich konnte er nicht mehr an sich halten und rief Chemo etwas zu.

Chemo wandte sich vom Jaguar ab und schaute hinüber zu dem Mann mit der schwarzgeränderten Brille. Er legte den Schalter der Motorsense um, dann legte er seine rechte Hand hinter das Ohr, um besser hören zu können.

Der Mann fragte: «Was tun Sie da mit diesem Ding?»

«Reine Therapie», antwortete Chemo. «Vom Arzt verschrieben.»

Wie viele Chirurgen war Dr. Rudy Graveline ein impulsiver Mann, außerordentlich organisiert, aber in anderer Hinsicht hoffnungslos anal rückständig. Am Tag nach dem alarmierenden Anruf von Commissioner Roberto Pepsical stellte Rudy eine genaue Liste mit all den Problemen auf, die seine weitere Karriere bedrohten. Auf Grund des Umfangs der Bedrohung, die er darstellte, gelangte Roberto Pepsical auf den dritten Platz hinter Mick Stranahan und Chemo. Rudy studierte die Liste eingehend. In dem größeren Zusammenhang einer möglichen Verurteilung wegen Mordes war Roberto Pepsical nicht mehr als Hühnerkacke. Teure Hühnerkacke, aber eben doch nicht mehr als das.

Rudy Graveline wählte eine Nummer in New Jersey und wartete darauf, daß Krause Augenbraue sich meldete. «Mein Gott, ich habe Ihnen doch verboten, mich hier anzurufen. Ich muß mir erst ein besseres Telefon suchen.» Der Mann legte auf, und Rudy wartete ab. Zehn Minuten später rief der Mann zurück.

«Lassen Sie mich mal raten, Ihr Problem hat sich verschlimmert.»

«Ja», sagte Rudy.

«Der Typ aus Ihrer Umgebung, den Sie angeheuert haben, war anschließend nicht mehr ganz der gleiche.»

«Doch, er war es», sagte Rudy, «aber jetzt nicht mehr.»

«Das ist aber schön lustig.» Die Augenbraue lachte meckernd. Irgendwo in der Umgebung ertönte eine Autohupe. Der Mann sagte: «Ihr reichen Typen seid mir schon was ganz Besonderes. Immer versucht ihr, so billig wie möglich davonzukommen.»

«Nun, Sie müssen mir noch einen Gefallen tun.»

«Und der wäre?»

«Erinnern Sie sich noch an den Jagdunfall vor ein paar Jahren.»

Krause Augenbraue sagte: «Sicher. Dieser Doktor. Der machte Ihnen doch das Leben schwer.»

Der Mann in New Jersey erinnerte sich nicht mehr an den Namen des Arztes, doch Rudy Graveline erinnerte sich dafür um so besser. Es war Kenneth Greer, einer seiner früheren Partner im Durkos Center. Der Arzt, der sich zusammengereimt hatte, was mit Victoria Barletta geschehen war. Der dann versucht hatte, ihn zu erpressen.

«Das war doch ein Kinderspiel», sagte die Augenbraue. «Ich wünschte, sie alle könnten Jäger sein. In jeder Jagdsaison könnten wir dann auf diese Weise mit den Verrätern aufräumen. Ein Jagdunfall nach dem anderen.»

Den Mann in New Jersey schien irgend etwas zu jucken – durch den Draht hörte Rudy Graveline das widerwärtige Geräusch von fetten Fingern, die raschelnd haariges Fleisch kratzten. Er gab sich Mühe, nicht daran zu denken.

«Es gibt wieder jemanden, der mir das Leben sauer macht», sagte der Doktor. «Ich weiß nicht, ob Sie mir helfen können, aber ich dachte, versuchen kann ich es ja mal.»

«Ich höre.»

«Es ist die Verwaltungskommission von Dade County», sagte Rudy. «Ich brauche jemanden, der sie umbringt. Können Sie das arrangieren?»

«Moment mal ...»

«Sämtliche Mitglieder», sagte Rudy ernst.

«Entschuldigen Sie, Doc, aber Sie sind verdammt noch mal verrückt. Rufen Sie mich nicht mehr an.»

«Bitte», sagte Rudy. «Fünf von ihnen wollen mir je fünfundzwanzigtausend aus der Tasche ziehen. Das Problem ist nur, ich weiß nicht, welche fünf das sind. Daher dachte ich, daß man alle neun töten müßte, um auf Nummer Sicher zu gehen.»

Krause Augenbraue knurrte etwas. «Sie bringen mich völlig durcheinander.»

Geduldig erklärte Rudy, wie das Schmiergeldsystem funktionierte, wie jeder Commissioner vier bestechliche Kollegen zusammentrommelte, die bei einer kontroversen Abstimmung entsprechend ihre Stimme abgaben. Rudy erzählte dem Mann in New Jersey von dem Old-Cypress-Towers-Projekt, und wie die Commissioner ihm eine baubehördliche Entscheidung aufzudrängen versuchten, die er nicht mehr brauchte.

«He, eine Abmachung ist eine Abmachung», sagte die Augenbraue ohne Mitgefühl. «Mir scheint, als hätten Sie sich da in eine miese Position manövriert.» Nun klang es so, als pulte er mit einem Kamm zwischen seinen Zähnen herum.

Rudy sagte: «Sie wollen mir also nicht helfen?»

«Ich will nicht. Ich kann nicht. Ich werde nicht.» Der Mann hustete heftig, dann spuckte er aus. «So sehr die Idee mich reizt – eine gesamte Countykommission abzuknipsen – es wäre schlecht fürs Geschäft.»

«Es war auch nur eine Idee», sagte Rudy. «Tut mir leid, Sie belästigt zu haben.»

«Wollen Sie einen kostenlosen Rat?»

«Warum nicht.»

Krause Augenbraue sagte: «Wer ist denn der Kontaktmann dabei? Wenigstens dessen Namen müßten Sie doch kennen.»

«Tue ich auch.»

«Gut. Ich schlage vor, daß diesem Bastard etwas zustößt. Etwas furchtbar Schlimmes. Das könnte für die anderen Scheißer eine Lektion sein, Sie verstehen?»

Rudy Graveline sagte ja, er verstand.

«Verlassen Sie sich auf mich», sagte der Mann in New Jersey. «Ich bin schon lange in diesem Busineß tätig. So eine Sache macht Eindruck, vor allem im Umgang mit Bürgermeistern und Ältestenräten und solchen Typen. Denn das sind eigentlich überhaupt keine harten Burschen.»

«Ich glaube nicht.» Rudy räusperte sich. «Hören Sie, das ist eine wirklich gute Idee, nur einen fertigmachen.»

«So lautet mein Rat», sagte der Mann aus New Jersey.

«Können Sie das arrangieren?»

«Scheiße, ich riskiere meine Jungs nicht in einem miesen County-Schwindel. Nichts zu machen. Könner sind heutzutage schwer zu bekommen – das haben Sie ja selbst herausgefunden.»

Rudy erinnerte sich an die Zeitungsmeldung von Tony dem Aal, der am Strand von Cape Florida tot angetrieben worden war. «Wegen des Typen vom letzten Monat habe ich immer noch ein ungutes Gefühl», sagte der Doktor.

«He, so was kann passieren.»

«Trotzdem», sagte Rudy düster.

«Sie sollten aus Florida verschwinden», riet Krause Augenbraue. «Ich sage meinen Freunden immer wieder, daß es nicht mehr so ist wie in den alten Zeiten. Scheiß auf die schönen Strände, Doc, diese Kubaner sind total verrückt. Die sind nicht so wie Sie und ich. Und dann sind da ja noch die Juden und die Haitianer, Herrgott.»

«Die Zeiten ändern sich», sagte Rudy.

«Ich hab' was darüber gelesen, es war ein Artikel über Streß. Florida ist das für Streßabbau geeignetste Land Amerikas, bis auf Las Vegas. Und das sauge ich mir nicht aus den Fingern.»

Entmutigt meinte Rudy Graveline: «Mir kommt es so vor, als wollte jeder ein Stück meiner Haut von mir.»

«Das stimmt.»

«Ich schwöre, von Natur aus bin ich kein gewalttätiger Mensch.»

«Costa Rica», sagte der Mann aus New Jersey. «Denken Sie drüber nach.»

Commissioner Roberto Pepsical kam fünfzehn Minuten zu früh in die Kirche und schaute sich zwischen den Bänken um: eine Landstreicherin lag auf einer Bank in der dritten Reihe und schnarchte, aber das war auch schon alles. Um Zeit totzuschlagen, entzündete Roberto eine ganze Reihe Opferkerzen. Anschließend wühlte er in seinen Taschen herum, auf der Suche nach Kleingeld, und ließ schließlich einen kanadischen Dime in den Opferstock fallen.

Als der Doktor eintraf, watschelte Roberto schnell in den hinteren Teil der Kirche. Rudy Graveline trug eine hellbraune Sportjacke, eine dunkle, weitgeschnittene Hose und eine braun gestreifte Krawatte. Er sah etwa genauso ruhig und harmlos aus wie eine Ratte in einer Schlangengrube. In seiner rechten Hand befand sich ein Samsonite-Aktenkoffer. Wortlos schob Roberto sich an ihm vorbei und betrat einen der dunklen Beichtstühle. Rudy wartete ungefähr drei Minuten, schaute sich nach allen Seiten um, öffnete die Tür und trat hinein.

«Mein Gott!» rief er.

«Der versteckt sich hier irgendwo.» Der Commissioner mußte über seinen eigenen Witz lachen. Rudy war noch nie in einem Beichtstuhl gewesen. Es war dort enger und düsterer, als er es sich vorgestellt hatte; das einzige Licht kam von einer winzigen gelben Glühbirne, die in einer Wandfassung saß.

Roberto hatte seinen breiten Hintern auf dem Kniekissen plaziert und wandte dem Gitter den Rücken zu. Rudy vergewisserte sich, daß sich kein Priester auf der anderen Seite aufhielt und zuhörte. Priester konnten verdammt leise sein, wenn sie unbedingt wollten.

«Vergessen Sie nicht», sagte der Commissioner und hob einen Finger. «Flüstern!»

Richtig, dachte Rudy, als hätte ich vor, eine Gershwin-Melodie hinauszuposaunen. «Ausgerechnet hier müssen wir uns treffen.»

«Es ist ruhig», sagte Roberto Pepsical. «Und sehr sicher.»

«Und sehr eng», fügte Rudy hinzu. «Sie hatten Anchovies zu Mittag, nicht wahr?»

«Hier gibt es keine Geheimnisse», sagte Roberto.

Unter Schwierigkeiten zwängte Rudy sich selbst und den Samsonite neben den Commissioner auf die Kniebank. Robertos Körperwärme badete sie beide in einem warmen, säuerlich riechenden Dunst, und Rudy fragte sich, wie lange der Sauerstoff wohl reichen würde. Er hatte noch nie davon gehört, daß jemand während der Beichte erstickt war; andererseits wäre das genau die Art von Unfall, die von den Katholiken perfekt vertuscht würde.

«Sind Sie bereit?» fragte Roberto mit einem Augenzwinkern. «Was haben Sie denn da in der Tasche?»

«Unglücklicherweise ist es eine Vorladung. Irgendein Scheißer drückte sie mir heute abend in die Hand, als ich die Klinik verließ.» Rudy hatte es derart eilig gehabt, daß er nicht mal auf die Papiere vom Gericht geschaut hatte; irgendwie war er schon daran gewohnt, daß er verklagt wurde.

Roberto meinte: «Kein Wunder, daß Sie in so mieser Stimmung sind.»

«Das ist es eigentlich nicht, vielmehr das, was mit meinem neuen Wagen passiert ist. Er wurde beschädigt, verwüstet – genaugenommen paßt zurechtgeschnitzt noch am ehesten.»

«Der Jaguar? Das ist ja schrecklich.»

«Oh, es war ein schöner Tag», sagte Rudy. «Ein absolut paradiesischer Tag.»

«Um auf das Geld zurückzukommen ...»

«Ich habe es hier bei mir.» Der Doktor öffnete den Aktenkoffer auf ihrem Schoß, und der Beichtstuhl füllte sich mit dem scharfen Geruch frischen Geldes. Rudy Graveline war überwältigt – es roch tatsächlich. Roberto nahm ein Päckchen Hundertdollarscheine heraus. «Ich dachte, ich sagte Zwanziger.»

«Ja, und ich hätte dafür einen Abschleppwagen gebraucht.»

Roberto Pepsical riß die Bankbanderole ab und zählte auf dem Fußboden zwischen ihren Füßen zehntausend Dollar ab. Dann zählte er die anderen Bündel in dem Koffer, um sich zu vergewissern daß insgesamt fünfundzwanzigtausend zusammenkamen.

Grinsend hielt er einen der losen Hunderter hoch. «Ich sehe nicht oft einen von dieser Sorte. Wessen Bild ist das – das von Eisenhower?»

«Nein», sagte Rudy steinern.

«Was hat man denn in der Bank gesagt, als Sie all diese großen Scheine haben wollten?»

«Nichts», meinte Rudy. «Wir sind schließlich in Miami, Bobby.»

«Ja, ich glaube es auch.» Überschwenglich sortierte der Commissioner die Geldbündel wieder in den Samsonite. Er hob die losen zehntausend Dollar vom Fußboden auf und stopfte sich das dicke Bündel in die Taschen seines Anzugs. «Das war ein kluger Schritt.»

Rudy meinte: «Ich bin mir nicht so sicher.»

«Sie erinnern sich doch noch an den Plan, von dem ich Ihnen erzählte ... von der Überprüfung der medizinischen Kliniken und so weiter? Ich und Die Anderen, wir haben uns entschlossen, die ganze Sache fallenzulassen. Wir denken, daß Ärzte wie Sie sich schon mit genug Regeln und Vorschriften herumschlagen müssen.»

«Das freut mich zu hören», sagte Rudy Graveline. Er wünschte, er hätte ein paar Pfefferminzbonbons mitgebracht. Roberto konnte mindestens eine ganze Rolle davon gebrauchen.

«Wie wäre es denn nun mit einem Drink?» fragte der Commissioner. «Wir könnten zum Versailles fahren und ein paar Sangrias trinken.»

«Nein.»

«He, ich gebe einen aus.»

«Danke», sagte der Doktor, «aber wissen Sie, was ich zuerst tun möchte? Ich würde gerne ein Gebet sprechen. Ich möchte dem Herrn im Himmel dafür danken, daß das Problem mit Old Cypress endlich gelöst ist.»

Roberto zuckte die Achseln. «Nur zu. Beten Sie.»

«Ist das denn in Ordnung, Bobby? Ich meine, ich bin schließlich nicht katholisch.

«Kein Problem.» Der Commissioner kam ächzend auf die Beine, drehte sich in der engen Kabine um und kniete sich hin. Das Kissen knarrte unter seinem Gewicht. «Machen Sie es so wie ich», sagte er.

Rudy Graveline, der schlanker war, hatte es einfacher bei seinem Drehmanöver. Zwischen sich den Aktenkoffer, knieten die beiden Männer nebeneinander und blickten auf den löcherigen Schirm. durch den normalerweise die Beichte gehört wurde.

«Dann beten Sie», sagte Roberto Pepsical. «Ich warte, bis Sie fertig sind. Eigentlich könnte ich auch ein paar Ave Maria runterbeten, wenn ich schon mal hier bin.»

Rudy schloß die Augen, senkte den Kopf und tat so, als spräche er ein Gebet.

Roberto stieß ihn an. «Ich will Ihnen wirklich keine Vorschriften machen», sagte er, «aber hier drin gehört es sich einfach nicht, mit den Händen in den Hosentaschen zu beten.»

«Natürlich», sagte Rudy. «Tut mir leid.»

Er zog die rechte Hand aus der Hosentasche und legte sie auf Robertos teigige Schulter. Es war zu dunkel für den Commissioner, um die Injektionsspritze zu sehen.

«Heilige Maria Mutter Gottes», sagte Robert, «gebenedeit sei die Frucht Deines Leibes, der Herr sei mit Dir. Gesegnet sind – ah!»

Der Commissioner schlug matt nach der Spritze, die in der Armbeuge aus seinem Jackett herausragte. In Anbetracht von Rudys allgemeiner Unbeholfenheit bei der Verabreichung von Injektionen war es ein kleines Wunder, daß er die Vene des Commissioners gleich beim ersten Versuch getroffen hatte. Roberto Pepsical umarmte den Doktor schwerfällig wie ein Tanzbär, doch die tödliche Kaliumdosis strömte bereits in Richtung der Klappen seines verfetteten Herzens.

Innerhalb einer Minute tötete der Anfall ihn und erzeugte dabei so täuschend echte Symptome eines Allerweltsinfarktes, daß die Familie des Commissioners später nicht auf die Idee kam, das Ergebnis der Autopsie in Frage zu stellen.

Rudy zog die benutzte Injektionsnadel heraus, holte das lose Bargeld aus Robertos Taschen, griff nach dem schwarzen Aktenkoffer und schlüpfte aus dem stickigen Beichtstuhl. Die Luft in der Kirche schien geradezu gebirgsrein zu sein, und er blieb kurz stehen, um sie genußvoll in seine Lungen zu pumpen.

In der hinteren Bankreihe drehte sich ein älteres kubanisches Ehepaar beim Klang seiner Schritte auf dem Steinfußboden um. Rudy nickte ihnen fromm zu. Er hoffte, daß sie nicht bemerkten, wie furchtbar seine Beine zitterten. Er schaute zum Altar und versuchte zu lächeln wie ein Mensch, dessen Seele soeben von jeglicher Sünde reingewaschen worden war.

Die alte kubanische Frau hob einen gekrümmten Finger bis zu ihrer Stirn und machte ein Kreuzzeichen. Rudy dachte fieberhaft über die katholischen Verhaltensregeln nach und fragte sich, ob erwartet wurde, daß er auf dieses Zeichen entsprechend reagierte. Er wußte nicht, wie ein Kreuzzeichen ausgeführt wurde, doch er stellte den Koffer ab und machte einen mutigen Versuch. Mit einem Zeigefinger berührte er seine Stirn, seine Brust, die rechte, dann die linke Schulter, seinen Bauchnabel und wieder die Stirn.

«Ein langes Leben und viel Erfolg», sagte er zu der alten Frau und marschierte durch die Doppeltür aus der Kirche.

Als er nach Hause kam, ging Rudy Graveline gleich nach oben, um nach Heather Chappell zu sehen. Er setzte sich neben das Bett und nahm ihre Hand. Sie blinzelte ihn mit tränenden Augen über den Rand ihres Gesichtsverbandes an.

Rudy hauchte einen Kuß auf ihre Fingerknöchel und fragte: «Wie fühlen wir uns?»

«Wie es dir geht, weiß ich ja nicht», sagte Heather, «aber ich komme mir vor, als wäre ich hundert Jahre alt.»

«Das war durchaus zu erwarten. Du hattest schließlich einen schweren Tag.»

«Und du bist sicher, daß alles gut gegangen ist?»

«Bestens», versicherte Rudy ihr.

«Die Nase auch?»

«Ein Meisterwerk.»

«Aber ich erinnere mich an überhaupt nichts.»

Der Grund, warum Heather sich nicht an die Operation erinnern konnte, war der, daß es überhaupt keine Operation gegeben hatte. Rudy hatte sie am Abend vorher unter starke Betäubungsmittel gesetzt und sie den ganzen Tag in diesem Zustand gehalten. Heather hatte sieben Stunden lang bewußtlos in ihrem Bett gelegen, ausgeknockt von den weltbesten pharmazeutischen Narkotika. Als sie endlich erwachte, fühlte sie sich, als hätte sie einen ganzen Monat lang geschlafen. Ihre Hüften, ihre Brüste, ihr Hals und ihre Nase waren allesamt fest und fachmännisch bandagiert, aber kein Skalpell hatte ihr zartes kalifornisches Fleisch geritzt. Rudy hoffte, Heather davon überzeugen zu können, daß die Operation ein strahlender Erfolg war, daß das Fehlen von Narben nur als Beweis für sein überragendes Können angesehen werden konnte. Offensichtlich lagen Wochen angeblicher postoperativer Therapien vor ihm.

«Kann ich mir mal das Video ansehen?» fragte sie aus dem Bett.

«Später», versprach Rudy. «Wenn du wieder auf den Beinen bist.»

Er hatte sich eine ganze Serie chirurgischer Trainingskassetten einer medizinischen Fachhochschule in Kalifornien bestellt. Nun war da nur noch das einfach zu lösende Problem, die einzelnen Bänder zu schneiden und die Passagen in eine sinnvolle Folge zu bringen. In ihrem langen Hemd, mit der Maske vor dem Gesicht und betäubt auf dem Operationstisch liegend, sahen alle Patienten für die Kamera im großen und ganzen gleich aus. Unterdessen war das, was man vom Chirurgen sah, nahezu ausschließlich seine behandschuhten Hände, Heather würde niemals den Verdacht schöpfen, daß der Doktor auf dem Videoband nicht ihr Liebhaber war.

Sie sagte: «Es ist unglaublich, Rudolph, aber ich fühle überhaupt keine Schmerzen.»

«Das sind nur die Medikamente», sagte er. «Während der ersten paar Tage halten wir dich ziemlich high.»

Heather kicherte. «Acht Meilen high.»

«Neun», sagte Rudy Graveline, «mindestens.»

Er schob ihre Hand wieder unter die Bettdecke und nahm etwas vom Nachttisch. «Sieh mal, was ich da habe.»

Sie blinzelte durch den Morgendunst in ihrem Kopf. «Rot und blau und weiß», sagte sie verträumt.

«Flugtickets», sagte Rudy. «Ich gehe mit dir auf die Reise.»

«Wirklich?»

«Nach Costa Rica. Das Klima dort ist ideal für deine Genesung.»

«Für wie lange?»

Rudy sagte: «Einen Monat oder zwei, vielleicht auch länger. So lange es nötig ist, Liebling.»

«Aber ich soll in *Parole* mit Jack Klugman auftreten.»

«Unmöglich», sagte Rudy. «Du bist für diese Art von Streß noch gar nicht in der richtigen Verfassung. Und jetzt versuch wieder zu schlafen.»

«Was ist das für ein Lärm?» fragte sie und hob den Kopf.

«Die Türklingel, Liebes. Bleib ruhig liegen.»

«Costa Rica», murmelte Heather. «Wo liegt das überhaupt?»

Rudy küßte sie auf die Stirn und versicherte ihr, daß er sie liebe.

«Ja», sagte sie, «ich weiß.» Wer immer vor der Tür stand, bearbeitete den Klingelknopf, als wäre es die Bedienungstaste einer Musikbox. Rudy eilte die Treppe hinunter und warf einen Blick durch den Glasspion.

Chemo winkte ihm freudlos zu.

«Scheiße», seufzte Rudy, dachte an seinen Jaguar und öffnete die Tür.

«Warum haben Sie meinen Wagen demoliert?»

«Um Ihnen Manieren beizubringen», sagte Chemo. Eine weitere Frau mit verbundenem Gesicht stand neben ihm.

«Maggie?» fragte Rudy Graveline, «sind Sie das?»

Chemo führte sie an der Hand in das große Haus. Er fand den Wohnraum und machte es sich in einem antiken Schaukelstuhl bequem. Maggie Gonzalez nahm auf einem weißen Ledersofa Platz. Ihre Augen, die Rudys einziger Anhaltspunkt zur Beurteilung ihrer Stimmung waren, schienen kalt und feindselig zu funkeln.

Chemo sagte: «Ständig verscheißert zu werden, habe ich eigentlich nicht so gerne. Ich sollte Sie einfach umbringen.»

«Welchen Nutzen hätte das?» fragte Rudy. Er schob sich näher an Maggie heran und fragte: «Wer hat Ihr Gesicht operiert?»

«Leaper», antwortete sie.

«Leonard Leaper? In New York? Ich habe gehört, er sei gut – was dagegen, wenn ich es mir mal anschaue?»

«Ja», sagte sie und wich zurück. «Rogelio, sorg dafür, daß er mich in Ruhe läßt.»

«Rogelio?» Rudy schaute Chemo fragend an.

«Das ist Ihre verdammte Schuld», sagte er. «Das ist nämlich der verdammte Name, den Sie auf den Tickets haben eintragen lassen. Und jetzt lassen Sie sie in Ruhe.» Chemo hörte auf zu schaukeln. Er betrachtete Rudy Graveline, als wäre er ein abstoßendes Insekt.

Der Chirurg saß neben Maggie auf dem weißen Ledersofa und meinte zu Chemo: «Und was macht Ihre Haut?»

Vorsichtig tastete der Killer sein Kinn ab. «Plötzlich machen Sie sich Sorgen wegen meinem Gesicht. Jetzt, wo Sie Angst haben.»

«Nun, Sie sehen gut aus», beharrte Rudy. «Wirklich, es ist eine tausendprozentige Verbesserung.»

«Herr Jesus im Himmel!»

Ungehalten meldete Maggie sich wieder zu Wort. «Kommen wir endlich zur Sache, okay? Ich will wieder raus hier.»

«Das Geld», sagte Chemo. «Wir haben uns für eine Million entschieden, auf den Cent genau.»

«Wofür?» Rudy versuchte völlig kühl zu bleiben, aber seine Stimme bekam schon einen schneidenden Klang.

Chemo begann wieder zu schaukeln. «Für alles», sagte er. «Für Maggies Videoband. Für Stranahan. Für das Verhindern der Fernsehsendung über das tote Mädchen. Das ist eine Million Dollar wert. Tatsächlich meine ich, je länger ich darüber nachdenke, daß es glatte zwei sein müßten.»

Rudy verschränkte die Arme und meinte: «Wenn Sie alles erledigen, was Sie gerade aufgezählt haben, dann würde ich Ihnen sofort eine Million Dollar zahlen. Im Augenblick bekommen Sie nichts als Ihre Auslagen zurück, denn Sie haben bis jetzt nichts anderes getan, als Ärger zu verursachen.»

«Das stimmt nicht», schnappte Maggie.

«Wir waren fleißig», fügte Chemo hinzu. «Wir haben eine große Überraschung.»

Rudy sagte: «Ich habe auch eine Riesenüberraschung. Eine Kunstfehlerklage. Und ratet mal, wessen Name auf der Zeugenliste steht?»

Er wies anklagend mit dem Daumen auf Maggie, die meinte: «Das ist mir neu.»

Rudy fuhr fort: «Ein Typ namens Nordstrom. Er hat bei irgendeinem seltsamen Unfall ein Auge verloren, und nun soll ich daran schuld sein.»

Maggie sagte: «Von einem Nordstrom habe ich noch nie etwas gehört.»

«Nun, Ihr Name steht hier in der Akte. Als Zeugin der Klägerpartei. Warum also sollte ich euch auch nur einen müden Dime bezahlen?»

«Jetzt erst recht», sagte Chemo. «Ich glaube, man nennt es Schweigegeld.»

«Nein», sagte der Arzt, «so läuft das alles nicht.»

Chemo erhob sich aus seinem Schaukelstuhl. Er machte zwei lange Schritte quer durch den Wohnraum und boxte Rudy Graveline voll in den Bauch. Der Doktor kippte nach vorne und blieb als keuchendes, nach Luft ringendes Lumpenbündel auf dem Perserteppich liegen. Chemo drehte ihn mit einem Fuß auf den Rücken. Dann schaltete er den Unkrautvernichter ein.

«O Gott!» schrie Rudy und hob die Hände, um seine Augen zu schützen. Schnell wich Maggie zurück und ging aus dem Weg, wobei ihre Gesichtsbandagen vor Angst zitterten.

«Ich hab' eine neue Batterie», sagte Chemo. «Eine Duracell High-tech. Passen Sie auf.»

Er fing an, Rudys gediegene Garderobe zu zerkleinern. Zuerst zerfetzte er Oberhemd und Krawatte. Dann trimmte er die krausen braunen Härchen auf Rudys Heldenbrust. Der Doktor quiekte mitleiderregend, als häßliche rosige Schürfstreifen unterhalb seiner Brustwarzen erschienen.

Chemo wanderte mit der Maschine hinunter zu Rudys Schambereich, als er im zerfetzten Innenfutter der hellbraunen Sportjacke des Arztes etwas entdeckte. Er schaltete den Unkraut-Killer aus und beugte sich vor, um Genaueres erkennen zu können.

Mit seiner heilen Hand griff Chemo in das seidene Innenleben von Rudys Jacke und holte die abgeschnittene Ecke eines Hundertdollarscheins hervor. Aufgeregt suchte er weiter, bis er mehr fand: mehrere Hände voll, glücklicherweise unversehrt.

Chemo breitete das Geld auf dem Rauchtischchen aus, unter dem Rudy sich stöhnend und kraftlos herumwälzte. Der außer Gefecht gesetzte Chirurg konnte den Kassensturz aus günstigster Position verfolgen, indem er durch das Milchglas sah. Während das Geld bald den ganzen Tisch bedeckte, verzerrte Rudys Gesicht sich zu einer Maske fassungslosen Unglaubens. Auf dem Rückweg von der Kirche hatte er eigentlich in der Klinik haltmachen wollen, um das Geld in den Nachtsafe zu werfen. Jetzt war es zu spät.

«Zähl es», forderte Chemo Maggie auf.

Aufgeregt blätterte sie die Scheine durch. «Neuntausendzweihundert», meldete sie. «Der Rest ist Konfetti.»

Chemo zog Dr. Rudy Graveline unter dem Tischchen hervor. «Warum haben Sie soviel Bargeld bei sich?» wollte er wissen. «Machen Sie mir ja nicht weis, daß der Jaguar-Händler keine Kreditkarte akzeptieren wollte.» Seine feuchten Salamanderaugen richteten sich auf den schwarzen Aktenkoffer, den Rudy dämlicherweise mitten im Flur stehengelassen hatte.

Rudy schniefte traurig, während er zusah, wie Chemo den Koffer mit einem Tritt öffnete und sich hinkniete, um das restliche Geld zu zählen. «Aber, aber», sagte der Killer.

«Was haben Sie damit vor?» fragte der Doktor.

«Nun, ich denke, wir spenden es dem Leuchtenden Pfad. Oder vielleicht Jerrys Kindern.» Chemo ging hinüber zu Rudy und stocherte mit dem noch warmen Kopf der Motorsense auf seinem nackten Bauch herum. «Was meinen Sie denn, was wir damit tun? Wir werden es ausgeben, und dann kommen wir zurück, um uns mehr zu holen.»

Nachdem sie gegangen waren, blieb Dr. Rudy Graveline noch lange auf dem verrutschten Perser liegen und dachte nach: Das ist es also, was meine Ausbildung in Harvard mir eingebracht hat – ich wurde beraubt, geschlagen, ausgezogen, gefoltert und zugerichtet wie eine Artischocke vor dem Servieren. Die Finger des Arztes wanderten behutsam über die leicht geschwollenen Streifen, die kreuz und quer über seinen Bauch und seine Brust verliefen. Wenn es nicht so sehr geschmerzt hätte, dann wäre der Anblick durchaus belustigend gewesen.

Es fiel Rudy Graveline ein, daß Chemo und Maggie vergessen hatten, ihm ihr Riesengeheimnis zu verraten, was immer sie auch getan hatten, welches Verbrechen sie auch begangen hatten, um sich diese erste Anzahlung zu verdienen.

Und es wurde Rudy auch klar, daß er eigentlich gar nicht so neugierig war. Eigentlich war er sogar ausgesprochen froh, das Geheimnis nicht zu kennen.

27

Der Mann aus dem Büro des amtlichen Leichenbeschauers warf einen langen Blick auf die Ladefläche des Baumlastwagens und sagte: «Mmmm, lecker, Lasagne.»

«Hmm, unglaublich komisch», sagte Al García. «Damit sollten Sie zur Johnny Carson Show gehen. Und eine ganze Nummer mit Leichen machen.»

Der Mann aus dem Büro des Leichenbeschauers sagte: «Al, Sie müssen zugeben …»

«Ich habe Ihnen erzählt, was geschehen ist.»

«… aber Sie müssen zugeben, daß da auch ein humorvoller Aspekt ist.»

Gerichtsärzte machten Al García nervös; sie reagierten immer so begeistert, wenn jemand auf eine ganz neue Art und Weise gestorben war.

Der Detective sagte: «Wenn Sie das wirklich alles für so lustig halten, prima. Dann werden Sie die Autopsie vornehmen.»

«Dazu brauche ich erst einmal eine Bratpfanne, um alles einzusammeln.»

«Lustig», sagte García. «Absolut spaßig!»

Der Mann des Gerichtsarztes erklärte ihm, er solle mal ein bißchen locker sein, schließlich brauche jeder mal eine Abwechslung im immer gleichen Tagesablauf, ganz gleich, welcher Tätigkeit der Betreffende nachging. «Ich kann keine Einschußwunden mehr sehen», sagte der Leichenbeschauer. «Es ist die reinste Fließbandarbeit. Einschußwunde Kopf. Einschußwunde Thorax. Einschußwunde Hals – es wird mit der Zeit langweilig, Al.»

García meinte: «Hören Sie, machen Sie ruhig weiter Ihre Witze. Aber ich möchte, daß diese Sache aus der Presse herausgehalten wird.»

«Viel Glück.»

Der Detective wußte, daß es nicht leicht sein würde, den Tod von George Graveline geheimzuhalten. Sieben Streifenwagen, ein Krankenwagen und ein Leichentransporter – sogar in Miami lockte so etwas eine Schar von Schaulustigen an. Die Menge wurde mit gelben Bändern zurückgehalten, die die Polizei quer über den Crandon Boulevard gespannt hatte. Nicht mehr lange, und die ersten Minicams würden ausgepackt, und eine Minicam konnte mit ihrem Zoomobjektiv alles in beliebiger Vergrößerung auf den Bildschirm holen.

«Ich brauche ein oder zwei Tage», sagte García. «Keine Presse und keine Angehörigen.»

Der Mann aus dem Büro des Leichenbeschauers hob die Schultern. «Ich brauche mindestens so lange, um eine gesicherte Identifikation vorzunehmen, in Anbetracht dessen, was von dem Toten übrig ist. Ich gehe davon aus, daß wir uns an den Zähnen orientieren müssen.

«Wie Sie meinen.»

«Ich muß auch den Lastwagen untersuchen», sagte der Gerichtsarzt. «Und diesen tollen Zahnstocherautomaten.»

García versprach, beides zum Polizeipräsidium schleppen zu lassen.

Der Gerichtsarzt steckte seinen Kopf in den Rachen des Holzschredders und untersuchte die blutverschmierten Klingen. «Irgendwo in diesem Durcheinander», meinte er, «müßten sich auch Geschoßteile befinden.»

García sagte: «He, Sherlock, ich hab' doch erzählt, was passiert ist. Ich habe das Arschloch erschossen, klar? Meine Pistole, meine Kugeln.»

«Al, nun rauben Sie einem doch nicht jedes Vergnügen.» Der Mann des amtlichen Leichenbeschauers faßte zwischen die Klingen des Holzschredders und pulte vorsichtig ein Fragment hervor, das für ein ungeübtes Auge höchstens ein kleiner, behaarter Tausendfüßler gewesen wäre.

Der Gerichtsarzt hielt es hoch, so daß Al García es betrachten konnte.

Der Detective runzelte die Stirn. «Was soll das, bekomme ich jetzt einen Preis oder so was? Verdammt noch mal, das ist eine Kotelette.»

«Sehr gut», sagte der Gerichtsarzt.

García schnippte den feuchten Stummel seiner Zigarre in die Büsche und machte sich auf die Suche nach George Gravelines

Baumtrimmerkolonne. Es waren drei Männer, die ruhig auf dem Rücksitz eines Streifenwagens saßen. Al García stieg vorne auf der Beifahrerseite in den Wagen. Er drehte sich um und unterhielt sich mit ihnen durch das Schutzgitter. Die Kleider der Männer rochen süßlich nach Marihuana. García fragte, ob einer von ihnen genau gesehen hatte, was passiert war, und wie aus einem Munde antworteten sie nein, sie hätten gerade ihre Mittagspause gehabt. Die Beamten von der Internen Dienstaufsicht hatten ihnen schon die gleiche Frage gestellt.

«Wenn Sie nichts gesehen haben», meinte García zu ihnen, «dann können Sie den Reportern auch nichts erzählen, stimmt's?»

Unisono schüttelten die drei Baumtrimmer die Köpfe. «Auch nicht den Namen des vermutlichen Opfers, klar?»

Die Baumtrimmer nickten erneut.

«Diese Sache ist verdammt ernst», sagte García. «Ich kann mir nicht vorstellen, daß ihr absichtlich die Aufklärung eines Mordes behindern wollt, oder?»

Die Baumtrimmer versprachen, kein Wort zu den Medien zu sagen. Al García bat einen uniformierten Cop, die Männer nach Hause zu bringen, damit sie auf ihrem Weg zur Bushaltestelle nicht an den Fernseh- und Zeitungsleuten vorbeigehen müßten.

Mittlerweile fuhr auch der Krankenwagen ab, leer. García klopfte ans Fenster. «Wo ist der Bursche, den ihr versorgt habt?»

«Die Kopfverletzung?»

«Ja. Der große blonde Typ.»

«Der ist weggegangen», sagte der Fahrer des Krankenwagens. «Er hat drei Darvocets geschluckt und sich verabschiedet. Der wollte sich von uns noch nicht mal einen Verband anlegen lassen.»

García fluchte und trat nach einem frisch abgeschnittenen Baumast, der auf dem Gehsteig lag.

Der Krankenwagenfahrer meinte: «Wenn Sie ihn sehen sollten, dann bestellen Sie ihm, er solle sich zur Sicherheit den Schädel röntgen lassen.»

«Wissen Sie, was man dort finden würde?» fragte García. «Einen Haufen Scheiße. Das hat der da drin.»

Reynaldo Flemm gabelte in einem Nachtclub namens Biscayne Baby in Coconut Grove eine attraktive junge Frau auf. Er nahm sie im

Grand Bay Hotel mit auf sein Zimmer und bat sie zu warten, während er Wasser in die große Fliesenbadewanne einlaufen ließ. Immer noch leicht unsicher, was seine beanstandete äußere Erscheinung anging, wollte Reynaldo nicht, daß die junge Frau ihn im hellen Licht nackt sah. Er stieg in die Badewanne und setzte sich vorsichtig, bedeckte die strategisch wichtigen Zonen mit Schaumflocken, überprüfte sein Aussehen noch einmal im Spiegel und rief dann der jungen Frau zu, sie solle ihm doch Gesellschaft leisten. Sie trat ins Badezimmer, zog sich aus und stieg lässig in die versenkte Wanne. Als Reynaldo sie mit den Zehen unter den Armen kitzelte, schob sie höflich, aber bestimmt seine Füße weg.

«Und was treibst du so?» fragte er.

«Das hab' ich dir doch schon erzählt, ich bin Sekretärin bei einem Anwalt.»

«Ach ja.» Immer wenn Reynaldo sich etwas intensiver mit Screwdrivers beschäftigt hatte, dann neigte sein Kurzzeitgedächtnis dazu, leicht zu versagen. «Bestimmt erkennst du mich», sagte er der jungen Frau.

«Ich hab's dir doch schon mal gesagt – nein!»

Reynaldo fuhr fort: «Normalerweise ist mein Haar schwarz. Ich habe es aus bestimmten Gründen umgefärbt.»

Er hatte seine Verkleidung als Johnny LeTigre für seine Konfrontation mit Dr. Rudy Graveline wieder aufgefrischt. Er hatte seine Haare braun gefärbt und sie mit einem mit Wasser befeuchteten Kamm straff nach hinten gekämmt. Er sah aus wie ein sizilianischer Schwammtaucher.

«Stell dir mich mit schwarzen Haaren vor», sagte er zu der Anwaltssekretärin, die eine Schaumflocke von ihrer Nasenspitze wegblies und sagte, nein, sie erkenne ihn noch immer nicht.

Er sagte: «Du hast doch einen Fernsehapparat, nicht wahr? Nun, ich bin Reynaldo Flemm.»

«Ja?»

«Von *Auge in Auge.*»

«Nein, ehrlich?»

«Hast du das Programm schon mal gesehen?»

«Nein», sagte die Sekretärin, «aber ich sitze sowieso nicht so oft vor dem Fernseher.» Sie versuchte nett zu sein. «Ich glaube, ich habe deine Werbespots gesehen», sagte sie.

Flemm ließ sich in der Wanne tiefer nach unten rutschen.

«Ist es so etwas wie eine Quizshow?» fragte die junge Frau.

«Nein, es ist eher eine Art Nachrichtensendung. Ich bin Enthüllungsreporter.»

«Wie der Typ von *Sixty Minutes*?»

Reynaldo ließ den Kopf herabsinken. Weil sich plötzlich so etwas wie ein schlechtes Gewissen bei ihr rührte, rutschte die Sekretärin durch die Wanne zu ihm und setzte sich auf seinen Schoß. Sie sagte: «He, ich glaube dir!»

«Heißen Dank.»

Er tat ihr etwas leid; er erschien so klein und verletzlich zwischen den Schaumbläschen. Sie sagte: «Du siehst so aus, als könntest du nirgendwo anders sein als im Fernsehen.»

«Ich bin im Scheiß-Fernsehen! Ich habe meine eigene Show.»

Die Frau sagte: «Was immer du willst.»

«Ich könnte dir ein Videoband leihen. Hast du einen Recorder?»

Die Sekretärin deutete ihm an, er solle mal still sein. Sie legte ihre Lippen an sein Ohr und fragte: «Warum tun wir es nicht gleich hier?» Reynaldo schlang halbherzig einen Arm um sie und begann ihre Brüste zu küssen. Es waren makellos schöne Brüste, aber Reynaldo war nicht mit dem Herzen bei der Sache.

Nach einigen Sekunden sagte die Frau: «Du bist wohl nicht so richtig in Stimmung, nicht wahr?»

«Ich *war* es!»

Das tut mir leid. Komm, laß mich deinen Rücken waschen.»

Reynaldos Gesäß verursachte ein quietschendes Geräusch, als er sich in der Badewanne umdrehte, so daß die Sekretärin ihn abschrubben konnte. Er betrachtete sie im Spiegel; ihre Hände fühlten sich wundervoll sanft und beruhigend an. Schließlich schloß er die Augen.

«Jetzt geht es dir besser», sagte sie und knetete seine Schulterpartien «Mein berühmter großer Fernsehstar.»

Reynaldo stellte fest, daß seine Erregung wieder zurückkehrte. Er berührte sich unter Wasser, um sich zu vergewissern. Er lächelte, bis er die Augen öffnete und etwas Neues im Spiegel sah.

Ein Mann stand in der Türöffnung. Der Mann mit dem Fischhaken.

«Ich störe nur ungern», sagte Mick Stranahan.

Die Frau kreischte und stürzte sich auf das nächste Badetuch. Reynaldo Flemm schaufelte Schaum zusammen, um seine nachlassende Erektion zu bedecken.

«Ich habe nach Christina gesucht», sagte Stranahan. Er kam zur Badewanne, den Haken wie eine Reitgerte unter den Arm geklemmt. «Sie ist nicht in ihrem Hotelzimmer.»

«Wie haben Sie mich gefunden?» Reynaldos Stimme klang schrill und angespannt, gewiß nicht wie die Stimme eines Reporterstars.

«Miami ist nicht gerade die Metropole des exklusiven Hotelwesens», sagte Stranahan. «Prominente wie Sie enden alle im Grove. Aber verraten Sie mir mal eins: Warum wohnt Christina noch immer auf Key Biscayne?»

Nervös erkundigte die Sekretärin sich: «Wer ist Christina?»

Stranahan fuhr fort: «Ray, ich habe Sie etwas gefragt.» Er tauchte den Haken in den Schaum und strich mit der Spitze über den Badewannenboden. Der Stahl knirschte bedrohlich über die Keramikfliesen. Reynaldo Flemm zog die Knie an und verkroch sich schutzsuchend in einer Ecke.

«Chris weiß nicht, daß ich hier bin», sagte er. «Ich hab' sie abgehängt.»

Stranahan riet der Anwaltssekretärin, sich anzuziehen und nach Hause zu gehen. Er wartete, bis sie das Badezimmer verlassen hatte, ehe er weiterredete.

«Ich habe Christinas Zimmer im Sonesta überprüft. Sie war seit zwei Tagen nicht mehr dort.»

Reynaldo fragte: «Was haben Sie mit mir vor?» Er konnte seine Blicke nicht vom Ende des Hakens abwenden. Während er die Arme um seine Knie schlang, bettelte er: «Bitte, tun Sie mir nicht weh.»

«Mein Gott!»

«Es ist mein Ernst!»

«Weinen Sie etwa?» Stranahan konnte es nicht glauben – schon wieder so ein dämlicher Hund, der völlig übertrieb. «Erzählen Sie mir nur von Christina. Ihre Notizbücher lagen immer noch in dem Zimmer, genauso ihre Handtasche. Haben Sie eine Idee?»

«Uuunnngggh.» Die rosige Spitze von Flemms Zunge tauchte zwischen seinen Schneidezähnen auf. Es war ein ängstlicher pudelähnlicher Ausdruck, der von zitternden Lippen und feuchten Augen unterstrichen wurde.

«Beruhigen Sie sich», sagte Stranahan. Sein Kopf fühlte sich an, als wäre er mit nassem Zement gefüllt. Die Darvocets hatten den Schmerz kaum gemindert. Was für ein beschissener Tag.

Er sagte: «Sie haben sie nicht gesehen?»

Heftig schüttelte Reynaldo den Kopf, nein.

Sie hörten eine Tür zuschlagen – die Sekretärin, die das Weite suchte. Stranahan benutzte den Haken, um den Stöpsel aus der Wanne zu ziehen. Wortlos verfolgte er, wie das Wasser ablief und Reynaldo nackt und verschrumpelt und mit Schaumflocken bedeckt zurückließ.

«Was ist mit der Perücke?» fragte Stranahan.

Reynaldo richtete sich auf und antwortete: «Sie ist für eine Show gedacht.»

Stranahan warf ihm ein Badetuch zu. Er sagte: «Ich weiß, was Sie vorhaben. Sie drängen Christina aus der Barletta-Story hinaus. Ich habe Ihre Notizen auf dem Schreibtisch gesehen.»

Flemm errötete. Er hatte drei Stunden gebraucht, um zehn Fragen für Dr. Rudy Graveline zu formulieren. Er hatte die Fragen sorgfältig in Druckschrift auf einem neuen Notizblock festgehalten, so wie Christina Marks es immer tat. Er hatte den größten Teil des Nachmittags damit verbracht, sie auswendig zu lernen, ehe er Feierabend machte und zum Biscayne Bay fuhr, um etwas Action zu erleben.

«Ihre Show ist mir herzlich egal», sagte Stranahan. «Ich interessiere mich nur für Christina.»

«Ich auch.»

«Es sah so aus, als wäre jemand gewaltsam in ihr Hotelzimmer eingedrungen. An der Tür befand sich ein Handabdruck.»

Reynaldo zuckte die Achseln. «Nun, meiner war es nicht.»

«Stehen Sie mal auf», befahl Stranahan ihm.

Flemm wickelte sich in das Badetuch, während er sich in der Wanne erhob. Stranahan schätzte seine Körpergröße ab. «Ich glaube Ihnen», sagte er. Er ging zurück in den Wohnraum, um auf Reynaldo zu warten, der sich abtrocknete und anzog.

Als Flemm herauskam, bekleidet mit einem lächerlichen Muskel-Shirt und engen Jeans, fragte Stranahan: «Wann werden Sie den Arzt aufsuchen?»

«Bald», sagte Reynaldo. Dann aufbrausend: «Das geht Sie nichts an.» Er fühlte sich in seinem Hemd viel sicherer.

Stranahan meinte: «Wenn Sie noch etwas warten, bekommen Sie eine viel bessere Story.»

Reynaldo verdrehte die Augen – wie oft hatte er das schon gehört! «Nichts zu machen», sagte er. Der überhebliche Unterton war wieder in seine Stimme zurückgekehrt.

«Ray, ich warne Sie wirklich nur ein einziges Mal. Wenn Christina wegen Ihnen irgend etwas zustößt, oder wenn Sie irgend etwas tun, was ihr in irgendeiner Form schaden könnte, dann sind Sie fertig. Und ich meine damit nicht nur Ihre wertvolle Fernsehkarriere.»

Flemm meinte: «Sie können gut den starken Mann markieren mit diesem Haken in der Hand.»

Stranahan stieß Reynaldo den Fischhaken entgegen und sagte: «Da, nehmen Sie – und überzeugen Sie sich, ob er bei Ihnen genauso wirkt.»

Reynaldo ließ das Gaff schnell auf den Teppich fallen. Grundsätzlich prügelte er sich nicht mit Leuten, solange keine Kamera lief. Welchen Sinn hätte es sonst?

«Ich hoffe, daß Sie sie finden», sagte Reynaldo.

Stranahan stand auf, um zu gehen. «Sie sollten wirklich darum beten, daß ich sie finde.»

Im Gay Bidet machte Freddie sich noch nicht einmal die Mühe, hinter seinem Schreibtisch aufzustehen, um sich vorzustellen. «Ich werde Ihnen das gleiche erzählen, was ich auch dem kubanischen Cop erzählt habe, nämlich gar nichts. Ich habe es mir zum Prinzip gemacht, grundsätzlich nicht über meine Angestellten zu reden, ob gegenwärtige oder frühere.»

Stranahan nickte. «Aber Sie kennen den Mann, von dem ich rede?»

«Vielleicht, vielleicht auch nicht.»

«Ist er da?»

«Dito», sagte Freddie. «Und jetzt verpissen Sie sich.»

«Eigentlich wollte ich mich mal umsehen.»

«So, wollen Sie?» fragte Freddie. «Einen Teufel werden Sie.» Er drückte auf einen schwarzen Summknopf unter dem Schreibtisch. Die Tür ging auf, und Stranahan wurde kurzfristig mit den Gesangsversuchen der Fabulous Foreskins zugeschüttet, die soeben ihren ersten Set begonnen hatten. Der Mann, der Freddies Büro betrat, war ein kleinwüchsiger, muskulöser Asiate. Er trug das rosafarbene T-Shirt des Gay-Bidet-Sicherheitsdienstes, das sich um seinen Körper fast bis zum Zerreißen spannte.

Freddie sagte: «Wong, schaff mir bitte dieses Stück Hundescheiße aus den Augen.»

Stranahan hielt warnend seinen Fischhaken hoch, und dessen matter Glanz brachte Wong dazu, innezuhalten. Geringschätzig musterte Freddie seinen Rausschmeißer und sagte: «Möchte bloß wissen, wo dieser ganze Kung Fu-Scheiß geblieben ist.»

Wong begann seine Brust aufzupumpen.

Stranahan meinte: «Ich hatte einen ziemlich harten Tag, und meine Laune ist ziemlich am Boden. Freuen Sie sich eigentlich über Ihre Lizenz zum Ausschank alkoholischer Getränke?»

Freddie schüttelte den Kopf. «Was reden Sie da, ob ich mich darüber freue?»

«Weil du dich heute abend wirklich darüber freuen solltest, solange du sie nämlich noch hast. Wenn du meine Fragen nicht beantwortest, dann wird mit dir und deinem Dreckloch von einem Nachtclub folgendes passieren: gleich morgen früh erscheinen sechs wirklich üble Burschen aus der Abteilung Alkohol- und Getränkeausschank und machen deinen Laden zu. Warum? Weil du gelogen hast, als du die Alkohollizenz beantragt hast, Freddie. Du hast in Illinois und Georgia eine ziemlich dicke Vorstrafenakte, und die hast du verschwiegen. Außerdem hast du ständig an Minderjährige ausgeschenkt. Und gerade eben versuchte dein Barkeeper mir zwei Gramm Peruaner zu verkaufen. Wenn du willst, kann ich weitermachen.»

Freddie sagte: «Bemühen Sie sich nicht.» Er wies Wong an zu verschwinden. Als sie wieder alleine waren, sagte er zu Stranahan: «Bei dem Ding in Atlanta war ich unschuldig.»

«Dann bist du eben kein Zuhälter. Hervorragend. Das wird die Jungs von der Getränketruppe sehr beeindrucken, Freddie. Vergiß nicht, ihnen zu erklären, daß du kein Zuhälter bist, egal, was der FBI-Computer ausspuckt.»

«Was zum Teufel wollen Sie?»

«Erzähl mir nur, wo ich meinen großen, guten Freund finden kann. Den mit dem wilden Gesicht.»

Freddie antwortete: «Ehrlich gesagt, ich weiß es nicht. Vor zwei

Tagen ist er abgehauen. Er hat seinen Lohnscheck geholt und gekündigt. Hat versucht, mir das T-Shirt zurückzugeben, dieser Idiot – als ob nach ihm noch jemand anderer das verdammte Ding tragen wollte. Ich hab' ihm gesagt, er soll es als Souvenir behalten.»

«Hat er erwähnt, wohin er wollte?» fragte Stranahan.

«Nee. Er hatte zwei Tanten im Schlepptau, also versuchen Sie sich einen Reim darauf zu machen.» Freddie entblößte einen Mundvoll gelber, brüchiger Zähne zu einem Grinsen. «Sieht aus wie das Monster vom anderen Stern, und hat trotzdem mehr Schnallen als ich.»

«Wie sahen die Frauen aus?» wollte Stranahan wissen.

«Von der einen weiß ich es nicht. Ihr Gesicht war völlig zerschnitten und voller Pflaster und Verbandszeug. Er muß sie wegen irgendwas furchtbar verprügelt haben. Die andere war eine Brünette, sehr gut aussehend ziemlich schlank. Keine Riesentitten, aber schön spitz und fest.»

Stranahan konnte sich nicht entscheiden, ob es Freddie oder die Musik war, wodurch seine Kopfschmerzen schlimmer wurden. «Die Schlanke – trug sie Bluejeans?»

Freddie meinte, daran könne er sich nicht erinnern.

«Haben sie irgendwas gesagt?»

«Nee, kein Wort.»

«Hatte er eine Pistole?»

Freddie lachte wieder. «Mann, der braucht keine Pistole. Er hat dieses rotierende Ding am Arm.» Freddie erklärte Stranahan, was für ein Ding das war und wie der Mann namens Chemo es benutzte.

«Du machst Witze.»

«Von wegen», sagte Freddie. «Der Typ war der beste Rausschmeißer, den ich je hatte.»

Stranahan reichte dem Clubbesitzer einen Fünfzigdollarschein und die Telefonnummer des Angelladens im Yachthafen. «Das für den Fall, daß er wieder zurückkommt. Du rufst mich an, ehe du die Cops alarmierst.»

Freddie steckte das Geld ein. Nachdenklich meinte er: «Ein Irrer wie der und gleich zwei Weiber, Mann, das beweist, es gibt keinen Gott.»

«Wir werden sehen», sagte Stranahan.

28

Chemos Instinkt riet ihm, sich mit dem Geld des Doktors aus dem Staub zu machen, denn es war weitaus mehr, als er in zwei Amischen-Leben jemals zu sehen bekommen hätte. Stranahan vergessen und die Stadt verlassen, das wäre jetzt das Richtige. Maggie Gonzalez allerdings meinte dazu, er solle jetzt nicht klein beigeben, schließlich hätten sie es schon fast geschafft: Sie hatten einen Chirurgen an der Angel. Eine Geldmaschine, wenn man so wollte. Maggie versicherte ihm, daß eine Million, wenn nicht sogar zwei Millionen in dieser Sache steckten. Es gäbe nichts, was Rudy Graveline nicht bereitwillig hergeben würde, um seine Lizenz als Arzt behalten zu dürfen.

Während er den Bonneville über den Biscayne Boulevard lenkte, sagte Chemo: «Mit dem, was ich jetzt in der Tasche habe, könnte ich mir das Gesicht flicken lassen, und dann hätte ich immer noch genug für ein Jahr auf Barbados übrig. Vielleicht gibt es sogar noch richtige Haare – diese Dinger, die sie einem einpflanzen. Ich hab' gelesen, daß Elton John das bei sich hat machen lassen.»

«Sicher», sagte Maggie. «Ich kenne einige Ärzte, die auch Haare ersetzen.»

Sie versuchte, Chemo in der gleichen Weise zu manipulieren, wie sie es bisher bei all ihren Männern gemacht hatte, aber es war nicht einfach. Abgesehen von seinem Wunsch, endlich einen reinen Teint zu haben, mußte sie erst noch genau herausbekommen, was ihn antrieb. Während Chemo Geld durchaus schätzte, schien er doch noch nicht die richtige Gier danach zu entwickeln. Was den Sex anging, so schien er daran überhaupt kein Interesse zu haben. Maggie gelangte zur Überzeugung, daß er nur vorübergehend von ihren Blessuren und Bandagen abgeschreckt wurde; sobald die Spuren der Gesichtsstraffung einmal verheilt wären, würden auch ihre Verführungskünste wieder aufblühen. Dann ergäbe sich lediglich ein logistisches Problem: Was fing man im Bett sinnvollerweise mit einer Motorsense an?

Während Chemo vor dem Holiday Inn in der 125th Street vorfuhr, sagte Maggie: «Wenn es dir lieber ist, dann können wir auch in ein schöneres Hotel ziehen.»

«Was mir am liebsten wäre», sagte Chemo, «das ist, wenn du mir den Kofferschlüssel geben würdest.» Er machte die Zündung aus und streckte fordernd seine rechte Hand aus.

Maggie sagte: «Glaubst du, ich wäre dumm genug, dich bescheißen zu wollen?»

«Ja», sagte Chemo und griff nach ihrer Handtasche. «Ich halte dich sogar für noch dümmer.»

Christina Marks hörte, wie die Tür aufging, und betete, daß es das Zimmermädchen sein möge. Es war nicht das Mädchen. Das Licht wurde angeknipst, und Chemo warf einen interesselosen Blick auf das Bett. Er überprüfte die Knoten an Christinas Handgelenken und Fußknöcheln, während Maggie zur Toilette marschierte und die Tür hinter sich zuknallte.

Nachdem Chemo ihr das Handtuch aus dem Mund genommen hatte, fragte Christina: «Was hat sie denn?»

«Sie meint, ich traue ihr nicht. Sie hat recht.»

«Da ist was dran», sagte Christina. «Meinem Boß hat sie auch schon einiges aus der Tasche gezogen.»

«Das merke ich mir.» Chemo setzte sich auf die Bettkante und zählte das Geld, das er aus Dr. Rudy Gravelines Jackentaschen geholt hatte. Das Zählen war mit nur einer gesunden Hand nicht gerade einfach. Christina schaute interessiert zu. Nachdem er damit fertig war, packte Chemo fünftausend zum Rest der Beute in den Koffer; viertausendzweihundert verschwanden in seinen Stiefeln. Er schob den Koffer unter das Bett.

«Wie originell», sagte Christina.

«Klappe.»

«Könnten Sie mich mal losbinden, bitte? Ich muß pinkeln.»

«Lieber Himmel, was sonst noch?»

«Soll ich etwa ins Bett machen?» fragte sie. «Und das schöne Geld ruinieren?»

Chemo holte Maggie aus der Toilette und befahl ihr, ihm beim Lösen der Knoten zu helfen. Sie hatten Christina mit einer Nylonwäscheleine an den Bettrahmen gefesselt. Sobald sie befreit war, massierte Christina sich ihre Handgelenke und richtete sich auf.

«Tun Sie schon, was Sie tun wollten», drängte Chemo sie zur Eile. Und zu Maggie: «Bleib bei ihr.»

Christina meinte: «Ich kann nicht pinkeln, wenn jemand zuguckt.»

«Wie bitte?»

«Sie hat recht», sagte Maggie. «Ich bin da genauso. Ich warte draußen vor der Tür.»

«Nein, tu, was ich dir gesagt habe», befahl Chemo.

«Da drin ist doch kein Fenster», hielt Christina ihm entgegen. «Was soll ich denn tun, durch das Klosett fliehen?»

Als sie aus der Toilette herauskam, stand Chemo neben der Tür. Er brachte sie zum Bett zurück, befahl ihr, sich wieder hinzulegen, dann fesselte er sie erneut – auch dies mit nur einer Hand eine mühsame Angelegenheit.

«Diesmal keinen Knebel», bat Christina. «Ich verspreche, daß ich nicht schreien werde.»

«Aber du redest», sagte Chemo. «Das ist noch schlimmer.»

Seit dem Vormittag, als er sie aus dem Hotel auf Key Biscayne entführt hatte, hatte Chemo praktisch nicht mit Christina Marks gesprochen. Er hatte sie auch nicht bedroht oder sie in irgendeiner Form mißhandelt; fast schien es, als wüßte er, daß sein Anblick allein, erst recht aus der Nähe, ausreichend einschüchternd war. Christina hatte den Kolben eines Revolvers in Chemos Hosentasche entdeckt, doch er hatte die Waffe kein einziges Mal hervorgeholt, dies war schon ein wesentlicher Fortschritt gegenüber den vorhergehenden zwei Begegnungen, als er sie beinahe erschossen hätte.

Sie sagte: «Ich möchte nur wissen, warum Sie das tun und was Sie eigentlich wollen.»

Er tat so, als hätte er sie gar nicht gehört. Maggie reichte Christina einen kleinen Becher Pepsi Cola.

«Laß sie nicht soviel trinken», bremste Chemo. «Sonst muß sie die ganze Nacht aufs Klo.»

Er schaltete den Fernsehapparat ein und verzog angewidert das Gesicht: Profibasketball – die Lakers gegen die Pistons. Chemo haßte Basketball. Mit seinen zwei Metern hatte er sein gesamtes Erwachsenenleben damit zugebracht, aufdringlichen Fremden zu erklären, nein, er sei kein Basketballprofi. Einmal hatte ein kurzsichtiger Fan der Celtics ihn für Kevin McHale gehalten und ein Autogramm verlangt; Chemo hatte den Mann wütend in die Schulter gebissen, wie ein gereiztes Pferd.

Er begann von Kanal zu Kanal zu springen, bis er eine alte *Miami-Vice*-Folge fand. Er drehte die Lautstärke hoch und schob den Sessel näher an den Bildschirm heran. Er beneidete Don Johnson um seinen Drei-Tage-Bart; er sah so rauh und männlich aus. Chemo hatte sich aus auf der Hand liegenden Gründen seit seinem Unfall mit der Elektronadel nicht mehr rasiert.

Er wandte sich zu Maggie um. «Können sie einem auch am Kinn Haare einsetzen?»

«Oh, na klar», erwiderte sie, obgleich sie von einer solchen Prozedur noch nie etwas gehört hatte.

Auf dem Bett fixiert wie ein aufgespießter Schmetterling sagte Christina: «Irgendwann wird jemand nach mir suchen.»

Chemo schnaubte verächtlich. «Genau das ist ja unsere Absicht.» Konnten diese Weiber denn nie die Klappe halten? Wurden sie von seiner Bereitschaft zu Gewalt überhaupt nicht eingeschüchtert?

Maggie saß neben Christina und meinte: «Wir müssen Ihrem Freund irgendeine Botschaft übermitteln.»

«Wem – Stranahan? Der ist nicht mein Freund.»

«Dennoch habe ich meine Zweifel, daß es ihm egal ist, wenn Ihnen etwas zustößt.»

Christina überdachte ihre Situation – an ein Bett gefesselt und sich in ihrer Unterwäsche hin und her windend – und versuchte, sich vorzustellen, was Reynaldo Flemm wohl sagen würde, wenn er jetzt durch die Tür hereingestürmt käme. Wenigstens dieses eine Mal würde sie sich über den Anblick dieses dämlichen Hurensohns freuen, aber sie wußte, daß eine Rettung aus dieser Richtung nicht zu erwarten war. Wenn nicht mal Mick sie finden konnte, dann hatte Ray nicht den Hauch einer Chance.

«Wenn es das Videoband ist, hinter dem Sie her sind, ich habe keine Ahnung, wo es ist.»

«Aber Ihr Freund weiß es doch bestimmt, oder?» sagte Maggie.

Chemo wies auf den Fernseher. «He, seht mal da!» Auf dem Bildschirm jagte Sonny Crockett in seinem Powerboot einen Drogenschmuggler mitten durch Stiltsville hindurch. Dies war das erste Mal, das Christina Chemo lächeln gesehen hatte. Es war eine schreckliche Erfahrung.

Maggie sagte: «Und wie können Sie ihn erreichen?»

«Mick? Ich weiß es nicht. Da draußen gibt es kein Telefon. Immer wenn ich ihn sehen wollte, habe ich ein Boot gemietet.»

Ein Werbespot wurde im Fernsehen gesendet, und Chemo wandte sich zu den Frauen um. «Herrgott noch mal, ich will nicht wieder in dieses Haus – diese Scheiße reicht mir. Ich will, daß er zu mir kommt. Und das wird er tun, sobald er weiß, daß ich dich geschnappt habe.»

Mit ihrer mutlosesten Stimme meinte Christina zu Maggie: «Ich glaube wirklich nicht, daß Mick auch nur einen Gedanken an mich verschwendet.»

«Du solltest lieber hoffen, daß er das tut», sagte Chemo. Er drückte das Handtuch fest in Christinas Mund und ließ sich wieder in seinen Sessel fallen, um sich den Rest des Films anzusehen.

Am Morgen des achtzehnten Februar, dem letzten Tag in Kipper Garths Anwaltskarriere, brachte er zum Verfahren Nordstrom gegen Graveline, Whispering Palms et al. beim Kreisgericht von Dade County einen Antrag ein.

Der Antrag betraf eine einstweilige Verfügung, mittels derer sämtlicher Besitz von Dr. Rudy Graveline, darunter seine Bankkonten, Wertpapierdepots, Aktienpakete, Schuldverschreibungen, Sparverträge, Rentenversicherungen und Grundstücksvermögen, gesperrt wurde. Zusammen mit Kipper Garths Antrag wurde dem Richter eine Erklärung der Beachcomber Travel Agency vorgelegt, aus der hervorging, daß ein gewisser Rudolph Graveline am vorhergehenden Tag zwei Erster-Klasse-Flugtickets nach San José, Costa Rica, erworben hatte. In der Begründung (vollständig formuliert von Mick Stranahan und einer der Anwaltsgehilfinnen) äußerte Kipper Garth den begründeten Verdacht, daß Dr. Graveline die Absicht habe, für immer den Vereinigten Staaten den Rücken zu kehren.

Normalerweise hatte eine Forderung in bezug auf das Vermögen eines Beklagten eine eingehende Anhörung zur Folge und führte fast immer zu einer Ablehnung einer einstweiligen Verfügung.

Doch Kipper Garths Position (und somit auch die der Nordstroms) wurde von einem diskreten Telefonanruf Mick Stranahans bei dem Richter untermauert, den Stranahan aus seiner Zeit als junger Staatsanwalt in der DUI-Abteilung kannte. Nach einem kurzen gegenseitigen Auffrischen von Erinnerungen erklärte Stranahan dem Richter den wahren Grund seines Anrufs: nämlich daß Dr. Rudy Graveline ein Hauptverdächtiger in einem vier Jahre alten Entführungsfall sei, der sich durchaus als Mord entpuppen könnte. Stranahan versicherte seinem Freund, daß der Arzt, ehe er sich einem Gericht stellte, lieber sein Geld nehmen und sich aus dem Staub machen würde.

Der Richter erließ die einstweilige Verfügung kurz nach neun Uhr morgens. Kipper Garth war über seinen Erfolg vollkommen erstaunt; niemals hätte er gedacht, daß die Prozeßführung so verdammt einfach sein konnte. Er träumte schon von dem Tag, wenn er völlig aus dem Vermittlungsbusineß aussteigen und überall in Miami als ausgefuchster, mit allen Wassern gewaschener Prozeßanwalt bekannt sein würde. Trotzdem liebte Kipper Garth seine Reklametafeln. Wie hoch er auch unter den Gerichtsassen der Brickell Avenue aufsteigen würde, die Reklametafeln mußten auf jeden Fall stehenbleiben …

Um zehn Uhr fünfundvierzig erschien Rudy Graveline in seiner Bank in Bal Harbour und bat um eine telegraphische Überweisung von 250000 Dollar von seinem persönlichen Konto auf ein neues Konto in Panama. Er verlangte außerdem 60000 Dollar in amerikanischer Währung sowie Traveller Schecks. Der junge Bankangestellte, der Rudy Graveline bediente, verließ für mehrere Minuten sein Büro. Als er zurückkam, stand einer der stellvertretenden Bankdirektoren mit ernster Miene neben ihm.

Rudy traf die schlechte Nachricht wie ein Schock.

Zuerst weinte er, was lediglich peinlich war. Dann geriet er in Wut und bekam einen hysterischen Anfall, und schließlich schien er die Kontrolle über sich zu verlieren. Er stolperte und schwankte in die Bankhalle, wo dann schließlich zwei Sicherheitsleute der Bank herbeigerufen wurden, um den Arzt aus dem Gebäude hinauszukomplimentieren.

Als sie Rudy schließlich auf dem Parkplatz losließen, hatte er sich wieder etwas gesammelt und aufgehört zu weinen.

Bis einer der Bankwächter auf den Kotflügel seines Wagens wies und fragte: «Was zum Teufel ist denn mit Ihrem Jaguar passiert, Bruder?»

Vielleicht war es die Euphorie eines gerichtlichen Sieges, oder vielleicht war es auch nur rein fachliche Neugier, die Kipper Garth animierte, um den Mittag herum dem Haushalt der Nordstroms einen Besuch abzustatten. Die Adresse befand sich in Morningside, einer gemütlichen, alten und lange gewachsenen Nachbarschaft aus Häusern mit weißer Stuckfassade, die nur ein paar Blocks vom abstoßendsten Teilstück des Biscayne Boulevard entfernt lag.

Marie Nordstrom war überrascht, Kipper Garth zu sehen, aber sie hieß ihn freundlich an der Tür willkommen, führte ihn in den Wohnraum und bot ihm eine Tasse Kaffee an. Sie trug ein stahlblaues Lycra-Gymnastiktrikot, und ihre aschblonden Haare hatte sie zu einem mädchenhaften Pferdeschwanz nach hinten gebunden. Kipper Garth konnte seine Blicke nicht von den Streitobjekten des Prozesses lösen. Das Gymnastiktrikot überließ wirklich nichts mehr der Phantasie; dies waren die einladendsten Brüste, die Kipper Garth jemals gesehen hatte. Es fiel schwer, sie als Waffen zu betrachten.

«John ist nicht da», sagte Mrs. Nordstrom. «Er hat ein Vorstellungsgespräch auf der Pelota-Anlage. Wollen Sie Sahne?»

Kipper Garth nahm Sahne. Mrs. Nordstrom stellte die Kaffeekanne auf einen Glasuntersetzer. Kipper Garth machte auf dem Sofa Platz für seine Gastgeberin, doch sie nahm auf einem Zweiersofa auf der anderen Seite des Rauchtisches ihm gegenüber Platz.

Kipper Garth sagte: «Ich wollte Sie nur über den neuesten Stand des Kunstfehlerprozesses unterrichten.» Beiläufig erzählte er Mrs. Nordstrom von der einstweiligen Verfügung, die Dr. Gravelines Zugriff auf sein Vermögen unterband.

«Was bedeutet das genau?»

«Es bedeutet, daß sein Geld hierbleibt, selbst wenn er woanders hinfliegt.»

Mrs. Nordstrom nahm diese Neuigkeit überhaupt nicht so begeistert auf, wie Kipper Garth gehofft hatte; offensichtlich konnte sie die allgemeinen Schwierigkeiten nicht erkennen, die er hatte überwinden müssen, um zu erreichen, was er erreicht hatte.

«John und ich haben uns gestern abend lange unterhalten», sagte sie. «Über unsere Absicht, vor Gericht zu gehen ... Ich weiß nicht so recht, Mr. Garth. Das Ganze ist für uns schon peinlich genug gewesen.»

«Wir stehen jetzt mittendrin, Mrs. Nordstrom. Jetzt gibt es kein

Umkehren mehr.» Kipper Garth versuchte die Ungehaltenheit in seiner Stimme zu unterdrücken: Da hing Rudy Graveline endlich in den Seilen, und plötzlich wollten die Kläger einen Rückzieher machen.

«Vielleicht wäre der Arzt zu einem Vergleich bereit», schlug Mrs. Nordstrom vor.

Kipper Garth stellte die Kaffeetasse klirrend ab und verschränkte die Arme. «Oh, ich bin sicher, daß er das am liebsten tun würde. Er wäre geradezu freudig bereit zu einem Vergleich. Und genau deshalb wollen wir davon nichts wissen. Noch nicht, jedenfalls.»

«Aber John sagt ...»

«Verlassen Sie sich auf mich», sagte der Anwalt. Er hielt inne und senkte den Blick. «Verzeihen Sie mir, daß ich es so ausdrücke, Mrs. Nordstrom, aber in diesem Fall einem Vergleich zuzustimmen, wäre von Ihnen sehr selbstsüchtig gedacht.»

Sie zuckte bei dem Wort zusammen.

Kipper Garth fuhr fort: «Denken Sie doch an all die vielen Patienten, die dieser Mann geschädigt hat. Dieser angebliche Chirurg. Wenn wir ihn nicht aufhalten, dann wird niemand es tun. Wenn Sie sich in diesem Fall vergleichen, Mrs. Nordstrom, wird das Gemetzel weitergehen. Sie und Ihr Ehemann werden reich sein, schön, aber Rudy Gravelines Stümpereien werden andauern. Auf seine Anweisung hin werden die Gerichtsakten geschlossen, bleiben sein Ruf und sein Ansehen erhalten. Wieder einmal. Ist es das, was Sie wirklich wollen?»

Kipper Garth hatte seinen eigenen Worten eindringlich gelauscht und war beeindruckt von dem, was er gehört hatte; er war in Rhetorik doch verdammt gut.

Einige verlegene Sekunden verstrichen, und Mrs. Nordstrom sagte: «Drüben beim Pelota ist eine Trainerstelle frei. John hat früher auf dem College aktiv gespielt, und er war phantastisch. Er verbrachte sogar einmal einen ganzen Sommer in Spanien und hat dort mit den Basken trainiert.»

Kipper Garth hatte noch nie von einem skandinavischen Pelota-Trainer gehört, aber seine Sportkenntnisse waren bestenfalls rudimentär. Indem er Aufrichtigkeit mimte, erklärte er Mrs. Nordstrom, daß er hoffte, ihr Mann bekomme den Job.

Sie sagte: «Der springende Punkt ist der, daß er niemandem etwas von seinem Glasauge erzählen darf. Dann würden sie ihn nämlich niemals nehmen.»

«Warum nicht?»

«Es wäre zu gefährlich», sagte Mrs. Nordstrom. «Der Ball, mit dem gespielt wird, ist hart wie Stein. Er wird *pelota* genannt. John sagt, er springt mit hundertsechzig Meilen pro Stunde von den Wänden zurück.»

Kipper Garth leerte seine Kaffeetasse. «Ich war noch nie bei einem Pelota-Spiel.» Er hoffte, sie griffe diesen Wink auf und wechselte das Thema.

«Im Spiel ist es sehr nützlich, wenn man zwei gesunde Augen hat», fuhr Mrs. Nordstrom unbeirrt fort. «Wegen der räumlichen Sicht und der Entfernungsschätzung.»

«Ich denke, das verstehe ich.»

«John meint, sie lassen ihn niemals als Trainer zu, wenn sie etwas von seinem Unfall erfahren.» Nun begann Kipper Garth zu begreifen. «Deshalb wollen Sie also den Vergleich und keine Gerichtsverhandlung, nicht wahr?»

Mrs. Nordstrom sagte, ja, sie machten sich Sorgen wegen der Publicity. «John meint, die Zeitungen und das Fernsehen werden sich wie die Geier auf eine solche Geschichte stürzen.»

Kipper dachte: Da hat John absolut recht.

«Aber Sie sind ein Opfer, Mrs. Nordstrom. Sie haben das Recht darauf, für diesen furchtbaren Vorfall in Ihrem Leben entschädigt zu werden. So steht es in der Verfassung.»

«John sagt, sie lassen Kameras im Gerichtssaal zu. Stimmt das?»

«Ja, aber das ist kein Grund, gleich in Panik zu geraten ...»

«Wenn es um Ihre Ehefrau ginge, würden Sie es wollen, daß die ganze Welt in den Sechsuhrnachrichten ihre Brüste betrachten kann?» Ihre Stimme klang stolz und indigniert zugleich.

«Ich werde mit dem Richter sprechen, Mrs. Nordstrom. Regen Sie sich nicht auf. Ich weiß, daß Sie bereits die Hölle durchgemacht haben.» Aber Kipper Garth wurde ganz aufgeregt bei dem Gedanken, daß Fernsehkameras im Gerichtssaal sein würden – das wäre ja noch besser als Reklametafeln!

Marie Nordstrom gab sich Mühe, nicht zu weinen und ruhig zu bleiben. Sie sagte: «Ich gebe diesem verdammten Reagan die Schuld. Hätte er nicht die Gewerkschaft zerschlagen, dann hätte John noch immer seinen Job im Tower.»

Kipper Garth sagte: «Überlassen Sie es nur mir, und Sie beide werden für den Rest Ihres Lebens ausgesorgt haben. John wird dann keinen Job mehr brauchen.»

Mrs. Nordstrom blickte wehmütig auf die beiden strammen, silikon-vergrößerten, mit Lycra bedeckten Hügel auf ihrem Brustkorb. «Es heißt, diese Art von Kontraktionsfolgen ließe sich leicht und schnell beseitigen, aber ich weiß nicht so recht.»

Kipper Garth umrundete den Rauchtisch und setzte sich zu ihr auf die Zweiercouch. Er legte einen Arm um ihre Schultern. «Trotz allem», sagte er, «sehen Sie prächtig aus.»

«Danke», flüsterte sie, «aber Sie wissen ja nicht – wie könnten Sie auch?»

Kipper Garth holte das seidene Einstecktuch aus seiner Brusttasche und reichte es Mrs. Nordstrom, die wie die *SS Norway* klang, als sie sich die Nase putzte.

«Wissen Sie, was ich denke?» sagte Kipper Garth. «Ich denke, Sie sollten sie mich mal anfassen lassen.»

Mrs. Nordstrom straffte sich und schniefte heftig.

Der Anwalt sagte: «Der einzige Weg, wie ich wenigstens ansatzweise verstehen kann, die einzige Möglichkeit, wie ich das Ausmaß dieser Tragödie einer Jury klarmachen kann, ist die, daß ich selbst einmal erfahre, wie es ist.»

«Moment mal – Sie wollen meine Brüste anfassen?»

«Ich bin schließlich Ihr Anwalt, Mrs. Nordstrom.»

Sie schaute ihn zweifelnd an.

«Wenn es eine Verbrennung wäre, dann würde ich die Narbe sehen müssen. Verstümmelung, Behinderung, es wäre genau das gleiche.»

«Ansehen ist die eine Sache, Mr. Garth. Berühren ist da schon etwas anderes.»

«Bei allem Respekt, Mrs. Nordstrom, Ihr Ehemann wird in diesem Fall einen lausigen Zeugen abgeben. Er wird als selbstsüchtiger Bastard erscheinen. Erinnern Sie sich noch an das, was er neulich in meinem Büro gesagt hat? Bocciakugeln, Mrs. Nordstrom. Er sagte, Ihre Brüste wären hart wie Bocciakugeln. Das ist nicht gerade die Aussage eines mitfühlenden, besorgten Ehepartners.»

Sie hielt ihm entgegen: «Sie wären wahrscheinlich auch ziemlich verbittert, wenn es Ihr Auge wäre, das ausgestochen wurde.»

«Zugegeben. Aber geben Sie mir die Chance, eine etwas sanftere, zartfühlendere Beschreibung Ihres Zustandes zu erfassen. Bitte, Mrs. Nordstrom.»

«Na schön, aber ich ziehe mich nicht aus.»

«Natürlich nicht.»

Sie rutschte auf der Zweiercouch etwas näher an ihn heran. «Reichen Sie mir Ihre Hände», sagte sie. «Und jetzt bitte.»

«Donnerwetter», sagte Kipper Garth.

«Was habe ich Ihnen gesagt?»

«Das hätte ich nicht erwartet.»

«Sie dürfen wieder loslassen», sagte Mrs. Nordstrom.

«Eine Sekunde noch.»

Aber aus einer Sekunde wurden zehn Sekunden, und zehn Sekunden dehnten sich zu dreißig, was John Nordstrom ausreichend Zeit gab, das Haus zu betreten und die Szene in sich aufzunehmen. Ohne ein Wort lud er die Cesta, den Pelotawurfkorb, und schleuderte den Pelota-Ball gegen den schmierigen Anwalt, der seine Frau betatschte. Der erste Wurf lag zu weit links und zerschmetterte ein mit einer Jalousie verdunkeltes Fenster. Der zweite Wurf traf mit einem satten Laut die Armlehne des Zweiersofas. Erst in diesem Moment löste Kipper Garth seinen Griff um Marie Nordstroms verblüffend starre und harte Brüste und versuchte vergeblich die Flucht durch die Hintertür. Ob der Anwalt sich seiner berufsethischen Krise vollends bewußt war oder ob seine Flucht aus einem rein animalischen Instinkt erfolgte, würde nie bekannt werden. John Nordstroms dritter und letzter Pelota-Wurf traf die okzipitale Naht in Kipper Garths Schädel. Er war bereits bewußtlos, als sein silbermähniger Kopf auf dem Fußboden aufschlug.

«Ha!» rief Nordstrom aus.

«Ich vermute, du hast den Job bekommen», stellte seine Frau fest.

Willie der Kameramann meinte, sie hätten zwei Möglichkeiten, vorzugehen: entweder sie stürmten den Ort des Geschehens oder sie schlichen sich hinein.

Reynaldo Flemm entschied: «Es wird gestürmt.»

«Bedenke das Timing», sagte Willie. «Das Timing muß absolut sicher und genau sein. Einen solchen Coup haben wir noch nie versucht.» Willie neigte eher zum Einsatz einer versteckten Kamera.

Reynaldo widersprach: «Komm einfach rein. Es gibt dort keinen

Sicherheitsdienst, denn es ist kein normales Krankenhaus. Wer will dich denn aufhalten, die Krankenschwester?»

Willie meinte, ihm gefiele der Plan nicht; es gäbe zu viele Unbekannte. «Was ist denn, wenn der Bursche einfach abhaut? Oder wenn er die Polizei holt?»

Reynaldo meinte: «Wo soll er denn hin, Willie? Das ist doch das Schöne an der ganzen Sache. Dieser Hurensohn kann gar nicht weglaufen, und das weiß er. Jedenfalls nicht, solange die Videokamera läuft. Es gibt immerhin Gesetze.»

«Herrgott im Himmel», sagte Willie. «Wir müssen ein Signal vereinbaren, du und ich.»

«Keine Sorge», beruhigte Reynaldo ihn. «Wir werden ein Signal haben.»

«Aber was ist denn mit dem Interview?» fragte Willie. Es war nur ein weiterer Versuch, Christina Marks wieder ins Gespräch zu bringen.

«Ich habe meine eigenen Fragen formuliert», sagte Reynaldo scharf. «Allesamt kleine Zeitbomben. Warte nur ab.»

«Okay», sagte Willie. «Ich bin bereit.»

«Um Punkt sieben also», sagte Reynaldo. «Ich kann gar nicht glauben, daß du so nervös bist – wir haben es doch nicht mit Gangstern zu tun, sondern nur mit einem aufgeblasenen Arzt. Der bricht doch sofort zusammen, dafür garantiere ich. Warte ab, wir bekommen ein echtes Geständnis.»

«Sieben Uhr», sagte Willie. «Bis dann.»

Nachdem der Kameramann sich verabschiedet hatte, rief Reynaldo Flemm im Whispering-Palms-Kurs- und Operationszentrum an, um sich noch einmal den Termin für Johnny LeTigre bestätigen zu lassen. Zu seiner Überraschung stellte die Sekretärin ihn direkt zu Dr. Graveline durch.

«Gilt unsere Verabredung morgen früh noch?»

«Gewiß doch», sagte der Chirurg. Er klang irgendwie abgelenkt, als sei er mit seinen Gedanken ganz woanders. «Denken Sie daran: Nach Mitternacht auf jeden Fall nüchtern bleiben, nichts essen und nichts trinken.»

«In Ordnung.»

«Ich dachte mir, wir fangen mit der Rhinoplastik an und machen dann mit der Lipidabsaugung weiter.»

«Ist mir recht», sagte Reynaldo Flemm. Genauso hatte auch er es geplant, zuerst die Nasenkorrektur.

«Mr. LeTigre, ich habe noch eine Frage wegen des Honorars ...»

«Wir hatten uns auf fünfzehntausend geeinigt.»

«Richtig», sagte Rudy Graveline, «aber ich wollte mich nur vergewissern – Sie sagten, Sie hätten es in bar?»

«Ja, das stimmt. Ich habe Bargeld.»

«Und Sie bringen es morgen mit?»

«Aber sicher.» Reynaldo konnte es kaum fassen, so ein Heini! Scheffelt im Jahr wahrscheinlich an die zwei Millionen und besabbert sich wegen lumpiger fünfzehntausend. Es stimmte schon, was man sich von den Ärzten erzählte, daß sie nämlich geizige Bastarde seien.

«Muß ich noch etwas anderes beachten?»

«Nehmen Sie reichlich Flüssigkeit zu sich», sagte Rudy mechanisch, «aber nichts mehr nach Mitternacht.»

«Ich werde ein gehorsamer Junge sein», versprach Reynaldo Flemm. «Wir sehen uns dann morgen.»

29

Der Wind war über Nacht aufgefrischt, pfiff zwischen den Planken des Hauses hindurch und schlug die Fensterläden gegen die Hauswände. Mick Stranahan stieg nackt auf das Dach und legte sich mit der Schrotflinte an seiner rechten Seite hin. Die Bucht war laut und schwarz und schäumte zwischen den Pfählen unter dem Haus. Hoch oben wälzten sich die Wolken in wallenden grauen Klumpen dahin, himmlische Staubteufel, die über das Firmament tanzten. Wie immer lag Stranahan so, daß er die Stadt nicht sehen konnte, wo die grellen Lichtsymbole des Verbrechens einen ansonsten wunderschönen Horizont verschandelten. An Abenden wie diesem betrachtete Stranahan die Stadt als eine Krankheit und ihre giftig orangefarbene Aura als eine riesige dunstige Wolke eitriger Gase. Die Skyline der City, die über Nacht in einem Ausbruch von städtischem Priapismus aufgestanden sein mußte, erschien Stranahan als eine obszöne, aber eindrucksvolle Kulisse, ein raffiniert gestalteter Filmschauplatz. Die Hälfte der neuen Wolkenkratzer von Miami war mit Kokaingeld erbaut worden und existierte im wesentlichen als ein Insiderscherz, ein Wunder, um die Banken und die Einkommensteuerbehörde und die Handelskammer zufriedenzustellen. Jedermann hob nur zu gerne hervor, daß die Skyline ein Monument des lokalen Wohlstands und Leistungswillens war, doch Stranahan erkannte darin nur einen Tribut an das anonyme Genie lateinamerikanischer Geldwäscher. Auf jeden Fall war es nichts, was er vom Dach seines Pfahlhauses zu betrachten wünschte. Nicht viel angenehmer war der Blick nach Süden auf die anderen Stadtbezirke, ein pulsierendes Durcheinander von Coconut Grove über die Gables bis nach Süd-Miami und weiter. Wenn man nach Westen blickte, hätte Stranahan an einem klareren Abend die neueste Landmarke an der Küste bewundern können: eine riesige, zehn Stockwerke hohe Klippe aus Abfall, die allgemein nur Mount Trashmore, Müllberg, genannt wurde. Da es keine ländlichen Gebiete mehr gab, in denen Dade County seine Abfälle hätte verstecken können, hatte die Verwaltung einen stinkenden, ständig wachsenden Müllwall entlang des Strandes der Biscayne Bay aufschütten lassen. Stranahan konnte sich nicht entscheiden, welchen Anblick er abstoßender fand, die Skyline City oder das Müllgebirge. Die Aasgeier, die sich genausowenig schlüssig werden konnten, zogen regelmäßig von einem Ort zum anderen und zurück.

Stranahan war immer ziemlich dankbar für eine reine Meeresbrise. Er lag auf der östlichen Dachschräge, die zum Atlantik hin abfiel. Eine DC-10 startete vom Miami International Airport, überflog Stiltsville und ließ das Windrad auf Stranahans Haus erzittern. Er versuchte, sich vorzustellen, wie es wohl wäre, wenn er aufwachte und die Stadt sich in Luft aufgelöst hätte, wenn der Himmel wieder klar und still, die Strände sauber und jungfräulich wären. Wie gerne hätte er um die Jahrhundertwende in dieser Gegend gelebt, als noch die Natur die Oberhand hatte.

Der kühle Wind spielte mit den Haaren auf seiner Brust und an seinen Beinen. Stranahan schmeckte das Salz auf seinen Lippen und schloß die Augen. Eine seiner Ex-Frauen, er konnte sich nicht mehr erinnern welche, hatte einmal gesagt, er müsste eigentlich nach Alaska ziehen und dort Einsiedler werden. Du bist so ein alter Querkopf, hatte sie gesagt, daß noch nicht einmal die Grizzlybären etwas mit dir zu tun haben wollen. Nun fiel Stranahan auch wieder ein, welche Frau das gesagt hatte: Donna, seine zweite. Sie war am Ende seine negative Einstellung zu allem und jedem leid gewesen. Jede große Stadt hat ihre Verbrechen, hatte sie gesagt. Jede große Stadt hat Korruption. Sieh dir nur New York an, hatte sie gesagt. Sieh dir Chicago an. Das sind doch wirklich gottverdammt große Städte, Mick, das mußt du zugeben. Wie so viele Cocktailkellnerinnen weigerte Donna sich standhaft, die Menschheit als solche aufzugeben. Sie glaubte, daß die guten Menschen auf der Erde die schlechten zahlenmäßig überwogen, und sie hatte die Trinkgelder, die ihr das bewiesen. Nach der Scheidung hatte sie sich an einer Abendschule eingeschrieben und hatte es geschafft, eine Immobilienmaklerlizenz für Florida zu erwerben; Stranahan hatte gehört, daß sie nach Jacksonville gezogen war und dort blendende Geschäfte im Handel mit Apartments mit Blick aufs Meer machte. Ihm wurde düster bewußt, daß alle seine ehemaligen Frauen (sogar Chloe, die sich als zweiten Ehemann einen staatlichen Wirtschaftsprüfer an Land gezogen hatte) nach der Scheidung aufgestiegen waren. Fast schien es, als hätte ihre Ehe mit Stranahan ihnen die Augen dafür geöffnet, wieviel von der realen Welt sie bisher nicht gekannt hatten.

Er dachte an Christina Marks. Wie kam es, daß er mit einer solch ernsthaften Frau aneinandergeraten war? Anders als die anderen, die er geliebt und geheiratet hatte, verfolgte Christina konsequent alles, was schlecht und abscheulich und verdorben war. An ihr war auch nicht der Hauch wahrer Unschuld, nicht eine Spur jenes fröhlichen, unbeschwerten Serviererinnen-Optimismus ... dennoch fühlte er sich von etwas Starkem angezogen. Vielleicht die Tatsache, daß sie durch den gleichen moralischen Sumpf watete wie er selbst. Korrupte Polizisten, korrupte Anwälte, betrügerische Ex-Frauen, sogar verbrecherische Baumtrimmer – all dies war der Bodensatz des Citysumpfs.

Stranahans Finger berührten den Kolben der Schrotflinte, und er zog sie näher zu sich heran. Bald schlief er ein und träumte, daß Victoria Barletta noch lebte. Er träumte, daß er sie eines Abends im *Rathskellar* auf dem Campus der Universität von Miami kennenlernte. Sie arbeitete hinter der Bar und trug eine rosafarbene Schmetterlingsbandage quer über ihre Nase. Stranahan bestellte ein Bier und einen Cheeseburger, medium, und fragte sie, ob sie ihn heiraten wolle. Sie meinte, klar doch.

Das Boot weckte ihn. Es war ein vertrautes gelbes Schiff mit einem großen Außenbordmotor. Stranahan sah es in einer Meile Entfernung mit hochgezogenem Motor über die seichten Fluten gleiten. Er lächelte – es war der Angelführer, sein Freund. Bei all den niedrig hängenden, schmutzig grauen Wolken war es etwas schwierig, die Uhrzeit zu schätzen, doch Stranahan rechnete sich aus, daß die Sonne sicherlich erst vor zwei Stunden aufgegangen war. Er sprang vom Dach herunter, versteckte die Remington im Haus und zog sich Jeans über, um die Klienten des Führers nicht zu erschrecken, ein ziemlich seltsames Paar. Der Mann war fünfundsechzig, vielleicht auch älter, beleibt und grauhaarig, mit einer Haut wie Reispapier; die Frau war fünfundzwanzig, höchstens, hochgewachsen, dunkelblond, hatte einen feuchtglänzenden, korallenroten Lippenstift aufgelegt und trug um den Hals eine schwere Goldkette.

Der Führer kletterte auf den Steg des Pfahlhauses und sagte: «Mick, schau es dir gut an. Lippenstift an einem solchen Tag.»

Aus dem Boot, das unten festgemacht war, konnte Stranahan hören, wie das Paar über das Wetter stritt. Die Frau wollte zurückfahren, da keine Sonne schien, die ihr zu einer anständigen Bräune hätte verhelfen können. Der alte Mann sagte, nein, er habe für den Ausflug bezahlt, und er wolle auf jeden Fall sein Angelglück versuchen.

Stranahan sagte zu seinem Freund: «Du hast ja eine biblische Geduld, fast wie Hiob.»

Der Führer schüttelte den Kopf. «Ich habe mörderische Raten zu zahlen, das ist der springende Punkt. Da, nimm, das ist für dich.»

Es war ein Umschlag, auf dem Stranahans Name in Blockbuchstaben zu lesen war. «Eine Frau mit zwei schwarzen Augen hat mich gebeten, dir das zu geben», sagte der Führer. «Ein kubanisches Girl, sah nicht schlecht aus. Sie bot mir sogar hundert Bucks an.»

«Ich hoffe, du hast sie genommen.»

«Ich wollte das Doppelte», sagte der Führer.

Stranahan faltete den Umschlag in der Mitte und stopfte ihn in die Gesäßtasche seiner Jeans.

Der Führer fragte: «Bist du in Schwierigkeiten?»

«Nur geschäftlich.»

«Mick, du betreibst doch gar kein Geschäft!»

Stranahan grinste düster. «Das ist wohl wahr.» Er wußte, was sein Freund dachte: Lediger Bursche, ein gemütliches Haus auf dem Wasser, ein anständiges Boot zum Fischen, ein monatlicher Pensionsscheck wegen Dienstunfähigkeit vom Staat – wie konnte jemand sich ein derart ideales Arrangement kaputtmachen?

«Ich habe gehört, irgendein Arschloch hat hier draußen herumgeschossen wie ein Irrer.»

«Stimmt.» Stranahan wies auf ein frisches Holzbrett an seiner Tür. Das Brett bedeckte zwei Einschußlöcher von Chemos MPi. «Ich muß unbedingt rote Farbe besorgen», sagte Stranahan.

Der Führer winkte ab. «Vergiß das Haus, wie geht es deiner Schulter?»

«Die ist in Ordnung», antwortete Stranahan.

«Dreh bloß nicht durch, mein Freund: Luis hat es mir erzählt.»

«Kein Problem. Möchtest du Kaffee?»

«Nee.»

Der Angelführer wies mit dem Daumen auf sein Boot. «Dieser

alte Knacker ist im Vorstand irgendeiner Stahlfirma oben im Norden. Das ist seine Sekretärin.»

«Gott schütze ihn.»

Der Führer erzählte: «Als wir das letzte Mal zum Fischen rausfuhren, ich schwöre dir, zieht die sich doch das Unterteil ihres Badeanzugs aus. Nicht das Oberteil, Mick, das Unterteil. Den ganzen Tag über hält sie mir ihren Busch unter die Nase. Sagt, sie wolle sich die Haare bleichen. Ich stehe da und suche wie ein Verrückter nach diesen gottverdammten Fischen, und sie vollführt vor dem Boot einen Salto nach dem anderen, um den Busch in die Sonne zu halten.»

Stranahan schüttelte anerkennend den Kopf. «Ich frage mich, wie du das alles aushältst.»

«Heute scheint nun mal keine Sonne und sie ist natürlich obersauer. Dabei sagt der alte Sack, daß er heute nichts anderes will, als mit Fliegen eine rekordverdächtige Meeräsche fangen. Das ist alles. Mick, ich bin zu alt für diesen Scheiß.» Der Führer zog sich die Mütze so fest über den Kopf, daß sie die oberen Ränder seiner Ohrmuscheln einklemmte. Kummervoll stieg er die Stufen zum Steg hinunter.

«Viel Glück», rief Stranahan ihm nach. Unter den gegebenen Umständen klang es irgendwie lächerlich.

Der Führer band das gelbe Boot los und sprang hinein. Ehe er den Motor startete, schaute er zu Stranahan hoch und sagte: «Ich komme morgen wieder her, selbst wenn das Wetter schlecht ist. Und übermorgen auch.»

Stranahan nickte; gut zu wissen. «Danke, Käpt'n», sagte er.

Nachdem das Boot verschwunden war, kehrte Stranahan wieder auf das Dach des Hauses zurück und holte den Umschlag aus der Hosentasche. Er öffnete ihn in aller Ruhe, denn er wußte, was es war und von wem es kam. Er hatte darauf gewartet.

Die Nachricht lautete: «Wir haben deine Freundin. Keine Cops!»

Und darunter stand eine Telefonnummer.

Mick Stranahan prägte sich die Nummer ein, zerknüllte den Zettel und warf ihn vom Dach hinunter in die milchigen Wellen.

«Irgend jemand hat schon wieder zuviel ferngesehen», sagte er.

An diesem Nachmittag erhielt Mick Stranahan eine weitere beunruhigende Nachricht. Sie wurde von Luis Córdova übermittelt, dem jungen Beamten der Küstenpatrouille. Er brachte Stranahan mit dem Boot von Stiltsville zur Crandon Marina, wo Stranahan sich ein Taxi suchte und damit zum Haus seiner Schwester in Gables-by-the-Sea weiterfuhr.

Sergeant Al García ging auf der vorderen Terrasse auf und ab. Über seinem Anzug trug er einen augenscheinlich echten Londoner Nebel-Trenchcoat. Stranahan wußte, daß García ungehalten war, weil er wieder diese verdammten Camels rauchte. Noch bevor Stranahan bei dem Taxifahrer bezahlt hatte, kam García die Zufahrt heruntergerannt, wobei ihm der blaue Zigarettenrauch aus der Nase strömte wie bei einem dieser Zeichentricktiere.

«Also», sagte der Detective. «Hat Luis Sie ins Bild gesetzt?»

Stranahan bejahte, er wisse, daß Kipper Garth bei einer privaten Auseinandersetzung schwer verletzt worden sei.

García versperrte ihm den weiteren Weg über die Zufahrt. «Von einem Klienten, Mick. Stellen Sie sich das vor.»

«Ich weiß nichts über den Klienten, Al.»

«Er heißt Nordstrom, John Nordstrom.» García verfuhr mit dem feuchten Camelstummel genauso wie mit den Zigarren, er ließ ihn von einem Mundwinkel zum anderen wandern. Stranahan fand das überaus verwirrend.

«Laut Aussage der Frau», sagte García, «kehrte der Täter unerwartet nach Hause zurück und traf Ihren Schwager, den beinahe Verstorbenen ...»

«Vielen Dank, Al.»

«... und traf den beinahe Verstorbenen dabei an, wie er an seiner Frau rumfummelte. Woraufhin der Täter mindestens dreimal versuchte, den beinahe Verstorbenen zu treffen. Mit einem Pelotaball, Mick. Der dritte Ball traf Ihren Schwager an der Schädelbasis und raubte ihm das Bewußtsein.»

«Dieser dämliche Scheißkerl. Wie geht's Kate?»

«Sie ist verwirrt», sagte García. «Aber das sind wir in der Sache wohl alle.»

«Ich will sie sprechen.» Stranahan ging um den Detective herum und zur Haustür. Seine Schwester stand am Erkerfenster des Wohnraums und starrte hinaus auf Kipper Garths Segelboot, es hieß «Pein und Leiden» und lag schaukelnd am Steg hinter dem Haus. Stranahan umarmte Kate und küßte sie auf die Stirn.

Sie schniefte und fragte: «Haben Sie es dir erzählt?»
«Ja, Kate.»
«Daß er eine Klientin betatscht hat – haben sie dir das erzählt?»
Stranahan sagte: «Das ist eine typische Frauendarstellung.»
Kate stieß ein bitteres Kichern aus. «Und du glaubst das nicht? Komm schon, Mick, *ich* glaube es. Kipper war ein Schwein, seien wir doch ehrlich. Du hattest recht, ich habe mich geirrt.»
Stranahan wußte nicht, was er sagen sollte. «Er hatte auch einige Qualitäten.» Mein Gott, wie dumm. «*Hat* einige Qualitäten, meine ich.»
«Die Ärzte sagen, er hat eine fifty-fifty-Chance, aber ich rechne mit dem Schlimmsten. Kipper ist kein Kämpfertyp.»
«Er könnte dich überraschen», meinte Stranahan ohne Überzeugung.
«Mick, nur damit du Bescheid weißt – ich war mir längst darüber im klaren, was er trieb. Wenn ich nur an seine Ausreden, seine Entschuldigungen denke, mein Gott, du hättest sie hören sollen. Überstunden im Büro, Wochenenden am Telefon, Reisen, Gott weiß wohin. Ich tat so, als glaubte ich ihm, weil ... weil mir dieses Leben gefiel, Mick. Das Haus ... der große Garten. Ich meine, es klingt sicherlich selbstsüchtig, aber es hat mir gefallen. Es war sicher. Die Gegend und die Nachbarn sind wunderbar.»
«Katie, es tut mir leid.»
«Wohngegenden wie diese findet man nur schwer, Mick. Du mußt wissen, bei uns wurde in vier Jahren nur zweimal eingebrochen. Und das ist für Miami nicht schlecht.»
«Aber ganz und gar nicht», gab Stranahan zu.
«Sieh mal, ich rief mir diese Dinge immer wieder ins Bewußtsein, wenn ich ans Weggehen dachte.» Katie legte eine Hand auf seinen Arm und meinte: «Du wußtest von seinen Seitensprüngen.»
«Nicht alles.»
«Danke, daß du nicht darüber gesprochen hast.» Sie meinte es ernst.
Stranahan kam sich vor wie ein komplettes Arschloch, und das war er wohl auch. «Das alles ist meine Schuld», sagte er. «Ich habe Kipper überredet, diesen Fall zu übernehmen. Ich habe ihn dazu gedrängt.»
«Wie?» fragte sie. «Und warum?»

«Was immer du auch denken magst, es ist noch schlimmer. Ich kann dir keine Einzelheiten nennen, Kate, denn es wird Ärger geben, und ich möchte dich heraushalten. Aber du mußt wissen, daß ich derjenige war, der Kipper mit hineingezogen hat.»

«Aber du warst es nicht, der mit deiner Klientin lustiges Busengrapschen gespielt hat. Das hat er getan.» Sie drehte sich wieder zu dem großen Fenster um und verschränkte die Arme. «Es ist so … billig.»

«Ja», gab Stranahan ihr recht. «Billig ist das richtige Wort.»

Als er aus dem Haus kam, wartete García schon.

«War das nicht besonders höflich von mir, nicht hineinzustürmen und vor Ihrer Schwester eine richtig schöne kubanische Szene abzuziehen?»

«Al, Sie sind ein wahrer Aristokrat unter den Menschen.»

«Wissen Sie auch, warum ich diesen Trenchcoat trage? Er ist übrigens brandneu. Ich mußte an einem Begräbnis teilnehmen: Bobby Pepsical, der County Commissioner. Er ist während der Beichte tot umgefallen.»

«Das war genau der richtige Platz für ihn. Er war ein Erzgauner.»

«Natürlich war er das, Mick. Aber ich habe das Gefühl, als hätte er seine Absolution gar nicht bekommen.»

«Warum nicht?»

«Weil kein Priester im Beichtstuhl war. Bobby hat in einem leeren Beichtstuhl seine Sünden heruntergebetet – das ist ziemlich seltsam, nicht wahr? Wie dem auch sei, sie schickten ein paar von uns zu diesem beschissenen Begräbnis, wegen seiner Stellung. Deshalb habe ich auch den Mantel gekauft. Es regnete.»

Stranahan sagte: «Und wie war's? Haben sie ihn in die Erde geschraubt? Denn er war schon ein verdammt krummer Hund.»

«Ich weiß, aber, Herrgott, haben Sie etwas Respekt vor den Toten.» García rieb sich die Schläfen, als ob er sich einen Krampf wegmassierte. «Sehen Sie, das ist es, was mich so aufregt, Mick. Seit ich mich mit dieser Affäre um Sie und den Arzt beschäftige, sterben die Leute wie die Fliegen. Und dann auch noch auf eine ziemlich unheimliche Art. Da ist Ihre Ex, dann Murdock und Salazar – schon wieder eine Beerdigung! Dann ist da die Affäre mit diesem gottverdammten mordlustigen Baumtrimmer. Und nach all dem steh' ich hier im Regen, sehe mir an, wie sie einen schmierigen Politiker in die Erde senken, der auf den Knien in einem leeren Beichtstuhl herumrutscht, und schon geht mein verdammter Piepser los. Der Lieutenant erzählt, daß irgendein bedeutender Anwalt von einem Pelotaball getroffen wurde und daß daraus jeden Augenblick ein Mord werden könnte. Ein Pelotaball! Und dann stellt sich heraus, daß dieser berühmte Anwalt Ihr Schwager ist. Das ist ja schon der reinste Alptraum!»

«Es war wirklich ein schlimmer Monat», gab Stranahan zu.

«Ja, das war er. Was ist denn nun mit diesen Nordstroms?»

«Ich kannte sie nicht, das habe ich bereits gesagt.»

García zündete sich eine weitere Zigarette an, und Stranahan verzog das Gesicht. «Wissen Sie, warum ich diese Dinger rauche? Weil ich mich aufrege. Ich rege mich immer dann auf, wenn ich zum Clown gemacht werde, und ich hasse es, eine gute Zigarre dadurch zu ruinieren, daß ich mich über irgend etwas aufrege.»

Stranahan sagte: «Können Sie dann bitte damit aufhören, mir den Rauch ins Gesicht zu blasen? Das ist alles, worum ich bitte.»

Der Detective nahm die Zigarette aus dem Mund und hielt sie hinter seinen Rücken. «Da, sind Sie nun zufrieden? Und jetzt helfen Sie mir, Mick. Die Frau des Täters, sie sagt, daß Kipper Garth sie eines Tages anrief und sie fragte, ob sie nicht klagen wolle, und raten Sie mal gegen wen – Rudy Graveline! Da er der Quacksalber war, der ihr zu ihren eingekapselten Dingsdas verholfen hat.»

«Wenn sie das so darstellt, prima.»

«Aber Anwälte dürfen keine Werbung machen.»

«Al, wir sind hier in Miami.»

García nahm einen hastigen Zug und versteckte die Camel wieder. «Meine Theorie besagt, daß Sie irgendwie Ihren schmierigen, beinahe verstorbenen Schwager dazu gebracht haben, Graveline zu verklagen, nur um ihm die Hölle heißzumachen. Um ein bißchen Unruhe zu erzeugen. Vielleicht um den riesigen Mr. Blondell Tatum aus seinem Versteck herauszuholen. Ich erwarte ja gar nicht, daß Sie mir Ihr Herz ausschütten, Mick, aber verraten Sie mir nur eins: Hat es funktioniert? Wenn es funktioniert hat, dann sind Sie nämlich ein verdammtes Genie, und ich entschuldige mich für all die abfälligen und beschissenen Dinge, die ich in meinem Schlaf über Sie gesagt habe.»

«Was soll funktioniert haben?»

García grinste giftig. «Ich dachte, wir wären trotz allem Kumpel.»

«Al, ich habe nicht vor, Sie im Regen stehen zu lassen», sagte Stranahan. «Sie haben schließlich mein Leben gerettet.»

«Ach, wie toll. Sie haben sich tatsächlich daran erinnert.»

Stranahan fragte: «Welchen wollen Sie haben, Al? Den irren Mietkiller oder den Doktor?»

«Beide.»

«Nein, tut mir leid.»

«He, ich könnte Sie auf der Stelle verhaften lassen. Störung der Polizeiarbeit, Einmischung, ich lasse mir was einfallen.»

«Und schon nach einer Stunde wäre ich wieder draußen.»

Garcías Wangenmuskeln spannten sich für einen Moment, und er wandte sich innerlich kochend ab. Als er sich wieder umdrehte, und Stranahan ansah, schien er eher amüsiert zu sein als wütend.

«Das Problem ist, Mick, Sie sind zu raffiniert. Sie kennen das System zu verdammt gut. Sie wissen, daß es nicht viel ist, womit ich versuchen kann, durchzukommen.»

«Glauben Sie mir, wir stehen auf der gleichen Seite.»

«Ich weiß, *chico,* das ist es ja, was mir solche angst macht.»

«Also, welchen dieser Bastarde wollen Sie für sich alleine haben – den Chirurgen oder das Monster?»

«Nichts überstürzen, Mick.»

30

Früh am Morgen des neunzehnten Februar erschien Reynaldo Flemm, der berühmte Enthüllungsjournalist aus dem Fernsehen, zum sensationellsten Interview seiner an Sensationen reichen Karriere im Whispering-Palms-Kur- und Operationszentrum. Eine verschlafene Sprechstundenhilfe nahm die 15 000 Dollar entgegen und zählte sie zweimal; wenn sie von der Höhe des Chirurgenhonorars überrascht war, so ließ sie das durch nichts erkennen. Die Sprechstundenhilfe legte Reynaldo Flemm zwei fotokopierte Einverständniserklärungen vor, eine für die Rhinoplastik und eine für die Lipektomie und Absaugeprozedur. Reynaldo überflog den Text der Erklärungen und unterschrieb mit übertriebener Geste als «Johnny LeTigre».

Dann setzte er sich in die Wartezone, um auf seinen Auftritt zu warten. An einer lederfarbenen Wand hing ein als Relief gearbeiteter Lieblingsspruch Rudy Gravelines: LASSE DEIN GESICHT VERSCHÖNERN UND WERDE BESSER. Das war nicht gerade Reynaldos bevorzugter Rudyismus. Sein Lieblingsspruch war in Norman-Rockwell-Art über dem Zierbrunnen angebracht und lautete: EITELKEIT IST SCHÖN. Von ihm hatte Reynaldo auch Willie erzählt. Sieh zu, daß du den beim Hereinkommen auch auf Videoband bekommst, hatte er ihm erklärt. Weshalb, hatte Willie gefragt. Weil es so schön ironisch wirkt, hatte Reynaldo Flemm gerufen. Wegen der Ironie! Reynaldo war richtig stolz darauf, von selbst auf diese Kameraeinstellung gekommen zu sein; gewöhnlich war Christina Marks dafür zuständig, besonders ironische Elemente aufzuspüren und zu verarbeiten.

Bald brachte eine gleichgültig dreinschauende Krankenschwester Reynaldo in einen kalten Untersuchungsraum und wies ihn an, seine Blase zu entleeren, eine mühsame Prozedur, die nahezu fünfzehn Minuten dauerte und am Ende eine Menge von knapp dreißig Gramm erbrachte. Reynaldo Flemm war ein sehr nervöser Mensch. In seinem ganzen bisherigen Berufsleben war er von Gewerkschaftsleuten zusammengeschlagen, von weißen Rassisten verfolgt, von Mietschlägern der Mafia mißhandelt worden. Bandito-Rocker hatten ihn mit entsicherten Pistolen bedroht, und radikale Abtreibungsgegner hatten seinen Unterleib mit den Füßen bearbeitet. Aber er war noch nie operiert worden. Er hatte sich noch nicht einmal eine Warze entfernen lassen.

Flemm zog sich mit linkischen Bewegungen aus und stieg aus seinen Profibasketballstiefeln, Modell Air Jordan. Er schlüpfte in ein babyblaues Papierhemd, das bis zu seinen Knien reichte. Die Krankenschwester gab ihm eine alberne Papiermütze, damit er seine lächerlich gefärbten Haare bedeckte, und Papierpantoffeln für seine nackten Füße.

Eine Anästhesieschwester erschien wie aus dem Nichts, raffte grob Reynaldos Hemd hoch und stieß ihm eine Injektionsnadel in die Hüfte. Die Spritze enthielt eine Substanz namens Robinul, die den Mund austrocknet, indem sie die orale Sekretion stoppte. Als nächstes ergriff die Krankenschwester Reynaldos linken Arm, tupfte ihn mit einem Alkoholläppchen ab und stach geschickt eine intravenöse Injektionsnadel ein, durch die eine fünfprozentige Traubenzuckerlösung in seine Venen tropfte, und etwas später, eine Kombination starker Sedativa.

Die Anästhesistin brachte Reynaldo Flemm und seinen Tropfständer in Saal F, einen der vier hypermodernen Operationssäle im Whispering-Palms-Sanatorium. Sie forderte ihn auf, sich auf den Rücken zu legen, und während er sich auf dem eiskalten Stahltisch ausstreckte, versuchte Reynaldo verzweifelt, sich die zehn brennenden Fragen ins Gedächtnis zu rufen, die er für seine Attacke auf Dr. Rudy Graveline vorbereitet hatte.

Eins, haben Sie am zwölften März 1986 Victoria Barletta getötet?

Zwei, warum behauptet eine Ihrer früheren Krankenschwestern das Gegenteil?

Drei, entspricht es nicht der Wahrheit, daß Sie schon wiederholt Schwierigkeiten wegen schlampiger und zum Teil auch fehlerhafter chirurgischer Eingriffe hatten?

Vier, erklären Sie …

Erklären?

Erklären Sie diese Gurte um meine verdammten Beine!

«Bitte beruhigen Sie sich, Mr. LeTigre.»

Und meine Arme! Was haben Sie mit meinen Armen getan? Ich kann meine gottverdammten Arme nicht bewegen!

«Versuchen Sie sich zu entspannen. Haben Sie angenehme Gedanken.»

Warten Sie, Moment, Augenblick, hören Sie!

«Mittlerweile müßten Sie sich etwas benommen und schläfrig fühlen.»

Das ist falsch. Das stimmt alles nicht. Ich hab' eine Menge darüber gelesen. Ich habe eine ganze Scheiß-Broschüre darüber. Sie müssen meine Augen mit Pflasterstreifen zukleben und nicht meine Arme fesseln! Weshalb lachst du, du dämliche Schlampe? Ich will den Doktor sprechen. Wo ist der Doktor? Mein Gott, ist das kalt hier! Was tun Sie da unten?

«Guten Morgen, Mr. LeTigre.»

Doktor, Gott sei Dank, Sie sind da! Hören Sie gut zu: Diese Nazischwestern machen einen schrecklichen Fehler! Ich will keine Vollnarkose, sondern nur eine örtliche Betäubung. Ziehen Sie endlich den Tropf raus, okay? Ich werd' mich schon erholen, ziehen Sie nur die Schläuche raus, ehe ich wegtrete.

«John, wir haben einige Schwierigkeiten, Sie zu verstehen.»

Scheiße, Sherlock, meine Zunge ist so trocken, man könnte glatt ein Streichholz daran anzünden. Zieht die Nadeln raus, ich kann mit diesen verdammten Nadeln nicht denken. Und sorgen Sie dafür, daß sie endlich aufhören, da unten an mir rumzufummeln. Himmelherrgott, ist das kalt! Was tun sie?

«Ich nahm an, man habe Sie informiert – der Plan wurde etwas geändert. Ich habe beschlossen, zuerst das Fett abzusaugen und dann die Rhinoplastik vorzunehmen. So herum ist es viel einfacher.»

Nein, nein, nein, Sie müssen zuerst die Nase vornehmen. Fangen Sie schon mit der verdammten Nase an!

«Sie sollten versuchen, sich zu entspannen, John. Jetzt halten Sie mal still, wir geben Ihnen lieber noch eine weitere Spritze.»

Nein, nein, nein, nein, nein, nein, nein.

«Das hat doch kein bißchen weh getan, nicht wahr?»

Ich will Sie fragen, ich muß jetzt gleich von Ihnen wissen …

«Machen Sie schon, setzen Sie die Maske auf.»

… getötet? Haben Sie …

«Was hat er gesagt?»
Stimmt es, daß Sie getötet ...?
«Irgendwie kommt mir der Typ bekannt vor.»
Haben Sie ... Victoria ... Principal ... getötet?
«Victoria Principal! Junge, Junge, ist der weggetreten.»
Also haben Sie?
«Wo ist die Maske? Fangen Sie mit dem Forane an. Setzen Sie ihm jetzt die Maske auf.»

Willie hatte nicht viel geschlafen und lange über Reynaldos Plan nachgedacht. Er hatte versucht, Christina Marks in New York anzurufen, aber im Büro hatte man ihm mitgeteilt, daß sie sich in Miami aufhalte. Aber wo? Reynaldos Plan war das Verrückteste, das Willie jemals gehört hatte, angefangen mit dem vereinbarten Signal. Willie brauchte ein Zeichen, um zu wissen, wann er mit der Kamera in den Operationssaal stürmen mußte. Das Beste, was Reynaldo einfiel, war ein Schrei. Willie würde sich im Wartezimmer aufhalten, Reynaldo würde einen Schrei ausstoßen.

«Was wirst du denn genau schreien?» hatte Willie gefragt.

«Ich schreie: WILLIE!»

Willie glaubte, Reynaldo mache einen Scherz. Er machte keinen.

«Was ist mit den anderen Patienten im Wartezimmer? Ich meine, ich sitze schließlich da mit einer TV-Kamera und einem Mikrofon – was erzähle ich den Leuten?»

«Sag ihnen einfach, du seist vom Öffentlich-rechtlichen Fernsehen», hatte Reynaldo gesagt. «Denen macht niemand Schwierigkeiten.»

Die Einstellung, die Reynaldo Flemm sich am sehnlichsten wünschte, sah folgendermaßen aus: Er selbst sitzend, festgebunden, in seinem blauen Hemd, am besten im ersten Stadium der Rhinoplastik und möglichst auch noch voller Blut. Das war das Gute an einer Nasenkorrektur, man konnte sich auf Wunsch nur örtlich betäuben lassen. Die meisten plastischen Chirurgen sahen es am liebsten, wenn ihre Patienten völlig weggetreten waren, aber man konnte sich auch bei örtlicher Betäubung und einem milden Narkosetropf behandeln lassen, wenn man leichte Schmerzen ertragen konnte. Reynaldo Flemm zweifelte nicht daran, daß er das konnte.

Willie würde wie ein Footballverteidiger in den Operationssaal stürzen, die Kamera vor dem Auge, und Reynaldo auf dem Operationstisch das Stabmikrofon in die Hand drücken. Reynaldo würde es dann Rudy Graveline unter die Nase halten und die Fragen abfeuern. Blam blam blam. Die Krankenschwestern, das technische Personal würden alles stehen und liegen lassen und das Weite suchen und den unglücklichen Chirurgen im Stich lassen, der vor laufender Kamera regelrecht in seine Bestandteile zerfallen würde.

Warte nur ab, bis er begreift, wer ich bin, hatte Reynaldo gekichert. Achte darauf, daß du vor allem sein Gesicht bekommst.

Willie hatte gesagt, er brauche einen Tontechniker, aber Reynaldo meinte, nein, das sei völlig unmöglich; dieser Angriff müsse geradezu stromlinienförmig ablaufen.

Willie hatte gesagt, okay, dann brauchen wir ein besseres Zeichen. Nur Schreien reicht nicht, hatte er gemeint. Was ist denn, wenn jemand anderer vorher schreit, ein anderer Patient vielleicht?

«Wer würde denn sonst deinen Namen rufen?» hatte Reynaldo mit ätzender Stimme gefragt. «Hör doch zu, was ich sage.»

Der Plan war tollkühn und einzigartig, das mußte Willie zugeben. Zweifellos könnte es eine nationale Sensation werden, sämtliche Fernsehkritiker aufscheuchen, von den Gagschreibern für Johnny Carson ganz zu schweigen. Es würde sicherlich auch unter Reynaldos Kollegen jede Menge Spott geben, nämlich daß er sich mit Hilfe dieses Coups nur eine kostenlose Nasenkorrektur habe verschaffen wollen – eine Überlegung, die sogar Willie anstellte, während er sich anhörte, wie Reynaldo die große Attacke erklärte. Die Möglichkeit, von Küste zu Küste als Medienclown zu erscheinen, bremste ihn nicht; er schien es geradezu zu genießen, als Sensationsgeier und als Clown und schamloser Egomane dargestellt zu werden. Er sagte, sie seien nur neidisch, mehr nicht. Welcher andere Fernsehjournalist in ganz Amerika hatte denn den Mut, sich unters Chirurgenmesser zu begeben, nur um ein Interview zu bekommen? Mike Wallace? Nicht in einer Million Jahren, diese arrogante alte Trockenpflaume. Bill Moyers? Diese liberale Memme würde ja schon ohnmächtig, wenn er nur einen eingewachsenen Nagel hätte.

Ja, hatte Willie gesagt, es ist ein toller Plan.

Brillant, hatte Reynaldo gekräht. Nenn ihn ruhig brillant.

Wie inspiriert er aber auch war, sein Gelingen hing von einigen sehr wesentlichen Faktoren ab, und der nicht geringste war der, daß

Reynaldo Flemm zumindest für die Dauer des Interviews und in der Zeit vorher bei Bewußtsein war.
Obgleich die chirurgische Methode namens Lipidsuktion (oder Fettabsaugung) in Frankreich entwickelt wurde, erlangte sie ihre größte Verbreitung und Beliebtheit in den Vereinigten Staaten. Es ist mit über 100000 Operationen pro Jahr der am häufigsten vorgenommene chirurgische Eingriff, der von Schönheitschirurgen dieses Landes praktiziert wird. Die Todesrate bei der durch Absaugung unterstützten Lipektomie liegt bei einem Todesfall auf 10000 Patienten. Die Möglichkeit von Komplikationen – welche Blutgerinnsel, Fettembolien, chronische Taubheit und schwere innere Verletzungen einschließen – erhöht sich beträchtlich, wenn der Arzt, der die Lipidsuktion vornimmt, gar nicht oder nur unzureichend in dieser Technik ausgebildet wurde. Rudy Graveline gehörte ganz gewiß in diese Kategorie – ein Arzt, der die Lipidsuktion nur deshalb in sein Repertoire aufgenommen hatte, weil sie eine überaus einträgliche chirurgische Technik war. Kein Staatsgesetz, keine Kontrollkommission, keine ärztliche Standesorganisation verlangte von Rudy, sich erst einem Studium der Lipidsuktion zu unterziehen, sich wenigstens darüber zu informieren, oder auch nur seine chirurgischen Kenntnisse in dieser Prozedur überprüfen zu lassen, ehe er sie einsetzte. Die gleichen sehr freizügigen Standards trafen auch auf die Rhinoplastik oder die Hämorrhoidektomie oder sogar die Gehirnchirurgie zu: Rudy Graveline war ein staatlich geprüfter Arzt mit Lizenz zur Ausübung dieses Berufs, und das bedeutete, daß er vor dem Gesetz alles ausprobieren konnte, was er verdammt noch mal wollte.

Er scherte sich einen feuchten Kehricht um ein Zertifikat des American Board of Plastic Surgery oder der American Academy of Facial Plastic and Reconstructive Surgeons. Was hatten zwei protzige Urkunden mehr oder weniger an der Wand schon zu bedeuten? Seinen Patienten war es sowieso egal. Sie waren reich und eitel und ungeduldig. In einigen exklusiven Kreisen Süd-Floridas umgab Rudys Namen der Glanz eines Gucci oder De La Renta. Die bis zur Unkenntlichkeit geschminkten alten Krähen im La Gorce oder im Biltmore zeigten gegenseitig auf ihre scharfen Kinnpartien und straffen Hälse und neu gestalteten Augenlider und fragten, nicht einmal flüsternd, sondern in einem arroganten Keifton: «Ist das etwa ein Graveline?»

Rudy war ein Designerchirurg. Sich von ihm das Fett absaugen zu lassen war eine Ehre, ein gesellschaftliches Privileg, ein Zeichen für einen besonders gehobenen Status. Nur ein Bauer, weißer Abschaum oder noch Schlimmeres stellte die Technik des Mannes in Frage oder beklagte sich über das Resultat.

Es entbehrte nicht der Ironie, daß die meisten Chirurgen, die im Whispering-Palms-Sanatorium für Rudy Graveline arbeiteten, umfassend qualifiziert waren, um Sauglipektomien durchzuführen; sie waren tatsächlich eigens dafür ausgebildet – sie hatten es theoretisch studiert, bei Operationen beigewohnt und es schließlich selbst praktiziert. Während Rudy einerseits ihre Ernsthaftigkeit bewunderte, so dachte er andererseits, daß sie ziemlich übertrieben – wie schwierig konnte eine solche Operation schon sein? Das Fett selbst war überaus einfach zu lokalisieren. Raussaugen, zumachen, nächster Patient! Was sollte daran schwierig sein?

Um ganz auf Nummer Sicher zu gehen, las Rudy zwei medizinische Artikel über die Lipidabsaugung und bestellte eine Lehrkassette für 26,95 Dollar von einem medizinischen Fachversand in Chicago. Die Artikel aus der Fachzeitschrift waren ziemlich kompliziert und einigermaßen langweilig, doch das Video war eine Offenbarung. Am Ende war Rudy überzeugt, daß jeder noch so simple Arzt mit einem einigermaßen gesunden Verstand Fett ohne große Probleme absaugen könnte.

Der typische Lipektomiepatient war kein unter extremem Bluthochdruck leidender Zeppelin, sondern, wie Johnny LeTigre zum Beispiel, eine gesunde Person von relativ normaler Gestalt und Gewicht. Das Grundthema ihrer Beschwerden war medizinisch betrachtet eher simpel – zu breite Hüften, schlaffe Gesäßbacken, wabbelige Oberschenkel und altmodische «Rettungsringe» im Taillenbereich. Umsichtig und sorgfältig durchgeführt, entfernte die Lipidabsaugmethode überschüssiges Fett an genau festgelegten Punkten, um die natürlichen Konturen des Körpers zu verbessern und schlanker erscheinen zu lassen. Schlampig durchgeführt, sah der Patient nach der Operation irgendwie schief und unproportioniert aus und suchte einen geeigneten Anwalt. Am Morgen von Reynaldo Flemms Geheimmission veranlaßte nichts Unheimliches, eine böse Vorahnung etwa, Rudy Graveline, seinen Plan, die Nasenkorrektur zuerst durchzuführen, noch einmal umzuwerfen. Was die Pläne des

Doktors änderte, war wie gewöhnlich Geld. Da eine Lipektomie üblicherweise eine Vollnarkose erforderlich machte, war sie laborintensiver (und aufwendiger) als eine simple Rhinoplastik. Rudy dachte sich, je eher er die große Operation hinter sich brachte, desto eher könnte er auch die Anästhesistin und ihre Gasflaschen in den Feierabend schicken. Er konnte die Rhinoplastik immer noch später bei intravenöser Narkose anhängen, was sowieso viel billiger war.

Daß Rudy Graveline sich zu diesem Zeitpunkt immer noch Gedanken wegen der Allgemeinkosten machte, während seine Karriere dicht vor dem Zusammenbruch stand, war ein Tribut sowohl an seine Konzentrationsfähigkeit als auch an seine Begeisterung für jedwede Form von Profit.

Er packte einen Handschuh voll von Reynaldo Flemms Bauchrolle und drückte sachte zu. Der Gewinn lachte. Reines Fett.

Rudy entschied sich für eine Klinge der Stärke Fünfzehn und brachte einen kleinen Einschnitt in Reynaldos Bauchnabel an. Durch diese Öffnung führte Rudy die Cannula ein, ein langes, schlauchartiges Instrument, das in seiner Form dem Rüssel eines Ameisenbären ähnelte. Rudy rammte die stumpfe Spitze der Cannula in das weiche Fleisch von Reynaldos Bauch, dann führte er das Instrument hin und her, um das Gewebe zu lockern. Mit dem rechten Fuß bediente der Chirurg ein Pedal auf dem Fußboden, das die Saugvorrichtung in Gang setzte, welche die Fettpartikel durch kleine Löcher in der Spitze der Cannula und einen langen, durchsichtigen Plastikschlauch hinunter in eine Glasflasche zog.

Nach wenigen Sekunden erschienen die ersten gelblichen Klumpen. Johnny LeTigres Rettungsring!

Schon bald wäre er ein neuer Mensch.

Im Wartezimmer kam Willie mit einigen der anderen Patienten ins Gespräch. Da war ein Charterbootkapitän mit einem Hautkrebs von der Größe einer Kröte auf der Stirn. Da war eine Tänzerin vom Ballett in Miami, die sich nach zwei Jahren zum zweitenmal das Gesäß absaugen ließ. Da war ein silberhaariger Mann aus Nicaragua, den Willie schon oft im Fernsehen gesehen hatte – er war einer der Contra-Anführer –, der sich für achtzehnhundert Dollar die Augenlider straffen ließ. Er sagte, die Kosten würden von der CIA übernommen.

Diejenige, die Willie am besten gefiel, war eine rothaarige Stripteasetänzerin aus dem Solid-Gold-Club in Lauderdale. Sie ließ sich neue Brüste modellieren, klar, aber sie war auch gekommen, um sich eine Tätowierung von ihrem linken Oberschenkel entfernen zu lassen. Als die Stripperin hörte, daß Willie vom öffentlichen Fernsehen war, fragte sie, ob sie nicht auch in seiner Dokumentation auftreten könne, und raffte ihren Kordminirock hoch, um ihm die Tätowierung zu zeigen. Die Tätowierung stellte eine grüne, netzartig gemusterte Schlange dar, die sich selbst auffraß. Willie sagte – was er als Kompliment meinte –, daß er so etwas noch nie gesehen habe. Er vergaß nicht, sich die Telefonnummer der Stripperin geben zu lassen, damit er sie wegen seiner imaginären Dokumentation rechtzeitig anrufen könne.

Die erste Stunde verstrich ohne einen Laut von Reynaldo Flemm, und Willie wurde allmählich unruhig. Reynaldo hatte gesagt, er solle wenigstens bis neun Uhr warten, ehe er von sich aus eingriff, und nun war es neun Uhr. In den Gängen der Whispering-Palms-Klinik war es still genug, so daß er jeden Schrei gehört hätte. Willie fragte die Ballettänzerin, die schon mal hier gewesen war, wie weit es von der Wartezone bis zum Operationssaal sei.

«Bis zu welchem Operationssaal?» reagierte sie mit einer Gegenfrage. «Es gibt hier insgesamt vier.»

«Scheiße», sagte Willie. «Vier?»

Das war eine erschreckende Neuigkeit. Reynaldo Flemm hatte bei der Planung seines Auftritts den Eindruck erweckt, es gebe nur einen Operationssaal, und es werde ganz einfach sein, ihn zu finden. Besorgter als je zuvor beschloß Willie, auf eigene Faust zu handeln. Er brachte die Betacam an seiner Schulter in Anschlag, steckte das Mikrofon griffbereit zurecht, überprüfte die Kabel und das Gürtelpack und den Ladezustand der Batterien, schaltete dann die Spotscheinwerfer ein (was einige Patienten dazu veranlaßte, halblaut zu schimpfen und sich die Augen zuzuhalten) und begann seine Pirsch durch die Flure auf der Suche nach Reynaldo Flemm.

Als das Telefon an der Wand zu piepen begann, blickte Dr. Rudy Graveline von Johnny LeTigres Bauch hoch und sagte: «Egal, wer es ist, ich bin nicht da.» Die Bereitschaftsschwester nahm den Hörer ab, lauschte mehrere Sekunden, dann wandte sie sich an den Doktor: «Es ist Ginny vorne am Empfang. Im Haus schleicht ein Mann mit einer Minicam herum.»

Rudys Mundschutz flatterte. «Sagen Sie ihr, sie soll die Polizei rufen ... Nein! Moment ...» O Gott. Bleib ruhig. Bleib absolut ruhig.

«Er ist gerade bei Dr. Kloppner in Saal D hereingeplatzt.»

Rudy knurrte ungehalten. «Was will er? Hat er gesagt, weshalb er hier ist?»

«Er sucht Sie. Soll ich Ginny nun bestellen, sie soll die Cops holen, oder was?»

Die Anästhesieschwester unterbrach die beiden: «Wir sollten überhaupt nichts tun, bevor wir hier fertig sind. Machen wir den Patienten zu und sorgen wir dafür, daß er vom Tisch runterkommt.»

«Sie hat recht», sagte Rudy. «Sie hat absolut recht. Wir sind ja hier fast fertig.»

«Lassen Sie sich Zeit», sagte die Anästhesistin mit einem besorgten Ausdruck in der Stimme. Bereits unter optimalen Bedingungen jagte Dr. Rudy Graveline ihr schreckliche Angst ein. Doch wenn er unter Streß stand, ließ sich überhaupt nicht abschätzen, wie gefährlich er werden konnte.

Er sagte: «Was haben wir noch?»

«Eine weitere Tasche, ungefähr zweihundert Kubik.»

«Dann wollen wir doch, okay?»

Das Wandtelefon ließ wieder sein Piepen erklingen.

«Nicht beachten», sagte Rudy. «Fangen wir an.»

Er faßte die Cannula wie ein Ausbeinmesser und kratzte heftig an der letzten widerspenstigen Fettansammlung in Reynaldos Bauchbereich herum. Die Saugapparatur brummte zufrieden, während sie den Gasbehälter mit weiteren Klumpen unerwünschten Fetts füllte.

«Eine Minute noch, und wir haben es geschafft», sagte Rudy.

Dann sprangen die Doppeltüren auf, und weißes Licht fiel in den Operationssaal. Der Lichtstrahl war heller und heißer als der der Operationslampen, und er schien von einer Kamera herab, die wie ein zweiter Kopf auf der Schulter eines Mannes saß. Eines Mannes, der in Rudy Gravelines Operationssaal nichts zu suchen hatte.

Der Mann mit der Kamera rief: «Ray!»

Rudy sagte: «Verlassen Sie augenblicklich den Raum!»

«Sind Sie Dr. Graveline?»

Rudys Hand fuhr fort, Raynaldo Flemms Bauchfett zu entfernen. «Ja, ich bin Dr. Graveline. Aber es gibt hier niemanden namens Ray. Und jetzt verschwinden Sie, ehe ich die Polizei rufe.» Doch der Mann mit der Kamera kam näher und tauchte das Operationsteam in grelles weißes Licht. Die Anästhesistin, die Hilfsschwester, die OP-Schwester, selbst Rudy zuckte unwillkürlich vor dem Lichtschein zurück. Der Mann mit dem zweiten Kamerakopf näherte sich dem Operationstisch und zoomte auf das Gesicht des schlafenden Patienten, das teilweise von einer Sauerstoffmaske verhüllt wurde. Die Stimme hinter der Kamera sagte: «Ja, das ist er.»

«Wer?» fragte Rudy verwirrt. «Ist das Ray?»

«Reynaldo Flemm!»

Die Hilfsschwester meinte: «Ich sagte doch, daß er mir irgendwie bekannt vorkam.»

Erneut fragte Rudy: «Wer? Welcher Reynaldo?»

«Der Typ aus dem Fernsehen.»

«Jetzt reicht es aber», verkündete Rudy und kämpfte eine aufsteigende Panik nieder. «Sie sollten ... verdammt noch mal lieber sofort aus meinem Operationssaal verschwinden!»

Willie rückte weiter vor. «Ray, wach auf! Ich bin's!»

«Er kann nicht aufwachen, Sie Schwachkopf! Der ist doch völlig weggetreten! Und jetzt knipsen Sie Ihren Scheinwerfer aus und verschwinden Sie!»

Das Ausmaß des journalistischen Notfalls wurde Willie auf Anhieb klar. Reynaldo war bewußtlos. Christina war nicht zur Stelle. Die Videokamera lief. Die Batterien leerten sich.

Willie dachte: Jetzt hängt alles von mir ab.

Das Stabmikrofon, Rays Lieblingsmodell, das Willie ihm im Augenblick der Attacke hätte reichen sollen, klemmte unter Willies linkem Arm. Ächzend, sich verrenkend und das Gewicht der Betacam auf seiner Schulter verlagernd, schaffte Willie es, das Mikro mit der rechten Hand zu fassen. In einer gespenstischen Parodie Reynaldo Flemms stieß Willie es dem Gesicht des Chirurgen entgegen.

Oberhalb des Mundschutzes weiteten sich Rudy Gravelines Augen und bekamen einen angsterfüllten Ausdruck. Er starrte das Mikrofon an, als wäre es die Mündung einer Mauserpistole. Die Stimme hinter dem Stahlgehäuse der Minicam fragte: «Haben Sie Victoria Barletta getötet?»

Eine Kugel hätte Rudy Graveline nicht verheerender treffen können als diese Worte. Sein Rückgrat versteifte sich.

Die Pupillen in seinen Augen verkleinerten sich auf Stecknadelkopfgröße. Seine Muskeln verkrampften sich, jeweils einer nach dem anderen: es begann in seinen Zehen. Seine rechte Hand, die Hand, die die Cannula führte, welche tief in den blutigen Falten von Reynaldo Flemms soeben vom Fett befreitem Bauch steckte – seine rechte Hand krümmte sich zu einer spastisch zuckenden Klaue.

Mit einer von zunehmender Panik erfüllten Stimme sagte die Anästhesistin: «In Ordnung, das war's!»

«Es ist gleich geschafft», sagte der Chirurg heiser.

«Nein, es reicht jetzt!»

Aber Dr. Rudy Graveline war entschlossen, die Operation zu Ende zu führen. Mittendrin aufzuhören wäre ein Eingeständnis von … *etwas.* Gelassenheit – das war es, was sie einen in Harvard lehrten. Vor allem mußte ein Arzt immer gelassen und kontrolliert reagieren. In Krisensituationen verließen Patienten und Personal sich darauf, daß ein Chirurg kühl, ruhig und selbstbeherrscht auftrat. Und handelte. Selbst wenn der Mann, der vor einem auf dem Operationstisch lag, sich entpuppte als … Reynaldo Flemm, der berüchtigte Undercover-Fernsehreporter! Das erklärte auch sein seltsames Geplapper, als die Narkose bei ihm zu wirken begann – dieser Scheißkerl hatte nicht von Victoria Principal gesprochen. Er meinte Victoria Barletta, das Opfer der schicksalhaften Nasenkorrektur.

Der Schmerz der Muskelkrämpfe war so heftig, daß er Rudy Graveline die Tränen in die Augen trieb. Er zwang sich fortzufahren. Er ließ seine rechte Schulter etwas absinken und bewegte sie im Rhythmus der Lipidabsaugung, vor und zurück wie ein Holzfäller an der Säge, und das immer vehementer.

Erneut erklang hinter der Kamera die gesichtslose Stimme: «Haben Sie das Mädchen umgebracht?»

Das schwarze Auge der Bestie näherte sich ihm und drehte sich dabei im Uhrzeigersinn in seiner Höhle – Willie befolgte Rays Instruktionen und holte sich das Gesicht Rudys so nahe wie möglich heran. Der Chirurg trat auf das Fußpedal der Absaugvorrichtung, als zerstampfte er ein lästiges Insekt. Der Motor brummte. Der Schlauch zuckte. Der Glasbehälter füllte sich.

Es wurde Zeit, aufzuhören.

Aufhören!

Aber Dr. Rudy Graveline hörte nicht auf.

Er fuhr fort, zu stochern und abzusaugen … der lange hungrige Rüssel des mechanischen Ameisenbären schob sich schlürfend durch die Grube von Reynaldos Bauch … tiefer und tiefer, durch Gewebe und Muskeln … tastete sich vorbei an Gedärmen, zupfte an einer Darmwindung … tiefer und tiefer wühlte sich die verfressene, gierige Sonde.

Bis sie auf die Aorta stieß. Und der Plastikschlauch, der sich aus Reynaldos Nabel herauswand, färbte sich plötzlich hellrot.

Der Glasbehälter am anderen Ende rötete sich.

Sogar der Arm des Doktors war plötzlich voll roter Farbe.

Willie beobachtete alles durch den Sucher der Kamera. Wie der ganze Raum von Rot überflutet wurde.

31

Das erste, was sich Chemo von Rudys Geld kaufte, war ein mobiles Telefon für den Bonneville. Er hatte das Ding kaum ausgepackt, als Maggie Gonzalez meinte: «Dieses dämliche Spielzeug kostet mehr als der ganze Wagen.»

Chemo sagte: «Ich brauche einen eigenen Telefonanschluß. Du wirst sehen.»

Sie befanden sich auf der Rückfahrt zum Hollyday Inn, nachdem sie den Vormittag in der Praxis von Dr. George Ginger dem plastischen Chirurgen, verbracht hatten. Maggie kannte Dr. Ginger aus seinen ersten Berufsjahren als einen von Rudys fähigeren Helfern im Durkos Center. Sie vertraute auf Georges Geschick und Verschwiegenheit. Er war furchtbar langsam, und er hatte einen schrecklichen Mundgeruch, aber rein technisch war er so gut, wie ein hervorragender Chirurg nur sein konnte.

Chemo hatte dem Besuch bei Dr. Ginger eine Warnung an Maggie vorausgeschickt. «Wenn er mein Gesicht ruiniert, dann bringe ich ihn auf der Stelle um. Und danach töte ich dich.»

Das zweite, was Chemo von Rudys Geld gekauft hatte, war ein Karton Patronen für den verrosteten .38er. Flammneue Patronen, die für den amtlichen Gebrauch bestimmt waren. Erste Qualität.

Maggie hatte erwidert: «Du gehst mit der völlig falschen Einstellung an die Sache heran.»

Chemo sah sie düster an. «Ich hatte mit Ärzten immer verdammtes Pech.»

«Ich weiß, ich weiß.»

«Noch nicht einmal der Name dieses Burschen gefällt mir – George Ginger. Für mich klingt das wie ein Schwulenname.» Danach hatte er den Colt geladen und in seinen Hosenbund geschoben.

«Dir ist nicht zu helfen», hatte Maggie gesagt. «Ich weiß nicht, warum ich dir überhaupt helfe.»

«Weil ich dich sonst erschieße.»

Glücklicherweise verlief die Hautabschleifung komplikationslos.

Dr. George Ginger hatte noch nie einen Verbrennungsfall wie Chemo gesehen, aber er enthielt sich klugerweise sämtlicher neugieriger Fragen dazu. Einmal, als Chemo gerade nicht hinsah, warf der Arzt einen verstohlenen Blick auf die unförmige Prothese, die am linken Arm seines Patienten befestigt war. Selbst ein begeisterter Gartenfreund, erkannte Dr. Ginger die Motorsense sofort, widerstand jedoch dem Impuls, sich nach dem Sinn und Zweck dieser Anordnung zu erkundigen.

Die Schleifprozedur dauerte etwa zwei Stunden, und Chemo ließ sie mit stoischer Gelassenheit über sich ergehen, ohne auch nur einmal zu zucken oder einen Laut von sich zu geben. Als es vorüber war, sah er nicht mehr so aus, als hätte jemand ihm Puffreis ins Gesicht geklebt, sondern mehr, als wäre er fünf Meilen weit hinter einem rasenden Müllwagen hergeschleift worden.

Seine Stirn, seine Wangen, die Nase, sein Kinn, alles hatte einen rohen, rosafarbenen, nassen Glanz. Die Schäden, die die unkontrolliert geführte Elektronadel verursacht hatte, waren nun für immer abgeschabt worden, doch nun lag es allein bei Chemo, eine neue Gesichtshaut zu bilden. Wenn er sich auch niemals einer strahlenden Pfirsichhaut, sagen wir, wie einer Christie Brinkley, würde erfreuen können, so würde er doch wenigstens durch einen Flughafen oder einen Supermarkt oder einen öffentlichen Park spazieren können, ohne kleine Kinder derart zu erschrecken, daß sie sich hinter Mutters Rock versteckten. Chemo entschied, daß das allein schon, rein sozial betrachtet, ein enormer Fortschritt wäre.

Ehe sie die Praxis verließen, hatte Maggie Gonzalez Dr. George Ginger gebeten, ihre Fäden zu ziehen und sich vom Heilungsprozess ihrer New Yorker Gesichtsliftung zu überzeugen.

Er stellte fest – mit wie die Pest stinkendem Atem –, daß die Heilung gute Fortschritte mache und gab Maggie einen Make-up-Spiegel, damit sie sich selbst ein Bild machen konnte. Was sie sah, gefiel ihr: Die grellvioletten Schwellungen unter ihren Augen waren nur noch dunkle Schatten, und die Schnittnarben hatten sich zu zarten rosigen Linien zurückgebildet. Vor allem ihre vorwitzige neue Nase hatte es ihr angetan.

Dr. Ginger betrachtete den immer noch angeschwollenen Gesichtserker von allen Seiten und nickte wissend. «Die Sandy Duncan.»

Maggie lächelte. «Genau.»

Während er eine Tylenol-Tablette schluckte, fragte Chemo: «Wer zum Teufel ist Sandy Duncan?»

Im Bonneville auf dem Rückweg zum Hotel meinte Chemo: «Drei Riesen erscheinen mir ein bißchen reichlich für das, was er getan hat.»

«Alles, was er tat, war, daß er dir wieder zu einem menschlichen Aussehen verholfen hat», sagte Maggie. «Drei Riesen waren ein absolutes Sonderangebot, wenn du mich fragst. Außerdem räumte er mir sogar einen Kollegenrabatt ein – fünfzehn Prozent, weil ich Krankenschwester bin.»

Während er lenkte, beugte Chemo sich ein Stück zur Mitte hin, um sich im Innenspiegel zu betrachten. Es war schwierig, das Ergebnis der Hautabschleifung zu beurteilen, da sein Gesicht von einer leimfarbenen Creme bedeckt war. «Ich weiß nicht», sagte er. «Es sieht immer noch ganz schön nach einem schlimmen Ausschlag aus.»

Maggie dachte: Ausschlag? Es trieft geradezu. «Du hast doch gehört, was der Arzt gesagt hat. Mindestens zwei Wochen dauert es, bis es abgeheilt ist.» Damit rutschte auch sie zur Mitte und beanspruchte den Innenspiegel für sich, um ihre eigenen restaurierten Gesichtszüge zu betrachten.

Ein Piepgeräusch ertönte aus dem Armaturenbrett; das neue Autotelefon.

Mit affenartiger Geschwindigkeit reichte Chemo ins Handschuhfach und schnappte sich den Hörer nach dem zweiten Rufton.

Mit gut eingeübter Lässigkeit klemmte er den Hörer zwischen sein Ohr und die linke Schulter. Maggie dachte sich, es sehe geradezu lächerlich aus, in einem solchen Schrotthaufen zu fahren und gleichzeitig mittels eines übertrieben anmutenden Autotelefons Gespräche zu führen. Verschüchtert duckte sie sich auf dem Sitz und machte sich ganz klein.

«Hallo», meldete Chemo sich am Telefon.

«Hallo, Witzvisage.» Es war Mick Stranahan. «Ich hab' deine Nachricht erhalten.»

«Ja?»

«Ja.»

«Und?»

«Und du hast gesagt, ich soll anrufen, und das tue ich ja wohl im Augenblick, oder?»

Chemo war verwirrt durch Stranahans beleidigenden Tonfall. Der Mann sollte eigentlich voller Angst, voller Besorgnis sein. Verzweifelt. Bettelnd. Zumindest höflich.

Chemo sagte: «Ich habe Ihre Freundin.»

«Jaja, ich habe die Nachricht gelesen.»

«Jetzt warten Sie sicherlich darauf, meine Forderungen zu hören.»

«Nein», sagte Stranahan. «Ich warte darauf, daß du endlich die Scheiß-Arie aus ‹Madame Butterfly› singst ... *Natürlich* will ich deine Forderungen hören.»

«Mein Gott, sind Sie in einer miesen Stimmung.»

«Ich kann dich kaum verstehen», beschwerte sich Stranahan. «Jetzt sag' nur nicht, daß du eins dieser billigen Yuppie-Autotelefone von Mattel hast.»

«Es ist ein Panasonic», erklärte Chemo scharf.

Maggie sah ihn mit einem ungeduldigen Ausdruck an, als wollte sie sagen: Nun komm endlich zur Sache.

Während er wegen einer auf Rot stehenden Ampel bremsen mußte, rutschte der Telefonhörer von Chemos Schulter. Er nahm die heile Hand vom Lenkrad, um danach zu greifen.

«Scheiße!»

Der Hörer war von der Antibiotikumsalbe auf seinen Wangen völlig glitschig.

Stranahans Stimme drang durch das atmosphärische Rauschen. «Was ist denn nun los?»

«Nichts. Überhaupt nichts, verdammt noch mal.» Chemo klemmte den Hörer wieder an seine alte Position. «Hören Sie zu, die Sache läuft wie folgt. Wenn Sie Ihre Freundin sehen wollen, dann kommen Sie heute um Mitternacht zum Yachthafen.»

«Du kannst mich mal.»

«Häh?»

«Das heißt nein, Witzvisage. Kein Yachthafen. Ich weiß, was du haben willst, und du kannst es haben. Mich für sie, richtig?»

«Stimmt.» Chemo dachte bei sich, daß es keinen Sinn hatte, den Typ verscheißern zu wollen.

«Dann ist es abgemacht», sagte Stranahan, «aber ich werde nirgendwohin fahren. Du kommst zu mir.»

«Wo sind Sie jetzt?»

«An einem Münztelefon am Bayshore Drive, aber lange bleibe ich nicht mehr hier.»

Ungeduldig fragte Chemo: «Also wo ist der Treffpunkt?»

«Bei mir.»

«In diesem Haus? Absolut nichts zu machen.»

«Das habe ich befürchtet.»

Der Hörer des Autotelefons begann wieder zu rutschen. Chemo griff hastig danach, und der Bonneville schlingerte auf den Straßenrand zu. Maggie streckte eine Hand aus und hielt das Lenkrad fest.

Chemo bekam den Hörer in die Hand und knurrte hinein: «Du hast gehört, was ich gesagt habe? Völlig unmöglich, daß ich noch einmal zu dem Stelzenhaus komme.»

«Doch, das wirst du. Denn du bekommst noch einen weiteren Anruf mit mehr Informationen.»

«Dann erzählen Sie es jetzt gleich.»

«Kann ich nicht», sagte Stranahan.

«Ich bringe die Marks um, das schwöre ich Ihnen.»

«So dumm bist du nicht, oder?»

Die heiße Wut, die sein Blut zum Kochen brachte, ließ Chemos Gesicht noch heftiger brennen. Er sagte: «Wir reden später darüber. Wann rufen Sie wieder an?»

«Oh, nicht ich», sagte Mick Stranahan. «Ich werde nicht derjenige sein, der zurückruft.»

«Wer dann?» fragte Chemo.

Doch die Verbindung war bereits unterbrochen.

Willie spielte das Band seinem Freund bei WTVJ, der NBC-Niederlassung in Miami, vor. Willies Freund war ausreichend beeindruckt von dem fremden Blut an seinem Oberhemd, um einen der Schneideräume kurzfristig zu überlassen. «Das mußt du dir ansehen», sagte Willie.

Er legte das Band in die Maschine ein und lehnte sich dann zurück und kaute auf seinen Knöcheln. Er kam sich vor wie ein Waisenkind. Keine Christina, kein Reynaldo. Er wußte, daß er eigentlich New York anrufen mußte, aber er wußte nicht, was er sagen und wen er dort sprechen sollte.

Willies Freund, ein lokaler Nachrichtenproduzent, wies auf den Monitor. «Wo ist das?» wollte er wissen.

«Eine chirurgische Klinik drüben in Bal Harbour. Das ist die Wartezone.»

Der Freund fragte: «Du hattest nur tragbare Geräte mit?»

«Genau. Ich war von Anfang bis Ende solo.»

«Wo ist nun Flemm? Der Typ da sieht nicht so aus wie er.»

«Nein, das ist jemand anderer.» Der Monitor zeigte einen Operationssaal, in dem ein hochgewachsener Doktor mit kahlem Schädel sich über eine rundliche Frau beugte. Der glatzköpfige Doktor machte wütende Gesten in Richtung Kamera und rief einer Krankenschwester zu, sie solle die Polizei rufen. «Ich weiß nicht, wer das war», sagte Willie. «Es war der falsche Operationssaal.»

«Und jetzt bist du wieder draußen auf dem Korridor und gehst eilig weiter. Menschen schimpfen und verbergen ihre Gesichter.»

«Ja, aber jetzt kommt's», sagte Willie und lehnte sich vor. «Treffer. Das dort auf dem OP-Tisch ist Ray.»

«Mein Gott, was machen sie mit ihm?»

«Ich weiß es nicht.»

«Das sieht ja aus wie ein Kaiserschnitt.»

Willie nickte. «Ja, aber eigentlich sollte es eine Nasenkorrektur sein.»

«Laß weiterlaufen.»

Die Tonaufnahme des Videobandes wurde lauter.

«Ja, das ist er.»

«Er? Ist das Ray?»

«Reynaldo Flemm.»

«Ich sagte doch, daß er mir irgendwie bekannt vorkam.»

«Wer? Welcher Reynaldo?»

«Der Typ aus dem Fernsehen.»

«Jetzt reicht es aber ...»

Als der Schirm sich mit Reynaldo Flemms starrem, von einer Maske teilweise bedecktem Gesicht füllte, drückte Willies Freund auf die Pausentaste und sagte: «Der Wichser sah nie besser aus.»

«Du kennst ihn?»

«Ich kannte ihn damals in Philadelphia. Als er noch Ray Fleming hieß.»

«Du machst Witze», sagte Willie.

«Nein, Mann, das ist sein richtiger Name. Raymond Fleming. Dann bekam er diesen doppelten Folkloretick ... ‹Reynaldo Flemm›

– halb Latino, halb Ostblock. Er erzählte in der Szene, daß seine Mutter ein Kubaflüchtling sei und daß sein Vater dem jugoslawischen Widerstand angehört habe. Scheiße, ich hab' darüber gelacht, aber das war der Zeitpunkt, als er seinen Aufstieg begann.»

Willie sagte: «Rumänien. Mir erzählte er, sein alter Herr habe in der rumänischen Untergrundbewegung gekämpft.»

«Sein Alter verkaufte Whirlpools in Larchmont, das weiß ich ganz sicher. Zeig mal den Rest.»

Willie drückte auf «Schnellen Vorlauf» und ließ das Band weiterlaufen bis hinter die Szene, in der er Dr. Rudy Graveline über Victoria Barletta befragte; er wollte nicht, daß der Produzent, sein Freund, den Namen der toten Frau hörte, da er sich die vage Chance sichern wollte, die Story vielleicht doch noch zu retten. Willie schaltete wieder auf normale Geschwindigkeit, als er mit der Kamera die flatternden Augen des Arztes heranzoomte.

«Boris Karloff», sagte Willies Freund.

«Sieh mal.»

Die Kamera ging in die Totale, um zu zeigen, wie Rudy Graveline fieberhaft an Reynaldos Bauch tätig war. Dann kam ein Blutnebel. Und eine der Krankenschwestern schrie den Chirurgen an, er solle endlich aufhören.

«Mein Gott», sagte Willies Freund und war etwas blaß um die Nase. «Was passiert jetzt?»

Der Doktor wirbelte am Operationstisch abrupt herum und starrte direkt in die Kamera. In seiner blutigen rechten Hand befand sich ein bösartig aussehendes Instrument, das mit einem langen Plastikschlauch verbunden war.

«Jetzt bist du dran, Fettsack!»

Willies Freund wies auf den Monitor und sagte: «Er hat dich Fettsack genannt?»

«Sieh nur.»

Auf dem Bildschirm stürzte der Chirurg mit einem spitzen, schlürfenden Gerät vor. Es gab einen Aufschrei, einen dumpfen Aufprall. Dann begann das Bild zu wackeln und färbte sich einheitlich grau.

Willie drückte auf die Stopptaste. «Ich habe mich aus dem Staub gemacht», erklärte er seinem Freund. Er kam mit diesem saugenden Ding auf mich zu, daher haute ich ab.»

«Mach dir keine Vorwürfe, Mann. Was ist mit Ray?»

Willie nahm die Videokassette aus dem Schneidegerät. «Das ist es was mir angst macht. Ich zurück in den Kombi und nichts wie weg, okay? Stoppte an der nächsten Telefonzelle und rief diese Klinik an. Whispering Palms heißt sie.»

«Ja, ich hab' schon von ihr gehört.»

«Ich rufe also an. Sage nicht, wer ich bin. Frage nach Reynaldo Flemm. Ich sage, er ist mein Bruder. Ich sollte ihn nach der Operation abholen. Frage, wann ich vorbeikommen und ihn holen kann. Die Schwester kommt an den Apparat und will wissen, um was es geht. Sie will wissen, warum Ray einen falschen Namen genannt hat, als er das erste Mal in der Klinik auftauchte. Johnny Tiger oder so ähnlich. Ich sage ihr, ich hätte nicht die leiseste Ahnung – vielleicht schämte er sich und wollte nicht, daß seine Nasenkorrektur in den Klatschspalten breitgetreten wird. Dann meint sie, nun, er sei gar nicht da. Sie sagt, der Doktor, dieser Rudy Graveline, also die Schwester sagt, er sei mit meinem Bruder zum Mount Sinai unterwegs. Dann meint sie noch, mehr dürfe sie am Telefon nicht sagen. Ich also schnellstens 'rüber zur Notaufnahme im Mount Sinai Hospital, und jetzt rate mal: Kein Ray weit und breit zu sehen. Es gab dort nichts als Schlaganfälle und Herzinfarkte. Kein Reynaldo Flemm!»

Willies Freund sagte dazu: «Das ist allerdings unheimlich. Sogar für Miami.»

«Das Verrückteste an der Sache ist, daß ich jetzt New York anrufen und denen etwas mitteilen muß.»

«O Mann!»

Willie sagte: «Vielleicht schicke ich vorab das Band hin.»

«Kannst du durchaus tun», meinte der Produzent. «Was ist denn nun mit Ray? Glaubst du, mit ihm ist alles in Ordnung?»

«Nein», antwortete Willie. «Wenn du die Wahrheit wissen willst, ich wäre ganz schön erstaunt, wenn mit ihm überhaupt noch irgendwas in Ordnung wäre.»

Die Krankenschwestern hatten den Notruf 911 wählen wollen, doch Rudy Graveline hatte es ihnen untersagt, die Zeit reiche nicht aus. Ich werde mich selbst darum kümmern, hatte Rudy gesagt. Er war zum Parkplatz gerannt (und hatte an der Anmeldung nur halt gemacht, um Reynaldos 15 000 Dollar einzustecken), hatte den Jaguar geholt und war damit am Personaleingang vorgefahren.

Im Operationssaal hatte die Anästhesistin festgestellt: «Alle Werte sacken ab.»

«Dann beeilen Sie sich!»

Sie hatten Reynaldo auf eine Trage gelegt, ihn hinaus zu Rudys Wagen getragen und ihn dann irgendwie zusammengekrümmt und in einen Mantel eingewickelt auf den Beifahrersitz gesetzt. Die Instrumentenschwester hatte sogar versucht, seinen Sicherheitsgurt zu befestigen.

«Ach, vergessen Sie's», hatte Rudy gesagt.

«Aber das ist Vorschrift.»

«Gehen Sie zurück an Ihre Arbeit!» hatte Rudy ihr befohlen. Der Jaguar war mit qualmenden Reifen gestartet.

Er hatte natürlich überhaupt nicht die Absicht, zum Mount Sinai Hospital zu fahren. Welchen Sinn hätte es gehabt? Rudy betrachtete den Mann auf dem Beifahrersitz und erkannte ihn noch immer nicht vom Fernsehen. Sicher, Reynaldo Flemm hatte zur Zeit nicht gerade sein telegenstes Aussehen. Die Augen waren halb geschlossen. der Mund klaffte auf, und seine Haut hatte die Farbe von verdorbenem Kalbfleisch.

Außerdem verströmte er sein Blut über Rudys gediegene Ledersitze und die reich gemaserten Walnußholzpanele. «Entzückend», murmelte Rudy. «Was sonst noch?» Während der Chirurg auf der Alton Road nach Süden jagte, nahm er den Hörer seines Autotelefons ab und wählte die Nummer der Baumgärtnerei seines Bruders.

«George Graveline bitte. Es ist ein Notfall.»

«Äh, er ist nicht da.»

«Hier spricht sein Bruder. Wo arbeitet er heute?»

Es klickte in der Leitung. Rudy dachte schon, er wäre unterbrochen worden. Dann bat eine Dame vom Auftragsdienst ihn, seine Nummer zu hinterlassen. Rudy schimpfte, aber sie ließ sich nicht erweichen. Schließlich gab er seine Nummer preis und legte auf.

Er dachte: Ich muß George und seine Holzzerkleinerungsmaschine finden. Es ist nämlich nicht sehr intelligent, mit einer 47 000-Dollar-Limousine durch Miami Beach zu kurven und einen toten Fernsehstar auf dem Beifahrersitz zu haben. *Blutend* auf dem Beifahrersitz.

Das Autotelefon piepte, und Rudy schnappte in hektischem Optimismus nach dem Hörer. «George!»

«Nein, Dr. Graveline.»

«Wer ist da?»

«Sergeant García, von der Mordabteilung der Metropolitan Police. Sie erinnern sich bestimmt nicht mehr, aber wir unterhielten uns an dem Abend, als der geheimnisvolle zwergenhafte Haitianer Ihren Wagen angezündet hatte.»

Rudys Herz schlug heftig. Sollte er auflegen? Wußten die Cops bereits über Flemm Bescheid? Aber wie – die Krankenschwestern? Vielleicht dieser Irre mit der Minicam?

Al García sagte: «Ich habe schlimme Nachrichten von Ihrem Bruder George.»

Rudys Gedanken rasten. Die Worte des Detectives drangen nicht bis zu seinem Bewußtsein durch. «Was – könnten Sie das noch einmal wiederholen?»

«Ich sagte, ich habe schlimme Neuigkeiten über George. Er ist tot.»

Rudys Fuß rutschte vom Gaspedal. Er geriet ins Schleudern und versuchte nachzudenken. Welchen Weg sollte er einschlagen? Wohin?

García fuhr fort «Er versuchte, einen Mann zu töten, und ich mußte ihn erschießen. Die Innere Aufsicht hat den vollständigen Bericht vorliegen, daher empfehle ich Ihnen, sich an sie zu wenden.»

Nichts.

«Doktor? Sind Sie noch da?»

«Ja-a.»

Keine Fragen, nichts.

«So wie es ablief, hatte ich keine andere Wahl.»

Rudy sagte dumpf: «Ich verstehe.» Er dachte: Das ist schlimm mit George, sicher, aber was mache ich mit diesem Toten in meinem Jaguar?

García spürte, daß am anderen Ende der Leitung etwas Seltsames im Gange war. Er sagte: «Sehen Sie, ich weiß, daß dies ein ungünstiger Zeitpunkt ist, aber wir müssen uns über einen Mord unterhalten. Einen Mord, der mit Ihnen und Ihrem Bruder zu tun hat. Ich würde Sie gerne so bald wie möglich in der Klinik aufsuchen.»

«Kommen Sie morgen», sagte Rudy.

«Es geht um Victoria Barletta.»

«Ich bin daran interessiert, in jeder erdenklichen Weise behilflich zu sein. Kommen Sie morgen zu mir.» Der Arzt klang wie ein Zombie. Ein schwer betäubter Zombie. Wenn es jenseits der reinen Panik noch etwas Stärkeres gab, dann war Rudy in diesen Zustand übergewechselt.

«Doktor, es kann wirklich nicht warten ...»

«Um Gottes willen, Sergeant lassen Sie mir etwas Zeit. Ich habe soeben erfahren, daß mein Bruder tot ist. Ich muß Vorbereitungen treffen.»

«Um ganz ehrlich zu sein», sagte García, «was George betrifft, so ist von ihm nicht allzuviel übrig, um umfangreiche Vorbereitungen zu treffen.»

«Besuchen Sie mich morgen», sagte Rudy Graveline knapp. Dann warf er den Hörer des Autotelefons aus dem Fenster.

Als das Telefon im Bonneville erneut piepte, sah Chemo Maggie Gonzalez hämisch frohlockend an. «Ich hab' dir ja gesagt, daß das Ding sich noch nützlich machen wird.»

«Hör endlich auf, an deinem Gesicht herumzupulen.»

«Es juckt wie der Teufel.»

«Bleib mit den Fingern weg!» schimpfte Maggie. «Oder willst du, daß es sich entzündet? Willst du das wirklich?»

Am anderen Ende der Leitung war Rudy Graveline. Er klang, als hätte er Selbstmordabsichten.

Chemo sagte: «He, Doc, sind Sie in Ihrem Wagen? Ich bin in meinem.» Er fühlte sich wie der Meister des Universums.

«Nein, ich bin zu Hause», sagte Rudy. «Wir haben ein größeres Problem.»

«Was soll dieses ‹wir›? Ich habe kein Problem. Ich habe hundertzwanzig Riesen, ein nagelneues Gesicht, ein nagelneues Autotelefon. Für mich sieht das Leben von Tag zu Tag besser aus.»

Rudy sagte: «Das freut mich für Sie, ganz bestimmt.»

«Sie klingen aber nicht besonders erfreut.»

«Er hat Heather ...» Der Doktor erstickte an seinen eigenen Worten.

«Wer ist Heather?» fragte Chemo.

«Meine ... ich kann es nicht glauben ... als ich nach Hause kam, da war sie weg. Er hat sie mitgenommen.»

Maggie fragte, wer angerufen hatte, und Chemo flüsterte den Namen des Arztes. «Na schön», sagte er zu Rudy. «Dann erzählen Sie mal, was los ist.»

Plötzlich erinnerte Rudy Graveline sich an die Warnung von Häuptling Krause Augenbraue im Zusammenhang mit mobilen Telefonen, nämlich daß jemand persönliche Gespräche von außen durchaus mithören konnte, wenn er die richtige Frequenz fand. In seinem schnell fortschreitenden Stadium emotionalen Zerfalls konnte Rudy sich geradezu fotografisch genau vorstellen – als wäre es völlig echt –, wie irgerdeine neugierige Hausfrau in Coral Cables seine verbrecherischen Ausführungen über ihren Mikrowellen-Ofen mithörte.

«Kommen Sie zu meinem Haus», verlangte er von Chemo.

«Kann ich nicht, ich warte auf einen Anruf.»

«Das ist er.»

«Was? Sie meinen, das ist der Anruf, den er …»

«Ja», sagte Rudy. «Kommen Sie her, so schnell Sie können. Wir machen eine Bootsfahrt.»

«Herrgott im Himmel!»

32

Maggie und Chemo ließen Christina Marks gefesselt im Kofferraum des Bonneville liegen, der auf Rudy Gravelines gepflasterter Autoauffahrt parkte. So traurig ihre Lage auch war, Christina Marks machte sich keine Sorgen, im Wagen zu ersticken. Es gab so viele Rostlöcher, daß sie sogar einen Luftzug spüren konnte.

Eine Stunde lang saßen Maggie und Chemo auf dem weißen Ledersofa in Rudys Wohnzimmer und hörten sich die traurige Geschichte an, wie er festgestellt hatte, daß er, als er nach Hause kam, seine Geliebte, sein kleines Baby, sein Zuckerstückchen, seine Venus, sein Honighäschen, sein Schätzchen, seinen blonden kalifornischen Sonnenschein nicht mehr in ihrem Zimmer angetroffen hatte.

Nacheinander betrachteten sie die Notiz des Kidnappers, welche lautete: «Ahoi! Ihr seid zu einer Party eingeladen!»

Auf der Vorderseite des Zettels prangte die Karikatur eines Pelikans mit Seemannsmütze. Klappte man die Karte auf, so sah man einen handgezeichneten Plan von Stiltsville. Chemo und Rudy waren sich sehr schnell einig, daß mit Mick Stranahan nun etwas Grundsätzliches getan werden müsse.

Chemo erkundigte sich nach der Herkunft der frischen dunklen Tropfen auf dem Fußboden der Vorhalle, und Rudy sagte, es sei nicht das Blut von Heather, sondern von jemand anderem. Schluchzend und schniefend erzählte er von dem Mißgeschick mit Reynaldo Flemm in der Klinik. Maggie Gonzalez lauschte dem schrecklichen Bericht voller Verwunderung, sie hatte niemals gedacht, daß ihr bescheidener Erpressungsplan so weit eskalieren würde.

«Also, wo ist er?» fragte sie.

«Dort drin», erwiderte Rudy. «Im Froster.»

Chemo sah ihn fragend an. «Wo ist er? Wovon reden Sie?»

Rudy ging mit ihnen in die Küche und wies auf einen großen Kühlschrank. «Der Froster ...»

Maggie bemerkte, daß die Ablagegitter des Gefrierschranks aufder Anrichte aufgestapelt waren. Daneben standen ein halbes Dutzend Frischhalteboxen und drei Behälter Schokoladeneis.

Chemo sagte: «Das ist wirklich ein großer Kühlschrank.» Er öffnete die Tür, und dort war Reynaldo Flemm, aufrechtstehend und gefroren wie eine Fruchteisstange.

«Anders bekam ich ihn gar nicht rein», erklärte Rudy. «Ich mußte sogar das verdammte Schockgefrierfach rausreißen.»

Chemo meinte: «Im Fernsehen sieht er wirklich anders aus.» Chemo hielt die Kühlschranktür mit dem Knie offen, die kalte Luft tat seinem Gesicht gut.

Maggie sagte gar nichts. Das hatte nicht zu ihrem Plan gehört. Sie dachte angestrengt über eine Möglichkeit nach, sich aus Rudys Haus zu schleichen und zu fliehen. Ins Hotel zurück, den schwarzen Samsonite schnappen und für mindestens fünf Jahre verschwinden.

Chemo schloß die Kühlschranktür. Er wies auf weitere bräunliche Flecken auf den cremeweißen Fliesen und sagte: «Wenn Sie einen Aufnehmer haben, dann kann sie das saubermachen.»

«Moment mal», protestierte Maggie. «Sehe ich etwa aus wie eine Putzfrau?»

«Du wirst bald aussehen wie Hackfleisch, wenn du nicht tust, was ich sage.» Drohend reckte Chemo seine Motorsense hoch.

Maggie erinnerte sich an die unsanfte Behandlung, die Rudy Graveline damit widerfahren war, und sagte: «Ist schon gut, steck das verrückte Ding weg.»

Während Maggie aufwischte, brütete Rudy vor sich hin. Er schien am Boden zerstört zu sein, ruhelos und untröstlich. Er mußte nachdenken: er brauchte den besänftigenden Rhythmus athletischer Paarung, den angenehmen kristallenen Tunnel der Klarheit, den nur Heathers Lenden ihm spenden konnten.

Dabei hatte der Tag so vielversprechend begonnen. Vor Sonnenaufgang aus dem Bett und die Koffer gepackt. Und die Flugtickets – er hatte sie, während sie schlief, in Heathers Handtasche gesteckt. Er wollte in die Klinik fahren, die Operation an dem Go-Go-Tänzer vornehmen, die fünfzehn Riesen einsacken und nach Hause zu Heather zurückkehren. Dann auf zum Flughafen! Fünfzehntausend war reichlich genug für den Anfang – ein oder zwei Monate in Costa Rica in einem hübschen Apartment. Zeit genug für Rudys panamesischen Anwalt, alle außer Landes geschafften Aktienpakete zu Geld zu machen. Danach könnten Rudy und Heather wieder ruhig durchatmen und sich irgendwo in den Bergen ein Anwesen suchen. Ein schönes zweistöckiges Ranchhaus an einem Berghang. Ein Stall daneben; sie ritt gerne. Rudy sah schon, wie er eine neue chirurgische Klinik eröffnete; er hatte sogar sein gerahmtes Harvard-Diplom eingepackt, zwischen Seidensocken und Designerunterwäsche. San José wimmelte von reichen Auswanderern und aufsteigenden internationalen Jet-Settern. Ein amerikanischer Schönheitschirurg würde mit offenen Armen aufgenommen werden.

Und jetzt die Katastrophe. Heather – die blonde, junge, perfekt gebaute Heather – war aus dem Krankenbett entführt worden.

«Wir brauchen ein Boot», krächzte Rudy Graveline. «Für heute abend.»

Chemo nickte. «Ja, ein großes. Wenn ich schon zu diesem verdammten Haus zurückkehre, dann will ich wenigstens trocken bleiben. Sehen Sie zu, ob Sie uns so ein dreizehn Meter langes Ding besorgen können.»

«Sind Sie verrückt?»

«So eins, wie sie es auch in *Miami Vice* haben.»

«*Sie* sind verrückt. Wer soll das denn lenken?» Rudy starrte vielsagend auf das unförmige Gartengerät, das an Chemos linkem Arm befestigt war. «Sie etwa?»

«Ja, ich. Hängen Sie sich nur ans Telefon und sehen Sie zu, was Sie erreichen können. Wir müssen schon unterwegs sein, ehe die Cops hier auftauchen.»

Rudy zuckte bei der Erwähnung der Polizei zusammen.

«Mann», sagte Chemo, «Sie haben schließlich einen Toten im Kühlschrank. Das ist ein echtes Problem.»

Maggie wusch den Aufnehmer in der Küchenspüle aus. Sie meinte: «Was den angeht, habe ich eine Idee. Vielleicht gefällt sie Ihnen nicht, aber versuchen kann man es ja mal.»

Rudy zuckte müde die Achseln. «Dann lassen Sie mal hören.»

«Ich arbeitete mal für einen Chirurgen, der da einen Typ kannte, einen Typ, der … bestimmte Dinge kaufte.»

«Sie wollen doch nicht etwa vorschlagen …»

«Das kommt ganz auf Sie an», sagte Maggie. «Ich meine, Dr. Graveline, Sie stecken schließlich ziemlich tief in der Klemme.»

«Ja», sagte Chemo. «Ihre Eiscreme schmilzt nämlich.»

Der Name des Mannes lautete Kimbler, und sein Laden befand sich im Krankenhausviertel von Miami; ein Betrieb mit Fensterfront in der 12. Straße, einen Steinwurf vom Jackson Hospital und vom Büro des amtlichen Leichenbeschauers entfernt. Auf dem Magnetschild an der Ladentür stand «International Bio-Medical Exports, Inc.» Das Schaufenster war dunkelblau und mit einem Schutzgitter gesichert.

Kimbler erwartete sie bereits, als sie erschienen – Rudy, Chemo, Maggie und Christina. Chemo hatte den .38er Colt in der Hosentasche und zielte damit ständig auf Christina. Er hatte sie eigentlich im Kofferraum des Pontiac einsperren wollen, aber dort war nicht genug Platz.

Kimbler war ein schlaksiger Mann mit schütteren Haaren, einer Hornbrille und einer Adlernase. Seine Geschäftsräume waren erleuchtet wie ein Lagerhaus, und die Decke war mit billigen Eierkartons verkleidet. Graue Stahlregale bedeckten beide Wände. In den Fächern standen altmodische Einweckgläser, und in den Gläsern befanden sich präparierte menschliche Körperteile: Ohren, Augen, Füße, Hände, Finger, Zehen, kleine Organe, große Organe.

Chemo sah sich um und stieß einen halblauten Fluch aus: «Verdammt.»

Kimbler betrachtete Chemo, der ebenfalls einen besonderen Anblick bot, mit mindestens der gleichen Verwunderung – sein frisch abgeschliffenes Gesicht glänzte von Neosporinsalbe, seinen längeren linken Arm mit der Golfsackhülle aus Kalbsleder, seinen mit vereinzelten Haarbüscheln bewachsenen Schädel, seine schicke Safarijacke. Kimbler musterte Chemo, als wäre er ein besonders wertvolles, zukünftiges Handelsobjekt.

«Da haben Sie aber ein ausgefallenes Hobby», sagte Chemo und griff nach einem Glas mit Gallenblasen. «Das ist sicherlich besser als Baseballbilder sammeln.»

Kimbler erwiderte: «Ich habe sämtliche notwendigen Genehmigungen. Das kann ich Ihnen versichern.»

Maggie erklärte, daß Kimbler menschliches Gewebe an ausländische medizinische Fakultäten verkaufte. Sie sagte, dieses Geschäft sei vollkommen legal.

«Die Objekte kommen aus legalen Quellen», fügte Kimbler hinzu. «Krankenhäuser. Pathologische Labors.»

Objekte. Christina wurde leicht übel von dieser Bezeichnung.

Vielleicht war es aber auch nur der süßliche Todesgeruch des Ladens.

Kimbler sagte: «Es klingt sicher gespenstisch, aber ich leiste einen sehr gefragten Dienst. Diese Stücke, entnommene Organe und so weiter, würden ansonsten vernichtet. Weggeworfen. Verbrannt. Medizinische Fakultäten in Übersee brauchen dringend für ihren Unterricht praktisches Anschauungsmaterial – die Studenten sind für diese Lieferungen unendlich dankbar. Sie sollten mal einige von den Briefen lesen, die ich regelmäßig bekomme.»

«Nein, danke», sagte Chemo. «Was kostet denn heute ein Pinsel?»

«Entschuldigen Sie, ich verstehe nicht.»

Maggie ergriff schnell das Wort. «Mr. Kimbler, wir sind Ihnen wirklich sehr dankbar, daß Sie uns so kurzfristig haben empfangen können. Wir haben ein ungewöhnliches Problem.»

Kimbler blickte theatralisch über den oberen Rand seiner Brillengläser. Ein sachtes Lächeln spielte um seine Lippen. «Soviel zumindest hatte ich angenommen.»

Maggie fuhr fort. «Wir besitzen ein vollständiges *Objekt.*»

«Ich verstehe.»

«Es ist eine Art Armenrechtsfall. Sehr traurig – keinerlei Familie, keinerlei Ersparnisse für eine angemessene Beerdigung. Wir wissen noch nicht einmal genau, wer er ist.»

Christina konnte kaum an sich halten. Sie hatte einen kurzen Blick auf eine Leiche erhaschen können, als sie von den dreien in den Kofferraum des Bonneville bugsiert wurde. Ein junger Mann, soviel hatte sie immerhin erkannt.

Kimbler sagte zu Maggie: «Was können Sie mir über die äußeren Umstände mitteilen. Über die Todesursache zum Beispiel.»

Sie sagte: «Ein Armutsfall, wie ich schon erklärte. Notoperation wegen Blinddarmentzündung.» Sie wies auf Rudy. «Fragen Sie ihn, er ist der Arzt.»

Rudy Graveline war wie gelähmt. Er hatte Mühe, die Fassade aufrecht zu erhalten und Maggies Garn weiterzuspinnen. «Ich habe … er hatte ein schwaches Herz. Schwere Herzrhythmusstörungen. Er hätte es vor der Operation sagen sollen, hat er aber nicht.»

Kimbler schürzte die Lippen. «Sie sind Chirurg?»

«Ja.» Rudy war nicht gekleidet wie ein Chirurg. Er trug Bootsschuhe, eine braune Baumwollhose und einen Rollkragenpullover.

Er war eher für eine Bootsfahrt gekleidet. «Da, warten Sie.» Er holte seine Brieftasche heraus und zeigte Kimbler einen Ausweis der Dade County Medical Society. Kimbler schien das auszureichen.

«Mir ist schon klar, daß dieser Fall sich ein wenig außerhalb der normalen Bahnen bewegt», sagte Maggie.

«Ja, nun, sehen wir uns das Objekt doch mal an.»

Chemo ergriff Christinas Ellbogen und sagte: «Wir warten hier.» Er reichte Maggie die Schlüssel des Bonneville. Sie und Rudy gingen mit dem Mann namens Kimbler zu dem Wagen, der auf einem städtischen Parkplatz zwei Blocks entfernt stand. Als Maggie den Kofferraum öffnete, wandte Rudy sich ab. Kimbler rückte seine Brille zurecht und beugte sich über die Leiche, als wollte er die einzelnen Pinselstriche eines sehr schönen Gemäldes einzeln untersuchen. «Hmmm», machte er. «Hmmmm.»

Rudy trat etwas näher heran, um den Kofferraum besser abzuschirmen, für den Fall, daß irgendein Fußgänger neugierig wurde. Seine Sorge war unbegründet, niemand vergeudete einen zweiten Blick an das Trio; die Hälfte aller Leute in Miami betrieben ihre Geschäfte aus dem Kofferraum ihrer Wagen.

Kimbler schien von dem, was er sah, beeindruckt zu sein. «Ich bekomme nicht oft vollständige Kadaver», bemerkte er. «Und ganz bestimmt nicht von dieser Qualität.»

«Wir haben versucht, seine nächsten Angehörigen ausfindig zu machen», sagte Rudy, «aber aus irgendeinem Grund hat der Patient uns einen falschen Namen genannt.»

Kimbler kicherte. «Wahrscheinlich aus gutem Grund. Möglich, daß er ein Krimineller ist.»

«Überall, wohin wir uns gewandt haben, stießen wir ins Leere», sagte Rudy und versuchte ziemlich lahm, die Lüge zu untermauern.

Maggie kam ihm zu Hilfe. «Wir wollten ihn schon der Countyverwaltung übergeben, aber das erschien uns auch nicht besonders sinnvoll.»

«O ja», sagte Kimbler. «Dieser Mangel an guten Kadavern … mit ‹gut› meine ich weiß und wohlgenährt. Die meisten Universitäten, mit denen ich Geschäfte mache – zum Beispiel eine in der Dominikanischen Republik, die hatte nur zwei Leichen für eine Klasse von sechzig Medizinstudenten. Verraten Sie mir mal, wie diese Kids jemals Anatomie aus eigener Anschauung lernen sollen?»

Rudy wollte dazu etwas sagen, besann sich jedoch eines Besseren. Die ganze Sache war verdammt illegal, daran bestand wohl kein Zweifel. Aber welche andere Wahl hatte er? Zum ersten Mal in seinem anal-fixierten, hyper-angespannten Berufsleben hatte er die Kontrolle über den Gang der Dinge verloren. Er hatte sich vollkommen den verdorbenen Gosseninstinkten von Chemo und Maggie Gonzalez ausgeliefert.

Kimbler fuhr fort: «Zwei mickrige Kadaver, beide an der Ruhr gestorben. Jeder wog nur noch neunzig Pfund. Für sechzig Studenten. Und das ist in einigen dieser armen Länder gar nicht ungewöhnlich. Es gibt da in Guadeloupe eine medizinische Fakultät, die haben allenfalls Affenskelette zur Verfügung. Um ihnen zu helfen, schickte ich ihnen zwei Herzen und ein halbes Dutzend Lungen. Aber das ist doch nicht dasselbe, als wenn man ganze menschliche Körper zur Verfügung hat.»

Maggie, die ausdauernd feilschen konnte, hatte genug gehört. Langsam schloß sie den rostigen Kofferraum des Bonneville, verriegelte ihn aber nicht; Reynaldo Flemm fing bereits an aufzutauen.

«Also», sagte sie, «sind Sie offensichtlich interessiert.»

«Ja», sagte Kimbler. «Was halten Sie von achthundert?»

«Machen Sie neun draus», sagte Maggie.

Kimbler runzelte ungehalten die Stirn. «Achthundertfünfzig ist das äußerste.»

«Achthunderfünfundsiebzig. In bar.»

Kimbler blickte noch immer finster, aber er nickte. «In Ordnung. Achthundertfünfundsiebzig sind okay.» Rudy Graveline war völlig durcheinander. «Sie bezahlen uns?»

«Natürlich», erwiderte Kimbler. Er betrachtete Rudy zweifelnd. «Nur damit später keine dummen Fragen gestellt werden, Sie sind doch wirklich Arzt, oder? Ich meine, Ihre staatliche Lizenz ist noch gültig. Nicht, daß Sie irgend etwas unterschreiben müssen, aber es ist doch gut zu wissen.»

«Ja», seufzte Rudy, «ich bin Arzt. Meine Lizenz ist jüngsten Datums.» Als ob das noch wichtig war. Wenn alles liefe wie geplant, dann wäre er schon am nächsten Tag zur gleichen Zeit im Ausland. Er und Heather, zusammen auf einer Bergspitze in Costa Rica.

Der Mann namens Kimbler klopfte fröhlich auf die Kofferraumhaube des Bonneville. «Dann ist ja alles in Ordnung. Warum fahren

Sie nicht ums Haus zum Hintereingang. Legen wir das Objekt schnellstens auf Eis.»

Mick Stranahan brachte Heather Chappell eine Tasse heiße Schokolade. Sie zog sich die Decke bis zu den Schultern hoch und sagte: «Vielen Dank. Mir ist verdammt kalt.»

Er fragte sie, wie sie sich sonst fühle.

«Ein bißchen fertig», erwiderte sie. «Vor allem nach der Bootsfahrt.»

«Tut mir leid», sagte Stranahan. «Ich weiß, es war ziemlich rauh draußen – eine Kaltfront ist im Anmarsch, deshalb bekommen wir heute noch Sturm.»

Heather nippte vorsichtig an der Schokolade. Der Kidnapper, oder was er auch sein mochte, beobachtete sie gleichgültig von einem Barhocker aus Korbgeflecht. Er trug eine Bluejeans, Bootsschuhe, ein blaßgelbes Baumwollhemd und einen Popelineanorak. Heather erschien der Mann durchaus stark, aber nicht richtig bösartig und gefährlich. In der Mitte des Wohnraums stand ein Kartentisch, der mit einer Plastikdecke versehen war. Auf dem Tisch stand ein roter Werkzeugkasten. Der Kidnapper hatte ihn bei sich gehabt, als er in Dr. Gravelines Haus eingebrochen war.

Heather wies mit einem Kopfnicken auf den Werkzeugkasten und erkundigte sich: «Was ist da eigentlich drin?»

«Ich hab' mir von Rudy ein paar Sachen ausgeliehen.»

Die Möbel sahen aus, als stammten sie von der Heilsarmee, trotzdem strahlte die Behausung eine spartanische Gemütlichkeit aus, vor allem, wenn alles vom Plätschern und Rauschen der Fluten untermalt wurde. Heather meinte: «Ihr Haus gefällt mir.»

«Die Nachbarschaft ist nicht mehr das, was sie mal war.»

«Was für ein Fisch ist das dort an der Wand?»

«Ein blauer Schwertfisch. Ihm ist das Sägemaul abgebrochen, und ich muß es irgendwann einmal flicken lassen.»

Heather fragte: «Haben Sie den selbst gefangen?»

«Nein.» Stranahan lächelte. «Ich bin kein Hemingway.»

«Ich habe für *Inseln im Strom* vorgesprochen. Mit George C. Scott – haben Sie den Film gesehen?»

Stranahan meinte, nein, er habe nicht.

«Ich hab' die Rolle sowieso nicht gekriegt», sagte Heather. «Ich hab' jetzt vergessen, wer die Ehefrau gespielt hat. George C. Scott war Hemingway, und es wurde viel geangelt.»

Der sägelose Schwertfisch starrte von der Wand herunter. Stranahan sagte: «Hier draußen war früher mal das reinste Paradies.»

Heather nickte; sie konnte es sich gut vorstellen. «Was haben Sie mit mir vor?»

«Nicht viel», erwiderte Stranahan.

«Ich erinnere mich an Sie», sagte sie. «Aus der Klinik. Sie haben mich an jenem Abend auf dem Parkplatz ins Taxi gesetzt. An dem Abend, als Rudys Wagen verbrannte.»

«Ich heiße Mick.»

Als berühmte Schauspielerin stellte Heather sich aus Gewohnheit niemals vor. Diesmal hatte sie aber das Gefühl, sie müßte es tun.

Stranahan sagte: «Der Grund, warum ich Sie gefragt habe, wie Sie sich fühlen, ist dies hier.» Er hielt drei Pillenflaschen hoch und schüttelte sie rasselnd. «Die standen auf Ihrem Nachttisch neben dem Bett. Der liebe Dr. Rudy hat Sie ganz schön vollgepumpt.»

«Wahrscheinlich nur Schmerztabletten. Sehen Sie, ich bin gerade operiert worden.»

«Keine Schmerzmittel», sagte Stranahan. «Seconal 100. Die stärkste Dosis, die ausreicht, um einen Elefanten schlafen zu legen.»

«Was … warum sollte er so etwas tun?»

Stranahan rutschte von seinem Barhocker und ging hinüber zu Heather Chappell. In der rechten Hand hielt er eine kleine Schere. Er ging vor ihr in die Knie und bat sie, sich nicht zu bewegen.

«O Gott», stieß sie hervor.

«Sitzen Sie still.»

«Vorsichtig schnitt er die Bandagen und Verbände um ihr Gesicht auf. Heather erwartete, daß die salzige, kühle Luft auf den frischen Schnitten und Nähten brannte, aber sie spürte nichts außer einem leichten Jucken.

Stranahan meinte: «Ich will Ihnen mal was zeigen.» Er ging ins Badezimmer und kam mit einem Wandspiegel zurück. Heather studierte sich einige Sekunden lang.

Mit total verwirrter Stimme stellte sie fest: «Ich sehe ja gar keine Operationsspuren.»

«Nein. Keine Narben, keine Wunden, keine Schwellung.»

«Rudolph sagte … Sehen Sie, er sagte etwas von Mikrochirurgie.

Ich glaube, er erwähnte einen Laser. Er meinte, die Narben wären am Ende so winzig ...»

«Quatsch.» Stranahan reichte ihr die Schere. Sie packte sie und hielt sie in der rechten Hand wie eine Pistole.

«Ich gehe für eine Weile nach nebenan», meinte er. «Wenn Sie fertig sind, können Sie mich ja rufen, und ich erkläre Ihnen, soviel ich kann.»

Zehn Minuten später klopfte Heather heftig an die Zimmertür. Sie hatte die restlichen Verbände und falschen Wundbandagen entfernt. Sie stand völlig nackt da, auf dem Körper Spuren von den Klebeflächen der Pflasterstreifen, und weinte leise. Stranahan wickelte sie in eine Decke und half ihr, sich auf das Bett zu setzen.

«Er sollte meine Brüste vergrößern», sagte sie. «Und meine Hüften verändern. Meine Nase, die Augenlider ... alles.»

«Nun, er hat gelogen», sagte Stranahan.

«Bitte, ich möchte zurück nach L. A.»

«Vielleicht morgen.»

«Was geht hier eigentlich vor?» weinte Heather. «Kann ich mal Ihr Telefon benutzen, ich muß meine Managerin anrufen. Bitte!»

«Tut mir leid», sagte Stranahan. «Kein Telefon. Kein Funk zum Festland. Kein Telefax. Das Wetter ist ziemlich mies geworden, deshalb hängen wir hier für die Dauer der Nacht fest.»

«Aber ich soll eine Folge von *Parole* mit Jack Klugman drehen. Mein Gott, welchen Tag haben wir?»

Stranahan sagte: «Darf ich Sie etwas fragen? Sie sind eine bildhübsche junge Frau – dafür gebühren Ihnen eine Menge Punkte – aber wie konnten Sie so furchtbar dämlich sein?»

Heathers Tränenstrom versiegte sofort, sie verschluckte ihre letzten Schluchzer. Kein Mann hatte sie jemals in dieser Weise angesprochen. Nun, Moment mal; Patrick Duffy hatte es mal getan, ein einziges Mal. Sie stellte eine Debütantin in *Dallas* dar, und sie hatte eine verdammte Textzeile vergessen. Eine von siebzehn! Aber später hatte Patrick Duffy sich wenigstens dafür entschuldigt, daß ihm der Kragen geplatzt war.

Mick Stranahan meinte: «Sich einem Metzger wie Graveline anzuvertrauen ist schon ein starkes Stück. Und weshalb? Wegen eines Zentimeters von Ihrer Hüfte. Wegen eines Polyurethan-Grübchens in Ihrem Kinn. Plastikkissen in Ihren Brüsten. Stellen Sie sich nur einmal vor: In hundert Jahren klappt Ihr Sarg auf, und es ist nichts mehr drin als zwei Silikonkissen. Kein Fleisch, keine Knochen, alles ist zu Staub geworden, bis auf Ihre Brüste. Sie sind bionisch. Ewig.»

Mit zaghafter Stimme sagte Heather: «Aber das macht doch jeder.»

Stranahan riß ihr die Decke herunter, und zum erstenmal hatte Heather richtige Angst. Er befahl ihr, sich hinzustellen. «Sehen Sie sich an.»

Verschüchtert senkte sie den Blick.

«Es gibt nichts, was bei Ihnen nicht in Ordnung ist», sagte Stranahan. «Verraten Sie mir mal, welche Fehler Sie bei sich sehen.»

Der Wind ließ die Fensterläden klappern, und ein kalter Luftstrom schnitt durch den Raum. Heather fröstelte, setze sich und legte die Hände auf ihre Brustwarzen. Stranahan verschränkte die Arme, als erwartete er etwas: eine Erklärung.

«Sie sind ein Mann, ich erwarte nicht, daß Sie es verstehen.»

Sie fragte sich, ob er wohl versuchen würde, sie in irgendeiner Weise anzufassen.

«Eitelkeit verstehe ich», sagte Stranahan. «Männer sind auf diesem Gebiet wahre Experten.» Er hob die Decke vom Fußboden auf. Gleichgültig legte er sie ihr auf den Schoß. «Ich glaube, in einer der Schubladen ist etwas Warmes zum Anziehen.»

Er fand einen grauen Trainingsanzug mit Kapuze und ein Paar Herrenwollsocken. Eilig zog Heather sich an. «Sagen Sie mir eins», murmelte sie zitternd, «warum hat Rudolph mich in dieser Sache angelogen? Ich kann es nicht verstehen – warum hat er die Operation nicht durchgeführt?»

«Ich glaube, weil er Angst hatte. Falls Sie es nicht bemerkt haben, er ist verrückt nach Ihnen. Er konnte wahrscheinlich den Gedanken nicht ertragen, daß irgend etwas bei der Operation hätte schief gehen können. So etwas kommt schon mal vor.»

«Aber ich habe es bezahlt», sagte Heather. «Ich habe diesem Bastard einen Barscheck ausgestellt.»

«Jetzt hören Sie aber auf, Sie brechen mir das Herz.»

Heather funkelte ihn an.

«Sehen Sie», sagte Stranahan, «ich konnte einen Blick auf seine Visa-Rechnung werfen. Elegante Restaurants, Modellkleider, einen Brillanten hier, einen da – Ihnen ist es doch sehr gut gegangen. Hat er erwähnt, er wolle mit Ihnen in den Tropen Urlaub machen?»

«Ich erinnere mich, daß er irgendwas von Costa Rica faselte. Ausgerechnet dieses Land!»

«Ja, nun, ärgern Sie sich nicht. Die Reise ist abgesagt. Rudy hat einen kleineren Rückschlag erlitten.»

Heather sagte: «Dann erzählen Sie mir doch mal, was überhaupt los ist.»

«Denken Sie einfach, daß Sie unheimliches Glück hatten.»

«Warum? Wovon reden Sie?»

«Rudy tötete eine junge Frau wie Sie. Nein, ich nehme das zurück – sie war nicht so wie Sie, sie war unschuldig. Und er tötete sie mit einer Nasenkorrektur.»

Heather Chappell krümmte sich. Unbewußt zuckte eine Hand zu ihrem Gesicht hoch.

«Genau darum geht es hier», sagte Stranahan. «Wenn Sie mir nicht glauben, dann fragen Sie ihn selbst. Er ist unterwegs hierher.»

«Hierher?»

«Stimmt genau. Um Sie zu retten und mich zu töten ...»

«Rudolph? Niemals.»

«Sie kennen ihn nicht so wie ich, Heather.»

Stranahan ging von Zimmer zu Zimmer und knipste die Lampen aus. Heather folgte ihm und sagte nichts. Sie wollte nicht alleine gelassen werden, nicht einmal von ihm. Eine Sturmlaterne in der Hand, führte Stranahan sie aus dem Pfahlhaus heraus und half ihr dabei, aufs Dach zu klettern. Das Windrad pfiff und ratterte über ihren Köpfen.

Heather sagte: «Mein Gott, dieser Wind wird immer schlimmer.»

«Das wird er wirklich ...»

«Was für ein Gewehr ist das?»

«Eine Schrotflinte, Heather.»

«Ich kann nicht glauben, daß Rudolph an einem solchen Abend hier herauskommt.»

«Doch.»

«Wofür ist denn die Schrotflinte da?»

«Als Dekoration», sagte Stranahan. «Vorwiegend.»

33

Al García hatte so lange ein schlechtes Gewissen, weil er Mick Stranahan angelogen hatte, bis Luis Córdovas Boot streikte. Nun hing Luis über den Bootsrand und stocherte suchend unter dem Rumpf herum; García stand neben ihm, hielt die große wasserdichte Taschenlampe und fluchte in die salzige Gischt.

García dachte: Ich hasse Schiffe. Wenn ein Wagen den Geist aufgibt, dann geht man einfach zu Fuß weiter und läßt ihn stehen. Mit einem verdammten Boot hängt man fest.

Sie trieben eine halbe Meile westlich des Seaquarium. Es war stockfinster und sehr unruhig. Ein eisiger Nordwestwind pfiff durch Garcías Plastikanorak und weckte in ihm den Wunsch, lieber bis zum Anbruch der Dämmerung zu warten, wie er es Stranahan versprochen hatte.

Luis Córdova brauchte nicht lange, um das Problem mit dem Motor zu finden. «Es ist die Schraube», sagte er.

«Was ist damit?»

«Sie ist weg», sagte Luis Córdova.

«Sind wir gegen irgend etwas gestoßen?»

«Nein. Sie ist einfach abgefallen. Irgend jemand hat an dem Splint herumgespielt.»

García überlegte einen Moment. «Weiß er, wo du das Boot parkst?»

«Sicher», sagte Luis Córdova.

«Scheiße.»

«Ich gehe lieber ans Funkgerät und sehe zu, daß wir Hilfe bekommen.»

Al García verstaute den Handscheinwerfer, setzte sich an die Konsole und zündete sich eine Zigarette an. Er meinte: «Dieser Bastard. Er hat uns nicht getraut.»

Luis Córdova meinte: «Wir brauchen eine neue Schraube oder ein anderes Boot. So oder so hängen wir zwei Stunden lang fest.»

«Tu, was du kannst.» Im Süden hörte García den Lärm eines

anderen Bootes quer über die Bucht; auch Luis Córdova vernahm es – den Rumpf, der schwer auf die Wellen schlug. Das Dröhnen des Motors wurde leiser, während das Boot sich entfernte. Sie wußten genau, wohin es unterwegs war.

«Verdammt», sagte García.

«Du glaubst wirklich, daß er das getan hat?»

«Ich habe nicht den geringsten Zweifel. Der Bastard hat uns nicht getraut.»

«Ich hab' keine Ahnung, warum nicht», sagte Luis Córdova und schaltete das Funkgerät ein.

Während er über den Damm zum Yachthafen fuhr, dachte Chemo an das Pfahlhaus und an den Monsterfisch, der seine Hand abgebissen hatte. So sehr er es versuchte, er konnte seine Angst vor einer Rückkehr an diesen Ort nicht verbergen.

Als er das Boot sah, das Rudy Graveline gemietet hatte, hätte Chemo die Expedition am liebsten abgebrochen. «Was für ein Stück Scheiße», schimpfte er.

Es war ein sieben Meter langer Außenborder, plump und langsam, mit einem alten 60-PS-Mercury-Motor. Ein Hotelmietboot, wie geschaffen für den Mißbrauch durch Touristen.

Chemo sagte: «Das glaub' ich nicht.»

«Um diese Uhrzeit kann ich von Glück sagen, daß ich überhaupt etwas aufgetrieben habe», sagte Rudy.

Maggie Gonzalez meinte: «Sehen wir endlich zu, daß wir die Sache abschließen.» Sie stieg als erste ins Boot, gefolgt von Rudy, dann Christina Marks.

Chemo stand auf dem Pier und blickte über die Bucht auf den bernsteinfarbenen Lichtschein der Stadt. «Es ist ein Wind, als tobte hier ein verdammter Taifun», stellte er fest. Er hatte wirklich keine Lust, loszufahren.

«Kommen Sie schon», sagte Rudy. Er machte sich Sorgen wegen Heather; genauer ausgedrückt, er machte sich Sorgen darüber, was er wohl würde tun müssen, um sie wieder zurückzuholen. Er hatte das Gefühl, daß es Chemo völlig gleichgültig war, so lange nur Mick Stranahan am Ende auf der Strecke blieb.

Während Chemo die Bugleine löste, sagte Christina Marks: «Das ist wirklich eine schlechte Idee.»

«Klappe», bellte Chemo.

«Ich meine es ernst. Ihr drei solltet versuchen abzuhauen, solange Ihr es noch könnt.»

«Ich sagte, Klappe halten.»

Maggie meinte: «Vielleicht hat sie recht. Dieser Typ ist eigentlich keine besonders stabile und berechenbare Persönlichkeit.»

Chemo sprang unbeholfen ins Boot und startete den Motor. «Was soll das denn, willst du den Rest deines Lebens im Knast verbringen? Meinst du denn, er vergißt alles und läßt uns in den Sonnenuntergang von dannen ziehen?»

Rudy Graveline fröstelte. «Alles, was ich will, ist Heather.»

Christina meinte: «Keine Angst, Mick wird ihr nichts antun.»

«Wen interessiert das auch schon», sagte Chemo und drückte mit der unversehrten Hand auf den Gashebel.

Als sie endlich in Stiltsville eintrafen hatte Chemo das Gefühl, als ob sein Gesicht in Flammen stünde. Das Mietboot bewegte sich wie eine Badewanne. Jede Welle schlug über den Rand und schleuderte die feine Gischt auf das rohe Fleisch seiner Wangen. Das Salz brannte wie kalte Säure. Chemo gingen schon bald die Flüche aus. Rudy Graveline war keine Hilfe, die Frauen auch nicht: sie waren alle triefnaß, fühlten sich nicht besonders wohl und brüteten dumpf vor sich hin.

Während er in einem weiten Wochenendkapitäns-Bogen in den Biscayne Channel einfuhr, verlangsamte Chemo die Fahrt und streckte seine Motorsense wie einen Zeigestock aus. «Was zur Hölle ist das?» sagte er. «Seht euch das an.»

Über die Untiefen hinweg war Stranahans Haus erleuchtet wie ein Weihnachtsbaum. Laternen hingen an den Pfählen und baumelten gespenstisch im Wind. Die braunen Fensterläden standen offen, und bei jedem Windstoß waren auf- und abschwellende Musikfetzen zu hören.

Christina Marks lachte vor sich hin. «Die Beatles», sagte sie. «Er spielt *Happiness is a Warm Gun.*»

Chemo schnaubte. «Will er besonders raffiniert sein?»

«Nein», sagte Christina. «Er bestimmt nicht.»

Maggie Gonzalez strich sich eine nasse Haarlocke aus dem Gesicht. «Er ist offensichtlich verrückt.»

«Und wir etwa nicht?» fragte Rudy. Er schaute durch das Fernglas und versuchte Heather Chappell in dem Pfahlhaus zu finden. Er konnte nirgendwo ein Lebenszeichen entdecken, weder ein menschliches noch andere. Er zählte ein Dutzend brennende Laternen.

Der Anblick des Hauses rief Chemo schlimme Erinnerungen ins Gedächtnis. Zu deutlich konnte er das zerbrochene Geländer sehen, wo er an jenem Tag des fehlgeschlagenen Jetskiangriffs ins Wasser gefallen war. Er dachte über den wütenden Fisch nach, was für einer es auch gewesen sein mochte, der unter dem Pfahlhaus lebte. Insgeheim machte er sich Gedanken über dessen nächtliche Freßgewohnheiten.

Maggie fragte: «Wie gehen wir nun vor?»

Rudy schaute sie ernst an: «Wir tun nichts, bevor Heather nicht sicher in diesem Boot sitzt.»

Chemo packte Christinas Arm und zog sie herüber zur Konsole. «Stellen Sie sich dorthin, dicht neben mich», sagte er. «Für den Fall, daß Ihr beschissener Freund auf irgendwelche dummen Gedanken kommen sollte.» Er drückte den Lauf seines .38ers gegen ihre rechte Brust. Mit dem Schaft der Motorsense fixierte er das Ruder.

Während das Boot über die seichten Stellen auf Mick Stranahans Haus zuhüpfte und sprang, fand Christina sich mit der Wahrscheinlichkeit ab, daß sie die nächsten Augenblicke vermutlich nicht überleben würde. «Nur um das noch mal klarzustellen», sagte sie, «er ist nicht mein Freund.» Maggie stieß sie mit dem Ellbogen an und flüsterte: «Sie hätten es auch schlimmer treffen können.»

Chemo stoppte das Boot zehn Meter vom Steg entfernt.

Die Musik war verstummt. Die einzigen Laute waren das Rattern des Windrades und das Knarren der Lampen, die von den Windböen in Schwingungen versetzt wurden. Das Haus erhellte den Himmel mit seinem grellen wässerigen Licht; eine weiße Fackel mitten im schwärzesten Nichts. Christina fragte sich: Woher hat er so viele verdammte Laternen?

Chemo schaute auf Rudy Graveline herab. «Und? Sie sind doch derjenige, der eine Einladung bekommen hat?»

Rudy nickte grimmig. Auf wackligen Beinen gelangte er zum Bug des Bootes; die rauhe, nasse Fahrt hatte sämtliche Eleganz aus seiner Designer-Garderobe herausgeschaukelt. Der Doktor legte beide

Hände zu einem Trichter an seinem Mund zusammen und rief Stranahans Namen.

Nichts.

Er schaute auf Chemo, der die Achseln zuckte. Der .38er zielte noch immer auf Christina Marks.

Danach rief Rudy Heathers Namen und erhielt zu seiner Überraschung eine Antwort.

«Hier oben!» Ihre Stimme erklang vom Dach, wo es noch dunkler war.

«Komm herunter», forderte Rudy sie aufgeregt auf.

«Nein, ich glaube nicht.»

«Bist du in Ordnung?»

«Mir geht es gut», sagte Heather. «Aber nicht dank dir.»

Chemo blickte Rudy mit säuerlichem Gesichtsausdruck an. «Und was jetzt?»

«Sehen Sie mich nicht an», wehrte der Arzt ab. Chemo rief nun Heathers Namen: «Wir sind gekommen, um Sie zu retten. Welches Problem haben Sie?»

Plötzlich erschien Heather auf dem Dach. Um das Gleichgewicht zu halten, stützte sie sich am Gerüst des Windrades ab. Sie trug einen grauen Trainingsanzug mit Kapuze. «Welches Problem? Fragen Sie ihn doch.» Sie zog die Kapuze von ihrem Kopf, und Rudy Graveline sah, daß die Bandagen verschwunden waren.

«Verdammt», sagte er.

«Lassen Sie mal hören», murmelte Chemo.

«Ich hätte eine Operation vornehmen sollen, aber ich habe es nicht getan. Sie dachte – also, verstehen Sie, ich habe ihr erklärt, ich hätte es getan.»

Maggie Gonzalez sagte: «Sie haben recht. Jeder hier draußen ist verrückt.»

«Ich habe dafür bezahlt, du Bastard!» schimpfte Heather.

«Bitte, ich kann alles erklären», flehte Rudy

Chemo widerte dieses Hin und Her an. «Das ist aber eine wunderschöne Situation. Sie will gar nicht gerettet werden, sie haßt Sie bis aufs Blut.»

Heather verschwand vom Dach. Ein paar Sekunden später tauchte sie wieder, immer noch allein auf der Terrasse des Pfahlhauses auf. Rudy Graveline warf ihr die Bugleine zu, und sie schlang sie um einen der Anlegepoller. Der Arzt kletterte aus dem Boot und versuchte sie zu umarmen, doch Heather wich zurück und sagte: «Faß mich nicht an!»

«Wo ist Stranahan?» wollte Chemo wissen.

«Er muß sich hier irgendwo herumtreiben», antwortete Heather.

«Kann er uns hören?»

«Das denke ich doch.»

Chemos Blicke wanderten über das Haus, die Terrasse, das Dach. Jedesmal, wenn er auf das Wasser schaute, dachte er an den schrecklichen Fisch und wie schnell es passiert war. Seine Knöchel waren blau, so krampfhaft hielt er die Pistole fest.

Eine Stimme sagte: «Guck mal hierher.»

Chemo wirbelte herum. Die Stimme war unter dem Pfahlhaus erklungen, zwischen den Pfählen, wo der Gezeitenstrom rauschte.

Mick Stranahan befahl: «Revolver fallenlassen!»

«Oder was?» knurrte Chemo.

«Oder ich blase dir dein neues Gesicht weg.»

Chemo sah einen orangefarbenen Blitz, und augenblicklich explodierte die Laterne, die seinem Kopf am nächsten war. Maggie schrie auf, und Christina wand sich aus Chemos einhändigem Griff heraus. Auf der Terrasse des Hauses warf Rudy Graveline sich auf den Bauch und bedeckte den Kopf mit den Händen.

Chemo stand alleine da mit seiner lausigen Pistole. Seine Ohren dröhnten. Heiße Glassplitter steckten in seiner Kopfhaut. Er dachte: Schon wieder diese verdammte Schrotflinte. Als das Echo des Schusses verklungen war, sagte Stranahans Stimme: «Das waren Rehposten, Mr. Tatum. Falls es Sie interessiert.»

Chemo brachte sein Gesicht fast um. Er stellte sich den Schaden vor, den ein gezielter Schrotschuß seinem Teint zufügen würde, dann schleuderte er den .38er Colt in die Bucht. Vielleicht ließ sich ein Handel herausschinden; selbst nach dem Kauf des Autotelefons war noch eine Menge Geld übrig.

Stranahan befahl Chemo, aus dem Boot zu steigen. «Langsam.»

«Tatsächlich?»

«Denk an das, was letztes Mal mit dem Barrakuda passiert ist.»

«Das war es also.» Chemo erinnerte sich an Bilder von Barrakudas in Angelzeitschriften. An was er sich am deutlichsten erinnerte, waren die furchtbaren Zähne. «Mein Gott», murmelte er.

Stranahan ließ nichts darüber verlauten, daß der lange Barrakuda längst verschwunden war – abgewandert in tiefere Gewässer, um dort die kalte Zeit abzuwarten. Wahrscheinlich stand er nun bei Fewey Rocks.

Chemo bewegte sich mit krabbengleicher Zielstrebigkeit, eine schlaksige Gliedmaße nach der anderen. Bei dem Schaukeln des Bootes und mit der durch das Gewicht seiner speziellen Prothese hervorgerufenen Schlagseite hatte er gewisse Schwierigkeiten, auf dem schlüpfrigen Bootsrand die Balance zu halten. Maggie Gonzalez kam von hinten und half ihm, vollends auf den Steg zu klettern. Chemo sah sie überrascht an. «Danke», sagte er.

Unter dem Haus meldete sich wieder Stranahans Stimme: «In Ordnung, Heather, jetzt steigen Sie ins Boot.»

«Einen Moment mal», sagte Rudy.

«Keine Sorge, ihr passiert nichts.»

«Heather, nicht!» Rudy dachte an den Abend am Kamin und an den Morgen in der Dusche und an Costa Rica.

«Hände weg!» zischte Heather und sprang ins Boot.

Mittlerweile hatte Christina Marks den Plan erkannt. Sie sagte: «Mick, ich möchte hierbleiben.»

«Ach, du hast es dir anders überlegt.»

«Was ...»

«Willst du trotz allem heiraten?»

Die Worte hingen in der Nacht wie der boshafte Schrei einer Möwe. Dann erklang unter dem Haus Gelächter. «Für dich ist alles nur eine Story», sagte Stranahan. «Sogar ich.»

Christina protestierte. «Das ist nicht wahr.» Niemand schien von ihrer Aufrichtigkeit besonders überzeugt zu sein.

«Mach dir keine Sorgen», sagte Stranahan. «Ich liebe dich immer noch, ganz gleich, was passiert ist.»

Rudy kam leise auf die Füße und schob sich neben Chemo. Im flackernden Schein der Laternen sah Chemo noch wachsähnlicher aus als sonst. Er erschien wie hypnotisiert, und seine hervorquellenden Kugelfischaugen waren starr auf die anrollenden Wellen gerichtet.

Heather fragte: «Soll ich das Boot jetzt losbinden?»

«Noch nicht», antwortete Stranahan. «Überprüfen Sie zuerst Maggies Jacke.»

Maggie Gonzalez trug eine Männerseemannsjacke. Als Heather ihr in die Tasche greifen wollte, stieß Maggie ihren Arm weg.

Unter dem Haus erklang ein metallisches Klirren: Stranahan tauchte aus seinem Scharfschützenversteck auf. Schnell kletterte er aus seinem Aluminiumboot, hangelte sich über den Wassertank nach oben und zog sich mit einer Hand auf die Terrasse des Hauses. Seine Gäste hatten einen ungehinderten Blick auf die Remington.

«Maggie, seien Sie ein braves Mädchen», meinte Stranahan. «Lassen Sie mal sehen, was Sie da haben.»

Christina faßte die eine Seite der Jacke, und Heather hielt die andere Seite fest. «Schlüssel», verkündete Christina und hielt sie hoch, so daß Stranahan sie sehen konnte. Der eine war ein kleiner silberner Kofferschlüssel, der andere gehörte zu einem Zimmer im Holiday Inn.

Chemo blinzelte düster und klopfte seine Hose ab. «Herrgott noch mal», stieß er hervor. «Das Luder hat mich beklaut!»

Er konnte es nicht fassen: Maggie hatte ihm die Schlüssel aus der Tasche gefischt, während sie ihm aus dem Boot half. Sie hatte demnach vor, zum Hotel zurückzukehren und das ganze Geld mitzunehmen.

«Ich weiß genau, wie du dich jetzt fühlst», sagte Stranahan zu Chemo. Er reichte ins Boot hinunter und nahm Christina die Schlüssel aus der Hand. Er steckte sie in die Vordertasche seiner Jeans.

«Was nun?» jammerte Rudy und hoffte darauf, daß irgend jemand eine Idee hatte.

Chemos rechte Hand kroch zu seiner linken Achselhöhle und fand den Schalter des Batteriepacks. Die Motorsense summte, stoppte einmal, dann begann sie richtig zu laufen. Stranahan sagte: «Ich bin beeindruckt, das gebe ich zu.» Er zielte mit der Remington auf Chemos Kopf und befahl ihm, sich nicht zu rühren.

Chemo achtete nicht darauf. Er machte zwei giraffenähnliche Schritte über den Steg und tauchte mit einem wütenden Knurren in den Bug des Bootes, hinter Maggie her. Sie alle gingen in einem wilden, kreischenden Durcheinander zu Boden – Chemo, Maggie, Heather und Christina –, wobei das Boot heftig gegen die Pfähle prallte.

Mick Stranahan und Rudy Graveline beobachteten den Tumult

von der unteren Terrasse des Pfahlhauses aus. Der Schrei einer Frau, durchdringend und katzengleich, erhob sich über den allgemeinen Lärm.

«Tun Sie was!» rief der Arzt.

«In Ordnung», sagte Stranahan.

Später sammelte Stranahan alle Laternen ein und brachte sie ins Haus. Rudy Graveline lag in der Unterhose auf dem Bett; er war mit Handschellen an die Bettpfosten gefesselt. Chemo lag bewußtlos auf dem nackten Fußboden zusammengekrümmt in einer Ecke. Bei zugeklappten Fensterläden machten die Laternen das Zimmer hell wie ein Fernsehstudio.

Rudy fragte: «Sind sie weg?»

«Sie schaffen es. Die Ebbe zieht sie mit.»

«Ich weiß nicht, ob Heather schwimmen kann.»

«Das Boot sinkt nicht. Sie werden es schaffen.»

Rudy bemerkte frisches Blut an Micks Stirn, wo er von der Motorsense erwischt worden war. «Soll ich mir das mal anschauen?»

«Nein», sagte Stranahan scharf. «Nein, lassen Sie das.» Er verließ das Schlafzimmer und kam mit dem roten Werkzeugkasten zurück. «Sehen Sie mal, was ich hier habe», sagte er zu Rudy.

Rudy verrenkte den Kopf, um besser sehen zu können. Stranahan öffnete den Werkzeugkasten und fing an, ihn auszupacken. «Erkennen Sie etwas von den Gegenständen?»

«Ja, natürlich ... was haben Sie vor?»

«Ehe wir anfangen, muß ich Ihnen etwas mitteilen. Die Cops haben Maggies Videoband, daher wissen sie, was Sie mit Victoria Barletta gemacht haben. Ob man Sie deswegen verurteilen kann, ist eine andere Frage. Ich meine, Maggie ist nicht gerade die ideale Zeugin. Tatsächlich würde sie ihre Geschichte wahrscheinlich für fünfundzwanzig Cents beliebig ändern.»

Rudy Graveline schluckte seine Panik herunter. Er versuchte herauszubekommen, was Stranahan wollte und wie er es ihm geben könnte. Rudy konnte nur annehmen, daß, tief in seinem Herzen, Stranahan nicht grundlegend anders war als die anderen: Maggie, Bobby Pepsical oder sogar Chemo. Gewiß hatte Stranahan eine Vorliebe, eine schwache Stelle. Ganz bestimmt ließe sich mit Geld etwas erreichen.

Stranahan ging hinaus und kam mit dem zusammenklappbaren Kartentisch wieder zurück. Er stellte ihn mitten in den Raum und legte eine Plastiktischdecke darauf.

«Was ist los?» fragte der Arzt. «Was wollen Sie?»

«Ich will, daß Sie mir zeigen, was passiert ist.»

«Ich verstehe nicht.»

«Mit Vicky Barletta. Zeigen Sie mir, was schiefgegangen ist.» Er nahm Gegenstände aus dem Werkzeugkasten und legte sie auf den Kartentisch.

«Sie sind verrückt», stellte Rudy Graveline fest. Es war die nächstliegende Schlußfolgerung.

«Nun, wenn Sie mir nicht helfen wollen», sagte Stranahan, «dann muß ich eben improvisieren.» Er riß eine Tüte mit sterilen Handschuhen auf und streifte sie über. Fröhlich reckte und streckte er die Latexfinger vor Rudys Nase.

Der Chirurg starrte sie entsetzt an.

Stranahan sagte: «Keine Sorge, ich hab' einiges darüber gelesen. Sehen Sie mal. Ich hab' die Marcaine, jede Menge Tupfer, Hauthaken, einen ganzen Satz nagelneuer Skalpelle.»

Aus dem Werkzeugkasten suchte er sich eine puppengroße chirurgische Schere aus und fing an, die Haare in Rudy Gravelines Nasenlöchern zu kürzen.

«Ahh, neeiin!» schrie Rudy und warf sich zwischen den Bettpfosten hin und her.

«Stillhalten!»

Als nächstes schrubbte Stranahan das Gesicht des Chirurgen gründlich mit Hibiclens-Seife ab.

Rudys Augen begannen sich mit Tränen zu füllen. «Und wie steht es mit der Betäubung?» fragte er.

«Ach ja», sagte Stranahan. «Die hätte ich beinahe vergessen.»

Chemo erwachte und drehte sich mit einem Poltern um, als die Motorsense auf den Fußboden schlug. Er richtete sich langsam auf und faßte unter sein Hemd. Der Batteriebehälter war verschwunden; die Motorsense war tot.

«Aha!» sagte Mick Stranahan. «Die liebreizende Schwester Tatum!»

Eine Beule brannte an Chemos Hinterkopf, wo Stranahan ihn

mit dem Kolben der Remington getroffen hatte. Während er sich langsam auf die Füße hochkämpfte, war das erste, was Chemo erkannte, Dr. Rudy Graveline – halbnackt und mit Handschellen ans Bett gefesselt. Seine Augen waren mit Pflasterstreifen zugeklebt, und ein zerschlissenes Strandbadetuch war um seinen Hals drapiert. Ein bedrohlich aussehendes Gerät lag dicht vor dem Gesicht des Arztes: ein Spekulum, mit dem die Nasenlöcher gespreizt werden konnten.

Stranahan stand vor einem kleinen Tisch, der bedeckt war mit Schläuchen und Gaze und einer ganzen Reihe scharfer, stählern glänzender Instrumente. Auf einer Ecke des Tisches lag ein dickes graues Buch, das in der Mitte aufgeschlagen war.

«Was zum Teufel soll das?» fragte Chemo. Seine Stimme klang belegt und asthmatisch.

Stranahan reichte ihm einen sterilen Handschuh. «Ich brauche Ihre Hilfe», sagte er.

«Nein, nicht er!» widersprach Rudy vom Bett.

«Wir sind an folgendem Punkt angelangt», sagte Stranahan zu Chemo. «Wir haben seine Nase betäubt und zugepackt. Die Augen sind verklebt, damit kein Blut hineinläuft. Wir haben eine Menge Tupfer bereitliegen – entschuldigen Sie, Sie machen ein so verwirrtes Gesicht.»

«Ja, das kann man wohl behaupten.» Haarbüschel stellten sich auf Chemos Kopfhaut auf. Sein Magen schien sich gegen seine Rippen zu stemmen. Er wollte raus – aber wo zum Teufel war die verdammte Schrotflinte?

«Ziehen Sie den Handschuh an», wies Stranahan ihn an.

«Weshalb?»

«Der Doktor will nicht darüber reden, was mit Victoria Barletta geschah – sie starb während einer Operation wie dieser. Ich weiß, es ist schon vier Jahre her, und Dr. Graveline hatte seitdem Hunderte von Patienten. Aber meine Idee war, daß wir seine Erinnerung vielleicht auffrischen können, indem wir den Barletta-Fall noch einmal genau durchspielen. Hier und jetzt.»

Rudy riß an den Handschellen. Chemo sagte: «Verdammt noch mal, sagen Sie ihm doch schon, was er hören will.»

«Es gibt nichts zu sagen», erwiderte Rudy. Mittlerweile war er sich ziemlich sicher, daß Stranahan nur bluffte. Stranahan hatte bereits einige wichtige Schritte einer Rhinoplastik ausgelassen. Er hatte zum Beispiel nicht versucht, das knochige Dorsum abzufeilen. Er hatte auch noch keine Einschnitte in Rudys Nase vorgenommen. Das brachte Rudy zu der Überzeugung, daß Stranahan es nicht ernst meinte mit seiner selbst durchgeführten Nasenkorrektur, sondern daß er nur versuchte, dem Doktor Angst einzujagen und ihn zu einem billigen Geständnis zu verleiten.

Für Chemo war dieser notdürftig hergerichtete Operationssaal ein Inferno des Schreckens. Ein Blick auf Rudy, die Augen verschlossen und auf dem Bett liegend wie ein Folteropfer, überzeugte Chemo davon, daß Mick Stranahan furchtbar geistesgestört war.

Stranahan fuhr mit dem Finger über eine Seite des medizinischen Textbuchs. «Offenbar ist das der kritischste Punkt der Operation – das Brechen der Nasenknochen auf beiden Seiten des Septums. Das ist sehr, sehr kompliziert.

Er reichte Chemo einen kleinen Stahlhammer und sagte: «Machen Sie sich keine Sorgen, ich habe alles sehr genau nachgelesen.»

Chemo wog den Hammer in der Hand. «Das ist nicht besonders lustig», sagte er.

«Soll es das denn sein? Wir haben es schließlich mit dem Tod der jungen Frau zu tun.»

«Wahrscheinlich war es ein Unfall», sagte Chemo. Er wies geringschätzig auf Rudy Graveline. «Dieser Kerl ist eine Flasche, wahrscheinlich hat er nur Mist gebaut.»

«Aber Sie waren nicht dabei. Sie wissen es nicht.»

Chemo wandte sich an Rudy. «Sag's ihm schon, du Arschloch!»

Rudy schüttelte den Kopf. «Ich bin ein hervorragender Chirurg», beharrte er.

Stranahan wühlte in dem Werkzeugkasten herum, bis er das geeignete Instrument fand.

«Was ist das, ein Meißel?» fragte Chemo.

«Sehr gut», sagte Stranahan. «Tatsächlich heißt dieses Gerät Osteotom. Ein Storz Nummer vier. Aber grundsätzlich ist es tatsächlich ein Meißel. Sehen Sie mal.»

Er beugte sich über das Bett und kniff in die Brücke von Dr. Rudy Gravelines Nase. Mit der anderen Hand schob er behutsam das Instrument ins rechte Nasenloch des Chirurgen und richtete das Osteotom nach dem Septum aus. «Nun, Mr. Tatum, werde ich dieses Ding festhalten, während Sie ganz leicht daraufschlagen …»

«Nuggghhh», protestierte Rudy. Der dumpfe Druck des Meißels ließ in Rudy wieder die Furcht aufflackern, daß Stranahan es wirklich tun würde.

«Haben Sie etwas gesagt?» fragte Stranahan.

«Sie hatten recht», sagte der Chirurg. Seine Stimme war nur ein Pfeifen. «Wegen des Barletta-Girls.»

«Sie haben sie getötet?»

«Ich wollte es nicht, ich schwöre zu Gott.» Unter Stranahans Griff und dem Druck des Instrumentes redete Rudy Graveline, als litte er unter einer schlimmen Erkältung.

Er sagte: «Was passierte, war, daß ich ihre Nase losließ. Es war ... furchtbar, ein ganz schlimmer Fehler. Ich ließ los, als die Schwester auf den Meißel schlug, so daß ...»

«So daß er ganz hineinrutschte.»

«Ja. Das Radio lief, ich verlor meine Konzentration. Baseball. Die Lakers und die Sonics. Ich habe es nicht mit Absicht getan.»

Stranahan sagte: «Und anschließend überredeten Sie Ihren Bruder, die Leiche zu vernichten.»

«Uh-uhh.» Rudy konnte mit dem Osteotom Nummer vier in der Nase nur unter Mühen nicken.

«Und was ist mit meinem Assistenten?» Stranahan nickte zu Chemo hinüber. «Sie haben ihn angeheuert, um mich umzubringen, nicht wahr?»

Rudys Adamsapfel hüpfte auf und nieder wie eine von heißem Wasser verbrühte Kröte. Ohne etwas sehen zu können, versuchte er, sich die Szene nach dem vorzustellen, was er hörte. Das Klirren der Instrumente, die zwei Männer, die heftig atmeten, der Wind und die Wellen, die das Haus erschütterten, jedenfalls schien es so.

Stranahan sagte: «Sehen Sie, ich weiß, daß es stimmt. Ich möchte nur die einzelnen Bedingungen des Handels hören.»

Rudy spürte, wie der Meißel gegen die Knochenplatte zwischen den Augenhöhlen stieß, tief in seinem Gesicht. Er hatte verständlicherweise Hemmungen, Mick Stranahan die ganze Wahrheit zu erzählen – daß der Preis auf seinen Kopf in Form von dermatologischen Gesichtsbehandlungen bezahlt werden sollte.

Rudy sagte: «Es war eine Art Handel.»

«Das möchte ich mal hören.»

«Erzählen Sie es ihm», sagte Rudy mit geblendeten Augen zu

Chemo. «Erzählen Sie ihm von der Abmachung über die Dermoabvasionen. Erzählen Sie ...»

Chemo reagierte zum Teil aus Angst davor, beschuldigt zu werden, und zum Teil aus Scham. Er stieß ein raubtierhaftes Knurren aus und schwang den Hammer mit aller Kraft. Es war ein sauberer Schlag auf das Ende des Osteotoms, und zwar auf genau den richtigen Punkt.

Nur viel zu hart. So hart, daß es den Meißel aus Stranahans Hand schlug.

So hart, daß das Instrument vollständig verschwand, als hätte Rudy Gravelines Nase es eingeatmet.

So hart, daß die Spitze des Meißels die poröse Platte des ethmoidalen Knochens durchstieß und in Rudy Gravelines Gehirn eindrang.

Der unglückliche Chirurg erschauerte, trat mit dem linken Bein aus und erschlaffte. «Verdammt», schimpfte Stranahan und zog schnell die Hand vor der hochspritzenden Blutfontäne zurück.

Das hatte er nicht geplant. Stranahan hatte durchaus damit gerechnet, irgendwann Chemo töten zu müssen, auf Grund von dessen Einstellung zur Gewalt und ihrer Anwendung. Er hatte sich vorgestellt, daß Chemo versuchen würde, nach der Schrotflinte oder nach einem Küchenmesser zu greifen, also irgend etwas Dummes zu tun; dann wäre es schnell mit ihm vorbei gewesen. Aber den Arzt, lebendig und prozeßbereit, hatte Stranahan Al García versprochen.

Er blickte von der Leiche hoch und funkelte Chemo an. «Bist du jetzt zufrieden?»

Chemo war bereits unterwegs zur Tür, fuchtelte mit dem Hammer und der stillgelegten Motorsense herum, als wären es Zwillingstotschläger, und warnte Stranahan, ihm ja nicht zu folgen. Stranahan konnte hören, wie der zwei Meter große Killer durch das dunkle Haus stampfte, dann hinaus auf den Holzsteg und schließlich die Treppe zum Wasser hinunter polterte.

Als Stranahan den Mann zurückkommen hörte, holte er die Remington unter dem Bett hervor und wartete.

Chemo keuchte atemlos, als er mit eingezogenem Kopf durch die Tür ins Zimmer trat. «Was hast du verdammter Kerl mit dem Boot gemacht?»

«Ich hab' ein Loch hineingeschossen», entgegnete Stranahan.

«Und wie sollen wir jetzt aus diesem gottverdammten Loch verschwinden?»

«Schwimmen.»

Chemos Lippen verzogen sich. Er starrte wütend auf das schwere Gartenwerkzeug, das an seinen Armstumpf geschnallt war. Er konnte es entfernen, sicher, aber wie weit käme er dann? Mit einem Arm paddeln, bei Nacht und in derart gefährlichen Gewässern. Und was wäre mit seinem Gesicht – es wäre geradezu verheerend, wenn das scharfe Salzwasser mit den frisch geschliffenen Fleischflächen in Berührung käme. Doch es gab keinen anderen Ausweg. Es wäre der reine Wahnsinn gewesen, zu bleiben.

Stranahan senkte den Gewehrlauf und sagte: «Da, ich glaube, das gehört dir.»

Er zog etwas aus seiner Jacke und hielt es hoch, so daß die goldenen und silbernen Glieder des Armbands das Licht der Laternen reflektierten. Chemos Knie gaben nach, als er erkannte, was es war.

Die Schweizer Taucheruhr. Die Uhr, die ihm durch den Biß des Barrakudas abhanden gekommen war.

«Sie tickt sogar noch», sagte Mick Stranahan.

34

Bei Tagesanbruch näherte sich die Kaltfront mit dichten, dunklen Nebelschwaden, und der Wind drehte deutlich nach Norden. Die Wellen des Atlantiks schwollen an und zeigten erste Schaumkronen und trieben das Boot noch weiter weg von Cape Florida. Es herrschte noch immer Ebbe.

Die Frauen hatten es aufgegeben, um Hilfe zu rufen und mit den Armen zu winken, aber sie versuchten es noch einmal, als ein rotes Powerboot mit nadelspitzem Bug die vorgeschobene Zunge der Insel umrundete. Der Lenker des Powerbootes bemerkte die Bewegung und verlangsamte vorsichtig seine Fahrt, um an das andere Boot näher heranzukommen. Eine junge Frau in einem zitronengelben Baumwollpulli saß neben ihm.

Sie stand auf und rief: «Was ist passiert?»

Christina Marks winkte.

«Maschinenschaden! Wir brauchen jemanden, der uns zum Yachthafen schleppt.»

Der Lenker des Powerbootes, ein junger, muskulöser Latino, ließ sein Boot noch näher herantreiben. Er erbot sich, an Bord zu kommen und sich den Motor anzusehen.

«Es ist sinnlos», sagte Christina. «Die Benzinleitung ist gebrochen.»

«Wie konnte das passieren?» Der junge Mann hatte dafür keine Erklärung.

Es war für einen so frühen Morgen eine seltsame Szene: Drei Frauen alleine im rauhen Seegang. Die eine, eine schlanke Brünette, sah aus, als ärgerte sie sich über etwas. Die Blonde in einem Trainingsanzug war etwas aufgelöst und schien seekrank zu sein. Dann war da noch eine Kubanerin, sehr attraktiv bis auf einen kahlen Fleck mitten auf ihrem Schädel.

«Ist bei Ihnen sonst alles in Ordnung?» fragte der junge Mann.

Die Kubanerin nickte heftig. «Was meinen Sie, können Sie uns abschleppen?»

Der junge Mann in dem Powerboot drehte sich zu seiner Begleiterin um und sagte leise: «Tina, ich weiß nicht. Irgend etwas stimmt hier nicht.»

«Wir müssen ihnen helfen», sagte die junge Frau. «Ich meine, wir können sie doch nicht einfach hier zurücklassen.»

«Es werden noch mehr Boote kommen.»

Christina Marks meinte: «Können wir denn wenigstens Ihr Funkgerät benutzen? Dort draußen ist etwas Schlimmes passiert.» Sie wies auf die Pfahlhäuser in der Ferne.

«Was denn?» fragte Tina mit aufkeimendem Entsetzen.

Maggie Gonzalez, auf die gewiß eine Gefängnisstrafe wartete, ergriff das Wort: «Nichts ist passiert. Sie ist betrunken und weiß nicht, was sie redet.»

Und Heather Chappell, die an ihre Karriere denken mußte, meinte: «Wir waren mit ein paar Typen zu einer Party verabredet. Unser Boot ist liegengeblieben, und das war schon alles.»

Christinas Blicke wanderten von Heather zu Maggie. Sie hatte das Gefühl, jeden Augenblick losheulen zu müssen, und dann lachte sie. Sie war hilflos und belustigt zugleich. So viel zum Thema Geschlechterloyalität und Schwestern in der Not.

«Ich weiß, wie das ist», sagte Tina, «mit diesen Partytypen.»

Heather meldete sich: «Bitte, ich fühle mich nicht so besonders. Wir treiben schon seit Stunden herum.» Ihr Gesicht kam ihr irgendwie bekannt vor, aber Tina war sich nicht sicher.

Die Kubanerin mit der kahlen Stelle fragte: «Haben Sie noch eine Flasche Soda übrig?»

«Sicher», sagte Tina. «Richie, wirf ihnen das Seil rüber.»

Sergeant Al García beugte sich über das Geländer und befreite sich von seinen Frühstücksbrötchen.

«Ich dachte, du seist ein großer Fischer vor dem Herrn», stichelte Luis Córdova. «Wer hat mir denn noch vor kurzem erzählt, er habe einen großen Angelwettbewerb gewonnen?»

«Das war doch etwas anderes.» García wischte sich mit dem Ärmel seines Anoraks den Bart ab. «Der fand doch auf einem See statt.»

Die Fahrt hierher nach Stiltsville war geradezu mörderisch rauh gewesen. Das war Garcías Erklärung dafür, daß er sich übergeben mußte – die Bootsfahrt, nicht das, was sie eben im Haus vorgefunden hatten.

Luis Córdova klopfte ihm auf den Arm. «Wie dem auch sei, jetzt fühlst du dich besser, nicht wahr?»

Der Detective nickte. Er war noch immer wütend wegen des Patrouillenbootes und darüber, daß sie drei Stunden gebraucht hatten, um endlich einen neuen Splint für die Schraube zu finden. Drei entscheidende Stunden, wie sich herausstellte.

«Wo ist Wilt?»

«Drinnen. Er schmollt.»

Der Mann, der unter dem Namen Chemo bekannt war, stand aufrecht da und hielt den rechten Arm hoch über seinen Kopf. Luis Córdova hatte ihn mit einer Handschelle an die an der Decke verlaufenden Wasserleitungen in der Küche gefesselt. Als Vorsichtsmaßnahme war der Unkrautvernichter vom Rumpf von Chemos linkem Arm abgeschnallt worden. Mit herunterhängenden roten und schwarzen Drähten lag die Motorsense auf der Küchenbar.

Luis Córdova wies auf die Schnurrolle am Rotor. «Sieh doch mal – Menschenhaar», sagte er zu Al García. «Auch noch lang dazu: von einer Brünetten. Wahrscheinlich von einer Frau.»

García wandte sich an den Killer. «He, Wilt, sind Sie auch Friseur?»

«Leck mich.» Chemo blinzelte gleichmütig.

«Das sagt er sehr oft», meinte Luis Córdova. «Es ist einer seiner Lieblingssprüche. Während ihm seine Rechte vorgelesen wurden, hat er es die ganze Zeit wiederholt.»

Al García ging 'rüber zu Chemo und fragte: «Ist Ihnen klar, daß im Schlafzimmer ein toter Arzt liegt?»

«Leck mich.»

«Siehst du», triumphierte Luis Córdova. «Das ist alles, was er weiß.»

«Nun ja, wenigstens weiß er *etwas.*» García wühlte in seiner Hosentasche herum und holte ein zerknautschtes Taschentuch hervor. Er hielt sich das Taschentuch vor die Nase und kehrte ins Schlafzimmer zurück. Wenige Minuten später erschien er wieder und meinte: «Es ist sehr unangenehm.»

«Und wie es das ist», gab Luis Córdova ihm recht.

«Mr. Tatum, da Sie nun mal nicht reden wollen, sollten Sie

wenigstens zuhören.» García machte es sich auf einem geflochtenen Barhocker bequem und steckte sich eine Zigarre zwischen die Lippen. Er zündete sie jedoch nicht an.

Er sagte: «Folgendes ist geschehen. Sie und der Doktor hatten eine ernste geschäftliche Meinungsverschiedenheit. Sie lockten diesen dämlichen Hund hierher und versuchten mit einigen Gemeinheiten, ein paar Dollar aus ihm herauszuschinden. Aber irgendwie ging etwas schief – Sie brachten ihn um.»

Chemos Gesicht rötete sich. «Absoluter Blödsinn», sagte er.

Luis Córdova machte ein zufriedenes Gesicht. «Ein Fortschritt», sagte er zu García. «Wir kommen tatsächlich voran.»

Chemo ballte die verbliebene Hand zur Faust, wodurch die Handschelle klirrend gegen das rostige Rohr schlug. Er sagte: «Sie wissen verdammt genau, wer es war.»

«So?» García hob beide Hände in einer Geste totaler Unwissenheit. «Wo ist denn dieser geheimnisvolle Mister X?»

«Leck mich», sagte Chemo.

«Was ich jedoch nicht ganz begreifen kann», sagte der Detective, «ist, warum Sie nicht abgehauen sind. Nach all diesem Theater, warum sind Sie in dem Haus zurückgeblieben? Zum Teufel, *chico*, Sie brauchten doch nur zu springen.»

Chemo senkte den Kopf. Seine Wangen waren ganz heiß, und er spürte ein stechendes Brennen; ein Zeichen dafür, daß der Heilungsprozeß andauerte, wie er hoffte.

«Vielleicht kann er gar nicht schwimmen», äußerte Luis Córdova eine Vermutung.

«Oder er hatte ganz einfach Angst», meinte García.

Chemo sagte gar nichts. Er schloß die Augen und konzentrierte sich auf die angenehmen Geräusche der Freiheit: den Wind und die Wellen und die Möwen und das Ticken seiner wasserdichten Armbanduhr.

Al García wartete, bis er nach draußen kam, ehe er die Zigarre anzündete. Er drehte eine Schulter dem Wind entgegen und schirmte das Streichholz mit einer Hand ab.

«Ich hab' den Hubschrauber bestellt», sagte Luis Córdova. «Und einen Vertreter des amtlichen Leichenbeschauers.»

«Damit bleibt uns vielleicht eine halbe Stunde.»

«Etwa», sagte der junge Mann von der Küstenpatrouille. «Wir haben also Zeit, die anderen Häuser zu überprüfen. Wilt wird uns schon nicht abhauen.»

García versuchte, einen Rauchring zu blasen, aber der Wind riß ihn weg und zerfaserte ihn. Die Kaltfront war fast ganz durchgezogen, und über der Biscayne Bay begann der Himmel aufzuklaren. Die ersten Sonnenstrahlen brachen als goldene Lanzen durch den Dunst, die wie Quarzgebilde aus den Wellen zu ragen schienen und die Untiefen mit warmem Schein übergossen.

«Ich verstehe jetzt, warum es dir hier draußen so gut gefällt», stellte García fest.

Luis Córdova lächelte. «Manchmal sieht die Landschaft aus wie auf einem Gemälde.»

«Was meinst du denn, wohin er verschwunden ist?»

«Mick? Er könnte genausogut auch tot sein. Ein Bursche von dieser Größe könnte ihn durchaus schaffen. Und dann hat er den Körper einfach vom Haus ins Wasser geworfen.»

García knabberte skeptisch an seiner Zigarre. «Das ist durchaus möglich. Er hätte aber auch genausogut abhauen können. Vergiß nicht, daß er immer noch das Gewehr hatte.»

«Sein Boot ist gesunken», stelle Luis Córdova fest. «Jemand hat ein Loch in den Boden geschossen.»

«Unheimlich», sagte Al García. «Aber wenn ich raten müßte, dann würde ich behaupten, daß er gar nicht hier war, als das alles geschah. Ich würde meinen, er konnte aus dem Haus verschwinden.»

«Schon möglich.»

«Was immer da draußen vorgegangen ist, war eine Sache zwischen Tatum und dem Doktor. Vielleicht ging es auch um Geld, vielleicht hatte es etwas mit irgendwelchen ärztlichen Behandlungsmethoden zu tun. Himmel noch mal, hast du den Arm des Burschen gesehen?»

«Und auch sein Gesicht», sagte Luis Córdova. «Was du sagst, macht durchaus Sinn. Man braucht ihn nur anzusehen und weiß, daß er nicht gerade der Typ Mensch ist, der einen Prozeß führen würde, um sein Recht zu bekommen.»

«Aber es mit dem Hammer zu tun, ist schon ziemlich abgebrüht.» García blies die Wangen auf, als wollte er einen Pfiff ausstoßen. «Andererseits ist unser Opfer kein Marcus Welby der Gegenwart ... wie auch immer. Es paßt alles zusammen.»

Das war die Hauptsache.

Ein kleines Boot, ein schlanker, gelber Außenborder, jagte über die Untiefen. Es war nach Süden unterwegs auf einem Kurs in Richtung Soldier Key. García beobachtete das Boot eindringlich und ging sogar um das Haus herum, um es im Auge zu behalten.

«Keine Panik, ich kenne ihn», sagte Luis Córdova. «Er ist ein Angelführer.»

«Frage mich nur, was er alleine hier draußen zu suchen hat.»

«Vielleicht sind seine Kunden nicht erschienen. Das passiert schon mal, wenn starker Wind aufkommt – diese Spezialisten kriegen dann auf dem Steg das große Muffensausen. Und unterdessen bessert sich das Wetter, und am Ende ist es doch noch ein schöner Tag.»

Knapp südlich von Stiltsville verließ das Boot die Untiefen und stoppte in einem tiefen, blauen Kanal. Der Führer holte eine Angelrute hervor und warf einen Köder ins Wasser. Dann setzte er sich, um zu warten.

«Siehst du?» sagte Luis Córdova. «Er will sich nur einen Barsch fangen.»

García blinzelte gegen die Sonne. «Luis, kannst du dort draußen noch etwas erkennen?»

«Wo denn?»

Der Detective zeigte in die entsprechende Richtung. «Ich würde meinen, Entfernung eine Viertelmeile. Etwas im Wasser zwischen uns und dieser Insel.» Luis Córdova hob eine Hand, um das grelle Sonnenlicht abzuschirmen. Mit der anderen Hand rückte er seine Sonnenbrille zurecht. «Ja, jetzt sehe ich es», sagte er. «Es schwimmt oben. Sieht von hier aus wie eine riesige Schildkröte.»

«Tatsächlich?»

«Ein Schildkrötenopa. Oder vielleicht ist es auch ein Tümmler. Soll ich mal das Fernglas holen?»

«Nein, ist schon gut.» García drehte sich um und lehnte sich mit dem Rücken gegen die Holzreling. Er grinste breit, wobei die Zigarre unter seinem Schnurrbart tanzte. «Ich hab' noch nie 'ne Schildkröte in freier Wildbahn gesehen, nur die Tiere im Seaquarium.»

«Nun, hier draußen gibt es immer noch ein paar wild lebende

Exemplare», meinte Luis Córdova. «Wenn es wirklich so ein Ding war.»

«Ja, das war es», sagte Al García. «Da bin ich mir sicher.»

Er klopfte die Asche von seiner Zigarre und beobachtete, wie sie im Seewind zerbröselte und davongeweht wurde. «Na komm», sagte er schließlich, «vergewissern wir uns, ob Wilt mittlerweile noch ein paar neue Worte dazugelernt hat.»

Epilog

Blondell Wayne Tatum, auch bekannt unter dem Namen Chemo, erklärte sich vor dem Kreisgericht von Dade County des Mordes an Dr. Rudy Graveline und Chloe Simpkins Stranahan schuldig. Er wurde später nach Pennsylvania ausgeliefert, wo er außerdem den bisher ungelösten Mord an Dr. Gunther MacLeish gestand, einem nur noch sporadisch praktizierenden Dermatologen und Pionier in der Anwendung elektrischen Stroms zur Entfernung von unerwünschtem Haarwuchs. Aufgrund seiner Körperbehinderung und dank wohlwollender Zeugenaussagen von Amischen Mennoniten erhielt Tatum eine vergleichsweise milde Strafe von dreimal siebzehn Jahren Zuchthaus, die nacheinander abgesessen werden mußten. Er ist nun Vertrauensmann und für den Treibhausgemüsegarten in der Union Correctional Institution in Raiford, Florida, verantwortlich.

Maggie Orestes Gonzalez mußte sich in einem Anklagepunkt der Behinderung verantworten, weil sie die ermittelnden Beamten nach dem Tod von Victoria Barletta belogen hatte. Sie wurde zu einer Strafe von sechs Monaten Gefängnis verurteilt, die zur Bewährung ausgesetzt wurde. Sie erhielt jedoch die Auflage, einhundert Stunden unentgeltlich als freiwillige Krankenschwester im Gefängnis von Dade County zu arbeiten, wo sie während eines Gefangenenaufstandes wegen zu schlechter Verpflegung als Geisel genommen und im Laufe der Auseinandersetzung getötet wurde.

Heather Chapell trat weiterhin in zahlreichen Fernsehserien auf, darunter *Matlock, L. A. Law* und *Murder, She Wrote.* Knapp fünf Monate nach Dr. Gravelines Tod begab Heather sich ohne öffentliches Aufsehen in eine exklusive Schönheitsklinik in West Hollywood und unterzog sich einer Brustvergrößerung, einer Blepharoplastik, einer Rhinoplastik, einer vollständigen Rhytidektomie, einer Kinnimplantation und Fettabsaugungen an Oberschenkeln, Bauch und Gesäß. Schon kurz danach erhielt Heathers Filmkarriere neuen

Aufschwung, als ihr die Rolle der Triana angeboten wurde – die sie auch annahm – einer Klingonischen Prostituierten in *Krieg der Sterne VII: Spocks Verrat.*

KIPPER GARTH erholte sich nie völlig von seiner Pelota-Verletzung und zog sich völlig aus dem Anwaltsgeschäft zurück. Seine lukrative Schadenersatz-Praxis wurde von einer bekannten Firma in Miami Beach übernommen, die auf Anfrage und mit Kipper Garths Erlaubnis seinen Namen und sein Bild bei allen zukünftigen Werbemaßnahmen verwenden durfte.

Die Grand Jury von Dade County weigerte sich, JOHN NORDSTROM wegen eines tätlichen Angriffs auf seinen Anwalt anzuklagen. Nordstrom und seine Frau verfolgten weiterhin ihre Kunstfehlerklage gegen das Whisperings-Palms-Kur- und Operationszentrum und einigten sich außergerichtlich auf eine einmalige Zahlung von 351000 Dollar. Vierzig Prozent von dieser Summe gingen sofort als Honorar an ihren neuen Anwalt. MARIE NORDSTROMS kontrahierte Brustimplantate wurden in einem einfachen ambulant vorgenommenen Eingriff von Dr. George Ginger repariert. Die Operation dauerte nur neunzig Minuten und war ein voller Erfolg.

Der Sitz, der in der County Commission von ROBERTO PEPSICAL eingenommen worden war, wurde von seinem jüngeren Bruder, Charlie, besetzt. Die Baugenehmigung für das Old-Cypress-Towers-Projekt wurde schließlich von einer Gruppe wohlhabender südamerikanischer Investoren übernommen. Indem sie sich über Proteste von Umweltschützern und örtlichen Hausbesitzern hinwegsetzten, ebneten die Unternehmer den Sportplatz und das Spielgelände ein, um einen dreiunddreißig Stockwerke hohen Turm mit Luxus-Eigentumsapartments mitsamt einem eleganten Dachgartennachtclub namens Freddie's zu errichten. Neun Wochen nach seiner Eröffnung wurde das gesamte Gebäude von der Drug Enforcement Administration im Rahmen einer Aktion gegen Geldwaschpraktiken namens «Operation Piranha» beschlagnahmt.

Die beliebte Fernseh-Reportagereihe *Auge in Auge* wurde nach dem Verschwinden und vermutlichen Ableben ihres Stars REYNALDO FLEMM abgesetzt. Die leitenden Produzenten der Reihe verkündeten kurz darauf, daß ein mit 25000 Dollar dotiertes Stipendium in

Reynaldos Namen der Columbia University School of Journalism gestiftet würde, von der er, ironischerweise, zweimal ausgeschlossen worden war.

Exporteur I. W. KIMBLER erhielt einen persönlichen Brief vom Vizekanzer der Leeward Islands Medical University in Guadeloupe. In dem Brief hieß es: «Vielen Dank für Ihre jüngste Lieferung, die sich zu einer Attraktion unseres Frühlingssemesters entwickelt hat. Im Namen des Lehrkörpers und der zukünftigen Ärzte, die bei uns studieren, nehmen Sie hiermit meinen tiefsten Dank für ein hervorragendes Produkt entgegen.»

Für seine dramatischen Videoaufnahmen von Reynaldo Flemms Schönheitsoperation wurde dem Kameramann WILLIE VELASQUEZ ein eigenes Nachrichten-Dokumentationsprogramm bei der Fox Television Network angeboten, das er auch annahm. *Eyewitness Undercover! (Der heimliche Augenzeuge)* besetzte den Achtuhrsendeplatz an den Donnerstagen und überflügelte auf vier größeren Märkten die Bill-Cosby-Show sowohl im Nielsen- als auch im Arbitons-Index.

CHRISTINA MARKS lehnte ein Angebot als Produzentin für Willies neues Programm ab. Statt dessen verließ sie das Fernsehen und nahm eine Stelle als stellvertretende Lokalchefin beim *Miami Herald* an. Damit einher ging eine Gehaltseinbuße, die ungefähr 135 000 Dollar betrug. Kurz nachdem sie nach Miami gezogen war, kaufte sie sich einen gebrauchten Boston Whaler und eine Seekarte der South Biscayne Bay.

Die Eltern von Victoria Barletta erhielten zu ihrer großen Verwunderung über UPS einen schwarzen Samsonite-Reisekoffer, der etwa 118 400 Dollar in bar enthielt. In einem dem Geld beiliegenden Brief wurde der Betrag als Geschenk aus der Hinterlassenschaft von Dr. Rudy Graveline bezeichnet. Der Brief war von einem pensionierten staatsanwaltlichen Ermittler namens MICK STRANAHAN unterschrieben und trug keine Absenderadresse.

Léo Malet

Blutbad in Boulogne

Kriminalroman

Gebunden, ISBN 3-89151-217-1
26,00 DM, 190 öS, 24.00 sFr.

Ein Arzt mit «Gorilla»? Nestor Burma stösst bei seinen Nachforschungen über den Tod eines jungen Mädchens auf einen Chirurgen, der sich einen Leibwächter hält. Den scheint er auch nötig zu haben, denn bei seinen «Spezialitäten» – Schönheitsoperationen und Abtreibungen – war er nicht immer erfolgreich.

Der letzte aller Nestor-Burma-Krimis von Léo Malet, geschrieben 1970, zeigt den beliebten, schnoddrigen Pariser Privat-Flic von seiner besten Seite, so dass der Gemeinde der Nestor-Burma-Fans der Abschied hoffentlich nicht leicht fallen wird.

Elster Verlag und Rio Verlag
Verwaltung: Hofackerstrasse 13, CH-8032 Zürich
Telefon 01 385 55 10, Telefax 01 385 55 19

Gillian Linscott
Tod am Montblanc

Kriminalroman

260 Seiten, Pappband, ISBN 3-89151-242-2
26,– DM, 190.– öS, 24.– sFr.,

Chamonix 1910. Ein skurriler Mordfall reißt Nell Bray aus den geruhsamen Kletterferien in den französischen Alpen. Arthur Mordiford, vor dreißig Jahren in den Gletschern des Montblanc verschwunden, «taut» wieder auf, übel zugerichtet vom Schlag eines Eispickels. Doch der vereiste Körper aus dem Gletscher ist nur ein Hinweis auf weitere Leichen im Keller der Familie Mordiford. Denn plötzlich werden vergessene Intrigen und geheime Liebschaften wieder aktuell und beleuchten Ereignisse, die alle Beteiligten nur zu gerne unter dem ewigen Eis belassen hätten.

Eine Londoner Story als französischer Alpen-Krimi zwischen Gletscherspalten und Eiskaminen, mit stolzen Berglern, versnobten Engländern und einer verschrobenen Verlobten.

Elster Verlag und Rio Verlag
Verwaltung: Hofackerstrasse 13, CH-8032 Zürich
Telefon 01 385 55 10, Telefax 01 385 55 19

Gillian Linscott
Scheidung auf englisch

Kriminalroman

260 Seiten, Pappband, ISBN 3-89151-229-5
26,– DM, 190.– öS, 24.– sFr.,

Fatal: Da liegt der Vertreter von Lord Chamberlain, Theaterzensor seiner Majestät der Königin, tot in Frauenkleidern hinter der Bühne, im Zuschauerraum randaliert der englische Adel gegen das Theaterstück, und auf der Bühne bemüht sich George Bernard Shaw verzweifelt um Ruhe.

Die Mitkämpferin der englischen Frauenrechtsbewegung Nell Bray ist wieder einmal in einen Kriminalfall gestolpert, in dem sich – für das Jahr 1909 – eine explosive Mischung persönlicher und gesellschaftlicher Probleme kristallisiert: Shaw schreibt ein Theaterstück zum englischen Scheidungsrecht und läßt die Hauptrolle ausgerechnet von der in Scheidung lebenden Gattin Lord Penwardines spielen. Penwardines Freunde finden das natürlich gar nicht witzig und inszenieren einen Theaterskandal, der schließlich Ausmaße annimmt, mit denen keiner gerechnet hat …

Elster Verlag und Rio Verlag
Verwaltung: Hofackerstrasse 13, CH-8032 Zürich
Telefon 01 385 55 10, Telefax 01 385 55 19

Heike Hösterey
Ohrenschmerzen

Kriminalroman

180 Seiten, Pappband, ISBN 3-89151-243-0
26,– DM, 190.– öS, 24.– sFr.,

Drei Männern werden die Kehlen sauber durchtrennt und die Ohren abgeschnitten. Keine weiteren Anhaltspunkte, keine Kampfspuren.

Bis die Journalistin Anna Dreyer ziemlich verblüfft ein Ohr in ihrer Post findet, säuberlich verpackt und ordnungsgemäß frankiert. Nachdem sich aber die Nachforschungen der Polizei plötzlich auf Anna selbst konzentrieren, beginnt sie den wenigen vorhandenen Spuren zu folgen und kommt zu erstaunlichen Ergebnissen.

Eine längst vergessen geglaubte Geschichte um ein Kinderheim, die damals von den Untersuchungsbehörden vertuscht wurde, verbindet die ermordeten Männer untereinander. Doch niemand hat einInteresse, sich daran erinnern zu müssen …

Elster Verlag und Rio Verlag
Verwaltung: Hofackerstrasse 13, CH-8032 Zürich
Telefon 01 385 55 10, Telefax 01 385 55 19

Sébastien Japrisot
Die Dame im Auto mit Sonnenbrille und Gewehr

Kriminalroman

224 Seiten, gebunden, ISBN 3-89151-246-5
28,– DM, 203.– öS, 26.– sFr.,

Dany Longo, die kurzsichtige Schönheit mit der dunklen Brille, leiht sich nur eben mal den Thunderbird ihres Chefs aus. Auf dem Weg ans Mittelmeer entdeckt sie nicht nur eine Leiche im Kofferraum, sondern auch, daß sie die Reise bereits einmal gemacht hat – allerdings in umgekehrter Richtung. Die Indizien verdichten sich zur unangenehmen Sicherheit einer alptraumhaften Amnesie, einer Verschwörung gar, aus der es kein Entrinnen gibt, außer im Wahnsinn. Aber nicht für Dany Longo …

Elster Verlag und Rio Verlag
Verwaltung: Hofackerstrasse 13, CH-8032 Zürich
Telefon 01 385 55 10, Telefax 01 385 55 19